中国现当代小说理论编年史

1949—2019

ZHONGGUO XIANDANGDAI
XIAOSHUO LILUN BIANNIANSHI

总主编／周新民

第八卷（2012—2019）
本卷主编／李维寒

武汉出版社
WUHAN PUBLISHING HOUSE

(鄂)新登字08号

图书在版编目（CIP）数据

中国现当代小说理论编年史.1949—2019.第八卷，2012—2019 / 周新民总主编.-- 武汉：武汉出版社，2024.12. -- ISBN 978-7-5582-7214-1

Ⅰ.I207.409

中国国家版本馆CIP数据核字第2024UX0440号

中国现当代小说理论编年史（1949—2019） 第八卷（2012—2019）

| 总　主　编：周新民
| 本卷主编：李维寒
| 责任编辑：王　玥
| 封面设计：黄子修
| 出　　　版：武汉出版社
| 社　　　址：武汉市江岸区兴业路136号　　邮　　编：430014
| 电　　　话：（027）85606403　　85600625
| http://www.whcbs.com　　E-mail: whcbszbs@163.com
| 印　　　刷：湖北新华印务有限公司　　经　　销：新华书店
| 开　　　本：787 mm×1092 mm　　1/16
| 印　　　张：30.75　　字　　数：481千字
| 版　　　次：2024年12月第1版
| 印　　　次：2025年2月第1次印刷
| 定　　　价：1280.00元（全8卷）

版权所有·翻印必究
如有质量问题，由本社负责调换。

第八卷（2012—2019）

目　录

2012 年 ………………………………………………………………… 1
2013 年 ………………………………………………………………… 44
2014 年 ………………………………………………………………… 101
2015 年 ………………………………………………………………… 168
2016 年 ………………………………………………………………… 236
2017 年 ………………………………………………………………… 301
2018 年 ………………………………………………………………… 369
2019 年 ………………………………………………………………… 429

参考文献 ……………………………………………………………… 477
后　记 ………………………………………………………………… 484

2012年

一月

1日 叶国兵的《中国文学，你还要沉沦到几时！》发表于《北京文学（精彩阅读）》第1期。叶国兵认为："我们中华民族文学的精华是以写意为主的，非常注重意境。可看看我们当下的主流文学作品就看出，文笔苦涩，读之无味。不知道是我们的作家不屑于继承古典文学里的优美文采和动人的情韵，还是他们没有了那种描写的能力。抽象枯涩的问题阐述和叙事，自然让人难以读下去。"对此，叶国兵倡议"将现代主义和存在主义、现实主义拉下文艺的神坛"。

同日，郭春林的《春有尽，诗无涯》发表于《长篇小说选刊》第1期。郭春林写道："在《春尽江南》中，格非给出的方法是诗。小说不止一次地提到庄子，其实，庄子的方法就是诗的方法；诗的方法也就是庄子的方法。诗是避难所，诗也是另一种形式的乌托邦。这里，诗包括所有的文学艺术。"

同日，房伟的《穿越的悖论与暧昧的征服——从网络穿越历史小说谈起》发表于《南方文坛》第1期。房伟认为"网络穿越小说"是"一种体现新民族国家意识诉求，根植于悖论化文化语境中的、时空并置的'新历史小说'"。房伟指出："穿越文学的消费性在于，通过对历史的当代化，在游戏中创造'超级主体'的仿像，将现实生活的平凡男女变成历史的英雄美人、帝王将相。"针对"穿越文学"中的个人主义，房伟表示："21世纪的网络穿越文学中，个人主义话语以复古的姿态再现于文学，穿越者们的资本征服野心与自我实现相结合，科学技术与自我实现相结合，使中国文学第一次真正出现了鲁滨逊式个人主义平民英雄。……另一方面，对个人主义的追求，在这些穿越小说中，又不仅体现为现代性对前现代的征服，也同时表现为对传统与现代，东方与西方等不同文明形态、文明阶段概念的'尊重'。"

何弘的《小说文体流变考》发表于同期《南方文坛》。何弘认为："长篇小说强调的是时间上的完整性和自足性，以通过人的成长、命运的变迁来证明某种因果关系；而短篇小说强调的是故事的完整性，以通过故事的讲述来传递某种趣味和意味……努力把故事讲得更为完整，使故事的展开过程更加细腻，于是篇幅加长，成为中篇小说；而在另一个向度上，短篇小说的写作向不求故事的完整而重在表现事件、人物某个有意味、有趣味的片段、瞬间、侧面发展，篇幅精简，成为小小说。……正是在这个意义上，铁凝等作家都曾有过'长篇写命运，中篇写故事，短篇写感觉'之说。"何弘还提出："中国新文学中的现代小说，基本是从西方借鉴过来的一种文体。……在小小说这里，除了继承西方的文学传统，比如以欧·亨利的方式结构小说，我们更多地继承了在其他文体中几乎被忽视的中国文学传统，使笔记、志怪、寓言等传统在小小说的躯壳中焕发出新生。"对比，何弘指出："比如《世说新语》《太平广记》《聊斋志异》及大量的志人志怪小说，是中国传统的极为有意味的叙事文学样式，这种表现方式在冯骥才等人那里得到了很好的继承，出现了大量优秀的小小说作品，并成为小小说的一个重要类型；而中国大量的笔记小说显然对孙方友等人产生了重要影响，于是有《陈州笔记》这一类的作品大量出现；寓言的传统在很多作家那里都得到了继承，像凌鼎年、秦德龙等人的作品就具有明显的寓言意味。"

同日，格非、木叶的《衰世之书——格非访谈》发表于《上海文学》第1期。谈到对古典手法的借用，格非认为"笔意"很重要："《金瓶梅》里最让我感动的是对话……这并不意味着要把《金瓶梅》的对话搬到你的小说里面。而是告诉你，对话的最高原则，是准确。你要让这个人说话，就要让这个人站在你跟前，他所有的东西都在那儿。"

同日，张炜的《数字时代的文学》发表于《作品》第1期。张炜认为："数字时代的文学不会是凭空出现的怪胎，不会是全新的物种，它只能是来自传统文学，但却要求写作者更加深入理解和秉承传统的精髓；它也只能对应自己的时代，但却要求写作者不是跟从和接近，而是从形式到内容，都以更大的区别、以迥然不同的姿态存在下去。当代文学写作必须进一步拉开与数字时代——基本的文学呈现方式的距离,内容上保持并空前地强化批判的锋芒和力度,形式上突出其真正的异类品格。"

2日 刘涛的《"形""实"分裂的写作》(对宁肯《我在海边等一本书》的评论——编者注)发表于《小说选刊》第1期。刘涛写道:"宁肯的小说写作隐含着一个问题:小说形式与内容之间的分裂。"

6日 本报记者金涛的《史铁生:打开汉语文学叙事的新向度》发表于《中国艺术报》。李洱在史铁生文学创作研讨会上表示:"简单回顾中国小说的发展史,几乎很难找到描写人是如何进行精神跋涉的作品,正面描写人的灵魂内部发生的故事很少,整个汉语叙事没有提供这样的传统。史铁生打开了这样一扇门。这可以说是史铁生对汉语文学,进而说是对汉语民族的一大贡献。史铁生晚近的小说,《务虚笔记》《我的丁一之旅》,我认为是中国文学的杰作,他对中国叙事文学突破性的贡献,怎样评价都不为过。"

18日 葛红兵的《没有母语的写作——方言写作的困境与乡土叙事的难题》发表于《中国艺术报》。葛红兵谈道:"方言不仅意味着一种语言(发音),还意味着一种文化,一种思想,一种传统和风俗系统。我恰恰失去了这种'方言母语',我所处的状态,严酷一点儿说,是一种失去了母语的写作状态。"葛红兵强调,"方言和地方乡土生活的结合的紧密性,也是普通话不能替代的,没有这种紧密性,小说作为语言艺术就是跛脚的;也许伟大的小说只能诞生在某种方言之中"。葛红兵认为:"要回到一种方言写作去,那是不现实的,局部的弥补也许有可能……这也许需要今天的乡土作家去有意识地实验和探索——复活一种语言,然后让这种语言代表的文化、思想、知识,它的风物人情系统得到呈现、保留和张扬,让这种多样性得到保护,这是艰难的工作,但是,应该是小说家非常重要的工作。"

红柯的《离开乡土始有乡土小说 离开母语始有方言写作》发表于同期《中国艺术报》。红柯谈道:"我们一味强调小说艺术的'时间',是否忽略了'空间'?小说的野性气质、自由精神应该体现'时间'与'空间',无限的时间与空间构成宇宙,宇宙比社会更有立体感。"结合自己的创作,红柯认为:"我在最新长篇小说《好人难做》中再次感悟到方言的魅力,这是一篇融入陕西方言的小说,陕西方言的幽默感有时能让人笑破肚皮。人们对西部作家作品的印象往往是庄严厚重的,我想让读者感受到,西部地区生长的作品也有笑声,力图让方言打动遥远的读者。"

同日,计文君的《〈红楼梦〉与中国现当代小说》发表于《文艺报》。计文君认为"《红楼梦》的经典化,却是中国现当代文学、文化发展以及各种政治力量意识形态建设需要等等复杂因素形成的历史合力作用的结果",从文学角度来说,"对《红楼梦》的认识和评价、对其思想内涵和实现内涵的艺术手段的挖掘,与中国现代小说观念的演进和各个文学时期主流文学思潮联系紧密"。计文君继而指出:"作家对《红楼梦》的学习和借鉴,是服从于各自不同小说观念的理论建构和实践需要的,是被纳入另一体系的'拿来'。……面对《红楼梦》的现当代继承问题,我们需要整体性和本体性思维。所谓整体性,是指将《红楼梦》作为一个艺术体系,整体地进行认识,不能'肢解红楼为我所用'。而本体性,是指小说本体。《红楼梦》的现当代继承问题,表面上看是一个古代经典叙事文本的现代影响问题,其实质是中国小说叙事的现代演进问题。"

25日 何平的《媒体新变和短篇小说的可能——〈二〇一一中国最佳短篇小说〉序》发表于《当代作家评论》第1期。何平认为:"发生在二〇一一年,以《天南》《独唱团》《大方》《文艺风赏》和《信睿》《超好看》等为代表的文学新媒体变革对短篇小说影响很大。和传统的文学媒体不同,这些文学新媒体不再坚持诗歌、散文、小说、文学评论按文类划分单元的传统格局,而是在'大文学''泛文学'的'跨界''越界'观念左右下重建文学和它所身处时代之间的关系。由于短篇小说适宜的长度,除了发行一期即告停刊的《独唱团》和以长篇类型小说为目标的《超好看》,其他的几本刊物在小说文类中无一例外地舍弃了中长篇小说而偏向短篇小说,且从一开始就都不约而同地关注全球短篇小说动态。……值得一提的是《文艺风赏》和《天南》对于短篇小说和刊物整体构思的自觉规划和塑造。……需要指出的是,在强劲的资本和市场运作中,这些变革中的文学新媒体同样无一例外成为畅销读物,这不仅为在电视剧和长篇小说合力夹击下的步履维艰的短篇小说提供了新的生长空间,也一定程度上填补了短篇小说淡出报纸副刊后在大众传媒领域的空白。"

张清华的《传统美学、中国经验与当代文学的品质》发表于同期《当代作家评论》。张清华认为在当代文学"前三十年","传统的美学还是起到了神奇的作用——是作为集体无意识"。到了"八十年代初期,传统有了一个逐渐的自觉。……其表现,一是最初的一批'风俗文化小说'的出现……其二便是它的'正果'——寻根与新潮小说的出现。……'寻根文学'同时面向传统和世界的气度,使当代文学的处境豁然开朗,也使随后的'新潮文学'运动获得了思想性的动力,以及合法的文化基础"。至于"九十年代而下当代文学中传统的自觉……主要表现是,传统的叙事方式、传统美学精神与美感神韵作为'中国经验'的有机构成部分,在文学中,尤其是长篇小说中的复活和彰显"。

张清华还指出,从这个时期的具体创作情况来看,"《废都》这样的小说的出现……它的'《金瓶梅》式的叙事',就可以看作是一种'美学的复出'和一种'叙事的还魂附体'。……《长恨歌》则可以看作是'自觉向传统致敬'的小说。它确实在神韵上复活了白居易的《长恨歌》、《今古奇观》中的《王娇鸾百年长恨》,复活了许许多多的中国传统小说中的'红颜薄命'的故事,同时又赋予了它以当代性的历史内涵,这是这部小说之所以成功的原因。……九十年代可以举出的例子有很多,有的作家并不是刻意修复传统,但却是由于对'中国经验'的深切关注,而'意外地'获得了传统的叙事品质,或美感神韵。比如张炜的《九月寓言》、余华的《活着》和《许三观卖血记》、莫言的《丰乳肥臀》,这些小说之所以重要,也都有传统叙事元素在其中起作用。莫言在进入新世纪之后写的《檀香刑》和《生死疲劳》,也都有强烈的传统意识的支配。……格非的《人面桃花》三部曲,在我看来是写出了地道的'中国小说',无论是从内容还是叙事的手法、语言的要求(不止是'风格意义'上),还是故事的意境、人物的心灵,或是整体的美感神韵上,都是十足中国化的。它们完成了一个整体性的巨大的历史修辞——写出了一个中国传统的世界观、生命观、文化观和历史观,即'历史没有进步','革命不会解放人'"。

张学昕的《如何穿越短篇小说的"窄门"——蒋一谈短篇小说论》发表于同期《当代作家评论》。张学昕谈道:"蒋一谈很会讲故事,而且,能够赋予故事的形态以新的结构形态,而且,他常常以一种老实的'拙态'的扎实描述,显示出叙述的强悍力量。"

本月

杜昆的《论新世纪知识分子小说的叙述形态和困境》发表于《山花》第1期。杜昆认为乌托邦精神的"起点和归宿都应该根植于现实生活世界,而且小说应该在艺术自律追求善和美"。

二月

1日 贺绍俊的《21世纪短篇小说:光荣的弱势群体》发表于《上海文学》第2期。贺绍俊认为:"大致上说,短篇小说由两大材料构成,一是故事因素,一是艺术意蕴。"关于怎么理解短篇小说的式微,贺绍俊表示:"21世纪的短篇小说虽然是弱势群体,但它是光荣的弱势群体。"因为"从一定意义上说,短篇小说的式微,是短篇小说呈现自己成熟的一种方式","这种式微其实是一种有力的退守,保持自己的纯粹性","21世纪以来比较成熟的短篇小说作家,也都是在艺术意蕴上下功夫"。贺绍俊指出,"正是这一原因,21世纪以来的短篇小说就成为了保持文学性的重要文体"。

2日 藏策的《好故事不等于好小说》(对杨争光《驴队来到奉先畤》的评论——编者注)发表于《小说选刊》第2期。藏策写道:"同样是人遭遇匪的母题,《杀人者》讲的是'发现罪恶',《好人难寻》讲的是'原罪',而《驴队来到奉先畤》揭示的是'国民性'。但《杀人者》并没有仅仅停留在'发现罪恶'上,尼克只是个穿针引线的人物,小说真正的主角是奥勒·安德生,一个敢于正视命运的悲剧英雄。《好人难寻》更没有只是展示血淋淋的'原罪',小说的深层主题其实是'救赎'。在这个'好人难寻'的世界上,那个唠叨烦人的老奶奶和杀人不眨眼的'不合时宜的人'同样都是有罪的,只不过一个是有'罪证'的,另一个没有,但在杀与被杀的那一刻,却都寻得了救赎的希望。相反,《驴队来到奉先畤》所展示的却不是个人意义上的内心和灵魂,而是群体的人,是'乌合之众'式的群众心理。杨争光把他们放进了一个虽充满文化隐喻却抽离了具体历史语境的故事内,就像放进了行为心理学实验室里的一群小白鼠——恐惧测试的结果自然是'蝗虫理论'。小说写的只是本能层面上的人,是行为心理学的'刺激—反应'模式里的人,而不是灵魂层面上的人。"

15日 贺绍俊的《三个关键词》发表于《文艺争鸣》第2期。贺绍俊认为:"20世纪80年代,小说基本上承担着启蒙和拯救的社会职责,汇入整个社会的拨乱反正的思想解放大潮之中,其政治思想的意义大于精神文化的意义。进入到20世纪90年代,在商业化和市场化的激化下,虽然小说摆脱了政治话语的拘禁,可是并没有因此而拓展精神层面,不过是顺应着市场化的潮流,坠入形而下的层面。新世纪小说出现了可喜的反拨,开始从形而下回归到形而上,同时也由于自20世纪90年代中期以来整个社会对民族精神的强调,小说相应地也注重起精神内涵的追求了。"

张光芒的《论中国当代文学应该"向外转"》发表于同期《文艺争鸣》。张光芒认为:"总之,我们倡导文学的'向外转',着意在重新调整文学之'内'与'外'的关系、个体与人类的关系、审美与思想的关系、现实与历史的关系、叙事与道德的关系,等等。其中最重要也最根本的就是重新建立文学与社会生活的血肉联系与紧密的契合度,锐意突进外部世界与国人文化心理,创造直逼当下和人心的自由叙事伦理,从而建构起属于新世纪的审美空间与精神生活。"

24日 张鸿声、吴鹏的《"故事"叙述与文学性的回归》发表于《文艺报》。张鸿声、吴鹏指出:"作家格非的创作从《褐色鸟群》到《人面桃花》《山河入梦》以及《春尽江南》,这其中很明显的一条线索,就是格非从刻意的突出叙事技巧开始逐渐的开始重视作品的故事性。"从文学史的视野来看,"在传统中国文化中,是一直重视文学'故事性'叙述的。……20世纪80年代以来文学对于创作技巧和创作手法的追求是为了回归文学自身,为的是对抗文学的社会功能,祛除文学工具化的特征,而文学叙事性的边缘化却是这一愿望的不自然结果。文学作品是内容和形式的统一,是'故事性'和诗性的统一,实验和运用不同的形式是为了把作品内容表述得更加生动、活泼,表述的内容更加丰富和贴切。……叙事性以及叙事中的'故事性'的被强调是一种必然的趋势,是文学性回归的一种表现"。

28日 范小青的《关于〈香火〉》发表于《扬子江评论》第1期。范小青指出："许多本来很踏实的东西悬浮起来，许多本来很正常的东西怪异起来，于是，渐渐的，疑惑弥漫了我们的内心，超出了我们的生命体验，动摇了我们一以贯之的对'真实'这两个字的理解。有人读了《香火》，觉得这个小说在写法上有较浓郁的魔幻现实主义色彩，其实我想，更主要的可能不是手法，而是感受，是感受影响了写作的方式和写作的技巧。这就是我此一时的思想状况。"

吴义勤、房伟的《穿越"人""鬼" 洞穿历史——评范小青的长篇小说〈香火〉》发表于同期《扬子江评论》。吴义勤、房伟认为"《香火》叙述的是一个非常现代的'鬼与和尚'的故事"："香火的故事很有意思，他始终不是一个和尚。在菩萨受人尊重的时候，他却时常出言讽刺，当寺院遭到破坏时，香火却诚心向佛，卖了玉佛，为重建寺院四处奔波。香火这种边缘化的、可疑的'身份'，有利于他抛却利害，以旁观者的清醒，看待佛教在现代化和革命文化冲击之下，自身的困境和嬗变。……当然，《香火》呈现的不仅是一个佛教故事，更是一个'鬼'故事。……《香火》中的人鬼交流的故事，是非常中国化的，带有浓浓的伦理情感的故事。'鬼魂'与主人公香火，及小说的芸芸众生，同呼吸于一个时空内。鬼不仅能让他不想见到的人对他视而不见，而且更能在需要的时候，干涉、指引活人的行为……"

三月

1日 赵瑜的创作谈《文学报告小议》(《寻找巴金的黛丽》的创作谈——编者注)发表于《长篇小说选刊》第2期。赵瑜写道："建军(李建军——编者注)便讲：中国古代文艺理论当中，确实没有所谓的虚构说，都是在以'真'为基础的纪事前提下，宣讲如何写得更生动，直抵于'善'。"

同日，格非、张清华的《如何书写文化与精神意义上的当代——关于〈春尽江南〉的对话》发表于《南方文坛》第2期。张清华指出，格非"所追求的似乎并不是像有的作家那样，使用属于他个人的'风格化的雅语'，而是在寻找一种与中国传统小说语言相连接的、与中国的书面语传统的气息和韵味相融通的、同时又具有当代的现实及物性的语言"。

洪治纲的《乌托邦的凭吊——论格非的长篇小说〈春尽江南〉》发表于同期《南方文坛》。洪治纲认为："《春尽江南》是让人类的乌托邦情怀，从社会历史层面直接退回到人物的精神深处，并指出了它最终走向消隐的可能。"洪治纲进一步指出："对乌托邦的精心演绎，也从审美的层面上极大地强化了《春尽江南》的诗意质地，使这部小说显得优雅、轻盈而又处处洋溢着象征，充满了隐喻的意味。它将感伤的审美格调，从叙事语调的层面沉淀到人物的生命肌理之中，以乌托邦的凭吊，映射了某种事关理想和慰藉的人文主义情怀。"

李仰智的《真实："花非花"——一个问题、两部小说、三点启发》发表于同期《南方文坛》。李仰智认为："为了更确切有效地阐释新题材历史小说，我更愿意把它称为'人文关怀'，即在言说历史时是否以人为本，以个人化的记忆、经验、智慧和信念的视角把一个个活生生的人和生生不息的人性作为描述历史的出发点和目的地。"

孟繁华、唐伟的《面对百年中国的精神难题——评格非的长篇三部曲》发表于同期《南方文坛》。孟繁华、唐伟认为："三部长篇虽然仍有先锋文学的遗风流韵，但其主要成就是面对百年中国精神难题的正面强攻。在文学的精神和力量遭遇挑战的时刻，格非以自己的方式维护了尊严和正义的文学。"首先，"《人面桃花》的寓意或许就在于，人类对乌托邦的向往与寻觅不过是人心自我困境的折射"；其次，"《山河入梦》提供的或许是一幅历史的他者镜像，通过它，不仅历史的乖张面目——呈现，我们身处的残缺现实也无可隐遁"；最后，"《春尽江南》是一部现实主义作品，这不单表现在作家以巨大的勇气选择与现实正面的短兵相接，更在于它接续百年中国的精神难题，不回避知识分子的精神困境"。

同日，李国伟的《本土作家要扛起本土文学的大旗》发表于《作品》第3期。李国伟认为："一部小说，勾起海外游子对故土的思念，让他们在华夏文化中找到根的归属，甚至影响到两个国家的贸易往来，这就是文化的软实力。……本土作家应该以高度的自觉和自信，充分认识到自己在创作本土文学上的优势，以传承和传播本土文化为己任，勇敢地扛起本土文学创作的大旗。"

2日 何吉贤的《通过小说为时代立传》（对魏微《胡文青传》的评论——

编者注）发表于《小说选刊》第3期。何吉贤写道："但这篇小说没有精巧的故事构制，没有情绪的流动，甚至文字也褪去了作者原有的粘滞、流丽，而变得浅白、简练。描写和刻画让位于平淡的叙述，文学的'作者'似乎还原成了'讲故事者'。"

刘庆邦的《小说创作的实与虚（一）》发表于同期《小说选刊》。刘庆邦写道："进入小说的操作阶段，在实与虚的步骤上，我把小说的写作过程分为三个层面：第一个层面是从实到虚；第二个层面是从虚到实；第三个层面是从实又到虚。"

3日　《人民文学》第3期有"卷首语"。编者认为："鲁敏或许回到了现实主义传统中由福楼拜所开创的目光和方法：在大城市的边缘，一个传统工业区，一个具有特定风俗、风景和秩序的地方，平凡人物的选择和命运获得了史诗般的力量，在他们身上，深藏着某些影响和塑造千万人的因素、结构和动态。鲁敏在小说中常常表现出自我推敲和讨论的强烈倾向，她似乎是自己做了自己的评论家。有时也许是过度的，但鲁敏的'过'也正是很多小说的'不及'——很多小说缺乏专注、全面、精确地把握和理解人的意志，那种福楼拜式的意志。"

5日　张学东的《我的长篇小说之旅》发表于《文艺报》。张学东谈道："卡尔维诺如是论述：但愿有一部作品能在作者以外产生，让作者能够超出自我的局限，不是为了进入其他人的自我，而是为了让不会讲话的东西讲话……长篇小说的创作更加需要这样的生机与召唤，它可以让作家摆脱现实束缚、消除一切杂念，写作本身具有了使命感。"谈到自己在创作《妙音鸟》时遇到的问题，张学东说："小说写得太瓷实了，又过于紧贴那段历史，故事缺乏寓言式的灵动和宏大叙述的超脱，尤其在小说的时间处理上，显得过于笨拙和简单化了。"谈到2009年创作《人脉》时，张学东表示"接下来近两年半时光，我回到了传统，尤其是对中华传统儒家文化的涉猎"。最后，张学东总结道："长篇小说之'长'，在于对生命体验的丰厚积累，在于对时光岁月的幽深洞穿，更在于对文学创作的终极把握。"

12日　徐则臣的《文学是另外一种方程式》发表于《文艺报》。徐则臣指出："大多数作家的小说观事实上已经简化成：小说就是故事——找到一个好故事，就等于写出了一个好小说。……但故事的好坏、离奇与否还是成了很多作家判断小说的标准。所以，关于小说，我们往往张嘴就是故事的时间跨度、人物的数量、情节的起伏、性格的复杂程度等这些外在的指标，反倒把更深重的问题忽略了：我为什么要讲这个故事？"

朱文颖的《文学真善美别解》发表于同期《文艺报》。朱文颖认为："我们所谓的'小说应该回归故事'是不对的，真正的小说永远应该具有哲学层面的思考。故事仅仅只是、而且永远只是小说的基本……"

15日 汤哲声的《论新类型小说和文学消费主义》发表于《文艺争鸣》第3期。汤哲声认为："欧美、日本的流行小说打开了中国作家的创作视角，延续着欧美、日本流行小说的思路，他们开始在中国历史、原始文化、民间传说中寻找创作资源，于是中国悠久的历史、丰厚的典籍、灵异故事、神怪传说被广泛地汲取和自由地穿越。……从这个意义上去思考，中国的新类型小说实际上是世界流行文化的中国文本。"

20日 梁鸿的《中原作家的意义与可能性》发表于《小说评论》第2期。梁鸿认为"中原作家之于中国当代文学"的意义，首先在于"贡献了乡土中国的形态、声音与色彩"，而这正与"民族的深层文化、性格、生命状态相联系"。

李勇、田中禾的《在人性的困境中发现价值与美——田中禾访谈录》发表于同期《小说评论》。田中禾将"一部好小说归纳为：讲一个新鲜的、有趣的、有意思的故事；把一个故事讲得新鲜、有趣、有意思"。

於可训的《主持人的话》发表于同期《小说评论》。於可训认为田中禾"至少有两点"与"先前的思考者"不同：一是"田中禾把这个自我意识的异化问题"提到了人们面前，"那些刚刚被解放出来的普罗米修斯，一转眼又从另一个门溜回了这个笼子"；二是田中禾不"用中国人特别讲究的人情、人性去缓解痛苦，解救苦难"。

张清华的《虚构·元虚构——当代小说诗学关键词之二》发表于同期《小说评论》。张清华谈到"当代小说中虚构意识的自觉"时指出："在1984年到1985年前后扎西达娃、马原等人的新潮小说中，开始出现了'暴露虚构'的端倪与叙述策略。"张清华认为这是"一场叙事的变革，一场认识论和小说诗学的革命"，这些小说"是表达作家对于'真实'、对于写作、对于现实和历史、对于认知和表达的哲学和精神现象学的自觉思考"。

25日 高晖的《中国古典文学的真正传统是先锋精神》发表于《当代作家评论》第2期。高晖认为:"中国古典文学的真正传统就是先锋精神。从更高的意义上说,我们现在提出回归中国古典文学传统不应该是回归文学传统的形式逻辑,而应该是回归到以中国古典文学经典始终疏离主流意识形态为基本根脉的革命化传统体系中来,包括对现实的反叛、个体生命勇气的呼唤、精神出口的找寻、生命信仰的重塑。……从操作层面上说,对中国古典文学传统继承问题,实际上就是寻找中国文化的内在逻辑力量的问题,就是中国传统的美学经验的再度创造问题。"

王光东的《民间文学传统与"我们"》发表于同期《当代作家评论》。王光东表示:"我更愿意看到民间文学的传统能够在今天的文学创作中得到延续和呈现。这样说的理由主要有如下三个方面:首先,从历史的角度看,民间文学在新文学的产生和发展过程中始终起到了重要的作用。……其次,从现实的角度看,民间文学中包含着我们应对当下现实问题的思想智慧。……第三,从文学的表达方式和想象方式上看,民间文学对于今天的文学也有重要的意义。"

赵慧平的《转型时期需要文学与传统问题的新表述》发表于同期《当代作家评论》。赵慧平认为:"《康家村纪事》的文本意义在于,以个体生命和民间文化的天然、持久性,超越了当代中国文学一直难以逾越的政治文化营造的文学潜规则,同时,以不拘一格的表现方式在语言、叙事、人物、情节和虚构诸方面,超越了现代文学营造的散文与小说之间文体的'秩序'。应该说,作品是展现中国社会转型时期文学观念与创作的文本,需要有新的观念、理论与方法批评与阐释。"

四月

1日 李洱、张莉、霍俊明、房伟、杨庆祥、梁鸿、周立民的《非虚构与虚构(下)》发表于《上海文学》第4期。张莉在发言中强调了"非虚构"的意义:"在当下,作家对个体经验的倚重实际上禁锢了小说写作的发展,这也是今天我们强调非虚构写作的意义所在——应该重新看到身在的现实,应该重新建立对世界的体验能力。"

19日 韩少功、白池云的《中国文学及东亚文学的可能性》发表于《文学报》。韩少功谈道:"语言后面有生活、有故事、有人物、有特定的历史和文化。到了九十年代,我再次想到这一点,是因为接触到西方一个重要的哲学讨论,被西方人称作'语言学转向'的,大意是自维特根斯坦以后,很多人认为哲学上问题其实都是语言学问题。我并不赞成这种看法,但这种看法启发了我。"谈到小说传统,韩少功认为:"就我所涉及的阅读范围而言,似乎有两个小说的传统,一个是'后散文',另一个就是'后戏剧'。……脱胎于戏剧的欧洲小说,大多比较戏剧化,人物、情节、主题,构成了三大要素。而脱胎于散文的东亚小说,从《史记》中的本纪和列传,到《三国演义》等等,都有散文化的痕迹。"

24日 张晓琴的《世界格局下的中国经验书写》发表于《光明日报》。张晓琴认为,"文化本体意义上的中国经验是指对传统文化、伦理道德、精神信仰方面的反思与认同","在整个世界文学范畴中,中国的文学独树一帜,其美学、境界和'文以载道'的理念是整个中国文化精神的精髓"。

26日 陈应松的《我们为什么写作》发表于《文学报》。陈应松谈道:"现在的小说已经无法刺激起人们的阅读欲望,是巨大的问题。……要有强烈的陌生感,要变换姿势,要随心所欲。……小说不坏,读者不爱。坏就是有趣,不坏就是无趣。"

28日 丁帆的"卷首语"发表于《扬子江评论》第2期。丁帆认为:"《人间正道》《中国制造》《至高利益》《国家公诉》《绝对权力》《我本英雄》《我主沉浮》《梦想与疯狂》等一系列长篇政治小说和同名电视连续剧的问世,奠定了周梅森这二十多年来中国'政治小说'创作之王的基石。我不敢说其质量就达到了'政治小说'创作的巅峰,然其数量却是首屈一指的,我坚信,一个摸索了二十多年'政治小说'创作经验的资深作家,在'政治改革'春雷震动的感召下,一定会创作出无愧于一个即将到来的伟大时代的臻品!"

木弓的《一种与时代共同进步的文学——浅谈周梅森的现实政治题材的小说》发表于同期《扬子江评论》。木弓认为:"周梅森的小说有一个坚定的政治立场,那就是旗帜鲜明,理直气壮地站在国家政治和利益的高度去看待中国经济社会的发展变化。他前期'反腐'色彩较重的小说是这样,后期那些更有经济社会发展规律支持的小说也是这样。这种政治立场,构成了他的小说主人公基本的核心价值基调,有着鲜明的中国先进文化特质。"

王小平的《我的兄弟王小波(节选)》发表于同期《扬子江评论》。王小平发现:"令人奇怪的是,最好的白话文大多是译作。那时候有一批中文底蕴深厚的文化人从事翻译,把外文的句法结构不知不觉地引进中文,抹平了旧式中文中一些语法上的窟窿,把外文的语感和中文语感掺和起来,使中文中出现了复杂的句法结构,甚至出现了华美流畅的音乐感。"

本月

何同彬的《"历史"与"反抗"的意志——一九九○年代以来"先锋"意识的瓦解》发表于《山花》第4期。何同彬认为"把'先锋'加以'神圣化'的冲动是一种显而易见的'历史化'行为","是用'历史化'的概念性描述来把'先锋'本身知识化,成为平庸的、无意义的诗学言说的一部分"。

五月

1日 王秀云的《我们知道自己在做什么》发表于同期《北京文学(精彩阅读)》第5期。王秀云谈道:"还是那句话,我们知道自己在做什么。……我们对于这篇作品的包容,就是对中国当下社会境况的体谅和担当。我们希望用自己的一小块版面,提醒大家,中国还有这样一群人在这样生活;同时也告慰大家,即使在困顿的生存处境中,中国人依然秉承着优秀的民间品质,人与人之间依然还有这样一种恩情。"

同日,刘涛的《俗世中的奇,奇中的俗世——1995年至今十四篇"民俗小说"短评》发表于《南方文坛》第3期。刘涛认为"小说必源于对世俗的惊奇,或者在俗世中见出惊奇。但小说的根基在俗世"。谈到"民俗小说",刘涛指出:"在纷纭的小说流派中,'民俗小说'这一类较好地处理了俗和奇的关系。因为民俗本身就是俗和奇的结合,民俗是最俗的,也是最奇的,民俗有俗和奇两端。民俗是最现实的,但也是历史的,它自有渊源。这类小说尽管不起眼,甚至显得土里土气，但它们却实实在在，方方正正。不猎奇，于是小说就显得踏实厚重，有历史感；不庸俗，于是小说就显得灵动、清新、峭拔。……但这并不意味着小说只要和民俗相关或者遇合，就会成为好小说，就会避免猎奇之风。"

马卫华的《文心穷诘：〈尘埃落定〉的族性书写》发表于同期《南方文坛》。马卫华认为："《尘埃落定》表面上借百姓的痛苦和无助揭露土司阶层的罪恶，激起读者的义愤与同情，却在整体上夸大了嘉绒藏区上层社会的道德冷漠、堕落和下层社会的卑顺、麻木，所以不仅有失真实，而且虽在故事上取得引人入胜的效果，却因在族性书写上不能取得道德上的崇高感，从而使读者对于这个族群多有人道上的同情，而少有文化和人格上的敬意。由于缺乏美和崇高，作品在人性的表现上，便过多地沉浸于黑暗与丑恶的展示。"

2日 陆涛声的《以写忏悔为担当》(《丹青》的创作谈——编者注)发表于《小说选刊》第5期。陆涛声写道："我写小说重视故事性，重视细节，但更重视人物的性格本身的内涵，更重视人物为作出一次次人生抉择而产生的思维和感情波澜——理性的思考和非理性冲动，让读者见到他们灵魂深处的多个侧面。故事和细节不过是载体，退在二线。我不仅追求人物性格鲜明，更求典型、厚实、丰满、深刻，有文化含量和价值判断，能传递历史回声和时代足音。"

8日 许锋的《小小说的忧患表达》发表于《光明日报》。许锋认为"小小说表达忧患意识，是比较'容易'的——因为小小说篇幅短，千把字，写起来'容易'"，且"真正用心的写作，必然要把目光丢进集市，人群，街巷，底层"。许锋接着指出："作家的忧患意识，其实是来自骨子里的，来自长久的对社会的思考，对人性的批判。……小小说如果承载了忧患表达，也许会更有'骨感'。而'骨感'，是一种厚度、态度、深度。"

15日 朱大可的《文学：语文与算术的世纪之战》发表于《文艺争鸣》第5期。朱大可认为："人数、作品数、字数和营销数，成为评估'纯文学'和'类文学读物'的四种算术指标，犹如文学的'四项基本原则'。它们不断增长，向极限的峰值爬升，大肆牟取名声和市场的数字红利，主流作家不惜代价，卷入这场数字游戏之中，衰弱的文学企图以数字说话，但它除了给地方媒体提供短暂的炒作题材外，不能给文学自身带来任何增长点。……'纯文学'距离自身的家园日益遥远,并注定要成为一个失败的物种。……语文终究是文学写作的内核,不能用算术和体育去做简单置换。"

20日 关仁山的《在地为泥、在天为翔——自述》发表于《小说评论》第3期。关仁山谈到自己对"农民和土地"的珍视,也谈到了创作时候内心的"巨大的孤独"。关仁山认为"今天的农村生活五光十色",对于"如何把握今天的农村生活"这个问题,关仁山说作家"首先要深入下去",将农民"放在历史深层结构中去考察","从人性复杂多样的角度,来审视乡村社会所有人的行为动因";对于"现实主义与理想"的问题,关仁山认为"今天面对乡土应该呼唤这种理想","我们的农民兄弟不仅有物质需求,更有精神上的需求。这种需求是来自生命本身的呼唤"。关于如何面对时代、面对市场,关仁山表示"市场使我们更加理智和清醒了"。最后,关仁山总结道:"我的小说情节还应该再复杂,复杂得令人炫目。我想我们应该有一种兴趣,一种自信,重新发现土地的秘密。"

孟繁华、关仁山的《现实精神与理想情怀——关仁山访谈录》发表于同期《小说评论》。关仁山认为:"现实主义是一种现实精神,一种价值立场和一种表达生活的方式。……好的小说,既是社会的,也是走进心灵的。……作家应该将现实问题转化为艺术的灵魂。"

张清华的《传奇——当代小说诗学关键词之三》发表于同期《小说评论》。张清华总结了"传奇"叙事的基本功能与美学属性:第一,"从内容上说,传奇不只是'谈神论鬼'与'英雄侠客'的专利,更是对历史沧桑与世态人情的真实演绎";第二,"在写法上,不论是何种风格与手段的叙事,都可以作为讽喻现实与寄寓人心的寓言来读,因此上述两点,它几乎涵盖了中国古典小说的所有叙事类型";第三,"在美学上,它既包含了'才子佳人式'的喜剧形态,也包含了'奇书'叙事的悲剧形态,因此也可以说是关于中国古典小说美学风格与神韵的一个总称"。在此基础上,张清华梳理了"当代传奇性小说的踪迹与特征",认为"'传奇'的某些要素以'潜文本'的形式,借助当代中国的'革命文艺'环境更充分地展现了出来",在"八十年代后期出现的新潮与先锋小说"中也可见这种"复活"的迹象,如"莫言早期的《红高粱家族》,稍后的许多'新历史叙事'，都接近于一种'新式的历史传奇'"。

周晓静的《词语陌生化和莫言小说语言的弹性美》发表于同期《小说评论》。周晓静认为："他（莫言——编者注）尊重自己的感觉，依据感觉找语言，对那些陈旧的、已经调动不起人们好奇心的组合，打破常规重新组合并赋予新义，用特殊的语言使感觉得到最生动的体现。"具体表现为"词语变形""词语重组"和"词义别解"。在"词语变形"方面，"《红高粱家族》中最主要的词形变化是 AB—AABB。现代汉语的形态变化不多，AABB 式是其中之一，一般适用于拟声词、形容词，通过音节的重叠增进语感的繁复，这样既可以增强音乐美，又可以加强语意，能够传神地描写出人物音、形、情、态，增加语言的形象性，增强感染力"。在"词语重组"方面，莫言常采用"改变词性的词语重组""改变理性义的词语重组""改变感情色彩的词语重组"三种方式追求"有鲜明个性的、陌生化的语言"。

25 日　刘巍的《图像时代的文学功能》发表于《当代作家评论》第 3 期。刘巍认为："图像时代的文学功能与它在文化系统中特殊的地位和作用，与它一以贯之的特点和这个时代的特性是分不开的。在现实的语境下，它的'有用'更直接地为读者（消费者）的需求所左右。人们先前对文学的需求（政治？）现在可能会转向，先前没有的需求也会产生，文学的基本功能（认识、教育、审美）随之经历了由宏大到日常、由全局到具体的改制，其普适性与个体性一同彰显。"刘巍指出，"图像对既有文学功能在某种程度上进行了解构，遭解后的文学功能在力度、深度等方面都呈现出这个时代独有的特质，但其芯子仍未动摇"，即"切身功利的教育功能""钩沉本质的认知功能"和"操控图像的审美功能"。

六月

1 日　张颐武的《凸显中等收入者的困窘——评范小青的〈今夜你去往何处〉》发表于《北京文学（精彩阅读）》第 6 期。张颐武谈道："最近，不少传统纯文学作家的写作，对于现实的表现往往是通过琐碎的细节进行深入的心理和生活的观察。这是一种新型的'琐碎写实主义'的潮流，就是通过都市生活细节的表现凸显中国生活的新形态。这种形态是中国在新一波的全球化和全国化中面对的新的问题的新的写实的表现。范小青这部作品就显示了这种琐碎写实主义的魅力所在。"

2日 刘庆邦的《小说创作的实与虚（四）》发表于《小说选刊》第6期。刘庆邦写道："我所推荐的以上几篇小说（《老人与海》《草原》《阿Q正传》《边城》《务虚笔记》《虚证》《年月日》——编者注），之所以达到了小说创作的高境界，是它们都具备了以下几个特点。第一，小说是道法自然的，与大自然的结合非常紧密，都从大自然中汲取和借喻了不少东西……第二，小说从大面积的生活中抽象，抽出一个新的、深刻的理念，然后再回到生活中去，集中诠释这个理念，完成了对生活的高度概括。第三，这些小说的情节都很简单，细节都很丰富。它们不是靠情节的复杂多变取胜，而是靠细节的韵味引人入胜。……第四，这些小说都在刻画人物上下足了工夫，人物不但情感饱满，而且有人性深度。"

15日 曹禧修的《鲁迅的高度与新时期文学的限度》发表于《文艺争鸣》第6期。曹禧修认为"张弦的《被爱情遗忘的角落》被认为是'新时期婚姻伦理小说中最有分量的篇目之一'"，然而"其思想蕴含具有明显的时效性，当极左政治结束时，其有限的认识价值自然让位给历史文献价值"。和鲁迅比较而言，"鲁迅的《伤逝》有三层悲剧性结构，相应地也有三层悖反性的结构意蕴，每一层思想意蕴无不超出'五四'社会的普遍认识水平。经过近90年风雨磨砺后的今天重读它，依然给我们多方面的思想启迪甚至灵魂的深层震动"。虽然"其（《被爱情遗忘的角落》——编者注）亮点大多数是鲁迅叙事传统的承传……但张弦叙事思维的限度依然很明显"。在张弦的小说中，"一旦极左政策被取代，极左思维被清除，人们就不再贫穷，悲剧就可避免。这与鲁迅的循环悲剧中所展示的文化传统的强大思维惯性、人性不可捉摸的黑洞、文本性思想以及多层结构性体制的复杂纠结，以及因此复杂纠结而生成的永恒的苍凉、虚无和绝望，还是不可同日而语的"。

18日 刘汀的《作为事件的小说》发表于《文艺报》。刘汀认为："在一个媒介如此发达而作者又时时和自己的作品捆绑出现的时代，小说再也不可能是一件单纯的文本。每一部作品都必然要和自己的作者、评论、广告形成一个或大或小的事件。在这个事件里，即使单独看作为文学物质载体的书籍，其封面、扉页、前言、后记等的勾连关系也前所未有地参与了意义的制造和消解。从接受的方面看，当下的读者只能一股脑地把无数种与此作品相关的事物全盘容纳，之后才可能谈及日渐微弱的阅读感受。"

21日 陈金霞的《网络小说，能否YY得少一些》发表于《文学报》。陈金霞认为，"在网络小说一片繁荣的背后……隐忧之一，就是YY小说所折射出的青年人价值取向问题"，因为"YY小说主要写的是现实中不可能发生的事……这些小说想法天真，内容庞大，故事情节多不符合事实逻辑"，且"许多作品缺乏应有的思想境界"，"最致命的问题是它的价值观、道德观。它最基本的价值观是利己主义"。

28日 丁帆的"卷首语"发表于《扬子江评论》第3期。丁帆谈道："多少年来，人们都把黄蓓佳看作是一个儿童文学作家，不错，她的儿童文学的确影响很大，但是我以为真正能够体现黄蓓佳创作水平的还是她那些略带淡淡惆怅的浪漫风格的小说。作为一个有四十年创作经历的中年作家，她起步早、作品丰，且质量高，亦如毕飞宇对她作品的评价那样：'什么是好小说呢？好小说有一个标志，它会成为读者的梦，连颜色都没有了，影影绰绰。它却是活的，有显着的生命体征，想忘都忘不了。'忘不了的不仅是近期的长篇《家人们》《所有的》，还有昔日的《派克式左轮》《玫瑰房间》和《去年冬天在郊外》那样值得追忆的篇什。"

七月

1日 《北京文学（精彩阅读）》第7期有《热线》专栏。有读者向范小青提问："您为什么如此热爱短篇小说创作？这些年有哪些心得，如何能写出这么好的短篇小说？"范小青回答道："有人觉得现在短篇小说的地位已经不再显赫，我倒是觉得，短篇小说本身可能也不具备特别风光特别轰动的因子，因为它是供人细细地静心地读，是慢慢品的，像品茶一样，不是喝酒，更不是喝烈酒。……怎么才能把短篇写好？这也是我自己每天都在问自己的问题。如果要简单概括，我想就是：用心感受，精心打造。"

同日，陈忠实的《有关〈白鹿原〉手稿的话》发表于《江南》第4期。陈忠实谈道："再三反复写一篇东西，对人物和情节的新鲜感就发生减弱以至消失，很难冒出生动恰切的文字。尽管这种写作习惯有违'文不厌改'的古训，我却仍然积习难改。这样，便为自己立下一条硬杠子，集中心力和精力，一遍过手，一次成稿。在我所能作出的唯一选择，就是冷静叙述，首先取决于面对小说人物的事件和命运，叙述要冷静；面对各个人物的叙述角度的把握要准确，同样需要冷静；只有冷静的叙述，才能保持笔下书写文字的基本工整和清晰。"

同日，李运抟的《聚焦问题的文学"社会档案"——关于新世纪中篇小说的文学社会学思考》发表于《南方文坛》第4期。李运抟认为，"新时期以来的小说家族中，中篇小说创作值得另眼相看"，主要表现在三个方面："一是其代表作在某些文学流派形成中具有核心作用"，"二是发展比较稳健"，"三是保持纯文学风貌"。李运抟还指出："审视新世纪中篇小说（本文涉及作品有些发表在世纪之交）显示的文学与社会的关系，就主要体现在对当下焦点问题的关注。面对弱势群体、权力状况、物质主义和道德走向等重大问题，以及扑朔迷离的社会纠结，作家思考既表现了鲜明立场，价值评判也呈现出矛盾。既有现代意识和传统观念的冲突，现代情感与古典情怀的徘徊，更有现实经验和理想期待的困惑。"

王春林的《"中国问题"的深切触摸与思考——第八届茅盾文学奖小说主题的一个侧面》发表于同期《南方文坛》。王春林认为："举凡是曾经在中国的现实中或者历史上对于中国社会的发展演进产生过重要影响的种种社会问题，实际上也都可以被看作是需要我们予以强烈关切的中国问题。"王春林指出："诸如张炜的《你在高原》、莫言的《蛙》、刘醒龙的《天行者》、刘震云的《一句顶一万句》、蒋子龙的《农民帝国》、关仁山的《麦河》、刘亮程的《凿空》等一些作品，都属于触摸关注表现中国问题的优秀长篇小说。"

同日，李云雷、李洱、梁鸿、房伟、霍俊明、周立民、张莉、杨庆祥的《长篇小说的"中国化"及其他》发表于《作家》第13期。该文章是现代文学馆客座研究员例会针对长篇小说及其发展趋势展开讨论的成果。

李云雷指出："五四新文化运动以来，'小说'作为一种外来的文体，如何表达中国人的经验与情感，始终是一个没有得到完全解决的问题，但是仍有一些作家在孜孜不倦地探索着。新时期以来，在'走向世界'的趋势下，很多作家注重向国外作家学习，却忽略了中国本土的思想与文学资源。新世纪以来，伴随着中国在世界格局中位置的提升，中国作家的自信心也在不断增长，而中国经验的丰富性与复杂性也在呼唤着中国作家突破'小说'的固定观念，创造出能够充分表达出中国人经验与内心世界的新的'小说'形式。这一趋向在中短篇小说中有着明显的变化，在长篇小说中也有突出的表现，比如《古炉》《天香》《春尽江南》……贾平凹的《古炉》……在写作方法上，作者不注重故事性与戏剧性，也没有中心情节，而以散点的方式将细节与人物连缀起来，细部极为真切琐细，而整体上形成了一种莽苍的厚重感。自《废都》以来，贾平凹就尝试以一种'世情小说'的方式描述当代生活的浮世绘，这一方式在《秦腔》中得到了集中的表现，《古炉》也可以说是这一创作方式的延续及其最新成就。在这里，值得注意的是两点。一是贾平凹试图表现的是中国式的经验、情感、生活方式与人际关系，他并不是以一种外在的视角来观察，而是力图进入中国村庄与生活的内部，表现出其内在逻辑及其运作方式，同时他所描述的也不是传统中国人的生活，而是置身于现代性变化之中的中国人的生活，或者说贾平凹所切入的现实，是中国从传统到现代过程中的一个切片，他让我们看到了这一特定时期中国人的生活与内心世界。另一点，是贾平凹的表现方式是一种中国式的表现方式，在他的小说中，我们可以看到传统'世情小说'的影响以及中国画的笔墨与技法，他放弃了中心故事，而在生活中人与人关系的微妙变化中推进小说，也放弃了透视，而注重细节与整体意蕴的表达，在这背后，则隐藏着中国人的思维方式与世界观。"李云雷认为，"贾平凹的探索，可以说是中国长篇小说'中国化'的一种重要尝试"。

周立民认为："近年来各种领域里的中国化、中国模式的呼声很高，文学仿佛也从80年代的西化中撤退到民族的审美中，莫言从《檀香刑》到《生死疲劳》的努力和主张都是这样的样本。我想重视前辈们的一些提醒，会让我们不至于舍本逐末，也不至于认为用一点民间的语言、形式就一厢情愿地认为这是'中国化'，客观地讲当今的中国化首先不应当是自闭的民族形式，其次，中西的交融已经不动声色地出现在作品中，作家对人物的分析、叙述的视角等，早已是非常西化的。如格非的《春尽江南》之类，无论语言上怎么像《红楼梦》什么的，但书中心理分析，甚至作为多余人出现的谭端午也有着自己的人物谱系，很难刻意分别出这是中和西，中国人已经不是封闭的土地上的人。第三，那么，'中国化'从何体现呢？我认为关键是要抓住现实的土地和人的灵魂。即以贾平凹为例，从《商周初录》《浮躁》，到《高老庄》，至晚近的《秦腔》《古炉》，我不否认形式的探索在作家写作中的重要作用，比如贾平凹在写作《古炉》中自言从国画中所获得的启示，但最好的长篇小说无疑形式即是内容，两者高度的契合才有完美的艺术。而《秦腔》《古炉》这两部长篇，最值得重视的艺术经验倒是形式的退隐，而以生活的本相直接呈现于我们面前。贾平凹一回到他的故土上便精神健忘、笔笔生花，甚至可以说，他是这片土地上的一棵树，与这里的一切盘根错节，正是这些，哪怕是写人物的几句话，也活灵活现，而其中你感受到的中国化，不恰恰是这片土地上的人流淌着中华民族的血吗？他抓住的不是外在的语言，还有他们的行为方式和思维方式，而那些让你缺乏这种感觉的作家，首先是他们没有抓到这片土地的灵魂——对于长篇小说来说，不是'抓'，而是它与你的灵魂融为一体甚至相互厮杀。如果没有这些，又怎么能写出'中国化'来呢？"

4日 本报记者武翩翩的《"小说需要更多的审美意外"——访作家鲁敏》发表于《文艺报》。鲁敏谈道："在我们的长篇样本里，跨度巨大、人物众多、故事复杂的优秀作品，其存量已经足够丰富，也达到了相当的高度，即使从生态种类讲，我也情愿'不走寻常路'，为其增添一些现代性的品种。小说是一门古老的艺术，却也是不断爆发新鲜力量的艺术。我希望能够成为这样一种力量……每个作家都有自己对小说的理解与理想，并在寻找着最适合自己的路径与样式。沙雕很大，微雕很小，各有其不可替代的美，从来就没有轻重好坏之分。"

10日 李雪的《对古典美的深情回眸——评中短篇小说集〈爱情到处流传〉》发表于《光明日报》。谈及付秀莹的创作，李雪表示："她（付秀莹——编者注）总能把细腻的笔触探入人性的幽暗皱褶中，恰到好处地捕捉着时代风潮的缕缕脉动；更兼叙述绵密而婉曲，语言古朴而雅致，在当今文坛上确属雏凤清声，高标出尘。"李雪认为付秀莹属于现代小说的抒情化流脉:"虽然付秀莹对人性的幽暗皱褶的探索具有现代意识,但是她的小说艺术却具有雅致的古典美,延续了沈从文等人开创的中国现代小说中抒情化、诗意化的那脉流向。她的小说在情节上淡化戏剧性,注重诗性意境和意象的设置,叙述节奏舒缓,风格绵密雅致,在叙述者的安排上往往独具匠心。"在语言风格上,"她的小说语言也特色鲜明,她大多采用短句,少修饰词,节奏明快,就像春天路边的野草一样生机蓬勃,满含着生活的原汁原味。此种短句似乎让现代世界的快节奏舒缓了下来,世界的样貌慢慢地变得更为清晰,在艺术国度里闪耀出金色的光泽。应该说,付秀莹的语言风格其实暗含着她对现代文明的批判态度,对古典美的深情回眸"。

15日 雷达的《地气·人气·正气——谈谈我对当前文学发展的几点思考》发表于《文艺争鸣》第7期。雷达认为:"作家要得到人民的喜爱和经受历史的考验,就要回答人民在时代生存中的问题,就要表现人民在时代生存中的灵魂状况,就要以广阔的同情心和深刻而细致的人性体验来塑造时代的人民形象,就要以人类理想和崇高的精神价值来引领人类昂扬向上。一个作家如若冷淡了人民,远离人民,过度自恋,只迷信'内宇宙',他的创作也就失去了重要意义。1990年代以来,文学变得更加多元,'个人化''知识分子''民间''欲望',乃至'身体'等等,纷纷成为一些创作的向度,皆无不可。但无论是国家、民族还是文学自身,都需要一个主体性、根本性的方向。丢掉了人民,也就丧失了人气之源,其作品至多是昙花一现。"

雷达、张继红的《文体、传统与当下缺失——当代长篇小说求问录》发表于同期《文艺争鸣》。雷达表示:"长篇小说真正的本质应该表达什么?篇幅肯定是重要的,但是比它更重要的就是怎么概括生活、把握世界。……其实说简单一点,古典文学其很重要的地方体现在这三方面,一是突出人物,二是有明显的细节,人物有戏可看,有强烈的现实性,三是有深厚的文化底蕴,即好故事、现实性,以及深厚的文化底蕴,这是长篇小说征服人的地方。"雷达还指出:"我们现在的写作者懂得文学'语言经济'的不是很多,虽然他们的大部头的小说一部接一部,但语言方面的'修炼'很缺乏。"

17日 邵燕君、王祥、庄庸、陈村的《网络文学：如何定位与研究》发表于《人民日报》。

邵燕君认为，"网络文学的抱负应该是先做好类型文学，超越性的类型文学只能出现在出口而不是入口"。

王祥认为，"定位网络小说的坐标系，应该是东西方神话、传奇，中国明清小说，现代武侠小说，西方玄幻、魔幻小说，市场化类型化电影等等艺术形式，它是以传统的故事情节写作手法为主的类型化小说新军"。

20日 冯积岐的《坚持个性化写作——自述》发表于《小说评论》第4期。冯积岐坦言："写作对我来说是一种对抗——对自己的对抗，对这个时代的对抗。"冯积岐认为"一个小说家，必须坚持自己的小说美学观，按照自己对小说的理解写出属于自己的小说来"，"小说是美的符号"，而这种美"离不开形式的构架"，"一个有个性的写作者必定是在形式上有所创新的追求者"。同时，冯积岐指出，"小说就是人物的心灵史"，"一个好的写作者要有能力窥视到生活背后的生活，有能力剥离'伪生活'，有能力表达边缘的东西"。

25日 范小青的《个人写作中的民间资源》发表于《当代作家评论》第4期。范小青谈道："我的长处就是对现实生活特别敏感，现实生活中有很多东西别人会不太在意，但是在我这儿很可能就成为非常好的资源。……我个人创作中的民间资源就是我们的现代社会，现代社会的特点我觉得有这么几个……我说的一个是快，一个是多、乱，还有一个是利和义的关系。在这样几个特点之下的文学创作是面临着既好又坏的一个时代，正是因为既好又坏，它才会成为最好的资源。"

梁海的《建构中国当代文学的美学品格》发表于同期《当代作家评论》。梁海认为："文学的美学品质不仅表现在写作技巧、写作手法、叙事方式、结构、虚构、想象、联想、语言、风格、意象、形象、修辞、文体等艺术形式方面，而且，文学还要去承载诗意的人文情怀，并将两者在一元化的有机统一中彰显出写作的个性化特点和原创性品格。说到底，文学真正的生命力，最终在于张扬一种美的、诗意的力量，与此同时，透视出文学家的灵感、灵魂和智慧，以及他积极地参与美的创造的自觉意识。"梁海总结道："这一方面需要我们'向后转'，到以往的创作经验中去挖掘；另一方面，又需要我们'向前看'，具有开拓的勇气和信念。"

张清华的《"中国经验"的道德悲剧与文学宿命》发表于同期《当代作家评论》。张清华认为："所谓'现实主义'的写法，'深入生活'的方式，常常是消灭作家的个人体验与主观创造力，是拾取了别人的、虚构的现实，而丢弃了自己最核心的经验，也即最真实的现实，结果只能是伤害文学和写作。……真正意义上的艺术的书写，即'作为文学叙事的中国经验'，还要还原到个体生命与个体形象的主体之上，也就是要写出具体的'人物形象'，落实到'艺术的主体'上，才会产生出更具有现实和历史载力的叙事。所以，只有当这些最切近于我们周身现实的故事与景象同我们再度'拉开距离'之后，才会变成'文学意义上的中国经验'，而不只是'现实意义上的中国经验'，它们最终才能变成当代中国人的'精神影像'和"文化记忆'。"

30日 本报记者李晓晨的《格非：从"叙述空缺"到"向故事致敬"》发表于《文艺报》。格非指出："（80年代的先锋小说——编者注）完全套用西方模式理解人与世界的关系，表现在小说中就是场景化、碎片化，以空间取代时间，以场景代替故事。……到了30多岁时，我突然想明白了。现代主义文学丢掉故事其实不过100多年，而故事从诞生起已经过了多少万年的积累。……我开始重读话本、传奇、'三言二拍'，发现中国从古典文学到现代小说的演变走的又是另一条路。"

本月

霍俊明的《想象"历史"与"现实"的"失败之书"——格非的〈春尽江南〉与"先锋文学"的命运》发表于《山花》第7期。霍俊明认为格非处理"历史性的现实"和"日常化的现实"的能力是"不对等的"，因为"处理正在发生的'现实'对于作家们而言无异于一次巨大的冒险和挑战……'日常化的现实'一定程度上比'历史'对作家综合能力的要求更高、更严苛"，而"80年代中国的'先锋'作家因为一定程度上的集体性的'本土化'和'中国化'的营养不良而导致了这种写作的不够纯粹性和个体主体性的丧失"，"正是这种惯性的'脱节'导致了长时期以来中国作家处理'中国化'历史和现实能力的数度缺失"。霍俊明指出:"只有小说家们同时在历史中看到当下,在现实中反观历史,我们才能同时用两只眼睛来观看这个世界以及同样深不可测的内心渊薮。"

八月

3日 贺绍俊的《小说:为时代生产和储存思想》发表于《人民日报》。贺绍俊认为:"中国当代小说还未能有效地担当起思想的功能……一方面,小说家对当代思想的走向和突破缺乏敏感和热情;另一方面,中国当代思想家的思想见解有待深入,特别是建立在本土经验上的思想见解,缺乏足以让小说家感动的思想成果。……尤其是中国自上个世纪以来走着的这条独特的道路,积累了大量丰富的本土的新经验,最伟大的思想应该从这里生长出来。"

同日,《人民文学》第8期有"卷首语"。编者认为:"'新浪潮'的作者,均为首次在本刊发表作品的新人。于一爽是一个有着奇特语感的年轻作家,叙述很是随意率真,却不失细腻精微,情绪节奏上的轻重缓急自有照应,妙趣与感伤浑然相融。《俩人》里其实有三个小短篇,'俩人'可以是恋人,可以是朋友,也可以是代际关系,在这样并不张狂的形式结构中,语感仍如自由的精灵在真切地欢蹦乱跳。该喧腾的时候就要喧腾,该虚静的地方就得虚静,美妙的语感,何尝不是文学的胜境。"

15日 钟怡雯的《论莫言小说"肉身成道"的唯物书写》发表于《文艺争鸣》第8期。钟怡雯认为:"莫言在不同场合多次提到农民经验对他的影响,这最根本的影响其实在他的小说中发挥了他的农民特质,一种唯物的写实基调,在写实之上覆盖上雄浑想象,也往往要把这种想象写到极端,发挥'往死里写'的功夫。这种雄浑的想象形成了张闳所说的挥霍风格或扩张性文体,亦是莫言小说的精彩之处,所谓小说家的技艺,说故事的本领和方式,风格也。"

20日 邓毅的《小说叙事与民间原生态呈现》(评谢向全的长篇小说《大码头》——编者注)发表于《文艺报》。邓毅认为:"神秘的历史感同小说的结构和叙述方式紧密地结合在一起,使人感觉似乎叙述者是在与读者阅读速度完全同步的状态下进行叙述的。"从整体来看,"小说呈现的,是一幅对中国特定时代的历史、文化、意识形态的解构图景，使人感受到一种可以归属整个民族的悲怆与可叹，一种对中国的现实社会依然具有撞击力量的沉思"。在叙事技巧上，"小说在叙事过程中大量穿插运用重庆方言、土语，突出展现了重庆的地域文化"。另外，"作家巧妙地采用注释的方式，既解决了小说整体结构的协调问题，也为文本的阅读做了必要的补充，一定程度上强化了码头小说的地方色彩和民族特色"。

30日 ［日］阿刀田高、莫言的《小说为何而存在》发表于《文学报》。莫言谈《生死疲劳》的创作时说道："至于为什么要写轮回，写到佛教里面六道轮回，人死了以后变成各种动物的观念，这是一种小说结构的需要。……有一次我去庙宇里面参观，墙壁上有一幅关于六道轮回的壁画，我茅塞顿开，小说一下子就写好了。总而言之，我的小说还是要塑造人物，作家的思想是通过人物的行为，通过人物的性格，通过人物表现出来。作家应该尽量保持一种客观、公正的态度，中立的态度，不去对人物进行道德和价值的评判，要让人物自己说话……"莫言还说道："我认为小说之所以不会死亡，就是因为小说是一种独特的审美形式，它的审美形式就是以语言为基础。……我认为小说家和文学家的区别在于，文学家创造了自己独特的文体，对母语的发展作出了贡献。而小说家就没有创造出来独特的文体，他可能讲了很多精彩的故事，但是没有对语言作出贡献。"

九月

1日 白连春的《人物比故事更重要》发表于《北京文学（精彩阅读）》第9期。白连春认为："先有人物后有故事，故事由人物生出，有什么人物必然会发生什么故事。"

同日，房伟的《历史的反思和艺术的创新》发表于《南方文坛》第5期。房伟认为："小说《父亲和她们》的叙事探索性很强……以复调叙事的手法，制造出一幅众声喧哗的现场化历史，从而将一个世纪中国的历史沧桑巨变，化为近距离的时空感受，纤毫毕见地呈现在了我们面前，从而让我们更好地理解中国近代史的变迁，反思革命思潮给中国人带来的历史经验和教训。……然而，这部小说,又不是一部《白鹿原》似的'以家族史写革命史'的版本。在对家族历史细节的追述中,小说家为我们展示历史的复杂性和可能性,而不是某种确切的拯救。小说展示了当革命不能承受之轻的情况下,中国人内心复杂曲折的嬗变。""就小说艺术而言,《十七岁》丝毫不逊色于《父亲和她们》,是一部另类的历史成长小说",小说采用"一种'空间化'的隐喻:不但消解了线性叙事的历史宏大叙事的专制性,且……在网状叙事之中,作家凸显了'青春气质'的价值意义。……这种青春气质,既形成了对现代中国历史的反思,又表现出了自我塑造的勇气。青春的成长,意味着一种合乎理性的自我主体的确立"。

翟文铖的《70后一代如何表述乡土——关于徐则臣的"故乡"系列小说》发表于同期《南方文坛》。翟文铖谈道:"徐则臣小说中的故乡首先是精神意义上的乡土……其次是飘忽的情绪记忆……徐则臣的小说中似乎特别强调感觉的体验。"翟文铖认为:"这是关于田园牧歌的抒情诗,是古老的'桃花源'式的文化记忆,隐含着知识分子归隐乡里的传统情结,是他们在'治国平天下'之外孜孜以求的精神家园。"不过翟文铖也指出:"徐则臣的小说在将这一传统予以重新回溯与追祭的同时,也显得更为含混和综合了,这表现在,他既把乡村世界的再度解体看做是一种历史的必然,同时也十分留意这一过程中的苦难与代价,留意乡村文明中原生的民间性文化形态的余脉与丧失。"

3日 毕飞宇、张莉的《批评家和作家可以照亮对方》发表于《文艺报》。毕飞宇"把史诗模式定义为'最容易的小说',也就是'最偷懒的小说'",因为"史诗模式的作品都是贴着历史阶段写的,从一个阶段开始,到另一个阶段结束。它的结构是现成的,再开阔、再宏伟,史诗模式的结构也是现成的"。然而,毕飞宇说:"我始终在问自己:现实性到底在哪里?我的答案是,在人物的内部。我理解的现实性永远在主体的这一边,而不是相反。……对'现实感'的判断,不是一个逻辑问题,而是一个美学问题,读者有权利跳过逻辑做出美学结论"。总之,毕飞宇强调,"个人记忆和民族记忆肯定不是对立的,但是,他们也不是对接关系,它们之间没有一种必然的、天然的对接","我们要在更大的信念之下'处理'我们的个人经验"。

范得的《墨白：用记忆为故乡着色》发表于同期《文艺报》。墨白认为："现代小说的叙事有着非常复杂的成分。旧有的叙事观念是要讲一个故事，其实，小说最重要的叙事手法是由叙事所构成的悬念。小说的叙事悬念是由叙事的语感、人物的情绪、事件的象征、主题的隐喻、叙事结构等多种叙事元素构成的。我们平常说的故事，在现代小说叙事里只是构成小说叙事的一个基本元素，而小说的悬念是由像故事这样的多种元素所构成的，现代小说的叙事有着自身的哲学根基。"

同日，雷达、张继红的《呼唤21世纪读者的灵魂读物——当代长篇小说求问录》发表于《中国艺术报》。编者写道："当下长篇小说是否已远离读者？作家在创作中存在哪些不足？在文学现代化转型中，长篇小说传统是否存在断裂？如何重新认识与继承传统？对于这些问题，不少文学评论家曾做出过思考，然而依旧留有困惑。谁能给出答案？在这场求问录中，或许会给我们带来一些启示。"

针对"寻找长篇小说的文体意识和经典背景"这一问题，雷达谈道："我们需要回过头来冷静地研究研究长篇小说的文体，回到长篇小说的文体意识上来，回到长篇小说的传统上来。至于怎么回，就是要寻找长篇小说的经典背景。……首先要研究长篇小说这样一种文体，从文体中寻找问题，再谈长篇小说的经典背景，或经典传统……当然知识分子传统是一个绕不过去的资源。……长篇小说真正的本质应该表达什么？篇幅肯定是重要的，但是比它更重要的就是怎么概括生活、把握世界……"

针对"中外小说传统及其创造性转化"，雷达谈道："我觉得不要害怕传统，一切的创新都来自传统。"关于中国小说传统，雷达说道："首先，中国小说本身有一个伟大的传统……其次，我们沉入文体的研究不够。西方文学评论家眼中的小说主要是个人的、虚构的表达，而我们的文学传统与历史结合，文史不分家，同时，讲史传统和说话传统和口头文学相互结合……当然，我们的小说到了《金瓶梅》则摆脱了讲史的传统，它让小说回到日常化和生活化，它有非常高级的白描。其实，这还是一种传统。……古典文学其很重要的地方体现在这三方面，一是突出人物，二是有明显的细节，人物有戏可看，有强烈的现实性,三是有深厚的文化底蕴,即好故事、现实性,以及深厚的文化底蕴,这是长篇小说征服人的地方。我们现在的长篇小说在这三方面都是缺失的,故事讲完就完了,光剩一个故事的空壳了,没有让人回忆的饱满的细节,这就是我们长篇小说存在的问题……"关于西方文学传统,雷达表示:"我觉得只要有一个创造性的转化,就可以形成我们的经典背景。特别是19世纪文学,我觉得我们不要轻视它……我觉得19世纪文学在长篇小说方面仍然是难以超越的一个高峰,这些文本在今天还能对我们起作用,不容忽视,可是我觉得我们关注不够。"

针对"长篇小说创作的当下缺失"现象,雷达谈道:"我们现在的写作者懂得文学'语言经济'的不是很多,虽然他们的大部头的小说一部接一部,但语言方面的'修炼'很缺乏。……我觉得目前长篇小说除了我先前提到的作家主体精神的修炼、正面价值的倡导、超越精神、提升原创力之外,我想一些相对具体的问题值得我们重视。第一,就是我们今天的小说对乡土经验的处理比较成熟,但是对现代转型过程中的城市经验表现得很不够……第二,作家应该具有'原乡'情结。第三,仍然是写'人'的问题。"

5日 杨争光的《小说艺术手记》发表于《花城》第5期。杨争光认为:"在相对论被发现之前,是不可能有自觉的普鲁斯特、福克纳、马尔克斯,也不可能产生以'意识流'为主要叙事手段的小说艺术。甚至,也不可能产生'结构主义'。卡夫卡、加缪属于另一路,他们和人类对'存在'的发现更亲近。在小说艺术中,'存在'是人的存在,生命的存在,感性的表述可以是'处境''境遇'和'性态'。小说艺术正是通过对'处境'的呈现而抵达'存在'的。……小说艺术不仅知道存在不是实在,虚无也不是不存在,而且知道在故事和人物的行动中,如何合适地呈现这种区别,所以,小说艺术不是寓言,但可以包括寓言;不是象征,但不拒绝象征——事实上,艺术理论从来就没有精准地诠释过'象征'。小说艺术更多触及的不是情感神经,不是泪腺。感动和催人泪下很容易做到,非小说艺术的小说已经驾轻就熟。发现并呈现人类的悖论性生存和生命性态,也许是小说艺术最初的,也是最终的意义和价值。也可以说,小说艺术是由超现实的故事、人物、独白构成的历史记忆和动态的精神境象。如果不是这样,小说艺术就会失去存在的理由。它不是人类的'现实'需要,而是人类精神和情感世界中'超'现实的'那一个部分'的需要。"杨争光指出："迄今为止，小说艺术可能是以文字作为体裁的艺术中最复杂，最具包容性和伸缩力的艺术。小说中可以有诗，有散文，甚至有论辩，有韵律和节奏；也可以有色彩，有镜头。也正因为小说艺术的这种特性，它是不可替代的，至少现在还是。它也在不断地蜕变着自己，在蜕变中显现它顽强的生命力。"

10日 《十月》第5期有"卷首语"。编者写道："中短篇小说仍是本刊重头戏。李亚的《武人列传》、胡性能的《变脸》、刘瑛的《不一样的太阳》坚持了本刊聚焦当代生活、讲求艺术品位的特色。而特别值得一提的是《武人列传》的叙述风格，看似回归了说书传统，读起来有种好似在书场里的亲切感，实际上又不动声色地汲取了现代小说种种手段。彭见明多年前曾写过《那人，那山，那狗》，多年后再次操刀推出《那城，那人，那骆驼》，个中看点大可揣摩。"

同日，乔叶的《小说小说》发表于《文艺报》。乔叶谈道："对于小说来说，俗骨居然是不可缺少的钙质。此处的俗，是对人情世故的了解，是对吃喝玩乐的热爱，是对现实生活逻辑的体察，当然也是滚滚红尘里的贪婪欲望和卑微心意。我厌恶自己的俗。但当将这些俗放到小说里时，又有一种复杂的快感。"

15日 郑春凤的《东北女性作家写作的本土化倾向》发表于《文艺争鸣》第9期。郑春凤认为："进入新世纪以来，文学'本土化'话语进一步彰显，尤其引人注目的是女性文学在构建本土化文学图景、塑造中国文学形象方面所做出的探索。"具体来说，"东北女性写作的不温不火的状态被彻底改变，她们的作品以鲜明的'本土'标识成为文化全球化背景下民族文化的栖息地：迟子建继续着她草根情怀下对北方的温情主义诉说；孙慧芬以对以往女性写作中的'不可见阶层'的讲述而引人注目；马秋芬在'一心向北'中感知不死的东北民间文化精神；素素在个人与历史的相遇中'独语'着大东北的质感；金仁顺在虚置的历史时空下演绎着前朝旧事；女真以温暖的目光开掘日常生活的平庸之美……新世纪的东北女性写作已渐入佳境"。

19日 本报记者刘颋的《"三人行，必有我舅"——刘震云畅谈小说之道》发表于《文艺报》。刘震云认为："为什么荒诞呢？因为它是以一种严肃的状态、表情在运作，作家的想象力就是把这些情节和细节组成一个波澜壮阔、震撼人心的长篇故事，作家结构出来的这个虚构故事应该比生活更接近真实和本质。"刘震云还谈道："中国传统注重关系，为什么讲人物关系？因为缺少西方社会的重要人物——神。……所以我觉着，独特的表达渠道是非常重要的。……一个作者背后的蓄水池到底有多深是最重要的，这个蓄水池中有对生活的认识、对哲学的认识、对民族的认识、对宗教的认识、对世界的认识等等。作品呈现了他背后的蓄水池。"

20日 汪杨、许春樵的《救世的妄想——许春樵访谈录》发表于《小说评论》第5期。许春樵承认"救世"是其"小说基本的价值取向"，但更准确地来说是"'救世'的妄想"，并认为写作的意义在于"虽然徒劳，但我们从没放弃"。许春樵认为，"小说的基本价值就在于揭示出了被遮蔽起来的生活真相"，作家应该是"精神的引领者，引领读者质疑现实、弃恶向善、发现真相"。

卫小辉的《论作为小说文体尺度的"俗"：以贾平凹为中心考察》发表于同期《小说评论》。卫小辉认为，"细节的诗学价值也就是作为小说文体规范的'俗'"。卫小辉表示："细节的诗学价值与作为小说文体尺度的'俗'之间的统一，在贾平凹那里首先体现为一种叙事的视界。……所谓'无观的自在'是一种叙事视界，它的核心是对强行为生活世界赋予意义的各种观念和主义的拒绝，叙事因此就变成一种充满生活世界的物态化细节的自由浮现。"从贾平凹的创作来看，"如果说细节的自由浮现改变了叙事的面貌，那么在另外一面，从《秦腔》开始，贾平凹的小说就拥有了全新的修辞特征。……在这种向度上，小说叙事的修辞特征归根到底与其中的时间意识有关。有人强调《秦腔》是一曲乡土世界的挽歌，我以为，所谓挽歌的色彩恰恰根源于贾平凹所发现的末世及末世之后的时间意识，它在《高兴》中得到最确切的表现。……有了这样的时间意识，虽然贾平凹强调当代写作很难经典化，但他可以从容地处理历史，正如我们在《古炉》中看到的，他把一场惨烈的革命依旧纳入到世俗的生活世界"。

谢有顺的《小说叙事的伦理问题》发表于同期《小说评论》。谢有顺认为，"叙事不仅是一种讲故事的方法，也是一个人的在世方式；叙事不仅是一种美学，也是一种伦理学"，其中"叙事伦理"指的是"作为一种伦理的叙事，它在话语中的伦理形态是如何解析生命、抱慰生存的"。"小说家就是一个广义上的'讲故事的人'",讲故事"深深依赖于作家的个人经验、个体感受,同时回应着读者自身的经验与感受","读者听故事、作家讲故事的本身"常常是"一件有关伦理的事情",并认为"叙事伦理的根本,关涉一个作家的世界观"。谢有顺强调:"去理解,去发现,而不是去决断,这是文学叙事最基本的伦理之一。"

许春樵的《我写小说——自述》发表于同期《小说评论》。许春樵认为写小说让他"找到了一种适合自己的活法",并强调小说的技术问题,认为"小说写作中,技术不是万能的,但没有技术是万万不能的"。而且"就长篇小说而言,其技术构成是全方位的,体系性的","跌宕起伏的好故事首先取决于整体上的戏剧性结构,除此之外,还得在人物关系的戏剧性、情节的戏剧性、细节的戏剧性,包括叙述语言张力的戏剧效果上进行充分设计和精心谋划"。

25日 程光炜的《焚书之后——读阎连科〈四书〉》发表于《当代作家评论》第5期。程光炜认为:"如果说阎连科《日光流年》《坚硬如水》《受活》和《丁庄梦》中的戏谑性主要是凭借强烈的修辞来产生冲击力的话,《四书》给人的印象则是去修辞,它在语言实践上是一种减法的写作。阎连科似乎是在实验一种靠陈述而不是描述的文学书写,来展现育新区这个特殊的世界。"程光炜还说道:"用《四书》与《发现小说》互证,我觉得阎连科试图在当代小说之上建立一个超越性的认识结构,在现实生活中无法实现的叙述,可以在子虚乌有的虚构碎片中完成。他认为小说不应该只是供人消遣的东西,也应该是帮人认识自己的东西。"

敬文东的《格非小词典或桃源变形记——"江南三部曲"阅读札记》发表于同期《当代作家评论》。敬文东表示,"考诸'江南三部曲'的基本语境,没有理由怀疑,它最核心的主题,正是古老的、有着超强传染性的桃源梦——桃源梦的传染性,当然来自世世代代的人对幸福、美好的渴望","'江南三部曲'在本质上是半倒叙型的作品,在其骨子里,是对魔念的叙述,是为近百年来中国的桃源梦运动员制作的精神传记,是对桃源梦的超强传染性展开的深度反思,也是为桃源梦唱出的一曲深沉、柔美的挽歌——总而言之一句话,它就是关于桃源的变形记"。他还谈道:"从叙事学的角度看,《人面桃花》对梦境有着神奇、夸张、敲骨吸髓般的利用。"敬文东认为"江南三部曲"的真正目的可以理解为:"桃源梦固然给近百年的中国带来了灾难,确实能让人发疯,但抛弃最基本的梦想,强化对桃源梦传染性的免疫力,唾弃对'应是'空间的追求,我们就一定会获得幸福么?"

潘华琴的《寻觅野生语言——由张炜论小说语言说起》发表于同期《当代作家评论》。谈及张炜小说的"野生语言",潘华琴说:"文学语言作为一种'野生语言',是对人类感性知觉的激活,是对人类情感的呵护,惟有此,人类才能得以保全自身生命的完整,并在此基础上体悟并尊重世界本身的整体性。因为文学,就像知觉器官早已迟钝的人类的另一种触须,以自己独特的言语方式,感知自然、体验自然,截获'野生语言',让人与自然再次相遇、对话。"从目的上来说,潘华琴认为:"张炜的写作就是要摒除世俗世界中感觉的钝化、情感的冷漠,怀着对一切美好事物的向往和想象,引导我们的目光越过粗俗的生活之表层,投向生命最素朴的存在。在他的作品中,像隋抱朴,像肥,总是以沉默将自己与外界世俗的喧嚣隔离,用自己的内心和身体的劳作建立起与自然的纽带,倾听内心的声音,同时倾听自然万物的声音。"

赵顺宏的《中国当代文学的故事该结束了吗?——就顾彬论及中国当代文学状况的一点思考》发表于同期《当代作家评论》。赵顺宏认为:"中国当代小说,尤其是九十年代以来……无论是原先形式化比较突出的作家向着故事化靠拢,还是原先写实化、故事化较强的作家向着形式化迈进。总之,形成的既不是单一的故事化表达,也不是单纯的形式化叙事,而是形成了故事化与形式化相结合的表达方式。"赵顺宏表示:"当代小说中的故事化是经过充分形式提炼的故事化,是具有深度审美内涵的故事化,而不是传统意义上娱乐性的故事化。顾彬把当代文学中的故事化简单地看作商业驱动的结果,只是一种模糊的直观感受,并非建立在具体文本分析基础之上的判断。"

十月

2日 乔焕江的《作为退却的反讽及其限度》(对滕肖澜《规则人生》的评论——编者注)发表于《小说选刊》第10期。乔焕江写道:"作为一种叙述策略,反讽会撕去某些冠冕堂皇者的外衣,以引起读者对反讽对象的批判和反思。

但反讽生成的社会批判效果需要依赖特定的语境,当现实中的罪恶还需要遮遮掩掩,人心中仍然葆有对社会公正的希望,反讽的确会成为社会批判的利器。但反过来,在资本和权力早已揭开温情的面具,潜规则上升为心照不宣的明规则,弱势群体持续遭遇挫败,进而可能丧失对社会的信心的语境中,反讽则可能变成一种过于聪明的犬儒姿态。"

3日 《人民文学》第10期有"卷首语"。编者谈道:"新海外华人小说,为近年本刊格外重视的创作区域。我们发现,在这一区域,中国上世纪八十年代'伤痕/反思'文学的遗痕较深,'我从哪里来''我遭受了什么'那种质询式的外部叙事之上,或许还需'人是怎样的''人何以如此'这种根本性的内视探究。无论叙事技法还是人文观照,我们都热切期待着这样的小说能够充分地与经典型的当代世界文学交互关联,陈谦和《繁枝》,让这一形态的呈现由可能变成了事实。"

"第二届《人民文学》长篇小说双年奖授奖辞"发表于同期《人民文学》。获奖作品有迟子建的《白雪乌鸦》、格非的《春尽江南》、艾伟的《风和日丽》等。

迟子建的《白雪乌鸦》:"作品以富于地域风情的笔调、从容不迫的叙事和自由驰骋的想象,讲述了百年前哈尔滨大鼠疫中的生死传奇。作者以重访历史的激情和耐心发掘题材的潜力,考察和重现了历史场景的氛围及种种细节,在戏剧性的张力下刻画普通百姓的生存遭际和曲折命运,在不同寻常的情境中凸显人性的光明与幽暗、复杂与深邃,读来令人身临其境,于惊奇之中体验灵魂的净化。"

格非的《春尽江南》:"《春尽江南》的故事开始于二十世纪八十年代末一个文艺女青年和一个诗人之间的相遇,这是那个年代常有的浪漫故事。格非通过具体人物讲述的是变革时代知识分子心灵受到的冲击,但整体表达的则是这个时代的精神裂变。因此,这是一部与我们的精神处境相关的小说,是一部真正敢于触摸当下生活秘密的小说,它的处理难度可想而知,格非选择了挑战,也赢得了挑战。"

艾伟的《风和日丽》:"艾伟的《风和日丽》是一部交织着沉重的情感、复杂的人性、深刻的悲悯的长篇小说。主人公杨小翼在那个晦暗年代所经历的爱情夭折、婚姻失败、痛失爱子的悲剧，既是国家民族悲剧的投影，也是个人成长所付出的牺牲与代价。从寻父到审父，小说对将军的塑造极为成功，他的无情与孤独让我们看到了革命者内心最隐秘的痛苦，也让主人公完成了对于'革命'的重新理解与审视。小说充满了人生的残酷与无奈，但悲伤却不绝望，作家对于爱、温暖、友情的书写感人至深。"

13日 《莫言获奖感言：我的故乡和我的文学紧密相关》发表于《光明日报》。莫言说："高密有泥塑、剪纸、扑灰年画、茂腔等民间艺术。民间艺术、民间文化伴随着我成长。我从小耳濡目染这些文化元素，当我拿起笔来进行文学创作的时候，这些民间文化元素就不可避免地进入了我的小说，也影响甚至决定了我的作品的艺术风格。"

15日 鲁敏的《茫茫黑夜漫游》发表于《文艺报》。鲁敏谈道："小说最终所呈现的，正是取之于时间大河的'小我'及周遭环境的样本，也即常言所谓的人物及其环境，不是环境及其人物。重点落于人物、而非环境。"

同日，王彬彬的《"我不知道长篇小说为何物"》发表于《文艺争鸣》第10期。王彬彬认为："短篇与中篇之间，或许没有一条鸿沟，但短篇与长篇，显然是差异巨大的两种样式，对创作者的性情气质、思维习惯，有着非常不同的要求。放弃中短篇而改写长篇，不仅意味着创作心态的调整，也意味着性情气质、思维习惯的变换。"王彬彬还谈道："在汪曾祺看来，短篇小说和长篇小说，在对生活的思维方式和审美方式上，有着极大的差异，那甚至不是一种小说与另一种小说的差异，而是一种东西与'另外一种东西'的差异。汪曾祺并非没有捉摸过什么是长篇小说。他认为篇幅很长、有繁复的人和事，还不是长篇小说，甚至有了纵深感、是一个历史性的长卷，也仍然不能算长篇小说。"

16日 孙郁的《莫言：中国文化隐秘的书写者》发表于《人民日报》。孙郁谈莫言时写道："'文革'后的文学一方面是回归五四，一方面是向西方学习。莫言是二者兼得，择其所长而用之。……莫言很早就意识到流行的文学理念的问题，文学本来可以有另类的表达。他早期的小说就显示了一种从单一性进入复杂性的特点。"孙郁还指出："我以为莫言的出人意料的笔触，是把时空浓缩在一个小的范围里。……把那些零散的灵魂召唤在同一个天底下，让其舞之蹈之，有了合唱的可能。《红高粱》《金发婴儿》《酒国》等文本那些轰鸣的多声部的交响，表面上与域外文学的某种情态是接近，但实际上多了中国乡下的独特的精神逻辑。"谈到这种审美的形成，孙郁表示："这里不能不谈到他的阅读兴趣。莫言喜欢鲁迅和俄国的巴别尔，这能够提供我们认识他审美特点的线索。"另外，孙郁还提到："我觉得莫言的写作，有点京剧的花脸的意味，是奔放、遒劲、大气之所。……他于血色与悲剧里，唤回了消失的尊严与梦想，他的厚重感所昭示的哲学，让人读出了中国文化生生不息的隐秘。"

26日 关仁山的《春天来了，我们在土地上播种》发表于《文艺报》。关仁山指出，"农村小说如果塑造不出更新的典型农民形象，突破和超越就是空谈。我想还是要沉入生活细部，塑造新农民的形象"，而且"只有真正透析了农村问题，在现实揭露与批判之上的理想，才是真正现实主义的理想……现实主义的人道力量和悲悯情怀非常重要"。

29日 李晓敏的《菜刀姓李：我创作网络小说的十二秘笈》发表于《中国艺术报》。李晓敏认为："网络小说要做到更贴近读者才可以生存，它的故事讲述手法、架构以及所谓的思想内涵都要围绕读者的心理展开和运用。让读者在你的作品中有极强的代入感，享受到酣畅淋漓的阅读快感，所以，网络小说的故事性是第一位的。"具体来说就是，"小说的前三千字决定一本书的成败"，"网络小说的标题要比纸质媒体刊载的小说更加用心雕琢"，"要认真讲完一个故事，做好一份提纲"，总之"故事是王道"。

十一月

4日 蔡清辉的《莫言与"中国经验"的讲述》发表于《光明日报》。蔡清辉认为莫言能够"准确叙述中国故事，深刻总结中国经验"，"讲故事"是其"小说的内核和基础"。莫言把自己的家乡"写成中国社会的缩影"，家乡的各种"民间艺术，构成他作品的文化元素"。莫言的诸多作品"不仅体现了中国社会的历史变迁，也关注了中国跟西方的文化对话"，传达了中国经验。

8日 金宇澄的《"我想做一个位置很低的说书人"》发表于《文学报》。谈及《繁花》的创作，金宇澄说："《繁花》的主要兴趣，是口语、对话，以及除人物故事之外，整体与其他小说不一样的状态。《繁花》来回穿插，不求深刻，人多景杂……《繁花》的主要兴趣，是取自被一般意义忽视的边角材料——生活世相的琐碎记录，整体上的'无意义'内容，是否存在有意义，兴趣在这一块，看城市的一种存在，不美化，也不补救人物形象，提升'有意义'的内涵，保持我认为的'真实感'……《繁花》不说教，也没什么主张，位置放得很低，常常等于记录……这小说的立意简单，尽量免俗，尽量免雅，回归某种中式叙事范围里，整体上想换一种口味。"金宇澄指出，"《繁花》的起因，是向这座伟大的城市致敬，对于'城市无文化'的论调，我一向不以为然……城市一直有炫目的生命力"，"城市在我笔下，能否生动一次，这是我唯一的写作愿望"。在语言上，金宇澄"感兴趣的是，当下小说形式语言，与旧文本间夹层，会是什么……现代书面语的波长，缺少'调性'，如能够到传统文字里寻找力量，瞬息之间，具有'闪耀的韵致'……小说文字，越来越趋同化，是不争的事实了，近几年的杂志或者评论者，也已经退守到了只强调'故事完整性'的地步，'文学对语言造成影响'的功能，完全被削弱了……我感到了《繁花》的弹性、魅力，故事生发之外的，语言的自由与诱惑"。

9日 麦家的《文学的创新》发表于《文艺报》。麦家认为小说所谓的创新"也包含着对旧的事物的重新理解，正如所谓的先锋，也常常意味着是一种精神的后退一样"，因此他甚至觉得"真正的创新，有时恰恰应是一种创旧"。麦家还说道："当'快'成了多数人的写作速度，我是否还有耐心使文学本身慢的品质不致失传？"

15日 孙郁的《文体家的小说与小说家的文体》发表于《文艺争鸣》第11期。孙郁认为："《寿衣》的文字，是鲁迅式的沉郁，也带有木心式的机敏和玄机。他有意放弃了只有在俳句里才有的那种华贵与明亮，竭力控制着自己的情思。旧小说的意味和谣俗里的神曲都盘绕其间。他的用词，是简朴而有质感的。小说一开始的韵律，就是典型的民国风，词语是旧白话的流泻，调子缓缓的。……木心找到了一种对应那种灰暗生活的文体，他从鲁迅那里衔接了一股文气，又掺之己身的体验，文字苍老浑厚，又有民俗写意的余韵，读之如品老酒，暗香飘动，是颇为传神的。"孙郁还谈道："许多作家是有语言的自觉的，但和民国文人比，语言上自成一格者不多。汪曾祺的小说，有明清笔记的特点，加上一点书画和梨园里的调子。孙犁的文字是从鲁迅传统和野史札记中传递过来的，故是另一番存在。至于贾平凹，是古风的流转，泥土气里升腾着巫气，有着古中国禅音的余响。不过上述几位，和鲁迅比，缺少一种多种语汇的交织的维度。鲁迅是把日语、德语的元素和母语嫁接在一起的。六朝与明清的气韵也保存其间。"

20日 晓苏的《有意思与有意义——自述》发表于《小说评论》第6期。晓苏认为"完美的小说"无疑是"既有意义又有意思的那种"。具体来说，"有意义指的是有思想价值，有意思指的是有情调有趣味"，"有意义的小说虽然也写生活，但它往往只把生活当作材料，目的在于从生活中提取意义"，"而有意思的小说则不同，它更看重生活本身……重要的是要让这生活本身显出情调和趣味来"，"文学说到底还是为生活服务的，它有责任让生活变得更有意思"。晓苏表示："出于对感性美学的崇尚，有意思的小说开始重新梳理文学与生活的关系，特别看重生活本身的审美价值，从而将文学的兴奋点和着力点转移到了日常生活的感性层面上，尽力去发现、捕捉和传达潜藏在人们日常生活中的微妙情调和独特趣味，进而彰显出了感性生命的无限丰富性与多种可能性。"晓苏还进一步声明了"有意思的小说的确比有意义的小说更有审美价值"的观点："首先，意义是理性的，意思是感性的，感性的东西肯定比理性的东西显得直观，因此更具审美性；其次，意义是大同小异的，意思则是千差万别的，千差万别带来的美感显然比大同小异更加丰富多样；第三，意义一般是从内容中生发出来的，而意思却来自内容和形式两个方面，所以与意义相比，意思就多了一种形式感，而形式感正是美感的一个重要来源。"

於可训的《主持人的话》发表于同期《小说评论》。於可训认为"晓苏的小说观念，正切合小说的本意"，即"把事情说清楚，把道理说透彻，让听的人既明白意义，又感到有意思"。於可训指出："所谓意义，也就包含在意思之中，它们不是重叠在一起的两张皮，而是相互涵泳渗透的血与肉。"於可训还发现，"近三十年来"中国作家诟病"小说表达一种政治理念"，而对"小说表现一种哲学思想"趋之若鹜，结果使得中国小说"刚刚从政治理念中挣脱出来，一转身又掉进了哲学思想的泥淖"，于是於可训认为："从这个意义上说，中国小说已到了解脱意义的重负的时候了。在这个时候，晓苏在写着一种有意思的小说，也就别有一番意味。"

26日 艾玛的《以小博大的短篇》发表于《文艺报》。艾玛认为："短篇小说的篇幅、形式，并不对我那些看似有些大的表达意图构成妨碍，恰恰相反，它把我的注意力疏导向了一个更深层的领域，一个诗性的、但却有着更多自由的领域（至少不必把句子拆了摺起来），它不再依赖情节，它的形式（Form）反而是柔软的，充满着弹性。"

毕飞宇的《讲究人所干的讲究事》发表于同期《文艺报》。毕飞宇谈道："我很在意短篇小说的调性，在我的小说主张里，没有调性就没有短篇。……统一的调性对短篇小说的整体性而言依然是至关重要的，我至今没有读过一篇失去了调性的好短篇。"他还说："我不太相信短篇小说的自然性，我一直认为好的短篇是人为的。……关于长篇，这些年有一个论调大行其道，大意是，长篇小说不宜太精细，它需要一些粗糙的东西，我同意。但是，这个粗糙有必要进一步辨析：一种是豪迈的美学风格，一种是过程里的粗制滥造，这是极容易混淆的两个局面。"

韩少功的《再提陌生化》发表于同期《文艺报》。韩少功认为，"小说是一种发现，陌生化则是发现的效果呈现"，并分别论述了"客体陌生化"和"主体陌生化"。"客体陌生化是最容易想到和操作的一种。……作家们不能用陈言扰民，总得说一点新鲜的人和事，于是'传奇'和'志怪'便成为其基本职能，有独特经历及体验的作家最易获得成功。……即便是在看似最为同质化的都市里，陌生的生活隐面和心态暗层，只要作家们能够深入进去（放下手中一叠叠报纸吧），还是有可能如泉涌进，让人们大吃一惊的。""主体陌生化是另一种，相对难度要高一些……体现于审美重点从'说什么'向'怎么说'的位移。"总之，"陌生化是对任何流行说法的不信任，来自揭秘者的勇敢和勤劳"。

蒋一谈的《几滴浅见》发表于同期《文艺报》。蒋一谈指出："故事创意+语感+叙事节奏+阅读后的想象空间。我个人相信并遵循这样的短篇小说写作发生学。……有了创意，作品才有可能闪亮；只有创意，呈现能力不够，创意又会一闪即灭。相对长篇小说和中篇小说，短篇小说是激发写作者探问无限叙事可能性的艺术，短篇小说在极大地考量检验写作者的构想能力、创造能力和文字驾驭能力。"

李浩的《我和我想象的读者》发表于同期《文艺报》。李浩谈道："有人说短篇小说是细节，中篇小说是故事，长篇小说则是命运——这是经验之谈，我也深以为然，不过，我也试图在短篇里完成命运或者命运感……"

27日 刘加民的《中国文学的元气在民间》发表于《光明日报》。刘加民认为作家"有必要扎根于泥土，从中华民族优秀传统文化中汲取营养，加以消化吸收，只有这样才能找到自己，才能真正地繁荣文学艺术"，并强调"民间文学的价值应该受到特别的关注"。刘加民以莫言为例："莫言的小说从一开始就显示出来自民间文艺的影响。他重视故事性和传奇色彩，他感受事物的方式，他对于色彩、气味、声音的敏感，他的善于把人之五官感受混合、交叉表达的习惯，都给人新鲜的感受。这就是他为什么让人觉得有些日本'新感觉派'的影子，又有一点'自然主义'，到最后又有了'魔幻现实主义'特质的主要原因。……'越是民族的，越是世界的'，这句话在中国广为流传，莫言受到诺贝尔文学奖的青睐，是其生动的注脚。"

秦方奇的《一幅具有中国气派的历史画卷——读长篇小说〈清明上河·春歌〉和〈清明上河·春潮〉》发表于同期《光明日报》。秦方奇表示："他（高有鹏——编者注）的历史小说模式，可称为'清明上河体'，其意义不仅仅是西方意义上的'百科全书式'小说，或以复调的方式强调多元思维，它更是有中国特色的小说样式——能够展示中国人的思维与文化追求的小说。"表现在以下几个方面：首先，"小说涉及的宴饮、民俗、衣饰、建筑、庙会节庆等细节构成了有意味的形式，甚至与孟元老的《东京梦华录》具有明显的互文性关系"；其次，"高有鹏小说的另一个重要追求是探索历史的繁复性，它在形式上具有中国画散点透视的特点——在微观的层面上，它是聚焦的，带有鲜明的写实特征；就整幅画面而言，它又是'写意'的"；另外，"这两部作品在叙述历史事件的来龙去脉之外，有一种卡尔维诺所说的'轻'的素质，一种诗性的品格……与写实的内容互相映照，构成'清明上河式'小说艺术美的整体"；最后，"在小说人物的塑造上，小说尝试以'内视角'的叙事方式，径直进入人物的内心世界，展现他们丰富复杂的心理活动，从而使小说洋溢着澎湃的激情"。秦方奇认为："当然，作者并没有满足于对历史进行虚无主义的叙述和叙事形式的创新，他仍然赞赏对历史进行理性的把握。"

同日，洪治纲的《古典与现代的诗性交融——评凤群的〈红碉楼〉》发表于《人民日报》。洪治纲认为："从叙事格调上看，它们（《红碉楼》中收录的作品——编者注）依然延续了作家一以贯之的审美特质，轻逸而又温婉，粘稠而又神秘；人物关系若即若离，人物的内心世界却异常丰饶；故事情节大多曲折迷蒙，宛如江南烟雨中的田间小径。"这种叙述风格决定了"凤群的小说洋溢着阴柔之美，温润之美，兼及某种感伤主义的内在韵致"。洪治纲还指出："一个优秀的小说家不应该在现实面前忍气吞声，而应该对一切人类可能性的生活饱含激情和幻想。"

十二月

1日 何申的《乡村情怀》（《我的三个"王老五"舅舅》创作谈——编者注）发表于《北京文学（精彩阅读）》第12期。何申表示，"说心里话，与其说我是在写小说，不如说我是用文字继续生活在山乡"。

3日 《经典坐标与当下写作》发表于《人民文学》第12期。该文章是2012年7月6日至8日在宁波召开的"经典坐标与当下写作"学术研讨会上的研讨成果。参会专家学者有刘华等。刘华认为小说有两种形式，即"有我之境"和"无我之境"。刘华表示："'有我之境'的小说较多地倚重创作主体的个体经验。小说的优势在于虚构与想象，它能逾越个人有限的经验，进入更为广阔的、可能的、自由的领地。然而个体经验并未退场，而是穿着'隐身衣'躲藏在人物的背后，成为'无我之境'。但这样的自由也可能造成一种错觉或危机，以为可以用观念、技术和表象去充和替代个体经验的出席。……因此，个人经验虽然重要，但它构成的仅仅是经典的基石。"

12日 本报记者韩业庭的《短篇小说的春天，来了吗？》发表于《光明日报》。韩业庭认为："由于篇幅限制，短篇小说无法藏拙，万把字内，闪转腾挪，一招一式都容不得分毫懈怠和差池。越短的作品,越需要有艺术鉴赏能力的读者。"总之,"短篇小说可以使传统的、典雅的小说精神保存下来"。

同日,麦家、季亚娅的《麦家:文学的价值最终是温暖人心》发表于《文艺报》。麦家指出:"中国的古代小说,三言二拍、传记小说、笔记小说,故事的核非常大。说到底中国的小说就源于传奇,故事性自然很强。"麦家还说:"小说必须塑造人物,可人物和故事是什么关系?故事就是人物的各个器官,人物要通过故事来完成,没有故事,这个人物就等于没有身体。小说中的人物形象其实是从故事里生长出来的。"

25日 刘涛的《微小说:时代公共情绪的微妙注释》发表于《光明日报》。刘涛认为:"微时代……基本逻辑就是对传统文本进行系统改造,碎片化、微型化、浓缩化成为基本诉求。……微小说出场了,它微妙而传神地诠释了这个时代的文化逻辑,饶有趣味地改写小说本身的形态与观念。"具体来说,"微小说的活动场所主要是由各种社会化媒体搭建的社交网络,而移动手机终端的全面渗透,使得微小说成为一种流动的文本,填充行为也变得更加流畅","在社交关系这条生产线上,微小说短小精悍、耐人寻味、易于接受,它的目的就是制造围观"。刘涛指出,"对于传统小说而言,作者信息无疑是一种强大的伴随文本,他与小说共生共灭,甚至直接决定了读者对小说的判断和解释……然而,微小说在传播过程中往往把作者信息丢失了"。刘涛总结道:"总之,微小说虽然简短,但却微言大义,自如地嵌入碎片化的时间缝隙和空间缝隙,既具备了商业消费的价值,也酝酿着生产意义的潜力。"

31日 阿来的《谈谈小说》发表于《文艺报》。阿来认为:"小说是有知识的:关于时代的知识、关于道德的基本原则,特别是针对人与社会的认知而积累下来的种种思想,都应该是一个写作者应有的精神储备。"

韩少功的《"小感觉"与"大体检"》发表于同期《文艺报》。韩少功认为:"长篇小说作为一种特殊的体裁,应该承担体系性的感受或思考。它不是短篇的放大,而是一个对社会或人生问题做的'大体检',不是'小感觉'。……'大体检'还需要相应的大眼界和大胸怀,应该能回应这个时代和社会重大而艰难的精神问题。"

2013年

一月

1日　《长篇小说选刊》第1期有"编辑手记"。编辑认为："《牛鬼蛇神》一方面是马原前期小说的总结之作甚至终结之作，另一方面又是赓续、发扬和超越之作。这也证明，中国当代先锋文学从来没有远离现实主义。"

马原的《〈牛鬼蛇神〉不是自传体》（《牛鬼蛇神》的创作谈——编者注）发表于同期《长篇小说选刊》。马原表示："我给自己定了调子，一定要故事化，再故事化，让小说最后像小说，切记不能把它变成一本以议论和命题为主的书。"

同日，第二届郁达夫小说奖终评结果和评语发表于《江南》第1期。中篇小说奖获奖作品是蒋韵的《行走的年代》（《小说界》2010年第5期），短篇小说奖获奖作品是东君的《听洪素手弹琴》（《人民文学》2011年第1期）。

程永新为《行走的年代》撰写评语："这是一部书写时代巨变的作品。从八十年代出发、点抵当下生活，时代的巨变导致精神世界的滥觞，对生活与人性的深度挖掘，使作品具有一种震撼人心的大气象。流畅的叙事犹如江河奔腾，直泻千里折叠式的结构方法串起了两个年代的故事，它的连接点就是纯真至美的情感，对理想的追求，在生活的浊流中执著地沉浮，虽说哀伤、疼痛，无望，但仍然决绝地发出挣扎的吟唱。"

袁敏为《听洪素手弹琴》撰写评语："读这部小说，像听一条覆盖着烂叶和落花的小溪依旧坦然而安静的流水声。小说以清、和、淡、雅的音乐品格，书写和寄寓了文人凌风傲骨，超凡脱俗的高洁心性。小说中荡漾的一种久违的古意和少见的定力，却迸发出貌视当下社会喧哗与嘈杂的对抗的力量。"

同日，莫言、力夫的《莫言：中国文学已经达到世界文学高度》发表于《上海文学》第1期。莫言在访谈中谈到了"发现故土":"没有发现故土之前,没有发现故土跟文学这种密切联系之前,我写作可以说是非常的艰难……一旦'发现'了故乡之后,许许多多的素材是用不尽的,过去我们忽略的很多东西,实际上都是小说最宝贵的资源。……除了了解你的故乡之外,你还应该了解更多的地方……我想这是一种四面八方的、古今中外的合力,然后在这个基础上使这个乡土变得真正的文学化。"谈到小说的标准,莫言认为:"不论是中国的还是外国的小说,它都有一些共同的标准:要使用非常好的语言来叙述,另外一点就是在小说中塑造了令人难以忘却的、具有典型意义的人物形象。"

赵丽宏的《自由的翅膀》作为"卷首语"发表于同期《上海文学》。赵丽宏写道:"2012年的诺贝尔文学奖揭晓,莫言荣获桂冠。这是莫言的幸运和荣耀,也是中国当代文学的光荣。莫言的创作,是中国当代文学的一部分。诺贝尔文学奖的评委们对中国当代文学的看法,和那位以'垃圾'之评在中国出名的汉学家大相径庭。莫言获诺贝尔文学奖之后,中国掀起了莫言热,莫言的小说在书店里独占鳌头,城镇乡村,街头巷尾,人人都在说莫言。中国人对文学的兴趣也陡然提升。因为莫言的获奖,西方世界第一次对中国的当代文学有如此高度的关注和重视。"

同日,何平的《读孙频记》发表于《钟山》第1期。何平认为:"孙频的写作关乎的是'单数'生命个体茫然无序的日常生活和一团乱麻的内心。面对世俗庸常的人事,孙频没有我们习见的居高临下的教训者嘴脸,而是平等尊重体恤地将心比心地入乎那些她虚构的人事。"

2日 陈仓的《一粒麦子》(《父亲进城》的创作谈——编者注)发表于《小说选刊》第1期。陈仓表示自己的小说"从人物塑造,到情感宣泄,到细枝末节,基本动用了我的整个皮肉,再大的磨难,都替读者事先经受过了"。

李建军的《何谓小说伦理》发表于同期《小说选刊》。李建军认为:"所谓小说伦理,是指小说家在处理自己与人物、人物与人物、作品与读者之间的关系时,在塑造作者自己的自我形象时,在建构自己与生活及权力的关系时,所选择的文化立场和价值标准,所表现出的道德观念和伦理态度,所运用的修辞策略和叙事方法;它既关乎理念,也关乎实践,既是指一套观念体系,也指一种实践方式。它涉及至少五个方面的因素：作者、人物、读者、生活和权力；其中，作者从一开始就居于核心位置，发挥着选择、组织、判断和评价的主导作用。"

鲁太光的《粗鄙的时代，优美的艺术》（对东君《听洪素手弹琴》的评论——编者注）发表于同期《小说选刊》。鲁太光写道："事实上，就像远古的庄子喜好以寓言呈现生存的微言大义一样，潜心研读庄子的东君为我们结构的，也是一篇寓言体的小说。"

3日 《人民文学》第1期有"卷首语"。编者认为："灵动的言表与深沉的追问自然融合，应该是短篇小说艺术的理想模样。毕飞宇的《大雨如注》几乎就是。"

5日 谢有顺的《莫言的国——关于莫言获诺贝尔文学奖的一次演讲》发表于《花城》第1期。谢有顺认为"莫言小说最重要的特色"在于以下三点："一、感官彻底解放。读莫言的小说，你会觉得莫言不仅是在用心写作，他还用耳朵写作，用眼睛写作，用鼻子写作，甚至用舌头写作。……二、语言粗粝驳杂。莫言的小说语言风格独特，里面所隐藏的力量感、速度感也是一般作家所没有的。……莫言的语言如此粗粝、驳杂，未尝不是他有意为之，他似乎就想在一泻千里、泥沙俱下的语言洪流当中建立起自己的叙事风格。……莫言的长处是他的激情和磅礴。那种粗野、原始的生命力，以及来自民间的驳杂的语言资源，最为莫言所熟悉……三、精神体量庞大。有些作家是优雅、精致的，但莫言不属这种，他的风格是粗粝而有冲击力的，无论是叙事的多样性，还是人物命运感的宽阔、饱满，都异乎一般作家。"

8日 蒋人瑞的《在现实与幻想之间游走》发表于《芙蓉》第1期。蒋人瑞写道："语言作为小说的本体，语言的存在性照出作者的修养，语言扩张形成的弦外之音，言外之意，那是文化修养的外延。舒文治的小说语言富有质感和诗意：异色、纯粹、灵动、精炼。在物的词语下面陈述尽量扩张表达的涵泳，在词语下面努力贯通视觉、嗅觉、听觉、触觉的转换与替代，使语言具有和内容同质的表现力。"蒋人瑞认为，舒文治"用探索小说形式嵌入小说内部思考或是用探索的形式作为小说摄入世界的一种表达方式，自有他小说诗学的取镜与聚焦，他的探索、发现和构建,与当代一些小说精巧圆通的叙事、美学风味的迎合形成了一种比照"。

肖涛的《变形与转型》发表于同期《芙蓉》。肖涛谈道:"三角结构是唐棣架设小说的结构图式。……唐棣小说这种特有的体现在叙事形式上的三角结构,一般由作者、叙述者和听者构成。比如《怎么榨蛤蟆的油》在外故事层上,作者、叙述者、人物构成了一个三角结构,其中层则是瘦马讲述自己与'蛤蟆镜'的故事给西冯听,也给文本外的读者听。核心层则是瘦马、林美梅、'蛤蟆镜'们。三重结构让小说立体感十足。"

10日 格非的《新五代史》发表于《小说界》第1期。格非谈道:"《新五代史》最让我折服的地方,莫过于它的春秋笔法:辞近义远,褒贬精审,确乎当得起赵瓯北所推许的'简严'二字。"

14日 贾平凹、潘凯雄的《"萤"火之光照亮中国基层社会——关于创作新作〈带灯〉的对谈》发表于《中国艺术报》。贾平凹谈到传统对他的影响时说道:"我接受的教育和我的经历,基本上受传统影响,天下兴亡匹夫有责、要有担当有责任。多少年来我一直在下面,跟社会最底层没断过接触。"谈到取材的经验时,贾平凹说:"我自己在选取《带灯》素材和写作的时候,有这样一个考虑,一方面我所用的材料必须都是真实地从生活中长出来的,而不是在房间里面道听途说或者编造的;另一方面,我选取这些写作材料一定要有中国文化特点,这里面呈现出的国情、民情和世情,一定是以中国文化为背景的。"

15日 刘大先的《叙事作为行动:少数民族文学的文化记忆问题》发表于《南方文坛》第1期。刘大先认为:"少数民族文学的再造文化记忆,显示了身份追求和特定认知合法化的尝试。其意义不唯在所叙述的内容本身,也不仅仅是其叙事形式的转变,更在于它们建立了与曾经的外来人的不同的感觉、知觉、情意基础上的概念认知工具。不仅是按照自己族群的修辞惯习、表述常态来发表主张,而是把这种基于本族群的理解方式作为一种特别的知识方式,这样实际上从'全球化''现代性''消费主义'等范式中冲脱开来,它在推出主流叙事的同时也树立另一种普遍性,丰富了人类认识世界的方式。"

17日 本报记者金莹的《残雪:我所有的故事都指向现实的本质》发表于

《文学报》。残雪说:"我认为新小说都是植根于现实经验,但它们无一例外地向上升华,超出表层经验。"残雪表示:"文学的源头,人类情感的源头,那种终极的、原始的、黑暗的所在便是故乡。有气魄、有野心的作家才能追求这样的故乡。平庸的作家则只能追求'黄土地'似的故乡。所以,在残雪所有的作品中都伴随着对于故乡的抒情。"残雪还谈到小说的"故事性"问题:"似乎文坛主流一直在热热闹闹地讨论所谓的'故事性'。……在高级纯文学中,存在着另外一种故事性,另外一种隐藏的结构……我这种小说的结构和故事性是一种难度很大的结构和故事性,读者要有一定的哲学底蕴和创造力才能进入。"残雪总结道:"我对自己的文学的定位是'实验文学'。我所从事的是一种纯创造,这是一种没有退路的创造运动。……我的小说是同现实交合得最好的,我的所有的故事都指向现实的本质,在这个意义上我要说,现代主义是高层次的现实主义,也是现实主义发展的必然倾向,时代精神的体现。"

20日 雷达的《莫言:中国传统与世界新潮的浑融》发表于《小说评论》第1期。雷达认为:"其(《红高粱家族》——编者注)深刻的根源乃在于作家主体把握历史的思维方式之奇特、之突兀、之新异:莫言以他富于独创性的灵动之手,翻开了我国当代战争文学簇新的一页——他把历史主观化、心灵化、意象化了。作品在传统的骨架上生长出强烈的反传统的叛逆精神;它把探索历史的灵魂与探索中国农民的灵魂紧紧结合起来;于是红高粱成为千万生命的化身,千万生命又是红高粱的外显,它让人体验那天地之间生生不息的生命律动,并在对'种的退化'的批判里让人看得更加分明。"雷达还指出:"事实上,莫言从创作开始不久,就是既善于吸收外来文学精华,更注重从中国传统的审美方式,中国民间的文化形态,中国民俗的话语智慧中汲取营养的。……莫言是中国传统与世界新潮的'浑融'——浑者,浑而为一,融者,水乳交融。"

25日 栾梅健的《民间的传奇——论莫言的文学观》发表于《当代作家评论》第1期。栾梅健认为:"从自觉于'作为老百姓写作',到对民间趣味与爱好的肯定,再到对自身'说书人'身份的认同,乃至对小说'故事性'的强调,其实这都是一个链条中的几个环节。莫言正是从'作为老百姓写作'这根主轴中,形成了他文学观念中对小说故事性的高度重视。"栾梅健还强调:"同时,中国传统小说以及说书人的语言特色也熔铸到莫言的文学语言观中。'说书人要滔滔不绝，每天都要讲的，必须不断地讲下去，然后才有饭碗。说书人的传统就是必须要有一种滔滔不绝的气势和叙事的能量，要卖力气。'"

  莫言的《讲故事的人——在诺贝尔文学奖颁奖典礼上的讲演》发表于同期《当代作家评论》。莫言表示："《透明的红萝卜》是我的作品中最有象征性、最意味深长的一部。那个浑身漆黑、具有超人的忍受痛苦的能力和超人的感受能力的孩子，是我全部小说的灵魂，尽管在后来的小说里，我写了很多的人物，但没有一个人物，比他更贴近我的灵魂。"莫言还谈道："在我的早期作品中，我作为一个现代的说书人，是隐藏在文本背后的，但从《檀香刑》这部小说开始，我终于从后台跳到了前台。如果说我早期的作品是自言自语，目无读者，从这本书开始，我感觉到自己是站在一个广场上，面对着许多听众，绘声绘色地讲述。这是世界小说的传统，更是中国小说的传统。我也曾积极地向西方的现代派小说学习，也曾经玩弄过形形色色的叙事花样，但我最终回归了传统。当然，这种回归，不是一成不变的回归，《檀香刑》和之后的小说，是继承了中国古典小说传统又借鉴了西方小说技术的混合文本。小说领域的所谓创新，基本上都是这种混合的产物。不仅仅是本国文学传统与外国小说技巧的混合，也是小说与其他的艺术门类的混合，就像《檀香刑》是与民间戏曲的混合，就像我早期的一些小说从美术、音乐，甚至杂技中汲取了营养一样。"

  孙郁的《莫言：一个时代的文学突围》发表于同期《当代作家评论》。孙郁认为："在后来的写作里，无所顾忌的放浪形骸越发严重，形成了一种语言的喧嚣。他（莫言——编者注）的行文是天然的流露，没有丝毫的扭捏的做作。一是远离文人腔调，口语里有泥土的气息；二是无数意象的纷繁叠加，制造出一种张力；三是以力量感的词汇刺痛读者麻木的神经，流动着一种自审的自觉。这些不是从古文里来的传统，也非当下流行的传统。印象深的是乡村的表达，传统叙述的经验越来越多，歌谣、民间小调给了他一种快意的图景。他善于在传奇里以俗音的流布而暗示精神内力的伟岸。但即便如此，也没有回到五四以来乡土世界单一性的景观里，既没有赵树理那样的简洁，也没有孙犁式的寂寞。莫言的乡村常常是轰鸣的，蛙声、水声、死魂灵声、高粱叶声都在一个空间鸣响。"

张新颖的《从短篇看莫言——"自由"叙述的精神、传统和生活世界》发表于同期《当代作家评论》。张新颖认为："莫言从民间生活世界里发现的，不仅是文学的'内容'，也不仅是文学的'形式'，更重要的是他的文学得以成为他自己的文学的自由自在的精神形态。……讨论莫言的民间，应该具体到齐地民间来谈。这种没有条条框框的、随兴的、活泼的、野生的民间叙述，其特征、风气和绵延到今天的悠长传统，里面有一种可以汲取和转化为'小说精神'的东西；传统的中国小说，本来就是'小说'，不是'大说'，不是'君子之言'。"

同日，本报记者黄尚恩的《好的文学应该具有丰富性复杂性》发表于《文艺报》。莫言表示："我希望自己的小说不是一目了然的，希望写出具有最大弹性、最大模糊性的小说，过去我一直在追求这样的艺术风格，但迄今还没有完全达到。"

同日，本报记者怡梦的《短篇小说：在新媒体境遇下突围》发表于《中国艺术报》。怡梦认为："多媒体技术的出现令作家失去了作为社会信息传播者的优越地位，发达的新闻业接管了小说的信息传播功能……怎样让年轻读者、非文学专业的人了解文学的价值、获得文学阅读的享受，短篇小说大有可为。"杨志军表示，"短篇长于精神层面的表达，所以它最大的优势是展现一个民族的精神突围"。而毕飞宇"以短篇小说的细节描写举例说，从前对细节的理解是认为，所谓细节要往细处写，渐渐发现这个理解可能不对，真正把细节写好，考验的是概括能力"。

本月

李德南的《王威廉：现代性的省思者》发表于《山花》第1期。李德南认为，王威廉的小说"兼具现实主义和现代主义者两副笔墨，但更多时候，他着力于在现代性的层面上进行深入的思想探索和有意味的形式实验，称得上是新世纪的'先锋派'"。

周恺的《从她谈起》发表于《山花》第1期（下半月）。周恺谈道："一个男人写女人，倘若还能写出点儿意思，只有两种可能——偷窥狂或天才。无疑纳博科夫、沈从文、苏童算作后者。我也时常猜想，前者后者间是否存在因果呢，算作我这偷窥狂的自我安慰吧。"

胡平等人的《蒙古族壮丽的神曲：巴根长篇小说〈忽必烈大汗〉研讨会综述》发表于《中国作家：纪实》第1期。李建军认为："《忽必烈大汗》我觉得它是一个新的小说体例，什么小说呢？就是电视小说。画面感极强，动作性极强，凸显出来就是人物动作和对话。如果以读传统小说的眼光评论《忽必烈大汗》，那它的缺点可以举出一大堆来，但是这是电视小说写法，非常简单的描写，甚至是电视画面说明性的语言。但是他把读者的想象力调动起来，很简单地把画面还原出来。这也是电视小说在突出描写上的特点。"

二月

1日 本报记者怡梦的《聆听苏童 用一生承受以文字探索世界的苦与乐》发表于《中国艺术报》。苏童谈道："所谓小说的结构来自于西方语汇。我们的古典小说，《红楼梦》《西厢记》以及章回小说从来不讲究结构，现代主义、后现代主义的某些典型文本很多是理论家批评家在从事他们的工作的时候所发明的事物，它隐隐存在未被描述，得到描述以后它成为某种结构。章回小说所有的章回是以时间为结构的，是说书人今天讲完多少故事，明天下回开始，如果你延续着我们民族的东方式的小说审美趣味，根本不要去琢磨结构。……我自己的创作倾向是长篇小说会琢磨结构，但是中短篇小说里我没有考虑到结构，我觉得写作惯性、习性本身会形成某一种结构，所以我不要去思索结构，等作品完成以后它就是我所习惯的结构。"

2日 蒋泥的《养出好故事》(对郑局廷《靠山》的评论——编者注)发表于《小说选刊》第2期。蒋泥认为："中国白话小说传统中，最本质的一点也是讲故事，是为'话本'。中国作家不会讲故事，是比较丢人的。西方现代小说，却都是把故事拉扯得支离破碎，带人进迷宫，让人来猜谜，作者大脑的力量盖过心灵情感的力量，作品不可感不可动。"

刘庆邦的《细节之美（五）》发表于同期《小说选刊》。刘庆邦写道："写小说就是要写出微妙来。何谓微妙？……老子说过：'古之善为士者，微妙玄通，深不可识。'老子说出了微妙的一个特点，那就是意境深邃。竹林七贤之一嵇康也说过：'夫至物微妙，可以理知，难以目识。'嵇康说出了微妙的又一个特点，是说微妙可以意会，但从表面上难以看得出来。我本人的体会是，要做到小说细节的微妙化，应在三个字上下一些功夫，这三个字，一个是隐，一个是比，一个是超。……《红楼梦》一开始出场了一个人物叫甄士隐（真事隐），说的就是把真事隐去的意思。我们看贾宝玉和林黛玉的交往，很多细节都是内敛的，含蓄的，隐幽的，讲究山后有山，水后有水，话后有话。他们内心波涛汹涌，虽有千般情愫，万般心事，但说出来的不过是一些小水花儿而已。而正是通过'小水花儿'所透露出来的信息，使我们沉浸其中，产生无尽的想象。"

3日 《人民文学》第2期有"卷首语"。编者认为："贾平凹的特有语风把我们带入乡村的伦理氛围，小说《倒流河》，在日常的乡村场景上，飘散的是难以安生的财富梦。闷头干活的村民中有一部分人，被脚下的资源激活了心思。暗处的黑煤既象征未来的财富，也仿佛地煞突现，因为它使人们的贪欲日渐膨胀，挖掘之手由此变得越发失控。高屋建瓴的理论常用'转型'来概括现实社会，接地气的小说则以'摆渡'来表达内心所感的时代情状。"

14日 舒晋瑜的《刘庆邦：顽强坚韧"短篇王"》发表于《人民日报》。文中写道："'短篇王'刘庆邦看到了短篇的'长处'：其一，短篇小说因篇幅短小，节奏均衡，不容杂芜和放纵，更接近诗性和纯粹文学艺术的本质。其二，短篇小说一般来说都是攻其一点，不及其余，对现实有着极强的穿透力。其三，短篇小说出手快，能够对现实做出快速反应，以速度体现短篇小说的力量。其四，短篇小说还被称为礼貌性的文体，因为阅读起来无须占用读者多少时间。"

15日 郜元宝的《"小说模样的文章"》发表于《文艺争鸣》第2期。郜元宝论述了"小说和小说批评压倒一切"给中国文学造成的影响："简单地说，第一，叙述方式发生了前所未有的变化，叙事技巧较之过去有长足进步，但叙事能力和叙事伦理并非必然随之进化。今日短篇小说并不必然优于'三言'、'二拍'和现代优秀作家鲁迅、老舍、沈从文、丁玲、张天翼、吴组缃、张爱玲的短篇，今日长篇小说（尤其和市场密切互动的'小长篇'）也并非必然优于明清两代成于众人之手（或以一人之力而网罗宏富）的文化汇聚型文本以及现代优秀作家的长篇。……第二，小说家们独沽一味，专注于讲故事，诗歌、散文、戏剧的丰富表现手法在小说中很难有用武之地，久而久之缺乏变化，像唐人小说'可以见史才，诗笔，议论'的'文备众体'，像明清长篇的文化汇聚，像茅盾所谓鲁迅短篇'几乎一篇一个样式'的创造力勃发，难得再见。第三，因为迷信文学的全部奥义在于讲一个或一连串曲折生动的故事，作家应有的开阔视野、精深思想、澎湃激情便容易萎缩，结果在小说中只见讲故事的技巧而很难看到小说家的全人格。……第四，因为专注于讲故事，由中国文学多种文体合力拱卫的汉语言文字长河变得越来越狭窄干枯，曾经仿佛是'天地之无尽藏'的中国文学语言被压缩成往往只有一个旋律一种音调的僵硬贫弱的小说语言，汉语言文字的神奇色泽在小说中逐渐归于黯淡。"

谢有顺的《重构中国小说的叙事伦理》发表于同期《文艺争鸣》。谢有顺认为："对于小说而言，它固然要取材于现实，却也应该有其超越现实的一面。小说的伦理和人间的伦理并不是重合的。小说之为小说，不在于它有能力对世界作出明晰、简洁的判断，相反，那些模糊、暧昧、昏暗、未明的区域，更值得小说家流连和用力。"

詹丽的《东北山林秘话小说的文化资源谱系》发表于同期《文艺争鸣》。詹丽认为："山林秘话小说继承了中国传统文化的主要思想，却突破了传统文学的叙事模式。中国古典小说中关于动物的书写主要以寓言型模式和寄托人道主义情怀创作的'动物故事'套路为主，赋予动物相应的道德地位，将动物作为担任着人类思想传播的工具和象征符号，抹杀了动物的生命主体和价值。山林秘话小说突破了这种以人类为中心的叙述模式，改变了原有动物叙事中动物的象征地位，表现了对动物生命的尊重和对大自然的敬畏，继承了中国古代的'天人合一'的思想，在信仰自然万物有灵的基础上，加入了生态哲学的思考，这与后现代的生态意识不谋而合。"

22日 陈彦的《现实题材创作更需厚植传统根脉》发表于《人民日报》。陈彦指出："创作就需要持守人类经过几千年文明探索积累所形成的恒常价值。……特别是在现代化和全球化的鼓呼中，保持本民族的文化尊严，在持守民族历史传统、民族文化根基的基础上，建立起比坚船利炮更坚不可摧的民族精神价值信仰，才能撑起真正自信的旗帜，并最终在国际化中找见自己的身影。"

28日 万之的《诺贝尔文学奖与中国文学》发表于《扬子江评论》第1期。万之谈道:"莫言和高行健很不一样,高行健演讲的题目是从个人出发。而莫言呢,我觉着他不是从个人出发,而是从一个整体出发,他各部小说里不同个人的故事其实都是为了表述一个整体的状态。……高行健接续鲁迅,认为传统的主流文化是所谓的'吃人'文化,他个人要逃离这种文化,不仅是进入西方,其实也到中国的非主流文化里去寻找创作和自我认同的源泉。莫言则还是接续了中国本土文化的地力,需要的是一个整体的'人'(主要是农民)的呈现。"

本月

李德南的《看那苍凉而幽暗的人生——孙频的叙事美学》发表于《山花》第2期。李德南认为:"当下小说家们所必须面对的难题,不是因为故事与结构已经成了对立的两极,而在于很多读者,尤其是不少专业读者,已不满足于阅读那些只在某一方面用力的作品。他们对小说的期待,是全方面的,涉及故事、结构、语言和意义等方面。如何放宽自己的视野,具备多方面的才能,让小说变成一种'综合的艺术',这才是小说家们真正需要迎难而上的地方。"

孟繁华的《文学主流溃散后的乡土叙事——近年来中国乡土文学的新变局》发表于同期《山花》。孟繁华认为:"在我看来,与'底层写作'相关的'新人民性文学'的出现,是必然的文学现象。……但是,过多地表达苦难,甚至是知识分子想象的苦难,不仅使这一现象的写作不断重复,而且对苦难的书写也逐渐成了目的。更重要的是,许多作品只注意了底层的生存苦难,而没有注意或发现,比苦难更严酷的是这一群体的精神状况。"

三月

1日 李运抟的《当文学面对现代苦难——论底层叙事的矛盾与倒退》发表于《上海文学》第3期。李运抟认为底层叙事主要存在"思想矛盾与倒退问题":"展示底层艰难时,很多作家强调了底层人物的品性美好,如纯朴、忠厚、善良、正直等","在泛道德主义国度,道德优胜实际上就是思想优胜"。对于这一倾向,李运抟指出,"从深层意识看,实际上承袭了激进主义的'农工神圣',回到了传统的阶级观念"。

2日 李建军的《小说叙事的客观性与伦理性》发表于《小说选刊》第3期。李建军认为:"苏珊·朗格的错误,就在于她误解了小说的性质,没有看到诗歌与小说的区别,也没有看到造型艺术与叙事艺术的不同,所以,就削足适履地用诗歌和造型艺术的标准来要求和评价小说。小说的世界,是人的世界,是由作者和人物——一旦进入阅读领域,就还有读者——共同构成的世界;而主体之间的关系,本质上是一种复杂的伦理关系,体现着丰富的人性内容和政治、文化、信仰、性别等多方面的信息;这一切,都不是'幻象'这一概念所能包含的。"

王蒙的《散文、小说、感觉》(《明年我将衰老》的创作谈——编者注)发表于同期《小说选刊》。王蒙认为:"中国人谈小说,着重的是'小',不是鸿篇巨著,不是策论也不是圣旨。外国人讲小说则强调它是fiction,即它的虚构性。虚构并不是胡编,虚构是感觉与体验的忠实,而不仅仅是对事件的表面现象的忠诚。"

5日 马炜、王芳的《无法挣脱的囚笼——马炜访谈》发表于《花城》第2期。马炜谈道:"显然,语言风格决定了主题的底色,或轻灵,或沉重。我确信语言是一种魔力,它和故事的关系十分微妙。我在写作中常常会遇到这样的情况,语言顺了,整个故事也会跟着顺起来,而不是等到故事顺了,语言再找到感觉。事实上,更多的时候,故事构思好了,反而要为找到一种合适的叙述腔调费神。所以,我的大部分作品,都是跟着第一句话的感觉走的,走到最后,故事跟原先的构思已经风马牛不相及了。所以我觉得,叙述方法、结构、语言等技术性要件,决定着小说的质地,而语言则是重中之重。我甚至觉得,小说中一些精神和意义层面上的东西,并不是故事带来的,恰恰是这些技术因素带来的。语言就像演员的演技,一个好的演员能撑起一部戏。许多人看电影并不是冲着故事去的,而是冲着大腕的演技去的。同样,好的语言能像放大镜一样,从日常琐事的蛛丝马迹中寻找到生活的真谛。"

15日 马治军、鲁枢元的《超越城乡对立的精神生态演绎——从〈红蚂蚱 绿蚂蚱〉到〈生命册〉》发表于《南方文坛》第2期。马治军、鲁枢元认为:"如果说《红蚂蚱 绿蚂蚱》《无边无际的早晨》《城的灯》等小说只是在乡村情感的裸露和褒乡抑城的价值评判中偶尔显现了生态的基因,《生命册》则让李佩甫的创作由于更为关注'土地上的生命现象和生命状态',从而实现了对于城乡二元对立模式和单一道德判断的超越。这个超越是城乡对立的淡出和生命现象的凸显,是乡村情感的升华和大地精神的张扬,是生态基因的生发和文学视界的拓展。"

阎连科、黄江苏的《超越善恶爱恨——阎连科访谈》发表于同期《南方文坛》。阎连科说道:"在《四书》中我找到了一种与阎连科此前、与中国作家的语言完全不同的一种语言,这对我是非常重要的。"

张莉、杨庆祥、梁鸿、房伟、霍俊明、周立民、李云雷的《2012年新锐长篇小说七人谈》发表于同期《南方文坛》。

张莉认为:"特别要提到这部小说(颜歌的《段逸兴的一家》——编者注)的语言风格,有些方言用得恰到好处,比如'瓜娃子''巴适'。就像梁鸿所言,很泼辣、很过瘾,有浓烈的四川气味。我说这种地域气息绝不是狭隘的,颜歌通过她的写作传达的是一种生活文化。"

杨庆祥认为:"在一般的小说修辞学中,环境描写往往被处理为一种功能化的附属装置,往往被理解为人物出场的先声。但是在《六人晚餐》中这种环境描写因为体量庞大而获得了其独立性……获得了一种非同一般的现实感。实际上,在90年代以来的小说写作中,因为信奉某种历史的虚无主义,环境描写被视为某种自然主义或者伪现实主义的东西而遭到作家的摈弃……这种'环境的缺席'强化了写作的'内面化'倾向,小说写作陷入一个怪圈——以为只需要人物的行动和心理就可以结构现实世界——其结果是人物因为不能从现实的环境和关系出发去行动和感受,人物也就变成了无源之水,变得不真实和虚幻起来。"

房伟认为,《下面,我该干些什么》"这部小说的问题不在于对恶的深入展现,而在于对良善的毁灭的视而不见。写作者只站在杀人者的立场而规避受害者的立场时,意味着在一个恶性暴力事件面前,作家的悲悯和同情和敏感消失了"。

张学昕、梁海的《时间之上:"非虚构"的历史与人生——齐邦媛的〈巨流河〉与"非虚构"写作》发表于同期《南方文坛》。张学昕、梁海认为:"《巨流河》中,夸张、象征、隐喻、反讽这些常见的虚构修辞手法，难得一见。文本以平实的叙事性的话语为主，似乎在沿着时光隧道，一步一步回顾生活的轨迹，投影般地呈现时代的真实。为了增强这种现场感，齐邦媛在叙事中非常注重场景的设置，做一次次逼真的现场还原……"

同日，陈荣阳的《从文学与群体意识的同一性看网络小说的兴盛》发表于《文艺争鸣》第3期。陈荣阳认为："新文学之所以取得巨大的成功，在于其回应了近代以来摆脱传统、走向现代、追求国家民族独立的公众群体意识。"至于网络小说，陈荣阳认为："网络小说的兴盛，恰好在于其回应了这种向中国传统致敬的社会风潮，最大程度地契合了公众群体的普遍意识。"陈荣阳指出，"网络小说目前的主流是玄幻小说和穿越小说"，"玄幻小说内容包含较广，现在又细分为仙侠、修真、异界等往往互相交叉、互相借鉴的小门类，但是，其有一个基本的风格，就是中国化、古典化，以中国传统文化为依托，在中国神话、武侠背景之下腾挪跌宕"；穿越小说"也是一个具有强烈思古幽情的小说门类，穿越者绝大部分都穿越至中国古代，以至于形成了专门的清穿（穿越至清朝）、明穿（穿越至明朝）等小类别"。总之，"网络小说理应是当代中国与古典中国文化之间'永无止境的问答交流'"。

20日 阿来的《好小说的两个标准》发表于《小说评论》第2期。阿来指出，今天许多时候好小说是"由成功操纵媒体的那些看不见的手来指引"，"根据流行的需要，被创造出越来越多的标准"。阿来认为"古往今来，好小说的标准无非是两种"："一种，有没有创造出一种新的人物形象，并通过这样的形象表达了作者对于某一个时代社会生活的感受与思考。再一种，有没有在小说这种文体上有一定的创新。"

何弘的《坚忍的探索者和深刻的思想者》发表于同期《小说评论》。何弘认为李佩甫继承和发扬了中国传统小说的叙事技巧，"虚拟讲故事现场，'花开两朵，各表一枝'"。

洪治纲的《"亚世界"的建构与短篇小说的叙事》发表于同期《小说评论》。洪治纲指出，"我们常常纠缠于客观真实与艺术真实的二元对立，不断地炮制了大量的话语鸿沟或思维鸿沟，其主要原因就是过度依赖'由外向内看'的认知方式，忽略了那种'亚世界'的存在"，"与中长篇小说相比，短篇无疑更注重直觉和感性，更强调人物内心化的审美表达，这一倾向意味着短篇小说与'亚世界'有着极为紧密的关联……它更倾向于'由内向外看'的认识图式"。谈到短篇小说作家如何营构"亚世界"，洪治纲认为："短篇既要在有限的篇幅内很好地传达各种直觉化的感性生活，尤其是人物内心隐秘而丰饶的活动，又要符合人类惯常的逻辑经验，不能随意地颠覆它"，"亚世界"是"人物的直觉所感知的一种世界图谱"，"这一图谱的微妙之处，就在于它能准确地凸现人物的内心活动和人性面貌"。总之，"'亚世界'的建构之所以重要，是因为它能够确保短篇小说从一开始就拥有强劲的内驱力，迅速推动叙事沿着既定的轨道自然而然地发展"，"从个体的心性出发，让叙事沿着'由内向外看'的方式发展，最终获得的审美效果往往是以轻搏重，这也是短篇小说的一种基本属性"。

22日 孙惠芬的《由"革命"失败开始》发表于《人民日报》。孙惠芬谈到《生死十日谈》的创作时说："我更进一步坚定了这样的信念：为人生，我们可以最大限度地逃避烦恼，简单地活着，而为文学，绝不可以！在文学里，简单就意味着粗暴。"她接着谈道："在《生死十日谈》里，我运用访谈这条线索，打造了一个非虚构的物质外壳，为的是让读者更贴近一种感受。这是我的故意，实际上这里许多故事和人物都是虚构的，是把看到的和听到的进行整合，对人物进行塑造，通过建立一个现实世界，将读者带到另一个世界——我要表达的小说世界。因为只有小说这种形式才能承载在我看来更为深广的艺术内涵。……是这些丰富而杂乱的非虚构材料，让我有了一次犹如在秋天的旷野中奔跑的倾情想象和书写。"

25日 董启章的《为什么要写长篇小说？——答黎紫书〈告别的年代〉》发表于《当代作家评论》第2期。董启章说："那么，为什么还要写长篇呢？我尝试提出我个人的答案：这是因为，作为小说家，我们的工作就以小说对抗匮乏，拒绝遗忘，建造持久而且具意义的世界。在文学类型中，长篇小说最接近一种世界模式。我们惟有利用长篇小说的形式，去抗衡或延缓世界的变质和分解，去阻止价值的消耗和偷换，去确认世界上还存在真实的事物，或事物还具备真实的存在,或世界还具备让事物存在的真实性。纵使我们知道长篇小说已经成为一种不合时宜的文学形式,但是作为长篇小说家,我们必须和时代加诸我们身上的命运战斗,就算我们知道,最终我们还是注定要失败的。"

梁鸿的《招魂、轮回与历史的开启——论〈受活〉的时间》发表于同期《当代作家评论》。梁鸿认为《受活》"接续上中国传统小说的'志怪'传统——异象、异人、异景。它也绕过十九世纪启蒙主义的理性,重续十八世纪怪诞、离奇的小说传统——夸张的人物和情节"。梁鸿表示:"如果我们再结合作者在目录里所使用的'毛须''根''干''枝'等,作者的确试图在《受活》中建构一个中国式的时间观和时间感,这一时间的生成与东方的农业生活方式、哲学思考,与东方的天地观、生命观相一致。儒、道、释,尤其是前两者,是产生这一时间观念的最根本原因。天、地、人互为一体,自然更替,各自依照生命的成长阶段萌芽、发枝、盛开、衰败。"

27日 马笑泉的《小说与不确定性》发表于《文艺报》。马笑泉认为,"真正的文学作品总是在顽强地抵抗着惟一性和确定性的统治,绝不愿意被某种凝固的观念所束缚",而"文学所要呈现的不确定性似乎有三种",即"自我的不确定性""世界的不确定性(包括作为他者的人)"和"自我与世界之间关系的不确定性"。马笑泉还认为,"短篇小说的特质与不确定性的关系,显然要密切一些"。总之,"不确定性意味着多变、存疑甚至自相矛盾,意味着作品有生动的气韵和混沌的面貌,好的小说都或多或少地呈现了这些性质"。

29日 韩少功、胡妍妍的《韩少功:好小说都是"放血"之作》发表于《人民日报》。谈及《日夜书》的创作,韩少功说:"我写小说,特别是写长篇,愿意多留一点毛边和碎片,不愿意作品太整齐光滑,不愿意作者显得'太会写'。也许这更符合我对生活的感受。因此这本书的某些部分有散文元素,甚至像回忆录。"韩少功表示,小说中的"我","是亲历者,也是观察者,台前台后的位置须酌情而定。在另一方面,'我'还是个虚拟的叙事者,有作者时不时的'附体'"。

本月

房伟、张莉、梁鸿、霍俊明、周立民、李云雷、杨庆祥的《莫言、诺奖及其它》发表于《山花》第3期。

房伟认为："莫言的小说，无论写农村，还是写历史，其实都是这样大故事的一部分，在这一点上，莫言忠于广义范围内的中国文化现实。同时，这也有一个地方经验和文学普世性价值的通约性问题。莫言较好地处理了这个问题。"

张莉表示："读授奖词让我意识到莫言小说中具有那种奇妙的可以转译的'中国性'因素。"张莉认为，"莫言与其它作家最大的不同在于，他作品中的'中国性因素'是可以转译的，容易被'他者'所接受和理解"。

梁鸿认为，莫言获诺奖"最大启示意义就在于：中国文学可以以自己的话语方式表达自己，并且被世界所接受"。梁鸿强调："同时，也必须看到，在西方视野界里，仍然有一个固定的、抽象化了的'中国'意象，莫言的小说在某些层面或者正符合了他们的想象。……在这一层面上，当代文学研究者还要思考的一个根本问题是：文学想象的'中国'和西方'中国'之间的关系是什么。"

霍俊明表示："我一再强调这种'本土性'的故事和叙述方式则是在显现莫言这样一个作家身上独具魅力的中国性和乡土性，尽管中国性和乡土性这两个词汇过于宏大。……感谢诺贝尔授奖词说出的另外一句准确的话——他将中国古代的语言和现代汉语的结合。而这种语言方式的背后正是一个作家的来由和出处。……尽管莫言本人承认拉美魔幻现实主义对自己的重要影响，但是他的写作最终是根源于中国一个叫高密的这片土地上的。莫言的小说一直有对盲目和进化论色调的现代性和国家强大伦理的排斥，这就是乡土、民间、家族和个体与之无穷无尽而又注定要失败的冲突。"

魏建亮的《穿越信仰与大爱：范稳小说综论》发表于《中国作家》第3期。魏建亮认为："藏地三部曲尤其是《水》中的魔幻现实主义又有自己的特点，用范稳的话说，那是'神灵现实主义'。'神灵现实主义'并非纯粹的魔幻范围，魔幻更多的是一种不可预知的存在对事物的否定，而在三部曲中，神灵的存在是一种由心而发的，由内而外的存在。在那片土地上，神灵也好，魔幻也罢，都是一种'观念即实在'的东西。它的意义是相对较实的,因为在藏人看来,在他们周围的每一株花草、每一座山峰、每一条河流作为现实存在,都有各自相应的神灵驻守。他们从一落地就生活在神话和传说的世界里,每一个生灵都有其生存的独特意义。神灵就是现实,现实就是神灵。历史就存在于神灵般的现实当中。这种借鉴魔幻却又尊崇现实的神灵手法把藏区文化写得玄幻却又让人感到可信,可以说是具有中国作风和中国气派的独创。这种移接更多的表现在对'许多年以后'这种预叙手法以及中国传统游闲之笔的使用上。预叙手法在三部曲中比比皆是,它的运用使小说具备了历史的厚重和深沉之感,游闲之笔在紧张的故事中放慢了叙述的节奏,貌似漫不经心的议论和旁说使小说的言说意趣和表现力得到增强,难能可贵的是,范稳对他们的使用达到了灵活自如的程度。"

四月

1日 《北京文学(精彩阅读)》第4期有《热线》专栏。有读者向刘庆邦提问:"能否请刘庆邦老师谈谈这个保姆系列短篇的得失?"刘庆邦答道:"从去年起,我以保姆为切入点,写保姆在北京系列短篇小说。目前已经完成了12篇,分别发在《北京文学》《人民文学》《上海文学》《花城》等刊物。写城市生活,对我来说是一个挑战,也是一种冒险。沈从文先生写农村生活写得很美,很诗意。他后来也写了一些城市生活的小说,多是人性之腐,欲望之恶,看去就不那么美。现在我写城市生活的小说,面临的倒不是是否深入或深刻的问题,而是怎样发现城市生活诗意的问题,怎样选择审美对象的问题。可以肯定的是,农村生活有诗意,城市生活同样有诗意。中国小说的最高成就不是农村生活小说,而是城市生活小说。《红楼梦》就是城市生活小说。曹雪芹把城市生活写得那么充满诗意,值得我们借鉴。"

同日,本报记者徐健的《王安忆:我是一个比较严格的写实主义者》发表于《文艺报》。王安忆指出:"上世纪90年代以后,我开始慢慢平静下来,回到小说本身。对小说的理解更加明确,小说就是要讲故事。"

3日 《人民文学》第4期有"卷首语"。编者认为:"总是听人这样说,我们的文学几乎就是乡村文学，创作在城市面前失语了。果真如此吗？……更需要讨论的实质性问题是，无论场景设定在乡村还是城市、边地还是内陆，在题材之上、时空的内里，我们是否触探到了人心，是否深怀体恤地活现出人心的真切情境，是否在情境中化入了心灵安妥的信念。"

8日 马瑞芳的《诺贝尔文学奖和〈聊斋志异〉》发表于《光明日报》。马瑞芳认为"《聊斋志异》构思模式对莫言小说的影响更是随处可见"，"《生死疲劳》堪称莫言小说扛鼎之作，其轮回转世和人兽交替、亦人亦兽创作手法，明显受《聊斋志异》影响"，"莫言将画鬼绘妖、亦兽亦人的奇特想象和章回小说艺术形式融为一体、用以包容当代社会生活，在20世纪将中国传统长篇小说构思形式和以聊斋为代表的魔幻理念推向世界"。

同日，王文革的《是小说，还是散文？——谈王蒙小说〈明年我将衰老〉的"跨界写作"》发表于《中国艺术报》。王文革说道："如果把它列为小说，显然在文本归类上有些牵强……但如果尝试用散文的方式来阅读，则立即被文中所弥漫的挚情真意所感染、所感动。"王文革进而指出这部作品"确实写出了某种感受，同时也提及了人物的各种活动，但这些内容却没有构成一个完整的、集中的、自我展开的，且描述细致的情节……叙述方式显然不够'意识流'。"王文革认为："小说的虚构就是创造出一个与现实生活相异质的文本；如果与现实生活相同相似，那就不是虚构，而是纪实或记录了。"

10日 董立勃的《我的荒原与小说》发表于《文艺报》。董立勃谈道："以前老早写小说，受西方现代主义影响，总想写得深刻复杂、充满隐喻象征，重视感觉情绪，热衷文体创新，看不起传统，远离古典，也不愿意向文学经典学习。结果，弄出来的东西样子花里胡哨，没有骨头……说到底，是把小说最基本的东西丢掉了。这个基本的东西，我以为就是故事。"至于如何讲故事，董立勃认为，"讲故事也是需要技巧的。……很重要的一个方面，就是改变了讲故事的方式，让自己傻一点，笨一点。一句话，要尽量简单，一下子能听明白，一件事不要绕弯，快点说出来，不停地把事一个接一个说出来，事说完了，小说家的事也完了"。总之，"小说不等于故事，但没有故事是万万不行的"。

何平的《金宇澄长篇小说〈繁花〉："慢"节奏与"漫"声腔中的奇观》

发表于同期《文艺报》。何平认为："'中国'小说的标识从外观上看有两个明显的特征：一是结构，二是叙事的态度和腔调。《繁花》共31章，前有引子，后有尾声，每章3或4个小段落，约等于一百回的古典章回小说格局。小说前28章，奇数章节写六七十年代，偶数章节写八九十年代。第29章好像忽然按了快进，奇数章节和偶数章节的时间会合。其实金宇澄是可以慢下来的，但'当代'小说已经很难让金宇澄漫无节制地'慢'。事实上，中国小说'慢'的是节奏，'漫'的是漫不经心的态度和声腔。"何平认为《繁花》和中国古典小说传统的关系在于，"中国古典小说传统中其实发育出市民和文人各自建构的小说传统……至少金宇澄的《繁花》证明了恰恰是文人小说传统最'爱以闲谈而消永昼'"。最后，何平认为"《繁花》是一部有着自己腔调和言说印记的，发现并肯定日常经验和平凡物事'诗意'，而不仅仅是'史意'的小说"。

金宇澄的《说书人的一种尝试》发表于同期《文艺报》。金宇澄指出："《繁花》感兴趣的是，当下的小说形态，与旧文本之间的夹层，会是什么。……中西共有的问题是——当代书面语的波长，缺少'调性'，如能到传统里寻找力量，瞬息间，就有'闪耀的韵致'。"金宇澄强调："我希望《繁花》带给读者的是小说里的人生，虽然我借助了陈旧的故事与语言本身，但它是新的，与其他方式不同。"

12日 王蒙的《不可摧毁的生活与文学——有感于拙作〈这边风景〉旧稿重生》发表于《人民日报》。王蒙谈道："1974年……我开始了长篇小说《这边风景》的写作……我无意挑战'左'的意识形态，但是我必须、本来就是爱生活、爱人民、爱兄弟民族、爱边疆、爱祖国的。我尽量适应当时难于完全接受的某些宣传口径，努力使之圆融于我汲取与消化了的生活细节、生活故事，日常的善恶逆顺、喜怒哀乐、爱怨情仇；历史的风云雷电、沧桑巨变、激荡沉浮，边陲的异域风情、民族特色与别有新意之中。"他选择了"一个以反诽谤为主题的盗窃案件为故事的核心"，"也算戴着'左'的镣铐跳舞"。王蒙还表示，"另外，为了说明此书是新世纪才出版的，为了对今天的读者负责，我按照中国人的传统，学着司马迁的'太史公'与蒲松龄的'异史氏'的口吻，在每一章后面加上'小说人语'，略加说明或点拨，向读者作一些必要的交代"。

同日，莫言的《诺贝尔文学奖及其意义——在中澳文学论坛上的发言》发表于《文艺报》。莫言表示，"我认为文学发展的最根本的动力是人类追求光明、惧怕黑暗的本性使然，是人类认识自我、表现自我的愿望使然。从这个意义上讲，文学的发展、繁荣，与文学奖没有任何关系，而要想写出好作品，首先就应该把文学奖忘掉"，"包括我自己在内，都对诺贝尔文学奖存有严重的误解。诺贝尔文学奖首先是文学奖然后才是其他，诺贝尔文学奖最根本的衡量准则是文学，然后才有可能是其他因素，诺贝尔文学奖最根本的意义也就是它的文学意义而不是其他"。莫言还谈到自己的创作动机："十几年前，在苏州大学的小说论坛上，我就提出了'不是为老百姓写作，而是作为老百姓写作'的观点，这是针对某些患有自大狂的文人而发，也是自我提醒和警戒。"总之，"只有冷眼旁观才有可能洞察世态人情，只有洞察世态人情才可能创作出好的小说或是别的艺术作品"。

15日 林白的《就这样写成了〈北去来辞〉》发表于《文艺报》。林白谈道："希望我的书和读者之间有一种神秘的联系，所谓'诗性'，我认为绝不是'诗情画意'之类，而是，在感知上有一定的不确定性，有充满歧义的可能。"林白表示："个人经验是这部书（《北去来辞》——编者注）中至为重要的内容，这意味着，除了我把自己的个人经验给予书中的人物，同时也必须为书中的人物找到属于他们的个人经验。"

同日，张翼飞、唐伟的《烟火人间，白水生香——鲁敏近期中短篇小说综论》发表于《文艺争鸣》第4期。张翼飞、唐伟认为："从某种意义上说，鲁敏的中短篇像是一种崭新或曰真正的'意识流'小说：主人公的心里意识流动，不是夸张天马行空或任意飘忽不定，而是有逻辑、有轨迹的心随事动。而作家将现代生活中趋于同质的生活经历，艺术并个性化地呈现出来，且能引起读者的会心会意与广泛共鸣，应该说这本身就是一个难得的成功。"

朱寿桐的《当代中短篇小说的炫张体征及其理论思考》发表于同期《文艺争鸣》。朱寿桐认为："《碎窗》中所有的故事和人物都是为那个故弄玄虚的'碎窗'理论铺设的……当所有的情节和人物都在那种可笑的经营理念所形成的意义炫张而被构置、被变异、被颠覆之后，故事就变得非常脆弱，人物就变得非常变态，作品对于正常的读者而言就变成了痴人说梦般的滑稽,其实至多不过是煞有介事的寓言。——意义的炫张常会使小说体现出寓言的体态。"

19日　阎晶明的《短篇小说,藏锋到几时》发表于《人民日报》。阎晶明认为:"在短篇小说里,我们可以看到大时代中细微的生活点滴,以及这些点滴闪烁着的时代大潮的光影。一个作家的美学抱负和文学理想,并不一定非得通过体量庞大的作品才能得到证明,他的执着追求和天赋才华,或许正更集中地体现在短篇小说中。"

22日　田耳的《短篇小说家的面容》发表于《文艺报》。田耳认为:"专业作家需要用长篇小说开疆拓土,确立自己的江湖地位。短篇小说作家不同,他们应是潜伏在自己生活中的特务,一个个简约的短篇就是他们递交的关于人类生活隐秘状况的情报。它必须短小精悍,因为真正有用的见地,说穿了往往就几句话,必须像情报一样精准。"田耳指出,"短篇小说家必须是离功利最远、离孤独最近的那个人","短篇小说的写作没有苦劳,不是圣徒似的苦行和朝圣,它更多的是对庸常生活的接受和隐忍"。

五月

1日　范小青的《生活找上门来了》(《梦幻快递》创作谈——编者注)发表于《北京文学(精彩阅读)》第5期。范小青谈道:"我近几年的小说创作起了较大的变化,我想,这变化中,当然有主观求变的因素,但我有时候更想用另一句话来说:生活找上门来了。我们无可躲避地被现代生活的便捷、快速、繁复、庞杂紧紧包围着,被那许多的曾经闻所未闻的新鲜的细枝末节死死纠缠着。这种直扑而来的风潮,强烈地裹挟着我们,冲击着我们的心灵,动摇了我们一以贯之的信念。同时,也极大地煽动了我们创作的灵感和激情。"

《寻找文学的意义》问题讨论栏目发表于同期《北京文学(精彩阅读)》。王广州在《莫言的"故事"与文学及其意义》中谈道:"尽管莫言自称只是一个讲故事的人,但他和我们却都知道,重点不在于故事,而在于'讲',是'讲'让故事一次次地发生;重点不在于情节,而在于意义,让思索与价值传扬。"

2日　李建军的《作者与人物》发表于《小说选刊》第5期。李建军认为:

"诚然，托尔斯泰在处理自己与人物的伦理关系的时候，的确喜欢采用一种作者主导下的'独白型'的修辞策略，但它绝不是那种僵硬而粗糙的'独白型'，而是具有艺术上的典范性和伦理上的亲和性的一种模式，因为，托尔斯泰知道如何保护人物的话语权，如何让人物说自己想说的话，做自己想做的事。托尔斯泰的'积极介入'的小说技巧，他在塑造人物时所取得的明晰、简洁、有力的效果，即使不是比陀思妥耶夫斯基的'主动退出'的技巧更好，至少也一样好，一样令人赞叹。"

3日　《人民文学》第5期有"卷首语"。编者认为："曾经有过一段时间，新潮书写的标志是断裂'个人'与'历史'的逻辑联系，考掘隐秘，规避共识。这样的趣味，渗透在乔叶这一代作家最初的文学成长背景之中。以至于在当初以此确立了自己的风格和成就的兄姊辈们陆续改弦易辙之后，有些追随者至今还在兴致勃勃地做着'弟弟的演奏'。随着视野的扩张和写作的成熟，青年作家定会建构出自己的话语世界。置身其中的生活，何尝不是个人与历史血肉相连的旅程。言语、动作、神情、感触……一经沉淀和梳理，'个人'便不再孤立和单薄，更不可能只是奇趣甚至怪癖的承载者。自我的人生、经历和经验，不能不和他人的心思以及繁多的关系交织缠绕，从而再自然不过地参与了对生命、时代、历史的精神整合。本期以大半本篇幅刊发《认罪书》，编者的感觉大致是：文体上有探索——与时下的庸常风习不同；叙事上有耐心——内在的幽深和旁及的宽阔所形成互动互映，也稀罕可珍。"

8日　本报记者刘颋的《短篇小说的境遇与出路》发表于《文艺报》。文中写道："短篇小说的当下境遇是外部环境造就的，也关乎个人的写作才情。"刘庆邦认为："这时写的短篇会发'紧'发'雕'，严谨的让人看不懂。而放眼汪曾祺先生看似'散漫'的短篇小说，更深的力量实际隐藏在内部。"叶弥的"写作习惯就是松弛的，因为她对短篇小说的理解是好的小说就是玩出来的，而不是构思出来的，最佳的状态就是作者陷入情境中不能自拔"。王手认为："写短篇不完全是一个自我享受的过程，我们会很计较、在意文本本身，计算结构、推敲语言。"另外，文中指出，"短篇小说的出路不只是作家和文体上的自觉，一种文体的衰落和繁荣与时代的文学制度有着密切的关系"。

10日 徐则臣的《"70后"转向加剧短篇危机》发表于《人民日报》。徐则臣认为短篇小说凋敝现状的原因在于"对一个小说家来说，于接受和出版，于声名和效益，短篇都是下下之选"，以及"'70后'小说家正在逐渐从短篇写作领域撤出来：他们此刻不是正身陷漫长的长篇写作，就是走在通往长篇的路上"。徐则臣认为："在最近几年，'70后'作家是中短篇小说创作的绝对主力。……他们没有像样的长篇。几乎整整一代'70后'作家，多年来都把艺术的抱负局限在中短篇小说上。……而现在，人到中年，'70后'的写作已经进展到年龄和写作自身对长篇实践的双重渴求。他们和长篇小说这一文体之间，都已自发和自觉地开始了彼此的隔岸呼求。"

同日，《十月》第3期有"卷首语"。编者写道："沉寂多年的马原，继颇有争议的《牛鬼蛇神》之后，又在本刊推出了他的长篇新作《纠缠》。……纠缠，一个非常具有现代性的主题，被马原捕捉到了，并且令人惊讶地以形而下的方式表达了这一形而上的主题，完全不同于卡夫卡。看上去是一种畅销书的风格，却又有某种主题'转世'的影子，一种奇妙的结合。马原转型了，有些东西却又阴魂不散，读者可以拭目以待。"

15日 李枫的《小说中的萨满神话——现当代东北小说马意象中的马神话隐形结构》发表于《文艺争鸣》第5期。李枫认为"萨满文化对现当代东北文学产生了广泛而深刻的影响"：首先，"萨满神话的马神话和现当代东北文学的马意象存在相似的结构程式，因此表征了马神话是现当代东北小说马意象的隐形结构"；其次，"可以看到感恩母题是马神话和现当代东北小说马意象的共同母题，母题的表现形式具有明显的相同之处，可见马神话对现当代东北小说马意象全面影响。在此维度上，现当代东北小说的马意象和萨满神话的马神话具有渊源关系"；最后，"现当代东北小说的马意象具有浓郁的悲剧性，这是源于马神话的影响"。

宋洁、李英俊的《母性建构下的温情叙述》发表于同期《文艺争鸣》。宋洁、李英俊认为："语言的审美和叙事的独特又在整体上使《额尔古纳河右岸》表现出一种温情，一种接近母性气息的温情。迟子建的语言是独特的，那么清澈，那么澄明，那么空灵。不同于莫言的感觉型的奔涌如水的语言，也不同于刘震云的那种河南腔调的机智幽默有些拧巴味道的语言,也不同于毕飞宇的游曳于词性间天马行空式的却又短小精悍的语言。迟子建的语言温情,所以也感人,像一股来自山间的清溪,一点一点的,缓缓流进人心深处。"

20日 吕东亮、乔叶的《成为一个具有小说道德的小说家——乔叶访谈录》发表于《小说评论》第3期。乔叶认为"小说是一个广袤的世界",从散文进入小说创作,是"由一种小哲理,进入一种大哲理。由一种小的真善美,进入一种更丰富更缤纷更宽广的大的真善美"。对于散文和小说,乔叶打比方说明两者的区别与联系:"小说是旗袍,散文是睡衣。旗袍选料讲究,制作精良",而睡衣"最重要的一个特点便是舒服";"散文是漫天生长的草","好小说是打进大地心脏的利器,能掘出一个个洞来"。乔叶认为,"小说因虚构和想象的因子流溢,所以有一双强劲的隐形的自由翅膀,而散文因是以写实为依托的,所以于外在的自由中又有着一些难以言尽的拘束",但"从本质上讲,它们应该都是贴着心的,都是自由,它们的区别只在于旗袍和睡衣的表象,殊途同归的是表象下的那颗心和那个身"。

於可训的《主持人的话》发表于同期《小说评论》。於可训讨论了散文与诗和小说的关系,认为"散文是一种原初的文字表达方式,具有很强的文体创生力和发散力","形式化了的散文便是诗(至少是自由体的或散文化的新诗),虚构性强的散文便是小说"。於可训认为"乔叶受散文的浸润太久,情结太深","她虽然说的是小说种种,却在在都是散文的性情"。

22日 姑丽娜儿·吾甫力的《以"民族志"书写方式讲述"国家故事"——王蒙长篇小说〈这边风景〉读后》发表于《文艺报》。姑丽娜儿·吾甫力认为王蒙的《这边风景》"以民族志的书写方式,由外而内,一层层编织出新疆少数民族文化特别是维吾尔文化和维吾尔族的精神生活,超越了许多写新疆、写维吾尔族但又游离于本土文化的创作","文学的民族志书写方式,特别关注书写在本土文化建构过程中的关键作用"。

25日 劳马、梁鸿的《"笑"的文学传统与轻叙事》发表于《当代作家评论》第3期。劳马指出,"有一种观点认为,短小说不能写大题材,只能写小事,其实短小说可以写大题材,微雕也能雕出大场景"。但劳马认为:"短小说也可以写得很曲折，有很深的背景。一个长篇，可能有若干个小故事组成。我想，短小说也应该这样，甚至一个句子也隐含一个故事，也能在结构上更讲究一些。"

孙郁的《〈带灯〉的闲笔》发表于同期《当代作家评论》。孙郁认为："他（贾平凹——编者注）是向两个传统回归，一是宋明的笔记传统，一是五四的写实传统。但又对这两个传统有所保留，借用了世俗审美的经验稀释之。"孙郁指出："《带灯》有趣的地方，是在紧张生活的散点透视的时候，常常冒出闲笔。在排查矛盾的对峙的情节里，忽然停下思绪，驻足于山水、风俗之间，看云起云落，风来雨去。"

31日 陈福民的《商业动机下的网络文学写作》发表于《人民日报》。陈福民认为："网络文学在形式层面都比较多地挪用或借用中国古典文本的形态元素，其人物关系的设置与情节架构……多有落入窠臼之嫌。"

本月

杜昆的《乌托邦精神的式微和嬗变——后新时期知识分子小说结尾的意义》发表于《山花》第5期。杜昆认为："随着'新启蒙运动'在1980年代末以失败告终，文学史转入后新时期。知识分子题材小说的结尾已经失去了想象和构建美好未来的信心，小说中的知识分子主人公大都有出走、死亡、沉沦或疯癫的结局。"

袁敦卫、冉正万、朱丽的《巫术思维与历史的肉身化——关于〈银鱼来〉的一场谈话》发表于同期《山花》。冉正万谈道："虽然人物通常是作品的中心……但我的本意并不是为了写他们，而是为了追问命运究竟是选择的结果，还是选择本身就是命运。我认为，如果没有这样的追问，所有的人物好像都漂浮在生活泡沫的表面。"此外，冉正万还认为："如果用一句话概括《银鱼来》这部作品，大概就是儒家文化的末端与荆楚文化的末端在这里相交之后，与欲望、生存、美德等等缠斗，从而绽放出异样的精彩。"

六月

3日 《人民文学》第6期有"卷首语"。编者写道："中篇小说《蛊镇》，叙述精细而疏朗，作者肖江虹还很年轻，但他对文体的虔敬之心值得倡扬。……有'土''奇'甚至'偏远'的现实形貌，又沁有'旧''慢'甚至'愚顽'的古风民俗，聪慧者总能以呈现的方式看穿时间和地域的障眼法，寄托悠远的人性之思——于是，文学，给当世留下一份不能割舍的念想，在后世低回着一种长音绝响。文学性的永恒，也许就存在于消逝和即将消逝的岁月人生之中。"

4日 刘金祥的《情绪过剩与概念溢出——对当今小说创作的思考》发表于《光明日报》。刘金祥认为，"小说创作最重'品性'，而'品性'的直接体现就是语言"，"我国当前的一些小说作品虽偶得美文之形，但从根本上距离'没有刻意雕琢与修饰痕迹'的美文之实尚远"。

5日 王晓峰的《自然是小小说的艺术品质》发表于《中国艺术报》。王晓峰认为："小小说也必然遵循自然之法。……小小说不可靠叙述，经常出现在如下的关系之中：生活的可能与小小说的可能；生活的不可能与小小说的可能；生活的不可能与小小说的不可能；生活的可能与小小说的不可能。"也就是说，"强调小小说的自然，意在强调小小说的艺术准确性，这是小小说应该具备的艺术品质，是实现小小说文学性的唯一途径"。

14日 李建军的《"长篇崇拜"的盲目及后果》发表于《人民日报》。李建军认为："如果仅有'长度'，而没有'深度'和'厚度'，仅有'数量'，而没有'质量'和'含量'，那么，长篇小说就将成为一种危险和没落的体裁，长篇小说写得越长、越多，小说艺术的命运和前景越令人担忧，因为，这不仅会造成多方面的'浪费'，造成对其他文学体裁的忽视和歧视"。

15日 毕光明的《"酒国"故事及文本世界的互涉——莫言〈酒国〉重读》发表于《文艺争鸣》第6期。毕光明提出，《酒国》"采用了元小说的叙述体式，借暴露叙事行为补足人物金刚钻演讲活动的环境、对象与效果，无论是小说的叙述语言还是人物语言，都几近狂欢化，放大了主流意识形态话语的夸夸其谈、避实就虚、重复堆砌、引经据典、貌似真理、夸张空洞、编造故事煽情等特点。……《酒国》里的堕落、沉沦与荒诞，都与意识形态有关，而这种意识形态的本质是虚假的话语与人的原始欲望的合谋，这是莫言对中国社会问题的独特发现"。

白杨、刘红英的《〈第九个寡妇〉：原型意象与讲述方式》发表于同期《文艺争鸣》。白杨、刘红英认为，严歌苓"善于借助某些神话原型或文学母题来表达对政治、人性等复杂问题的看法，这些承载着具有人类共通性的精神体验与心理模式的文学要素，来自现实之中而又超越了现实时空可能造成的叙事限制"。

24日　龙仁青的《写作呼唤中国元素》发表于《文艺报》。龙仁青认为，"当一部文学作品呈现出浓郁的地域文化色彩，尽管这种色彩只属于一个乡镇、一个村落，也会成为这部作品独属于它的文化元素"，"也要从故乡放眼世界，以时代和全球的目光审视和观照故乡"。

张楚的《世间最美的蓝》发表于同期《文艺报》。张楚指出："那些传统的小说家，他们像是古老偏执的手工艺人，遵循传统文学的固有理念，他们仍坚信福克纳的话：人之所以不朽，并非在生物中惟独人有绵延不绝的声音，而是人有灵魂，有能够怜悯、牺牲和耐劳的精神。而作家的职责就在于写出这些东西，振奋人心，提醒人们记住勇气、荣誉、希望、自豪、同情、怜悯之心和牺牲精神，这些是人类昔日的荣耀。"

七月

1日　《长篇小说选刊》第4期《小说视点》专栏刊发对韩东的小说《中国情人》和对夏商的小说《东岸纪事》的简介与评论。

葛红兵在为《东岸纪事》撰写的短评中表示，"我们看中国画，就知道中国画不用焦点透视，而是散点透视，散点透视的好处是能把生活的角角落落都呈现出来，比如，《清明上河图》，它是真能称为时代画卷的。夏商的这部小说，就是这样，他是写风俗长卷……人每每是工笔，物每每是工笔，事每一件都是工笔，但是，总体上，这个小说没有只是写人和事……而是浦东风俗的前传，浦东精神的前传，是大写意的"。

黄德海在为《中国情人》撰写的短评中指出："《中国情人》总体的倾向仍然是'传统的现实主义'，但典型现实主义小说的重要特征很难套用到这本小说身上——小说里没有什么典型环境、典型人物，也缺乏现实主义小说对完整故事的追求，更不用说现实主义的写作者对世界和作品里的人物抱持的悲悯情怀。"

林白的《写出我在这个时代的百感交集》(《北去来辞》的创作谈——编者注)发表于同期《长篇小说选刊》。林白认为:"个人经验是一种实感经验。……充沛的感性体验(而不是某种'高于生活'的理论)是我多年来不竭的源泉,在《北去来辞》写作的漫漫长途中,我再一次凭借着它,前所未有地,写出了自己在这个时代的百感交集。"

岳雯的《世界与世界隔着深渊》(对林白《北去来辞》的评论——编者注)发表于同期《长篇小说选刊》。岳雯写道:"我以为,林白在这部小说里,更大的创造是在比喻在通感。""这是典型的林白意义上的比喻。本体隐藏在喻体之后,喻体自身不断成长、膨胀开来,直到成为一个自足的世界,着实令人叹为观止。"

同日,赵实的《讲好中国故事 追寻中国梦想——在中国文联九届五次全委会上的讲话》发表于《中国艺术报》。赵实指出以下几点:首先,"讲好中国故事,就需要我们用艺术的方式深入发掘和深情讲述千百年来中国人民胸怀理想、脚踏实地、奋力拼搏,用诚实劳动和顽强意志创造美好生活、梦想成真的感人故事,努力做到形象化、具体化、生活化,见人、见物、见精神";其次,"唱响中国声音,就需要我们用艺术的方式充分展现当代中国人民积极投身改革开放和现代化建设伟大实践的豪迈气概、精神风貌,大力讴歌以爱国主义为核心的民族精神和以改革创新为核心的时代精神,大力唱响国家富强、民族振兴、人民幸福、社会和谐的时代主旋律,不断增强人民群众昂扬向上、奋发进取的精神力量";同时,"抒发中国情怀,就需要我们在文艺创作中,自觉把个人的审美追求与国家情怀、民族情怀、人民情怀相融合,真情抒发人民大众追求真善美、实现'中国梦'的美好情怀,生动反映中华儿女感天动地的大情大义大爱情怀";最后,"塑造中国形象,就需要我们在文艺创作中,精心塑造一大批具有民族精神、传统美德、时代品格、鲜明个性的中国人民的典型形象,充分展现人们追求自由、平等、公正、法治的社会生活理想,全面反映当代中国迈向富强、民主、文明、和谐的现代化国家和实现中华民族伟大复兴的奋斗历程"。

同日，格非、苏童、刘庆邦、叶弥、王手等的《向短篇小说致敬——中国短篇小说论坛纪要》发表于《作家》第7期。

苏童谈道："从90年代到2000年左右，有十来年的时间，我基本上长篇是副业，主业是短篇，所以我最多的短篇小说是那十几年的。没有办法描述为什么那十几年来，我觉得我弯一下腰，突然就有一个念头，要写一个短篇。我系一下鞋带，也觉得有一个念头，系好鞋带去写短篇，就是处于那样一种持续的着迷的状态。因为我没法解释，所以我说是生理性的爱好。它没有什么高尚的，也没有特殊的理由，更不是为了要证明什么遗世独立，我只是迷恋这么一种文体，迷恋这么一种叙述。"

刘庆邦认为："当然，林老的小说在意象上，在结构上，特别在思想上，他有很高的高度。但我总是有一个感觉，觉得林老的小说写得太紧。汪曾祺和林斤澜被称为文坛双璧，和林老的小说比起来，汪老的小说就显得非常放松，非常自然，甚至有一些散漫，他是散文化的一种写法。他的短篇小说非常美，非常诗意。他的力量都在小说里面隐藏着，看似没有用力，看似不经意，但这种小说显得非常有力量。我体会，在写的时候还是要放松。这不光是一个对待小说怎么写的问题，主要是一个写作态度，或者说是一个写作心态的问题。这个心态按一般的说法就是保持一个平常心，还有一个说法就是非常放松的心态。这个心态叫什么呢？我觉得就是一个学习的心态。"刘庆邦谈短篇小说时提到"关于短篇小说的不确定性"，他表示："短小说既确定，又不确定。确定的是它的方向，它的思路，不确定的是它的目的，它的意义，它的开放性。……中国人写短篇小说也是这样分很多层面，最低的一个层面就是非常狭小的，老受物象的局限。最高的一个层面是多意的，无限的，带有广阔性。……广阔性不仅是体现在短篇小说的结尾，还体现在整个文本当中。"

王手谈道："我觉得写短篇还真的跟写中长篇有很大的不一样，虽然我们也都写一些中长篇，但是这个不一样就是短篇它能够很清晰地沉浸在作者的状态跟情怀里，它的整个过程都是在自己的氛围里。""我写短篇也是觉得我不是一个指挥者，也不像一个经营者，我只是一个手工匠，或者是一个工艺师。……我们就像在打磨一件东西，那么它的造型，它的合理性都是我们要考虑的。我觉得短篇可以没有一个大的起势,但一定要有一个好的入口,这个入口也许非常小,但进去之后要有绮丽的风光,这些绮丽的风光我觉得应该是一些短篇的元素。写短篇我觉得有些地方要向长篇学习,比如说它不应该近视,它应该像一只鹰,有一个高度俯瞰的状态,有时候可以是一动不动,但有时候肯定要悠扬地滑翔,还需要有纵览全局的感觉,一些地方可以忽略,但它的方向一定是准确的,因为短篇就那么一点的篇幅,如果你方向不准确,可能就抵达不到我们这个目的。"

张新颖谈道:"讲到中国传统的文类有可能构成我们短篇小说的资源,这里面就有一个自由的问题。……《庄子》里面的很多东西是短篇,你说是吧,也可以说是,也可以说不是,就这种没有被认定,因而也没有被正统化、规范化的资源,可以提供自由的空间。所以我觉得短篇小说其实它的创作自由度很大,包括我们利用资源的自由度,其实有些时候不必那么小心,不必那么谨慎。我们传统审美上要求短篇的精致,但是我有时候会觉得不精致的东西也蛮好的。"

张学昕认为:"既要刻意设计,既要很技术,它又要听命于一种机缘,不能不承认,它有时候又很宿命,你又想把它做得越好,越精,可能就会出现意想不到的种种问题。所以,短篇小说要有故事,要有承载,可能它又应该是随笔化的,你不能有太多负担的。"

汪政谈道:"因为你是写短篇出身的,所以你哪怕再写长篇,你语言还是要讲究,你的叙事节奏也与长篇不一样。……一些作家用长篇表达了自己的意义世界,但也有一些作家是通过短篇,而且是用连续的短篇来表达自己对于世界的看法。"

何平认为:"短篇小说应该是一个类似于散文的比较自由的文体。""另外,我喜欢带一点神秘感的短篇小说。……短篇小说是不是可以含蕴一些哲理味。"

宗仁发谈道:"那么博尔赫斯认为短篇小说是什么?短篇小说题材里面它涉及到的关键词是本体、时间、梦、游戏、真实性、多重性、永恒性。"

3日 《人民文学》第7期有"卷首语"。编者写道:"本期头条,是来自加拿大陈河的中篇小说《猹》,作者给我们呈示了与他以往小说不同的叙事方位。……习惯了'生存在人间'的我们,各种规矩、约定和意识,正在被'生活在地球'的事实再度改写，而'生活在地球'曾是本然的生灵处境。我们大概完全忘了是从什么时候起，居民、猎人、传媒、律法，以及所有建立在'唯人独大'意识上的傲慢征象，都自以为是地缩在'生存在人间'的阁楼里定居的。"

4日 本报记者金莹的《林白：文学的价值不仅仅在于"对抗"》发表于《文学报》。谈及《北去来辞》的创作，林白表示，"即使有《妇女闲聊录》这样的作品，我觉得自己其实还是很封闭的，对世界的敞开不够，对外部的敏感度较差，多年的生活养成了更关注自身的习惯……写作《北去来辞》，这些都得到了一定的矫正"，"写完这部长篇，我才对写小说这件事本身有了一些感觉。我的长篇都比较碎片化，在这个时代，这是我最好的选择"。

8日 赵志明的《郑欢欢：用乡言乡语打造叙述的迷墙》发表于《芙蓉》第4期。赵志明写道："一个天性敏感、构思绝佳的作家，不会满足于说一个独特的故事，故事只是一个媒介，通过他感兴趣的故事，他才会激发自己叙述的欲望。也就是说，作家通过故事，展现自己的叙述才华。这是东西方叙述艺术共同遵守的原则，和企图达致的野心。……怎样讲一个故事，离不开构思。有的作家，是属于冥思苦想型的，故事在他肚子里消化了好几遍，再反刍出来，这个故事就具有了形状；还有的作家，不满足于此，还要精刻细镂，灌注精气血。在这里，叙述不是给故事打上马赛克，而是给其镀金，让它变成了艺术品。"

同日，徐则臣的《局限与创造》发表于《文艺报》。徐则臣谈道："有一天我突然想，能不能写点'外面的事'呢？如果你对当下的文学比较熟悉，你会发现，'外面的事'基本上都是'外面的人'在写……在'我们这里'，极少有人僭越妄为把手伸到外面去，也就是说，'我们这里'其实缺少一个写'外面的事'的传统。传统很重要，传统意味着相对成熟的审美规则、表达路径和比较完善的意义阐释系统。也就是说，你能够在'传统'里轻而易举地找到进得去又出得来的方法。可我现在找不到。找不到让我心怀忐忑，也让我高度兴奋。忐忑和兴奋同时来临时，通常表明你开始'创造'了。"

10日 《十月》第4期有"卷首语"。编者写道："本期中篇小说主打是滕肖澜的《去日留声》，这个题目是编辑与作者商改的。原题应该说更切近小说的内容，但小说里一种挥之不去的东西却没体现出来。想来想去，我们觉得那种挥之不去的东西或许才是小说的本质。但到底是什么？可以说是一种叙事态度。"

霍艳的《我如何认识我自己》发表于同期《十月》。霍艳表示，"我无时无刻不在对世界悄悄地观看，观察是我与世界交流的方式，那些细节是铺垫我小说的基石"，"观察是为了对生活的境遇有所关照，这种观察除了用眼睛看，也包括用触觉感知，嗅觉去闻，味觉去品尝，是一种五官完全敞开的体验"。

15日 陈培浩的《故乡叙事的新创和异乡人的小说美学——谈陈纸的小说探索》发表于《南方文坛》第4期。陈培浩认为："某种意义上说，异乡人文学正是20世纪故乡叙事脉络的当代变体。'进城者'都是背离故乡者，他们都背着一个渐行渐远的'故乡'在都市里流浪。一个真正敏感的小说家，必须有能力见证异乡人落满尘埃的骨头里千疮百孔的'故乡病'。所以，构成'异乡人文学'的两个重要要素是：一、对人类'异乡性'生存的深刻洞见；二、以文学的方式阐释、想象和创造'异乡'。此二者深刻地把陈纸的写作跟很多底层写作者区分开来。"

19日 本报记者黄尚恩的《莫言：小说要贴着人物的性格来写》发表于《文艺报》。文章写道："很多当代作家都从现代文学中汲取了丰富的营养，他们所探讨的问题很多是现代文学中的课题的延续……莫言认为，当大家都纷纷学习、模仿西方的时候，强调文学的民族性是有必要的。但因此认为只要具备了民族性就必然具有世界性，又走向了另一个极端。"文章还指出："写小说最重要的就是写人物，那些复杂的社会现象都只是'写人的背景'，因此作家所描写的事件应该符合人物性格本身的发展逻辑。"

20日 梁小娟、王跃文的《美好的东西永远在彼岸——访谈录》发表于《小说评论》第4期。王跃文认为："作家不可能在小说里作逻辑推演，而是靠形象去表现。"谈到自己的人生态度与文学创作的关系时，王跃文坦言道："我的人生立场决定了我的文学立场，而反过来文学创作又令我思考，坚定着我的人生立场。"另外，王跃文主张"真诚负责地写作"。

李遇春的《"说话"与贾平凹的长篇小说文体美学——从〈废都〉到〈带灯〉》发表于同期《小说评论》。李遇春认为："他（贾平凹——编者注）憧憬的是与亲朋好友在一起闲聊式的说话，他决心尝试那种闲聊式的说话体小说。……闲聊式的说话是不需要技巧的，而技巧就在其中，这是一种大巧若拙的技巧，不是技巧的技巧，其本质特征就是自由自在地说话，像生活本身样自然地说话，既不像说书人那样哗众取宠，又不像领导人那样拿腔捏调，也不像文化人或知识分子那样故弄玄虚，总之，这是一种真诚而平常的说话，反对夸张矫饰，一切以行云流水的言说为旨归。这种闲聊式的说话体小说自然而然地会形成一种'闲话风'，充满了家长里短、鸡零狗碎般的话语碎片，似乎没有逻辑也没有中心，行于所当行，止于所当止。"

"贾平凹对《金瓶梅》和《红楼梦》的迷恋世人皆知，从《废都》到《带灯》，他直行走在探索主观讲述型与客观呈现型两种说话模式相融合的艺术道路上。所以我们看到了贾平凹在传统的第三人称全知说话模式之外不断地试验新型的小说说话方式，这主要表现为说话人称和视角的不断变化和不断拓展……"在"如何实现客观化的呈现型说话艺术效果"上，"根据《金瓶梅》和《红楼梦》提供的艺术经验，贾平凹发现了闲聊式说话体小说的艺术核心在于密实繁复地客观呈现日常生活的原生态。如果说评书式的说话体小说以来形成的是一种以情节为中心的说话结构模式，那么闲聊式说话体小说开创的则是一种以细节为主体的说话结构模式，这是一种反情节的说话结构方式"。

"贾平凹自《秦腔》至《带灯》，就是在明确主动地追步中国古代闲聊式说话体长篇小说的人物群像结构了。""群像结构是一种多中心或反中心的人物结构模式，它在理论上应该与《金瓶梅》和《红楼梦》那种生活流的长篇小说相契合……因为日常生活的原生态本应就是多中心的人物结构形态，每个人物都应是自己日常生活的中心和主人，而不应是别人的陪衬或客体。""中国古代长篇小说中往往都是英雄人物群像或贵族人物群像的块茎结构，而现代中国长篇小说中更注重塑造日常生活中的小人物或普通人的人物群像块茎结构。《秦腔》《高兴》和《古炉》中的小人物群像块茎结构正是在这个意义上凸显出了它的文体史价值。"

"中国古代说话体小说无论评书式还是闲聊式，都同时受到了中国古代诗文传统的影响，准确地说，是受到了中国古代史传文学与诗赋文学的影响。""贾平凹所憧憬的正是让'史'与'诗'在小说中交融的一种艺术境界。这使得他的多数长篇小说虽然以虚构为本，但其'说话'既有诗性又有史感，然而遗憾也不是没有，贾平凹依旧未能达到'诗'与'史'、主观与客观、精神与物象、形而上与形而下，也就是虚与实交融的艺术胜境。"

晏杰雄的《新世纪长篇小说文体的混沌化》发表于同期《小说评论》。晏杰雄指出："文体的混沌化，其实就是长篇小说文体一个相对完美的状态：一方面，它复杂多元，可以包含现代主义、现实主义、中国叙述传统和古今中外的一切文体因素；另一方面，它单纯到极致，所有艺术元素被安放得恰如其分，彼此交融，浑然天成，形成一个有机的艺术整体。也就是说，混沌化文体内部包含了'一和多、多和一'的动态平衡关系，文体因素从简单到丰富，再从丰富到简单，形成了一个既统一又具有无限开放性的艺术实体，所产生的文体意味绝不是单一的固定不变的，而是具有多向度的无限生成的可能性。"晏杰雄还指出："关于未来长篇小说文体的混沌化走向，我们认为，它会维持新世纪初长篇小说文体的发展态势，以一个从容的姿态走向艺术的多元和内秀。在横的轴线上，它会出现整合的倾向。……它不仅要引进诗歌、散文、戏剧等文学体裁的艺术元素，要吸取现实主义、现代主义、后现代主义等累积起来的艺术技巧，还要吸取人类发展至今的一切文明成果和文化因子。总之，它会显示出强大的吸纳和同化能力，把一切文学的与非文学的因素掷进自己的熔炉里，烧烤炼制，离析出全新的艺术结晶体。而在纵的轴线上，它会变得越来越圆熟。"

於可训的《主持人的话》发表于同期《小说评论》。於可训认为，今天"多数官场小说虽写当今官场，却未跳出古人的窠臼。古之写惩戒贪官者，今之为反对腐败；古之写歌颂清官者，今之为提倡廉政；古之写官场倾轧者，今之为帮派斗争；古有座师者，今为老上级；古谓裙带者，今为小圈子；古称护官符，今为关系网，如此等等，总之是换汤不换药，从中，亦可见古今官场同为一理""但在众多官场小说中，王跃文是一个例外"，"他是把官场中人作了解剖的对象，从中发掘和批判国民的劣根性"，"在当今这个官场化的社会，王跃文的小说无异于是照见国民灵魂的一面镜子"。

25日 黄平的《从"传奇"到"故事"——〈繁花〉与上海叙述》发表于《当

代作家评论》第4期。黄平发现，"在文学谱系的背景下，《繁花》以'故事'隐隐对抗着'上海叙述'的'传奇'，但却不是重复'传奇'所对抗的'史诗'的写法"。

同日，本报记者傅小平的《苏童：充满敬意地书写"孤独"》发表于《文学报》。谈及《黄雀记》的创作，苏童表示，"我理解的所谓'伟大的长篇小说'，说的都是人的问题，这些问题是没有什么格局气象的大小之分，能区分的是这些问题揭示得是否透彻，深入，是否被人类牢牢铭记"，"我所说的伟大的长篇小说更多的只是一种理想，一种虚幻而有效的感召"。

本月

梁鸿的《阎连科的"现实"与"主义"》发表于《中国作家》第13期。梁鸿认为："从本质上讲，阎连科的长篇小说承继了现实主义的基本叙事模式，具有卢卡奇要求的'总体生活'特征，能够以一种鲜明的'思想结构''栩栩如生地描写特定人民和特定环境的整体生活'。但是，不能因此就认定阎连科小说是典型的现实主义小说。因为从美学元素上看，他的小说和现实主义的美学要求并不吻合（这也是大部分论者批评他的主要原因）。甚至可以说，阎连科所有的现实主义叙事都酝酿着一种反向的力量，呈现出典型的'反现实主义'特征，这使得他的小说叙事模式与美学风格之间存在着非常明显的悖论。现实主义的核心概念在这里都被赋予另一重含义，'现实'由于荒诞而怪异，'理想'移形为一场身体狂欢，'典型'由于过于夸张而近乎象征，金钱叙事与革命叙事在这样一种美学错位中被呈现出另外一种存在形态。在解构、颠覆经典现实主义美学概念的同时，阎连科通过自己的书写赋予它们全新的含义，试图寻找到一条新的通向现实主义的道路。有论者用'狂想现实主义'、'怪诞现实主义'来定义，希望把《受活》放入经典现实主义的框架之内，但是这一定义还不能充分展现《受活》的象征、志怪、夸张等美学因素。"

八月

2日　鲁敏的《留在故事里的人》(《零房租》的创作谈——编者注)发表于《小

说选刊》第8期。鲁敏认为:"小说家就是这样的一类人:公开地利用和掠夺陌生的无辜者,压榨他们的故事、情感、血汗,装着葆有感情其实是冷冰冰地去揣度和豢养他人的命运。细想想,这真是近乎邪恶的行为。但我这样做了,像以往一样,并且今后还会继续这样。"

刘庆邦的《顽强生长的短篇小说(三)》发表于同期《小说选刊》。刘庆邦认为:"我主张用生长法写短篇小说。生长法是道法自然,也是投入自己的生命。"

3日 《人民文学》第8期有"卷首语"。编者写道:"本刊在三年前辟出'非虚构'栏目,相继发表了梁鸿的《梁庄》及《梁庄在中国》、王小妮的《上课记》、李娟的《羊道》、郑小琼《女工记》、乔叶的《盖楼记》及《拆楼记》、孙惠芬的《生死十日谈》、丁燕的《在东莞》等作品,如今'非虚构'已是文学界与社会学、历史学界以及广大读者热议的话题。这些作品推出单行本之后,反响强烈,形成了独特的'非虚构'出版现象。《瞻对:两百年康巴传奇》,有别于一般的'现实非虚构',这是阿来的'历史非虚构'长篇力作。作家长期深入康巴藏区,翻遍从中央到地方的相关史料,准确地重现了从清廷、民国政府到共和国新政权初期两百年对瞻对以及康巴地区统辖的历史状况。独特的山川风貌和鲜明的康巴性格等元素,战事解析、历史解谜的叙述特色,沉实中不乏轻松幽默的语风,这些都令作品十分耐读。识见深远,笔力雄健,所记所感,知往鉴今。……无论现实题材还是历史题材,目前人们更多的兴趣似乎还局限在'非虚构'内容与社会学、史学研究的范畴相洽的那部分。我们对'非虚构'更热切的希求是:深在的人性意味、结构、语言等经典性文学要素,能够更自然从容地渗透在写作意识中。"

6日 刘淑欣的《文学创作要重视古典传统》发表于《人民日报》。刘淑欣指出:"所谓文学本土性,是指文学内容与形式与其所产生的本土的现实关联性以及本土文学的独特个性。……中国传统小说植根于乡野闾巷。……小说运用平民百姓的口语,在诗文早已占定的范围之外,为百姓找到了幅员更为辽阔的新天地,以及表达他们内心渴望的新方式。小说更多采用中国绘画熟稔的散点透视法:从表面上看似乎没有中心,远观以后才发现处处都是中心。较之于西方小说强调逻辑性的叙述以及对理性的过分依赖,这种纯然中国式的叙事方式能够更加有效、更加轻松自如地展现本土化的生活。"总之,"中国古典小说早已发明了一整套处理中国人生活细节的观念、叙事方式、语调、色彩等等,只需恰当的现代转型,就能胜任今天的文学书写"。

8日 石华鹏的《新闻到小说之路有多远》发表于《文学报》。石华鹏认为,"新闻为小说提供素材、为小说家提供灵感,反过来,小说不能是改头换面的新闻……小说家和小说的作为在于,在新闻结束的地方、在生活停止的地方,开始施展自己的虚构和想象的拳脚"。石华鹏总结道:"新闻到小说的距离,就像一个人在阅读中的漫长旅行。他翻开一部小说,走了进去,他看到了有着新闻特质的生活,深入进去,他看到一个戏剧化的故事,再进入一步,他又看到了生活,只不过此刻生活变成了寓言,变成了象征,他的阅读旅行结束了,新闻、生活与小说融为了一体。"

9日 赵兴红的《小说应当强化戏剧性》发表于《文艺报》。赵兴红认为,"戏剧与小说在人物、冲突、情节、情境、对话、意象、场面、结构等很多方面有共通性……戏剧增强文学性,小说增强戏剧性,那就会对充实、提升各自的艺术品质有所裨益","小说中的'戏剧性'……不仅是文学性与舞台性的结合,也是'动作''冲突''情境''悬念'等的叠加,更是剧作对于人性、人情、人的命运模式的直观建构"。

13日 本报记者吴娜的《"小说要体现社会学价值"——马原谈新作〈纠缠〉》发表于《光明日报》。马原认为,"好的小说一定是在虚构的意义上有了充分的再现和想法,而不是把实在生活中的细节和人物实行对接","更重要的还是小说要体现的社会学价值",也就是说"从'形而下'入手,找个缝隙,关心一下身边的生活,描述当下社会生活中的迷惑和困境"。

同日,康桥的《网络小说的类型化与独创性》发表于《人民日报》。康桥认为,"类型小说对人类的情感需求做出分门别类的回应与安置","'小说类型'是在创作实践中形成的,内容与形式特征稳定,能引起读者相似的阅读体验","优秀的网络小说受到追捧的原因,主要在于其类型定势之后,总是呈现出的作者个人的独创性"。

15日 本报记者靳晓燕的《莫言与阿多尼斯对话:文学在古老东方的使命》

发表于《光明日报》。莫言认为："诗人通过用诗歌营造的这种艺术形象，跟小说家用小说文体营造的典型人物形象一样，应该都是超越了国界、阶级。"阿多尼斯认为："一个伟大的作家不能仅仅满足于批判权势，还应该对整个社会和文化提出质疑和批判。"

20日 钟明奇的《"生命写作"还是"面包写作"——曹雪芹与李渔小说创作的当代启示》发表于《光明日报》。钟明奇认为，"曹雪芹与李渔，就是中国古代通俗文学史上纯粹写作与商业化写作两个经典的个案"，"因为是超越功利的纯粹写作，曹雪芹始终保持着至诚至真的创作心态"，而"李渔的小说戏曲创作有着明确的商业目的"，"他所说的'多买胭脂绘牡丹'，表达了他甚为媚俗的通俗文学创作主张"，"商业化写作，创作主体往往身不由己，迷失真我，因此难以创作出真正具有现实关怀与人文关怀、具有深厚艺术底蕴的优秀作品"。

23日 乔叶的《在这故事世界里》发表于《文艺报》。乔叶表示，"我深信生活里的故事和小说家讲述的故事有太多本质的不同"，"生活在这个故事世界，把这世界上的故事细细甄别，然后把它们改头换面，让它们进入到小说的内部崭新成活，茁壮成长，再造出一个独立世界，我觉得这就是小说写作的乐趣，也是文学生活的活法"。

同日，陈劲松的《小说的尊严》发表于《中国艺术报》。陈劲松认为："今天的文学（尤其包括小说）创作，若是一味地向市场和版税缴械，势必因为品格的缺失而放弃应有的尊严。"陈劲松指出，"小说固然离不开故事的支撑……在情节和悬念之外，必定还有心灵的抚慰和思想的烛照"，"最根本的是倡导一种精神的叙事……能通过小说传达出人情与人性之美，将生命关怀和悲悯情怀渗透其中"。

28日 武歆的《让细节变成情节》发表于《人民日报》。武歆指出："一个细节出现一次，是细节；出现两次，还是细节；但是，当一个细节出现很多次的时候，那么这个'细节'其实就变成了'情节'。……可以把它'安装'在一个人物的身上，也可以'加载'在故事的进程上，无论怎样，它都可以推动叙事的发展，可以使小说的宽度和人物的深度有所加强。""'让细节变成情节',除了能够拓宽叙事方法,还有一种好处,那就是将会'引诱'读者上钩",但"有一个最为重要的前提,那就是这个'细节'一定要是精彩的、闻所未闻的、独一无二的"。

同日,吴俊的《文体的艺术之境——贾平凹长篇小说〈带灯〉读札》发表于《扬子江评论》第4期。吴俊认为:"以《带灯》而言,有着贾式特征标记的亦真亦幻的叙事艺术发展到了极致——写实性叙事的整体风格逻辑中,嵌入了幻想性、幻象式的叙事情节和线索,并且主要是在主人公身上获得了实现,但同时并不突兀地影响整体叙事的真实性和逻辑性的推进。"谈到《带灯》与中国传统艺术的关系,吴俊指出:"中国传统艺术包括诗词,特重意境的营造;而意境营造的一个主要手法便是虚实相间的使用。虚实关系也可用主客观来比拟。以实写虚几近客观形态,好像用工笔来见出写意的境界;以虚写实则似主观想象,于写意中透露工笔功夫。这种中国画的美学精神落实在贾平凹的文学作品中,也就成就了他的写实小说中的空灵性、抒情性和飘逸性。如《带灯》这般以'生活流'般叙事的长篇小说,细节几乎就是一切,却不显沉冗,反而耐读,道理即在虚实相间互补而成的参差效果和多样性体验之中。虚实的处理,不仅是技巧,不仅是结构,也不仅是一种美学观,根本上应该是一种世界观的体现方式。"

本月

郭洪雷的《新世纪中国先锋小说备忘录——读〈守望先锋:世界的罅隙〉》发表于《山花》第8期。郭洪雷评价李浩《等待莫根斯坦因的遗产》的拟翻译文体时说:"拟翻译文体表达了中国作家在百年西方文学影响后某种'反殖民'意识的生成,不管最终结果如何,这种'反攻倒算',既表达了作者对'中国立场'可能带来的'民族短视'的警惕,又体现着中国作家参与世界与人类文化、精神建设的努力和雄心。这是中国作家的责任,也是新世纪中国先锋小说的一个方向。当然,前提条件是,我们的文学并不是东方主义的凑趣者,我们的作家能够在智慧比拼的意义上,与卡夫卡、博尔赫斯、马尔克斯、米兰·昆德拉、卡尔维诺们'称兄道弟'。"

九月

1日　胡良桂的《美丽忧伤的乡村牧歌》（对《火鲤鱼》的评论——编者注）发表于《长篇小说选刊》第5期。胡良桂写道："这正是作者在现实主义与现代主义相结合的尝试与探索的征途上，显示出的深厚的功力和不凡的魄力。……那么，它（《火鲤鱼》——编者注）的艺术成就主要表现在哪些方面呢？我以为，艺术结构的散文化与网状性，叙述风格的现代性——臆想、推测、自由联想的巧妙运用，艺术语言的诗意化与乡俗化等，就是它别具一格的艺术创造。"

4日　金宇澄的《再说几句〈繁花〉》发表于《人民日报》。金宇澄表示，"《繁花》让习惯流行小说的读者不习惯，我却有意为之，包括句式，少用标点，是一种努力……《繁花》标点简单，基本逗号开始，句号结束，都是借自传统，少用西式标点，不用问号，传统古代文本，是读者自己圈点，所谓'可圈可点'"。

6日　徐则臣的《小说的边界和故事的黄昏》发表于《文艺报》。徐则臣表示，"如果你想让小说有效地建立与我们身处的当下时代的联系，那你就得重新考虑小说中的故事的形态，乃至它的定义"，"我说的是传统意义上的小说的故事。在那些小说中，故事有着起承转合的完整结构，有着无懈可击的强硬的逻辑链条，因果井然"。徐则臣指出，"当我们以为一个光滑、秩序的故事足以揭示万物真相的时候，被我们拒于小说之外的无数不可知的偶然性和旁逸斜出的东西，正从容地排列组合成一个更为广大和真实的世界……这更为广博的世界与内心，如何及物地进入小说？——要借助故事。什么样的故事？我也不清楚，但我以为，它必定要能容纳更多的暧昧与偶然性"。

10日　姚鄂梅的《我的高邻》发表于《小说界》第5期。姚鄂梅谈道："我想这就是文字的物理作用，它把阳光下的生活带进字里行间，人还是那个人，事还是那些事，却比肉眼所见的更加生动，更有意味。如果我把她们的故事放大，每个细节都清晰地呈现出来，应该就是文学了。"

12日　本报记者傅小平的《张炜：没有神性的写作，不会抵达真正的深邃和高度》发表于《文学报》。张炜认为，"文学作为一种精神和思想的果实，再也结不出与十九世纪相同的那种了。但在雄心和价值、气概和追求，这些方面仍然可以互相学习和比较,问题就在这里","真正的先锋是勇气,是对于艺术和思想信念的顽固坚持,是一根筋。伪先锋是不需要传统的,因为现学现卖就来得及,完全不需要在一个更大的艺术和思想坐标里思悟和整合"。张炜还认为,"史诗式的写法是历史上形成的一种固有模式,它大致以线性时间来处理漫长的历史事件、结构作品。现代作家质疑和改变史诗式的写法是自然而然的。但这并不意味着一定要让自己的写作'小品化''碎片化''单薄化'","现代小说面临着更巨大的变化,可能它今后不仅要单向延续狭义现代主义的'内向',而且还要注目十九世纪或之前的'外向'。'内'与'外'的接通和结合,大概是未来小说写作需要考虑和完成的一项大工程"。

13日 陈彦的《重新发现文化中国》发表于《人民日报》。陈彦认为:"中华文化从来就不缺这些在黑夜中鼓励人类前行的精神烛光,因此,我们应对自己几千年苦苦摸索中形成的文化积淀抱有坚强的信心。"

15日 李敬泽的《独在此乡为异客——关于甫跃辉短篇小说集〈动物园〉》发表于《南方文坛》第5期。李敬泽认为:"他(甫跃辉——编者注)具有敏锐的、受过训练的写实能力,更有一种阴郁的,有时又是烂漫天真的想象力,就如《骤风》那样,突如其来的大风如此奇幻、如此具体细致地呈现了世界;这份想象力也许会把他救出来——他现在的小说似乎也面临着深陷此时此地的危机——带着他走得很远。"

林凌的《"抒情"作为"史诗"的完成——关于汪曾祺小说创作的一种解释》发表于同期《南方文坛》。林凌认为:"某种程度上说,汪曾祺展现了80年代早期人们所追求的理想生活,他以抒情的方式完成了关于自由和美丽生活的想象,唯一的问题在于,这种想象仍然奠基在小生产者的基础上,而终结了汪曾祺的抒情和美学的,恰恰是张承志。汪曾祺所努力经营的日常生活想象最终失败了,但汪曾祺以这种奋力的写作表明了自己并不是一个可有可无的格局小气的作家,汪曾祺的写作确实动用了某种中国传统文化的资源,因而常常容易被误认为一个士大夫,或者隐士的形象,然而他的这种寻求传统文化,比如自给自足的田园牧歌式的生活,却绝不能做复古的理解,毋宁说是在完成自身所处的时代。他的写作既是特殊的,又是普遍的,他指明了一点,我们所期许的并不是一个单纯追求公正分配和获利的世界,并且同时是一个能让我们的心灵安逸地存在于其中的伦理家园,汪曾祺通过写作提醒我们,在任何历史条件下的政治性世界的构想中,这一点都绝不可或缺。"

17日 桫椤的《形式之魅:网络文学的新贡献》发表于《光明日报》。桫椤认为,"网络文学作为互联网技术下的文学样式,其'新'也在形式上,这不仅是网络文学与所谓'传统文学'最大的差别,同时也是网络文学对当代文学的一项贡献","当代文学作品在文本形式上正在悄然变革,一些传统文学期刊上的作品,大段的描写或抒情正在逐渐消失,取而代之的是短小精悍的对话和叙述"。"网络文学对当代文学的另一个贡献,是对新的语言形式的吸收和运用,这主要体现在对日常生活用语和对网络语言的大量运用","网络文学的作者迎合网民需要,创作唯'速度'与'快感'的马首是瞻,作者代替读者进行文学性思考,将作品所反映的文字背后的意义直接呈现在读者面前"。

20日 陈熙熙的《性别视域下的网络小说语言》发表于《小说评论》第5期。陈熙熙认为:"网络的虚拟性一方面固然可以模糊创作主体的身份、性别等特征,而另一方面却为女性作者在实际的创作中彰显其语言的个性和风格提供了更为自由而开放的空间,从而令当代网络小说语言呈现出鲜明的性别特征。"首先,"网络的开放性和较大的自由度可以使女性作者在创作中更加充分地发挥语言的能动性和创造性,深入表达其独有的体验、自身的意识和心理的诉求,从而在长期由男性所操纵的'话语体制'中,将她们被压抑被曲解的女性特征、女性气质不断地强化和'表演'出来";其次,"女性作者在小说语言的句法结构上,又有其性别的倾向性","代指女性叙述主体的第一人称代词'我'在句中作为主语频繁出现","在句子短语式表达的共性之下,女性作者的短句表达则更多地打破了一贯的逻辑常规,呈现出跳跃式思维的特点";再次,"以女性身体作为语言进行书写可以说是文学语言领域内的一场消解权威话语的'女性狂欢'";最后,"还有一些女性作家在网络小说的创作中,直接将男性身体置于被观看的审美客体地位上,以此来确立女性的主体视角"。陈熙熙还指出,"并不是女性作家写作的网络小说就一定具有女性主义的性别意识,在网络文学普遍追求点击率的商业化创作环境中,大多数作品还是在迎合大众的审美趣味"。

李雪、朱文颖的《渴望更真实、勇敢、宽阔的生命与创作——朱文颖访谈》发表于同期《小说评论》。朱文颖认为"处理一个长篇文本","仅有'细小'与'自我'的感知是支撑不起来的。一个具有命运感和长度的小说需要宏大的框架",其最终采用的是"一种'私人场景'与'宏大历史'之间迎面相遇又迅速躲开的交错方式"。另外,朱文颖认为"先锋,更多的是一种精神而并非技法"。

王燕子的《小说在自媒体时代的对话策略》发表于同期《小说评论》。王燕子认为,"随着自媒体传播途径的升级变化,不同样态的自媒体小说开始出现,它们的创作方式和生存样态有着别样的风采"。首先是"'明星'式的形象再生产",其次是"游离'节点'的叙事结构",最后是"'雌雄同体'型人格的消费热点"。王燕子还指出,"自媒体语境中的小说创作与传统小说创作的区别,重点在于作者创作文本的平台问题,这是一个需要与读者(粉丝)对话的虚拟空间,而这种对话会影响到创作中的各种因素……由此一来,小说创作就不仅仅是作者个人的事情,因为读者的介入(建议或干扰),小说创作成为了一场对话进程下的文本产物"。

23日 "中德作家谈文学"专题发表于《光明日报》。该专题收录了铁凝的"开场白"、贾平凹的《中国作家的天下意识》、李洱的《文学的本土性与交流》等文章。

铁凝在"开场白"说道:"曾经有诗人说,一个民族对文学的亲近程度,决定着这个民族整体素质的高低。中国和德国,都对文学怀有深刻而悠远的感情。德意志民族为世界奉献了歌德、席勒、贝多芬、康德、黑格尔等文化巨人,今日德国文坛的伟大作家君特·格拉斯、马丁·瓦尔泽等不仅在世界文坛占有重要地位,亦为广大中国读者所熟知和喜爱。古老的中华民族正在经历令人震撼的经济社会复兴。但一个民族的真正复兴绝不仅仅是经济的,更应该是文化的。一批优秀的中国作家,正以他们对现实敏锐而大胆的把握,对人的精神深处犀利而透彻的挖掘,对当代中国人复杂纷繁的生活,以及他们的困惑与激情、悲伤与希望的细腻表现,守护着文学的尊严和人的尊严。他们付出的结实的努力,让世界更真切地感受到一个骨肉丰盈的中国,让热爱生活的人们坚信文学应该是有光亮的。"

贾平凹指出:"文学艺术正是表现了自己文化的特性,混乱的价值观才能有明晰走向,逐步共存或统一。……在中国文化的背景下所发生的诸多的国情世情民情,这是需要我们认真思考的。中国为什么要改革,社会之所以大转型,中国正是在走向人类进步的过程中逐步解决着这些矛盾,而完成着中国的经验。"贾平凹进一步指出:"中国的作家艺术家,从来都有它传统的文人精神,这就是天下意识,担当意识。……以文学的、艺术的形式去表达这个时代,在表达中完美文学艺术在这个时代的坚挺和伟大,是我们的良知和责任,虽然目下的文学艺术被娱乐和消费所侵蚀、边缘化。"

李洱认为:"大量地阅读西方小说,使我们迅速掌握了西方现代派小说和后现代派小说的技巧,它有助于我们用西方小说的技巧来表达我们的本土性。"李洱还认为:"我们对自身所处的现实的认识,对我们从事的文学实践的认识,都因为文化传统和外来文化的影响而更加深刻。文化传统和外来文化,使我们看到了文化的差异性,看到了人性的丰富性,看到了时代性,只有深刻地感知到这一点,我们才能够更好地呈现本土经验,使自己的作品具有本土性。也就是说,本土性不但不意味着保守,反而意味着开放。"

24日 黎杨全的《警惕网络文学的"网游化"趋势》发表于《光明日报》。黎杨全认为:"如今网络文学的创作原理和阅读快感机制,都与网络游戏可以互相印证、互相发明。网络文学大量借鉴网络游戏,而网络小说也常常被改编成网络游戏。网络文学之所以呈现出'网游化'趋势,一个主要原因是网络写手们的知识图景已经不同于传统作家。"黎杨全表示,"'网游化'趋势带来了网络文学写作上的一些较为严重的病象。从艺术层面来看,网络写手不是从自我的生活阅历与生命体验中去创作真正个性化的作品……从思想层面来看,把社会生活理解成战斗与升级,理解成弱肉强食、力量为尊的游戏世界,无疑是对生活的简化与歪曲"。

25日 陈思和的《第七届花踪文学奖得主阎连科的授奖词》发表于《当代作家评论》第5期。陈思和表示:"阎连科是当代中国最具有探索勇气的小说家。

他的小说不仅产量可观，而且几乎从不重复自己的书写经验，他的每一部长篇小说都具有艺术形式的探索性，开掘新的思想深度。……《四书》里，作家又一次进入历史的回忆，从二十世纪五十年代开始的大迫害中知识分子的灵魂拷问到迫害者的良心谴责和赎罪，创造出一个《哈扎尔辞典》式的复杂的交叉型文本。我们即使不讨论小说所贡献的内涵丰富的历史内容的阐释，仅仅从当代长篇小说的形式文本来看，阎连科的创新意义也是首屈一指的。在阎连科的长篇小说里，文本、结构、章节、语言，甚至连注释、标题、书名，等等，都构成了小说的探索意义。"

孙郁的《阎连科的"神实主义"》发表于同期《当代作家评论》。孙郁认为："在《四书》里，神实主义的写作理念贯彻得十分彻底。小说在韵律上延续了鲁迅《野草》里的意象，又有了《旧约》般的格律。仿佛是卡夫卡精神的中国版，陀思妥耶夫斯基的惊恐也内含其间。但是，在整体的构思与表现中，阎连科的中国经验幻化成一曲发自内心的悲歌，犹如来自上苍的神曲，在一个可怜的时空里流动。作品的人物都是写意式的，没有现实的时间里的起承转合，而故事的荒诞，则像一篇寓言，给人醍醐灌顶之感。""《四书》在形式的设计与语态的把握上，都是反小说的，或者说不像传统的小说。如果说《坚硬如水》《受活》在程序上还保留现实主义的基本框架，溢出现实主义的部分还显得有限，那么到了《四书》，散文诗与圣经体的意味占了主导，更有形而上的价值。在韵律上完全不同于以往的中国小说。洋溢在小说时空里的是一种绝望里出走的坚毅之魂，知识分子的挽歌与圣歌交织于一体，如哲学般有了庄重之感。"

阎连科的《写作的叛徒——〈四书〉后记》发表于同期《当代作家评论》。阎连科说："我总是怀着一次'不为出版而胡写'的梦想。《四书》就是这样一次不为出版而肆无忌惮的尝试（并不彻底）。这里说的不为出版而随心所欲地肆无忌惮，不是简单地说故事里讲些什么粗粮细粮，花好月圆，或者是鸡粪狗屎，让人所不齿，而是说那样一个故事，我想怎样去讲，就可能怎样去讲。胡扯八道，信口雌黄，在写作上真正、彻底地获得词语和叙述的自由与解放，从而建立一种新的叙述秩序。我把《四书》的写作，当作是我写作之人生的一段假期。假期之间，一切都归我所有。而我——这时候是写作的皇帝，而非笔墨的奴隶。"

十月

1日　张定浩的《短篇小说与长篇小说——以几位年轻小说家为例》发表于《上海文学》第10期。张定浩从对"中国当代同时致力于长、短篇写作的几位年轻小说家"阿乙、张怡微、鲁敏、黎紫书的分析出发，认为"在他们的长篇小说与短篇小说之间，却似乎存在一种相似的断裂，这种断裂并非源自他们对这两种体裁差异的一无所知，而在于他们对这种差异过于简单的认识和追摹，以及随之而来的，在某一时刻对自我的丢弃"。

25日　陈彦的《文化要以历史理性烛照现实》发表于《人民日报》。陈彦认为，"现实文化一旦失去了历史理性的牵引，民族的价值取向与生活方式必将遭遇数典忘祖、任人打扮和自我矮化，这个民族的文化、历史就会最终黯淡乃至湮灭"，"虚无主义必将导致文化迷失"，"历史是现实的智慧装备"。

同日，晏杰雄的《论新世纪长篇小说的叙述空间》发表于《文艺争鸣》第10期。晏杰雄指出："相对而言，新世纪长篇小说作家对空间形式的运用显得节制而从容，空间形式在整个小说格局中所占比例较小，之所以采用空间形式是因为就某个主题而言它更富有表现力，可以帮助作家对现实世界、生活的体验溢涨出新的精神内质。而且，在大的空间框架下，时间因素并未消除，在小说每个组成部分或者片断之内，还是采用传统的时间形式，为读者提供一个好看的故事或者大量有趣的生活细节。也就是说，整体的意义由空间体现，在小说细部，故事的灵魂还在。综合考察新世纪长篇小说的空间形式，主要体现为时间空间化和空间并置两个特征，并引起了读者传统阅读方式的变革。"

29日　马季的《网络文学审美特征考察》发表于《光明日报》。马季认为："从文学自身的发展规律，文学的当代性、社会性和传播特性来考察网络文学的审美特征，对其进行美学定位。"首先，"网络文学给人的印象是天马行空、不拘一格、我行我素，但细究其中的优秀之作，多与传统文化血脉相连"；其次，"网络文学的表现手法和价值观是多元化的，一定程度上超出了传统审美习惯，显示出追求另类、奇异、怪诞的当代文化特征，以及某些逆传统的特性"；再次，

"网络文学是中国当代文学最大的变量,也是文学扩容最直接、具体的体现。而文学扩容的实质是精神扩容";最后,"网络文学的出现,还引发文学作品生产模式和消费模式的变化"。马季还指出,"想象力成为网络作家展示自身才华的重要标志","但现实与想象之间仍然迢迢,我们必须加倍警惕"。

30日 刘庆邦的《写短篇费神》发表于《人民日报》。刘庆邦谈道:"就短篇小说的现状来说,中国作家写的短篇小说一点儿都不比外国作家写的短篇差。中国的汉字根源深,诗性强,变化无穷。用汉字写出来的短篇小说讲究味道,气韵,注重感情的饱满。……他们(当代外国作家——编者注)的短篇大都从一个理念出发,在玩形式,弄玄虚,比深刻,思想的力量大于情感的力量,不能使我感动。"

十一月

1日 李师东的《困境与难度》发表于《长篇小说选刊》第6期。李师东认为,在作者的叙述策略背后,"我们要领略的是'空壳化''空心化'的农村在人性和道德上的困境,在道德规范和社会管理上的窘境,以及作者做出这种表述的难度和深度。这才是这部长篇小说(《上岭村的谋杀》——编者注)的价值核心。"

刘复生的《〈日夜书〉的历史辩证法》发表于同期《长篇小说选刊》。刘复生认为:"如仅就题材而论,韩少功的《日夜书》也算是一部知青小说。不过,它却是一部知青小说的终结之作,它颠覆了使既往的知青小说叙述模式得以可能的意识形态基础。"然而,刘复生指出,"《日夜书》又是一部知青小说的开端之作,在瓦解了宏大的知青意识形态,解除了知青叙述模式的艺术魔咒之后,作家们蓦然发现,他们面对着新的巨大的书写空间和可能,一种对知青生活的新的观察甚至记忆方式被创造出来"。但刘复生也表示,"从根本上说,《日夜书》压根就不是一部知青小说。……这部小说只是借处在特定历史情境中的一代人的丰富生存来书写'中国故事'"。

同日,迟子建、舒晋瑜的《我热爱世俗生活》发表于《上海文学》第11期。谈到自己的长篇时,迟子建表示:"我的这些长篇,不管题材多么大,写的都是小人物。……因为我坚信大人物,都有小人物的情怀。而情怀才是一个人最本真的东西。"

谭光辉的《从必然世界叙事到可能世界叙事——对中国当代文学的一种考察》发表于同期《上海文学》。谭光辉认为，当代"小说叙事模式也完成了一个重要的转向"，即"从必然世界叙事到可能世界叙事的转变"。

同日，邵燕君的《网络文学的"网络性"》发表于《作品》第11期。邵燕君指出："严格来说，网络文学并不是指一切在网络发表、传播的文学，而是在网络中生产、分享的文学，也就是说，网络不是一个发表平台，而是一个生产空间，具有一套独特的生产—分享机制。为了说明这一点，我们需要先区分几个基本的概念：作品（WORK）、文本（TEXT）和超文本（HYPERTEXT）。"邵燕君认为，"'作品'是一个封闭完整的世界，读者和批评者的任务只是探索出其中隐藏的真理而已"，"'文本'是无限开放的，读者不仅拥有创造性解读的权力，甚至具有创作自己'文本'的权力"，"而网络文学则是'超文本'"，"网络技术使'超文本'具有了无限的开放性和流动性"，"'超文本'的时代则是一个读者中心、草根狂欢的时代"。邵燕君表示："出于各种原因，中国网络文学的发展没有走西方'超文本'实验的道路，而是以商业化的类型写作为主导。"邵燕君接着谈道："在网络文学的生产过程中，粉丝的欲望占据最核心的位置。……网上的交流空间更像古代的说书场。一部吸引了众多精英粉跟帖的小说是集体智慧的结晶，作者像是总执笔人。如果我们想想各民族的史诗、中国的'说部'，乃至莎士比亚戏剧的生产方式，这未必不是印刷时代之前更古老的艺术生产形式的螺旋式上升。"

2日 刘庆邦的《顽强生长的短篇小说（五）》发表于《小说选刊》第11期。刘庆邦认为："蒲松龄写《聊斋志异》时，在每一个故事的结尾处，都有一个以'异史氏曰'的名义所作的揭示性总结性的点题。这样的点题规定了读者的思想，也遏制了读者的想象。"

6日 武歆的《"再写陕北"的思考》发表于《人民日报》。谈及《陕北红事》的创作，武歆表示，"这部书的大方向是明确的，那就是——'红色叙事陌生化'。我努力地想要使这种'陌生'全方位地呈现，比如叙事视角、叙述风格、叙事内容……但是，在创作的激动中，却是缺乏'飞来之笔'，缺乏进入'陌生化'

的那条逼真的路径"。武歆指出,"抒写发生在陕北的'红事',非常具备'陌生化'的特质。因为在陕北这片历史积淀丰厚的土地上,在众多北方少数民族构建的游牧文化和汉民族的农耕文明相结合的基础上,曾经诞生了许多历史和生活的奇迹","正是因为有了这些创作前的思考和布局,所以我在接下来的写作中,有了写作的方向,尽可能地发挥我采掘到的素材优长,让传奇、民俗、神话、口传等元素更加有机地结合起来"。

15 日 郭冰茹的《中国当代小说中的"叙事传统"》发表于《南方文坛》第 6 期。郭冰茹认为:"张大春说,中国的小说原本并不存在'内容与形式的统一'这一美学原则。从西方美学的'统一性'出发,中国古典说部章回体的作品恐怕绝少合格者。""张大春在分析了韩子云、胡适的种种说法之后,将他们的小说理念概括为'小说是一种传记'('以合传立体'),由这个理念衍生出:'首先,小说以人物为主,而且这些人物在现实世界中是本有其依据,得以索引而辨识的。其次,由于现实世界中的人的面目、性情、语言、行为有其不得超度的生理和物理限制,小说中的人物必须服膺同样的法度。其三,中国的史传自有其不容骈枝冗赘的精简传统,小说自然也没有敷设笔墨描写不相干事件的特权。其四,史的书写一向不曾乖违过那些观兴亡知得失的训诫目的,小说也不应悖离其对家国社会等大我所应须负起的教化责任。'"

郭冰茹接着谈道:"新文学的开拓者们,一方面整理古典小说,重视《红楼梦》《三国》《水浒》,但另一方面,又排斥'旧小说',实质上是对史传传统的推崇,而这正暗合了现实主义的要求。如果我们把叙事传统大致分为史传传统、小说传统和民间叙事传统,其中的史传传统和民间传统受到重视,而小说传统则被一分为二:古典长篇小说处于正宗,而作为'旧小说'的报刊连载小说则只剩下可以改造的形式意义。从汪曾祺、阿城,经由贾平凹《废都》,再到莫言《檀香刑》《生死疲劳》等,叙事传统在当代文学中才获得了整体上的意义和再生。我们无法否认叙事传统对这些作家的影响,但我们同样很难分是叙事传统的内容还是形式影响了这些作家。以莫言为例,无论是民间形式,还是章回体形式,在他的文本中都具有了本体意义。……在小说(《檀香刑》——编者注)中,莫言大量使用了韵文,使用了戏剧化的叙事手段。'声音'和'耳朵的阅读'在莫言写作中被突出了。这正是民间说唱艺术（包括话本）的影响，从而拓展了小说的渊源。……《生死疲劳》是章回体的形式，但它的意义不只是一个当代作家对这一'旧形式'的重新借用，他对土改以后当代中国的书写，同样也留下了史传传统的影响。"

南帆的《记忆的抗议》发表于同期《南方文坛》。南帆认为："保持史诗式的开阔视野，勾画完整的历史事件，故事情节大开大阖，人物命运与历史的运行此呼彼应——这是文学追随历史叙事的通常策略。《日夜书》放弃这些策略而更多地倾向于记忆形式。片断，纷杂零散，联想式的跳跃，突如其来的沉思，与理论假想敌辩论，这一切无不显示为记忆的表征。""现今看来，'知青文学'开始了一个转折：放弃'文艺腔'的人生姿态，正视农民形象隐含的饮食起居或者人情世故。作为生活内容的基本承担，这一切缓缓地从种种漂亮的辞藻背后浮现出来。"

孙方友、孙青瑜的《从象义关系谈小说之"小"》发表于同期《南方文坛》。孙方友认为："庄子通过寓言故事曲线论道为什么要比老子鲜活生动，就是因为庄子利用了一个言道中转站：事象。比如卡弗的简笔主义小说里几乎没有一句心里直陈，为什么我们却能从中看到那么多动态、多维的心理展示？原因就是卡弗的言和他所要表达的人物情感之间也有一个中转站：时境；再比如中国传统诗学，四言五字，便能巧通世界。其内在手段，却是通过物象的比兴关系为语言结构出了一个互体空间，来以小指大，以微探宏的。"

王宏图的《转型后的回归——从〈黄雀记〉想起的》发表于同期《南方文坛》。王宏图认为："与《河岸》不同的是，急遽变化的社会虽然对人物的命运或多或少产生着影响……但它远没有像《河岸》中那样渗入作品文本的肌理之中，它充其量还是充当着一个依稀可辨的背景，一个供人物活动的舞台，而人物与它之间的关系自始至终是松散、游离的：而这正是苏童创作中最具个性的特点。他曾说自己有一种'描绘旧时代古怪的激情'，'这就是我觉得最适合我自己艺术表达的方式，所谓"指东画西"，这是京剧表演中常见的形体语言，我把它变成小说思维。我的终极目标不是描绘旧时代，只是因为我的这个老故事放在老背景和老房子中最为有效'，'我写作上的冲动不是因为那个旧时代而萌发，使我产生冲动的是一组具体的人物，一种人物关系的组合纽结非常吸引人，一潭死水的腐朽的生活，滋生出令人窒息的冲突。'"

20日 曹禧修的《〈第七天〉与鲁迅文学传统》发表于《小说评论》第6期。曹禧修认为："余华的新著《第七天》与其此前的小说却迥异其趣，明显承接着鲁迅小说的三大叙事特点，那就是故事情节碎片化，主要人物杨飞的性格类型化、平面化，但阴阳两界二元对立结构却异常突出。""如果说鲁迅小说叙事的价值基点是国民劣根性批判，那么余华《第七天》的价值基点则是社会生态批判，这是余华《第七天》对鲁迅文学传统最突出的变异之一。""鲁迅文学叙事的底色是绝望，鲁迅的力度就在于，在绝望之中执著地反抗绝望。……不过，余华终究在绝望的底色上抹上了一线希望的亮色，这就是鲁迅文学基因在余华《第七天》写作中又一突出的变异。"

於可训的《主持人的话》发表于同期《小说评论》。於可训认为张悦然"既不想受传统束缚，又自知告别过去之难；既追求一种新的创作理念，又唯恐变成个人的一厢情愿"。针对张悦然提到的"怎么样处理'自我的表达'和'故事'的关系"的问题，於可训表示同意张悦然的说法，"中国文学受集体观念的控制，由来已久"，并论述了写作"从一种集体的观念中解脱之难"。

张悦然的《雅各的角力》发表于同期《小说评论》。张悦然谈到"80后"一代的作家的好处是可以"坚持一种个人化的表达"，"个人化的表达是一种自由的声音，一种不受意识牵绊的个人表述"，如果"集体式的捆绑""凌驾于自我之上，那就会损害自我的创造力"。张悦然认为"只有展现出情景的丰富性，展现出角色本身在做重大选择的时候，也像角力的雅各一样有对立的两面时，人物才可能变得丰满"。

22日 王晋康的《科幻小说的"硬伤"和"软伤"》发表于《文艺报》。王晋康指出："科幻小说有一个独特的问题：硬伤。如果小说中出现了硬伤，即那些明显违反科学知识和逻辑的错误，立即会有一万个眼尖的科幻迷迫不及待地指出来。""如果创作时过分追求尖锐鲜明以取悦读者，常常会影响作品的厚重和公允。""所谓结构性硬伤是指：如果舍弃它，小说情节就无法继续。在这种情况下，作者可以舍车保帅，仍旧以这个构思来组织情节而把硬伤藏到水面下。"

25日 胡书庆的《〈第七天〉印象》发表于《当代作家评论》第6期。胡书庆认为："余华的标志似乎主要是某种叙述本身的力量；而且，这种力量还往往是以一种看上去很弱小的词语或词语链去显示的。在我看来，这种力量所由显示的界面主要是表达的'轻逸''精确'和'形象'……展开点来说，他的语言没有浓重的抒情色彩，总给人一种轻飘飘的'苗条'感觉，就像被洋溢于昆曲等古装戏中的某些细小的古典元素所把持着一样。"

谢有顺、樊娟的《海风山骨的话语分析——关于〈带灯〉》发表于同期《当代作家评论》。谢有顺、樊娟指出："《带灯》脱胎于短信，一个一个意象在这里就被置换成一篇一篇小短文，除了二十六条给元天亮的短信，其他也都是像短信的短文序列，貌似章回体。小说整体分成三大部分，但回目很小，所以要比传统章回体小说的密度大。而一篇一个意思，小处是清楚的，比《秦腔》好懂，所以《带灯》是介于情节与细节之间，疏密有致，每篇小短文可称之为大细节或小章节。"

本月

贺绍俊的《讲故事的方式就是看世界的方式——读贺奕的小说》发表于《山花》第11期。贺绍俊认为："为什么当下小说的城市叙事总是遭到人们的责难，认为城市叙事不如乡村叙事？也许原因就在形式上。我们一直没有找到与城市的审美情感相对应的小说形式。如果说乡村的故事是线性的话，城市的故事就是非线性的。传统的讲故事是线性的叙述，我们的作家基本上是在用传统的线性叙述来讲述城市的故事。这种线性的叙述显然难以充分展示一个非线性的城市时空。贺奕的'五道口系列小说'完全放弃了传统的线性叙述，他在尝试着一种有'城市意味'的形式。我以为，贺奕的尝试是成功的，因为他的形式不是一种脱离内容的纯形式，而是与他看世界的方式相吻合的。"

闫海田的《土地的沉实与青衣的绮艳：毕飞宇创作论》发表于《中国作家》第21期。闫海田认为："当下小说家除去面临白话作为唯一的小说语言而失掉'五四'作家因有对立面存在的警醒，从而渐失提升自己的小说语言到高于日常的张力外,还面临着网络新媒介的威胁。网络空间的容量远超传统纸媒,这与键盘写字的快捷合流而使本已日常化得毫无陌生感的小说语言更加不堪。那么,在这样的文化语境下,当下的小说家的确更应有极高的自觉,来有意识地使自己的小说语言产生异于日常的陌生。这已引起一批有洞见的研究者的警觉,海外汉学家因其异质的语言环境而特别容易看到这一点,所以,顾彬曾过激地批评中国当代文学近于垃圾,尤其他对中国当代作家的语言极为担忧,认为即使像莫言这样代表当代中国文学高度的重量级作家,他的语言也是太过于随意,缺少诗性,是远不能跟五四作家相比的。在这一点上,毕飞宇与余华的表现远比莫言更有自觉的意识。因此,他们的小说相较于他们同代的那几位重量级的作家们,在数量上远远不如前者。但这也正从相反的方向上表现出他们对自己的小说语言有相当高的要求。"

十二月

1日 《北京文学(精彩阅读)》第12期有《热线》专栏。有读者向陈应松提问:"我很想知道陈应松老师的小说创作为何只写农村不写城市,谢谢!"陈应松答道:"我认为一个作家钟情乡土题材,表明这个作家对土地的偏爱,对乡情的迷恋,对农耕生活的怀念。我不是没写城市生活,但有时会找不到感觉,而且对城市生活很陌生。……另外,一个作家要扬长避短,我不会描写城市生活,但我对植物、对自然山川有持久书写的兴趣,能唤起我的描写激情,对那些我不常接触的遥远的生活和环境有想象的快感,乡村或者说大自然是我写作的兴奋点。另外,出生乡下是最根本的原因。热爱自己的阶级应该是一个写作者最起码的态度。"

同日,陈世雄的《从小说到话剧》发表于《长江文艺》第12期。陈世雄认为:"首先,是从叙述体向代言体的转换。小说可以由作者叙述,而戏剧是所谓的代言体,不可以由剧中人自己叙述(原则上如此,布莱希特式的'叙述体戏剧'另当别论),一切由人物自己的动作和话语形象地、直观地表现出来。"

同日,王春林的《宗法制文化传统的守望与回归——对新世纪长篇小说创作一种趋势的探讨》发表于《上海文学》第12期。王春林认为,新世纪长篇小说的创作呈现一种"守望回归宗法制文化传统的创作趋向",这源于"对于乡土文明丧失的一种诗意的拯救"。

同日,岳雯的《小说没有死》发表于《作品》第12期。岳雯认为:"说到底,我们如此依赖小说,是因为小说诉诸于我们听故事的本能。故事里包含着生活的智慧。更重要的是,编织、阅读小说的过程也是发现自我的过程——我们是谁,发生了什么,我们为什么要做我们在做的事——关于这些问题的答案无不包含在小说当中。""小说可以起报告作用,使人们意识到文化和文学在以前并不认为重要的各种人类状况。它可以记录潜在于历史学家的不以个人为主的编年史之下的人类经验,这些经验也许会说明这些历史。"

3日 李雪的《文学想象与中国形象》发表于《光明日报》。李雪认为,"就建构当代中国形象而言,当代中国作家必须再次加深人性的深度探索。文学毕竟是人学,是探索人性的","当代中国作家还要具有真正的责任担当意识","当代中国作家还要具有明确的文化自觉意识"。

同日,《人民文学》第12期有"卷首语"。编者认为:"对故事以白描讲法为主、内容上传奇性戏剧性较强的作品,如武侠、侦探、暗战、奇幻小说等等,人们习惯于视之为类型小说,往往为'纯文学傲慢'持有者所排斥。《满巴扎仓》和本期头条杨少衡的中篇小说《我不认识你》,恰恰在题材上很像夺宝、官场故事,但它们是胸有丘壑的不可轻慢的好小说。"

10日 胡学文的《故事和小说的通道》发表于《光明日报》。胡学文认为:"故事其实是小说构筑通道的材质,是原料。没有材质没有原料自然不可,但更重要的是如何构筑,用什么样的方法构筑。"具体来说,"小说呈现的可能是与现实很贴近的世界","小说呈现的可能与现实完全不搭……但细细品味,仍能寻到现实的蛛丝马迹。这类小说真正的价值不仅在于呈现了陌生的世界,更在于提供了一种审视世界的方式"。"搭建方法重要,小说的材质原料同样重要","小说需要好的故事,这个好,并非传奇的,或体无完肤的故事,而是能从故事中剥离出可以加工的元素"。

同日,王跃文的《我那柔弱而坚韧的乡村——谈〈漫水〉》发表于《人民日报》。王跃文谈道:"《漫水》这个中篇小说,就是我对家乡的诗意叙述。

家乡充满灵性的山水风物，含蓄敦厚的情感方式，质朴纯真的人情人性，重义轻利的乡村伦理，都成为我刻意追求的审美意境。我有意淡化情节的因果连贯，尽量以一种从容、平淡的方式还原乡村生活的本真状态，以淡墨写人物，追求细节的丰满逼真和意境的简约空灵。"

11日 张柠的《网络小说的文学性和新标准》发表于《文艺报》。张柠认为："现代意义上的'小说'，不仅仅是指偏重情节的'故事'。故事是一个古老的概念，故事讲得怎么样，需要分析它的语言、细节、情节、布局、意义等问题。"谈到网络文学，张柠指出："按照传统文学的标准，网络小说的疑问，不出在一般的语言和情节设置等要素上，而是出在'整体布局'或'意义结构'上。""网络文学对传统文学的两种偏离趋向：第一，在作品的生产和传播上，具有时间和空间双重的无限制，因而无需遵循传统叙事上的'节约原则'。第二，叙事的整体意义结构上，偏离近现代以来西方文学建立的总体叙事结构的要求，而呈现出多元化、多中心的弥散结构。"

13日 陈彦的《讲好有价值持守的中国故事》发表于《人民日报》。陈彦指出："我们要下硬功夫解决讲好故事的问题，这看起来是技术问题，其实是基础问题、核心问题，故事是建筑主体……我们需要往历史纵深处掘进，去勘探文明形成的本源与发展、延续的真正力量，当我们的眼光，从宫廷移向整个历史社会尤其是数千年的民间社会时，中国历史好故事也许就会露出它的冰山一角。""我们所说的好故事，一定是内存着我们所秉持的价值取向的好故事……中华文化特别讲究和谐、合作，讲究律己、包容，讲究谦卑、宽恕"，"无论是讲好我们的故事，还是诉说好我们的价值，都需要在持守文艺创作规律中有序前进……中国好故事的文艺书写，既是书写给中国人看的，也是书写给世界看的，根本是要书写出人的丰富的精神气象"。

16日 张柠的《乡土叙事并未终结》发表于《文艺报》。张柠认为："即使年轻一代的作家没有能力去写乡土文明的东西，他们也必须要了解、要阅读。如果不阅读、不了解中国传统文化的那一块，中国土地的那一块，他写出来的这种仅仅是向上的、玄幻的、穿越的东西，会给读者一种特别轻飘的感觉。所以我觉得乡土题材、乡土经验的表述，毫无疑问并没有终结，它是未来创作的一个重要的参照体系。"

20日 王松的《从哥尼斯堡的第一座桥出发》发表于《文艺报》。王松谈到《流淌在刀尖的月光》的创作时表示，"如果用传统意义的长篇小说结构显然是很难完成的。这也正是我决定采用欧拉'一笔画'的原因所在。我试图，让我的叙述空间与故事空间'纽结'起来"。王松指出，"在小说意义上，哥尼斯堡的七座桥就是一个个故事空间。这些空间相互之间是无法发生横向关联的……此故事中的人物与彼故事中的人物，此故事中的事件与彼故事中的事件是不可能有横向联系的，一旦有了这样的联系就会穿越到故事空间之外。故事空间意义的桥梁建立起来以后，接下来的问题就是如何完成'一笔画'的叙述了。故事总是讲述出来的，在讲述的过程中，由于讲述者的视野所限，就需要不停地将视角'翻转'，而这种翻转的过程也是一个拓扑意义的过程。这就好比是一条'莫比乌斯带'"。

23日 陈培浩的《当女性主义遇见短篇小说》发表于《文艺报》。陈培浩认为："当女性主义遇见短篇小说，它的内在难题在于：'小说'如何破解性别说教，性别新视角又如何找到最贴身的艺术框架。"陈培浩认为林渊液的《倒悬人》"处理的也依然是一个性别问题。更具体说，是如何对待'情欲'复杂性的问题。特别的是，林渊液无意为西苏、伊利格瑞等理论家的'情欲自主性'背书。小说中，她从一个女艺术家的经验维度出发，探讨了一种'理解之同情''他者自我化'的情欲伦理"。

25日 毕亮的《"深圳"的馈赠》发表于《文艺争鸣》第12期。毕亮认为："这幅画（[德]霍尔班《使节》——编者注）符合我对短篇小说艺术的理解：结构于简单之中透着复杂，语言暧昧、多解、指向不明，人物关系若即若离，充满紧张感和神经质式的爆发力。"

2014年

一月

1日　莫言的《捍卫长篇小说的尊严》发表于《长篇小说选刊》第1期。莫言写道："《金瓶梅》素负恶名，但有见地的批评家却说那是一部悲悯之书。这才是中国式的悲悯，这才是建立在中国的哲学、宗教基础上的悲悯，而不是建立在西方哲学和西方宗教基础上的悲悯。"

谢有顺的《记忆的凭悼》（对熊育群《连尔居》的评论——编者注）发表于同期《长篇小说选刊》。谢有顺写道："语言富有形象性和感官特征，已成了《连尔居》的一种叙事风格。"

熊育群的《为那片土地招魂》（《连尔居》的创作谈——编者注）发表于同期《长篇小说选刊》。熊育群写道："正如马尔克斯《百年孤独》中写了一个马孔多镇，但马尔克斯的目的绝不是去写一个小镇。在我这里，连尔居也是一个模型，它有《瓦尔登湖》一样澄澈的境界，充满了象征与隐喻。"

岳雯的《穿什么样的衣裳　就有什么样的灵魂——2013年长篇小说观察》发表于同期《长篇小说选刊》。岳雯写道："这一年，一种环形结构被不同年龄的作家反复使用，几乎可以看作是最具时代感的'衣裳'。……以这样的方式结构小说，大抵是因为作者要书写一代人的精神史。"

朱伟一的《回归典雅的文学语言》（对庞贝长篇小说《无尽藏》的评论——编者注）发表于同期《长篇小说选刊》。朱伟一写道："《无尽藏》是一部诗情画意的作品，小说讲的是一幅古画的故事，而小说本身便是一幅长长的画卷，以文字描绘南唐最后岁月的画面，与《清明上河图》有异曲同工之处。""英美作家主要是借助幽默来抵御媚俗；幽默的要旨就是自嘲，是看到事物和自身荒诞的一面。但幽默并不在中国传统文化的基因之中，自嘲更不是吾人的长处。所以我们必须借重禅意来平衡事物的两个方面，借重禅意来抵御媚俗。"

同日，傅小平、李文俊、陆建德、郜元宝、袁劲梅、徐则臣、张悦然、何大草、付秀莹的《爱丽丝·门罗获2013年诺贝尔文学奖 短篇小说自此复兴？》发表于《江南》第1期。

陆建德认为："门罗对怎么讲故事非常用心，她的作品并不容易读，有时候几乎需要像读侦探小说那样去读，细细体会每句话、每个字的含义，读到作品最后才明白前面的意思。她的笔法极其简练，同时对复杂的性格、动机有深刻洞察，心理活动往往表现在细微的工作之中。……她的人物不是好人坏人，她没有那种自以为是的谴责社会不公、为民代言的意愿。她试图以一个聪明人温暖的心灵去理解人性中微妙的心理和弱点。"

李文俊认为："的确，门罗还是比较擅写短篇小说，特别是篇幅稍长，几乎接近中篇的作品。……实际上，她的作品都有很强的'浓缩性'。……读多了一些门罗的短篇小说之后，你就会感觉到，她的作品除了故事吸引人，人物形象鲜明，常有'含泪的笑'这类以往大师笔下的重要因素之外，还另有一些新的素质。英国的《新政治家》周刊曾在评论中指出：'门罗的分析、感觉与思想的能力，在准确性上几乎达到了普鲁斯特的高度。'"

傅小平认为："读门罗的小说，我自己的一个感觉是，它们在形式上是偏于传统，甚至可以说是老派的。但就小说传达的意蕴来说，又似乎特别现代。这有别于我们目前占主导地位的用前卫、另类的方式表达文学的新质观念。而这在某种意义上也'颠覆'了所谓'形式就是内容'的流行见解。我想门罗获奖对怎样处理传统与现代之间的关系等写作中不可回避的问题，提供了另一种思考的维度。"

袁劲梅认为："门罗的写作偏于真实。她希望用真实性，跟她所描写的非常辛苦，也非常真实的劳工阶层、中产阶级构成共鸣。"

徐则臣认为："我以为她重新发现了平凡人物内心宽阔的幽暗、纠结、向往，乃至乖戾的恶。其实她的小说故事性都不太强，假如你要在她的作品中找跌宕起伏的外在的故事情节，很多篇目你可能都读不下去；她更愿意像个家庭主妇一样，盘桓在人物的内心，在尺寸之地，绕线头和织布一般，将一幅幅人心的室内剧编织得貌似隐忍实则动荡，小说结束，你也许会有'于无声处听惊雷'之感。""门罗的成功得益于她一以贯之地忠直于自我。"

2日 郜元宝的《打破小说的方言神话》发表于《小说选刊》第1期。郜元宝认为："鲁迅在小说中努力利用'国语'和'官话'翻译和保存方言的内容，却磨去方言的那种让别处读者看不懂的棱角，就是在文学上尊重这一长期的语言现象。……这是现代作家共同的语言方案。……这里的关键在于承认文字和方言土语的差异，正视文学并非单纯的语言的艺术，而是须通过文字的中介发挥语言奥妙的艺术。"郜元宝还指出："'心既托声于言，言亦寄形于字'（《文心雕龙·练字》），文学的妙用就是用文字记录声音，文字在文学创作中具有贯穿始终的决定性作用。"

3日 《人民文学》第1期有"卷首语"。编者写道："《妈阁是座城》，是一部有赌场百科全书般繁复味道的小说。在一个以赌码为街道、以贪欲为楼群、以大款为能源的地方，严歌苓正视这铁硬的场域，逼真映现偶然性的刺激及其必然性的结果，但也丝毫不回避碎裂在铁硬的格局中重重叠叠的心地。让冷酷的世界，留有温热的血泪和柔软的目光；让矜持扫地的沙场，暗存人寰犹在的风度。"

9日 杨扬的《无尽的是小说新气象——庞贝长篇小说〈无尽藏〉读后》发表于《文学报》。杨扬指出："这部小说似乎在以文学的方式破解当下小说创作的某种困局。……《无尽藏》现身说法———纯文学有时也是需要吸收流行文化的多种元素，总之，孤芳自赏、自我孤立，不是纯文学的正道。那么，迎合大众，走畅销的路数，《无尽藏》似乎告诉你，万万不可。"

10日 《十月》第1期有"卷首语"。编者认为："李亚的少年乡村叙事从《电影》《武人列传》一路走来、到本期的《自行车》达到了高潮，小说中的'李庄'也越来越有了福克纳'邮票大的地方'与莫言'东北高密乡'的意味。之所以说到了'高潮'，一是故事越来'真切'地'魔幻'，一是叙述彻底的本土化。……在叙述上《自行车》越发注重中国古话本的'说'，'说'与'传奇'（魔幻）双重地飞起来，让人大快朵颐，至此，李亚小说的本土化有了一种彻底的完成。"

13日 吴丽艳、孟繁华的《新文明的建构与结构上的整体转型——2013年长篇小说现场片段》发表于《光明日报》。吴丽艳、孟繁华认为："2013年的长篇小说创作，没有一个整体性可供概括——这仍然是一个没有主潮的文学时代……也逐渐形成了一个边界清晰的文化共同体。这个文化共同体，是指在同一核心价值观念的约束和引导下，持有共同的文化记忆、接受大致相同的文化理念、拥有共同的文化精神生活的相对稳定的社会群体。这个群体就是传统文学写作的接受者或读者。"吴丽艳、孟繁华还认为："能清楚地看到长篇小说总体结构的变化：乡土小说的式微和城市文学的兴起已经是同构关系。可以预言的是，未来一段时间里，这种状况不会发生改变。"

15日 贺仲明的《论当前文学人物形象的弱化与变异趋向——以格非〈江南三部曲〉为中心》发表于《南方文坛》第1期。贺仲明认为："从传统人物塑造的角度来考察，作品（《江南三部曲》——编者注）也存在一些比较严重的问题。……第一，人物缺乏统一的性格为支撑，思想和行为缺乏内在的精神主导。……第二，作品的情节安排不够真实和完备，缺乏生活的真切、鲜活和质朴。"贺仲明接着说道："这些缺陷，严重影响了《江南三部曲》的人物形象塑造。首先，它严重损害了形象的生动性和鲜明性。……其次，它影响到人物对时代的折射力。"贺仲明总结道："格非对传统的回归并不全面和彻底，而是存在着很多的犹疑和矛盾。甚至可以说，格非对传统的回归只是部分性的、有选择性的，其思想内核并没有脱离他在先锋文学时期形成的理念。……《江南三部曲》人物塑造上的缺陷与之息息相关，因为它们形成的相当部分原因在于作者主观上的有意为之。"

孔会侠的《在南极忏悔——张宇访谈》发表于同期《南方文坛》。孔会侠认为："很多作家都把结构只当成外在安排，是个技术问题。其实不是，这个外部的结构好处理。还有个情绪问题，决定一部小说的主要是作家的情绪。要先确立一个作品的主导情绪，这个不能变，一变写作就摇摆了。"

同日，程天翔的《短篇小说安静前行》发表于《文艺报》。程天翔认为："2013年的短篇小说创作主流是：聚焦社会热点，描摹时代画卷；突出婚姻家庭，探究人性细微；叹咏乡村世界，记录底层声音；发掘题材多样，丰富民族特色。"

20日 艾伟的《在一个碎裂的世界里写作》发表于《小说评论》第1期。艾伟表示,"我们既有的文学逻辑和人性逻辑难以描述今天的中国社会",在一个"怀疑主义盛行"的时代,"写人类正面的品质竟然成为一件无力的困难重重的事",而"只能在更小的尺度和方向上,去描述这种人类的正面力量,和这些正面情感有细小的相遇"。

艾伟、何言宏的《重新回到文学的根本——艾伟访谈录》发表于同期《小说评论》。艾伟认为:"文学的正典应是那种脚踏人类大地的小说,是有人的温度的小说,是人物的行为可以在日常生活逻辑下检测的小说,而不是冷冰冰的所谓深刻的小说。"此外,艾伟谈到我们在"处理社会主义经验"时,"往往是采取一种批判的,对抗的姿态",所展示的往往是一些"嗜血"的场景,这其中含有"西方的思路",即"西方式的政治正确",艾伟希望可以"在小说里展示世态的多极性"。

於可训的《主持人的话》发表于同期《小说评论》。於可训谈到新时期文学"在挣脱政治性的绑架之后,又遭遇各种现代文化思想乃至艺术表现观念的绑架,虽然这期间也有一些突围的表现,但从总体上说,离中国传统的'人情小说'或曰'世情书',仍相去甚远",而艾伟的"《风和日丽》既是一部状写人情的'人情小说',又是一部描摹世态的'世情书'","是艾伟在完成'先锋文学'蜕变的同时,向中国小说传统回归的一次成功的尝试"。

21日 雷达的《对现实发言的努力及其问题——2013年长篇小说观察》发表于《人民日报》。雷达认为,"直面时代的勇气和思想艺术能力不逮的问题同时存在。一些长篇小说通过增强新闻性元素来'亲近'社会热点话题,却并未奏效",虽然"长篇小说的新闻性元素的增强,是近年来小说对现实发言而产生的一个趋势",但是"社会新闻与小说叙事元素过于快速、直接的黏合,既是作家缺乏直接连接地气的、可持续资源的一种表现","另一种情况,当下文化语境的网络化、后现代化和物质现实的'前现代性',造成了人们普遍的精神迷失"。

24日 李云雷的《何谓"中国故事"》发表于《人民日报》。李云雷指出,"所谓'中国故事',是指凝聚了中国人共同经验与情感的故事,在其中可以看到我们这个民族的特性、命运与希望。而在文学上，则主要是指站在中国的立场上所讲述的故事，这主要包括以下几个层面：相较于上世纪80年代以来的'个人叙事''日常生活''私人生活'，'中国故事'强调一种新的宏观视野；相较于'五四'以来，尤其是上世纪80年代以来的'走向世界'，'中国故事'强调一种中国立场，强调在故事中讲述中国人（尤其是现代以来的中国人）独特的生活经验与内心情感；相较于'中国经验''中国模式'等经济、社会学的范畴，'中国故事'强调以文学的形式讲述当代中国的现代历程"。林云雷进一步指出："'中国故事'是一种创造，并不是有一个凝固的中国在那里等着你写，或者有一个固定的中国故事在那里等着你讲。……'新的中国故事'的诞生，恰恰在于创作者的探索。在探索中，我们必须对这个时代有清醒的认识，也必须摆脱长期以来形成的思维与认识惯性。……'新的中国故事'既是历史的创造与展开，也有赖于文学家创造性的感知、体验与表达。在价值观念与美学风格方面也是这样，我们讲述的中国故事，既要是'现代'的，又要是'中国'的，我们可以继承传统中国的某些价值观念与美学风格，但也要融入现代中国人的生活与情感，熔铸成一种新的价值观念，新的美学。""'中国故事'的主体是中国民众。随着生产方式、生活方式的变化，社会结构也在发生变化，新的社会群落、新的故事不断涌现。""'中国故事'并不是绝对的，中国作家也可以讲述人类故事或宇宙故事……在这样一个具有世界史意义的时代，能否讲述或如何讲述中国故事，如何理解中国在世界上的变化，如何理解中国内部的变化，可以说对当代中国作家构成了巨大的挑战。在这样的挑战与机遇面前，作家或许只能在探索中寻找最为适合的立场、观念与写作方法，但我认为，始终站在当代历史的主体——最广大民众的立场上，可以为作家打开一个开阔的视野。"

25日 王天桥的《"异类"的理论言说：论残雪的小说美学观念》发表于《当代作家评论》第1期。王天桥认为："残雪的小说中有个比较明显的特点，即人物较多，且中心人物往往也不够明显。传统小说中强调的人物的形象性、典型性、真实性等在残雪这里都已失效。既然潜意识是小说唯一重视的领域，那么人物也必须符合潜意识书写的要求。那就是，潜意识有多复杂，人物就有多复杂。"

同日，冒建华的《新世纪长篇小说叙事影视化之审美倾向》发表于《文艺争鸣》第1期。冒建华认为："长篇小说影视化是小说家运用多种影视视觉元素吸引受众，开启受众的形象思维，产生视觉化的图像效果。"谈到具体表现和审美倾向时，冒建华说："新世纪长篇小说影视化具体表现在小说的主题定位、视觉空间再现与审美拓展上。首先，新世纪长篇小说的主题定位凸显从传统到当下的中国经验。……其次，新世纪长篇小说的视觉空间再现从虚无到存在。……新世纪长篇小说叙事影视化审美倾向，让小说回归小说本身。小说不再是一个抽象与虚构的王国，而是一个真真切切的现实世界。……再者，新世纪长篇小说的语言进入了图像世界。……最后，新世纪长篇小说影视化开启了小说审美的'向外转'和'边缘化'，拓展了小说审美视域。"

王春林的《长篇小说文体的多样化实践——2013年长篇小说写作一个侧面的观察与分析》发表于同期《文艺争鸣》。王春林认为："其（吕新的《掩面》——编者注）叙事方式的特点之一是文体的杂糅。整部小说共计六章，其中的第五章'黑色笔记本'采用了诗歌的表现形式。……对于小说叙述者的特别设定。《掩面》采用了一种可谓是众声喧哗式的多角度第一人称限制性叙事方式。"王春林还谈到《炸裂志》和《带灯》："对于一种'地方志'的叙事方式的自觉使用，可以说是《炸裂志》最突出的文体特征所在。""贾平凹的《带灯》分别由'上部：荒野''中部：星空'与'下部：幽灵'三大部分组成。如此一种小说结构的布局，非常容易让我们联想起中国古代关于'凤头、猪肚、豹尾'的文章章法来。……贾平凹的《带灯》在结构上有另外一个值得注意处，就是小章节的穿插使用。"

张清华的《"中国身份"：当代文学的二次焦虑与自觉》发表于同期《文艺争鸣》。张清华认为："莫言的《檀香刑》与《生死疲劳》都可谓带有强烈的传统意绪，用他自己的话说即是'大踏步后撤'，一改他以往叙事中繁复的西方路数，转而采取中国元素与民间套路；还有格非，假如说其他的中国作家对于'中国叙事'的亲和还多少是出于一种艺术直觉和局部经营的话，那么他则是一个精心的自觉者。""但在文化上具有身份自觉的毕竟是少数，更多的作家是在'现实'的意义上寻找其职责和角色——这就是'中国经验'的来历。

更多的作家都敏感于现阶段中国社会的复杂性与'可遇而不可求'的性质,他们孜孜以求的是以个人风格与方式,精细地、全息地、生动而原汁原味地记录和书写出现时代中国的现实——全部的现实,包括其精神伦理的危机、生存与挣扎的境遇,写出社会大变动时代的一切世道人心、风俗人情,写出可以见证'几千年未有之大变局'的传记与史诗,某些情况下甚至是血与火的悲情与哀歌。"

29日 白烨的《2013年长篇小说:直面新现实讲述新故事》发表于《文艺报》。白烨认为:"2013年长篇小说各式各样的题材中,直面当下现实的倾向更为突出,各显其长的写法中,切近日常生活的叙事更为彰显。这种不约而同的艺术追求,使得2013年的长篇小说内蕴营构上更具现实性,形式表现上更有故事性。"

本月

霍俊明的《讲述"中国故事"的难度与可能》发表于《山花》第1期。霍俊明认为:"尽管莫言一再强调自己是'民间写作'和'作为老百姓写作',但是很大程度上莫言是为乡村女性立言立命的写作——当然女性也必然是乡村家族史和中国乡土史的构成部分。而莫言所强调的'民间写作''作为老百姓写作'或者'写自我的自我写作'一定程度上是要去除和反拨知识分子立场的漫长写作传统,这显然多少有些偏差。"霍俊明谈道:"也许作家们太希望和急于处理'历史'和'现实'了,而在他们看来曾经的'历史'和'现实'之间是有差异和天然的鸿沟的。基于此,体现在他们的写作中就是不断在自觉或不自觉中以乌托邦的意识来看待历史,而处理'当下'的时候又无形中成了怀疑论者或犬儒主义分子。我们深入到莫言小说中会发现'精神现实'的不足。"霍俊明还谈到:"莫言的小说还必然牵扯到先锋小说的'中国经验'问题。……上个世纪80年代中国的'先锋'作家因为一定程度上的集体性的'本土化'和'中国化'的营养不良而导致了这种写作的不够纯粹性和个体主体性的丧失(当然少数的几个'先锋作家'的一些文本除外)。"

梁海的《连接两极之间的暗道:麦家创作论》发表于《中国作家》第1期。梁海表示:"中国文学一向有着强烈的抒情传统,早期并不以叙事见长,而'智性叙事'更不多见。……智力小说主要即指推理小说。推理小说的情节框架就是一个智力性的解谜过程，即'以某种危险的及错综复杂的犯罪秘密为主题，而且他的整个情节、全部事态都是围绕着揭示这一秘密的方向展开的'。……传统推理小说的智性元素集中在逻辑的演绎，悬念在推理过程一个个悬而未决的缝隙中若隐若现，无疑，这是一场场吸引读者的智力的博弈。然而，这些决定推理小说成败的关键性元素，在麦家的'新智力小说'中却被弱化了，尽管麦家的小说也设置悬念，也进行推理，也有无穷无尽的智性挑战，但所有这些都不仅仅来自于逻辑和演绎，麦家以自己独特的智性元素为推理题材小说营造了一份特殊的魅力。在我看来，建构麦家智性元素的基本内核就是'密码'。"

梁海认为："与一般的推理小说不同，麦家小说中的'密码'不仅是推理的道具，也不仅是悬念的载体。密码贯穿在麦家驾轻就熟的后现代叙事技巧之中，它既是内容，又是形式，它让我们参与到逻辑推理的同时，也让我们看到熠熠生辉的诗意，让智性在诗性中缓缓流淌而出，进而使推理被赋予了独特而浓郁的文学色彩。可以说，密码在承载了编码与解码的智性逻辑之外，更向往对人性的'解密'，试图侦破一个个偶然性与荒诞对命运的'暗算'。"

二月

1日 岳雯的《漂浮在叙述之流上的"个人"——"1970年代生人"观察》发表于《上海文学》第2期。岳雯认为，对于1970年代人，"作为他们'文本芯子'的'个人'，其实质未发生根本性的变化，但是，在叙述策略上，'个人'不断'旧貌换新颜'"，从"身体个人"到"经验个人"再到"叙事个人"。"身体个人"是"生机勃勃的，带着野孩子的鲁莽与激情"，"经验个人"则"使小说更贴近个人的日常生活经验"，"对人性人情的开掘超出以往"，"叙事个人"则"正在探索'叙事个体'的构建……对于'怎么写'的热情要远远超过'写什么'"。

2日 郜元宝的《再谈"各式各样的小说"》发表于《小说选刊》第2期。郜元宝认为："好小说既是小说，又须是'别的什么'。换言之，好小说不能太像小说，必须偏离乃至打破现有关于小说的认识和期待，包含小说之外'别的什么'。"

3日　《人民文学》第2期有"卷首语"。编者认为："这个时代为文学所赋予的一切，我们的写作正在以发达的感性胃口迎纳，这的确值得夸耀。可是，好作品的余音里也许总含有一个问询：我们准备好足够的理性之心，去分辨或漂浮或沉底的斑斓之物了吗？那些被写照的斑斓之物，又和作者是一种怎样的关系？"

张怡薇的《写作课的秘密》发表于同期《人民文学》。张怡薇认为，"依据现实主义方法构想而成的小说，归根结底起源于对生活外观的素描。然而决定这种素描是否有意义，并不是素描的工具、技艺，也不是画得像不像、美不美，而在于，作者为何要素描这一镜框下的世界印象。它的边缘是什么，界限又是什么，它潜在的根系试图旁及多少观念。小说家有充分的自由享受这样的主权"。

"2013年度茅台杯人民文学奖授奖辞"发表于同期《人民文学》。获奖的长篇小说为乔叶的《认罪书》，获奖的中篇小说为陈河的《猹》、肖江虹的《蛊镇》。

乔叶的《认罪书》："乔叶的《认罪书》一如既往地发挥了作者特别丰富和细腻的女性感觉，去叩问人的耻感和罪感，并体现出作者在思想认知上的深化和深沉的济世情怀，在揭示人性善与恶的复杂纠葛的同时，抵达了忏悔与救赎的精神高度。作者采取故事中套故事的叙述方式，在文体探索上显现出难得的自信和成熟。"

陈河的《猹》："陈河的小说《猹》异常真切地叙述了人与浣熊之间一场持久的冲突和较量。……作品中浣熊家族像一面镜子，映射出现代社会中人与人之间复杂无解的精神隔阂，冷静的叙述语调又将这种隔阂得到了更为确凿的呈现。"

肖江虹的《蛊镇》："肖江虹的《蛊镇》是一篇兼具现实感和象征性的作品。……小说在题材选取、人物设置和故事构造方面都颇有匠心，且细节鲜活，意象丛生，在平静的叙述中把一个早已进入公共经验的话题演绎得意味深长。"

7日　《光明日报》推介了《男人　女人　残疾人》。"推荐词"写道："上世纪80年代中期的一个春末，6位青年作家史铁生、陈放、刘树生、甘铁生、刘树华和晓剑策划联手创作一部作品，将每个人的生活经历和社会思考通过文学人物共同展现出来。于是，就有了《男人　女人　残疾人》。由于某些历史的原因，这一写作方式创新的小说，直至今日方被郑重推出，而陈放、史铁生已然过世。在世的其他4位作家，希望以此书再一次祭奠逝去的两位挚友，再一次领略他们在上个世纪80年代的年轻风貌。"

10日　王彬的《〈红楼梦〉与中国当下文学》发表于《文艺报》。谈到叙述者，王彬指出："小说是叙事的艺术，叙述者是小说的核心。但是，叙述者不是固定、一成不变的。小说的实践者总是尝试对叙述者进行各种各样的解构，试图以此为出发点而对小说的艺术形式进行探索与更新。《红楼梦》也是如此，《红楼梦》的尝试，相对西方，至少提前了一个多世纪。"谈到叙述话语时，王彬说："有研究者说，自由直接话语与亚自由直接话语，这种残缺的转述语形式源于西方。是这样吗？当然不是。在我国，残缺的转述语，在《论语》中已然出现，即使在明清白话小说中也不乏其例。"谈到小说叙事经验时，王彬说："分析中国小说叙事经验，往往要从传统小说中去寻找，很少到现代小说中去寻找，因为那是西方小说的模式，与中国传统小说的叙事经验无关。如何通过对中国古典文学，比如对《红楼梦》的研究，从中梳理出中国叙事经验，是一个非常重要、紧迫的历史性课题。"

13日　本报记者金莹的《赵玫：固守文学的信仰》发表于《文学报》。赵玫指出："中国文学的传统，自古推崇'文以载道'。文学在社会生活中的地位始终崇高而神圣。所以我们才会固守文学的信仰，坚信文学能够激励人们去追求自由、美好和尊严，坚信写作唤醒人们对个性发展和人文精神的渴望。尽管文学在当下已趋于边缘，但不会改变的是，文学对于社会和大众心灵的影响，终将是深刻而广泛的。"

20日　本报记者何晶的《叶兆言：我的小说就是和喜欢文学的人共同回忆历史》发表于《文学报》。叶兆言谈长篇小说《很久以来》的创作时表示，"现实生活里也有很多这样的割裂，割裂其实是我们现实生活的常态。小说说到底是一门时间的艺术"。叶兆言还谈道："将所有的细节写出来并没有什么意思，如果那样去写就是一个纪实的非虚构文学作品。我对这样的写实没有兴趣，因为那样是对故事真正意义的一种转移。……留的空白多一点，可能读者能够感觉的东西更多，他们有自己的想象力和理解力。在某种意义上，这个小说像画了很多没有尽头的线一样，你如果顺着这条线探寻，你会获得很多很多。"

24日 本报记者怡梦的《有话不说短篇小说才有味道——访短篇小说作家蒋一谈》发表于《中国艺术报》。蒋一谈认为："现代短篇小说不再是情节小说，更不是对日常生活的简单模拟，而是人物气息和人物精神的悄然弥漫。我对短篇小说的故事情节并不看重，我对故事创想和人物的内心世界更为在意，或者说我更愿意关心故事背后的故事。"蒋一谈还谈道："小说是西方的产物，一定要以尊重小说传统的态度去学习。短篇小说的思维方式、结构方式、叙事方式都是西方的，中国的文学传统中没有。"

25日 沈杏培的《泄密的私想者——毕飞宇论》发表于《文艺争鸣》第2期。沈杏培认为："从总体上看，毕飞宇的文学语言精湛而别致，极富生机而引人入胜。他的语言充满了'智性'，表现在他的那些有些夸夸其谈又闪烁着灼灼才情的议论抒情以及对事象精细准确的描摹上。毕飞宇的语言有着浓郁的'趣味'，即语言生动有趣、诙谐活泼。他的小说几无闲笔。"

26日 肖复兴的《小说说"小"》发表于《人民日报》。肖复兴谈道："在我的写作中，更在意凡人小事，更在意日常常见却容易忽视的那些或温馨或心酸或心痛或发人深省的细节……短篇小说，更应该从这样的'小'处入手。因其小，越发考验作者的功力。如今，我国长篇小说泛滥，其实短篇小说都写不好，长篇小说容易写成一摊稀泥糊不上墙。"

同日，范小青的《怎么写短篇》发表于《文艺报》。范小青谈道："从我自己的写作习惯来说，我不大喜欢精心设计，更喜欢随意的东西……我想说的开放式的小说，不是圆型的，是散状的。因为我觉得，散状的形态可以表达更多的东西，或者是无状的东西。表达更多的无状的东西，就是我所认识的现代感。过去我总是担心，一个小说如果构思太精巧，圆型叙事，太圆太完满，会影响它丰富的内涵，影响它毛茸茸的生活质地。但是我近些年的小说，却开始精心地画圆了。"

三月

1日 董启章、木叶的《在文学将死未死的时代》发表于《上海文学》第3期。董启章表示，"我的意图是写这些不同层次的历史之间的关系，而且不愿意从一般的对待大历史的角度——只是说大的政治事件、社会的变化——而是从民间的日常的人的生活去说历史，所以这个历史是有群体性的……这个群体性跟个别性同时存在"。

2日 郜元宝的《场面描写：将要失传的艺术？》发表于《小说选刊》第3期。郜元宝写道："上述场面描写（《战争与和平》《包法利夫人》《九三年》中经典的场面描写——编者注）很像是用小说的方式写戏剧，在相对固定的戏剧化舞台场景中安排各路人马竞相登场，展开各种矛盾冲突，表演各自的性格特点，故事情节尤此承先启后，有序展开，并源源不断地释放大量与之相关的生活信息。围绕有重大影响力的历史人物展开场景描写，尤其具有强烈的舞台戏剧效果。……既然是描写场面，就必然涉及任何场面都会有的两类人——当局者和旁观者，因此也就必然要写到场面中的人物对其他人物的观看。……场面描写的这种看和被看的视角设置，是小说和戏剧的根本区别。"

5日 郜元宝的《"旧作"复活的理由——〈这边风景〉的一种读法》发表于《花城》第2期。郜元宝谈道："王蒙的'维汉混合语体'是站在汉语本位来充分吸收和模仿（'直译'）维吾尔以及其他少数民族语言，这既带来多量的少数民族的语言和智慧，极大地丰富了汉语的表达，也坚守了汉语本位的立场，甚至经过维吾尔语的补充和激荡，愈加彰显了汉语的独特魅力。"

吴纯、林培源的《语言、意象及小说叙述方式——吴纯访谈》发表于同期《花城》。谈到意象与小说写作，吴纯认为："从小说的角度来，意象不是一种具象的抽取物，小说需不需要意象，不是从外部进行判断或者增减，而是在写作中水到渠成带出来的，也跟写作审美和习惯有关。……对我现阶段的写作状态来说，不可否认意象能够给作品带来一些巧妙的处理，让一个坐实的作品有了想象上的'架虚'，我觉得意象可以丰富到这些东西。过度的意象有时候也会'入侵'到文本本身……说小说是一门装置艺术，我认为意象则是一件隐现其上的装饰,我觉得写作者运用意象,大部分是因其美感和寓意等技巧性的表达需求。"

13日 本报记者何晶的《熊育群:向真实与魔幻同时靠拢》发表于《文学报》。熊育群谈长篇小说《连尔居》的创作时说道:"我不明白现在的人为什么对写群体会有疑惑?其实《红楼梦》写的也是群体。《三国演义》人物更多。奈保尔的《米格尔大街》也是写了一帮人。我们谈《红楼梦》谈贾宝玉、林黛玉谈得多,那是因为我们偏爱。……现在的小说大都是从现实中把一部分人和事剥离出来,而我恰恰相反,是要回到整体,向真实的生活靠拢。"谈到自己创作的文化资源时,熊育群说:"我出生在洞庭湖东汉的汨罗江畔,现在的地名叫屈原管理区。这里是楚文化腹地。楚文化迥异于中原文化,譬如它的尊凤贬龙就是与中原文化反过来的,它有老庄的境界,它的气质绚烂、繁丽,又巫气氤氲,富于梦幻,这已经紧挨艺术了。我拥有这种原生态生活,也有野心去表现这样的文化。《连尔居》这样的文本一定带有那片土地的气息。""现在人们渴望看到的是具有地域与民族性的作品,而不是那种国际腔调的写作。"

14日 张江、高建平、刘跃进、方宁、贾平凹的《文学是民众的文学》发表于《人民日报》。

高建平认为:"文学的一切创新,归根到底,都直接或间接地来源于民众。"

刘跃进认为,"强调文学的社会功能,强调文学与人民大众、与社会政治的密切关系,今天看来依然有深刻的历史意义和现实启迪","只有放下姿态,把自己从一个冷漠的旁观者变成与大众水乳交融的情感共同体,真正在思想上、情感上融入大众,去努力实践'为民而作'"。

15日 贺绍俊的《野马镇上"平庸的恶"——评李约热的〈我是恶人〉》发表于《南方文坛》第2期。贺绍俊说:"这篇小说(李约热的《涂满油漆的村庄》——编者注)是写乡村生活的,风雨和泥淖的痕迹更鲜明,李约热总是以热辣辣的眼神盯着现实中的贫困和苦难,但李约热完全跳出了写乡村贫困和苦难的窠臼,他让我们看到,贫困和苦难的乡村同样对精神和文化充满着向往,艺术同样会给乡村带来精神的愉悦。"

黄平的《巨象在上海:甫跃辉论》发表于同期《南方文坛》。黄平认为,"在当代文学的谱系上,顾零洲故事其实是高加林故事的延续:来自偏远山区的青年,在'现代'的询唤下,割裂乡土的一切,再造一个新的自我,憧憬在大城市中安身。不同的是,在高加林的时代,对于城市的憧憬是通过阅读……眼前不断幻化出城市的高楼大厦;是一系列符号的交换……在顾零洲的时代,今天的青年所面对的不是符号的交换,经过三十年铺天盖地的城市化进程,他们都已经将现代的符号系统内化了,他们所面对的是冷酷的资本交换"。

19日 本报记者王杨的《格非:与文学的黄金时代再相遇》发表于《文艺报》。格非说道:"文学从根本上来讲对人的经验是种冒犯。文学一定是陌生化的,读者在阅读文学的时候,经验一定会受到极大的挑战,文学通过触碰你、冒犯你,让你思考所面对的真实境遇……而现在文化娱乐的本质是在迎合,它需要创造一批受众,并最终占有他们。严肃的文学与商业消费性的文学具有本质不同。"

同日,"余华先锋道路三十年"专题发表于《中国艺术报》。针对"余华创作的变与不变"这一问题,童庆炳指出:"余华提出了与此不同的文学现实。他说,文学的不断改变主要在于真实性概念的不断改变,他认为生活是不真实的,是真假杂乱和鱼目混珠的。真实存在的只能是人的精神,只有进入广阔的精神领域,才能真正体会到世界的无边无际。"而张柠表示,"我觉得余华是天生的小说家,叙事简洁完备,讲故事的能力特别强。在故事不断衰落的今天,他依然保持一个讲故事人的睿智"。

20日 陈霞、宁肯的《文学,生活的荒诞反映》发表于《小说评论》第2期。宁肯表示自己是一个"需要丰厚生活积累的人",重视生活经验,认为"文学作品是将现实的生活碎片拼接而成经验集合体"。同时,宁肯认为"文学要表达遗憾、残缺、不俗的东西","要表达被生活表面所压抑、不见光的东西","文学是揭示人生困境的"。另外,宁肯还表明自己"坚持的纯文学创作理念不是追求大众,而是试图释放一些精神上的东西",其"笔下的主人公形象多少都有点精神至上的味道"。

於可训的《主持人的话》发表于同期《小说评论》。於可训认为宁肯的《天·藏》"可以称作是一种学术体的长篇小说"。於可训说:"近二十余年来,中国当代长篇小说,正在走着一条文体创新的路。……宁肯正处在这一轮长篇小说文体新创造的先锋之列。"

24日 李云雷的《王祥夫的"中国故事"及其美学》发表于《文艺报》。李云雷认为,"王祥夫小说向我们展示了'中国故事'的一种讲法,他取材于当代中国丰富多彩的现实生活,回应我们这个时代的重要问题,又以中国式的美学加以书写与描绘,显示了传统中国美学的生命力及其在当代的创新"。

25日 牛学智的《当前中国小型叙事及批评理念问题》发表于《当代作家评论》第2期。牛学智指出:"总结一下这个所谓小说叙事伦理,其实就是如下三点:1.在写什么上,就是要拒绝或者尽量拒绝走'种族的、国家的,乡土及家族的'路子,这样,才能超越具体的道德伦理局限,成就小说精神,即'以生命为素材,以性情为笔墨,目的是要在自己笔下开出一个人心世界来'。2.在价值立场上,主张价值中立,张扬'无差别的善意',能对坏人坏事亦'不失好玩之心'(胡兰成语),因为中国文学'最为致命的的局限'在于,'总脱不了革命和反抗,总难以进入那种超越是非、善恶、真假、因果的艺术大自在'。3.在精神观照上,能饶恕那些扭曲的灵魂,能有无所不包的同情心——强调的是,只有有意淡化现实政治色彩的处理方式,才能在探索个人命运的痛苦、孤独和荒谬上写出'灵魂的深'。"

本月

刘荣书的《电影教给我写作的"秘密"——刘荣书访谈》发表于《山花》第3期(下半月)。谈到电影对小说创作的影响,刘荣书表示:"看了大量电影之后,写起小说来,发现电影教给了我许多写作的秘密。电影的空间是浩瀚的,某个场景中的一个微小事物,都会激发起你写作的兴趣。比如一缕光线的变化,大风瞬间吹过草地时旋起的犹如海浪般的波纹……这些细小的东西教会我在讲述故事时,在某一处让叙述慢下来,细细描摹场景中所出现的事物,这比一味地在故事中奔突,读起来会更让人舒服。并且我从电影中学会了构思一篇小说时,要一个场景一个场景地推进下去,并且注重小说的画面感,以及对细节的描摹。有了这些,我觉得一篇小说才会有韵味,才会有别人所说的节奏感和音乐感。"刘荣书还谈道:"我在一篇小说创作论谈里说过这样一句话:我要写一篇像好电影那样的小说,也不知道这个想法对不对。但我在小说里可以做自己故事的导演,这是一种能轻易实现的'中国梦'——它比任何'中国梦'都显得靠谱。我可以动动手指,便能用文字构建出画面、对白、音乐。甚至长镜头、空镜头。这个想法是不是很有意思或者很可笑?但这是我通过电影领悟的一种对于小说的写作理念。"

四月

1日　《北京文学(精彩阅读)》第4期有《热线》专栏。有读者向尤凤伟提问:"如今已年逾古稀的尤凤伟老师是如何长时间保持如此旺盛的文学创造力的,可否请尤凤伟老师回答?"尤凤伟答道:"事实上写作状态与年龄关系不大。'少年木匠老郎中',只要身体尚可,年长写作者倒更有其优势。关键是以哪种'情怀'写作。情怀既决定作家写什么,又决定怎么写。具体到我,我只觉得自己是有一种'在场者'情怀,在'中国现场',对'中国事物'有着一种本能的关注,会为某事感动、惦念、流泪,也会对某事愤怒,拍案而起,予以'理论',类于'愤青'之行状。我想也许正是这种与年龄不符尚未修炼到'超凡脱俗'境界的'浅薄',给予我持续不断的创作冲动与动力吧。"

同日,刘醒龙、李遇春的《文学是小地方的事情》发表于《上海文学》第4期。刘醒龙说道:"文学应该是传承善和美。……二十年前,我曾说过,作家写作有两种,一种用智慧和思想,一种用灵魂和血肉,但我一直坚持成为后者。"

4日　胡平的《网络文学的来路与去向》发表于《人民日报》。胡平认为,"网络文学生产了大量类型作品,满足了读者从传统文学那里得不到回应的需求",然而"继言情时期、幻想时期后,网络文学又迎来了现实时期,现实题材作品的激增,表明网络文学开始大规模进入传统文学领地",不过"网络文学全面简化了传统文学的规则,跳过期刊的训练,不拘一格,形成新的写作范式","网络文学作者来自比传统文学作者更广泛的社会层面,拥有更开阔的创作题材,且写作姿态更为自由、开放,写作观念不拘一格,这些优势是传统文学难以获得的"。

8日　邵燕君的《媒介新变与"网络性"》发表于《人民日报》。邵燕君认为,

"网络文学并不是指一切在网络发表的文学,而是在网络中生产的文学","在'网络性'的生产过程中,粉丝的欲望占据最核心的位置"。具体来说,"类型小说有大量的成规惯例,有经验的读者只会捕捉最新最爽的部分。……以粉丝为中心的网络写作彻底颠覆了传统意义上作家和读者的关系,作家不再是被膜拜者,而是服务者"。邵燕君还指出:"追踪网络文学的潮流新变,可以触摸到国民的精神脉搏和心理趋向。要建设具有价值观引导性的主流文学,也需要从研究网络文学的快感机制入手,摸索寓教于乐的新途径。"

9日 刘亮程的《文学是做梦的学问》发表于《文艺报》。刘亮程谈道:"我很早懂得隐喻、夸张、跳跃、倒叙、插叙、独白这些作文手法。后来,我写作多年,才意识到,这些在文学写作中常用的手法,在梦中随处可见。"刘亮程认为,写作和梦的辩证关系在于,"写作是一个被梦教会又反过来寻梦的过程","写作是一件繁复却有意思的修梦工程。用现实材料,修复破损的梦。又用梦中材料,修复破损的现实,不厌其烦地把现实带进梦境,又把梦带回现实"。

10日 本报记者傅小平的《范小青:中庸是一种强有力的内敛的力度》发表于《文学报》。范小青谈道:"我始终认为中庸是一种力度。是一种强有力的内敛的力度。真正的力度不在于表面的强悍,不在于语言的尖厉,不在于态度上的针尖对麦芒。"范小青表示,"文学观与人生观也是紧密相连的,如果是缺少力度,也只能缺少了,因为这是我的人生、我的写作之根本"。

11日 《光明日报》推介了格非的《相遇》。"推荐词"写道:"在这个集子里,我们可以看到当代作家对于汉语古典之美的纯正继承,也可以看到,曾经托生于博尔赫斯、普鲁斯特的智慧在另一个文学天才身上的再生。题名相遇,既是取篇目之名,也暗示作品中多重影响的自然交融。"

15日 梁鸿鹰的《当代文学的中国故事书写》发表于《人民日报》。梁鸿鹰认为:"中国人的现实生活与历史足迹,是中国故事书写的深厚基础,建筑于这个基础之上的当代文学大厦,必然要以中国人追求美好生活的奋发坚守作为最坚实的依靠。"梁鸿鹰强调,"中国故事的书写要深入探究民族性格、民族心态,为民族奋进提供精神力量"。

16日 段崇轩的《古典小说写法的承传与创新》发表于《文艺报》。段崇轩认为:"20世纪80年代初期,一批古典文学功底丰厚的老作家率先'变法',重启了传统小说写法。""中国古典小说从体式上讲主要有四种:章回体、传奇体、话本体、笔记体。章回体属于长篇小说,其余三种属于中短篇小说。""传奇既可以视为一种小说体式,也可以当作一种表现手法,广泛运用在小说创作中。新时期曾涌现过一批传奇和类传奇小说,既有短篇小说,也有中篇小说。但作家把它作为专攻文体的情况并不多,因为一个作家不可能得到太多的传奇题材。""话本在表现形式上形成了完备的套路,如贯穿始终的说书人视角和口吻,如小故事引出大故事的连环结构,故事情节的起承转合形态,如人物形象多取平凡人物、着重展示性格命运,如叙事语言的朴素、流畅以及口语化、民间化等等。""笔记规定了写人记事的真实性和自由性,而小说又要求叙述有故事性和虚构性,两种特征奇妙地结合在一起。事实上,笔记的真实性已经突破,特别是在当代作家手里,文言也渐渐演变成了白话。笔记小说是文人的自发写作,带有自娱性质,因此题材包罗万象,写法千姿百态。"

周末的《小说的三个关键词》发表于同期《文艺报》。周末认为:"小说作为一门古老的叙述艺术,是先从讲故事开始的,它以愉悦大众为目的。……恢复小说这门古老艺术的叙事魅力,这是一件有前途的事情。"

25日 谢有顺、李德南的《中国当代小说叙事伦理的基本类型及其历史演变》发表于《文艺争鸣》第4期。谢有顺、李德南认为:"这里提出国族伦理的宏大叙事、自由伦理的个体叙事、消费伦理的大众叙事这样一种'三分法',用意并不在于指证每一部当代小说的类型归属,进而编制小说的类型目录,而是借助'分类编组'来归纳其主导因素,以利于考察中国当代小说叙事伦理的整体变迁。就此而言,中国当代小说大体上可划分为三个时段:1949—1976年是国族伦理的宏大叙事占压倒性优势的阶段;1977—1991年是国族伦理的宏大叙事失去压倒性优势,自由伦理的个体叙事开始兴起的阶段;1990年至今是国族伦理的宏大叙事的影响趋于潜隐,自由伦理的个体叙事获得合法性而又内蕴危机,消费伦理的大众叙事开始兴起并不断扩张的阶段。"谢有顺、李德南总结道:"以叙事作为主体的小说要获得永恒的品格,真正能体现其自身的价值,就需要从先验理性与总体话语中脱离出来。要而言之,就是要回到个人,回到个人的、有深度的存在。……对'个人的深度'的要求，并非是一种凭空设定，而是有着深刻的生存论、存在论依据。"

同日，本报记者何瑞涓的《麦家小说：既是日用品，又是奢侈品——莫言、李敬泽对谈麦家〈解密〉》发表于《中国艺术报》。何瑞涓指出："他（麦家——编者注）对世界的看法不是什么都全看到，他可以选一个非常特定的方向、角度和层面，以一个很小的刀口切进去，他要打开并创造一个小宇宙或者一个大宇宙。……某种程度上来说'麦家的成功几乎是一个艺术'，对于真正的文学传统来说麦家是一个奢侈品，很少有这样的作家在中国能够得到重视，从奢侈品变成了日用品。"

28日 霍俊明的《如何讲述"中国故事"与"本土现实"》发表于《文艺报》。霍俊明指出，"很多作家写作了大量的关于'现实题材'的文本，但是我们却在这些文本中感触不到文学的'现实感'"，"'现实感'写作既通往当下又打通历史，既有介入情怀又有疏离和超拔能力"。霍俊明继而谈道："一些作家并不缺乏对历史的想象和叙述能力，但却丧失了对'日常化现实'的发现和想象能力，很多写作者不自觉地高估了自己认识现实和叙述现实的能力。……比照更为生动和吊诡的新世纪现实，小说中的现实叙事显得苍白无比且单调粗疏。也许作家们太希望和急于处理'现实'了，处理'当下'的时候作家们无形中成了怀疑论者或犬儒主义者，因而普遍出现了'精神现实'不足。"

"'中国梦'与文学创作笔谈"专题发表于同期《文艺报》。石一枫在《关于"中国故事"》一文中谈道："我们中的一些人往往一不留神就忘记了自己的故事、中国的故事应该是讲给谁听的。在磨练技艺的过程中，我们脑海中为自己设置的那个'读者'也许并不是活生生的中国人，而是世界文学或者说纯文学领域里那些抽象的标准，以及自以为掌握了这些标准的少数精英。"石一枫还谈道："我们的前辈比起我们，一个很大的优势在于能够顺畅地把集体性的'中国故事'和私人化的'个人故事'结合起来。……然而在今天的许多作品里，私人性和社会性之间仿佛越来越泾渭分明，一个人的故事只能代表一个人，很难再去反映一个时代、一个阶级甚至社会上的一个族群。……将个人故事与集体故事、阶级故事、时代故事结合起来，变成我们这一代人真诚的、有良知的'中国故事'，应该是每一个作家的责任。"

同日，刘军的《笔记体小说：川流为河，敦化为众》发表于《中国艺术报》。刘军认为："新时期文学伊始，古老的笔记体小说重新焕发生机。汪曾祺、林斤澜、贾平凹、李庆西等……调动了多种叙事手法，精心钩沉市井民俗的百态生活，使得这一文体更加趣味化和文人化，由此衍生出'新笔记小说'的理论命题。……也是从这一时期开始，笔记小说渐渐靠拢小小说的阵地，其亦幻亦真的手法，奇人异事的挖掘途径，为一些小小说作家所钟情。"

29日 张江、朝戈金、阿来、张清华、阎晶明的《重建文学的民族性》发表于《人民日报》。

张江认为："民族文学的根基不在西方，它在我们的民间生活，在我们的民族传统中。只有面向生活，浸入生活，在民间生活的细微处，才能找到纯粹和鲜活的民族性。"

阿来认为："文学意义上的民族性，在我看来，不只是由语言文字、叙述方式所体现出来的形式方面的民族特色，而主要还是由行为方式、生活习性所体现的一定民族所特有的精神气质与思想意识。……跟文学的民族性相关的，是文学的民间性。……进入到具体的文学创造，还有一个民间的文学资源与养料。其实，民间文学在中国古典文学中，从来就是重要的元素。……重建文学的民族性，民间资源是需要我们发现和重新审视的重要领域。"

阎晶明认为："所谓'世界文学'，从来不是一种抽象的、绝对的公共性概念，世界性就存在于具体的民族性中间。文学自古就是一种'地方性知识'，今天也仍然如此。世界文学在现代社会的确立，说到底，就是对各民族文学多样性的呈现。"

30日 程光炜的《当代小说应如何面对文化传统》发表于《文艺报》。程光炜认为："如何面对传统文化，已经成为检验作家是否是一个成熟作家的重要的标准。……站在一线的小说家，背后都有一个自己的'传统'。"

五月

2日 梁晓声的《何种"网络"，如何"文学"？》发表于《人民日报》。

梁晓声认为："目前中国的网络文学，在所谓技巧、文字、想象力方面，其实都并不多么辜负'文学'二字。就我个人而言，不喜欢炫技巧的文学。古今中外关于文学的那点儿技巧，从来不是评判文学作品的第一标准。炫技巧本末倒置。现在'80后''90后'的文字感觉，比我们这一代人是文学青年的时候好得多……他们的作品所缺的，也许是文学作品理应重视的'意义'。""文学作品的思想、情怀、价值观取向确乎更是其品质的证明。"

同日，郜元宝的《小说也要讲逻辑》发表于《小说选刊》第5期。郜元宝写道："《安娜·卡列尼娜》的好处，一大半就在于托尔斯泰善于'草蛇灰线，伏脉千里'，把逻辑上先与后、详与略、深与浅的关系处理得恰如其分，千头万绪，井井有条，形成强大的叙述逻辑，紧紧抓住了读者。""也有一些作家似乎故意与逻辑作对，实际却是想超出普通逻辑，揭示常人习焉不察的更高的逻辑。《审判》……将极端的真实和极端的荒谬结合起来，这是卡夫卡的境界。他并非不讲逻辑，而是想重起炉灶，讲出另一套逻辑来。"

5日　柳建伟的《讲述多彩的中国好故事》发表于《光明日报》。柳建伟认为，"作家应该学会用多彩的中国好故事，见证中华民族的伟大复兴"，"作家只能好好向现实学习，紧紧盯着'中国梦'这个中华民族的最大利益，用优美的文字，讲好从现实中来并经天才想象创造的中国好故事"。

同日，黎紫书的《成长历程与文学创作》发表于《花城》第3期。黎紫书谈道："微型小说追求的是没有技巧的技巧，甚至语言也非常简练，尽可能简练，那种语言完全跟我的长篇或短篇的语言是两回事。……微型小说很难说是复杂的，大部分是很简单的，就一个简单的事情用简单的语言说，'简单'这两个字做起来是不简单的。写微型小说以后，我发觉它的难度远比复杂的东西更难，如果你用'简单'的手法去表现最大的力量的话。"

6日　阎连科的《写一篇"我以为"的好小说》发表于《人民日报》。阎连科谈道："'我以为'的好小说恰是从西方小说中退回来，不是退回到传统文学，退回到古代的章回小说，退回到明清小说，也不是退回到中国30年代的小说，而是一定要完成中国小说的现代性，完成东方小说的现代性。如果没有实现东方小说的现代性，中国小说永远也无法走向世界。"

15日 李云雷的《赛珍珠：如何讲述中国的故事？》发表于《南方文坛》第3期。李云雷认为："在其中（《母亲》——编者注）隐藏着'东方主义'的内在视野……在小说中，赛珍珠虽然关注中国乡村妇女的命运，但她的目光也是'客观'的，小说中的人物仿佛生活在一个遥远的时空，作者所讲的也是一个'遥远的故事'。但对于身处于'远东'的中国人来说，赛珍珠的故事未免过于简单，小说中的人物也有些抽象化——'母亲'的形象不像生活在具体生活中的人物，而是某种观念（母爱＋东方）的产物。""在赛珍珠之前，在19世纪和20世纪初的欧美文艺作品中，中国人物大多是供人取笑、侮辱的丑角。……与这些作品中的中国人形象被'丑化'与'恶魔化'相比，赛珍珠在她的小说中所塑造的是更为真实的中国人，在她的小说中，中国人不再是奇怪、神秘、阴险、难以理解的人种，而是同世界上任何地方的人相似，在大地上生存的人群。"

20日 贺绍俊的《化用人间佛教的智慧——评余一鸣的"佛旨中篇三部曲"》发表于《小说评论》第3期。贺绍俊认为，"余一鸣的'佛旨'首先体现在小说的标题上，这三篇小说都是选用了一个佛教用语作为标题的。……余一鸣的小说并不是要宣讲佛教的思想和教义。但佛教用语的标题却与小说的故事构成了一种相反相成的效应。佛教是劝善的，而余一鸣的小说则是在呈现生活中的恶的"。其次，"余一鸣的佛旨三部曲都是揭露当代社会的恶相的，但他并没有把小说写成纯粹的揭露小说或黑幕小说，这与他的'佛旨'有关。这很容易让我们联想到古代小说的传统。佛教对古代的世情小说影响很大，这些世情小说大量写到世俗社会的恶行与恶人，但它通过佛教来处理这些恶行与恶人，从而达到'劝惩教化'的作用。……他完全采用了一种新的路子，所谓'佛旨'，并不是以佛教原理和佛教教义来诅咒现实之'恶'，而是要借用佛教的智慧去认识人生的复杂性。余一鸣的这种路子也许才是真正吻合了佛教与世俗的关系"。贺绍俊还指出："从'佛旨'来要求的话，我以为余一鸣的小说还有所欠缺，因为'佛旨'在他的构思中还不是那么的明晰，'佛旨'与小说形象贴合得不是那么紧密，如果他能对人间佛教的内涵做更深一步的了解，也许有助于小说的完善。"

何同彬、余一鸣的《对话：文学与现实》发表于同期《小说评论》。余一鸣认为："揭露是作家的天职，这也只是基本要求，要使作品有'格'，还应该追求那'一束高远的光芒'。……人性中本质的光辉还是温暖的、还是值得呈现的。"

吴子林的《信仰叙事的内在难度》发表于同期《小说评论》。吴子林谈道："何谓信仰叙事或神性写作？首先，作为文学叙事言说的对象，信仰成了文学作品的具体精神质素，提升了文学的审美品格，建构了文学中的崇高、英雄主义、浪漫主义的美学意义；其次，作为'根植于我们人类生存的结构本身之中的东西'（麦奎利），信仰与'中国问题'对接，回到人的真实存在之中，提示、呼唤人类回归曾有的终极信赖，建立人的尊严与荣耀：这既是对自身生命力量展现的认可，也是对生命责任的承担。这两个维度的统一便是信仰叙事或神性写作的真义所在。"

21日 石一枫的《我所怀疑和坚持的文学观念》发表于《文艺报》。石一枫指出："我对'小说是一门技艺'这个观念一直持怀疑态度。……我认为小说是一门关于价值观的艺术。所谓和价值观有关，分为三个方面，一是抒发自己的价值观，二是影响别人的价值观，三是在复杂的互动过程中形成新的价值观。"

25日 张颐武的《本土的全球性：新世纪文学的想象空间》发表于《当代作家评论》第3期。张颐武认为："文学的现实状况并不能通过这样的罗列现象而得以被理解和分析。……这其实仍然是我在二十世纪九十年代所提出的面对'阐释中国'的焦虑的延伸。……今天的中国文学的关键问题似乎是一个过去我们一直难以深入了解的，这就是所谓'本土的全球性'。所谓'本土的全球性'所指的正是文学发生的新的变化的关键。过去仅仅在中国内部认知的文学现象现在已经具有了全球性的意义，中国文学原有的'走向世界'的焦虑其实已经终结。中国文学已经超出了有关民族和世界的二元对立的争议和困惑，走入了一个本土即世界、全球即本土的新的格局之中。"张颐武指出，"在这样的状况之下，在文学领域中中国内部有两个后果最为引人注目"。第一个是"文学的读者发生了前所未有的深刻变化。这个变化是指'新时期'文学中有待文学启蒙的作为整体的文学读者转化为了并不需要启蒙，而是通过文学获得一种新的自我想象的新的文学读者。一是中国的中产群体在前所未有地放大。……二是八〇、九〇后青年群体的放大"。第二个是"文学本身的结构发生了复杂的变化。在'新时期'我们视为统一的文学界其实已经出现了三个不同的走向（'纯文学'、以青春文学为代表的类型文学、网络文学——编者注）"。"这三种形态的文学中，'纯文学'在世界文学中已经获得了相当的位置，像莫言、刘震云、阎连科等人已经有了相当的国际共同的'纯文学'领域的声誉。在全球的小众化的'纯文学'之中占据一席之地。这和当年中国现当代文学作家和全球纯文学脱钩的独立发展的状况完全不同。而类型文学和网络文学则更加'内向化'，更加专注本土读者的需求，和本地的趣味反而结合得更加紧密。但由于读者本身已经具有了和全球的主流读者相似的状况和趣味，因此其体'本土'的特性也是全球性的表征。"

同日，杨学民的《汉字与汪曾祺的小说语言形象》发表于《文艺争鸣》第5期。杨学民认为，"汉字文化精神、汉字思维对汪曾祺的小说语言形象的影响"主要有以下几个方面：一是"汉字的直觉思维方式对汪曾祺的文学创作产生了深远影响……这种诗意的语言只是直观地描述眼前的景象，依靠直觉铺排词句，淡化甚至切断了它们之间的语法逻辑，放逐了理性，故此，字与字、词与词、句与句之间留下了大量'空白'"；二是"汉字并置思维方式对汪曾祺的影响主要表现在他对汉语对仗修辞格的阐发和运用方面。……在他的小说中对仗或对偶修辞格随处可见"；三是"汉字所表征的这种整体思维方式同样也影响到了他的文学语言观念……他认为，'语言的美不在一个一个句子，而在句与句之间的关系。……语言像树，枝干内部液汁流转，一枝摇，百枝摇。语言像水，是不能切割的。一篇作品的语言，是一个有机的整体。'在这种整体性语言观的支配下，其作品的语言都显示出了一气贯注，气韵生动的审美韵味"。

在"汉字形、音或义的特点及其修辞方式对其小说语言形象的影响"方面，杨学民认为，"汪曾祺往往借用某些字的形体来表现事物的形貌和情状，即以'借形'修辞提升了语言的形象性和表达功能"，"还常用汉字联边修辞"，"巧妙地把同偏旁汉字的并联起来，会给人以多种审美感受"。杨学民写道："他（汪曾祺——编者注）在小说语言上就特别重视发挥汉字字音的美学潜能，提出了汉文学语言要有音乐美,要讲究平仄、节奏、旋律和语调,重视字'音'在行文时的作用。……细细品味,话语的外在节奏中又潜隐着内在情感的韵律,文气自然地从字里行间充溢而出。这种以汉字声韵为基础的文学语言节奏成为了生命本体的象征和宇宙之道的感性显现。"另外,杨学民指出,汪曾祺"同样注重字义修辞,力求在字形字音与字义的张力关系中,创造更新颖、阔大的意义空间。……他小说语言字义修辞的最突出的特征,即追求字义的陌生化,让汉字在字典义之外,于语境的关联中生发出新义和趣味"。

29日　白烨的《网络文学需要强化文学元素》发表于《文学报》。白烨认为:"网络文学的这种强劲崛起,从文学、文化的生态上说,消弭了文学雅俗分化的原有界限,扩大了文学的社会影响,带动了文学的产业发展,在拓展文学领地、重构文学格局上,有其一定的积极作用与重要意义。……它同时又带来不少新的问题,提出许多新的挑战。比如,网络文学强化了文学中的通俗乃至低俗倾向……网络文学从创作、传播到阅读,都更为追求利益与利润的最大化……网络文学的生产与传播,基本上是在一种无监管、无批评、无制衡的自然状态中自我运行。"

30日　《文学遭遇低俗》发表于《人民日报》。麦家在对话中表示:"好的小说家,从来不是抽象地在写一种生活,而是要熟悉生活的每一个细节。器物,风景,习俗,气候,道路的样子,食物的味道,说话的口气,等等,小说要写得生机勃勃,就要把每一个细节都落到实处。……我虽然写不来百科全书式的小说,但我也知道,进入小说中的生活,是要经过作家的选择、过滤和重新组织的。"麦家还谈道:"有了浑厚的内生活,小说才会有灵魂的纵深感,才会站立起一种有力量的精神。……作家的世俗心,任何时候都必须是活跃的,只有这样,他才能保持对生活的敏感,不抗拒生活对他的召唤;但另一方面,作家对庸俗的趣味、赤裸的欲望,对人类内心黑暗的经验以及那种令人下坠的力量,也要保持足够的警惕。"

本月

王妍的《官场的"味道"与人性的诉说——论王跃文小说创作》发表于《中

国作家》第5期。王妍认为："'脸谱化'一直是官场小说的致命伤。而他（王跃文——编者注）却能把人性这个诉说不尽的概念，在大量丰盈的生活细节、细腻的心理刻画之中纤毫毕现。作者颇费考量从大量的事件之中，选择人性中最为细弱的部分——爱与怕入手，用平和的姿态诉说人性在权力和人情所构建的'无物之阵'之中的纠结与冲突，揭示潜藏在灵魂深处的幽暗与褶皱。这不仅不会损害作品的思想深度，反而使得个体生命的丰富情状逐渐清晰起来，散发出生命的温度与光亮。"

六月

2日 郜元宝的《悠悠世人之口——小说结尾的一种方式》发表于《小说选刊》第6期。郜元宝写道："不能说，托尔斯泰对安娜之死保持沉默，是出于和伯爵夫人一样的冷酷。他要说的，通过安娜自杀前实际生活画面的描绘，已经充分暗示了。……但除了让沃伦斯基母亲一泄心头之恨，托尔斯泰硬是堵住了悠悠世人之口。这本身就显明了托尔斯泰的态度。""福楼拜不满这种回避法，但他的正面强攻也并非真要一探生死究竟，只是想把世人对待生死的自以为是的态度刻画到极致罢了。他要摆出堂堂正正之师，向悠悠世人之口宣战，指出他们在谈论生死时的愚蠢和罪过。"

王干的《难得的暖意——重读〈岁寒三友〉》发表于同期《小说选刊》。王干写道："中国小说有重友情的传统，《三国》写桃园三结义，《水浒》写梁山兄弟的生死与共，但都侧重在侠义上，是写英雄的侠义。而汪曾祺笔下的这三位市井之人，一心为钱、为生存奔波的普通人所体现出来的相濡以沫的暖意，在今天对那些重利轻义的市侩之风也是冷冷的批判。"王干认为："汪曾祺的小说是讲究结构的。……在《岁寒三友》这篇小说里，体现在貌似随便的结构上，其实精心构思、巧妙运行，真可谓'极炼如不炼也'，简直是'不炼'到极致。"

3日 《人民文学》第6期有"卷首语"。编者写道："长篇小说《布尔津光谱》，把沁润的追忆和深长的伤怀放置于大西北戈壁与森林交接的河边。外来人和当地人如混生林一样杂处融合，生育、遗弃、亡故、温情不均的成长，折射着边地的时代流转与风俗之变。历史带着父母之爱和孩子心中万物的声响、气味和温度,以阳光、以灯火的方式隐秘不觉地运行。'我'、大灰猫和爽秋的三重视角并拢之际,小城人已经向外界逐渐散开,选择更大的城抑或更深的山,两代人的精神向往和生存命运开始了新的轮回。"

5日 小桥老树的《网络小说是中国传统小说的当代表达》发表于《文学报》。小桥老树从写作目的、作家来源、作品类型、取材、写作技法等几方面探讨为什么说网络小说是传统小说的当代表达。

从写作目的分析,"宋元讲史话本和明清小说在它们产生的年代都难登大雅之堂,作者的写作目的不是为了统治阶级服务,而是直接为读者服务,和经济利益有关。……小说是用通行的白话来讲述平凡人的故事。'讲史'和'小说'发展到后来就是在茶馆里的评书,因为要讲给大家听,所以情节要曲折,故事要精彩。又因为要长期讲,篇幅比较长。……网络小说与茶馆评书的目的本质上是一样的。茶馆评书是讲给瓦肆的人们听,网络小说写给上网的人们看。发表在网络上的小说数量极为庞大,小说要想在海量的作品中引起读者们的注意,必须要在第一章就引起读者的兴趣,将读者的眼光吸引住。如果在第一章没有有效吸引读者的注意力,读者很难继续保持关注,便会放弃这本书,而且以后再也不会看。这一点和传统评书要求的先声夺人是一脉相承的。……在明朝中后期,一些历史悠久的主要城市,商业开始发展起来了,人们也有了更多的消费欲望,于是书坊出版业便随之发达起来,章回小说流行起来。书生们写书是为了经济目的,自然要讲究通俗易懂、情节曲折、故事感人。当代网络小说是以网络为载体,但是其兴起的深层道理与明清小说完全一致。网络小说的作者最初是为兴趣而写作,坚持下来并取得成功的绝大多数写手是出于商业目的写作。他们追求的是想要把自己的网络小说卖出去,所以不会在意文学理论,而只是看实际效果"。

从作家来源分析,"网络小说的作者大部分在最初都不是专业作家,他们来自各个行业,绝大部分没有受过正规的文学写作和文学理论的训练。在传统小说长时间潜移默化下,传统小说的魂魄已经成为我们民族的一种集体无意识。网络作家们直觉、本能式写作最容易采用的就是适应本民族集体无意识的传统小说的写法。容易引起大家的共鸣,被大家接受和喜爱。受过现代写作训练、受西方现当代文学理论影响比较大的作者,与本民族集体无意识融合度不高,在网络上反而不容易成功,即使成功也是比较小众的作者"。

从作品类型来分析,"中国传统小说类型非常丰富,当今网络小说的分类大部分都能找到原型"。

从取材来分析,"网络小说极为广泛从传统小说和历史文献中取材,范围和力度都很大。比如燕垒生《天行健》出现的蛇人,其源头就是伏羲女娲的故事,树下野狐写有同名的《搜神记》、阿菩创作有《山海经密码》等"。

从写作技法上看,"网络小说有比较明显的市场取向,为了生存,必须要写出好看的故事。传统小说中好听好看的故事都有一个经典结构:主人公为了追求自己的欲望或是理想,经过一个线性的连续时间,在一个连贯而具有因果关系的虚构现实中,与主要是来自外界的对抗力量进行抗争,具有强烈的外在冲突,情节曲折,但是最终要有一个不可逆转的闭合式结构。网络小说基本遵循了这个经典结构的创作原则,很少有突破这个经典结构而取得广泛喜爱和认同的网络小说"。

小桥老树总结道:"网络小说从诞生那天起就备受争议,一直在争议中发展。网络小说无意中承接了中国传统小说的衣钵,精华和糟粕并存,是传统小说的当代表达,符合人民群众的传统阅读习惯,读者群庞大,具有无法被压制的生命力。"

9日　庄会茹的《中国梦叙事的乡村视角——以长篇小说〈当家的男人〉为例》发表于《光明日报》。庄会茹认为:"文学的生命力,既根植于生活,又作用于时代。只有与民族的气息合拍,与时代的脉络相吻合,文学才能有长久的生命力。从某种意义上讲,推动农村社会建设发展的新农村题材文学作品的社会价值,要高于其文学价值。……正在变化和发展中的中国农村为农村题材文学的繁荣和发展,提供了无限广阔的创作资源。"

同日,刘醒龙的《青铜大道与大盗》发表于《文艺报》。刘醒龙谈《蟠虺》的创作时认为:"一部小说不可以覆盖全部文学,却可以成为文学的风骨。"

16日　本报记者王国平的《网络文学,是怎样一种文学?》发表于《光明日报》。网络文学作家小桥老树认为:"一个网络文学作家要想在海量的作品中引起注意,在开篇就要把读者的眼光吸引住,追求先声夺人。这和传统的评书是一样的。"黎杨全认为:"网络文学研究有一个思维定式,总是会陷入传统文学、大众文学、商业文学上的圈子里,出不来。"

23日 马宇飞的《"像山一样思考"——论迟子建创作对生态美学的启示意义》发表于《光明日报》。马宇飞认为:"生态美学不仅仅强调自然世界的重要价值,还强调人与自然的有机关联性,强调生命的过程性,要打破传统的静观美学。""纵览当代作家作品,迟子建书写的自然世界非常接近生态美学的审美诉求。"

24日 夏烈的《影响网络文学的力量》发表于《人民日报》。夏烈认为,"重视网络文学研究,就得重视它的生成机制和生产机制,目的在于建设性地'介入'"。"从文学史看,任何文学艺术发自民间,都是经由知识精英参与创作、给予评价才由俗变雅或者雅俗兼济。""网络净化不但是必要的,也非常合理地兼顾了对网络文学本身发展窘境的治疗"。

25日 郭冰茹的《〈废都〉与中国古典小说的叙事传统》发表于《文艺争鸣》第6期。郭冰茹认为:"《废都》改写或者借用了不少中国古典文学的桥段,这些场面的描写虽然经过了改头换面、增减删削,却依然呈现出往昔清晰可辨的身影。"在人物设置上,"《废都》的人物设置几乎脱胎于《金瓶梅》和《红楼梦》。《红楼梦》中有个跛足道人,《废都》中有个收破烂、说谣曲儿的老头,他们都能洞察世事,又都是牵引故事的线索人物;《红楼梦》正写贾家,进而带出史、王、薛,串起四大家族,《废都》正写庄之蝶,也带出了阮知非、汪希眠、龚靖元这四位西京城里的'文化闲人'"。在细节描写上,"细致绵密的写实将人物的衣着、动作、表情、语言一一展现出来,直书其事,不加断语,'世情'小说的氛围也借由这些细节渲染出来"。在结构安排上,"《废都》在结构安排上有效法《金瓶梅》和《红楼梦》的影子。……就故事框架而言,《金瓶梅》'起以玉皇庙,终以永福寺'之所以成为全书的'大关键处',是因为全书的构架与道教、佛教关系紧密……而在《废都》中,故事的框架并不清晰,佛道两教基本上只与气功、养生、占卜、算卦等功利性目的有关"。

28日 刘志权的《超越传统的文学探险——简论黄孝阳的量子文学观及近

期两部小说》发表于《扬子江评论》第3期。刘志权认为："黄孝阳原创性的'注释'文体，更能全面而集中地体现量子文学观的精髓。这不是阎连科等曾经试验过的注释；它是'超链接'，是文本之中随时打开的时空之门（时空与宇宙理论也是黄孝阳之爱）。它可以出现在任何一个词、字或者句子上，诸如'老虎''女人''跳''爱'或者'我是我'，等等；而注释内容则可以为议论、哲学、诗歌或者其他任何东西。它突兀而来的出现形式，如同量子跃迁；它与被注释对象之间，由于意义的互文、悖谬或者深度的拓展，构成了叠加态的关系，也使后者具有了'波粒二象性'；它是'测不准'的，它的存在可能改变了被注释对象的原有意义，拓展了文本的容量，增加了文本的复杂性，甚至构成了新的文体，如此等等。"

孙仁歌的《"中国式"小说叙事形态面面观》发表于同期《扬子江评论》。孙仁歌认为："中国诗固然离不开意境美，而'中国式'小说叙事形态，似乎也不乏意境理念的制约。……意境美的实质在于：诱发读者神思，在有限的文字中分享无限的再创造空间，说白了就是让读者想象的翅膀在作者留下的空间翱翔一番。有人把这种审美想象含量高的小说称为'意境小说'。"另外，"含蓄作为话语蕴藉的一种典型形态，虽与意境所覆盖的意义有相通之处，却又不等同于意境，有其自身特立独行的内涵，应与意境区别对待"。最后，"在'中国式'的小说文本中，既强调故事性，同时也强调话术。强调话术之'术'，就是强调小说家善于运用巧妙的言辞，把一般的故事升华为有意义的小说形式"。

吴俊的《民歌的再造与传统的接续——关于当代中国文学资源的合法性问题刍议》发表于同期《扬子江评论》。吴俊认为："新的社会主义文艺提出了'新的民歌'概念。新的民歌里也有情歌，新情歌的内容主题则变成革命了。""共和国文学运用国家权力构建文学言情、抒情的新形式。言情、抒情的性质和主题必须是革命，革命也就成为文学人情的合法性保证。"

七月

1日 宁肯的《把小说从内部打开》（《三个三重奏》的创作谈——编者注）发表于《长篇小说选刊》第4期。宁肯写道："但小说几乎一直封闭着，如果看不到变化我也习惯性地接受其封闭性，接受最早出自恩格斯的'作者越隐蔽越好'的观点，我认为后来的'零度写作'进一步强化了'隐蔽'观点。总而言之，'零度'、'隐蔽'的理由是使小说更有真实感，更'拟真'，或更梦境。虽然也大体知道元小说是在小说里谈小说，在小说里告诉读者我写的是小说，但总觉得这是一种把戏，意思不大。即使理论背景是颠覆、解构也意思不大。颠覆什么呢？……这点把戏动摇不了小说的方法论，显然不是小说的方向。"

徐勇的《"剩余"时代的文学写作与残缺》（对宁肯《三个三重奏》的评论——编者注）发表于同期《长篇小说选刊》。徐勇指出："宁肯在《天·藏》和《三个三重奏》中所采用的元小说技巧则有所不同。首先，这一元小说的自我暴露技巧，其裸露的目的不是叙事的内在自我颠覆，而是为增强叙述效果或起补充解释作用。其次，元小说技巧在宁肯这里，更多的是以注释的形式出现的。其一方面虽造成叙述的旁枝逸出，但却并不影响叙述的进程，如果对这些注释置之不理，也并不影响叙述的似真性效果。显然，这是一种开放式的小说结构，因而第三，小说其实创造了一个文本内外的不同世界的对照并置和互相否定的方式。"徐勇认为，"宁肯在《三个三重奏》中其实是创造了一种叙述的世界影响真实世界的元小说形式"。

同日，黄平的《我们需要什么样的"文体"》发表于《人民日报》。黄平认为："主流的文学作品、文学期刊、文学批评缺乏足够的力量进入今天的文化生活。""文学有精妙的小道，作为一门特殊的手艺也不错；但文学更有坦荡的大道，文学和普通人的命运休戚相关，亘古至今地讲述着民族的灵魂，守护着人类的根本。"

同日，王蒙的《与顾彬谈文学及其他》发表于《上海文学》第7期。王蒙"对文学一点都不悲观"，他认为"只要人说话文学就不会完蛋"。可是王蒙也谈道，"现在的文学，不光是中国的文学，全世界的文学都遭到前所未有的挑战"。但是，王蒙指出，"我们大学至少是一支力量，我们要捍卫文学，捍卫文学的高尚性、捍卫文学的权威性，不能让市场牵着鼻子走，也不能让网络牵着鼻子走"。

同日，黄孝阳的《我们不读小说了？》发表于《天涯》第4期。黄孝阳认为，"当代小说并不意味着对读者的抛弃，它帮助读者发现那些前所未有的体验与思考，发现一个作为二十一世纪人类之子存在的'自我'"。黄孝阳表示："世界因为'我'的行动呈现出种种可能性，它是狐疑的，充满不确定性与否定之否定。而当代性是一个正在鼻子底下发生的现实，是对处理这个'正在进行时'经验的概括与分享。"

2日　本报记者行超的《作家陆天明、王松谈知青文学——真诚表达历史中惟一的"我们"》发表于《文艺报》。谈及知青文学，陆天明认为："它以表达和诉说这个极其庞大的社会群体的生存诉求和被它所影响的整个中国的生存状态和社会心态为主旨，产生了一大批最贴近中国现实生活，最能揭示当代中国人性变异、最积极传达中国底层百姓心声、最明确昭示文学的社会公共性功能和真正的现实主义传统。""它让我懂得在我自己以外还存在着一个更丰富的世界。我的文学不仅是属于我自己的，更应该属于这个更广大、更丰富、更痛苦、更生动、更强大、更紧迫、更无法脱离的世界。"

3日　《人民文学》第7期有"卷首语"。编者写道："何谓中国故事？对文学来说，它主要不是旧事往情，不是时政直解，更多的应该是有关普通中国人此在的经历和心路的文学叙事。它有无限的丰富性，必须以结实的细节和内心的发现让故事发出质朴深沉的中国力量。""中国故事内在的绵厚宏丽，就隐藏在深含情味的现实细部。"

同日，本报记者金莹的《叶弥：我注定是个流浪的孩子，文学收留了我》发表于《文学报》。叶弥谈《风流图卷》的创作时说："长篇小说收纳思想，短篇小说收纳灵感。表现灵感的短篇小说，显现出来的是与长篇小说不同的东西：轻巧、一针见血、出人意外。即使在故事的叙述上，也完全不同。在短篇小说里，你叙述的故事是为灵感服务的。长篇小说，一旦出现故事，一定蕴含思想。"

8日　陈彦的《理直气壮讲好优秀传统》发表于《人民日报》。陈彦认为："乡愁是精神发酵与沉淀后的记忆结晶，经过人生不断汰漉，这些晶体就成为一种相对可靠的精神光照……传统自身具有很大的炼化功能，人类的进步是依靠对自己已经走过路程的再认知，来螺旋上升的……创新，是对传统最好的继承方式。"

9日　许苗苗的《从结构变化看网络小说的发展需求》发表于《文艺报》。许苗苗认为，"网络文学再度跃入公众视野，已成通俗化类型小说的代名词。

类型小说结构固定、高度模式化的特点,在网络文学中被沿袭了下来","高度模式化的结构是类型小说的特点之一","所谓'净网'不应是来自外部的管理,不应是简单的关键词过滤,更应当是网络文学质量的实际提高,是挣脱庸俗趣味和商业力量"。

14日 邵燕君的《"直播体小说"召唤传统作家 以文学性创新网络写作》发表于《中国艺术报》。邵燕君认为:"将'文学性'和'直播帖'这种媒介形式结合起来,创作一种网络文学的新形式。它是面向现实的、篇幅较短的,又是网络原生的,既借鉴吸纳传统文学创作技巧,又不是传统现实主义中短篇简单的网络移植。"

15日 孟繁华的《接续一个伟大的文学传统——评乔叶〈认罪书〉》发表于《南方文坛》第4期。孟繁华认为:"进入共和国之后,特别是十七年的作家和作品,忏悔意识逐渐淡出,而检讨之风日盛。但是检讨不是忏悔。……在这个意义上说,乔叶的《认罪书》,接续了一个尽管孱弱却伟大的文学传统。……《认罪书》就是对欲望,特别是对人性'恶'的忏悔、检讨和救赎。"

16日 刘醒龙的《青铜是把老骨头》发表于《人民日报》。刘醒龙认为:"与当下政治在某些方面交集是文学的魅力之一。这些年人们下意识地想将文学与政治作彻底切割,原因在于某些写作者的骨头太软。"刘醒龙还认为:"文学的独立性在虚构,只不过这种虚构是艺术意义上的。在质感上,虚构的文学其真实性总是大于局部的生活真实。不管是文字的,还是口语的,所有试图进入生活本身或者人生本身的叙事方式都存在虚构。"

20日 崔宗超的《"拧巴"与"绕":生存伦理与语言逻辑的双重错位——刘震云小说主旨与风格探微》发表于《小说评论》第4期。崔宗超论述了刘震云小说"拧巴"即"别扭"的特征,认为这是"生存伦理与语言逻辑双重错位"的结果。在刘震云的小说中,语言的"绕"首先体现在"人物语言与人物命运的纠缠中",形成"'一句话的悲剧'情节模式",后期这种"绕"还体现在"叙事语言本身":"220万字的《故乡面和花朵》、22万字的《一腔废话》的语言狂欢……《手机》之后的创作……仍凸显着缠绕的语言风格与转轴式的思维方式"。崔宗超认为,"语言的绕,不仅是人们生存拧巴、生活错位的内在原因,而且这种绕的语言,还是人们在混混沌沌、悖乱失常的生活状态中,得以跌跌撞撞、步履蹒跚走下去的精神动力"。同时崔宗超认为刘震云也需要警惕"拧巴""绕""冷幽默",避免"创作变成无意义的语言游戏",另外也要考虑如何应对乡土文化的"狭隘性和犬儒主义倾向"的问题。

傅书华、李骏虎的《现实是文学的起飞点和落脚点》发表于同期《小说评论》。李骏虎谈起自己在鲁院学习的经历,认为想写好小说是"有方法的":"怎样开头,怎样结构,怎样设置悬念,怎样高潮,怎样结尾,那都是有很多方法的。"另外,李骏虎认为"当下的作家存在一个最大的问题就是精神的矮化",并认为现在文学之所以被大众边缘化,实际上也是作家精神矮化的结果,出现了很多伪现实的作品"。李骏虎倡导,"真正的作家,是应该对他所处的时代有着思考、把握和表现,甚至对社会生活和历史发展产生重要影响的",这也正是他的写作理想。

21日 陈亚军的《小小说与大情怀》发表于《文艺报》。陈亚军认为,"小小说因其小,使写作者只能从生活的大场景中选取局部着笔,但那是有典型意义的,是最深刻的一瞥。……优秀的小小说必是用最经济的语言,以致有字字珠玑、微言大义的担当"。

25日 杜慧心的《论"江南三部曲"中的传统叙事结构》发表于《当代作家评论》第4期。杜慧心认为:"'奇书式'结构是'中国式悲剧叙事'的基本模型,虽然形态复杂,但整体上如有学者所说,是以一种'完整时间长度'为基础的'生命本体论'的叙事。……简言之,可归结为《红楼梦》中'达于极致和典范的"梦的模式","盛极而衰"的、"好便是了、了便是好"的历史终结论与命运循环论的模式'。照此看来,格非的'江南三部曲'其总体结构,在整体的修辞与笔法上,可以说是自觉地对应了中国传统叙事的结构与笔法,我们可以从中清晰地读出其中以'历史循环'为基础的悲剧美学结构。"杜慧心还谈道:"格非早期的先锋小说即带着浓郁的寓言色彩,但更多的是博尔赫斯式的哲学视阈。而在'江南三部曲'中,他的寓言书写更多的是回归于中国传统的寓意写法。……总体观之,整个'江南三部曲'可以看作是一个大的社会文化寓言,一个历史的寓言,一个革命乌托邦的寓言,一个现代中国知识分子的精神寓言……"

胡铁生、蒋帅的《莫言对域外元小说的接受与创新——以〈酒国〉为例》发表于同期《当代作家评论》。胡铁生、蒋帅认为："在'洋为中用'的过程中，莫言《酒国》的创作并非机械地复制西方已有的元小说叙事模式，而是在西方现有模式的基础上发展了元小说的叙事策略。作者在小说中谈论小说、作者介入作品、作者与读者直接沟通与对话等特征已经成为元小说的固有模式，是元小说中常见的叙事策略。莫言在对西方元小说'模仿'的同时，又对其做了大量的'自主创新'。例如，作者莫言与小说中的人物莫言交替出现、小说套小说的艺术表现形式、专业作家莫言与业余作家李一斗的书信对话、莫言的名字直接出现在作品中、对中外名家以及典故的互文、严肃的文学语言与话语游戏的对接、梦中已被丁钩儿开枪打死的余一尺在最后一章又以'改革开放、搞活经济'的风光人物形象前来迎接莫言（小说人物）的到来、故事的线性发展与插入的书信往来以及小说套小说的元小说路线并行发展的模式等等，都将西方元小说的叙事技艺发展到一个全新的阶段。"

张清华的《知识，稀有知识，知识分子与中国故事——如何看格非》发表于同期《当代作家评论》。张清华表示："什么是中国式的写法？自然不止一种，不过最核心的，乃是由世情小说的集大成者《红楼梦》所代表的结构与笔法。比如说，其内容是家族史的或世俗生活景观的，其故事构架是'由盛而衰'的悲剧模式的，其时间理念是周而复始或往复循环的，其美学格调是悲凉伤婉或哀情幻灭的，等等。而这刚好符合格非《江南三部曲》以来的写作与风格。尽管他的方法依然'西化'，比如有现代性的文化反思、人物内心世界的复杂分析，有他依然如故的存在哲学的寓意，但他的结构与故事、笔法与神韵、格调及语言，都明显地回到了传统式的讲述，《红楼梦》式的故事。无论从内在的时空设置、外在的结构形态、叙事的风格形貌，以及美学上的气质精神，乃至其中所承载包含的生命体验与基本的反现代的、循环论的和'非进步论'的价值观等等，无不回到了中国固有的传统，实现了对中国故事的一种精心的修复，以及在现代性思考基础上的复活。"张清华还谈道："新文学诞生以来，传统叙事手法与故事模型在多数情况下只能作为'潜叙事'和'潜结构'，以'无意识'形式潜藏于各个时期的创作中,但即便如此,传统叙事在新文学和革命文学中也都发挥了至关重要的作用。某种程度上也可以说,它们作为潜叙事挽救了这些作品的文学性。……是小说(巴金的《家》——编者注)中不可或缺的'呼喇喇似大厦倾,昏惨惨似灯将尽'的《红楼梦》式的结构与框架挽救了这部小说,使其摆脱了单向度的'进步论叙事'固有的单薄逻辑,而成为现代以来不可多得的有美感价值和形式意味的长篇。另一个例子是当代的革命文学,类似《青春之歌》《林海雪原》《红旗谱》《铁道游击队》这些作品,假如没有潜伏其中的'才子佳人''英雄美人''绿林传奇''江湖匪盗''鬼域妖魅'等等传统叙事构造,这些作品将很难有任何'文学性价值',而只能沦落为干涩的'革命历史斗争故事'。"

同日,李敬泽的《网络文学:文学自觉和文化自觉》发表于《人民日报》。李敬泽指出:"有学者提出,我们可以借助大众文化传播实现在世界格局中的文化逆袭,这是一个良好的愿景,但还需要艰苦的努力。弘扬和践行社会主义核心价值观,创造民族的、现代的,又是面向未来、面向世界的新型大众文学,不仅满足中国人民的精神需求,而且走向世界,这是网络文学作家和从业人员,也是整个文学界的重大使命。"

同日,皮进的《多元叙事策略成就巨大叙事张力——莫言小说〈生死疲劳〉叙事艺术分析》发表于《文艺争鸣》第7期。皮进认为:"生命轮回造成叙事视角'裂变'的合法性……实现了'叙事自我'和'经验自我'合体,呈现了'叙事自我'和'经验自我'对往事的双重聚焦,这些具有差异的叙事视角形成不同叙事风格,更以双重的叙事腔调促使此文本具有了复调叙事的效果。""《生死疲劳》由三种叙事视角造成三种叙事秩序间的内、外部冲突,叙事主体的多元、移动也导致了叙事权威受到前所未有的质疑。……自诩为半个世纪见证者的蓝千岁的叙事权威被削弱时,那些记忆的烙印、道德的权威也同时被消磨了,历史的严正、实在被插科打诨似的不可靠叙事瓦解了。"

28日　东君的《小说是什么》发表于《文艺报》。东君认为:"小说就是往'小'里'说'。由小说发展脉络观之,无论东西方,传统意义上的小说大都侧重于'说',而现代派小说则开始有意识地往'小'里走。……小说就是小声说话。

偏重于政治色彩的宏大叙事曾经把小说的声音调得过高，使小说沦为一种假腔假调的东西。……小说也可以在原本要说的地方不'说'。……小说就是一种日常的说话方式，但要发出自己的声音。"东君总结道："抛开玄想，直指生活，小技亦能通大道，只是心眼手法不同而已。"

八月

1日　邓一光的《悬而未决》发表于《北京文学（精彩阅读）》第8期。邓一光谈道："小说产生于非理性之域，用理性分析小说往往南辕北辙，徒劳无功。好在故事就是这样，它拥有悬而未决的秉性和权利。你以为故事在说这件事，其实它说的是另外的事；你以为故事结束了，其实你推断出的是一个假想，它可能正在开始。"

2日　王干的《有志者的困局——重读对汪曾祺的〈徙〉》发表于《小说选刊》第8期。王干写道："中国文章的传统是讲究韵律美、节奏美、旋律美，但由于中国的小说来自于话本，往往满足于讲故事，对文气不是很讲究。"

3日　"第三届《人民文学》长篇小说双年奖授奖词"发表于《人民文学》第8期。获奖作品有贾平凹的《带灯》、韩少功的《日夜书》等。

贾平凹《带灯》："《带灯》在贾平凹长篇小说创作中具有变法意义。作家从现实与奇异夸张纠结在一起的《秦腔》至历史主义与写实主义融于一炉的《古炉》，本已完成了一次深刻变法，而《带灯》在延续《古炉》精确、厚重、白描的叙事风格基础上，又有较多的明快、流畅、简约，让我们想起了他风格独特的散文写作；更由于作家把视角瞄准现实的村镇，关注的是一个往往被人们忽略的简朴真诚的女性和同样被人们忽略的各色人等，关注那里的生存状态和精神状态，事无巨细地展现了中国农村的现实风貌，引起读者的关切和忧郁，《带灯》也就不仅是作家在写作手法上的一种变法，更是作家整体创作风貌上的突破和升华。"

韩少功《日夜书》："作为当代文学的另类探险者，韩少功多年来一直行走在语言和文体的隐秘丛林中，同时，他的写作始终指向当代中国的历史记忆和生存本质。悲悯的情怀、睿智的言表、变幻的文体是他最鲜明的文学标记。

二〇一三年出版的《日夜书》将笔触伸向知青一代的灵魂，以激越而沉静的笔调，将历史与当下、纪实与虚构、此岸与彼岸、宇宙与个体融于一炉，在叙述中追问，在求索中思辨，书写出精神的初生与抵达。韩少功又一次突破自身的文学边界，辟展出返回历史与来路的别样景致。"

6日 《以美学为信仰——河北青年作家与阿来对话》发表于《文艺报》。阿来认为："当作为一个书写对象的时候，藏族的题材对我很重要。但是我在写作的时候，尽量忘掉这个身份，一直努力把自己的眼界打开。我在汉语中收获很多，更多的是通过汉语走向世界文学和思想。我不太想讲文化，更愿意讲生活和人生。"阿来还谈道，"要注意的是小说中的情感问题。很多时候我们在编造小说，情节很好，但是觉得人进不去，就是情感没有进去。文本也是情感的文本，情感是最深的最潜在的东西，它跟小说的情节呼应得很好，语言也好，小说的节奏感自然就出来了"。

8日 朱德发的《小说最能体现"人学"特质》发表于《文艺报》。朱德发指出，"若说文学是人学，那小说最能体现'人学'的特质。这是因为小说艺术的最高审美追求就是塑造活生生的人物"，"从小说《证人》可以体会到，写小说就是写人物，写活人物，写出人物的心灵史，写出人的性格史，写出人的生存史或生命史，这正是作为人学的小说创作的质的规定和审美规范"。

13日 戴明贤的《传神正在"阿堵"中》发表于《人民日报》。戴明贤谈道："好的小说语言很像美食，须有独家之味。……小说总要写一块具体土地上的人和事，鲁迅写浙江，老舍写北京，张爱玲写上海，冯骥才写天津，方言土语正是传神'阿堵'。就是寓言型的现代派小说，作家也要选择富于色彩的独特语言，而不会用一种文化积淀很少的'世界语'。当然，作家运用方言土语，不是简单的'原生态'，而是在总体通行的'官话'叙述中，以精心挑选的方言来点睛添彩。"

14日 刘琼的《网络对"文学"的改变》发表于《文学报》。刘琼认为："对网络文学怀疑的重点，主要集中在'能否用技术完成文学'这一点上。文学，终究还是要回到人类精神刻度的表达上。否则，文学就不必单独存在。网络文学也就可以改弦易辙了。"

25日 梁鸿鹰的《网络文学的价值传达》发表于《光明日报》。梁鸿鹰认为：

"网络文学的本质规定性是文学,其价值传达的必然性同样是文学作为审美社会意识形态的特质所赋予的。……提倡网络文学承载与肯定正面价值的自觉意识,与强化对那些最基本、最日常,以及在大众层面上更为普适与宽泛的价值的坚守,不仅不矛盾,而且更具合理性。……网络文学传达好中国价值,必须塑造出美好中国人的形象。……主流价值观的表达更要讲究艺术追求与表达的完美,更要充分发挥网络文学连载性、互动性、娱乐性等特长。"

同日,朱全定、汤哲声的《当代中国悬疑小说论——以蔡骏、那多的悬疑小说为中心》发表于《文艺争鸣》第8期。朱全定、汤哲声认为:"现实型悬疑小说和超自然悬疑小说的分类也只是创作手法不同而已,将离奇的生活碎片编织成充满悬念的逻辑推理,并从中发散出神秘气氛,这才是悬疑小说的创作思维核心,也是悬疑小说的美学特征所在。在阅读心理维度上,它的侧重点不是价值观的启迪、正义感的激发,也不在于情感的煽动、英雄性的渲染,而在于好奇心的满足,在于在匪夷所思的情节中获得的一种可信(也可以是不可信)的阅读快感。"谈到蔡骏、那多的悬疑小说,朱全定、汤哲声认为,"在充满悬念与推理的故事中,不断地增加知识元素,这些知识元素既是解密的难度,也是解密的趣味,由此形成了蔡骏小说'知识悬疑'的显著特点,具有一定的历史知识厚重感。那多的小说更是如此,几乎都是历史追踪、文化寻谜,将历史文化的神秘转化成生活本色"。

28日 宋炳辉的《短篇叙述中的当代现实及其话语的力量——林建法编〈二〇一三年中国最佳短篇小说〉序》发表于《扬子江评论》第4期。宋炳辉写道:"和长篇小说相比,短篇有它特定的存在方式,'它能第一时间捕捉外部世界的风云',这个时代的光鲜亮丽和灰暗破碎、喧嚣与沉寂都可以及时收入眼底,'它也能最快与读者的内心世界沟通',不仅'最快',而且是'沟通',因而更有特别的质地、色彩和味道。""作家总是在一定的限制下——比如短篇小说的文体限制——以某种具体的方式在叙述中应对现实。这种应对方式可以并且应该是多样的。它可以投向外部现实,也可以反观内部世界;可以紧贴着世俗生活的地面,也可以穿越幻想和想象的云层。但总是在与现实的具体应对中,体现着叙述话语的力量。"

本月

吴英文的《微博客文学后现代表征及其现实意义》发表于《山花》第8期（下半月）。吴英文认为："微博客文学作为后现代主义思潮下衍生的新媒体文学，具有深度削平、中心零散、直观感性等创作和消费方式，还具有快捷传播、即兴生成和即时审美等特点。因此微博客文学创作呈现出文本碎片化、意义平面化、中心零散化等特性。同时，微博客多终端、多媒体、开放式的媒体传播，使得微博客文学总是在不断变化。在文化消费背景下，从创作到审美过程分析，微博客文学创作自身具有一定的审美质素，体现出后现代的审美意义。"

彭超的《旁逸斜出的陌生之径——鲁敏创作论》发表于《中国作家》第8期。彭超认为："与之前的写实主义作品不同，东坝系列更具有传统风味，很容易让读者联想起沈从文、汪曾祺的小说，那种从容不迫、缓缓道来的感觉，跟时代拉开距离来，寄托着作者'温柔敦厚'的乡土情怀。……鲁敏喜欢在小说中全方位的调动感官。……在写作的过程中，鲁敏认为正是温度、湿度、色泽、光线等微妙而细小的东西会具有像子弹一样的攻击力和影响力，透过肉眼无法观察的小孔，隐秘地深入到人物的内心和生活中，不动声色地决定着人物的命运，决定着人与人之间的关系，人与事物之间的关系。"

九月

1日 《北京文学（精彩阅读）》第9期有《热线》专栏。有读者向邓一光提问："我想请教邓一光老师：为什么您的写作风格有了如此之大的改变？"邓一光答道："有评论家说，我这几年在写我生活的那座城市。我不那么想。我没有写我生活的城市，我写的是'我的城市'，写的是'我'。昆德拉对现代小说的定义是一种全副心思关注生活世界、勘察个人具体生存的思想学问，我认为至少中短篇小说的写作具备了上述功能。无论愿意与否，在长篇中，你逃不掉人性荒谬、残酷和悖论，以及对暖意灵魂的强烈向往，也逃不掉对人类终极问题反复追问的强大欲望。而短小说却是相对论和模糊性最好的表达手段，短小说不但能让写作者完成喘息和观察，恢复从容的微笑，也能让写作者在看似细碎的通常生活中，捕捉到通往更为广阔世界的那道缝隙，我想这与风格无关，与写作的谋略甚至生存的必需有关。"

苏童的《第二天——关于亚鸣的小说》发表于同期《北京文学（精彩阅读）》。苏童谈道："我觉得亚鸣的小说似乎不同于一般的财经类型小说，他一直在探索金融邪恶的诗意，并且借助于一个个'赚大钱'的故事，对欲望刨根问底，努力地挖掘人性的深度。"

王秀云的《小说该有世俗心》发表于同期《北京文学（精彩阅读）》。王秀云谈道："小说归根结底要写人，人有世俗心，小说就不能没有世俗心。我曾经在一篇文章中说，小说是万家烟火。小说的位置不该仅仅在殿堂之上，小说还应该回到具体生活，回到常识，回到柴米油盐生老病死的现实逻辑中。"

同日，张炜的《小说与散文应该是趋近求同的》发表于《光明日报》。张炜认为："就小说家而言，他所倚仗的最基本能力，还是从小时候学习的散文写作的能力。因为小说中的大多数篇幅都在叙述事情，这就需要一种生动简约的表述功夫。小说家有两大功夫：一是记录实际事物的，二是想象和发挥的。前者直接需要散文笔法，后者则需要将想象的事物绘制出来。"因为"好的小说家一定会是好的散文家，而写不出好散文的人，也不可能具备创作好小说的能力，同样也写不出好的诗歌和戏剧"。总体看来，"当代小说仍然有最丰富的文学遗产，这就是古代的散文和诗歌。从外部形式上看，好像可以从古代借鉴的不多，如果从精神内容上看，就应该古今一线贯穿下来"。

同日，阿来、吴道毅的《文学是温暖人心的东西》发表于《上海文学》第9期。谈到民族口传文学对创作的影响，阿来认为："文学表达的一个重要原则，是民间思维。"阿来还谈道："我从年轻时候起，就读地方史志，并作一些田野调查。写作《尘埃落定》之前，我对明清的土司制度作了非常详尽的了解，了解了十几个土司。……我的创作重视民间传统，就是受拉美作家的影响。我学习的是拉美作家的方法。"

2日 郜元宝的《无材可去补苍天？——怎样看小说的次要人物》发表于《小说选刊》第9期。郜元宝写道："这位'石兄'（《红楼梦》中的'顽石'——

编者注）可以代表比俄罗斯文学中的'多余人'含义更广功能更多的一种小说人物类型。他（她）们被作者创造出来，表面上不堪大用，召之即来，挥之即去，甚至一笔带过，但细心的读者发现这些看似无用之人并非真的无足轻重，而是和'顽石'一样，具有书中别的人物不能替代的特殊用处。从这些人物挖掘下去，甚至可以找到理解整部小说的关键。"

3日　《人民文学》第9期有"卷首语"。编者写道："中国乡村小说的名作，几乎都是在农民性格和时运的关系上有所发现，核心故事又大都与'土地'的属性相关，并在此中显现传统人格的力量。无论是早年的《暴风骤雨》《创业史》《山乡巨变》。还是新时期以来的《乡场上》《种苞谷的老人》《缱绻与决绝》等等，莫不如此。从土改、互助组、人民公社再到分田到户，时代似乎总是以土地属性的变迁，锻造着新人的性格同时纠结着老农的心肠。……关仁山这部长篇小说《日头》，在土地流转的变革背景上，更为复杂更为深入也更为超拔地讲述了今日乡村的中国故事。以往惯用的线性的历史时间，被月份、节令的循环所转换，人物则在老中青各个层次都经受农耕文化传统的精神检验，执拗者和活络者都难逃生活实际带来的人格分裂的冲击。小说里有两个'我'——老轸头和毛嘎子——前者在地上客观参与，后者在天空议论抒情，一样地对土地与乡亲情深义重。智者对话，众人不觉，这让小说的形式感和哲理味鲜活自然。在两重见证中，几个家族的内外裂变所结构而成的乡村，怀着难解的忧患和繁复的向往走向了历史的新形态。"

4日　孙甘露的《像奈保尔那样谈论奈保尔》发表于《文学报》。孙甘露表示，"作家鲍威尔在赞扬奈保尔的第一部小说时，无论有何不足，一个作家的长篇小说处女作有种抒情特点，这是作家无法再次捕捉到的。这一看法当时令奈保尔激动不已"。孙甘露指出，"奈保尔能客观准确地看待自己的殖民地'被移植过来的印度'背景，而这经验，主要来自他父亲的短篇小说，但是奈保尔似乎不能客观地看待他父亲的写作"，"他父亲走岔了的写作之路正是奈保尔走上写作正道的基础"。

5日　黄金明的《小说与现实》发表于《花城》第5期。黄金明谈道："我常琢磨小说与现实的关系。小说不是镜子，不能满足于反映；也不是奴仆，不能被现实呼来喝去；当然要关涉生活，但还得挖掘生活中潜在的、可能的现实。当下，各种事件及信息铺天盖地，小说家必须有所发现并挖掘其精神性。文学不为现实服务，但现实应为文学服务。我对当下时髦的摄像头纪录性写作敬而远之，也不信任一竿子捅到底的线性叙事。现成的道路有千万条，但不是我的。形式是小说的内衣、面具，甚至是面孔，你借用了别人的形式，跟借用内衣没有两样。当然，语言有穷尽，现实却无限宽广、丰饶和复杂。不管从哪个窄门入去，我都试图揭示人物的内在心理、事件的细小分岔及事物的隐秘边界，指向开放、未知乃至神秘之境。我在文本中尽量少写，但希望读者看到更多不写的。……每一个作家都必须为自己的写作发明一套叙事方式，一套语言密码，而不能将他人方法据为己有。当某种形式变成经验，就会因教条而僵化。作家不能重复别人，也不能重复自己。这一点，经典作家卡尔维诺给我们树立了榜样，他每一部小说都不同，他的风格就是流动，变幻莫测。"

同日，陈晓明的《小说何以要"现代"》发表于《人民日报》。陈晓明认为，"'现代小说'包含了比传统小说更为丰富、复杂、多样的小说经验。之所以今天还要呼唤这种美学品质，是因为当今中国小说还是以现实主义的乡土叙事为主导形式，艺术表现形式呈现简单雷同的状况"，"中国经验与世界经验更为深入切实地碰撞交集，才能给中国文学带来强劲活力"。

10日　《十月》第5期有"卷首语"。编者写道："作家范稳曾以'藏地三部曲'得到读者广泛关注，本期推出的他的长篇小说新作《吾血吾土》，以独特的目光打量一段过往的历史。生逢动荡的年代，对一位有志向、有血性的青年来说，历史提供了广阔的舞台，同时也埋伏了难以把握的命运。云南青年赵广陵在日军侵华的国难时刻弃笔投戎，立下显赫战功。然而面对复杂的选择，他一次次被动地陷入命运的泥潭，连自己的身份也演化成俄罗斯套娃式的谜团。难能可贵的是，面对多重的误解和磨难，赵广陵表现出了一贯的爱国精神和人性力量，在悲剧性的现实人生中闪现着理想主义的光辉。"

11日　墨白的《小说的文体样式》发表于《文学报》。墨白指出："我从贝聿铭先生的建筑得到的启示，他使我获得了对小说的文体清晰的认识。当我在鸡公山的山路上或者茂密的山林间与一座别墅相遇的时候，我就会把这建筑想象成一篇短篇小说；而那里正在我心中酝酿着的那篇小说，则被我想象成一座像贝氏私邸一样的建筑，一座将由语言建构而成的风格鲜明的别墅。"

15日 陈思的《现实感、细节与关系主义——"中国故事"的一条可能路径》发表于《南方文坛》第5期。陈思注意到："《带灯》是把叙述、情节和人物完全'掰碎'，把节奏压抑得很慢，完全是以步行，甚至爬行的速度来言说事件。小说中出现的事件都不大，却很多。事件不光很庞杂，彼此之前又相互关联，牵一发动全身。""《带灯》采取关系主义来拆解人物、把人物还原为关系中的人。其重要性不在于文学形式的创新，而在于更好地在文本中生产了对中国基层的感觉。"

丛治辰的《究竟什么是魔幻现实主义？——从〈我只是来打个电话〉重新理解马尔克斯》发表于同期《南方文坛》。丛治辰认为："小说的任务从来不是去书写那个被理性主义轻易认知并固定僵化的客观世界，而是用以虚构的力量，对现实加以魔幻理解，从平庸的世界当中寻找那些足以撬动常识的认知，给我们以毛骨悚然之感。在这个意义上，每一部小说或多或少都应该是魔幻现实主义的，在小说中不存在理性的真实，只有小说的真实。在任何一部小说当中寻找现实，都必然是南辕北辙，徒劳无功。"

李振的《关于"中国故事"的若干疑问》发表于同期《南方文坛》。李振认为："面对中国、面对中国的历史与现实，'中国故事'与构成故事的人物和事件也许并没有多么紧密的关联，它更多地意味着一种特定的叙事视角和叙事方式，是作为一种讲述历史与现实的方法而存在的。'中国故事'显然更愿意去强调主流、集体、绝大多数，而不是个体的特殊性，更愿意强调方向与路线、正确性与代表性，而不是片断、偶然以及事情的背面。这一整套的方式、方法最后汇集成一个关键词：立场。""如果'中国故事'只能这样讲述，其价值就值得思考了。'未能超越80年代的意识形态'的讲述不能形成'中国故事'，而完全遵循五六十年代意识形态的讲述却成为'中国故事'的典范，这就让人不得不对'中国故事'保持警惕。"

鲁太光的《重提：美问题——〈三个三重奏〉的现代意识及启示》发表于同期《南方文坛》。鲁太光认为，宁肯在《三个三重奏》中"主要建构了两种空间"，一个是"相对封闭的空间"，"这是作家为我们建构的第一组'书架'"另一个是"公共空间——这是作家为我们提供的第二组'书架'"。"这些环形设置的'书架'，错落有致地摆放在一起，形成了一个有意味的'图书馆'。更为重要的是'镜子'——那些次第出现的'脚注'。……这些'脚注'恰恰正是照亮那错落有致的'书架'从而照亮整个'图书馆'的'镜子'。""在作家精心建构下，小说的空间立体起来，其间的人物与故事也鲜活、生动起来，一些现代哲思也透过人物与故事浮现出来。""在那些相对封闭的'书架'上，陈列的，往往是相对'奥妙'的'书籍'。……而在那些相对开放的'书架'上，陈列的，则是相对'通俗'的'书籍'。""在作家精心运筹下，这些'奥妙'的'书籍'与'通俗'的'书籍'被有机地'混搭'在一起了……在这样的阅读中，在天空中飞翔的文字，有了俯瞰大地的意愿，而在地上爬行的文字，则又往往产生了飞升的感觉。……在这样的交织、交流中，一种意义丛生的现代小说文本诞生了。小说的艺术空间再次得以延展。"

肖玉华的《汪曾祺创作的原儒取向》发表于同期《南方文坛》。肖玉华认为："汪曾祺所受到的江南士风——文人文化的影响决定了汪曾祺在创作中的'原儒'精神与李贽以及晚明士风有着相当密切的传承关系。""'讲人情''富于人情味'，这是汪曾祺'原儒'的基本要义，是立足点，并结合了西方带有启蒙色彩的人道主义思潮，奠定了他创作中的不避人间烟火的浓浓的'人情味'。""扩而大之，汪曾祺的'讲人情''富于人情味'和人道主义关怀，还体现在对社会下层的劳动者和弱小者富有同情心。"肖玉华指出："儒家向来尊崇'以义为上'，义，道义也。孟子'舍生取义'之谓也。……在汪曾祺的创作中，表现出了对'以义为上'的儒家价值观的坚守。他对以牺牲士人节操为代价去换取物质利益给予了不容情的讥讽，所看重的仍然是传统意义上的'崇义绌利'。"而"追求孔子所心仪的自然和谐的生活境界，陶渊明式的'守拙归园田'，关键还在于需要有陶渊明'采菊东篱下，悠然见南山'的心境方可得之。汪曾祺创作的整体氛围和意境其实正体现了这种努力"。总之，"汪曾祺的'随遇而安'，是无奈的感叹，是精神内在对外部环境的妥协，与《棋王》中的王一生以道家之棋苟活于'乱世'之道理相通"。

徐刚的《"中国故事"与本土传统的观念化表达——略论〈炸裂志〉的寓言和形式》发表于同期《南方文坛》。徐刚认为:"一方面,我们习惯将'中国故事'想象成一种不证自明的俗套化表达,一种外在化的观念,一种早已被写就的历史的寓言,而拒绝它鲜活的现实性;另一方面,又将传统形式理解为某种现成的、唾手可得的本质化元素,仿佛加入这个元素,就能使自己的叙事蓬荜生辉,然而,真正的传统可能是无形的,不断流动的,因而也是不断被建构、不断被发明出来的,所以并没有一个一成不变的传统。……因此如果说我们要破除对'中国故事'的观念化表达,那么我们同样对传统的追溯不用太过遥远,它可能就在我们身边,它应该是一种与当下生活发生关联的活的传统,而非某种仪式化的、远古的、僵化的东西,因而作家们也终究应该尝试在'中国故事'的讲述中,不断建构本土叙事的新传统。"

王敏的《如何讲好"中国故事"——审美中国形象生产的叙事建构》发表于同期《南方文坛》。王敏认为,首先,"要讲好'中国故事',恐怕需要充分汲取中国古代小说人物塑造的传统章法,这些由古至今积累而成的叙事经验,人物塑造的具体技巧,其实并不逊色于西方小说创作中有关人物塑造的诸多概念,反而更具有中国本土叙事传统的文化底色";其次,"我们在讲述'中国故事'时,有必要在华夏文化多元一体的格局中,向边疆地区少数民族兄弟文学的口传叙事技艺学习,完成中国本土叙事传统自身内部的扩容、收编与集中整合";再次,"要讲好'中国故事',当然需要在细节描写中审美呈现中国味道的物质空间、情状行为、人物的言谈举止,若能借鉴中国古代绘画美学的精髓,大写意的同时注重小描摹,像绘画点苔上墨之法,妥帖得当";最后,"今天当我们谈及有关'中国故事'的审美叙述时,的确需要考虑这样一种情况,即有关'中国故事'发生的场所、空间,以及涉及摆设器物等物质知识的文学描述,在帮助我们审美表达中国形象时确实具备一种深具历史内涵,可被重复提取和利用的景观意义"。

20日 金赫楠、胡学文的《人物之小与人心之大——胡学文访谈》发表于《小说评论》第5期。胡学文认为写作"要贴着人物写","贴着人物,能触摸到人物的体温、心脏的跳动、情绪的起伏",同时还有"另一种奇妙",即"作者在创作时完全进入那个人物，成为那个人物"。胡学文表示自身在写作的过程中"力图避免被几乎大众化了的声音覆盖"。胡学文还认为："人物就是人物，他的性格也许很独特，但也是混沌的，他的举动是随着性格而发生的。"此外，胡学文不认为"注重人物内心的描写就一定比关注人物的外部行为更高级"，"写人物的外部行为……可能比直接写心理更有难度，所谓'不着一字尽风流'"。

於可训的《主持人的话》发表于同期《小说评论》。於可训认为胡学文写小人物"没有预设的理念，也没有强加给他们的想法，而是实实在在地根据他们的生活背景和生存理念，充分地展开他们的内心"。"小人物要在文学中表现'人心之大'，还得创造小人物的作家有大的心量"，从这个意义上来说，於可训认为"胡学文是一个有大心量的作家"。

22日 本期《文艺报》为"第六届鲁迅文学奖特刊"，刊有"获奖作品授奖词"专题。获奖的中篇小说有格非的《隐身衣》、滕肖澜的《美丽的日子》、吕新的《白杨木的春天》、胡学文的《从正午开始的黄昏》、王跃文的《漫水》，获奖的短篇小说有马晓丽的《俄罗斯陆军腰带》、徐则臣的《如果大雪封门》、叶弥的《香炉山》、叶舟的《我的帐篷里有平安》、张楚的《良宵》。

"《隐身衣》在艺术上独辟蹊径。格非从一个小人物的视角看取世态人心的跌宕起伏，人生的卑微困窘和清明淡定表现得质朴细致。缜密准确的叙述穿越人间万象的庸常浮华，直击人性痛处，抵达命运深处。音乐发烧器材的知识性融入，赋予小说独特的质地和韵味。构思匠心独运，笔法干净利落，叙述从容不迫，充分彰显出汉语小说高超的艺术境界。"

"《美丽的日子》，叙述沉着，结构精巧，细致刻画两代女性的情感和生活，展现了普通女性追求婚姻幸福的执著梦想，她们的苦涩酸楚、她们的缜密机心、她们的笨拙和坚韧。这是对日常生活中的美与善、同情与爱的珍重表达。名实、显隐、城乡、进出等细节的对照描写，从独特的角度生动表现了中国式的家庭观念和婚姻伦理。"

"《白杨木的春天》对知识分子命运的思考和表现真切感人，既有对个人灵魂的深度透视，也有情境的准确呈现与复杂的理性沉思。吕新坚持在小说中对世界进行形而上的追问与富于哲理的表达，同时，以更具温度的方式贴近人的鲜活经验，在追问中领会那些把人们连接在一起的真挚情感。沉郁深远的美学风貌、散文化和诗化的文体风格，体现着耐心执著的探索精神。"

"在《从正午开始的黄昏》中，胡学文满怀爱与理解，构建起一条复杂而漫长的心灵隧道，深切触摸着多重角色身份中的生存悖谬和人性的尖锐划痕。环境铺设和心理刻画枝繁叶茂，丝丝入扣，既鲜活丰盈又真切感人。在非线性的跳接式结构中，语感如精灵般跳荡传神，沉郁与灵动、疏朗与密致浑然相融，敞开了汉语写作的一种诗性境界。"

"《漫水》是对中国传统文化之美与善的深情礼敬。余公公和慧娘娘，坦坦荡荡地互相欣赏，互相扶助，两个普通农民的关系如光风霁月、高山流水。既诚恳认真，又刚强坚定的人格，如同老玉包浆，焕发着朴素而浑厚的光芒。小说叙事娓娓道来，散淡家常，古老的乡村、纯净的心灵相得益彰，诗意的乡愁在日复一日的寻常生活中跃然纸上。"

"《俄罗斯陆军腰带》巧妙地利用腰带这个象征性物品，描写了中俄两军交往中因文化背景、生活习惯和军事传统等方面的差异而引起的误解，准确地刻画出秦冲、鲍里斯两人以至两国军人不同的精神气质，通过他们的碰撞、理解、合作和感悟，表达了在新的历史条件下对军人伦理的思考和认识。作品延续了短篇小说写作的优秀传统，小中见大，显示出对复杂经验宽阔、准确的把握能力和精湛机敏的叙事技巧。"

"《如果大雪封门》冷峻而又温暖。徐则臣以几位青年打工者在北京的生活为底子，以精细绵密的语言和出人意表的想象，讲述了一个梦想与现实、温情与伤害、自由与限度相纠结的故事，如同略显哀伤的童话。对几位来自南方乡村的青年来说，大都市的生活恍若梦境，现实却不免艰难。但他们一直生活得认真严肃，满怀理想。小说在呈现事实的基础上，有着强烈的升华冲动，就像杂乱参差的街景期待白雪的覆盖，就像匍匐在地的身躯期待鸽子的翅膀。"

"《香炉山》充满诗意而又直指人心。构思精巧，文字细腻，叙述流畅，富于艺术张力。女主人公夜游香炉山时与陌生男子的相遇，也是一颗戒心与一颗爱心的邂逅。叶弥以灵动的笔法，挖掘丰富而幽深的女性内心世界，以不着痕迹的浮世情怀，叩问人性深处的奥秘。伴随着香炉山上的那轮明月和传说中的神灯的升降,女主人公紧闭的心扉逐渐敞开,其中蕴藏着作者对人性的温暖而美好的期待。"

"《我的帐篷里有平安》从尊者六世达赖的少年侍僧仁青的视角,通过对一个佛赐的机缘的巧妙叙述,书写了众生对于平安喜乐的向往和祈求。叶舟举重若轻,在惊愕中写安详,在喧嚣中写静谧,在帐篷中写无边人间,在尘世中写令人肃然的恩典,对高原风物的细致描摹和对人物心灵的精妙刻画相得益彰。小说的叙述灵动机敏,智趣盎然,诗意丰沛,同时又庄严热烈,盛大广阔,洋溢着赤子般的情怀和奔马雄鹰般的气概。"

"张楚的叙事绵密、敏感、抒情而又内敛,在残酷与柔情中曲折推进,虽然并不承诺每一次都能抵达温暖,但每一次都能发现至善的力量。《良宵》以细腻平实的手法描写了一位颇有来历、看惯人世浮沉的老人与一个罹患艾滋病的失怙男童之间感人至深的情意,在寂寞的人物关系中写出了人性的旷远。在一个短篇的有限尺度内,张楚在白昼与夜晚、喧哗与静谧之间戏剧性地呈现当下的复杂经验,确立起令人向往的精神高度。"

"第六届鲁迅文学奖获奖作品述评"专题发表于同期《文艺报》。该专题收录白烨的《纠结的背后是欣喜》、何弘的《以短见长》等述评。

白烨在对中篇小说的述评《纠结的背后是欣喜》中表示:"直面现实有新意,叙述手法有创意,是一些获奖作品最为突出的一个特色。……这些作品的参评与获奖,也在一定程度上使小说作家们实现了一次作品筛选与自我检省,最终获奖的作品也以各自的方式,标识了中篇小说创作的新进展与新高度,这是这次评奖超越个人获奖的更大的意义。"

何弘在对短篇小说的述评《以短见长》中表示:"长篇小说、中篇小说因为出版和影视改编等,更容易引起社会关注,能为作家带来更多收益,更受作家的重视。而短篇小说要以短见长,相对更纯粹、更讲究艺术性,从文学意义上,我们有必要对短篇小说给予足够的重视。……这么讲并不意味着目前的短篇小说创作真的就乏善可陈。……但获奖的作品应该说是这4年来相对优秀的作品,作为这4年来短篇小说创作的代表性作品是没有问题的。从这个意义上讲,我认为第六届鲁迅文学奖短篇小说奖的评选还是比较成功的。"何弘还谈道,"小小说没有作品获奖算是另一个遗憾。这些年，小小说的发展走向了一条大众化、通俗化的道路，与短篇小说精英化、艺术化的发展方向相背离。小小说不是更短的短篇，它有自己的文体特征与审美倾向"。

25日 韩文淑的《新世纪中国作家的母语自觉》发表于《当代作家评论》第5期。韩文淑指出："新世纪以来，对很多作家而言，文学写作的目的不再是走向世界，而是延续中国文字的流畅延绵。曾为形式主义实验先锋的格非，在中国传统文学中发现了西方现代派诸技巧的存在，它们早于西方，且技艺精湛，'古已有之'的判断虽仍以西方文艺标准为尺度，但文学传统重释之中的乐观自信却一目了然。近年来，莫言、迟子建、毕飞宇等作家对老舍、张爱玲、沈从文、汪曾祺等作家文本中简洁有力、清新明净的现代白话推崇备至，并将其视为效仿和师承的对象。""如果说在八十年代，作家无不在为汉语演练西方的叙事程式的有效费心劳神的话，到了新世纪，中国作家已经意识到，当创作为了满足某个固定的文艺法则，并努力实现标准化时，本身就失去了和生活的最富生命力的联系，语言必须要从'语法'结构中解放出来。"

李振的《"中国故事"：到底应该怎么讲？》发表于同期《当代作家评论》。李振认为，"从表面上看，'中国故事'的提出很像是面向世界，面向世界文学，但实际上，它依然是针对中国大陆，它的讲法几乎不包含任何开放性的元素，更多地趋向一种政治规约和意识形态的选择"。

张谦芬的《乡村书写的新路向——论〈一句顶一万句〉的民族化表达》发表于同期《当代作家评论》。张谦芬认为："刘震云的散漫唠叨，熔市井风情、命运起伏及人生感喟于一炉，是故事的一种新讲法。如果说《一句顶一万句》整体情节上故事化的追求，体现了原生态语流缠绕中的连贯，那么，具体的细节描写、心理剖析和即时评论等则是一种停顿中的深蕴。故事的讲述是冷峻客观的，而细节、剖析、评论等则延缓了叙事的节奏，在抒情性的延拓中产生了与故事性不同的诗化特征。……这些细部的展开，是现代小说注重心理描写、哲理提炼的继承，同时又与中国叙事文学传统非常相谐……传达了传统戏剧似曾相识又别有新意的韵味。"

同日，林海曦的《刘震云：中国经验的极端叙述——以〈我不是潘金莲〉为例》

发表于《文艺争鸣》第9期。林海曦认为："中国经验既非实证意义的现象表征，也非空洞抽象的学理归纳，而是指中国人生存逻辑的展开，是中国人生活观念的实现，内含一种具有超越形态的智慧结晶。……也正是从这个意义上讲，我们说《我不是潘金莲》'探讨的是生活的逻辑'才有据可依，刘震云执念的是中国经验才所言非虚。"林海曦还说道："刘震云对中国经验的所谓极端叙述，不是让典型的中国经验扭曲变形，而是将其放置在一个具有相当特殊性的情境中来处理，以极端的情境来凸显中国经验的'放之四海而皆准'。"

本月

任淑媛、许峰的《西部生命的多情歌者——郭文斌创作论》发表于《中国作家》第9期。任淑媛、许峰认为："从废名、沈从文，到萧红、孙犁、汪曾祺，他们的小说创作一直坚守着现代小说'抒情诗'的传统，他们坚信文学的本质应该是一种诗性的梦，因此，在他们笔下，小说的艺术形态被提到了一种本体论的高度来认识。而在西部作家中，郭文斌可谓是这一传统真正传承者……郭文斌的文学创作已经形成了独特的艺术风格，'诗性而唯美'的艺术经验在寻找文学本质的道路上铿锵前行。"

十月

10日 格非的《文学在读者中寻求认同》发表于《文艺报》。格非认为："一个作家采取怎样的叙事姿态，使用怎样的技巧和语言方案，在很大程度上取决于他（她）对自己读者的想象与设定。……对于另一些作家来说，他们的目光也会投向过去。……他们是在与先驱者所确立的文学标准对话。……就中国文学而言，李白、杜甫、苏轼、曹雪芹等人确立了古典文学的标准，而鲁迅先生则代表了近现代以来中国文学和思想的新高度。……我们置身于这两个传统之中，受到它们的护佑，分享它们的文学资源，向它们表达敬意，同时也在与它们进行对话，并尝试着作出新的文学变革。总之，"任何有价值的写作，都是对传统的某种回应，即便是对传统的质疑和挑战"。

20日 翟文铖的《不断开辟艺术领地——概述作家乔叶的文体意识》发表

于《光明日报》。翟文铖评价乔叶的小说："她的小说依靠的绝不仅仅是曲折的情节，即便剥落了故事，还是会有很多东西留下来。故事仅仅是花架，思想的密叶和情感的繁花旁逸斜出。那么，这些花叶是如何生长出来的呢？在我看来，乔叶主要是通过在人物之间设置'叙事交流语境'来实现的。"

25日 贺仲明的《关于文学本土化问题答客问》发表于《文艺争鸣》第10期。贺仲明认为："文学本土化具有三个层面内涵：其一是对本土生活的关注。……本土化的文学应该具有的是现实关怀，应该深入到本土生活中，写出真实的人的生活和命运，揭示出现实中的真问题。……其二是精神意旨问题。……表现出具有中国文化内涵的生命观，这当然不一定只是继承，它可以有发展、创造，但内核是与中国文化传统相连的，具有独特文化深度的。……最后是大众接受层面。……真正实现了本土化的作品肯定能够打动读者，影响读者，并且能够在社会文化中产生一定的影响力。"

李陀的《〈暗示〉台湾版序》发表于同期《文艺争鸣》。李陀认为，"《暗示》只不过是'像'文学作品，作家通过此书思考和表达的，远非'文学'的视野所能涵盖。书中的大量短文虽然都不过是随笔、札记、短评、小散文和半虚构的回忆文字，文学味道很足，可是它所讨论的许多问题却有很强的理论性和学术性"。"《暗示》要做的，就是要把文学写成理论，把理论写成文学（这可不什么文体问题）。""出现人物也许有一定好处，比如能够标记作者思考的具体对象和具体情景，为思考自我设限。"

28日 陈思和的《莫言与中国当代文学》发表于《扬子江评论》第5期。陈思和认为："颁奖辞中不仅说莫言是中国民族文化传统的继承者，也说莫言是欧洲拉伯雷传统下的优秀作家之一。我感到他们真的是看懂莫言了，这不仅仅是语言的问题。我一直认为，莫言的民间立场和民间写作与拉伯雷所代表的文艺复兴时期的民间狂欢传统有相似之处。"陈思和还谈道："《透明的红萝卜》可谓是一部奇书……徐怀中说他写了艺术上的'通感'……我们眼睛看到的，耳朵听到的，心理感受到的无非就是生命的体验，一种生命对外部的感受，莫言在这个领域写出了生命通感之作。我们通常把这篇小说看成是先锋小说的开始，从先锋的意义上来说，我觉得莫言是最好的一位作家。但他与马原、洪峰这些先锋作家也是不一样的，他的创作首先是从特殊的生命感受出发的。"

张洪波的《莫言小说的"中国经验"与艺术传达——以〈生死疲劳〉为中心的考察》发表于同期《扬子江评论》。张洪波认为："无论是文学评论家，还是小说作家，均可通过对其'中国经验'的感知、体认与概括，多维度地获取有益的启示与感悟，从而助力于中国文学与'世界文学'的遇合与融洽。"张洪波以《生死疲劳》为中心，从以下几个方面"进行深层探究与系统考察"：一、"从其'中国经验'的内核而察之，这部小说的最独特之处，在于其以幻映真，凸显了中国当代农村最为真实的生活镜像"。二、"从其'中国经验'的'外形'而观之，对于传统文学形式的重新'复活'，特别是于传统叙事方式的着意回归，是近年来莫言小说创作的自觉艺术追求"。三、"将鬼魅与人世、动物与人类、虚幻想像与客观真实杂糅混合的内容，与逆流回溯重被捡拾的传统文学样式有机结合，《生死疲劳》成为莫言作品中，风光奇特、难以跨越的一座巨峰。然而跳出其丰富厚重的内容和喧嚣流淌的辞句，合而观之，整部作品，更与中国最传统的文学表达方式——寓言，有本质上的相类与契合"。

31日 张江、白烨、王鸿生、关仁山、廖奔的《写出时代的史诗》发表于《人民日报》。关仁山表示："这些年我较多地关注农村现实，书写农村题材，创作了中国农民命运三部曲。我认为，农民可以不关心文学，可是文学万万不能不关心农民。当下最为撼动人心的变化，最具时代特色的潮动，都集中体现于当下的农村与农民。"关仁山还谈道："文学必须真实记录这个时代的前进足迹，反映改革给人带来的心灵激荡，包括欲望对人性的钳制，资本对灵魂的扭曲。""如何深刻认知当今变动的现实与复杂的乡土，是横亘在每一个当代中国写作者面前的难题。……自己要有强大的精神力量，还要从反思中给人民以情感温暖和精神抚慰。这其实是精神层面上的双向互动。作家所需要的这些精神力量，要经常补充，不断更新，办法就是要到时代的热流、基层的土地和普通的大众中汲取精神力量。"

本月

何士光的《序〈欧阳黔森短篇小说选〉》发表于《山花》第10期。何士光认为：

"小说作品无论是短篇、中篇或长篇,无论写下来的是怎样的人物、场景和情节,都同样是一种叙述和诉说。在这种叙述的后面,都同样隐含着诉说者本人的形象。"

肖谨君的《红白絮语》(《遗失的白色耳环》《红色游戏》创作谈——编者注)发表于《山花》第10期(下半月)。肖谨君谈道:"任何一部优秀的文学作品都离不开时间的精心组合,除了叙述方法上讲究现在和过去在时序上的巧妙连接外,作品里各个事件元素的本身也涉及时间的压缩与膨胀。"

十一月

1日 孟繁华对关仁山《日头》的评论《乡村文明崩溃的前史后传》发表于《长篇小说选刊》第6期。孟繁华写道:"这些魔幻或超现实的笔法,丰富了小说的文化内涵;另一方面,小说用中国古代审定乐音的高低标准'十二律'作为各章的命名,不仅强化了小说的节奏感,同时与小说各章的起承转合相吻合。"

於可训的《闪烁的光谱》(对张好好《布尔津光谱》的评论——编者注)发表于同期《长篇小说选刊》。於可训写道:"读完这部作品,细细想来,觉得似乎又不仅止于此,除了我们所说的一般意义上的诗化或散文化的特点外,似乎还有一些属于《布尔津光谱》所特有的东西。……这种独创和新意,我觉得,主要有以下两个方面:第一个方面是以多重的视角构造'布尔津光谱'。……第二个方面,是以多元的理念阐释布尔津文化。"

《写作带给我一种不满足感——莫迪亚诺访谈录》发表于同期《长篇小说选刊》。莫迪亚诺在访谈中表示:"我的写作并非为了试着认识自己,也不是为了自省。……自传性的情节在我看来总像某种圈套,除非它有诗意的一面,如同纳博科夫的《彼岸》。"

2日 郜元宝的《非常之人、非常之事、非常之功——中国小说的"奇正相生"》发表于《小说选刊》第11期。郜元宝写道:"看中国小说,就像坐跷跷板,一端是'奇',一端是'正',颠个没完。"

3日 《人民文学》第11期有"卷首语"。编者谈道:"《后上塘书》不是那种作别乡村投向城市的进行曲的间奏,而是有关处在历史关口的人的故事——而接下来的，一定是被时代之剑洞穿之后如何在新的境地身心重生的故事。"

5日 本报记者何瑞涓采访整理的《讲述中国是当代作家义不容辞的责任》发表于《中国艺术报》。该文章是"讲述中国与对话世界：莫言与中国当代文学国际学术研讨会"上的讨论成果。与会作家、评论家有莫言、贾平凹、毕飞宇、吴义勤等。

贾平凹谈道："莫言给了我们什么启示？即他的强烈的批判精神。这种批判精神不是历史的，而是社会的、人性的。鲁迅的批判也是这样的批判，如果是纯时政的批判，那就小了，就浅陋了，就不是文学了。……莫言作品中裹挟着传统性、民间性、现代性，他的作品取决于他的个性，他的文字背后有生命和灵魂。他的成功是不可复制的，具有不可模仿性。"

吴义勤认为："有一种倾向是要警惕的，就是我们对莫言的意义越讲越大，从国家、民族尊严、文化尊严、中国故事、中国崛起、世界对话等这些角度来讲，都把莫言讲得太大了。任何一个作家，他在写作的时候不是从这些角度来写作的，也许都是从一个很小的、很个人化的、很情绪化的出发点来写作。……我们应该怎样讲述莫言？把莫言从宏大叙事中解放出来，回到他一个个具体作品，是讲述莫言的最好的方式。"

毕飞宇谈道："《红高粱》的贡献在于，作家把自身的自由感知最终上升到了他人的行为，行为构成了关系，关系支撑了小说。……作家必须首先意识到自己是一个渴望自由的人，小说是'人'写的，前提是你这个'人'必须是解放的，起码你的内心充满了解放的动机……我们今天讲述中国、对话世界，可是回过头来说，如果没有能动的身体，没有自由的人，那么讲述中国、对话世界就是一句空话。"

莫言谈道："讲述中国和如何讲述中国确实是一个非常需要认真对待、认真研究的问题。……讲故事有技巧，有立场，讲故事的人当然也有自己的思想，思想不是直白地在作品中表现出来的，而是通过人物来表现。……没有中国的改革开放，没有中国这30多年来的成功的经验和失败的教训，也就没有我们这一批作家。我们都在历史的进程当中，每个人都是历史的参与者、创造者……

讲述中国是我们当代作家不容推卸的责任,讲述的方法因人而异,但是我觉得有一些立场是必须要坚持的。……有时候批评一个社会需要胆量,有时候赞美一个社会也需要胆量,这个胆量背后就是良知,就是你的良心。"

7日 曹文轩的《说人说书说趣话》发表于《中国艺术报》。曹文轩认为:"长篇的思维和短篇的思维很不一样。而短篇思维对于成长中的孩子来讲……是非常非常重要的。短篇非常讲究,一个词肯定是和它连在一起的,就是'精致'。"曹文轩"一向把细腻看成是文学的重要品质":"文学开始的时候并不是用于叙事的,而是用于抒情的。……在儿童文学这里,情感教育可能更应是一个显著的问题。"

10日 王威廉的《没有故事的人》发表于《十月》第6期。王威廉谈道:"小说的事业,便是生命的事业。小说与生命最相近的地方,在于它们既客观又主观的时间属性。一方面,无限的过去、无限的未来都必须交汇在活着的此刻、写作的此刻、阅读的此刻。然后,随着时间的自然流逝,意义的空间得以产生,人类丰厚的精神属性得以重申。另一方面,小说和生命又可以打破'此刻'的藩篱,无限的过去、无限的未来像种子那样,能够从当下的瞬间中生长并延伸出去。这意味着什么?我想说,这意味着人的自由。"

11日 王坤的《文学建构民族精神的传统与使命》发表于《人民日报》。王坤指出:"修身齐家治国平天下。在中华传统文化里,社会的治理与发展,离不开个人品行的养成和提高。文学对民族精神的建构,也正由此入手。"

15日 毕光明的《中国经验与期待视野:新移民小说的入史依据》发表于《南方文坛》第6期。毕光明认为:"多年的中国大陆生活经验,使这些作家形成了文学想象的依赖性,因为任何作家创作的基调都来自他从生命最初到达的地方形成的世界感,就像莫言的创作依赖他的童年经验和故乡记忆一样。""这些作者为外籍的新移民小说,在大陆正式出版后,在读者、评论家和研究者手里得到了价值实现,它的思想内涵及审美价值进入了中国人的精神世界,其中所携带的作者从异域所感染来的带有普世性的人文价值观念,参与了民族精神文化的构建和人格的改造,与大陆作家创作的当代文学承载了相同的社会文化功能,它所具有的思想与艺术新质,对当代文学的创新与发展也起了促进作用。"

黄平、金理的《什么是80后文学？》发表于同期《南方文坛》。黄平说道："我们的青年作家也要警惕将生活感受完全普世化，忽视了'中国特色'的影响。我个人看法，80后青年的孤独与迷茫之感，一方面是作为'现代人'的后果，一方面是作为'中国人'的后果。二者的辩证博弈，才能完整地诠释什么是现代中国，什么是现代中国的文学。形象地说，卡夫卡的文学与鲁迅的文学，对我们同样重要。"金理谈道："让我眼前一亮的飞氘的《蝴蝶效应》，它杂糅了至少三种资源：首先是当下的流行趣味，例如引入西方科幻大片；其次是中国古代历史、神话与典籍，比如三章分别以逍遥游、沧浪之水、九章算术命名；最后是现代中国的思索与抗争，尤其通过鲁迅这个意象表达出来。……今天我们青年人和鲁迅相遇，不是说要取法某种文学技巧、接续某种文学传统，而是置身当下的生活感受，逼使我们摸索到了鲁迅这一份经典的资源。"

苗变丽的《90年代以来小说的叙述语态研究——兼论李洱小说叙事的反讽诗学》发表于同期《南方文坛》。苗变丽认为："李洱代表着一种智慧型、技术型的写作路子，追求冷静叙述、知性主体判断的美学旨趣使他的小说充满了机智、审慎和反讽，幽默的叙述语言和智慧的哲理思辨充满了反讽的激烈震荡。"

孙宗广、刘锋杰的《赛珍珠：如何表现中国精神？——接着李云雷的"故事讲述"往下说》发表于同期《南方文坛》。孙宗广、刘锋杰写道："她（赛珍珠——编者注）的那种关注中国精神的深入和持续，更加显示了它的独特魅力，因为关于什么才是中国精神、什么才是中国人的生活目标、什么才是中国人的人性等再次成为关注点时，从赛珍珠那里读出的启示要比在一些革命作家那里读出的要丰富一些。"

徐秀慧的《徐则臣京漂小说的人文精神与身份意识》发表于同期《南方文坛》。作者指出："徐则臣曾经说过：好小说是'形式上回归古典，意蕴上趋于现代'。所以他在采取现实主义的手法描写这些现代性社会发展下，从城镇小知识分子沦落到城市底层的小人物时，或是另一系列描写乡镇的风俗故事时，总是刻意跳过新时期面向西方、面向世界的艺术手法，而回归到五四以来的写实主义的路数。"

周新民、刘醒龙的《〈蟠虺〉：文学的气节与风骨——刘醒龙访谈录》发表于同期《南方文坛》。刘醒龙谈道："《蟠虺》的写作初衷有很多种，最重要的还是被曾侯乙尊盘的魅力所吸引。……十几年中，总在有意无意地找些关于青铜重器方面的书读。""'蟠虺'的突出使用，还可以判定为文学价值的选择，是古典与经典，还是流俗与落俗，文学价值的分野，在任何时代都是不容忽视的。"刘醒龙说道："记录这个世界的种种罪恶不是文学的使命，文学的使命是罪恶发生时，人所展现的良心、良知大善和大爱。记录这个世界的种种荣耀不是文学的任务，文学的任务是表现光荣来临之前，人所经历的疼痛、呻吟、羞耻与挣扎。"关于小说的叙事技术，刘醒龙指出："在文学中太过炫技，是一种愚弄，还可以看作是愚昧。文学需要叙事技术，又从来都不是靠叙事技术立世的。在一部内容与人物底气十足的作品面前，叙事技术往往会变得微不足道。""细节是天下小说的共同秘密。没有细节就没有小说，丢弃细节就是丢弃小说。叙事艺术的关键不是故事，而是充填故事框架的细节。"谈到在小说中创作的"赋"，刘醒龙说："中国文学在当下的发展注定是由现代汉语引领前行。不过，多一点传统经典底蕴，斯时斯地恰到好处地尝试古典之风，肯定是件好事。文章有限，天地很宽，别说一点古典元素，就是再多一些，也应当容得下。写作的佳境，一切想融入其中的元素都应当没有障碍。"

17日 雷达的《大道至简——长篇小说〈盐道〉的文化情怀》发表于《光明日报》。雷达评价小说《盐道》："作者站在民间的、传统道义的叙事立场上却有着超越寻常的视角。文学的功能是净化人的心灵，最大程度上纠正现代人活动的偏差，召唤沉睡者，指引迷失者，打通自我原则与良知原则。"

20日 霍忠义的《微博小说纵横谈》发表于《小说评论》第6期。霍忠义认为："微博诞生之初，大多数人利用微博来发表短小的新闻并对各种时事进行简短评论，也有人借助它创作小说，但规模很小。微博小说规模壮大与微博网站有意识举办的各种微博小说大赛有关。""新浪微博·中国首届微小说大赛"参赛作品具有如下特点："第一，篇幅极其短小。微博客小说特指字数在140字以内的小说。""第二，构思精巧独特，情节曲折动人，给读者强烈的情感冲击。……微博小说常常会有一个出乎意料的结尾，就是通俗所说的'抖包袱'。""第三，主流社会的审美价值。""第四，具有极强的时代特征。""第五，超文本的特点。"

李海音、鲁敏的《浸泡在虚构的甜蜜与毒汁里》发表于同期《小说评论》。鲁敏指出"虚构与生活经验本身不是呈现逻辑关联的",对于通过"阅读、采风、挂职等方式来获得创作的灵感"的"目的主义"做法并不感冒。

鲁敏的《我以虚妄为业》发表于同期《小说评论》。鲁敏自认为是一个"彻底的悲观主义者与虚无主义者"。对于写作,鲁敏认为"一个写作者的童年、家庭、学识教养、山水地域、所处阶层、所经之事等等"这些"作家所拥有的那些往事","是艺术准备上的一个腌制过程","这种腌制最终把作家的血液调和成了某种特别的质地","带有这个作家所独有的态度、风格与倾向"。

於可训的《主持人的话》发表于同期《小说评论》。於可训认为"在文学这个行当,似乎要更多地关注创作中的这种复杂、微妙的因素",文学创作属于"说不清楚"的事情,"鲁敏的以文学为'虚妄',可能比那些自认为是清楚明白的理论和理论家还要清楚明白一些"。

25日 叶炜的《小说"大说"——谈〈后土〉的创作及对"大小说"的初步思考》发表于《当代作家评论》第6期。叶炜谈道:"何谓'大小说'?'大小说'某种意义上来说可以命名为'人类学小说',这种小说'涵盖了一个无尽的可能性系统。与之以往的以情节织体为主的小说方法比较,这是一个百科全书式的开放体系。'那么,'大小说''大'在何处?我以为,这里的'大'不仅是小说的题材和创作手法,更主要的是指小说所展现出来的气象和社会作用。在这两个方面,'小'说的'大'作用的确不可小觑。小说虽'小',但它可以折射大时代、大政治、大命运。"叶炜还谈道,"小说既可以'小'到街谈巷议,也可以'大'到国家政治和中国形象。目前看,作家传统的讲故事的'古老'方式已经不能满足读者阅读了,现在读者需要的是一种'大小说'。在《后土》的创作中,我试图向着这种'大小说'靠拢。苏北鲁南既是我的精神故乡,又是我的文学王国。文学的脚步从不停歇,但无论如何,写作者终究要回到故乡"。

周蕾的《见证"疼痛"的写作——论余华笔下的"中国故事"》发表于同期《当代作家评论》。周蕾认为:"《活着》的价值,不仅仅在于写了'人在生存中的疼痛',还在于作家通过对一个人苦难命运的书写再现了当代中国人共同的苦难记忆。正如余华所言,他想写的是'人的疼痛和一个国家的疼痛'。

将个人的'疼痛'与国家的'疼痛'紧密相连，把国家的历史与现实的创伤还原为每个个体的心灵或血肉之痛，最终以个人的痛苦经验唤起一个文化共同体共有的创伤体验。在这样的意义上，余华的作品聚焦'人的疼痛'，却写下了一个国家的'疼痛'。……自八十年代成名文坛，余华三十余年的创作，经历了几度转型，但他逼近'真实'，见证'疼痛'的写作立场却从未改变。无论是八十年代敢于正视'淋漓的鲜血'的先锋实验，还是九十年代坚持直面'惨淡的人生'的命运呢喃，抑或新世纪以来将'惨烈的悲剧与狂欢的喜剧熔于一炉'。可以说，余华以其全部的文学想象为近半个多世纪中国'沧海桑田式的动荡'（张清华语）和中国人悲欢无常的遭遇、百感交集的体验留下了一份沉甸甸的文学证据。"

同日，许子东的《寻根文学中的贾平凹和阿城》发表于《文艺争鸣》第11期。许子东谈道："乍一看，在文体上，平凹擅写散文，阿城长于讲'故事'。但实际上平凹的散文里颇多传奇故事，只是奇事淡写而已，淡写中有一种韵味贯穿始终；而阿城的故事则多述俗人事，如何'吃'，如何磨刀，如何吸烟瘙痒等（奇人异事只在高潮处偶现），事虽细碎，讲得却有板眼，不慌不忙，有声有色，可谓'俗事奇说'，整个叙述过程皆充满张力。所以同样有意以传统笔趣来一洗'五四'小说语言，平凹近于文人写野史小品，阿城更像民间的说书艺人。从语言、文体追求看，小品笔记，再清再淡也讲究色调韵味，如龙井，有流动着的微碧微涩；而阿城说书，却是节拍顿挫，一字一斧，如砍削一块质地粗糙的树桩。"

28日 张江、於可训、张柠、柳建伟、杨剑龙的《文学书写中国梦》发表于《人民日报》。

於可训认为："今天中国人的梦想，是全面建设小康社会，实现中华民族的伟大复兴。书写这样的中国梦，既是当代中国文学崇高的责任，也是它无上的荣光。"

张柠认为，"作家书写中国梦，必须坚持文学的方式。……其一，文学的发展需要融入国家和民族的宏大叙事之中。惟其如此，文学才能规避孱弱的独语，在与万千大众的和鸣中收获厚重与博大。其二，在国家和民族的叙事交响中，文学必须坚持自己的独特方式"。

杨剑龙认为,"关于文学与中国梦,我觉得还有另外一个维度,那就是文学梦也是中国梦的内容之一。文学是一种精神创造物,是精神文明的重要构成"。

十二月

1日 聂鑫森的《我喜欢的短篇小说》发表于《北京文学(精彩阅读)》第12期。聂鑫森谈道:"短篇小说是应该有一个好故事的,当然也要塑造具有鲜明性格的人物形象。但我关注的是这一故事中的人物,如何强化和丰富他(她)的文化品格。我在描写被传统文化深深浸染的人物时,琴、棋、诗、画、茶、酒、民俗、风情……对他们来说不过是一种生活的形式,或曰就是他们的生存状态,我着力从中去开掘他们身上的文化特质,多侧面地展示他们的逼人才气、磊落胸怀、高贵操守和审美趋向。""同时,短篇小说除依赖故事作构架外,应该还有其他的结构方法:可以写一种情境,一种充满着强烈情绪色彩的境界,这种情绪是小说中人物内心世界的外在显现,形成了一个与人物息息相关的氛围,两者融乎一体……正如老作家汪曾祺所说的:'氛围即人物。'短篇小说可以写一个极短暂的印象,通过这极典型的一瞬,透出对人生、对社会的无限感慨,这一瞬是人物活动历史的定与凝固。""短篇小说的文化品格,还表现在作者对传统文化的感知和体悟上。我喜欢在有限的文字中,腾挪出一定的空间,来安排与情节、人物有着观照作用的'闲笔',以显示密集的文化信息。'闲笔'并非赘言,运用得当,既可增添情节的韵律感,又可揭示人物的多重性,使整个小说笼罩在赏心悦目的文化氛围之中。'闲笔'的艺术,汪曾祺先生用得最为精纯,《受戒》即是范本。"

2日 贾平凹的《鹤梦不离云》发表于《人民日报》。贾平凹谈道:"写起《老生》,没料到异常滞涩,曾三次中断,难以为继。苦恼的仍是历史如何归于文学,叙述又如何在文字间布满空隙,让它有弹性和散发气味。这期间,我又反复读《山海经》。《山海经》是我近几年喜欢读的一本书,它写尽着地理,一座山一座山地写,一条水一条水地写,写各方山水里的飞禽走兽树木花草,写出了整个中国。"

同日，郜元宝的《最大的"本钱"——中国小说的身体奇观》发表于《小说选刊》第12期。郜元宝写道："从古至今，身体都是中国小说最大的本钱，好比《肉蒲团》中未央生的命根子（也叫'本钱'）。很难想象，离开身体之'形'，小说将如何去写超身体之'神'？'以形写神'的口号响彻文艺各领域，说明中国之'神'缺乏语言，需要身体来帮忙。""肉身具超能力，似极悠久，实乃后起。"郜元宝认为，"'中国的奇想'多演为身体奇观，身体奇观多来自道教"。"道教为求长生久视和现世威福，行动上百般呵护身体，观念上对身体展开奇思妙想，其'理论'海纳百川，驳杂而实用，故极易侵入和改造其他思想，结果使一切都道教化。"

4日 本报记者傅小平的《贾平凹：写作就如种庄稼，一料收获了再去种一料》发表于《文学报》。贾平凹谈道："《离骚》让我知道人生命运的苍凉和苍凉后的瑰丽。《山海经》使我知道了中国人思维的源头。……《老生》中引用一些《山海经》文字，也有小说结构和节奏的想法，却更重要的是寻找中国人思维是如何形成，而应对百多十年来的故事。""写中国的小说必会受到中国宗教如佛道影响，也就是说好的小说里总有佛道的气息，佛道里对生死问题那是极坦然和积极的。"

5日 冯海燕的《中国的乡村该怎样前行？——关仁山长篇小说〈日头〉解读》发表于《光明日报》。冯海燕认为："米兰·昆德拉说，在一部小说中引入一种思维上如此严密的思考，并以如此美妙、如此音乐性的手法，使之成为整体结构不可分割的一部分，这是在现代艺术时代一个小说家敢于尝试的最为大胆的创新之一。可以说，关仁山在他践行中国经验书写的长篇小说《日头》中做到了。"

8日 麦家的《短篇小说应开创生活》发表于《文艺报》。麦家认为："不是写生活，而是开创生活，是创世记；不是拾级而上，顺流而上，而是暗度陈仓；不是大部队压上去，而是剑走偏锋，出奇制胜。"

9日 雪漠的《活出别一种滋味》发表于《人民日报》。谈及《野狐岭》的创作，雪漠表示："这一次，我想用一种新的形式，将对现实的定格和对精神的求索融为一体，既能定格一段消失或即将消失的历史，又能用一种超越的精神眼光来观照现实，写出一群中国人的精神之旅，写他们的艰难求索，写他们的无私奉献，写他们面对自然灾难和人性灾难时的焦灼、面对欲望时的纠结，写他们精神向往之旅中的阵痛。于是，就有了《野狐岭》的复杂。书中有了无数种声音，每一种声音既是个体的声音，也是群体的声音。"

11日 本报记者傅小平的《回归古典的自传体，纯粹干净的君子书》（程歆长篇小说《霜叶红》研讨会——编者注）发表于《文学报》。傅小平写道："因为真实，一个普通人的'自传'才会有如此之大的感染力。雷达表示，夏风作为一个民营企业家是优异的和出类拔萃的，但是他的经历毕竟也只是并不出奇的一个普通人的经历。但小说坦诚、敢于自我剖析，把个人的身世和时代的变化水乳交融，凸显了一种强大的真实的力量。而小说之所以会给读者这样的感受，究其实在于，作者并没有满足于写一种生活经历，而是写一种内心的经历。在雷达看来，区别于一般的传记体的写作，小说突出了作者内心的体验。'他不重视故事，而重视体验，这是一种连很多专业作家都没能保持的可贵品质。'"傅小平还写道："透过这种让人汗颜的纯粹和干净，分明能看到被作者在反思过程中过滤掉的杂色。评论家何平认为，作者本人的生活经历，一定比书里写出来的要复杂得多。'作者写作的过程，同时也是一个反思的过程。而在反思中，作者把一些杂质过滤掉了，于是我们看到了这样一部体现出比较干净的君子理想的君子书。'"

19日 刘大先的《小说的历史观念问题》（评贾平凹《老生》——编者注）发表于《文艺报》。刘大先认为："《老生》没有成为历史小说，也不是社会风俗小说，它始终是个讲古小说。讲古小说与历史小说的区别在于，它是平面而单向度的浮世绘，看不到立体错综的关系，没有辨析能力。""历史讲述从来都是附带伦理与价值的，中国的文化传统正是在历史书写与记忆中获得信仰，这就是章学诚所谓'六经皆史'的真正含义。《老生》放弃了价值导向之后，表面上是让唱师体现出来的'民间'获得言说历史的权利，实际上使历史讲述成了缺乏价值观的故事"。

22日 宁肯的《把小说从内部打开》发表于《文艺报》。宁肯指出："我对'注释'的改造也是压抑的结果，是总想伺机逃离'一成不变'的结果。……

那时我正在写《天·藏》,这本书写法上本来就追求不一样,小说有两个叙述者,两种人称。我由此想到,可以把两个叙述者的其中一个放到'注释'这个空间,把它撑大,无限大;这时候它已不是一个传统的注释,但又是由注释撑大的。……叙述空间不是从外部而是从内部打开,感到一种空前的解放。""'注释'的运用让我的小说摆脱了结构的机械性,具有了我们文化中特别强调的自然性。……'注释'改变了我的小说的结构方法,让许多不可能的变成了可能……过去小说是封闭的,现在小说是打开的。"

24日 李云雷的《小说的时间结构及其深层意蕴》发表于《文艺报》。李云雷谈何顿的小说《来生再见》:"小说是以两种不同的时间与叙述方式相互交织而成的。在叙述抗战时期的故事时,采用的是线性时间叙事;在叙述此前此后的故事时,则打乱了叙事顺序,以一种马尔克斯'现在将来进行时'的方式,将过去、现在与未来融为一体,从一种全知视角写出了作者对历史的思考。……虽然两条线索并行,但抗战故事仿佛是一个核心,被镶嵌在交叉叙述的整体结构中。而在小说的结尾处,我们又看到了传统中国循环时间观的因素……小说叙述中融合了三种时间观的因素:传统的循环史观、现代的线性时间观,以及'现在将来进行时',并将之有机地结合在一起,构成了一种复杂的时间结构。"李云雷还说道:"在这部小说中,我们看到了一位中国作家处理复杂事物的能力,不是简单的歌颂与批判,也不是简单的肯定与否定,而是穿透层层迷雾还原历史真相的努力。"

张炜的《古人的心情和故事》发表于同期《文艺报》。张炜谈道:"这就是我们的语言,正隐隐连带着古人的心情和故事一起往前。传统文化使我们不至于遗忘自己民族最重要最不可忽略的东西,它们就隐藏在日常的使用之中,连带着根柢。这就是文化的伟大,语言的伟大。""经典以及经典作家本身就是汉语的根柢,我们舍弃它们又能走向哪里?只能走向文化畸形和文化蛮荒,大概不会有第二种可能。我们不能想象一个时代会出现一种截然独断的古怪创造力,会有文化上的空穴来风。前无古人后无来者的'现代文明'其实只是痴人说梦。"谈到自己对"文化"的理解时,张炜说:"'文化'这个概念也许很难用一段文字规整严密地表达出来,但其中一定包含了几个不可逾越的要素。

一是要有一套符号系统，因为任何一种事物要记录和传播，离开了这个系统是绝对不行的——比如说我们日常生活离不开汉字，离不开汉语；还有一个元素，就是一个民族形成的自身传统。'文化'是流动和发展的，不是凝固的、一成不变的，因为只有运动和发展才能传承。'文化'就是运用一套符号系统去记录和传播的传统内容，这里面有记忆、分析和鉴别，并在这个过程中不断深入和扩大，得到延续。"

郑翔的《经典母题的新演绎》发表于同期《文艺报》。郑翔谈到海飞的长篇小说《回家》时说："有一些母题，由于其频繁的出现率和其中所隐含的基本主题的普遍性、深刻性，而成为世界文学中的经典母题。'还乡'就是其中之一。……海飞的长篇小说《回家》就是这一经典母题的又一次演绎。"郑翔还谈道："有研究者指出，从'还乡'母题所隐含的基本主题来看，中国文学还乡的基本主题本质上是伦理本位的，与之相较，西方文学的还乡母题的基本主题明显的具有神性本位的倾向。……而海飞《回家》的基本主题，显然是属于世俗性的伦理本位的还乡，而非精神性的还乡。这与海飞习惯性地关注日常生活中的人性、伦理的创作定势有关，也与他把小说和电视剧创作融合在一起的尝试有关。"

25日 张细珍的《基于"过程美学"的不及物写作——史铁生小说论》发表于《文艺争鸣》第12期。张细珍指出："可将史铁生的'过程美学'归结为没有具体目的旨归的'弹'与'舞'两个动词意象，或生命意象？且'弹'且'舞'的行为与过程本身意义自足，自成一界又自由无界，没有明确的目的所指、边界所限，既是一种哲学认知，也是一种宗教精神，又是一种美学境界，是行魂的一种可能，更是无答之问、无果之行的无极之旅。"

28日 [法]杜特莱的《诺贝尔文学奖中文得主莫言和高行健在社会中的地位》发表于《扬子江评论》第6期。杜特莱指出："两位中文作家（莫言与高行健——编者注）对文学的捍卫，他们坚信自己不是政治家，也不是为了某种事业而献身的斗士。他们认为作家的使命首先应是探索笔下芸芸众生的人性。他们并不否认文学可以关注政治问题，如高行健从'外'，莫言在'内'大量书写了中国存在的问题……但他们所唾弃的是，为展现政治却以牺牲作品的文学独特性为代价的做法。两位作家充分利用了他们富于想像力的语言来描述现实事件。"

铁凝的《在"第三届21世纪世界华文文学会议"上的致辞》发表于同期《扬子江评论》。铁凝指出:"母语的大背景是形成与维系世界华文文学的基础,而当世界各地的写作者们用汉语去表达各种跨文化的、混杂的经验和体验时,你们也在拉伸着汉语的弹性,开拓着汉语的表现空间。""世界华文文学的发展,也是承传与新创的过程。当一个作家生活在异域,他写作的前提和背景发生了巨大的变化,他从所属的世界离散、漂移到一个全新的、异质的世界,与不同的文化和生活直接对话,在这种对话过程中,他最熟悉的传统图景也会发生自觉或不自觉的调整,他从他的独特境遇中会看到传统的新面相,而通过重新发现和确认传统,他与刚才所说的'大背景'保持着遥远而亲切的联系,这种联系、这种精神上的血脉相通,使得作家们经受巨大的颠簸和跨越,在碰撞中重新认识自我,实现新的创造。"总之,"他们与本土作家的写作双向刺激、双向互补,他们的承传丰富着我们对传统的理解,他们的新变拓展了我们对世界的认识"。

30日 张江、朱向前、赵玫、何平、谭好哲的《文学的筋骨和民族的脊梁》发表于《人民日报》。

朱向前认为:"好文学不能仅仅是宣传教化,但仅仅是承认人的欲望、调动与激发人的欲望、描述与放大人的欲望的文学,当然不能算是有益于世道人心的好文学。正是从这个意义上,中华文化才有'文以载道''以文化人'的传统"。

何平认为:"即使不从世界文学的谱系看,'着力塑造民族脊梁式的文学新人'也是中国现代文学的伟大传统。"

谭好哲认为:"文艺之所以需要有筋骨,在于文艺创作历来对于时代、国家和人民承担着一份沉重的责任。……而只有精神上强健的人民,才能够创造伟大的时代与强盛的国家民族。"

2015年

一月

1日 傅小平、李锐、欧阳江河、郜元宝、余泽民、阿乙、陈谦、李浩、黄孝阳的《如何重塑"文学中国"？》发表于《江南》第1期。

傅小平表示："我更愿意把主流理解成最能体现一个民族核心精神或意志的特性。至少在托尔斯泰等俄罗斯文学巨匠，在马尔克斯这样的哥伦比亚作家，还有我们普遍认为的'民族魂'鲁迅身上，我们能触摸到这种有着坚硬质地的民族特性。而这种特性，实际上也体现了民族自豪感或凝聚力的诉求。然而在当代作家的写作里，这种特性确乎是越来越少了。"

郜元宝则指出："'坚硬质地的民族特性'，不单单体现在作家写了什么，更体现在作家怎样写——我说的'怎样写'，不是指技巧方面、形式方面，而是作家以什么样的文化精神和文化涵养来写，流露出作家在先于写作的主体意识深处的素养和气度。"

同日，谢有顺的《小说是活着的历史》发表于《文艺报》。谢有顺认为，"小说所保存的那个时代的肉身状态，可以为我们还原出一种日常生活；有了小说，粗疏的历史记述就有了许多有质感、有温度的细节"，而"文学如果缺了历史的支撑，也会显得飘忽、轻浅，没有深度"。总之，"历史讲的多是变道，但小说所写的其实是常道——无非是生命如何在具体的日子里展开，情感如何在一种生活里落实，它通向的往往是精神世界里最恒常不变的部分"。

同日，毕飞宇的《我们一起读——读〈促织〉：在南京大学的演讲》发表于《钟山》第1期。毕飞宇认为："无论是写小说还是读小说，它绝不只是精神的事情，它牵扯到我们的生理感受，某种程度上说，生理感受也是审美的硬道理。"关于小说的抒情，毕飞宇认为："小说的抒情有它特殊的修辞，它反而是不抒情的，有时候甚至相反，控制感情。面对情感，小说不宜'抒发'，只宜'传递'。小说家只是'懂得'，然后让读者'懂得'，这个'懂'是关键。张爱玲说，因为'懂得'，所以慈悲。这样的慈悲会让你心软，甚至一不小心能让你心碎。"

"文学：我们的主张"专题发表于同期《钟山》。该专题收录孙频的《为了生的写作》、徐则臣的《纯文学的傲慢和想当然》、笛安的《我只是一个讲故事的人》等内容。

孙频认为："写作的核应该是关于人类的苦难和疾病的，应该是探求人类心灵史的，是应该朝着精神的深度和纬度走去的。我以为这种探索是小说最本质上的意义，探索得越深才越能获得一种存在的自由。"

徐则臣谈到对纯文学的忧虑："我们更多人是躺在'纯'字的美好感觉和莫名其妙的优越感上碌碌无为，我们顽固地坚守自己的纯文学的傲慢，然后想当然地以为我们就该如何如何，好像手持'纯'字的尚方宝剑，一切都将、必将滚滚而来。"

笛安谈道："对我而言，小说不是必须有复杂丰富的情节甚至不是必须有情节，但是不能没有讲故事的态度。'故事'是我们的殿堂，借着讲故事的仪式，这个职业真正独一无二的任务才能完成。"同时，笛安认为"所有的故事都是隐喻"。

2日 李骏虎的《经典的背景》发表于《小说选刊》第1期。李骏虎写道："因为正像青年托尔斯泰所做的那样，给即将要动笔的作品选择和设置'历史背景'或者说'时代背景'，是有别于叙述、结构、语言等'技术'的可贵意识，它是一种匠心和理念，重要性甚至要高于小说的立意。"

3日 《人民文学》第1期有"卷首语"。编者认为："大概所有的文学作品，都跑不出这样的主题：生、死、爱。……长篇小说《南方》从'死'写起，一路串缀的死其实都是在表达'生'。奇异之处在于，这部作品的核心主题竟然是'爱'。亡者成为亡灵，七天里闪回的记忆现场，是一个驳杂而近乎迷乱的世界图景，禁锢年代的压抑和情欲的澎湃状态，开放时期的狂躁和精神无所依傍的恍惚，汇成一种向爱而生的生命观。故事里命运的烟尘使人咳喘甚至窒息，而小说中悯生的空气则供我们呼吸。"

5日 岳雯的《长篇小说和我们的生活》发表于《文艺报》。岳雯认为:"小说家就是那个长久地持续地凝视生活的人。没有哪个文体比长篇小说更依赖思想……很难想象一个生活匮乏的小说家拥有极具深度的思想。"

8日 张文刚的《从陌生回到原点——王跃文长篇小说〈爱历元年〉评析》发表于《芙蓉》第1期。张文刚写道:"作家并没有给予小说中的人物更多的道德评判,只是让人物在自身生活逻辑的演绎中去认识自己、反思自己,从而调整自己……原本可以在故事情节的安排上大做文章,可是作者偏偏没有刻意经营故事情节。夸张一点讲,这是一本没有故事只有真实、没有情节只有情感的小说。或者说,它没有完整、清晰的外在的情节链条,只有生活的'场域'和气息,只有内在的情绪流和情感流。情感的发生、发展、高潮以及突转或渐变,及至沉潜、回归而趋于平静与和美,这就是小说内在的情节。"

14日 刘金祥的《长篇小说应为时代迁变点赞发声》发表于《文艺报》。刘金祥认为:"广大作家应不负众望,不辱使命,坚持以人民为中心的创作导向,立足思想高地,直面时代浪潮,因应创作法则而动,契合艺术规律而行,善于讴歌改革开放的丰绩,勇于袒露社会生活的沉疴,点赞真善美,鞭笞假恶丑,激清抑浊,扬善贬恶,努力创作出无愧于时代的长篇小说,为人民群众奉献更加精美的精神食粮。"

15日 郝敬波的《从大和堂到耶路撒冷:虔诚与悲壮的心灵史叙事——评徐则臣长篇小说〈耶路撒冷〉》发表于《南方文坛》第1期。郝敬波谈《耶路撒冷》时说:"在我看来,徐则臣正是从心灵放逐和精神坚守的冲突和张力中探寻和表达70后的心灵史的。其中值得注意的是,小说在很大程度上把心灵世界中的虔诚因素作为一代人重要的精神内涵,从而为70后的心灵史书写进行了一种庄严的诠释。"

16日 张江、刘庆邦、张未民、雷达、向云驹的《中国精神是文艺之魂》发表于《人民日报》。

刘庆邦指出,"文学创作的确是一种内在生活和精神劳动,的确是一项关乎灵魂的事业。我们的写作如果不能影响别人的灵魂,至少可以触碰我们自己的灵魂"。

张未民指出,如何透过核心价值观的概念硬壳把握它的生活本性,"还原它的形象气韵和生命神髓,体现它的情感共鸣,这一点对文艺家来说尤为重要"。

雷达指出:"一个民族的文学倘若没有精神上的正能量作为基础,作为理想,作为照彻寒夜的火光,它的人文精神内涵和思想艺术境界就要大打折扣。"

张江指出:"新的时代条件下,中国文艺仍然需要以中国精神为魂魄,砥砺品格,凝炼气韵,以更多有筋骨、有道德、有温度的优秀作品更加刚健有为地汇入时代前进和民族复兴的滚滚洪流。"

20日 邵丽的《沉默与呐喊——自述》发表于《小说评论》第1期。邵丽谈道:"所谓灵感,也许就是上帝之选,在合适的时间,把某些东西交给合适的人去做。这件'东西',肯定有它坚实的内核和内在驱动力,它是一件有生命的存在,作家仅仅是把它呈现出来,所能改变的,无非是表现的方式,尽管带着强烈的个人印记,但不会改变它的本质和方向。"邵丽认为故事"先于文字和作家存在",并表明"所有的写作都来自于生活"。对于《我的生活质量》和《我的生存质量》这两部作品,邵丽认为其写的"确实是官场,但已经远远地'去官场化'。……这两部作品有着内在的逻辑性,对于官场,从进入到退出,是一个轮回,也是一种升华"。

张延文、邵丽的《文学与"中国梦"——邵丽访谈录》发表于同期《小说评论》。邵丽认为"客观真实和艺术真实是一体两面的东西。客观真实艺术化,就是艺术真实,所谓来源于生活而高于生活",并认为"把客观真实转化为艺术真实的过程中,应该把握住客观为体,艺术为用,不能为艺术而艺术"。

周新民的《晓苏小说时间艺术论》发表于同期《小说评论》。周新民指出"晓苏以'空间化'的艺术策略来处理时间问题"。"所谓时间的'空间化',是把本来处于线性的时间关系链条切断,以空间并置的关系来处理"。晓苏"以'今天'与'昨天'空间对照的方式来处理'今天'与'昨天'线性关系","以空间位置标示时间的变化",并"反驳了启蒙的现代线性时间观",呈现出"线性时间的'衰变'叙事"的特点。

22日 李骏虎的《化身:大师的"壶中妙法"》发表于《文学报》。李骏虎指出,"现实主义是一种精神,而不是逃避小说艺术可能探索的托辞"。"王小波的作品是立体而丰富的,亭台楼阁蔚为大观,而那些号称'现实主义'的作品则如一堵墙般呆板、冰冷、乏善可陈。骨子里的批判现实精神和把反常时代正常化书写甚至诗意化、趣味化书写(比如《黄金时代》),使王小波的小说艺术达到了'荒诞'的境界,但这里也不是讨论他的艺术高度,而是讨论他的艺术匠心"。"'青铜时代'的三个长篇分别取自三个唐传奇故事……王小波巧妙地使历史人物和自己在边陲当插队知青、招工回京当工人、在人民大学求学和任教的经历融为一体,使小说艺术达到中国古典文学和现实主义的完美结合。不唯此,西方很多文学上的大师们也有这样'一气化三清'的神通,能够把自己的生命体验化身为作品中的多位人物,比如托尔斯泰和海明威。"李骏虎强调:"'现实主义'不是照搬现实,小说作为一门文学艺术形式,需要作家本人的人生体验、精神世界和所处的现实都用高超的艺术手段变成作品。这些年大行其道的'非虚构'自有它的现实力量,但这种力量绝不是艺术的力量,相对于小说艺术高度来说,'非虚构'类作品只能算是一个毛坯,绝不是独具匠心的艺术臻品。"

25日 何言宏的《讲述中国的方法——贾平凹长篇小说〈老生〉读札》发表于《当代作家评论》第1期。何言宏认为:"如果说《老生》意味着贾平凹的创作发生了转型,那作为这一转型的新的起点,它所包含的信息将十分重要。我以为在这些信息中,一个最为重要的方面,就是作家开始从民间和个体的角度来讲述中国,在这样的讲述中,作家已经不再简单地使用意识形态话语和知识分子的启蒙话语,而是采用民间的个体性视角——我称之为'民间个体'的视角。"

南帆的《"水"与〈老生〉的叙事学》发表于同期《当代作家评论》。南帆认为:"《老生》的复杂,并不是显现为曲折的故事情节,也不是深邃的哲学思想。唱师、阴歌、《山海经》、传说等等毋宁说造就了一种韵味,一种模糊不定的氛围,一种氤氲蕴藉,一种空阔寂寥的'虚'——这与小说之中翔实的细节描写产生了某种紧张。我相信这一切是贾平凹的执意追求,也是他想象的中国故事。贾平凹拒绝文学的各种时髦的'主义',他宁可把中国文学比拟为两种流派——

'把它们分为阳与阴,也就是火与水。火是奔放的,热烈的,它燃烧起来,火焰炙发,色彩夺目。而水是内敛的,柔软的,它流动起来,细波密纹,从容不迫,越流得深沉越显得平静。火给我们激情,水给我们幽思。火容易引人走近,为之兴奋,但一旦亲近水了,水更有诱惑力,魅力久远。火与水两种形态的文学,构成了整个中国文学史,它们分别都产生过伟大作品。'在他看来,'中华民族是阴柔的民族,它的文化使中国人思维形象化,讲究虚白空间化,使中国人的性格趋于含蓄、内敛、忍耐',这是他推崇第二种风格的原因。"

欧阳月姣、邵燕君的《月球·西夏:"异托邦"叙事与"游牧"美学——解读骆以军》发表于同期《当代作家评论》。欧阳月姣、邵燕君认为:"骆以军的叙事人总是无法从头至尾地讲清楚一个故事,总是不断地旁支斜溢,被'感觉'所牵引,任凭色彩、味道、触感蔓延在叙述中。他是真正的'漫游者',穿梭于时空错置的都市异托邦。""'漂泊的异化的空间',就是骆以军的原乡。骆以军为书写这样的原乡经验创造了异托邦的叙事形式,去保存那些迁徙、舍弃、漫游、漂泊的轨迹,也因此形成了游牧的美学。"

28日 刘庆邦的《贴近人物的心灵》发表于《人民日报》。刘庆邦谈道:"林斤澜老师跟我讲过,他和汪曾祺曾登门去看望沈从文,请教如何把小说写得更好。沈从文的回答是:贴着人物写。""小说的写法……无非是写人,写人的感情,把人物写得有血有肉,活灵活现,呼之欲出。而要把人物写好,一个贴字耐人寻味,颇有讲究。这要求我们,对笔下的人物要有充分的理解","小说中的主要人物,必须有生活中的原型作为支撑。如果没有原型作为支撑,人物就很难立起来""所谓贴着人物写,我理解,不是贴着人物的身体写,而是贴着人物的心灵写","以作者自己的心灵贴近作品中人物的心灵。我们写小说,其实是在写自己"。"我们不可自以为是,不可完全以自己的心理取代人物的心理。每个人都有自己的生存逻辑,其中包括日常生活的逻辑,还有文化心理的逻辑。"

29日 何英的《莫言小说:感觉之外皆游戏》发表于《文学报》。何英指出:"我觉得莫言对当代文学最大的贡献在于,他达到了一个作家打通各种感官并夸张呈现感觉的文字极限。但一旦想要建立某种超越性的宏大理性的时候,就是他捉襟见肘、气虚神散的时候。""而莫言的民间性'复魅',无疑已将自己的剩余价值榨取最大化了，它们最终所可能达到的极限也已到了它的时限；全面工业化时代的到来，将使野蛮蒙昧的民间性经验成为古老的传说从而不再具有现实生命力。而民间性的美学价值转变成市场价值也将自然终结……而其贩卖中国民间生活经验的奇观化书写也将成为不能为继的游戏，越来越多的有识之士会看透这套游戏背后的那点动因及其一贯的操作手法，只是可怜了中国民间经验被如此低价值地在世界范围里大大超出本国人想象的可悲塑形。"

本月

王干的《被遮蔽的大师——论汪曾祺的价值》发表于《山花》第1期。王干认为："读汪曾祺的小说，很容易会想到唐诗、宋词、元曲、笔记小说、《聊斋》、《红楼梦》，这是因为汪曾祺自幼受到中国古典文化的熏陶，对中国文化的传统有着切身的体验和感受。……作为中国小说的叙事，在汪曾祺这里，完成古今的对接，也完成了对翻译文体的终结。"王干还谈道："汪曾祺的另一个价值在于用他的作品激活了传统文学在今天的生命力，唤起人们对汉语言文字的美感体验。……汪曾祺的价值还在于打通了文学创作与民间文学的内在联系，将知识分子精神、文人传统、民间情怀有机地融为一体。……他的一些小说章节改写于民间故事，而在语言、结构的方面处处体现出民间文化的巨大影响。"

二月

1日 "第三届《青年文学》奖颁奖词"发表于《青年文学》第2期。

《青年文学》创作奖颁奖词："弋舟的小说容纳了对生命的敏锐觉察，他作品中的人物庄严、孤独、犹疑，保存了梦想的活力及现实中精神的闪电。他在文本中建立了一个个有秩序的心灵体，强烈的瞬间情感在他小说的生命体中发出电击般轻微的冲击波。弋舟注重小说中生命意识的呈现，注重文本的建构，他的叙事在潜意识、行为、命运间架设桥梁，他的写作实现了内容与形式的深度融合。"

《青年文学》新人奖颁奖词："杨怡的作品保持了小说最本质、最原始的那一部分美德，在活色生香的叙述中为我们构建了一个去陌生化的世界。在这个世界里，爱与孤独、专一和背叛、宽容与妒忌、拯救和沉沦这些永恒的人类属性，成为她小说中最渴望言说并深深打动读者的一束光亮。同时，她在作品中表现出了对文本探索的热爱，以及对这个世界率真表达的勇毅态度。这种姿态，足以让我们对她今后的写作道路保持一份美好的期待。"

同日，路内、走走的《敏锐会取代厚重》发表于《上海文学》第2期。谈到小说中的闲笔，路内表示"这些闲笔构筑了小说世界的外围防线，是一种古怪的伪装。这可能也是我的风格"。谈到短篇、中篇、长篇小说，路内认为"长篇允许闲笔，短篇在我看来压根就是闲笔本身"，"只有中篇小说是需要卡住位置写的"，"中篇会有一种展开的需求感，我对它的落点在哪里表示无能"。谈到小说和电影的区别，路内说："小说中那些粗俗的东西，粗俗到闪光的地方，恰恰是电影最不能容纳的。这个粗俗不是贬义词，而是一个特质……恰恰是小说的关键部位，即那个叙述人的位置是电影达不到的。电影始终给人一种代入感，小说是可以推开读者的，让他保持距离，不要那么严肃也不要那么亲昵。大体上，电影由演员来呈现，演员必须要有一个参照的东西，但小说可以做到莫名其妙。"

2日 王干的《意象化入小说之后——从〈红楼梦〉说起》发表于《小说选刊》第2期。王干写道："意象美学一直是中国诗歌美学的核心价值所在，《诗经》、楚辞、唐诗、宋词都充分地体现了意象的美学理想和美学价值……虽然在中国文论里出现意象一词比较迟，但中国文学对意境的推崇，所谓'象外之象''境外之境'，都是意象理论早期的阐释。"王干指出："在《红楼梦》出现之前，以意象美学作为文学核心价值观在中国小说中却没有得到充分的体现。中国小说的传统无论是历史演义还是英雄传奇，基本都是重故事情节的硬性结构，忽视情绪、意象、内心这类精神性的软性结构，基本在讲故事的层面来塑造人物、表达思想。……《红楼梦》率先将中国的韵文策略和散文策略进行了成功的嫁接，它外在叙事形态遵循的是话本小说的套路，但内核却是韵文美学理想的实践，这就将中国诗歌的意象思维完美地融合到小说中。……整部《红楼梦》其实是雪芹葬花，埋葬那些凄美的记忆、埋葬那些鲜花一样凋谢的人生。可以说，黛玉葬花的意象是整部《红楼梦》的主旋律，又是小说众女子悲剧命运的缩影。"

3日 《人民文学》第2期有"卷首语"。编者认为："童趣的视角和语句下，整个小说（《三只虫草》——编者注）如初春般混合着万物甦生、大地复兴、天人归魅的气味和情态，清新发暖、清洌余寒——关键是清朗有方。……阿来的中篇小说《三只虫草》，语感、结构、人物尤其是意境和意味的高妙，细心读者自能参悟体会。"

9日 本报记者金涛的《坚实的树　灵动的影　善意的心——北京作协副主席、作家刘庆邦谈小说创作》发表于《中国艺术报》。刘庆邦指出："任何一个作品建构的不是客观世界，而是心灵世界。心灵世界的建立，需要有自己心灵的参与、投入，只有日常生活心灵化了才能上升到艺术。这也是很多中国作家面临的问题，写得太实，缺少心灵化的处理。……但心灵化也需要警惕和小心，不能以作家的心理去代替作品中人物的心理。……所以说写人物一方面要贴小说人物的心，另一方面他有自己的行为逻辑，他会跟你扳手腕，不会完全按你做人的规则行事。每个人物会有自己严格的逻辑，包括日常生活的逻辑和文化心理的逻辑。"刘庆邦还说："我自己的体会，长篇中的主要人物，必须有原型来支撑，不然人物很难立起来。反正我每一部长篇，特别是主要人物，都是有原型的。"

25日 李艳丰的《从〈活着〉到〈第七天〉——叙事转型与余华主体精神的成长》发表于《文艺争鸣》第2期。李艳丰认为："余华在写死亡的时候，更多地表现为一种弥散式的叙事，因为他写的不是杨飞的个体之死，而是一个死亡的'盛宴'，这就要求作家采用弥散式的叙事来建构小说的多重图式化结构。""从某种意义上而言，余华更多地是通过现实界、想象界、殡仪馆和'死无葬身之地'这四维空间的切换来构建小说的叙事情境，小说结构呈现为立体化的根茎状构型。"

孙晓涛、李继凯的《论汪曾祺的书法修养对其小说、散文创作的影响》发表于同期《文艺争鸣》。孙晓涛、李继凯认为："写作品好比写字，你不能一句一句去写，而要通篇想想，找到这篇作品的语言基调。写字，书法，不是一个字一个字写，一个横幅也好，一个单条也好。它不只是一个一个字摆在那儿，它有个内在的联系，内在的运动。除了讲究间架结构之外，还讲究'建行'、讲行气、要'谋篇'，整篇是一个什么气势，这一点很重要。"

28日 张英的《英雄主义叙事的转型及其品质——新世纪十年英雄主义叙事综论》发表于《扬子江评论》第1期。张英认为："在新世纪文学或文化这样一个场域中，英雄主义叙事巧妙地处理了英雄作为一种人物形象的构成因素，就是在不放弃主流价值体系的基础之上，融入了更加符合转型时期一般大众的审美需求。这一点与上世纪90年代英雄主义叙事产生了差别，主要呈现了两个深层的特征，即启蒙主义的新变和世俗化的介入。"

本月

董之林的《分享艺术的奥妙——读欧阳黔森的短篇小说集》发表于《山花》第2期（上半月）。董之林认为："欧阳黔森的短篇小说，与既往宏大叙事若即若离。他小说题材中，有与红军时期'雄关漫道真如铁'相关的表述，而且主要以'文革'和改革开放时期为背景。但既往文学对'伤痕'的控诉，对'发展是硬道理'的应和或疑惑，都不是他关注的焦点。小说家在似曾相识的题材中另辟蹊径，通过对小人物琐屑经历精准的刻画与描摹，把波澜壮阔、富于戏剧性的历史蜕变成一种人生常态。小人物有自己的生存逻辑，虽然与宏阔的叙事指向判若云泥，但人生的喜怒哀乐还是应有尽有。时代变了，小说家看似在为英雄与凡俗的紧迫感寻找一条当下出路，却实现了文学与以往叙述模式真正的话别。"

三月

1日 阿成的《在真实与虚构之间》发表于《北京文学（精彩阅读）》第3期。阿成谈道："纳博科夫先生说过'文学是创造，小说是虚构'。我不过是在真实与虚构之间寻找一种黏合剂：或者是真实的人物，或者是真实的细节，或者是真实的背景，或者是真实的年代，等等。这种事看起来有点儿像面对众多颜色不同的毛线团儿，我不过是一个把它们编织成艺术品的手艺人。所以，一个外国同行说，作家'根据自己经验创造出来的作品应当比任何实际事物更加真实。因为实际事物可以观察得很糟糕；但是当一位优秀作家创作的时候，他有时间，有活动的天地，可以写得绝对真实'。说得真好。"

同日，李浩的《如何写出一篇好小说》发表于《青年文学》第3期。李浩认为："在小说中，作家在和读者的耐心博弈，在和读者的期待博弈，它努力做到曲折、回旋，推向绝境又峰回路转。当然，我们也依然可以看到，小说的架构也如同'得不到苹果的故事'或者'得到苹果然后又失去苹果的故事'相仿，它明显有迹可循。"

同日，程德培的《迟子建的地平线——长篇小说〈群山之巅〉启示录》发表于《上海文学》第3期。程德培认为："这几年，迟子建的小说无疑地增加了黑色的力量，让清纯之色进入了多少有点混沌的生活之深流，她的叙事，问号和疑虑在加强，开阔了叙事的眼界，延伸了自身的地平线。""温暖是迟子建的长命锁，但它揣在怀中已经太久太久，有时要感觉它的存在已有点困难。"

同日，毕飞宇的《反哺——虚构人物对小说作者的逆向创造》发表于《钟山》第2期。毕飞宇表示："小说家最基本的职业特征是什么？不是书写，不是想像，不是虚构。是病态的、一厢情愿地相信虚构。他相信虚构的真实性；他相信虚构的现实度；他相信虚构的存在感；哪怕虚构是非物质的、非三维的。虚构世界里的人物不是别的，就是人，是人本身。的确，哪怕仅仅从技术层面上说，小说的本质也是人本的。"此外，毕飞宇还从《玉秀》出发谈到小说家和人物的关系："如果有人问我，这个世界上最独特的人际是什么？我会毫不犹豫地说，是小说家与他所描绘的人物。一个在明处，一个在暗处。一个是物质的，一个是非物质的。他们处在同一个时空里，他们又没有处在同一个时空里。这是一种非常独特、非常微妙、近乎诡异的人际。这种复杂性和诡异性依然和人的情感有关。它牵扯到无缘无故的爱，它牵扯到无缘无故的恨。"

3日 张亦辉的《叙述二题》发表于《人民文学》第3期。张亦辉认为："如果说，在古典作家像拉伯雷的笔下，叙述中出现的虚拟而巨大的数字，仅仅是一种喜剧性的夸张（如《巨人传》里高康大一顿吃下'一万三千两百五十一只牛舌'之类），营造的只是一种语言的狂欢效果，那么，到了马尔克斯这样的现代作家手里，数字已然被锻造成叙述中犀利无比的'独门'利器或撒手锏。"

5日 苏童的《今日之现实，明日之文学》发表于《文学报》。苏童谈道："在我自己创作的观念当中，我认为一部描写了生活的小说，不一定描写了现实。……小说中的'现实'不是一个你想要就能有的词,在文学作品当中,'现实'基本是闪烁不定的、掩掩藏藏的,处于一种跟你捉迷藏的状态。它之所以不那么容易被发现,之所以有人自以为描写了大量的当下,描写了大量的日常生活,这当中容易造成的那样一个误会,有人认为自己描写的现实是对于真相的理解,但别人也会认为他对所谓生活真相的理解,是值得商榷的。……好的现实主义的文学有可能是绕不开当下的。因为在我的理解当中,它有可能不把读者带往那个喧闹的生活中心……因为你有可能会发现某些被遮蔽的、细小的事物,有可能这个事物就是我所理解的生存的真相。"

8日 胡良桂的《人性本源的回归与升华——论王跃文长篇小说〈爱历元年〉》发表于《芙蓉》第2期。胡良桂写道:"中国的古人喜欢用诗、词、文表达自己的思想感情及作品的主题。《红楼梦》就常常以诗、词、文章作为表达主题思想的重要记载方式。《爱历元年》也采用这种诗、词、文、佛经典籍等知识来表达作品的主题与思想,这对写当代生活题材的长篇小说是一种重大突破与创新。"

9日 迟子建的《每个故事都有回忆》发表于《文艺报》。谈及《群山之巅》的创作,迟子建表示,"我在故乡积累的文学素材,与我见过的'逃兵'和耳闻的'英雄'传说融合,形成了《群山之巅》的主体风貌","闯入这部小说的人物,很多是有来历的"。迟子建还谈道:"小说本来就是遗憾的艺术。但这种不完美,正是下一次出发的动力。"

王安忆的《写作者的幸运》发表于同期《文艺报》。王安忆指出:"其实,让人们珍惜生命,就是我们写作人的职责,大约也是我们虚构存在的意义吧!"

10日 《十月》第2期有"卷首语"。编者认为:"李亚小说多以'我们小李庄'的口吻叙述,其传统评书话本小说的元素,同时又融入了现代叙事的写法,使他的作品具有独特叙事风格,叙述本土化的努力近年受到关注。本期的《喜筵》视域从乡村移到了城镇,描绘了从医生、土豪、诗人到主持人各色人等,语言上保持了'我们小李庄'评书式的狂欢特点,又有不同,进一步探索了小说本土化的可能,值得关注。"

13日 阎真的《总要有一种平衡的力量》发表于《文艺报》。阎真谈《活着之上》的创作时指出:"欲望不能野蛮生长,总要有一种力量来平衡。这是这部小说的理想主义。平衡也体现了中国传统人生哲学的中庸之道。"为此,阎真制定几个创作目标:"第一,在历史层面,我想写出当代知识分子,特别是高校教师的生存状态和心理状态,他们在时代背景下的价值犹豫与徘徊。……第二,在文化层面,我想探讨一下,传统文化在今天在多大程度上还有着思想资源和价值资源的意义?……第三,在思想层面,我想从具体的生活表现中提纯出具有一定形而上意味的话题,即活着与活着之上,两者在当下的生活语境中,价值上是否能够达成某种平衡?"

15日 冯强的《行到水穷处?——眺望一个新历史主体》发表于《南方文坛》第2期。冯强认为:"贾平凹和杨庆祥都在强调一种总体性的意识形态,强调一种集体性,在前者,是种族,在后者,是阶级。种族共同体和阶级共同体之间的区别是后者需要为自己设定明确的敌人,一个种族可以生活在历史的循环中,并在这种循环中获得一种超越性,一个阶级却注定要具备批判性,并在斗争中争取线性的历史进步。所以,至少表面上看,贾平凹的小说不可能为我们提供新的历史主体;而在杨庆祥,我们前面已经指出:他所期冀的历史主体是无产阶级的后裔小资产阶级。""最后,我想借诗人萧开愚所说的'积极虚无主义'来调和贾平凹和杨庆祥之间的张力。……我把积极虚无主义视为比历史虚无主义更加理性和健康的历史主体可能:以'积极'替换'历史',因为前者是批判性的,不放弃理想主义和乌托邦梦想,有所作为;'虚无主义'则对直线的共同体想象持质疑态度,保持苦难、死亡这些创伤记忆所能达成的超然态度,我们可以将其视为意识主体暂时的去主体化,一种自我消逝、自我坎陷的勇气,以赢取自我的再次复活,这就同一种对抗的、紧张的自我姿态区别开来,将一种批判的激情和一种反思的自我倾空连接到一起,将勇气和谦逊连接到一起,就像本雅明的历史天使,这一新的历史主体可以倒退着成长。"

李清宇的《入于赋心:论〈繁花〉的"铺张"叙事》发表于同期《南方文坛》。李清宇谈道:"《繁花》段落,口语中的'的''地''吗''呢'几无踪影,表示转折、递进、让步等诸语态的虚词消减殆尽,就连新式标点符号,也大多'下岗',唯剩逗号、句号二种。《繁花》的修辞由此入于赋心,尽力彰显中文作为表意文字的意象性。每一个实词,甚至于每一个汉字便是一个意象,一个时空体,它们鱼贯而出,极力'铺张',铺天盖地,直击读者的感官印象,吸引他们融入作品的意境。""赋体的'铺张'叙事'准许创造性的想象自由地来往于文化形象的总体空间之中'。相对而言,'现实主义描写,却将对象嵌入与观察主体的特殊关联之中,严格地受制于时空的限制'。将如今谈论海派时也常常提及的茅盾与金宇澄作比较,二人叙事的差异,便是赋体'铺张'叙事与'现实主义'叙事的差异。"

20日 郜元宝的《当代小说发展的六个阶段》发表于《小说评论》第2期。郜元宝归纳了20世纪80年代中期以来的当代小说发展的六个阶段:"从中国式的现实主义整天呼唤预先被规定好了的现实,到先锋小说厌烦地掉过头去超越现实(或写外国式的中国生活,或写童年记忆,或取材古史神话与民国历史),从'新写实'不满先锋的悬空而回归芜杂的现实,到'类型小说'分门别类地处理现实,从个人写作试图通过个体而突入当下,到寓言小说希望隐括总体现实"。

普玄、樊星的《〈老生〉与道家文化》发表于同期《小说评论》。普玄、樊星认为:"《老生》里面表现很多的道家思想不是一个偶然的现象,其实是一系列作品发展到现在的结果。"樊星认为:"关于贾平凹与道家文化,有三个层面的线索值得研究。首先是阴阳。贾平凹曾把自己的书房起名叫静虚村,静虚就是阴,就是道家的立场。静虚意味着与浮躁的时代形成对照。这样的道家立场,具有批判意味。……既立足于静虚,又对浮躁表示理解,这是贾平凹的豁达之处。这样就比传统的道家思想显得更开阔一些。"普玄还谈道:"在《老生》里面表达了一种豁达的死亡观,这明显受到庄周的影响。贾平凹常常随身带两本书,一本是《庄子》,另外一本是《诸葛神数》……小说里并没有过于悲伤的东西,而是一种面对死亡的旷达感。"普玄总结道:"贾平凹在表现道家文学上比一般作家要走得远,《老生》里融入了道教文学来反思二十世纪的历史,突破了一般的视角,显得更加深入和深刻。"

王光东、郭名华的《民间记忆与〈老生〉的美学价值》发表于同期《小说评论》。王光东、郭名华认为:"民间记忆在贾平凹的长篇小说《老生》对历史的艺术构建之中起到重要作用。"具体来说，"《老生》是从民间的人文地理、从有关唱师传奇事迹的民间传说、从民间流传的关于匡三家族的庞大势力的传说等内容开始进入小说的历史叙述的"。"《老生》中的唱师是民间文化的一个传承者。他来源于民间，又生活于民间，是民间记忆的体现者，也呈现着儒、道、释等传统文化的内容。""民间记忆影响着小说叙事视角的选择。《老生》没有选择知识分子的视角，它选择了游荡于民间的、在丧葬仪式上唱阴歌的唱师作为小说叙事者。"总之，"《老生》叙述民间记忆中的百年历史，在艺术上也探索了与之相适应的审美形式"。

杨剑龙、荀利波的《精神守望与文体探索——评贾平凹长篇小说〈老生〉》发表于同期《小说评论》。杨剑龙、荀利波认为："如果说《秦腔》《古炉》《带灯》是对中国走向现代历程中的一个片段的描述，《老生》则是将这几个片段缝合在了一起，并将这些片段连缀成了中国近百年活态化的历史，在艺术上也呈现出新的探索。"表现在以下四个方面：一是"乡土家园的精神守望"，二是"闲聊式说话体的新探索"，三是"生活是历史的活态化"，四是"生命的伟大与卑贱"。

23日 艾伟的《时光的面容渐渐清晰》发表于《文艺报》。艾伟谈《南方》的创作时指出，"在《南方》里，我设置了三个人称：你、我、他。这不仅仅是人称问题，也是一个结构，是一个关于人性的寓言。这是一个类似复调音乐的结构"。艾伟认为："虽然小说和现实世界有着巨大的差别，但每个作家都会承认，它的种子是来自现实的。……我们讲故事的人迷恋于这种传奇，总是试图打开生活的另一种可能性，并探索人性可能的疆域，从而刺激我们日益固化的日常生活及其经验。"

吴义勤的《艾伟长篇小说〈南方〉：抽象地理学与具象伦理学》发表于同期《文艺报》。吴义勤认为："艾伟小说的高明之处就在于呈现出一种悲剧精神，即对伦理底线的坚守，即使这种坚守是无意识的。这个特点其实在艾伟的早期创作中就已成形，是一种持续性的追求。……尽管艾伟承认'写作的最大敌人是重复自己'，但他也相信'有时候，写作者是有命的，有些写作者注定一辈子写一个母题，不管形式上如何变化，他还是在写那个他最感兴趣的主题'。"

25日 李学辉的《土性 独异 缓慢》发表于《文艺报》。李学辉指出："每个人有每个人的戏路,当短篇小说与现实和阅读'格格不入'时,并未消解其自身的价值,相反,土性的短篇小说还能独立存在,本身意味着这种文体也有高贵之处。"李学辉强调:"缓慢是我多年写作的基本姿态。"

林那北的《世界是扇形的》发表于同期《文艺报》。林那北谈《锦衣玉食》的创作时指出,"这或许只是4个中篇小说,都是关于欲望的挣扎、内心的坚守,以及人与人间有意无意的彼此倾轧。……我选择现在这种开放性的结构,3个家庭的4个人物都是这部小说的主人公,他们都以自己为中心……他们从不同方向走来,故事张得再开,却如同一把扇子,最终都归拢到联结着他们的那个点上。这种扇形的展开似乎还蕴藏着很多可能性"。

31日 张江、蒋述卓、何弘、李云雷、梁鸿鹰的《文艺是民族精神的引擎》发表于《人民日报》。文中认为:"好的文艺应该准确表达一个时代的经验,让读者看到世界和人的本来面目……发挥精神引领作用","'创新'并不仅仅是形式、技巧的创新,更重要的是作家艺术家面对新的世界图景与新的文化格局,以其独特的眼光提出新的思想命题,并以新的艺术形式创造新的艺术境界","无论是改造国人的精神世界,还是滋润世人沉浸于现代物质生活中而有所干涸荒芜的心灵,文艺责无旁贷"。

本月

何锐的《中国当代短篇小说走向文体自觉的见证——序〈中国短篇小说一百家〉》发表于《山花》第3期。何锐谈道:"文体关注的焦点集中在文本自身。作为语言表达方式的文体,其要旨在于如何使支配文本的语言要素和模式与文本自身意义及文学效果相契合,从而使作品的艺术形式与主题内涵的深化并行不悖。……事实上,对文体的探索与运作一直是作家创作的着力点。而对文体的探究——至少对小说而言,从短篇入手是最便捷和有效的。短篇小说虽是简短的散文体虚构作品,但却是与长篇小说并列的具有独立文体内涵的文学体裁,在它的创作中,囊括了几乎小说的所有元素和艺术技巧。创作模式的多样,视角选择的多变,情节模式的丰繁,为探寻叙述的无限可能性提供了巨大空间。鉴于篇幅规模、简约叙事与凝炼隽永的要求,短篇小说成为一种考验作家心智、能力的高难度写作。有鉴赏力的读者更容易通过作家的短篇创作，考察其想象虚构能力、叙述结构能力、语言感受能力和文字驾驭能力。正是这些能力才使作品的文学性得以生成和延续。在短篇小说中，文学性的延伸就更为明显和令人信服。文学性是纯文学的源头与根脉。对文学性的更高要求，使短篇小说更多地保持了纯文学的尊严。"

孟繁华的《小叙事与老传统——评欧阳黔森的短篇小说》发表于同期《山花》。孟繁华认为："短篇小说在今天是一个相当边缘的文体，这个文体逐渐沦为小众文学，不仅在于它难以走向市场，重要的是，短篇小说一直保有它精英品格和它的艺术高端性。在一个文化消费形式越来越丰富的时代，短篇小说读者的分流，也自有它的合理性。但是，作为一个作家，不为世风左右，坚持他的文学理想和文化信念，更多的显然来自他内心的自我要求。如果是这样的话，作家个人的选择就没有理由对阅读环境不解乃至抱怨。在我看来，欧阳黔森就是敢于坚持自己文学理想和文化信念的作家。""可以说多年来欧阳黔森的小说，写法传统，既不先锋也不'后现代'。他还以舒缓从容的姿态讲述他那多少有些'老旧'的故事。因此，他的小说在小叙事中隐含着一个大传统。"

四月

1日 杨庆祥整理的《联合文学课堂之二：〈帅旦〉讨论纪要》发表于《青年文学》第4期。杨庆祥认为："她（计文君——编者注）特别善于'造境'，也就是营造境界，她的小说有中国传统的美学智慧在里面。她的小说人物的出场、语言、细节的描摹，都有像传统建筑一样的'势'，深得古典美学的精髓。"樊迎春认为："计文君的写作方式是古典写法、批判现实主义和现代主义三者的混合。计文君小说的笔调颇为古典，故事情节又往往很现实，其中要抽离出来的东西又好像很现代。这种复杂和微妙着实难能可贵。计文君描述的社会各阶层的生存与认知困境，在故事结尾常常以一种颇为现代的方式得以和解。"

赵依的《静静的长河》发表于同期《青年文学》。该文是对马金莲的访谈。马金莲谈道："我的文字都是关于村庄的。我的灵感的源头，就是我最初生活的那个村庄。只要村庄屹立在大地上，生活没有枯竭，写作的灵感就不会枯竭。……而西海固乡村生活,总是和苦难难以分割,所以不管我是自觉还是无意,都不可避免地要书写苦难,因为苦难和生活是紧紧依附、交融在一起,是水和乳,是血和肉,绕不开,逃不掉,只能面对。""西海固作家基本上都具备悲天悯人的情怀,我作为西海固作家群中的一分子,自然也会具备这样的写作情怀。这是那片土地和那土地上的生活赋予的一种生命的底色。这种底色会渗透在我们的文学创作中。"

同日,刘庆邦的《情感之美》发表于《人民日报》。刘庆邦谈《杏花雨》的创作时指出,"从西方传过来的一些短篇小说……理性大于感性,不再让人感动。这里有一个创作的源头究竟在哪里的问题,也就是到哪里采取创作资源的问题。如果背离了以情感之美为中心,放弃了把情感作为主要的创作资源,一味从理念上或别的地方寻求创作资源,就违背了小说创作的初心和基本规律","小说创作除了情感之美,还离不开自然之美、细节之美、语言之美、思想之美、形式之美等多种审美要素的参与"。

同日,岳雯的《小说之可说与不可说》发表于《作品》第4期。岳雯认为:"它(《红楼梦》——编者注)是一个可说的文本,我的意思是,《红楼梦》呈现出巨大的开放性与未完成性,几乎所有读者都被它召唤,兴致勃勃地投入到自行补全的活动中。""作为小说读者,《红楼梦》吸引我们的还是那个充满着丰沛汁液的日常生活世界。""此外,红楼之可说,还在于红楼之未完。""一些我们耳熟能详的现代西方小说也有邀请读者猜谜的偏好。"

2日 王干的《任性者的命运——从〈红楼梦〉说起》发表于《小说选刊》第4期。王干写道:"《红楼梦》里很多的任性者,都具有反封建的意义,都有舒张人性、冲出重围的叛逆精神。自然,在那样'存天理灭人欲'的社会里,任性者像流星一样火光闪烁,然后就沉入无边的黑暗。"

3日 《人民文学》第4期有"卷首语"。编者写道:"《曲终人在》,一部富于勇毅自信的审美气质、立体探察复杂现实、讲究叙述艺术的长篇小说。它的现实精神和人文倾向自不待言,很久以后,人们也许对一个时代过往的细节已经不太在意,但是对那唯有文学才能做到的勾勒、呈现特殊历史时期的风习、心思的方式,对中国式的社会人格的深刻性认识的艺术路径,仍会不断重提。这部小说也许会如当年的老巴尔扎克的作品那样，成为一个大于经济、法律、社会观察记录簿的风俗史文本，大于'官场'也大于'年代'的'文学'。"

8日 李蔚超的《网络言情小说的前世今生》发表于《文艺报》。李蔚超认为："说到当下网络言情小说，理应回望上世纪80年代台湾言情女作家陆续进入大陆市场所引发的'言情小说热'。……当上世纪90年代的社会形态进一步走向市场经济之后，言情小说走出了纤尘不染的纯情时代。……回溯港台言情发展脉络之后，我们不难看到以'80后'为主的网络言情作家所受到的影响。"李蔚超还谈道："依据媒介特质和媒介培养起来的受众'口味'，网络言情小说越写越长，体量远远大于通俗文学史上的言情故事，于是网络言情小说必须糅杂多种元素，给予爱情一个尽可能空间庞大、历时持久的大外壳。""然而，作为后现代大众文化之一种的网络小说，依赖现代媒介的方式重现了当代的说书人角色，我们依然可以考察作者通过故事所给予生活的某种逻辑，这个逻辑背后正是强有力的大众文化意识形态。……网络言情小说以这种'白日梦'形式试图对严酷的社会现实做出某种回应——在这个被称为'拼爹资本主义'的时代，相比于个人奋斗的热血励志的'兴奋剂'，城市青年人更需要的是无限幻想外界'助力'的'麻醉剂'。"

严迎春的《传统历史小说、新历史小说与网络历史架空小说之比较》发表于同期《文艺报》。严迎春从以下五点比较网络历史架空小说与传统历史小说、新历史小说：一、"传统历史小说……写作目的大体上并没有超出史学家对历史的看法，要真实地呈现历史，并在这种呈现中达到以史鉴今。上世纪八九十年代兴起的新历史小说……写作目的本身就是强调个人的主观感受对理解真实历史的影响，突出历史虚无和非理性的一面。网络历史架空小说中，作者写作目的本身就强调娱乐性和消费性"；二、"传统历史小说的作者通常都是文化人，有一定的史学背景，在历史研究方面掌握大量的知识，比如唐浩明、凌力。新历史主义小说创作以专业作家为多……而网络历史小说，尤其是架空历史小说的很多作者都是理工男。……在对待历史的态度上，传统历史小说作家对历史毕恭毕敬，新历史主义作家认为可跟历史平起平坐，而网络历史小说作家对待历史的态度基本上是一种消费的态度，历史能为我所用，历史就成为作者笔下的道具";三、"传统历史小说始终遵循的原则就是现实主义和塑造典型……而新历史主义小说着重于历史视角的转换,从宫廷、英雄和知识分子转移到普通人,在写作中特别强调个体经验的抒发和表达……而架空历史小说则是彻头彻尾的浪漫主义、狂欢主义,借鉴了很多科幻小说、玄怪小说的元素,想象力非常丰富,语言表达上口语化和拟古化相结合,比较随心所欲";四、"传统历史小说写一个完整的朝代兴衰,影响历史进程的大人物权力斗争的过程。新历史主义小说经常写的是片段化历史,写历史夹缝中的小人物,个人对历史的独特感受。网络历史小说则经常写小人物如何创造历史、改变历史,这种创造和改变'爽点'很多……同时写一些微不足道的日常小事……把上世纪90年代以来在纯文学领域已经发展得登峰造极的新写实写法融入了网络文学";五、"传统历史小说的受众往往是对历史感兴趣或者具有一定知识的读者,新历史小说受众则较为狭窄,局限于文人或者专业的文学读者,而网络架空历史小说的读者则以年轻人居多"。

张俊平的《关于玄幻与仙侠小说》发表于同期《文艺报》。张俊平认为:"玄幻与仙侠小说给人的另一个共同印象是它们与中国传统文化尤其是宗教文化的密切关系。仙侠小说严格意义上讲,是中国传统武侠小说的一种故事形式。……相较于仙侠小说,玄幻小说则更加难以界定。普遍地认为玄幻小说是新崛起的一种传奇文体,富有浓郁的东方文化气息,为当下中国文学所特有。"张俊平总结道:"中国驳杂丰厚的传统文化为当下玄幻与仙侠小说的盛行提供了肥沃的土壤,尽管在'西风美雨'的滋助下,它们或多或少地呈现出新奇的面目,却依然有着不可动摇的精神根基。"

10日 女真的《写小说遇见互联网》发表于《中国艺术报》。女真认为,"互联网不仅给小说带来了语言上的挑战,还有对小说故事性的冲击。小说的故事性,在前互联网时代,是小说吸引读者的魅力之一。……在互联网时代,小说家讲故事的能力如果没有大幅度的提高,不能远远高于网络上的讲述和新奇,对不起,读者不会有耐心读下去","科技突飞猛进,世界瞬息变化,不变的是文学艺术表达人心的本质"。

15日 尚晓茜的《顾漫小说〈何以笙箫默〉:网络小说是怎样讲述"童话"的》

发表于《文艺报》。尚晓茜指出："网络小说呈现现实目的是为了永远埋葬现实的焦虑，呈现不可能是为了实现可能……欲望的实质在于欲望的匮乏，在于欲望的不可满足，所以即使网络文学的生产模式已日益资本化、商业化，只要网络文学扮演的疗愈创伤的功能还在，顾漫的小说就可以在每次的类型转变中被重新经典化，一再被影视改编看重，转化成另一种大众文化而再次被讨论。"

20日 本报记者李晓晨的《张炜：做脚踏大地的写作者》发表于《文艺报》。张炜认为："我们那一代作家深得民间文学之惠。……民间文学或多或少构成了作家文学气质的基础和母体。""对于创作个体来说，我们牢牢记得的一点就是：一定不能离开泥土，不能离开大自然，不能离开与世间万物无声的交流。"

28日 胡贤林的《再现中国性的幽灵——论黄锦树的小说创作主题》发表于《扬子江评论》第2期。胡贤林认为："与传统断裂的策略造成的无所归依的碎片感，与本土的尖锐冲突而引发的心理焦灼，在其小说叙述的自我悖反，左支右绌中已经有所表征。……对中国性与本土性的双重否定，让黄锦树选择了游牧式的个人游击战术……这种离散经验使黄锦树获得了相对超脱的批判立场，有助于消除认同的迷惘，也让他重获生命本真的力量，从而逃脱种族政治、文化传统的外在桎梏。"但"由于忽视了中国性的复杂历史面相，对中国性展开全方位的批判与解构，只能带来纸上谈兵的叙事自由与有限度的话语快感"。

本月

谢有顺、李傻傻、王威廉、李德南、申霞艳的《谈谈80后的文学青春——在中山大学"南方文谈"沙龙上的一次对话》发表于《山花》第4期。谢有顺在谈道："我觉得现在的网络写作，尤其是坐在电脑的这一端付费阅读的模式，一点都不是什么多新奇的写作模式。我认为那恰恰是很传统的，传统到就好比说书。中国的小说起源于说书，说书就是上面一个人讲，下面有听众，讲者和听者之间是有互动的。……网络写作的模式非常像原来的说书，尽管他的听众并不是面对面的，是坐在电脑的另一端，但可以通过留言或者打赏，或者可以拒绝购买接下来的小说……所有的这些东西都会影响到作者的写作。"

五月

1日 李浩的《魔法师的事业》发表于《青年文学》第5期。李浩认为:"我把写作(和一切艺术)看成是魔法师的事业,他需要'再造'一个有差异的、有个人趣味的,容纳着理想、幻想的虚构世界,在这个虚构世界里,每个人的行动,每个事件的发生,每个波澜的起伏,每个细节的隆起,都渗入'魔法'的因素。""小说所要言说的核心是'真情',对世界与自我之谜的认知和探究,是伸向'沉默着的幽暗区域'的神经末梢。而言说真情要启用撒谎('魔法'),要用'魔法'使之变得真切、具体、阔大、不容忽视,这既是一种选择'被迫'同时又是'达到有效'的最佳方式。""在我看来,纳博科夫所说的'魔法',它是创造,是幻想,是想象力,是你赋予旧事物、旧生活以新奇感的能力和法术,从这个意义上来说,写作,是魔法师的事业。"

王干的《亦移亦栽周李立》发表于同期《青年文学》。王干认为:"写小说大约分为两种方式,一种正面强攻、正面突击的小说,中国的《三国演义》《水浒传》《西游记》属于此类,外国的《战争与和平》《悲惨世界》也属于此类。还有一种小说善于从侧面偷袭或者是正面佯攻侧面得手的,比如中国的《红楼梦》、外国的《包法利夫人》。""周李立的写作立场是一种中性主义叙事,中性主义是对男性主义和女性主义的双重反拨,就是站在一个中立的立场对笔下的男女故事进行的客观的描写。这是'新写实''情感零度'之后的又一次小说尝试,这种尝试在于一爽、甫跃辉、王威廉等八〇后作家那里都有清晰的呈现。"

2日 王干的《虚实真假"冷香丸"——从〈红楼梦〉说起》发表于《小说选刊》第5期。王干写道:"其实,《红楼梦》里有三个世界,一个是太虚幻境的虚拟世界,一个是大观园外的现实世界,还有一个就是亦真亦假亦虚亦实的艺术世界,这个世界就是大观园。……《红楼梦》在于超越了虚实的局限,在更大的艺术空间化虚为实、化实为虚,无论在大的结构方面,如大观园,还是小的细节,如冷香丸,都是虚虚实实,真真假假,创造了千古不朽的艺术宇宙,辉煌,无极。"

4日 "如何讲好中国故事（小说篇）"专题发表于《文艺报》。该专题收录老中青三代部分小说家代表在"如何讲好中国故事"研讨会上的发言。

蒋子龙在题为《故事不会消失》的发言中表示，"既然这是个有故事的时代，作家们也意识到小说不能没有好故事，呼唤故事回归，而中国文学的传统又是最擅长讲故事的，所以我相信故事不会消失"。

刘庆邦在题为《说好自己的中国话》的发言中指出："从语言的角度，林斤澜老师把小说这门艺术分成三步走：'一是说中国话；二是说好中国话；三是说好你自己的中国话。'"

格非在题为《以开放的态度讲述中国故事》的发言中认为："讲好中国故事的前提，是我们要有一个开放的态度。首先，我们必须重视自身的故事和叙事传统……其次，我们应当对世界各地的文学、文化和文明抱有开放的态度。""简单的复古，是不可能找到出路的。原封不动地回到传统，事实上是不现实的，也是不必要的。"

蒋一谈在题为《创造返璞归真的中国故事》的发言中表示，"小说家是一个讲故事的人，我觉得小说家应当是讲出故事里的那个人、那群人里的那个人。我们追寻着故事，反而忘记了人物。很多时候，我读民间传说和寓言故事，发现不少寓言和童话里其实是一两个人物的存在支撑着全篇"。

李浩在题为《讲述中国故事，在常谈的反面》的发言中指出："在谈及讲述中国故事时，我首先要强调的是'拿来'，从技艺上、思考上继续的'拿来'。"

霍艳在题为《好故事要缓慢而有力地生长》的发言中指出："一个小说写作者要讲好中国故事，就要打开中国想象，学习中国智慧，创造中国形象。"

崔艾真在题为《小说家的自觉》的发言中指出："如何把中国故事小说艺术化，如何用小说把现实生活本身无法呈现出来的意义呈现出来，如何源于生活又不等同于生活，不做现实的索引，如何处理日常生活中的伦理逻辑和小说艺术伦理逻辑之间的差异，如何使读者通过小说的阅读，更深刻更宽容地认知和理解自己赖以安身立命的这个世界，从而更有能力和力量，尽可能活得好，尽可能与这个世界和平相处。这些都应该是小说家的一种职业自觉。"

8日 郭艳艳的《论〈活着之上〉的对比艺术》发表于《芙蓉》第3期。

郭艳艳写道："对比，是中国小说中常用的一种手法，有着文化学与审美学的重要意义。如果说拟人手法的使用，增加了小说的隐性意味；比喻手法的使用增加了小说的象征意味；那么对比手法的使用则强化了小说的反差效果。……对比是《活着之上》的突出表现，文本中俯拾即是。不管是人物形象的塑造，情节篇章的安排，还是精神主旨的传达都离不开对比这一艺术手法的使用。（具体指在对比中塑造人物形象、在对比中推动情节发展、在对比中传达精神主旨——编者注）"

10日　《十月》第3期有"卷首语"。编者写道："本期头题是他（石一枫——编者注）的长达八万字的中篇《地球之眼》。人物、故事、时代精神，这些现实主义小说作品中的核心元素，在经受一段时间的冷落甚至贬斥之后，在这个丰富得令人迷惑的时代语境中，似乎养足了精神，重新焕发了活力。"

15日　洪治纲的《先锋文学与形式主义的迷障》发表于《南方文坛》第3期。洪治纲认为："在马原等先锋创作的怪圈中，'形式的空转'最终换来的是读者的敬畏，以及敬畏之后的普遍逃离。我以为，这是20世纪80年代中国先锋文学步入迷津的一种写照。它过度夸大了形式实验的审美价值，从而忽略了创作主体的内在精神建构，包括作家对人类存在及其精神境遇的深度思考。"

20日　贾梦玮的《当今小说的可能性》发表于《小说评论》第3期。贾梦玮认为："小说的目标更多地指向精神性。""首先，小说的精神是与影视等作为大众传播媒介的精神背道而驰的。'小说的精神是复杂性的精神'。""其次，小说是更为'具体'的人学。""再次，如今的小说将更为'家常'。"

李遇春的《忏悔叙事中的复调诗学——评乔叶长篇小说〈认罪书〉》发表于同期《小说评论》。李遇春认为《认罪书》具有"复调式'自白—忏悔'叙述话语方式"，但他同时指出："不过，《认罪书》的复调结构还不仅止于表现为叙述人称的复调和人物声音的复调这两个方面，它还表现在这部长篇小说的文体复调，即狭义的文类复调上。……小说以叙事性的亚文本为中轴，辅以随性的亚文本和学术性的亚文本与中轴形成文体的对位，而且三者之间彼此渗透和融合，由此形成文体的复调，打破了单一而狭义的小说叙事文体模式。"李遇春指出，"除了宏观的文体构成上的复调性，《认罪书》的文体复调性还深入到微观的叙述语法层面上",呈现出"一种思考性或分析性的叙述语法形态"。

徐则臣的《写作从神经衰弱开始——自述》发表于同期《小说评论》。徐则臣表示"作家只是长于感性和想象,并非不需要逻辑思辨能力,必要的理论修养和思辨能力对作家非常重要",认为其能使"作品更宽阔更精深,更清醒地抵达世界的本质",因为"小说不仅是故事,更是故事之外你真正想表达的东西,这个才决定一部作品的优劣"。

於可训的《主持人的话》发表于同期《小说评论》。於可训认为:"文学固然依旧可以传播知识,反映生活,但除了守住这点本分之外……似乎还应该,或更应该帮助人们想想与自己的存在和心灵有关的'大问题'。文学要表达徐则臣所说的这样的'大问题',自然离不开知识和学养。因为要想这样的'大问题',你就不能限于你的见闻,你个人的身之所历、心之所受,还要综合前人的见解和别家的经验,即人类此前和当下所创造的文明成果,这样你才能有大胸襟,大见识,才能高屋建瓴把这些'大问题'说透。"

游迎亚、徐则臣的《到世界去——徐则臣访谈录》发表于同期《小说评论》。对于小说的"有意思"和"有意味",徐则臣认为"有意思"的小说"不仅是故事好,还得让读者觉得这故事讲得真诚,讲得漂亮,讲得跟他产生某种关系,能动之以情、晓之以理",而"有意味"的小说则是讲出了读者"需要伸手才能够到的东西,或者是伸手也够不到但能感觉到的东西,意味着讲出了他们没见过的故事、感觉、艺术和道理,或者见过了,但你讲得别人好出大截子"。尽管"'有意思'和'有意味'都以他者的立场观之,但不意味着一个作家就得无限地取悦读者,而是要忠直于自我对文学和艺术的理解,充分、有效地自我表达"。同时,徐则臣表示,"一个好作家,能够真正过得了自己这一关,'意思'和'意味'都不难有"。

25日 丛治辰的《小说的三重美学空间——论宁肯〈三个三重奏〉》发表于《当代作家评论》第3期。丛治辰指出:"正如音乐本身即导向一种神秘的美感,像昆德拉一样,宁肯也对形而上的思考怀有强烈热情。他们都如此谙熟理论,如此热衷于对世界——他们身处的世界和他们所创造的世界——进行哲理性分析,他们使写作成为一种高度理性的行为,他们的激情来自于理性抵达透彻之后的狂喜。在当代中国这样的小说家并不多见，而这恰恰构成宁肯最可宝贵的特质。"丛治辰认为，宁肯"通过在单一的时间线条上不断衍生多重空间，增加了时间的重量与质感，让极为缓慢的叙述也能够趣味横生"。但是，"图书馆与可疑的叙述者"也在提醒我们"文学面对现实与历史的可能与限度"。

29日 黄咏梅的《"But"女士》发表于《文艺报》。黄咏梅认为："对于写日常生活的作家来说，这是一种珍贵的态度，她（加拿大作家门罗——编者注）的'Nice'不是讨好生活或他人，而是持着足够的包容和宽阔，耐心地理解着他人。作为一名'70后'，我想说，要做一个提着菜篮子捡拾故事的作家。"

"中国故事的长篇写法——以《平凡的世界》《繁花》为例"评论专辑发表于同期《文艺报》。该专题收录晏杰雄的《从普通话到俗文化文艺腔》、索良柱的《长篇小说要彰显中国心胸》、张柱林的《叙事上的隐秘对话》等评论。

晏杰雄指出，"《平凡的世界》的普通话语言折射的是现代以来中国经典的现实主义写作传统，背后有一个强大的忠实于时代生活的写实传统，包含很多大的文学命题和丰富的文学史内容"，《繁花》"表面上是方言和话本体，实质上是一种文艺腔。在精神内涵上，与上海世俗化生活趣味相一致，来自百年现代文学内部的俗文化趣味一支；在艺术形式上，体现为一种精致文学追求和贵族文学趣味，隐含都市小资阶层的文学消费和赏玩意图"。

索良柱认为："《繁花》最大的突破和贡献，是它放大了现代中国的心胸。金宇澄没有以'先锋'来写都市，而是返身面对传统。他重新激活了中国传统小说美学，努力接续传统小说文脉。"

张柱林表示，"如果说路遥是在自觉地坚持现实主义创作方法，那么《繁花》则正好相反，它要对抗的恰恰就是从西方流传来的现实主义叙事"，"他（金宇澄——编者注）意在师法传统中国的说书人，注重瞬间，也不在意故事的连贯性"，"两者却具有类似的意识形态补偿功能，《平凡的世界》是'时间会解决一切困难'，而《繁花》则是'生命本就如此'"。

本月

蒋一谈、行超的《写作是一种禅修》发表于《山花》第5期。谈到长篇和短篇小说的区别，蒋一谈表示："我觉得，就故事构想而言，现代短篇小说更侧重故事构想而不是故事本身，这个故事构想处于这样一个交汇点：从生活出发后即刻返回的那个临界点，即出发即返回的交错点；或者说，短篇小说需要捕捉那一个将要发生还没有发生的故事状态。长篇小说更加依赖故事的延展性和人物生活的世俗性。长篇小说是世俗生活的画卷，文学的真意都在世俗里。我喜欢具有河流气息的文学作品。河流的源头是小溪小河，是缓缓的涓涓细流，越往下流淌，河面会越流越宽，越有深意，这是文学的静水深流。……短篇小说的构思之端非常陡峭，但在写作的时候，陡峭感又不能显现出来。"

六月

1日 毕飞宇、张莉的《"好的作家应当是想像与思辩并举的"》发表于《上海文学》第6期。谈到唐诗的影响，毕飞宇表示："真正对我内心起作用的还是唐诗。"他谈到了父亲默写唐诗和自己读唐诗的经历："没事的时候，我就把他的手抄本拿过来，一看就是好长时间。慢慢地，我对唐诗有了一些认识。这些认识和大学的课堂没法比，但是，我个人认为，这些认识比大学的课堂还重要。老师的讲解太正确了，没有误解，也没有心照不宣，更没有自然而然的韵律，我说的是唐诗的语感和节奏。许多东西，如果你在童年或者少年时代当作玩具玩过，它就会成为你的肌肤"。

2日 王干的《贾府来了个年轻人——从〈红楼梦〉说起》发表于《小说选刊》第6期。王干写道："'林黛玉进贾府'之所以成为经典，在于用一个陌生人的眼睛来展示贾府的环境，同时又将人物的性格和命运融合其中。长篇小说讲究展示外在的环境，往往通过大段的场景描写来铺陈人物活动的舞台。""林黛玉进贾府就是一种'超美'的体现。《红楼梦》全书属于第三人称叙述的小说，但作家经常放弃全知全能的上帝视角，而是巧妙收缩到某个人物的视角来进行叙述，因而独立的人物视角留下诸多的空白，或者说，个人叙述必然造成死角，这死角也就成为读者发挥想象的空间。"

3日 《人民文学》第6期有"卷首语"。编者写道："《寻找鱼王》里舒缓地流动着少年多趣的情致、困窘时日的小小谜团、乡野成长的逼真梦想，承载着人类自忖的意愿与格物致知的精神，如水纹如地气，微漾氤氲中折射着生灵的魅力之光。如果说《鬼子坟》是对老北京的钩沉，莫如说是对家园特有的外来情谊的留念，以往正被推远，而文学能够如此亲近。京城的筋骨一直接纳生长着世界的血肉。对孩提时代的追忆，貌似小区域里的纤细动情，实则大格局上的坚韧重义，写不尽的京味小说，至此，在中国故事里，这大概是一个拥有独特审美标志的短篇小说。"

同日，莫言的《幻想与现实》发表于《文艺报》。莫言认为："文学幻想展现了人类对幸福和美好未来的向往，幻想可以使得文学更加逼近现实。当然，无论多么神奇的幻想，也是建立在现实的基础上。中国清代的文学家蒲松龄的短篇小说集《聊斋志异》中，很多情节荒诞不经，但却让人不觉其虚假，原因在于大量富有现实生活气息的细节。"

5日 麦家的《梦幻也是现实的一部分》发表于《文艺报》。麦家指出："人们记住的文学作品远远超过了新闻报道。这其中一个关键点就是，文学拥有新闻话语无法具备的叙述策略，最典型的就是虚构……作为小说家，这既是基本功，必备的手艺，也是上帝赋予的特权。"

10日 张玉清的《小说的高度》发表于《文艺报》。张玉清说道："我认为小说是应该有'高度'的，这个'高度'不是指一篇小说写得好不好或是精彩不精彩……我这里的'高度'更宽泛也更微妙些，有时仅仅是一个'指向'或一个'眼界'就可以称为高度。……但这个'高度'可不是指主题，也不单纯是'思想的高度'（有思想高度的小说更容易接近小说的高度），而是'小说本身的高度'。但是小说的高度是个难题，对于一个作家，他的作品的高度就是他自己的高度，是他的'心'的高度。我们读大师的作品，我最真切的感觉就是他的'心'，而不是他所写出的情节。"

"管窥奇正与当下长篇小说创作的可能性"专题发表于同期《文艺报》。该专题收录李蔚超的《小说的奇正之道》、张俊平的《小说与现实》等评论。

李蔚超谈道："刘勰借孙子兵法谈作文，曰：'观奇正。'正，是遵循雅义、追随传统，奇是新奇，过度追求则易沦为诡谲怪异。""中国传统小说最重要的特质便是'奇'……上海作家金宇澄的《繁花》或可算一部奇书。"而"秉持现实主义传统的《平凡的世界》在当时文学界却遭到冷遇,居然成为了上世纪80年代末时的一部奇小说"。"从《平凡的世界》到《繁花》,人们或多或少被它们某种新奇的特质所吸引,但令它们从众多小说中脱颖而出的是其中包含的呈现世风人心的'正道'。"

张俊平认为:"从《平凡的世界》到《繁花》,或可审视中国当代长篇小说创作的一隅。两部小说在语言和形象的层面都带给读者深刻的阅读体验,读《平凡的世界》如食农家饭,粗粝而痛快;《繁花》则如精致小吃,细嚼慢咽之余,不忘品赏其间蕴藏的文化内涵。""在情节的安排上,《繁花》打破了现实主义小说常有的整体性和连贯性,追求现实生活呈现的琐碎和凌乱,零打碎敲着读者阅读的耐心和追求完整性的阅读惯性。对于习惯了《平凡的世界》的读者,《繁花》着实可恼,却不得不承认它代表了文化进步时期读者应有的审美追求。""《繁花》是双线结构,它的叙事在跨度30年的两个时间平台上展开。然而,和《平凡的世界》相比,在呈现时代进程、揭示社会发展方面,《繁花》明显缺少激越的动态感。……《平凡的世界》在展现时代变化和社会进程方面积极采用主流政治话语,表现出作家关注现实、参与社会生活的兴趣和热情。"总之,"《平凡的世界》之于《繁花》,在传承发扬现实主义文学传统、处理小说与现实的关系、塑造小说的文学性、传达作者价值观念和人生体验方面,带给当下长篇小说创作富有意味的经验"。

15日 牛学智的《文学怎样讲述中国农村故事——从长篇小说〈上庄记〉说开去》发表于《光明日报》。牛学智认为,"季栋梁长篇小说《上庄记》从2014年出版至今成为一个阅读热点,不是孤立的现象,可以结合近年来有关作品及所折射出的某种思潮动态来看待。……它们的'热'意味着人文知识分子甚至普通大众,对理性的回归、对讲道理的热爱和对基本良知的呼唤"。

17日 莫言的《寻找灵感》发表于《文艺报》。莫言谈道:"我知道一个文学家应该是一个不同寻常的人,我知道许多文学家都曾经干过常人不敢干或者不愿意干的事,我感到我的月夜孤行已经使我与凡夫俗子拉开了距离,当然,在常人的眼里,这很荒诞也很可笑。""如果再有人问我文学有什么功能的问题,我就会回答他:文学使人胆大。真正的胆大,其实也不是杀人不眨眼,其实也不是视死如归,其实也不是盗窃国库时面不改色心不跳,而是一种坚持独立思考、不随大流、不被舆论左右、敢于在良心的指引下说话、做事的精神。"谈到《透明的红萝卜》的创作时的灵感,莫言说道:"当然,这样的梦境也不是凭空产生的。它跟我过去的生活有关,也跟我当时的生活有关。这个梦境,唤醒了我的记忆,我想起了少年时期在桥梁工地上给铁匠师傅当学徒的经历,我想起了因为拔了生产队一个红萝卜而被抓住在群众面前被批斗的沉痛往事。"莫言还说道:"获得灵感的方式千奇百怪,因人而异,而且是可遇而不可求。……灵感这东西确实存在,但无论用什么方式获得的灵感,要成为一部作品,还需要大量的工作和大量的材料。"

石华鹏的《当小说面对无尽的现实》发表于同期《文艺报》。石华鹏认为:"现实在小说家这里至少要经历两种复杂的'裂变':一是小说作品与小说家生活背景之间的分裂和不一致;二是小说作品内部人物与人物之间复杂的现实情形和冲突。""小说家把握现实的意识和能力是通过小说的虚构来体现的","对现实处理意识的落后和处理能力的欠缺,有时会直接导致小说的失败,常见的情形大致有这样几种:第一,写的是现实的残渣……第二,写的是伪现实……第三,写的是歇斯底里的现实"。

18日 奚同发的《贾平凹、李佩甫中原对话:想了解深层中国,就去看乡土小说》发表于《文学报》。贾平凹认为:"每一代作家都有自己的使命。虽然中国的城市化,最终会导致乡土的消失,乡土文学也会最终消失,但时间不会那么快。乡土文学具有记录中国社会历史变革的功能,乡土小说在未来也只是慢慢地消退不再成为中国文学的主流,再过几十年,文坛主流可能变成其它形式。但乡土小说的价值不会消失,它会让我们的后代看看我们曾经的生活。"李佩甫认为:"如今的乡土作家是背着故乡流浪的人,乡土正在变成一种记忆,变成人们的精神家园。如果这种精神财富也消失了,被遗忘了,那将是一个民族多么大的损失。小说为这种生活起到了记录的责任。"

25日 陈应松的《背铁砧上山——在江汉大学的演讲》发表于《文学报》。陈应松指出:"文学依然忍辱负重,沉默的写作者,在用带着热量的文字战斗,他们想尽办法,用文学赋予一切权利,比如象征、隐喻、犀利的思想和反讽的言辞来完成反击，表达他们的严正立场和使命。但这是一个人的血性所决定的。""作家因为心中有一份优雅的诉求，极易成为文字表演者，矫饰者。因为写作对独处和安静的要求，更加容易坠入与社会严重的脱节中……一个作家所到达的地方不同，所处的位置不同，但我更愿意坚守那些比较寂寞却可以一辈子值得坚守的东西。"

张承志的《散文的丰富与小说的虚构》发表于同期《文学报》。张承志认为："如今我对小说这形式已经几近放弃。我对故事的营造，愈发觉得缺少兴致也缺乏才思。我更喜欢追求思想及其朴素的表达；喜欢摒除迂回和编造、喜欢把发现和认识、论文和学术，都直接写入随心所欲的散文之中。……散文本身照样可以有丰富的故事，只是散文或随笔不虚构，更自由，论述的，抒情的，甚至考据的内容，都能在散文中表达。"

26日 秦岭的《叩响人性门环的声音——评刘昕蓉散文体小说〈好像曾经问过你〉》发表于《中国艺术报》。秦岭认为，"她（刘昕蓉——编者注）讲故事的方式，机巧中弥漫着思维的灵气和诗性，哲思中镶嵌着理性的聪慧和温婉"，"不单要让文本讲故事，还要让影像讲故事，让两种叙事方式同时融入内容，把故事、讲故事的人以及读者全部蛊惑到那个深深庭院里去"，"每个故事既发挥着整体叙事的链条作用，同时又独当一面，自成一体，如心灵絮语，如涓涓细流，以微小说的形式缓缓汇入通篇的汪洋。而嵌入文本内心的大量影像作品，气象与意象交织，印象与具象兼容"。

28日 李敬泽的《变革时代的文学之"难"——在中日韩三国东亚文学论坛的演讲》发表于《扬子江评论》第3期。李敬泽谈道："文学——我在这里指的主要是小说——保存和阐发了普通中国人对世界的理解，不是理念，而是经验和智慧。我之所以说余华呼应着《西游记》和《水浒》的说部传统，就是因为，和圣贤们家国天下的总体性规划不同，中国民间深刻地意识到家门之内和家门之外是两个世界，家门之外不是道德的'天下'，而是人世的'江湖'。人面对'江湖'，就如同面对自然的江湖风涛，常常是孤弱无力的，恰如那个出门远行的少年。也正因为如此，'社会'一词呈现出它的'江湖'含义：在家庭和国家之外，人群的无组织和自组织，为了获取达成某种互助和自治而形成的关系，以及这种关系中的认同。这一直是中国民间生活和民间想象力的一个基本内容。"李敬泽还谈道："也许我们可以同样唐突地想起《水浒》——林语堂翻译的英文版《水浒》直接取名为《四海之内皆兄弟》。这个书题准确地道出了《水浒》的精髓：那本书里，所有的人都离开了家庭，但他们在'江湖'上寻求并缔结一种替代性的家庭关系：兄弟、异姓兄弟。当然，我们还可以想到《三国演义》中的'桃园结义'，而我们刚才提到的余华，他在'出门远行'二十年后，写出了《兄弟》——也是一对异姓兄弟。实际上，这一直是中国叙事文学中应对远行、流散、陌生的人群和艰难时世的基本想象路径，在武侠小说和港台电影中，更形成了一个丰饶的大众文化传统。"

七月

1日　弋舟、李德南的《我只承认文学的一个底色，那就是它的庄严与矜重》发表于《青年文学》第7期。弋舟指出："在我看来，短篇是'残缺之美'的艺术，而中篇，相对需要一些'圆满'。"关于故事和小说的关系，弋舟认为："故事太'紧迫'，而小说需要让紧迫的故事舒缓下来，它负责注水，稀释，就好比一只气球，故事是气球未充气时的状态，它只是一张皮，当小说负责向这只气球鼓吹后，它膨胀了，于是不但从外观上变得圆润，重要的还在于——它变得轻盈了起来。""故事其实是有限的，而小说，完全有赖于小说家讲故事时的腔调，无限的那一面就在此处形成。"

同日，赵毅衡、谭光辉的《学术思辨与文学想像的通达》发表于《上海文学》第7期。赵毅衡认为："写小说要有趣，写诗要狂，做理论的再狂也要一点一点说明清楚。"赵毅衡还认为："所有的虚构都是委托叙述……委托一个人格或者委托一个框架做叙述。在那个叙述世界当中，叙述者负责，作家不负责了。"

同日，"现实生活与创作灵感——第三届中韩日东亚文学论坛中方代表演讲摘编"专题发表于《文艺报》。阿乙在《小说的灵感与完成》中谈道："一本叫《小说鉴赏》的书教给我小说的基本任务有三：情节、人物、主题。而我认为还应该添加：结构、语言、视角、态度、想象力、情感、命运等等。"

同日，毕飞宇的《"走"与"走"——小说内部的逻辑与反逻辑》发表于

《钟山》第 4 期。毕飞宇谈道:"小说比逻辑要广阔得多,小说可以是逻辑的,可以是不逻辑的,甚至于,可以是反逻辑的。""因为失去了逻辑,曹雪芹在《红楼梦》里给我们留下了一大片一大片的'飞白'。这些'飞白'构成了一种惊悚的、浩瀚的美,也给我们构成了极大的阅读障碍。"

3 日 《人民文学》第 7 期有"卷首语"。编者写道:"长篇小说《别人》是一部'有生活'的作品。……因此,我们所说的'有生活',就在于既容有万象杂陈,又能以问题洞穿。小说里是一种与许许多多'别人'在一起的生活,照顾到每一个按照自己生活指望的逻辑生存的人的行为和心思,但是更在意别人也在其中过活的这个世界的共同福祉。相形之下,特意为底层代言和刻意替自我标榜的作品,因为无法消除自我和他者貌合神离的倾向,反而容易滑向'伪生活'的妄构。"

10 日 王干的《钢丝上的舞者》发表于《十月》第 4 期。王干谈道:"好多小说家硬是练不出语感来,语感背后隐藏的是情绪。情绪是不好操练和模仿的,所以好的小说家是有着一般人没有的独特情绪。北京人的语感好,是他们的情绪里有一种反讽的情绪。而反讽,是现代小说最不可缺少的情绪。"

西川的《从写作的角度试谈中国想象之基本问题》发表于同期《十月》。西川认为"想象中国有五个前提":"前提一,语言。……我们日常使用的依然是汉语,我们用汉语思考问题。……当然古汉语和现代汉语又有所不同,但它们一致的地方就是,它们都是短句子思维";"前提二,地理环境。……多少土地打多少粮食养活多少人的问题,一直切切实实作用于中国人的思维方式、语言、理想、风俗、社会组织系统";"前提三,生产方式。……传统中国是脸朝黄土背朝天的农业社会";"前提四,人口和生活方式。……人多,独处的可能性就会降低,没有独处也就没有'个人'。我们当下的'个人'观念是从人口不那么稠密的地区进口的。所以我们要想成为'个人'恐怕得费劲些";"前提五,历史逻辑。……任何地方任何文化的发展都有其历史逻辑,今天根本不可能跳脱昨天。每一个人说话都有其说话的对象"。

15 日 徐妍的《"水"之子与他的古典"水域文学"——论曹文轩的文学世界》发表于《南方文坛》第 4 期。徐妍认为:"在中国现当代文学史上,以

'地'之子为叙述者的现实主义文学与以'火'之子为叙述者的现代主义文学一直居于主流位置。与此同时，以'水'之子为叙述者的古典主义文学则不仅始终处于边缘化地位，而且被牵强地归属于'乡土文学'的类别之下。事实上，古典主义文学虽然兼容了现实主义手法与现代主义意蕴，但其所信仰的'以美育代宗教'的文学观念却与二者存在根本差异。……曹文轩以'水'之子的叙述者身份所创作的成长小说、幻想小说、童话、随笔等多种文体不仅接续了如潜流一般边缘化存在的中国古典主义文学流脉，而且突围于中国现实主义与西方现代主义两大主流文学，进而建立了独属于他自己的古典'水域文学'。"

杨庆祥的《社会互动和文学想象——路遥的"方法"》发表于同期《南方文坛》。杨庆祥认为："《平凡的世界》中的故事并非那么具有吸引力，而且有重复、拖沓之嫌疑，把我们裹挟进强烈的阅读甚至一再重读的欲望的，恰好不是这些故事，而是路遥小说展示的广阔的社会风景和历史内容，以及无处不在的'叙事人'对社会历史的态度、情感、议论，这些拓宽了小说的面向和容量。尤其可贵的是，路遥毫不掩饰通过文学去把握全部历史和社会的野心和抱负，并把这些可能稍显观念化的东西落实于小说中的故事和人物，通过文学完成了一种社会的规划和想象。"路遥的写作展示了一种姿态，即"无论在何种状态下，我们都可以想象一种伟大的善，这一伟大的善，正是文学和历史得以生生不息之缘由"。

20日 梁小娟、须一瓜的《在灵感的护翼下书写——访谈录》发表于《小说评论》第4期。须一瓜认为："一个能被故事会、电视剧完全取代的文本，就不是小说。……小说给阅读人提供的是精神宇宙的翱翔，它满足我们内心最细微的悸动与颤抖，让我们和外界心领神会，无论抵抗还是期待。"须一瓜指出，一部好小说"是有翅膀的，它之所以能够飞翔，飞翔在人们的精神领空，因为一切都藏在了'字里行间'"。

须一瓜的《如果这个世界没有小说——自述》发表于同期《小说评论》。须一瓜表示"希望所有的小说都有翅膀"，因为小说可以"寄托我们无处安放的东西"。须一瓜认为小说家要"警觉故事的拉力"，"好小说固然不排斥故事"，但"需要警惕故事的重力加速度"，避免"被故事生发的物质动能挤压"，小说家"要有升空的能力","需要轻质的肉身,需要'气功',在我们灵魂的领空翱翔","小说的空间如此自由"。

於可训的《主持人的话》发表于同期《小说评论》。於可训从故事的概念内涵谈起,认为"在今天的小说家或喜欢写小说的人当中,确实不乏讲故事的高手,但真正对故事的讲法有追求,对故事的质地有讲究者,却为数不多。尤其是长篇小说创作,虽已蔚为大观,酿成热潮,但也多属故事的丛集而已,不过是将平生阅历,社会见闻,稍作安排,如实道来。真实固然真实,亲切固然亲切,然则也仅止于真实亲切而已,却不能像须一瓜所期待的那样,生出一双翅膀,让它'在我们的灵魂领空翱翔'起来"。

25日 仕永波的《由顾彬想及汪曾祺——兼谈对中国当代小说语言问题的思考》发表于《当代作家评论》第4期。仕永波认为:"语言问题似乎的确是中国当代小说的一根软肋,而这根软肋却一直被小说创作其他层面的繁盛和丰满所遮蔽,也因此被文学评论界所忽视。""长期以来,中国当代的小说家们,似乎过多沉迷于叙述模式的借鉴和实验,陶醉于魔幻现实的营造,痴心于恢宏历史的展现,执著于玄妙故事的构思,却较少专注于小说语言的推敲与运用,导致了一些小说作品语言的苍白无力、韵味不足、准确性欠佳与美感丧失,换言之,也就是小说语言文学性和审美性的缺失。"

仕永波还谈道:"从语言的角度来审视,汪曾祺的小说语言同样具有开拓意义。……《黄油烙饼》《受戒》《大淖记事》等小说佳作从其笔端喷薄而出,语言之清新、用字之考究、文气之充沛、意蕴之绵长,震惊当时之文坛。演绎出了一种晓畅动感,看似平实却韵味十足,兼具书卷气和平民味,古典和现代完美结合的现代汉语。"仕永波进而指出"以下三点理应引起当代小说创作者们的深思:首先,关于语言在小说创作中的地位,亦即语言的'本体性'问题";"其次,关于语言的准确性……可见,重视语言的准确性在漫长的中国文学史上从未被忽略过,甚至可以说进行创作时语言准确与否是能否成为一个优秀作家的首要条件";"再次,关于语言的文学性"。仕永波总结道,"唯有把握汉语的特性,适当从古典文言文中汲取营养,在简约和内蕴两方面下足功夫,才能展现汉语特有的魅力"。

卓玛的《独白中的挽歌——〈放生羊〉中的独白式单声话语》发表于同期《当代作家评论》。卓玛谈道："与其他话语类型不同，在这篇小说里，作家彻底退出，作品的叙述者与主人公是同构关系，整个小说在叙事上呈现出很鲜明的独白特征。""从作家所运用的语言来看，他没有运用时下流行的'××体'，语言中看不到一个外语语汇，是纯正、规范的现代汉语。然而，细细品味，《放生羊》中叙述者的语言仍有其特点，那是一种具有民族韵味的语言特点。首先，典雅的语言风格是这种民族化的重要体现。……其次，作家有意选用许多声响模拟的象声词汇，这非常符合藏族人口头语言的表达习惯。……最后，文本中作家对许多名词有意地保持藏语语音，进行汉语音译，将其藏语化，形成一种民族语与汉语在读音上的'混合语'，使受众感受到浓郁的藏文化熏染，更能领略叙述者的语言风格。"

八月

1日 牛学智的《长篇小说的批评价值与人文话语水平的错位》发表于《上海文学》第8期。牛学智认为："小说的终极叙事目标，都指向元典的或'元文化'的魅力。'复魅'元典文化和神秘主义，意图都大同小异地指向今天人的焦虑、迷茫和无助感、无意义感。"

3日 《人民文学》第8期有"卷首语"。编者写道："我们常说，对文学来讲，题材以及题材是否重大不是决定性因素，我们对文学要求的是挖掘人的复杂性和表述复杂性的能力，进而更加体恤生命的不易、追望灵魂的安妥。"

4日 陈歆耕的《小说"革命"的必要和可能》发表于《人民日报》。陈歆耕指出："清代诗学家叶燮在《原诗》中认为，'诗人之本'有四——'才''胆''识''力'，'大凡人无才则心思不出，无胆则笔墨萎缩，无识则不能取舍，无力则不能自成一家'。在这四个字中，需要特别强调的是'识'，'识'就是作家把握生活的洞察力和思想穿透力，而这也是中国当代小说最缺乏的。如果说传统章回小说的内在驱动力是故事情节的因果逻辑链，那么现代小说的内在驱动力则是对生活的感悟和思想穿透力。……琐碎的生活细节和繁复的感觉描述，如果无思想力的支撑，就成了无所依傍的一地鸡毛。我们既看不到好的故事，又感受不到表象的言外之意，这样的小说既非传统也非现代，被读者抛弃是必然的。"

7日 李苑的《中国科幻文学的另一种可能》发表于《光明日报》。李苑指出，"从业人数太少，是中国科幻文学界的一大遗憾"，"在中国，关于科幻文学的另一个问题是，联系现实不够。……当下，中国的发展已经举世瞩目，'一带一路'等新的发展路线也引起世界关注。中国的科幻文学完全可以结合这些新特点、新情况加以发挥，既体现本土特色，又能开拓新的写作领域"。

13日 本报记者傅小平的《阿来：文学是在差异中寻找人类的共同性》发表于《文学报》。阿来谈道："我们中国人真正要保留的，并不是那些旧的东西，而是传统思想里一些合理的精神或价值观，这其中甚至不包括那些传统的伦理道德……我们还要保留那些，自《诗经》，自《格萨尔王》以来好的，那种东方式的情感。……现在没有人像写《诗经》那样写诗吧，但有些好诗，就保留了《诗经》里有的那种情感、那种韵味。……写西藏，你把它写得很神秘，就是在标榜它的与众不同。但在我的文学观里，文学不是寻找差异性的，而是在差异当中寻找人类的共同性。因为比起人类的共同性来讲，文化的差异，生活的差异其实是很小的，在生存命题面前，人类的共同性，也远远大于差异性。所以，我们要多讲讲文化共同性。"

14日 张江、贾平凹、白烨、胡平、段建军的《柳青的意义》发表于《人民日报》。

贾平凹谈道："我们读《创业史》，可以读出丰富浓厚的生活气息，更能读到文字内外充盈着的对土地和人民的深厚情感。他（柳青——编者注）是去写土地和人民的，在写作中他把自己变成了土地和人民的儿子。这正是《创业史》成功的原因。""《创业史》的叙述结构、叙述方式、叙述语言就受到他阅读的国外作品的影响。他在文学上的大视野，学识上的多吸收多储备，保证了《创业史》的高水准。""新形势下重提深入生活，扎根人民，柳青的意义凸显出别样的光芒。"

白烨谈道："柳青认为，做文是做人的自然延伸，创作的姿态是建立在生活态度的基础上的。……14年不打折扣的农家生活，促成了柳青的成功转型，也造就了经典作品《创业史》。"

胡平谈道："在《创业史》整个创作过程中，柳青始终忠实于现实主义，坚持呈现生活的本来面目。……在主旋律题材创作中，依然存在如何写好正面人物的问题，这依然是关键性的问题，也就依然有老老实实向柳青请教的必要。"

段建军谈道："柳青始终坚定地和基层群众一起直面当下的社会人生，寻求和探索新的社会人生之路。……柳青以革命现实主义精神，称颂真善美，鞭挞假恶丑；同时又用理想主义的写作情怀，为社会寻找正能量，表现对社会人生可贵的担当。"

同日，本报记者刘秀娟的《阿来：作家应该有大的担当》发表于《文艺报》。阿来认为："我去研读历史，不是为了获取传奇、娱乐的内容，对历史的关切其实是对现实的关切。不能藏在故纸堆里不出来，还是要回到当下。"

19日 《茅盾文学奖获奖作家五人谈》发表于《人民日报》。参与对话的专家学者有格非、王蒙、李佩甫、金宇澄、苏童。

格非谈道："上世纪80年代的新奇、冲动、走极端甚至凌空蹈虚，给我的创作打上了特立独行的印记，但也留下了过于注重技术修辞的隐患；这30年来，对普通人与普通生活的'发现'让我打破了通俗与精英二元对立的思维，这种观念的变化无疑会反映到创作中来，成为我个人文学观念的一种重要调整。"

王蒙谈道："我想念真正的文学，提供高端的精神果实，拷问平庸与自私，发展人的思维与感受能力，丰富与提升情感，回答人生的种种疑难，激起巨大的精神波澜。""文学并不能产生文学，是天与地、是人与人、是金木水火土、是爱怨情仇死别生离、是工农兵学商党政军三百六十行产生文学。""让我们更多地接地气，接天气（精神的高峰），接人气，也接仙气（浪漫与超越），接纯净的空气吧。"

李佩甫谈道："《生命册》无论从宽阔度、复杂度、深刻度来说，都是最具代表性的。它反映了中原文化独特的生存环境和生命状态，是一次关于'平原说'的总结。""当我们吃饱饭后，却发现大地已经满目疮痍，我们已经丧失了诗意的'家园'，人类怎么与土地、与大自然和谐相处，不再是一个老话题，也成了一个迫切需要面对的新命题。"

金宇澄指出："《繁花》走的是另一条路……这是网络现场的魅力——写作是给读者读的"。"直面读者的方式，是西方的经典传统，作者写了一段，习惯是念给朋友听……后来一度改为狄更斯式的'小说连载'，同样随写随发，从写出第一个字开始，直面读者，整个过程都有读者陪伴。民国初年我们不少小说正是这样写的……不过，再之后写小说，我们就变为埋首于书斋的一种安静沉默的方式了"。"此外就是闲谈，就是中国传统的'爱以闲谈而消永昼'。我眼中的作者和读者，确实需要这一类闲散的空间。"

苏童谈道："小说里有自由。自由给小说带来万能的勇气，也带来了最尖锐的目光，它可以帮助我们刺探各种人生最沉重的谜底。……读者与作家面对一个共同的世界，他们有权利要求作家眼光独到深刻，看见这世界皮肤下面内脏深处的问题，他们在沉默中等待作家的诊断书。而一个理性的作家心里总是很清楚，他不一定比普通人更高明，他只是掌握了一种独特的叙述技巧。""隐喻与象征在小说里总是无处不在。《黄雀记》里的人物面对过去的姿态，放大了看，也是几亿人面对过去的姿态。"

25日 富冬青的《熟悉和陌生的上海故事——兼谈西方文学对中国当代文学影响》发表于《文艺争鸣》第8期。富冬青认为，金宇澄"以新旧时间交替叙述的节奏有意识地打乱叙事规律，给读者新鲜感"。富冬青指出，"我们可以发现，这种新鲜感的产生，无疑得益于陌生化的运用。章节安排方式使全书形成了别具一格的叙事结构，让读者如同穿梭在历史之中，感受时代的风云变幻和人物命运的莫测多变"。

九月

1日 李浩的《细节和细节的设计（下篇）》发表于《青年文学》第9期。李浩认为："尽管有人说'真实性是细节的生命'，我部分地认同，我更愿意把真实性换成真实感。"细节主要有"源自生活"的细节、"依据人物性格特征、事物发展逻辑而设计的细节"、"依借其'象征性'设计的细节"和"作为'闲笔'而出现的细节"。

同日，朱苏进、舒晋瑜的《我为什么不写小说》发表于《上海文学》第9期。

谈到为什么热衷中篇小说创作，朱苏进表示："这种体裁的空间适合我，对我来说是一种合适的表达和合适的展开，读者在半天之内可以把小说完整地读完。"谈到小说和影视的区别，朱苏进说："文学是很清楚的一对一。作者和读者都是一对一……影视不同，它是一个群在创作，另一个更大的群在欣赏。"朱苏进还说："容我感情化地说一句：文学，是默默等待世上那唯一的知音。影视，是热闹地诱惑世上无限的人群……这两种方式都根于人性。"

同日，毕飞宇的《两条项链——小说内部的制衡与反制衡》发表于《钟山》第5期。毕飞宇对莫泊桑的《项链》做出了详细解读。毕飞宇认为："'心慈'加'手狠'大概可以算作大师级作家的共同特征了。……小说家是需要大心脏的。在虚拟世界的边沿，优秀的小说家通常不屑于做现实伦理意义上的'好人'。"

3日　《人民文学》第9期有"卷首语"。编者写道："要说的是，不管长篇小说如何代表了作家的思想体和艺术能力，也无论中篇小说怎样较为充分地体现了作家对时代生活、人生命运的视力和握力——短篇小说这一边，多样和多趣似万物蓬生般的阔朗、灵性和魅性如柳暗花明似的奇妙、文心和诗学像星河花海样的繁茂……这些，使得短篇有冒烟突火的中篇无从追得的静虚之美，更有尾大不掉的长篇难以做到的心专气定。"

5日　禹风、张鸿的《以小说阐释汉字的多义之美——禹风访谈》发表于《花城》第5期。禹风说道："小说的结构、情节及人物设计只能算舞台设置，没有气象就没有故事，不会出好小说，而气象是造物主的创作，我们准备好一个有树木有花草有人物的空间，等待他的脚步，他一旦来临，就会让我们看见伊甸园的初景，然后演示人类被他赶出伊甸之后在尘土中的种种光景。"

8日　刘兵的《〈三体〉现象与中国科幻》发表于《人民日报》。刘兵指出："《三体》构思的大胆新奇程度令人拍案叫绝。这不仅表现在故事情节的可读性上，更突出的表现在科幻小说中经典的地球人与外星文明相冲突的主题展开上，对科技前沿知识的利用和改造上，对未来科技发展的逻辑可能性的奇异想象上，对科学与人文立场之间深刻矛盾的深化处理上，以及作品特殊的中国背景和中国特色上。"刘兵还说道："近年来国内科幻界为数不多的较高质量的科幻作品中，像更关注科技伦理问题的王晋康等人的一些科幻小说，也是颇为值得重视的。科幻作品对科技伦理问题的深入探讨，也是未来中国科幻创作另一个值得鼓励的发展方向。"

10日　《十月》第5期有"卷首语"。编者写道："历史与现实有时会凝聚在一条船上，而二者的互动也往往构成小说的魅力，引起我们立体地思考。本期我们把陈启文的《短暂的远航》放在中篇小说的头题，也可以看作是一次穿行于历史与现实的行为。……小说的双重设置无疑有感而发，并且意味深长。"

李唐的《混沌与诗意》发表于同期《十月》。李唐谈道："从语言的角度，这两篇小说（《呼吸》《西伯利亚》——编者注）我都尽量使语言接近于'诗'。或许是因为我曾经疯狂地迷恋诗歌，我对语言也产生了某种洁癖。我几乎容忍不了一篇充满杂音的小说。我所说的'诗意'并不是文辞优美，相反，它可能是单调的，冷漠的，灰暗的。但是，它必须拥有力量和稳定的节奏、空间构造以及神秘的气息，这些元素组合在一起，构成了小说语言的仪式感。我喜欢充满仪式感的小说。这并不是说它需要有多么宏大，而是它本身即是一个小小的磁场……"

15日　房伟的《网络传媒语境下的"新民间故事"——以网络小说〈青囊尸衣〉为例》发表于《南方文坛》第5期。房伟认为："《青囊尸衣》还是一部有重要启示意义的网络小说。从通俗类型角度而言，这是一部集盗墓、巫医、惊悚、悬疑特征的网络类型小说，但仔细考察，这又是一部有理想寄喻的'孤愤之作'，是一部既能在内在气质联系传统文学，又能传承民间精神和网络民主气质的'新民间故事'。""作为通俗类型文学，网络小说更接近民间故事，不太追求隐喻风格，主题哲学思考，及语言的难度，而是将关注力放在故事上。""这些故事既有传统传承经验，如《青囊尸衣》的阴阳八卦，风水堪舆；也有现代社会体验，如城乡迁徙、权力压抑等。同时，由于后发现代的境遇……这都使得中国网络小说，既具通俗文学追求消费性与大众性的类型特征，又有现代主义的个人化渴望，如自我实现、道德再造与现代民族国家的个体化想象。"

猫腻、邵燕君的《以"爽文"写"情怀"——专访著名网络文学作家猫腻》发表于同期《南方文坛》。邵燕君认为，"继《朱雀记》《庆余年》《间客》之后，《将夜》继续以'爽文'书写'情怀'——以孔子师徒为原型，在'第二世界'建构了'书院'以及以'书院精神'立国的'大唐'——力图在一个功利犬儒的'小时代',重书'大写的人格'与'大写的国格';在所谓的'历史终结'之后,重建中国人的文明信仰。尤为难得的是,作者一方面以坚定的草根立场肯定了中国文化中'饮食男女'的世俗情怀,以反拨西风东渐以来国人因无神而自卑的文化心理;一方面又以启蒙价值为核心对儒家思想进行改造。'书院精神'是'人本主义'与'仁爱思想'的结合体,'不自由,毋宁死'与'知其不可为而为之'在夫子师徒身上获得完美统一。这是一部颇具东方神韵的巨制"。

王玉玊的《从〈渴望〉到〈甄嬛传〉:走出"白莲花"时代》发表于同期《南方文坛》。王玉玊认为:"作品(《后宫·甄嬛传》——编者注)将道德观念和价值体系重新还原为人与人之间真实的情感互动,甄嬛首先爱自己的亲人,然后及于朋友和爱人,进而及于无辜受难的陌生人,乃至于在无奈和悲凉之中也对她的对手抱有一丝悲悯。相比于'白莲花'式的通过原谅和感化敌人获得胜利,实现一个无差别的善良新世界的美好憧憬,甄嬛以雷霆手段击败敌人,保护自己的亲人、爱人、朋友以及其他善良无辜者的做法更容易为当代读者所接受。这种包含着朴素家庭伦理、人道主义和个人主义精神的奋斗观(其中融合着儒家家庭伦理、侠义精神、启蒙主义人权观念、市场经济竞争原则等多种来源的道德观念),可以看作是《后宫·甄嬛传》对于现代性道德该去往何方这一问题的朴素思考。"

杨辉、马佳娜的《本土经验、现代意识与中国气派——论贾平凹的文学观》发表于同期《南方文坛》。杨辉、马佳娜认为:"其(贾平凹的'"商州"世界'——编者注)与莫言的'高密东北乡',苏童的'枫杨树故乡'的价值分野在于:'商州'不但与广阔的民间世界紧密相连,它还与中国传统精神传统文化足相交通,而一旦将其置于中国的社会文化的大背景之下作通盘考虑,其作为文化与社会精神范本的意义自会瞬间凸显。秦汉盛唐文化所蕴含的万千气象及内在风骨,楚文化的瑰丽想象和清秀隽永的氤氲之气,均足以成为贾平凹接续明清小说传统和20世纪30年代以来的文学风格以及两汉史家笔法的基本资源。"

同日,白烨的《〈三体〉:打开人文科幻的星空》发表于《人民日报》。白烨认为,"刘慈欣做到了科学幻想与艺术想象的有机结合,做到了广袤宇宙与中国视角的内在对接,他所营造的超凡艺术世界,立足于中国深厚的历史文化积淀,充满中国文人的文化自省与民族自信精神"。

18日 谈歌的《〈大舞台〉台前台后》发表于《文艺报》。谈歌谈道:"我在《当代》《十月》《今晚报》等报刊上开过一段时间专栏,借鉴传统的'评书'形式,收到了一些读者来信。这反映了一个信号:那种语言形式,读者喜欢看。……有人出主意,那你就照这个'评书'形式来写吧。……《大舞台》就照着这个路数写了。……体裁名曰小说,检阅素材,实为三分史料;三分演义;三分坊间传说;一分作者批注。如此风马牛纠结于一体,尚无前人写作经验借鉴,作者率尔操觚,功力不逮,必是行文困涩。想来,全书无贯穿始终的男女主角,也无传统套路的主线复线;人物诸多蜂拥而至,必定冗杂却不得剪裁;情节细碎摩肩接踵,当然繁密而难能简化。"

20日 郜元宝的《无材可去补苍天——怎样看小说的次要人物》发表于《小说评论》第5期。郜元宝认为"次要人物的存在",能"将主要人物形象衬托得更加鲜明,甚至将一部大书的主旨揭示得更其透彻",并指出"有时正面人物好写,但某些特殊的次要人物反而难写",且"次要人物"还"具有足以撼动对整部作品的权威'定论'的力量"。

欧阳黔森的《我的文学理想与追求——自述》发表于同期《小说评论》。欧阳黔森认为"短篇小说可称得上是一种快乐的形式":"首先它的篇幅短小,不需要太耗体力,在兴奋点还没有消失的时候就已经完成,所以常常给人以饱满、激动和完美的印象;其次它是自由的,任何一个刹那的想法,只要你愿意,都可以变成短篇小说,特别是现代派小说被读者接收之后,短篇小说更是自由得毫无道理;再次是它能给人以成就感,无论长短,它毕竟是小说,况且世界上还立着那么几个靠短篇成为大师的榜样。"

於可训的《主持人的话》发表于同期《小说评论》。於可训认为欧阳黔森的作品"既有何士光的余响,又有蹇先艾的遗风",欧阳黔森的小说让其看到的"不是社会学或政治学意义上的挣脱枷锁,获得解放,而是那一点不可磨灭的人性的光辉"。另外,於可训认为欧阳黔森的作品"有乡土气息和地方特色","从蹇先艾、何士光到欧阳黔森……作为一个历史链条上的三个重要环节,却共同串起了一部贵州文学的历史","兼有这驳杂、沉重和轻灵三种元素"。

周新民的《欧阳黔森短篇小说艺术论》发表于同期《小说评论》。周新民认为："他（欧阳黔森——编者注）的短篇小说所选取的生活，绝对不是生活的横断面，也有较宽广的空间。尽管如此，欧阳黔森在短篇小说中所凸显的对于生活、人生的思考，有其独到之处。""欧阳黔森的短篇小说借鉴了中国编年体的叙事方式，注重叙写相对完整的事件与人生经历，颇有中国古典短篇小说的风韵。但是，欧阳黔森的短篇小说又超越了中国古典短篇小说的'实录'精神，在哲理层面找到了现代短篇小说的艺术质地，表现了对于人生、人事的哲理思考。"周新民表示："欧阳黔森的短篇小说摒弃了观念对于人物本来面目的遮蔽，回归到表现'人'的本来面目上。"周新民指出："类比的写作方法，使欧阳黔森的短篇小说充满了诗情画意，营造出了人、物相互交融的审美情景。"总之，"欧阳黔森的短篇小说艺术探索，吸收了中国古代编年叙事、传记叙事、比德审美意识的有益滋养，创造出了具有中国民族特色的文学作品。欧阳黔森的小说创作，得益于其生活的贵州。……少数民族集聚地以其空间的相对封闭带来了文化上的封闭，因而较好地保留了中国传统文化，其文学作品也因此保存了较多的中国传统文学的痕迹"。

周新民、欧阳黔森的《探询人性美——欧阳黔森访谈录》发表于同期《小说评论》。欧阳黔森谈到其小说创作"几乎有一半以上是与地矿有关的"，"走近大自然，与天地星辰作伴"的地质工作经历对其文学创作产生了一生的影响。欧阳黔森还表示其作品"关注人性的善良"，主要是出于对现实的"忧虑"，并认为"我们的最好办法就是向往真、善、美"。另外，欧阳黔森还认为"文学与地域属于母子关系"，"母亲的优劣关系到儿子的优劣，而民俗民风、行为方式、语言特点，确定文学的味觉"。此外，欧阳黔森还表示自身作品受古典小说影响较大，"传统小说的主要特点是自我立场鲜明，语言精炼传神，人物刻划鲜活"，认为"当今小说缺失的正是这些古典小说的精要之处"，"传承优秀文化"有其必要性。关于短篇小说，欧阳黔森提到"短篇小说是最难藏拙的"。

23日　李骏虎的《他们的英雄气与赤子心》发表于《文艺报》。李骏虎谈道:"我详细地阅读了托尔斯泰当年创作《战争与和平》的背景资料,渐渐感悟和掌握了一些思想和方法。这段时间的学习使我醒悟到,要想写好这部中华民族的'卫国战争',与其直接去写对日作战,不如去追溯到民族危机的源头:'九·一八'事变。……就抗日战争的历史来说,之前有不少史料和人物是被遮蔽的,而现在已经得到了正视和尊重。当我用托翁的治学方法进入对史料、回忆录的研究,同时对健在的当事人和事件发生地进行访问和实地考察时,仿佛一个站在远处观景的人终于走入了丛林的深处,在历史的天空下,那些林立在风烟中的人物渐渐清晰起来。"李骏虎表示,"这也是我最终放弃以虚构的人物投射历史,而选择了更加困难和有风险的正面书写历史人物的原因"。

24日 王美华的《传记体小说中的历史写作》发表于《文学报》。王美华谈道:"我在上世纪80年代末作为访问学者,被上海外国语大学派往巴黎索邦大学进修法国当代文学史,接触到了人物传记的新写法。我暂译为'传记体小说',以有别于社会上流传的'传记小说'。在这类作品中,既有感人的情节又有鲜活的人物形象塑造,历史人物都当成文学人物来描写。……主人公既具有小说角色的特征,同时又不失其历史的真实性。""因为这是出现不满半个世纪的新体裁,在法国当代文学史上,名称也不统一……前一种直译是'传记——小说',后一种直译叫'小说般的传记'。写这类新体裁的作者称作'小说家',而不是传统的'传记作者'。"

25日 王鹏程的《历史的吁请与现实的召唤——论李建军的〈大文学与中国格调〉》发表于《当代作家评论》第5期。王鹏程认为:"李建军所提出的'大文学与中国格调'既是历史的期许,又是现实的召唤。真正伟大的文学包孕着人类的生活经验、道德伦理、价值尺度和精神刻度,从来都是超越时空、地理和种族的'大文学'。这种'大文学''不以时代的新旧论,不以阶级的尊卑论,不以语言的文白论;而以境界的高下论,以感染力的强弱论,以情思的深浅论。'……中国文学在四千年的漫长发展历史中,形成了独特的中国气质和中国经验——'它以象形表意的汉字,来表现中国人的审美趣味和文学气质,呈现中国人的心情态度和性格特点。在美学风格上,它追求中和之美,显示出含蓄内敛、渊雅中正的风貌,是所谓的"哀而不伤,怨而不怒,乐而不淫";

在写作伦理上，中国文学表现出敢说真话的勇气和精神，即"其言直，其事核，不虚美，不隐恶"的实录精神与"贬天子，退诸侯，讨大夫"的反讽精神。'……中国文学一直'表现出同情弱者和底层民众的兼爱精神和泛爱情怀'，表现出博大的人类意识、悲悯情怀和'公共性精神'。……因而，如何赓续中国文学传统的'公共性精神'和叙事经验，让其获得生命力并未为当代文学提供支持，不仅仅是历史的深情吁请，也是现实的迫切召唤。"

同日，张柠的《长篇"三部曲"的繁盛与终结》发表于《文艺争鸣》第9期。张柠认为："不管是体现在三部作品之中，还是一部作品之中，都要符合所谓的'正—反—合'逻辑结构。……这毫无疑问包含着'螺旋式上升'的进化历史观，也包含着一种积极乐观的救赎姿态。"但"中国人的历史观念，且不用佛教的'悲观'的说法，至少可以说是'向后看'的视角，是一种'后视镜'文化，而不是'探照灯'文化。中国人对历史的评价，总是倾向于'衰变'观，就是认为最好的时代是'远古'的黄金时代……如果缺少'正—反—合'中的'合'，或者缺少'生—死—再生'中的'再生'，只有'生—死'自然节奏的重复，那就只能越写越弱，只能重复'老子—儿子—孙子'的退化模式"。

28日 本期《文艺报》为"第九届茅盾文学奖特刊"，刊有"获奖作家访谈"专题。该专题收录本报记者对王蒙、李佩甫、金宇澄等获奖作家的访谈。

王蒙在访谈《王蒙：真正的文学不怕时间煎熬》中表示，自己"是用比较老实的、现实主义的写法在写的，对生活的观察很细致"。

李佩甫在访谈《李佩甫：文学是社会生活的"沙盘"》中谈道："长篇小说需要独特的、文本意义上的话语方式，为找到开篇的第一句话，我用了将近一年时间。我一直认为，文学语言不是语言本身，它是思维方式和认知方式的综合表达。""作家面对急剧变化中的社会生活时思考的时间还远远不够，如果一个民族的作家不能成为一个民族思维语言先导，是很悲哀也是很痛苦的。

金宇澄在访谈《金宇澄：记录生活的特殊性和平凡性》中说道："我对语言和叙事方式的选择可以说是有意为之，受到古典主义审美的影响。""艺术是需要个性的，小说需要有鲜明的文本识别度，我希望《繁花》可以显示出一种辨识度和个性，比如借鉴传统话本元素等等。""《繁花》除借鉴传统的方式，也传达了传统中国文化对于人生的看法。""我之所以选择一种改良的方言口语，是觉得相对于固定的普通话而言，方言更有个性，更活泼，它一直随时代在变化，更生动，也更有生命力。"

"责任编辑手记"专题发表于同期《文艺报》。该专题收录《江南三部曲》《这边风景》《繁华》等获奖作品的责任编辑的手记。

曹元勇在《从丽娃河到江南三部曲》中指出："从三部曲的第一部《人面桃花》开始，他（格非——编者注）一方面在小说结构上熟练运用从西方艺术中学到的音乐对位、赋格构成法，另一方面则在叙事过程中充分继承并融合了中国传统审美和中国古典小说的叙事艺术，让作品从语言到氛围充盈着隽永、唯美的中国古典气息。"

朱燕玲在《这边风景：既是原版又是新版》中认为："为了既保持原貌，又体现现在的立场，他（王蒙——编者注）在每一章的结尾，加了一小段'小说人语'……这既造成了一种抽离的美学效果，也对旧作给予了观念上的中和，起到了一种平衡作用。"

郑理在《繁花："扎劲扎支"的上海城市小说》中认为，"这种短句的密集使用，既保有上海方言的味道，也使语言具有韵律和节奏感。作品中写人物也颇见功力，采用类似中国古代笔记小说的白描手法，三言两语就把人物勾勒出来"。

30日 "第九届茅盾文学奖获奖作品授奖辞"发表于《文艺报》。获奖作品为格非的《江南三部曲》、王蒙的《这边风景》、李佩甫的《生命册》、金宇澄的《繁花》、苏童的《黄雀记》。

《江南三部曲》的授奖辞："格非的《江南三部曲》以对历史和现实郑重负责的态度，深切注视着现代中国的壮阔历程。以百年的跨度，在革命史与精神史的映照中，处理了一系列重要的现代性命题。三代人的上下求索，交织着解放的渴望和梦想的激情，在兴衰成败与悲欢离合之间，个体的性格和命运呼应着宏大的历史运动、艰巨的价值思考，形成了丰赡绵密而高远寥廓的艺术世界。这是一部具有中国风格的小说。格非以高度的文化自觉，探索明清小说传统的修复和转化，细腻的叙述、典雅的语言，循环如春秋的内在结构，为现代中国经验的表现开拓了更加广阔的文化空间与新的语言和艺术纬度。"

《这边风景》的授奖辞:"在王蒙与新疆之间,连接着绵长繁茂的根系。这片辽阔大地上色彩丰盛的生活,是王蒙独特的语调和态度的重要源头。《这边风景》最初完稿于近40年前,具有特定时代的印痕和局限,这是历史真实的年轮和节疤,但穿越岁月而依然常绿的,'是生活,是人,是爱与信任,是细节,是倾吐,是世界,是鲜活的生命'。在中国当代文学中,很少有作家如此贴心、如此满怀热情、如此饱满生动地展现多民族共同生活的图景,从正直的品格、美好的爱情、诚实的劳动,到壮丽的风景、绚烂的风俗和器物,到回响着各民族丰富表情和音调的语言,这一切是对生活和梦想的热诚礼赞,有力地表达了把中国各民族人民从根本上团结在一起的力量和信念。"

《生命册》的授奖辞:"《生命册》的主题是时代与人。在从传统乡土到现代都市的巨大的跨越中,李佩甫深切地关注着那些'背负土地行走'的人们。他怀着经典现实主义的雄心和志向,确信从人的性格和命运中,可以洞见社会意识的深层结构。《生命册》以沉雄老道的笔力塑造了一系列鲜明的人物形象,快与慢、得与失、故土与他乡、物质与精神,灵魂的质地在剧烈的颠簸中经受缜密的测试和考验,他们身上的尖锐矛盾所具有的过渡性的特征,与社会生活的转型形成了具体而迫切的呼应。《生命册》正如李佩甫所深爱的大平原,宽阔深厚的土地上,诚恳地留下了时代的足迹。"

《繁花》的授奖辞:"《繁花》的主角是在时代变迁中流动和成长的一座大城。它最初的创作是在交互性、地方性的网络空间进行,召唤和命名着特定的记忆,由此创造出一种与生活和经验唇齿相依的叙述和文体。金宇澄遥承近代小说传统,将满含文化记忆和生活气息的方言重新擦亮、反复调试,如盐溶水般汇入现代汉语的修辞系统,如一个生动的说书人,将独特的音色和腔调赋予世界,将人们代入现代都市生活的夹层和皱褶,乱花迷眼,水银泻地,在小历史中见出大历史,在生计风物中见出世相大观,急管繁弦,暗流涌动,尽显温婉多姿、余音不绝之江南风韵,为中国文学表达都市经验开辟了新的路径。"

《黄雀记》的授奖辞:"在《黄雀记》中,一切遥望着丢失的魂魄。苏童回到已成为当代文学重要景观的香椿树街,以轻逸、飞翔的姿态带动沉重的土地与河流，意在言外、虚实相生，使得俗世中的缘与孽闪烁着灵异的、命运的光芒。三代人的命运构成了深微的精神镜像，在罪与罚、创伤与救赎的艰难境遇中、时代变迁下，人的灵魂状况被满怀悲悯和痛惜地剖白。苏童的短篇一向为世所重，而他在长篇艺术中的探索在《黄雀记》中达到了成熟，这是一种充分融入先锋艺术经验的长篇小说诗学，是写实的，又是隐喻和象征的，在严格限制和高度自律的结构中达到内在的精密、繁复和幽深。"

"第九届茅盾文学奖获奖作家获奖感言"发表于同期《文艺报》。获奖作家为格非、王蒙、李佩甫、金宇澄、苏童。

格非的获奖感言如下：

"在接受第九届茅盾文学奖这个重要的奖项之际，请允许我简要地追溯一下中国长篇小说的源流。

"众所周知，在中国现代文学史上，茅盾先生、老舍先生、巴金先生、李劼人先生等一批文学巨匠，熔铸古今，会通中西，共同奠定了中国现代长篇小说的基石，并由此确立了长篇叙事文学的崭新高度。我们也可以把它看成一个有别于古典小说的新的叙事传统。作为后辈作家，我们多年来一直受到这个传统的护佑和滋养。

"如果我们把时间再往前推，就将看到耸立在远处的另一个巅峰。我指的是由《水浒传》和《红楼梦》为代表的明清章回小说的传统。李劼人曾说，一直要等到司汤达和福楼拜等人出现，西方小说才有资格与明清章回体小说相媲美。

"在我看来，不论是中国现代长篇小说，还是明清章回体小说，其实都深深地扎根于伟大的史传文学的沃土之上。《春秋》和《史记》是其中最杰出的代表。

"司马迁在《太史公自序》的开头，是这样来描述自己写作《史记》的初衷的。他父亲司马谈曾感慨说，周公死了以后五百年有了孔子，如今孔子死了差不多五百年了，有谁能够出来正《易传》、续《春秋》，绍述《诗》《书》《礼》《乐》之旨？司马迁认为，父亲所暗示并寄予希望的这个写作者正是自己。在《太史公自序》的另一处，司马迁引述孔子的话，接着说：'我欲载之空言，不如见之于行事之深切著明也。'

"我认为，上述两段话能够准确地反映司马迁写作《史记》的缘起和宗旨。这个宗旨也为后代的史学家如陈寿、裴松之、欧阳修等人所继承，它不仅是史家著书立说的基本准则，也深刻地影响到叙事文学尤其是长篇小说的写作。如果让我来简单地概括一下这个抱负和宗旨，那就是明是非、正人心、淳风俗。

"司马迁的遗产对于今天的写作者而言，往往意味着出神入化的叙事技巧、奇崛瑰丽的修辞方法、错综含蓄的文体结构以及朴素华美的语言风格，也许很少有人会想起司马迁当初的叙事抱负和写作使命。在今天这样一个文学写作日趋娱乐化的时代，司马迁的伟大抱负对我们是一个必要的提醒。因为在今天的社会生活中，文学仍然是一种重要的矫正力量。文学写作不仅仅关乎娱乐和趣味，也关乎良知，关乎是非，关乎世道人心。"

王蒙的获奖感言如下：

"这次获得茅盾文学奖，第一，我感动的是对于40年前动笔、近年才定稿出版的这部作品的肯定。历史并未切断与摘除，文学不相信空白，不怕事后诸葛亮。该连续的自然要连续，该弥合的也不难弥合。命名不合乎时宜了，内容仍然可以真实生动。青春能万岁，生活就能万岁，文学也能万岁。文学不应该得奖后热闹一阵就夭折。

"我始终相信文学会有一种免疫力，它不会因一时的夸张而混乱，不会因一时的冷遇而沮丧，不会因特殊的局限而失落它的真诚与动人。局限也可以成为平台，也可以成就风格，如果你有足够强大与自由的文心，条条框框可以成为彩绸花棍式的道具。因为文学的力量来自人民、生活，还有我们从《诗经》开始的文学传统与全人类的语言艺术宝藏。它能突破能超越，能起死回生，显示真情真知真理，给读者以历久弥新的感动。

"其次，我觉得是奖励了一个中国新疆故事，激活了40年前在新疆的岁月。我怀念新疆的新老友人，尤其是各族人民。在一个并不快乐的年代，与新疆各族人民尤其是维吾尔农民同吃同住同劳动，手拉手，心连心，使我得到了莫大快慰，脚踏实地，增加知识，开了眼界。在一个找不着北与几乎无事可做的时期，我来到了风姿绰约的新疆，我为自己找到了最有意义的事情：学语言，学历史，学地理，学民族文化，学贫下中农；写人民，写边疆，写生活；知实际，知艰难，知祖国之大，知人生之多彩多姿。有生活作根基，有火热的爱，即使在相对冷冻的环境中，人仍然活泛，文思仍然泉涌，追求的仍然是精神生活的美好与高扬。我感谢所有支持我写作此书的亲人友人：已不在世的妻子崔瑞芳、关心我的状况并安排我去伊犁农村的自治区党委副书记林渤民、自治区文联领导刘萧芜与王玉胡，还有帮助我请创作假的诗人铁衣甫江、时任创作研究室主任的阿不拉尤夫。也感谢近日自治区党委领导同志与许多老领导同志的祝贺。同样有作品参评的维吾尔族作家阿来提表达了视为自身荣誉的欢庆。荣誉属于新疆！

"我还坚信，奖的可爱来自文学，获奖的意义在于推动文学，不是相反，不是为了奖而文学。奖重要，文学更重要。作品好，没有得奖，仍然是好作品；得了奖，却暴露了作品的缺陷，一时沾奖的光，于人于己于文学无补，有愧。李白、曹雪芹、托尔斯泰，都没有得过奖。奖不能八卦化、浅薄化、低俗化。奖不是注意目标，更不能用一肚子脏水来涂抹一个本应珍惜、却绝不可孜孜以求的奖。在我们强调程序的公正性、廉洁性的同时，更要强调评奖结果的文学意义、文学内涵、文学判断，即评奖的深厚的文学性。我期盼有更多的对于文学的关注，对于作家与作品的关注，有对于作品的公开公正的批评与针砭，而不是庸俗的无聊的对于文学奖的信口开河加嘀嘀咕咕。"

李佩甫的获奖感言如下：

"自1977年始，屈指算来，已有38个年头。写过10部长篇，花甲之年，获奖了，应该说，这是一种鼓励和鞭策。

"我出身工人家庭，父亲是个鞋匠，父亲自12岁进城当学徒，先是给老板打工，后成了国营鞋厂的工人，60岁退休，整整干了48年。父亲生前曾给我做过一双皮棉鞋，22年了，这双皮棉鞋如今还在鞋柜里放着，每年冬天都穿。应该说，父亲是个好鞋匠。我不知道我的作品，22年后还有没有人看。记得一次下乡，一个农民问我：你干啥的？我说，作协的。他问哪个厂，我笑了。他说：哦，个体户。是啊，我也算是手工劳动者，只是不知道，我的产品能不能超过父亲。父亲做了48年的鞋，我才写了38年。人一辈子能做好一件事儿，已很不容易，我庆幸的是，写作是我的选择，写作是我喜欢做的事情。

"前几天在网上看到一篇文章，叫'小鲜肉秒杀老作家'，文章是说时代变了，文学的类型化使人们的阅读有了更多选择。的确，社会生活的变化令人瞠目，但真正让人纠结的，不是担心被年轻人打败，而是面对变化，自己怎样才能找到准确的、最适合于自己的表达方式。我的努力还远远不够，那就继续努力吧。"

金宇澄的获奖感言如下：

"感谢评委对《繁花》的肯定。

"茅盾先生在《子夜》中，采取多个坐标的方式，写出了他心目中的城市，以后的很多年里，书写重心逐渐转移。也在这样的背景中，我从上海转去黑河的乡野务农，但是'城市坐标'这个概念，在我眼里始终没有暗淡，而是更为深刻和诱人……尤其到了'城市化'的当下，借用前辈这个方式来观照文学，城市重新表露了它的特点，如同原始森林那么丰富、生气勃勃，深不可测。它的轮廓、细部和遗落的往事，它的喧哗骚动、沉默无言、口口相传的人声与叹息，依旧那么令人难以忘怀。它与乡野的主题密不可分，同样是普通生活的重要聚集地，需要作者沉浸其中，不断地发现、积累和忠实地表达，需要更多的热情和投入，让我晓得，城市同样是打开文学视野的一把钥匙。"

苏童的获奖感言如下：

"非常感谢61位评委的决定。这个决定对于我个人来说，必将成为未来最美好的回忆之一。

"此刻我不仅感到高兴，也感到温暖与光荣。这个奖项是荣誉，也是任务。茅盾先生留给世人的一支文学火炬，几十年来的获奖者很像火炬手，我很荣幸成为其中一员。火炬手要奔跑，火焰要燃烧；火炬要向远处、高处，向未来传递，传递一个巨大的文学梦，这当然是庄严而神圣的工作。一切都还要从字与词开始，我们的努力，就是以我们神圣的汉字，讲好更精彩的中国故事、讲好人类未被讲述的严肃的故事。所有的这些故事，其最终价值将交由未来评判，没有人知道那个未来评审团设在何时何处。我们只知道那是一个沉默的评审团，而它的沉默，对于无数写作者来说，构成了永恒的诱惑和召唤。

"葡萄牙作家若泽·萨拉马戈在他一部小说卷首写过这样几句话：'你若能看见，就要仔细地看，你若能仔细地看，就要仔细地观察。'从某种意义上说，我们很多人的写作生涯，其实就是从'看见'到观察的过程，或者说，就是一种漫长的无休止的观察生涯。我们感谢文学，首先感谢你能看见，感谢你能仔细地看见，当然，最终感谢的是你能观察。所有观察者的眼睛，都可能是曹雪芹的眼睛，可能是托尔斯泰的眼睛。奇迹会眷顾那些执著的观察者。仅仅是一双眼睛的视野，可以很宽阔很深邃，它有能力也有义务，对时代、对人群、对于整个世界，作出深入的细致的观察。

"当然，反观察无所不在。作为一个写作者，我深知有很多眼睛，或者冷静或者热情，它们始终在观察你以及你的创作。毫无疑问，我被'看见'了。被'看见'，然后被'观察'，那是一种写作的幸运。更幸运的是，今天，评委会将第九届茅盾文学奖授予《黄雀记》，我把它视为一份珍贵的出自于61双眼睛的观察报告，我必须看懂那报告的内容，正面的内容和背面的内容，除了看懂爱的表达，还有激励，除了激励，还要听到鞭策的声音，以及批评或不满的声音。"

"《三体》笔谈"专题发表于同期《文艺报》。吴岩在《新古典主义的科幻文学》中表示，《三体》"跟今天西方流行的科幻小说在语言风格和文风上有着重要差别。恰恰是刘慈欣的古典主义特色，使他的小说造成了一种怀旧感。当然，这种古典不是彻底的古典，这其中融入了他自己的密集创意等新的做法，因此我将其当成一种新古典看待"。

十月

1日 梁晓声的《梁晓声·创作谈》发表于《青年文学》第10期。梁晓声谈道："我希望我能够对自己为什么写一篇小说给出'意义'方面的回答。我所言的'意义'并非单一的'意义'，也并非一向未变；但大抵上，总是与人心有些关系的……"

同日，李运抟的《文学"伦理高地"的历史博弈——中国当代小说道德意识考察》发表于《上海文学》第10期。李运抟认为："如果说文学确实是某种特殊的'人学'，而道德也确实是人类社会具有终极意义的重大话题之一，那么深刻的道德理解就应该是文学永远的品质。"

同日，《短篇小说：逆流而上》发表于《作家》第10期。该文章为各作家在《作家》杂志举办的短篇小说论坛上的发言。参与本次论坛的专家学者有叶兆言、阎连科、施战军、张清华等。

叶兆言谈道:"他们(汪曾祺和林斤澜——编者注)认为短篇小说就是一个看风景的亭子……你建造的这个亭子要与风景融为一体,建亭子是为了让人看到更多东西。……我想一个好的短篇小说不应该封闭,它必须是开放的。"

阎连科谈道:"短篇,没有藏拙这个可能。""我们说博尔赫斯的短篇,他思维独特,文字简洁,意义存在而让你抓不到,如同空气、白云,存在却又抓不到。我们现在的短篇小说,能让人抓到的东西特别多。""我想短篇小说要更上一层楼,还是真的要从思维和审美上摆脱19世纪甚至20世纪。"

施战军谈道:"我发现,那个小说(刘震云《塔铺》——编者注)里不必幽默而用情义带着人走进去的叙事调子,很贴心很珍贵,现在没了。这类小说就跟契诃夫的小说有些地方是相似的,带有抒情主义的童年少年追忆的,苦楚与甜蜜相融的,带着感恩甚至歉疚之心的,动了真情真气的,这是那个时候的小说。现在这样的小说明显地非常少见了。因为我觉得现在人的感情纯度和浓度跟过去不一样,那时候的感情纯度是天然的,浓度也是适当的。主要还是风习变了。再有更多的一些小说是写风俗、世情的,也包括对社会现象以及精神现象的审视。在座庆邦、小青他们,基本上是这样一种写作方式。""现在我们这个时代好就好在,我们分不清真实和荒唐的界限。因为真实和荒唐就在一起,那么小青的小说就抓到了这样边界不明又确实活生生的题材。"

张清华谈道:"一个好的小说在我看来一定是有寓意的。""现在如果说短篇小说乃至整个文学创作有什么'现状和问题'的话……我感觉到,就是作家都过于注重现象……"关于"短篇的诗学",张清华说:"我觉得短篇的诗学就是既有形式感,同时又是天籁,遁于无形;既有寓意,但这个寓意又是很难给予框定的。"

2日 王干的《混合叙述:神叙述与人叙述——从〈红楼梦〉说起》发表于《小说选刊》第10期。王干写道:"早在'元叙述''元小说'理论产生之前,《红楼梦》能够有如此的创新意识,还得力于中国文化的丰富性。用中国书法美学来看,这就是一种'破体'。……《红楼梦》成功借鉴了破体的书法美学。"

3日 《中共中央关于繁荣发展社会主义文艺的意见》(下文简称《意见》)

全文发布。《意见》分为6部分25条，包括做好文艺工作的重大意义和指导思想、坚持以人民为中心的创作导向、让中国精神成为社会主义文艺的灵魂、创作无愧于时代的优秀作品、建设德艺双馨的文艺队伍、加强和改进党对文艺工作的领导。"让中国精神成为社会主义文艺的灵魂"这一部分，包括以下几个方面的内容：

"聚焦中国梦的时代主题。实现中华民族伟大复兴的中国梦，是当代文艺创作的鲜明主题。深入开展中国梦主题文艺创作活动，生动反映改革开放和社会主义现代化建设的伟大实践，全面展示中国特色社会主义发展前景，着力书写人们寻梦的理想和追梦的奋斗，汇聚起同心共筑中国梦的强大精神力量。不断丰富拓展中国梦的表现内容，既讲好国家民族宏大故事，又讲好百姓身边日常故事，用生动的艺术形象和叙事体现中国梦的丰富内涵，见人、见事、见精神。

"培育和弘扬社会主义核心价值观。社会主义核心价值观是中国精神的集中体现和时代表达。坚持以社会主义核心价值观引领文艺创作生产，实现核心价值观的全方位贯穿、深层次融入，通过精彩的故事、鲜活的语言、丰满的形象，使核心价值观生动活泼、活灵活现地体现在文艺作品中，潜移默化、滋养人心，让人们在文化熏陶中感悟认同社会主流价值。运用各种形式，艺术展现党史国史上的重大事件、重要人物，让光辉业绩、革命传统一代一代传承光大。大力支持文艺单位和作家艺术家从社会生活、当代人物中挖掘题材，讴歌真善美，贬斥假恶丑，彰显信仰之美、崇高之美，引导人们向往和追求讲道德、尊道德、守道德的生活。文学、艺术、电影、出版等方面的基金、资金，重点支持传递向上向善价值观的青少年文艺创作和推广。

"唱响爱国主义主旋律。爱国主义是中国精神最深层、最根本的内容，也是文艺创作的永恒追求。坚持唯物史观，不管历史条件发生任何变化，凡是为中华民族作出历史贡献的英雄，都应得到尊敬、受到颂扬、被人民记忆、由文艺书写。组织和支持爱国主义题材文艺创作，大力讴歌民族英雄，倾诉家国情怀，弘扬集体主义精神，不断增强做中国人的骨气和底气。正确反映中华民族五千多年文明史、中国人民近代以来斗争史、中国共产党奋斗史、中华人民共和国发展史、当代中国改革开放史，生动反映各族人民维护祖国统一、海外儿女心向祖国的心路历程。旗帜鲜明反对历史虚无主义，抵制否定中华文明、破坏民族团结、歪曲党史国史、诋毁国家形象、丑化人民群众的言论和行为，反对以洋为尊、唯洋是从，引导人民树立和坚持正确的历史观、民族观、国家观、文化观，不断增强中国特色社会主义道路自信、理论自信、制度自信。拓展爱国主义题材的表现空间，不断丰富形式、创新手法，增强艺术魅力。充分运用重要纪念日、民族传统节日等时间节点，集中展映展播展示群众喜爱的爱国主义优秀作品，开展丰富多彩的群众性文化活动。

"传承和弘扬中华优秀传统文化。中华优秀传统文化是中华民族的精神命脉，是我们屹立于世界文化之林的坚实根基。坚守中华文化立场，坚持古为今用、推陈出新，秉持客观科学礼敬的态度，努力实现创造性转化和创新性发展。弃其糟粕、取其精华，从传统文化中提炼符合当今时代需要的思想理念、道德规范、价值追求，赋予新意、创新形式，进行艺术转化和提升，创作更多具有中华文化底色、鲜明中国精神的文艺作品。实施中华文化传承工程，通过国民教育、民间传承、礼仪规范、政策引导和舆论宣传、文艺创作等各个方面，传承中华文化基因。做好古籍整理、经典出版、义理阐释、社会普及工作。加强对中华诗词、音乐舞蹈、书法绘画、曲艺杂技和历史文化纪录片、动画片、出版物等的扶持。发展民族民间艺术，保护和发掘我国少数民族文艺成果及资源，保护和传承非物质文化遗产。实施地方戏曲振兴计划，做好京剧'像音像'工作，挖掘整理优秀传统剧目，推进数字化保存和传播。推进基层国有文艺院团排练演出场所建设，政府采购戏曲项目，提供公共文化服务，推进戏曲进校园。扶持中华文化基因校园传承工作，建设一批中华优秀传统文化教育基地。"

同日，《人民文学》第 10 期有"卷首语"。编者认为："似曾相识的现实，在小说里须要尽量生出足够多重的魅性。初步获得成功的写作，是那种令我们惊异于变故时时可能的充满戏剧性的故事稿本；真正能够取得成就的佳作，是在此基础上，让我们既怀着对'原来如此'的种种猜测和验证的愿望，又能动地参与了对'何以如此'不歇探询的丰富细微的叙事历程，从而真切地有所悟、有所憾，并且，有所信。比如《较量》。"

15 日 "文艺，走进新时代"专题发表于《人民日报》。该专题收录周大新、叶辛、阿来、王树增在"文艺名家对话"活动中的发言。

周大新在《静下心来摘创作》中表示："我们已经进入了一个影像时代、一个读图时代、一个手机微信控制人的时代、一个纸质书滞销的时代、一个严肃写作者逐渐被边缘化的时代，作家的日子越过越艰难了。……难以平静也得想法子平静，因为只要心里不静，就难以安坐桌前写出东西来，更别说写出好东西了。我想的法子就是赋予自己的职业神圣感。"

叶辛在《我还要写》中认为："正是从他们（知青——编者注）的感慨和感悟中，我提炼出凝重的对于下一代有用的东西，然后再把这些东西置于今天改革大潮中的城市与乡村的背景上。……习总书记曾握着我的手亲切地说：'上山下乡的经历，是我们共同宝贵的精神财富。你还可以写。'我还要写，力争写得更好一些。"

阿来在《警惕文艺消费主义》中指出："在市场经济浪潮下，一部分文艺产品被卷入商业化的洪流之中，我们对于消费主义可能给文艺造成的损害还不够警惕。"

王树增在《为什么要写抗日战争》中说："我写非虚构类作品，无论是近代史还是战争史，实际上是写心灵史，我觉得当代中国比以往任何时候都需要好好梳理梳理我们民族的心灵史。"

28日 白草的《贾平凹小说中的"引用"》发表于《扬子江评论》第5期。白草认为："贾平凹小说创作中有一个突出的现象……他的小说不仅大量引用笑话、口歌、段子（亦可称为情色笑话）等，也引用古代文献中的故事以及文学作品中的句子、情节、结构、描写方法等，更将媒体报道过的社会事件写入小说中。更值得注意的是，贾平凹在引用这些材料的过程中，是引而不注明出处，用而不理睬原主人，总是要经过一定程度的改头换面、加工锻炼，最终好像变成了个人的独创、发明，归在自己名下，一般读者很难看得出来。这可说是一种暗用或袭用，用得妥帖、适当，使情节多了一点谐趣幽默，多了一些喜剧色彩；用得不好，则显得夹生、别扭，就好像崭新衣服上的一块补丁。"

郜元宝的《中国小说的"奇正相生"》发表于同期《扬子江评论》。郜元宝认为："这里就有一对矛盾和矛盾的转化与统一。在正统诗文作者眼里，小说家的特点是'尚奇',小说的特点是'传奇',而小说家却以为这才是人生的实相,也就是'正'。相反,别人以为'正'的,他们倒觉得不算什么,甚至属于另一种'奇'了。""所谓'奇''正',总是相对而言,并决定于我们观察问题的立场。""一味守正,毫无生气,读者自然寥寥。一味尚奇,装神弄鬼,却颇易被蛊惑。……救之之术,在奇正相生,使'正'得无聊的东西羞于出手,'奇'得离谱的货色无人理睬。"

30日 刘慈欣、李骏虎的《科幻文学与现实主义密不可分》发表于《文艺报》。刘慈欣认为:"其实科幻小说是一个很模糊的概念,迄今为止对科幻小说没有任何准确的定义……可能把作品中基于科学的想象称作为'硬科幻',把科幻作为一张皮,用它来包装传统的爱情、侦探之类的作品叫做'软科幻'。""如果你的笔触本来就是幻想的,再去描写幻想的东西,那不是科幻小说所愿意用的笔法。它一般是用现实主义的方法去描写最疯狂、离现实最远的东西,也是科幻小说一个基本的创作理念。"

本月

"科幻文学与当下中国笔谈(之一)"专题发表于《山花》第10期。张颐武在《主流化进程与想象的重构:科幻文学与当下中国》中认为:"从科幻小说的基本想象看,它对未来的想象一直包含着一系列的复杂的关系。这些关系也是'现代性'的内在的矛盾的一部分。它的两个矛盾关系形成了对中国科幻小说的内在的限制:一是现实与想象之间的矛盾。……现代中国处于在世界上科学落后,贫弱并主权不完整的国家。民族挣扎图存所需要的是以欧美和苏联为参照的横向的'赶超',我们对未来的想象已经有了一个以空间的范例作为时间上追赶的对象。……二是伦理和人文与科技的矛盾。这是科幻小说对人类未来想象经常提出的重要而基本的命题。科幻小说常常表述的是伦理和宗教的人文性和科学之间的内在的矛盾,所谓'两种文化'之间的内在的困扰和矛盾是科幻聚焦的主题。"

十一月

1日 李浩的《叙述的角度及其设计》发表于《青年文学》第11期。李浩谈及"小说叙述角度的设计应遵循哪些基本原则"时指出:"第一原则是,新颖,别致,意外";"第二原则是,效果最佳";"第三原则是,最能够让作家腾挪,发挥,施展。它得让作家有话可说、有话能说、有话好说"。

同日,毕飞宇的《奈保尔,冰与火——在南京大学的小说课》发表于《钟山》第6期。谈到非故事类短篇小说的结构,毕飞宇认为应当采用"点面结构","你根本就不需要考虑线性的完整性,它可以是断裂的,零散的。甚至可以说,它必须是断裂的、零散的,仿佛银幕上舍弃了身体的大脑袋。你只要把大脑袋上的眼神、表情给说好了,说生动了,说准确了,说具体了,永远也不要担心读者追着你去讨要人物的大腿、小腿和脚丫子。——非故事类的短篇就是这样,结构完完整整的,未必好,东一榔头西一棒,未必就不好。"

2日 胡学文的《小说的空间及阐释的可能》发表于《文艺报》。胡学文认为:"小说家的任务是尽可能拓展小说的空间,尽可能在那个空间里装些东西,使读者有更多阐释的可能。即使某些东西让人不适。能够引起不适,从某方面说,正是小说家的胜利。无关痛痒的小说有什么价值?"

15日 陈冲的《小说的历史感:遮蔽还是祛蔽?——以贾平凹的〈老生〉为例》发表于《南方文坛》第6期。陈冲认为:"贾平凹的长篇新作《老生》,时间跨度确实很长,但我们仍然有很多理由,可以不把它当作一种历史叙事来看。比如,有批评家认为这部小说一如既往地采用了作家所擅长的'散点透视'。这原是一种称赞,但我们也可以理解为一种客观描述,即作家所叙述的那些事件,是一种平面上的展开,因而在这些事件之间,没有那种足以构成历史叙事的时间维度,也没有纵深的关联性。说得更专业一点,它没有精神的生长点。换成大白话来说,就是所有这些不同时期里发生在不同人物身上的事件,实际上只是某种浑浑噩噩状态的循环往复。"

张梦妮的《全球化背景下的文学写作——邱华栋创作论》发表于同期《南方文坛》。张梦妮写道:"进入成熟期的邱华栋主要写作两方面的题材:一是当代题材，其中又着重关注城市中产阶层的状态以及新阶层的出现……在这些短篇中，有的故事相对朴实，更多的则比较离奇、夸张，符合邱华栋一贯的猎奇口味。这个系列诚如邱华栋坦言，是对美国当代作家约翰·契佛、约翰，厄普代克、雷蒙德·卡佛的文学技巧和叙事风格的学习。邱华栋的聪明之处是在小说中将背景和细节提供得尽善尽美，这样一来，读起来自然中国味十足。""二是开始回望历史。……邱华栋选取的历史基本上是与中国20世纪的现代化历程关系最为紧密的近现代历史。从这些时段的选择，我们不难看到邱华栋一向怀有的全球化视野。现代中国在全球化背景上的位置、状态及发展的可能性，这始终是邱华栋关心的重点。"

20日 李伯勇的《长篇小说写作与精神谱系》发表于《小说评论》第6期。李伯勇认为"小说写作尤其长篇小说写作，是有其精神谱系即精神传统的写作"，"我们是在一定的精神谱系进行接力式写作的"，问题在于"作者如何体认它……作出自己的个性表达，也有机地融入这条长河，从而在拓展长篇小说长河中延续此精神谱系。这种个性表达，不仅指语言、技巧和风格，更是指作品中人物和作品主题所负载的当代性的时代内涵"。

23日 "多视点论长篇"专题发表于《文艺报》。该专题收录郎伟的《我国长篇小说创作面临的三个艺术问题》、赵月斌的《中国小说的智慧和精神》等文章。

郎伟指出，杰出长篇小说应该具有以下特征："首先，它是具有一定时间长度的生活描述和岁月讲述"；"其次，杰出的长篇小说是对具有密度的复杂生活的描述"；"第三，杰出的长篇小说应该提供深邃宽广、敏锐尖端的社会人生思索和人性思索"；"第四，杰出的长篇小说应该是一种能够永远深入地传达人类的激情、向往、恐惧、痛楚、忧伤等等不可视的内心生活的绝佳文体"；"第五，杰出的长篇小说，在文体结构上应该有足够的熔铸百家的能力和创新突破的能力"。郎伟指出，"当前我国长篇小说的创作存在着三个亟待解决的艺术问题"："第一个艺术难题是从事长篇小说创作者思想和艺术准备不足的问题"；"第二个艺术难题是大量作品明显存在着选材不严，开掘不深的问题"；"第三个弱点是许多作家对长篇小说的文体特点认识不足"。

赵月斌认为："对写作者来说，更重要的是有一个牢靠的精神支点，有足以抬升文学高峰的精神向度,这精神,关乎信仰,或者也可以说关乎'作家的世界观、价值观和思维方式'。"赵月斌还谈道:"所谓'小说的智慧'好像很玄妙,对于西方小说家来说,却几乎就是一种传统。……中国小说当然有它内在的传统。回头看一下,你会发现,我们原来也是有传统的,也有一个虽万变而不离的'宗'啊。这个'宗'不好说就是宗教,是信仰,但可以说是一种东方精神……是中国人所特有的'浑沌主义'世界观。""我们迷信西方的'小说的智慧',却丢弃了古典小说的精神传统。所以我才说,中国小说家不缺技术,不缺思想,缺的是精神。……写思想易,写精神难。小说之难,更在精神,当下小说尤需挺拔的精神。"

25日 黄发有的《网络空间的本土文学传统》发表于《当代作家评论》第6期。黄发有认为:"就单篇作品而言,还珠楼主(李寿民)的《蜀山剑侠传》的影响不容忽视,众多网络写手竞相模仿。其'神魔大战'的叙事模式被玄幻小说和仙侠小说广泛采用,因此,还珠楼主常常被一些写手视为玄幻、仙侠和修真小说的鼻祖,像《诛仙》《佛本是道》《凡人修仙传》都闪动着《蜀山剑侠传》的影子。"黄发有还认为:"诗词是中国古典文学的瑰宝,引用古典诗词或以典雅的文字营造诗情画意,已经成为网络文学尤其是言情小说渲染气氛的重要手段。流潋紫的《后宫·甄嬛传》就大量引用古典诗词和曲词,从《诗经》到唐宋诗词,作者信手拈来,或呈现甄嬛内心情绪的微妙变化,或咏物写景,或机巧应对,既增添了情趣,又使文字风格自成一体。在言语特征上,《后宫·甄嬛传》也有模仿《红楼梦》的痕迹,像普通话中间杂北京官话方言词、文言词汇的混用、儿化词的频繁出现。……就故事的选材而言,不少网络类型小说脱胎于古典文本或民间传说。……网络幻想小说的作者也常常从中古古代神话中寻找素材。树下野狐的《搜神记》有较多追捧者,作品讲述上古洪荒时期的神魔故事,以奇幻的想象改写中国上古神话,作者对战火纷飞中的儿女情长的演绎,又明显受到商业化趣味的熏染。在江南、潘海天、唐缺等的'九州'系列中,'九州'幻境、夸父和羽人等魔幻神奇种族,都是直接来自《山海经》。"

宋学清、张丽军的《论莫言"高密东北乡"的方志体叙事策略》发表于同期《当代作家评论》。宋学清、张丽军谈道:"当莫言的民间历史观与游移的文学立场进入'高密东北乡'的文学景观,且日渐形成地方的文学序列,文学地方史的形态亦愈加完善,这时莫言才真正达成了观念、历史、启蒙与民间的互构,实现了真实与虚构的审美嫁接。从而使关于高密东北乡的文学创作具备了'地方志'的基本雏形,这种所谓方志体式文学书写是指以高密东北乡作为特定的审美对象呈现出完整的社会地理、人文地貌,及其在历史线性发展过程中从起源学延伸出来的关于地域的整体发展变化。抑或集中描述某一特定历史阶段内发生的引起当地地理地貌、政治、经济、文化等发生重大变化的历史事件,以及在当地影响深远的历史人物等,从而使关于高密东北乡的文学创作呈现出带有方志体体例色彩的历史叙事。""'人物志'与'怪异志'是莫言乡村传奇的主要建构方式,'人物志'主要表现为英雄谱系,'怪异志'主要记载奇人异事、鬼怪故事。……莫言对于鬼怪故事的热情几近于蒲松龄……在'神话的历史化和历史的传奇化(人格神话)'的民间思维逻辑支配下,将中国乡村封建迷信、鬼神崇拜思想与拉美魔幻现实主义有机结合,形成一种独特的莫言式的历史叙事策略。此类历史叙事呈现出狂欢化的民间姿态,表现出强烈的传奇性、神秘性、民间性、颠覆性的审美特征,建构出一个英雄的、鬼神的、传奇的地方历史景观。"

王学谦的《〈红高粱家族〉与莫言小说的基本结构》发表于同期《当代作家评论》。王学谦谈道:"《红高粱家族》的酒神叙事是莫言小说叙事的最大偏好,是莫言叙事最坚硬的内核,也是他小说叙事的基本结构或原型,莫言后来的主要作品大体上都是从这种基本结构而来的,或平移或者改写或者缩写。……《秋水》是'红高粱家族'的简化版,它有《红高粱家族》的完整结构,却没有《红高粱家族》的丰富,省却了历史性因素,像开天辟地的神话或寓言。……《大风》中的爷爷显示出酒神英雄气概,但是,其性格被莫言调整为单纯而温和的生命力量,去掉了情欲、凶暴的一面。《老枪》则将家族史与酒神英雄引入现实,'种的退化'弥漫其间,从而使酒神英雄的生命历程陷入迷茫、困惑和挣扎。"

杨早的《改写历史与文学重建——晚清小说与当下网络小说异同辨》发表于同期《当代作家评论》。杨早认为:"与晚清相比,当下的网络小说,特色有同有异。相同点在于,晚清与当下都面临着'文学重建',即旧体制对文学的宰制与秩序化基本失效，新兴文学从最基础的讲述故事重新进化，因之晚清小说与当下网络小说都呈现出一种'元小说'的状态，不讲求理论指导，不追慕叙事试验，基本上是平直的单线叙述，某种意义上这样可以降低文学写作、阅读与传播的门槛，让文学元素进入更多的领域，满足更多人的需求。"杨早指出，"转型期的新兴文学，有一个很有趣的悖论，即文本内容的先锋性与文本形式的保守性、文本传播的大众性往往是统合在一起的。虽然这三个要素并不见得每部小说都同时具备，但有代表性的小说，基本上都具备其中的两到三个要素。晚清销量最高的小说如《玉梨魂》，从实质上肯定寡妇与家庭教师的不伦之恋，思想上有其先锋性，文本形式采用书信体，其实吸引了域外小说的手法，而形式上出以骈四俪六的浅近赋体，正好符合了商人、市民阶层的阅读趣味，因此风行一时"。

同日，刘东方的《从语汇分析张炜小说创作的语言风格》发表于《文艺争鸣》第11期。刘东方称，"在小说创作中，张炜就经常使用一些地道的口语词"。"我们可以真实而明确地感受和把握到张炜小说语言所呈现出的鲜活、质朴、生动的风格。""张炜小说中使用了大量的极具地方特色的胶东方言词语，使其语言充满了山东胶东地域文化的独特韵味。"张炜还"大量使用文言词、成语和四字格词汇等书面词语，并形成了自己的语言风格"。

30日　本报记者王觅的《作家要不断向生活学习——访作家刘庆邦》发表于《文艺报》。刘庆邦指出："我对现实主义创作的理解比较宽阔。只要不是写人的前世，也不是写人的来世，只要写了人的今生今世，就是现实主义。""我的小说本来就是写实的、及物的，是严格按照日常生活逻辑推动的，怎么能脱离现实生活和自己的人生经验呢！""要持续写作，就必须不断向生活学习。"

本月

"科幻文学与当下中国笔谈（之二）"专题发表于《山花》第11期。王冰冰在《国族、宇宙与天下——对当下科幻文学的一种考察》中谈道："可以说当下科幻文学立足'宇宙'视角展开的对于现代民族国家及全球资本主义逻辑的批判，与中国古老的'天下'观念与体系发生了某种意味深长的耦合。"

十二月

1日 金赫楠的《李浩这个人》发表于《北京文学（精彩阅读）》第12期。金赫楠谈道："广博的阅读经验、深刻的思考能力以及对宏阔深邃的主题追求，是李浩异于同时代作家的过人素养。这些素养成就着他，让他在当下充盈着小算计、小暧昧、小情调的流行叙事现场中独树一帜，且为写作不断走向高远夯实基础。但同时，稍不留神，这些素养也有可能对李浩的小说世界构成侵略和牵绊——太过着力于呈现思想本身，往往容易忽略思想表情的生动。殊不知表情的生动，才是小说艺术魅力之根本所在。"

同日，付秀莹的《她内心的风声你听到了吗》发表于《青年文学》第12期。付秀莹写道："一直固执地以为，小说是向内的。一篇小说，不论把外部空间经营得如何激烈动荡，宏大辽阔，试图跟所谓的时代扯上瓜葛，都远没有诚实写出一个人的内心跌宕，一个人的精神细节，更叫人值得信赖。"

同日，宋明炜的《在类型与未知之间——科幻小说及其他形式》发表于《上海文学》第12期。宋明炜认为看待科幻小说有两条不同的路径：一、"我们可以选择把科幻小说当作一种类型文学"，"但当我们这样认为的时候，往往就意味着我们阅读科幻的期待被许多外在于文本的事物规约"。二、"我们也可以把科幻看作一种完全进入未知的文学，它带来的不仅是阅读的满足，而且也有不安、怀疑，甚至恐惧"，"它让我们看到'现实'中的不见，'此刻'中的未来，'我们'中的他者。"其中涉及"类型与反类型"的问题："类型以形式的稳定为前提，是维持文化秩序的；任何对类型的反省和质疑，即便不到反叛的程度，也已经是对秩序的一种怀疑。"

2日 李青松的《让文学呈现生态之美》发表于《人民日报》。李青松认为："生态问题催生了生态文学，但生态文学的使命却是为了消除生态问题。虽然生态文学不能直接改变生态状况，而改变人们的思维和观念，甚至改变人们的生产方式和生活方式则是完全可能的。"

3日 《人民文学》第12期有"卷首语"。编者写道："刚柔并济，本期所求也。……长篇小说《北鸢》，以古典白话小说般的语感、织品或瓷器式的细腻的质感，让我们进入上个世纪二十年代中期及其后的现代时光，温柔知性如江南民歌《茉莉花》，苍凉疼惜如《悲怆小夜曲》。无论哪一个时代，日常生活都有写不尽的繁华离乱幽曲浮沉，若再遭遇无可避免的国殇、家变、人散，小日子被大难所掀翻，柔情无所附丽，柔顺势必无助，日常则定然陷入无常，曾经的柔若无骨怎能不渐趋如铁似钢。刚柔并济——中国故事、中国精神之性情大抵亦如是。"

7日 张楚的《从个人体验到"中国故事"》发表于《文艺报》。张楚指出："21世纪以来，我们重归传统的现实主义，以故事为核心，不自觉地遵循着某种机械的、有套路的写作条规，反倒在某种程度上限制了我们的想象和延拓。生活在我们笔下烟火气十足，却缺乏更深层次的挖掘和打捞，也缺乏对文本的创新意识。当然我不是说故事不重要，我想说的是我们写小说不单单是讲一个精彩的中国故事，另一方面，我们对'故事'的理解跟西方作家对'故事'的理解也有所不同，这在短篇小说文体上表现尤其明显。跟国外同龄同行在文体上的自觉追求和勇毅实践比较，我们在小说创作上呈现出某种可意会可言传的沉默，这使小说的同质性和模糊性日益明显，同时，也让我们所讲的中国故事显得有些呆板、木讷、拘谨，缺乏神采飞扬的自信。""只有立足和深入现实的问题意识，立足于民族传统文化的思想和表达方式，同时自省地、自觉地对文学表达方式与表达内容进行探索或者哪怕是微不足道的创新，才有可能是中国文学真正立足本土、深刻表达中国的要素。"

9日 陈新榜的《文化趋势与网络小说的经典性》发表于《文艺报》。陈新榜指出："网络文学的功能也从精英小众时代的发表交流转为草根大众时代的消遣娱乐。""但凡能长期受欢迎的、被反复阅读的通俗文学作品，必定是在满足受众'俗'的需求的前提下作出审美突破，以独特艺术创造来激发读者的精神需求，抵达雅俗共赏的境界。在这样的作品中，我们可以找到普遍的、共通的精神，获取经久不息的共鸣同感——那就是我们所期待的网络文学'经典'。"

10日 王力平的《什么是小说写作的先锋性》发表于《文学报》。王力平认为："所谓'先锋性'是一个相对的概念……如果说，先锋小说曾经以'形式的自觉'、以叙事方式的先锋性，构成了对传统小说叙事模式的一次否定，那么，伴随着当代文学的不断发展，小说写作应当在更高的发展阶段上，完成否定之否定。既不但要实现'形式的自觉'，更要把叙事方式的自觉选择和创新，建立在作家对现实世界独特的审美感悟基础上。在这个过程中，基于作家独特的审美感受和认知，借助于视角、语调以及隐喻、象征、符号化等叙事策略和修辞手段，在现实世界中的生活逻辑以及主观世界里的观念逻辑、情感逻辑之上，建立起作品自己的叙事逻辑，服务于艺术形象的塑造和情感内容的传达。"

25日 李星的《陈彦〈装台〉：现实主义长篇小说的重要收获》发表于《文艺报》。李星写道："尽管人们都说，艺术是相通的，但戏剧与小说毕竟是两种思维和表现方式有着巨大差别的艺术。在戏剧舞台艺术中取得了突出成就的作者，突然写出那么一部底蕴深厚的长篇小说处女作《西京故事》，紧接着又拿出这么一部语言纯粹、叙事圆融的作品，结构自然和谐，有着几乎如刀雕一样生动鲜活、深刻的一系列人物，确是一种巨大的艺术跨越。'这几天给话剧团装台，忙得两头不见天，但顺子还是叼空把第三个老婆娶回来了。'开头一下子就把人抓住了，不需要任何的过滤和酝酿，就进入了那个素不相识的刁顺子的生活和心灵世界，也就是小说的世界，与刁顺子、蔡素芬们一起体验着生活的艰苦、命运的艰难。在情节推进中，这条幽深的人生通道和心灵风景是用一个个浸润着生命质感的独特的生活细节、生动的人物话语、一处处让人惊叹的心灵透视和心理分析展开的。没有独特发现和人生体验的语言和生活，是构不成一部小说的魅力和密度的，它们只是千篇一律、流水账式的交代，是作者贫乏而无趣的表征。在《装台》的故事中，其密度却是如此之大，以至于让读者在每一句每一段每个细节上都需停留，一步一景美不胜收，同时又承受着消化和理解的心灵压力和思想之累。好小说似乎就应该是这个样子，它以语言文字为基本材料，搭建一个有生命的世界，并让读者随同作者这个导游，体察社会生活中曾被遮蔽的生活领域，体验人物的欢乐和痛苦，反省生存的质量和境界。"

同日，艾伟的《从"没有温度"到关注"人的复杂性"》发表于《文艺争鸣》第12期。艾伟谈道："首先，先锋改造了传统现实主义的方法，先锋通过超现实的寓言式书写,使叙事变得更为迅捷。""其次,先锋文学改造了我们的文学语言。先锋文学的文字有很大的识别性,某种意义上似乎具有南方特性,因为先锋更强调叙事,所以很少用口语,也几乎不写对白,先锋小说所用的几乎都是精致的书面语系。""90 年代,我们写作的时候,会更关注人的丰富性和复杂性,除了叙事形式以外,我们更关注人和这个时代的紧密关系,探讨时代意志下人的真实境况。"

东西的《先锋小说的变异》发表于同期《文艺争鸣》。东西谈道:"像我和李洱、艾伟这样的新生代作家,我们继承了先锋小说的创新精神。我们一直是先锋小说的旁观者,曾经跟着先锋小说的作家们跑过步,但我们先天地注意故事和现实,然后再加入他们的创新精神。不可否认,我们是被先锋小说传染的一代作家。同时,先锋小说传染了网络作家,比如先锋小说对历史与现实的悬置,这个方法网络作家正在大量使用,他们悬置历史与现实,虚化背景,也许这种写作方法是中国作家的宿命,只有虚写历史与现实,才可能写出历史与现实的真相。"

李洱的《"先锋文学"与"羊双肠"》发表于同期《文艺争鸣》。李洱谈道:"马原可能是在汉藏文化的差异性中,看到了自己的身体,看到了自己的身份。对这种差异性的感受刷新了马原的文化意识和身体意识。马原根本不写什么历史颓败,他对那种虚构没有一点兴趣。马原的故事都发生在现在。"

林白的《反抗与静穆:先锋文学的两种姿态》发表于同期《文艺争鸣》。林白谈道:"就语言而论,假如我要先锋,我希望自己的文字要冷硬,我觉得,语言越硬朗冷峻就越先锋,用有硬度的语言表达有硬度的内容,向世界亮出一把锋利的尖刀,这种想象使我兴奋。为什么要硬而不要软?是因为先锋跟现实的关系是紧张的,是一种对抗的关系,硬度来自于对抗的需要。"

王东的《民间传统与地域风情——"寻根文学"中的传奇叙事》发表于同期《文艺争鸣》。王东谈道:"莫言在他的小说创作中一方面是借东北高密乡的创造来搭建了一个上演人生传奇的舞台,另一方面又'作意好奇'地讲述着种种真正属于民间的那些传奇故事。"王东认为"所谓作家的民间立场和民间意识,实际也都来自于他在文本中对于民间的表现方式"。"在'寻根文学'的世界里,如果说题材的意义已经在主题的规范下得到确认并无法放大的话,那么作为'传统'的某种文学表现的形式，反倒可能有了更加丰富的意义，即'寻根文学'以它特殊的想象力所力图展示的原始、神奇乃至怪诞的世界，以及对原始文化精神的极力夸张，在有意无意地忽视了某种历史真实深刻内涵的同时，甚至直接成为一种'重构'乡村、民间和历史意义上的传奇叙事。"

余华的《"先锋文学在中国文学所起到的作用就是装了几个支架而已"》发表于同期《文艺争鸣》。余华谈道："先锋文学之前有伤痕文学、反思文学、寻根文学，短短十年时间里中国几代作家所做的努力就是给予文学应有的丰富性，给予文学原本就应该有的，那时候中国的文学好比一个人的血管99%被堵住了，需要装上几个支架，先锋文学在中国文学所起到的作用就是装了几个支架而已。"

翟业军、鲁辰琛的《论严歌苓的极致美学及其限度》发表于同期《文艺争鸣》。翟业军、鲁辰琛谈道："严歌苓创作的双重秘密：一、她所要看取的人性不沾染一丁点人间的尘埃，只有在远离琐碎、芜杂、缓慢的日常生活的时刻和地点，她的人性才会舒展，才会怒放；二、她的美学只有在生即死、死才生，生与死、黑与白、美与丑之类截然相对的两极被打通、被重合甚至被置换的绝对情境中才能诞生，她的美学就是一种极致美学。""'我们'对于'他们'的'Fantasy'，正是严歌苓的小说拥有大量拥趸、受到影视圈青睐的原因之所在"，"把人性窄化为'她性'，把'她性'归结为坚忍，并且二三十年如一日地书写着这份坚忍，严歌苓的写作就一定是模式化的、有章可循的，因而也是轻松的、痛痒不太相干的，这就像是流水线上的操作"。

28日 王德威的《战争叙事与叙事战争（上）》发表于《扬子江评论》第6期。王德威谈道："在《八二三注》后记里，朱西宁一再表明不欲重复战争小说的窠臼；他追求的是'意境'、是'自然而客观'的呈现。回顾共产党的作为，朱直指其'峻急躁进、紧张造作'的弱点，而内省《八二三注》原稿废弃的文字时，他'见出自己的浮躁火爆'，真正的战争小说决不以写出枪林弹雨为能事，而是乱中有序，于平淡中见'自然'。相对于《保卫延安》的史诗格局，《八二三注》刻意写出一场'抒情'的战争。"

2016年

一月

1日 胡平的《短篇的妙趣》发表于《作家》第1期。胡平认为："好的短篇小说与长篇小说比较起来，简直不是一个品类，长篇小说乃大河奔流，不捐泥沙，好的短篇小说则禁得起细细把玩。长篇小说脱稿了，作者重新看一遍，是要些时日的，情绪时起时伏；短篇小说改定了，作者则可能满心欢喜地重读一遍，再一遍，沉浸在那种圆满的心得之中。这圆满主要来自艺术的美好，来自从情节、细节读到语言时获得的感觉，想必朱辉也有这种自足的享乐。"

2日 王安忆的《虚构与非虚构》发表于《小说选刊》第1期。王安忆谈道："我已经很多年没有看到这样不真实的小说（《断背山》——编者注）……实际上小说一点都不想告诉人们同性爱是怎么回事，它只是想告诉人们一个，很重的，含量很大很大的情感，这种超体量的感情必须由两个物质感特别强的生物来承当。"

7日 马原的《我理解的好小说的特质》发表于《光明日报》。马原谈道："我个人以为好的小说最重要的特质一定是要有一个好故事。没有一个好故事，一定不会是一个好小说。……真实、历史一直让我特别疲倦，因为这个缘故我才去读小说，小说的本质是虚构。"马原认为，"把一个好故事稍微细化一点……就是说故事抛出来的时候，已经让听故事的人对于你的故事前情，对你故事对结尾有某种期许……让你能够在你自觉自愿的前提之下继续，让故事继续"，"实际上在有悬念之后，一个好故事还要具备另外一个东西——玄机"，"当然，更好的故事在结尾的地方它一定要给读家、要给观众一把开悟的钥匙……这种时候好故事就成为好小说的一个最基本的前提"。马原还指出："好的小说可能跟好的故事还有不同。比如好的小说首先得有好的语言,语言是特别关键的环节。"

8日 黄桂元、李治邦的对谈《小说是一种世俗故事的飞翔形式》发表于《芙蓉》第1期。李治邦谈道:"小说家为了适应读者市场,也必然会作出写作方面的调整和改变。我觉得,小说回归故事只是一种表面现象,小说单纯就是写故事属于一种认识误区,小说讲故事,不能换汤不换药,故事不应该是小说的全部,某种意义上它只不过是载体,作家写世俗故事的同时,必须要把更多言外之意加载进去。……所以大家在读小说会发现,这样的故事传递了相当丰富的信息量,而且手法也要很多元,才能为小说的飞翔提供动力。"

同日,周俊生的《长篇小说应是接地气的艺术品》发表于《光明日报》。周俊生认为:"回顾2015年的长篇小说新作,虽然数量巨大,但也留有不足,给读者留下深刻印象的作品在总体上并不是很多。一些成名作家拿出的新作,相比其旧作未能有所突破,特别是一些以当代中国现实生活为背景的作品,由于作家对现实的隔膜,作品的价值观明显滞后,或者只是迎合时尚,浮于表面。因此,进入2016年后,读者对长篇小说作品有新的期待。这种期待首先表现在,长篇小说必须接地气。目前,中国正处在经济社会转型的重要时刻,各种深层次的社会矛盾正在显现。作家虽然并不掌握解决社会问题的钥匙,但是作家有责任深入社会,以文学化的手段来反映现时代的人物在这种社会现实中的困惑和奋斗,塑造出富有时代气息的人物形象。"

同日,"多面镜像论长篇:历史与现实中的国族经验表达"专题发表于《文艺报》。该专题收录黄孝阳的《什么是今天的现实——关于长篇小说的一点想法》、杨遥的《寻找与遗失》等文章。

黄孝阳表示:"我们已经来到了'知识社会',它有五种显而易见的基本矛盾。第一是知识体系的冲突。……第二是权力与资本的冲突。……第三是国族利益的冲突。……第四是技术与道德的冲突。……第五是代际冲突。"黄孝阳进一步指出:"这是现实,是我们的今天与明天。但我们的文学,尤其是长篇小说远远落后于这个现实。有多少部作品所赋予的中国人的容貌与性情,能够完整呈现出这五种基本矛盾,或者其中之一?大多数还是停留在一个'史学传统'里,所处理的题材基本还是农耕社会的魂魄，对以机械复制为主要特征的工业社会少有触及，更毋论当下这个异常复杂的知识社会。"

杨遥认为："无论是传统小说，还是现代小说，好的小说都是叙述和描写特别准确的小说。……准确的描述……让作家与现实与读者进行有效而美好的对话。"

同日，龙迪勇的《建筑空间与中国文学叙事传统》发表于《中国艺术报》。龙迪勇认为，"章回小说最基本的叙事结构是分回立目与单元连缀，而这种结构受到了中国建筑空间组合艺术的深刻影响"。"与西方建筑在单一围合空间中扩大体量一样，西方长篇小说也主要在一个情节框架内扩展篇幅；与中国古代建筑'院落式'结构相对应的，则是明清长篇章回小说所采用的那种所谓的'缀段性'结构。……在明清章回小说中，与'间'对应的是'回'。'回'在章回小说中，就像'间'在古典建筑中一样，仅仅是一个'计量单位'，其作用性并不明显。在明清章回小说中，也存在一个类似'院'一样的意义单位。多个'院'构成的'院落式'结构，正是明清章回小说的所谓'缀段性'结构……无论是中国建筑的'院落式'结构，还是明清章回小说的'缀段性'结构，其实都是中国特殊的宇宙观及其'关联式'思想方法的产物。"

12日 陈晓明的《如何讲述当代中国大故事》发表于《人民日报》。陈晓明指出："中国文学在讲述大故事，尤其在讲述历史的、家族的以及现实的大故事方面，依然保持强烈的愿望。这些讲述大故事的作品总是有着大的历史时间跨度，有着宽阔的社会和地域背景，有着剧烈的矛盾冲突，有着精神和肉体的搏斗，有着强大的悲剧感……今天我们呼唤中国文学讲述中国大故事，在很大程度上是期盼能讲述中国当代（当下）的大故事。在什么意义上能称之为'当代中国大故事'呢？我以为大体有以下几个方面可以作为参照：其一，能充分反映中国当代改革开放的历史进程，表现中国当代社会进程的深刻变化及其艰巨性和复杂性；其二，能塑造出有时代担当的走在时代前列的人物形象；其三，能表现出当今中国人丰富复杂的精神世界，写出真实饱满的人性人心；其四，能够在现实的境遇中看到未来的希望和光芒。"

14日 余华的《不爱音乐的作家不是好作家》发表于《文学报》。余华谈道:"然后,音乐开始影响我的写作了,确切的说法是我注意到了音乐的叙述,我开始思考巴托克的方法和梅西安的方法,在他们的作品里,我可以更为直接地去理解艺术的民间性和现代性,接着一路向前,抵达时间的深处,路过贝多芬和莫扎特,路过亨德尔和蒙特威尔第,来到了巴赫门口。从巴赫开始,我的理解又走了回来。然后就会意识到巴尔托克和梅西安独特品质的历史来源,事实上从巴赫就已经开始了……如何区分一位艺术家身上兼而有之的民间性和现代性,在巴赫的时候就已经不可能……音乐是内心创造的,不是心脏创造的,内心的宽广是无法解释的,它的由来已久的使命就是创造,不断地创造,让一个事物拥有无数的品质,只要一种品质流失,所有的品质都会消亡,因为所有的品质其实只有一种。……我第一次听到的《马太受难曲》,是加德纳的诠释……我明白了叙述的丰富在走向极致以后其实无比单纯,就像这首伟大的受难曲……仿佛只用了一个短篇小说的结构和篇幅表达了文学中最绵延不绝的主题。……此后不久,我又在肖斯塔科维奇的《第七交响曲》第一乐章里听到了叙述中'轻'的力量……小段的抒情有能力覆盖任何巨大的旋律和激昂的节奏。其实文学叙述也同样如此,在跌宕恢宏的篇章后面,短暂和安详的叙述将会出现更加有力的震撼。"

15日 王小平的《传统与现代之间:论白先勇的长句书写》发表于《南方文坛》第1期。王小平认为:"一方面,白先勇的长句是现代汉语长句,体现出现代汉语发展的特点,譬如,现代词汇的使用,句中繁复的定语修饰成分,名词少用单音节词语,一些起承转合话语标记如连接词等的省略,等等。此外,重视语词的现代及物性、实感性,以活泼新鲜的表达方式洗去语言形式长期积淀后所蕴含的陈腐气,这些都是白先勇的长句有别于古典白话小说长句的地方。另一方面,在与古典白话小说长句有所区别的同时,白先勇的长句又在最大程度上保留了古代汉语句子所特有的弹性与流动性,使得其作品富于韵味,体现出很强的汉语言语句形式的美感。"王小平认为,白先勇的长句书写"受古典白话小说长句形式的影响",这种影响主要体现在两个方面:"语词上的'文白夹杂'和结构上的'以意统形'"。"文白夹杂"体现为"以文言词汇入白话"和"精粹的炼字艺术";至于"结构上'以意统形'"则表现在"对事理逻辑发展——

'神'——的意会在一些特定语境下能够取代语言形式标记"。

汪政的《长篇小说的轻与重》发表于同期《南方文坛》。汪政认为,"颜歌把'有趣'作为自己的人生追求与美学理想……她曾经想举轻若重,现在,她努力的是举重若轻。这种举重若轻就是与现实接轨,不再试图在现实之外建立宏大的叙事,而是通过自己的态度使现实成为艺术",于是,"一种新的轻质小说美学已经形成"。"这种新的长篇美学首先是非史诗的,因为现在的社会已经远非前现代的行进方式,它们更理性、更日常、更细腻,也更人性化。其次,这种小说美学是下沉的,并且是趋向边缘的。……它在社会的神经末梢记录波动,在社会的微循环处收集样本。……因为它的轻,所以它是自我限制的,它放弃了长篇固有的野心,节制、微观,它不求其大、其广,而只求对一个地方与一个群落的书写与观照。"

徐刚的《小说如何切入现实:近期几部长篇小说的阅读札记》发表于同期《南方文坛》。徐刚认为:"对于现实的想象,也理应将小说的世界引向复杂,在诸种关系的考量中,妥善归置切入现实的具体路径和可能效果。"徐刚认为,小说切入现实的具体路径主要有以下几种:首先是寓言与写实。"寓言具有一种言在此意在彼的特性,它在形式上是离心的,其结构呈现为一种不完整的、破碎的形式。既往的以表现'总体性'为旨趣的、向心性的写实已难以把握当下的内外现实,而寓言因其离心性、碎片性,其实更适于表现个体的现代情绪,比如精神的衰败等议题。……当然,基于寓言的原则,展开主题先行,言在此意在彼的写作实验,这些也都没有问题,但关键是此在的世界,它也需要搭建得更为绵密细致一些,而不是为了突出地强调彼岸的寓意,而忽视此在的建构。因为多数时候,作品的气韵是在写实的过程中自然呈现出来的。因此,寓言的突显,叙事的神秘化固然重要,但如何将寓言与写实有效沟通却是当下写作,以及'小说如何切入现实'的一个大问题。"其次是新闻与小说。"作家们对于现实的焦虑日益明显,这也集中呈现在几部以新闻素材为写作契机的长篇小说之中。由于经验能力的丧失和经验的贬值,当今世界的'个人化'被压缩到一个狭隘的生活空间之中。写作也沉迷在一种类似新闻性的表象快意之中,浅表却时尚的'街谈巷议'与'道听途说'甚嚣尘上。"再是情感与理性。"小说以虚构的方式再造现实时，总免不了掺杂作者个体的情感介入，以此表明其对于社会现实及人性的理解和态度。因而当作者干脆以决绝的姿态，展开现实主义式的社会批判之时，这便难免会出现一些'操之过急'的情况。在此，基于社会现实的严峻，作者主体不可遏制的愤慨在带给人们情感震撼的同时，也会不可避免地摧毁小说世界本应精心设置的美学建构。"徐刚总结道："我们审视近年来的长篇小说，发现一方面，小说家当然是要用'谎言'来展现'真实'，但问题在于，并不是所有虚构的'谎言'都能自动产生更高意义上的'现实'；而另一方面，我们也需时时警惕，并不是所有的现实都具有天经地义的美学效果，它需要以文学的方式予以经营和重构。因此无论何种叙述，虚构的还是非虚构的，寓言的还是写实的，表象的还是细节的，批判的抑或沉潜的，作者全情投入的'深描'，以及极具美学意味的'重构'，才是小说中现实叙事自我更新的机遇所在。"

杨扬的《长篇小说之"长"——论作为文学现象的长篇小说创作》发表于同期《南方文坛》。杨扬认为："长篇小说数量增多，篇幅增大，参与人员越来越多，正是网络时代文学发展的一种对应形式。"

18日 李敬泽的《张炜〈寻找鱼王〉：古老而长新的中国故事》发表于《文艺报》。李敬泽谈道："野地与少年，这是张炜长久执念的主题。……张炜对新时期文学的一项重要贡献，就在于他重新建构了少年，也重新建构了野地。""'青春文学'的流行是文化之病。经历着急剧的社会变化、快速的经验折旧，我们似乎已经失去了与孩子对话的能力和自信。……但是我们却无法给出更具说服力的故事——故事，求其本义，就是过去的事，是人类丰富经验的凝结和延续，是年长的、见多识广的讲述者在传授人生的智慧。在这个意义上，讲故事的能力和自信就是文化的能力和自信。成人书写的贫弱和青春期自我书写的繁盛，透露着'故事'的危机。而《寻找鱼王》是真正的故事。……这是武侠小说式的'成人童话'……人生还有美、有爱、有慈悲，还有敬畏和谦卑，还有耐心和持守，还有信义，还有自尊，这些事，都是比成功更重要的事。"

20日 程天翔的《2015年短篇小说：中国故事与文体自觉》发表于《文艺报》。程天翔认为，"如今的中国故事面临着全新的时代环境，以往作家积累起来的叙述经验、表现手法已基本失效","一些作家认为中国故事和中国经验就是讲述苦难和眼泪,把小说写成新闻报道的复制体,缺少对现实生活的丰富体察"。

同日,於可训的《主持人的话》发表于《小说评论》第1期。於可训认为:"文学语言的重要,不是因为在常识范围内它能做什么,如状物拟人,表情达意,而是因为在终极意义上它不能做什么,即古人所说的'书不尽言,言不尽意',或陆机所说的'文不逮意'。……但文学又不能不通过语言文字来完成状物拟人、表情达意的目的,要解决这个矛盾,别无他法,就只有发挥它所特有的暗示作用。"

周明全、张庆国的《作家要写出善的坚韧——访谈录》发表于同期《小说评论》。张庆国指出:"传统写法我不喜欢,西方现代派写法,很多人摹仿我也不喜欢。我想摸索一条自己的路,脑袋里却一团乱麻。我八十年代发在《花城》杂志上的小说《灰色山岗》和《巴町神歌》,有西方现代小说的技术运用,有对历史、自然和人生的神秘认识。后来我转向北京,在《十月》和《当代》发表小说,作品多写现实。但我是通过现实来写虚幻,通过地理名称上的故乡昆明来写文学意义上的远方,我的现实题材作品从来不解释社会,写的是人空疏的精神世界。……2014年发在《人民文学》的小说《马厩之夜》,可能代表我的一个写作思路,叙事方法丰富些,能体现自己的人生认识,注重事件和人物的独特性,注重作品的陌生化。我想,这样的小说会好。"

朱寿桐的《莫言的文学存在及其汉语小说文化意义》发表于同期《小说评论》。朱寿桐认为:"在汉语文化特别是汉语小说世界,莫言的文学存在具有十分重要的文化意义。……作为这个时代的典范作家,莫言的文化命运同样被注定:在历史认知和社会评价方面,他注定属于能够代表这个国家和时代的文学存在。……诺贝尔文学奖历史性地肯定了莫言,当然也在世界文坛的宏观视野中成就了莫言,但更成就了汉语文学,成就了汉语文学的自信力及伟大前景。"

22日 曹明霞的《小说到底怎么"说"》发表于《中国艺术报》。曹明霞认为:"赛氏(赛珍珠——编者注)对中国的传统小说有着非常细致的梳理:'小说在中国从来不是艺术,作为艺术的文学只为文人所独有……中国文人在话语权上占有着绝对的优势,他们的强大甚至使皇上也畏惧,因此皇上设想出一套利用他们自己的知识来控制他们的办法,即科举晋升。那些极其困难的考试,差不多要耗尽人的一生思想和生命,这些人忙于记忆和抄写那些死的东西,无暇顾及也看不到人民群众创造了小说……'小说的语言就是老百姓的家常话。……但有话语权的文人们,依然不承认小说,这使中国有可以和世界上其他国家相媲美的伟大作品,却一直不知作者姓甚名谁。"

25日 李遇春的《未完成的现代性反思——〈姜天民文集〉读后》发表于《当代作家评论》第1期。李遇春认为:"姜天民的艺术观已经由早期追求确定性的现实主义美学转向了后期追求陌生化和不确定性的现代主义美学了,带有明显的神秘主义色彩。但姜天民的艺术转向并非纯粹转向西方现代主义或神秘主义思潮,而是同时也吸纳了中国民族传统意象派艺术,以及自六朝志怪小说以来的中国小说神秘叙事传统的资源。对于姜天民而言,融会古今中外的意象艺术已经成为了他后期小说创作美学的核心旨趣。……姜天民也对他心目中的意象派美学做出了中国化的阐释,他以民族传统美学的立场进一步对西方现代性美学进行反拨。他指出:'在中国古代思想家里,所谓"天""道""气""神""阴阳五行""太极八卦""天人合一"乃至描绘宇宙图案的"堪舆学"和揭示人体生命信息系统的"经络学",都具有明显的意象性,也都表现为模糊性和不确定性。正因为这种意象性渗透了整个中国文化,所以中国传统艺术就不可能不具有表现意象和意象地表现的特质。'由此我们可以找到破解姜天民后期小说密码的钥匙,这就是带有表现主义色彩的中国意象小说艺术。"

王彬彬的《高晓声的几种遣词造句法》发表于同期《当代作家评论》。王彬彬认为:"高晓声非常注意语言的节奏,既在'义'上也在'音'上精心选字择词;高晓声的叙述语言,往往散体中夹杂着骈偶,还常常交错地押脚韵,使语言特别富有音乐美;高晓声的语言,还表现出美学意义上的'刻毒',既有观察生活的'毒眼',也有表现生活的'毒手';高晓声语言还表现出一种特有的'粗俗美',也表现出颇有特色的幽默、机智。这些方面,都值得认真研究。这里,只谈谈高晓声的顺势借意、仿用翻造、正词歪用、歪词正用、大词小用以及在数字上的'虚假的精确'等几种修辞手法。"

本月

杜昆的《论转型期知识分子小说文体的变迁》发表于《山花》第1期。杜昆认为转型期知识分子小说文体的变迁体现在"'通俗文体'的兴盛"和"'精英文体'的变异"两个方面。前者体现在"民间语言的自由征引""欲望语言的狂欢泛滥""情节性结构的广泛流行";后者体现在"以诗词、对联、名人名言、宗教语言、哲学思辨引入小说,以及个别作家对小说文体所做的探索和创新,简言之,部分知识分子小说具有文人化、宗教化、哲理化或跨文体的特征"。

二月

1日 李德南、蔡东的《"凝视深渊",以及"与恶龙缠斗"——谈现实生活与文学写作中的恶》发表于《青年文学》第2期。蔡东认为:"具体到写作,《红楼梦》启示我们,首先,不回避恶,写良善也好写丑恶也好,只要不是概念化的写法、质感上不是扁平的就行;继而,怎么处理恶,怎么让善的光芒照耀和穿透恶,这才是作家应该思考和解决的大命题。"

同日,彦火的《访问茹志鹃》发表于《上海文学》第2期。谈到小说创作应该具备的条件,茹志鹃认为:"第一,我所写的东西是人们所接触的生活,共见的生活,但我写出来,终归要让别人看见更深入一点的生活……第二,我非常注意小说的开头,因为开头是很紧要的关头。读者翻开你的小说,不让他停下来扔掉,关键取决于作品的开头,要从艺术上,提出矛盾设置悬疑,要有所表现。第三,是把故事从繁杂化到单纯,因为故事越是繁杂,越难写成短篇。我觉得短篇在某种意义上来说,比长篇难写,要把很复杂的故事揉得很单纯、意义很深刻,也是一部小说成功必备的条件。"

2日 王安忆的《小说的时间与事实》发表于《小说选刊》第2期。王安忆写道:"当虚构小说时,有一个原则——还是要从现实出发。因为现实实在是出于一个太伟大的创造力量。我们所做的一切全都是认识和模仿大自然的创造力。"

4日 花彼岸的《韩松:来自底层的独唱》发表于《文学报》。花彼岸分析了韩松的小说，认为韩松善于通过底层视角书写来反映"人的异化，人与人之间的冷漠，个人在现代社会的自我迷失，乃至对某些现实的批判，对世界的思考"。花彼岸表示："科幻创作与阅读的意义在于可以换个角度看世界、看未来。我们既可以使用乐观的方式，进行大胆的想象，畅想出一个美好的未来，也可以像韩松一样去尝试发掘黑暗中的混沌、矛盾、深邃，从身边的人和事中找回对这个世界的恐惧与敬畏。放眼世界，很多科幻小说作家始终都在对生态环境、人类未来的生存方式等问题做出预言式的解读。而在关注民族生存、关注人类未来这一点上，无论是科幻作家还是文学创作者其实都肩负着同样的使命和责任。"

5日 张江、吴义勤、迟子建、李运抟、贺绍俊的《现实主义的坚守和发展》发表于《人民日报》。

张江认为："现实主义是当代文学的主潮，这一点毋庸置疑。我们今天重申现实主义，要避免对现实主义教条、刻板的框定。其一，倡导现实主义，不是要用现实主义取代一切，用任何一种'主义'包打天下只能带来灾难；其二，现实主义也可以并且应该有想象、有虚构，但是，它的情怀始终在现实，在大地。"

吴义勤认为："现实主义之所以成为中国当代文学的主潮，既是由中国国情决定的，也是由中国人的审美传统和审美习惯决定的。一方面，中国人的审美习惯天然地对现实主义有亲近感。……另一方面，源远流长的文以载道的传统，也使中国人对现实主义文学情有独钟。"

迟子建认为："非虚构文学不'贫血'，是读者喜欢它的主要原因。但如果所有作家都拥抱非虚构写作，我们又有堕入另一种思想牢狱的危险。如果虚构类文学消失，文学就真的死了。……无论是虚构还是非虚构作品，它们的动力之源，都与现实密不可分。"

李运抟认为："坚守现实主义审美的客观性原则，还要特别注意形式变革与相关思考的结合。在现实主义文学的开放中，表达方式的多样化是个重要标志。其中有各种'变形艺术'，但不管使用怎样开放的艺术手法，采取怎样特殊的思维方式，目的都应该为了'辞能达意'。"

贺绍俊认为："在不少现实主义作品中，都加进了一些超现实或非现实的元素，由于处在强大的现实主义气场中，这些超现实或非现实元素同样具有现实的感染力。……总之，当代作家的文学观早已越出了传统现实主义的疆界，同时，我们又能明显感受到现实主义精神对于作家把握世界的影响，仍然感受到现实主义的强大力量。"

19日　谢有顺的《如何完成中国故事的精神》发表于《人民日报》。谢有顺指出，"这些年所讲述的中国故事中，普遍存在着两个误区"："一是在讲故事的艺术上……如何对待中国自身的叙事资源，如何在故事中建构起中国风格、中国语体的文化自觉还不明显。现在看来，唯新是从、唯西方是从的艺术态度未必可行"，"二是中国小说迷恋凡俗人生、小事已经多年了，这种写作潮流，最初起源于对一种宏大叙事的反抗，然而，反抗的同时，伴随而生的也是一种精神的溃败——小说被日益简化为欲望的旗帜"。那么，"如何才能更好地完成中国故事的精神呢？我以为，最重要的是要公正地对待历史和生活。只看到生活的阴暗面，只挖掘人的欲望和隐私，而不能以公正的眼光对待人、对待历史，并试图在理解中出示自己的同情心，这样的写作很难在精神上说服读者"。

25日　哈金的《小说是什么》发表于《文学报》。哈金谈道："一般来讲，小说需要一个故事。故事是由几个事件构成的，这些事件需要有因果关系……中国小说起源于说书传统，非常强调故事性，而西方小说起源于个人阅读（中产阶级家庭妇女有大把时间来读小说），所以西方也有一个不那么强调故事性的传统。……小说有没有故事并不是最重要的。关键要有趣，能使人读下去。还要给人某种整体感，这种感觉并不是全靠结构和戏剧来达到的，也可以通过别的方式来获得，只有能使小说形成类似音乐式的整体感就可以。"

同日，郭冰茹的《回归古典与先锋派的转向——论格非回归古典的理论建构与文本实践》发表于《文艺争鸣》第2期。郭冰茹指出："格非将废名具有实验性质的书写风格与中国文学传统相联系，说明格非在向传统靠近时并非苏童式的'老瓶装新酒'，或者莫言所说的'大踏步地后退'而是在不放弃西方现代小说叙事技巧的基础上将中西两种叙事资源相融合。"郭冰茹认为，在格非那里"传统不是一个确定的可以借鉴、模仿的具体形式，而是一个自然的、常见的、不需要特别标识的无形存在。或许正是在这个意义上,格非对小说传统的理论探讨开始从形式借鉴逐渐转向精神承继,相应的,《山河入梦》《春尽江南》中能够被指认为古典小说叙事传统的形式符号也在逐渐减少"。

张连义的《论阎连科小说的民间叙事》发表于同期《文艺争鸣》。张连义认为:"阎连科的创作也确实受到了拉美作家的影响,但从根本上说,真正影响、左右其创作的是民间叙事,拉美文学不过是'面子',民间叙事才是'里子',其'荒诞'的叙事呈现的不仅是农村的故事,而且是真实的民间故事。"因此,"所谓的'神实主义'不过是民间叙事的现代变形,有着浓郁的民间叙事的痕迹"。

26日 本报记者王杨的《张炜:"听大象旁边的人讲大象故事"》发表于《文艺报》。张炜认为,"不仅是语言,还有结构,都要自然天成。所谓'现代主义'的文学写作中,其中某些高妙自然的还算好一点,另有一些奇怪的结构、奇怪的讲故事的方法,其实是很别扭的,不过是一种'习气'"。

28日 胡菁慧的《绘画元素与铁凝文学作品的图景建构》发表于《扬子江评论》第1期。胡菁慧认为:"爱好绘画艺术的铁凝在进行自己的文学创作活动时,自觉或不自觉中将喜爱的绘画元素融入到文学创作过程,最终建构出一幅全新的文学图景。"一是"色彩运用上的现代与传统","深谙西方艺术史和艺术理论的铁凝非常清楚,她尽力发掘着色彩对其作品人物的表情达意作用,并不失时机地引入一些非'固有色'的搭配关系,即打破传统的颜色和物体搭配习惯,给文学作品带来了全新的语义阐释和象征意味"。二是"直接借用绘画作品中的原型场景","铁凝会不由自主地直接借用绘画作品,尤其是西方油画作品中的场景,将它们带入到自己的中国情境叙事当中。当西方的绘画艺术场面与中国人物故事发生重叠,绘画作品的画面转变为铁凝文学文本的原型"。三是"光影与人物情绪达成契合","铁凝懂画,因而更懂得光线的重要性。她把光线带入到她的文学世界,常常借助光线的力量,赋予其笔下的景观和人物别样的情绪"。四是"散点透视下的诗意浪漫","散点透视在小说中的应用有其鲜明的特征,一般而言,指以极为广阔的生活画面展现生活全貌和时代风貌"。五是"焦点透视法下的写实性构图","小说创作中的焦点透视,指的是作品围绕某个具体人物、具体场景或某些具体事件折射出人物性格、环境氛围和时代特征。……铁凝在文学创作的过程中也大量借鉴了焦点透视法，这使得她的文学作品具有极强的空间感"。

吴天舟、金理的《通向天国的阶梯——孙频论》发表于同期《扬子江评论》吴天舟、金理谈道："阅读孙频时，我们享有的往往是一种矛盾的况味。一方面，她要求我们借由社会批判建立一个护持人性的道德世界，另一方面，其飞扬着血泪的文字唤起的却总是对司法和秩序的大胆僭越——这一社会批判本身的目标对象。这组矛盾构成了孙频小说试管中丰沛的张力，倘若我们将其创作视为一架通向天国的救赎阶梯，那么救赎中蕴含的情与理、罪与罚的吊诡应着实引发我们的关注。"

章旭清、付少武的《试论严歌苓小说创作的影像化理念》发表于同期《扬子江评论》。关于严歌苓小说的影像化创作理念，章旭清、付少武认为，一是"文字的想象与影像的演说"，"严歌苓的小说不光有文字那幽雅迷离、欲说还休的想象世界，更有来自职业编剧那自觉的影像思维（也即视觉思维）对小说情节、场面、动作及人物的塑造"；二是"文学的形象与影像的质感"，"严歌苓的文字，追求呈现的动感和画面，有鲜明的影像质感。所谓文字的影像质感，也即文字对声响、动作、色彩、运镜（推拉摇移俯仰升降）等官能感受的传达，这些官能感受以往是由影像作品实现的"；三是"写人性的传奇与有深度的戏剧性"；四是"小说的独立与影像的借力"。总之，"文学与影视，属于两种不同质地的艺术形式却拥有着共同的肌理和创作逻辑，这就是格式塔心理学家阿恩海姆所界定的'异质同构'关系。可以说，严歌苓娴熟地运用了小说与影视的这种'异质同构'关系"。

周根红的《影视化想象与小说的影像摹写》发表于同期《扬子江评论》。周根红认为："到新世纪以后，我们的文学创作却逐渐表现出资源枯竭和想象贫弱的影视化症候。一些作家的文学创作不再贴近生活，而是通过影视来寻求灵感，转向对影视故事的摹写和对影视符号的挪用。""除了小说对影视情节的模仿外，影视符号也进一步成为小说的叙事元素。那些我们只能在电影银幕或电视荧屏上才能见到的影视片段、影视场景、影视人物或者是影视明星，纷纷走进了作家笔下的小说里，成为小说的一种叙事场景、一种修辞方式、一种为了小说更具有吸引力的注意力资源"。周根红还认为："值得注意的是，影视的影响越来越深入地渗透到一些年轻作家的创作之中。年轻作家强烈的成名欲望一方面使得他们需要不断创作大量的小说以形成资本的原始积累，另一方面他们又希望自己的小说能与影视走得比较接近，从而得以借助影视改编走红。"

29日 李壮的《"中国故事"的多维想象》发表于《文艺报》。李壮认为："作家追求形式风格的突破与新变，同时一种回归传统的趋势也开始初显：这里的'传统'既包括现代以来的现实主义'新传统'，也包括更为悠久的中国古典叙事'老传统'。2015年的长篇小说正以各自的方式，为'中国故事'这一当下文学的'想象共同体'雕刻着不同维度的侧面。""回返传统，是2015年长篇小说创作的另一重显著图景。这一'传统'，既包括'小传统'，即汉语新文学百年发展中逐步确立起来的经典写作方式（如现实主义），也包括'大传统'，即中国古典文学的丰饶资源。"

三月

1日 "文学：我们的主张（续一）"专题发表于《钟山》第2期。该专题收录2015年12月《钟山》举办的"第二届全国青年作家笔会"中与会者的发言。与会作家有石一枫、李唐、周李立、周如钢、雷默等。

石一枫在其发言《不敢说是主张》中提到："文学不是一个纯技术活儿……正因为技术很重要，技术很困难，技术常变常新，反而有可能让人产生一种错觉，就是文学需要解决的，也就剩下技术这点儿事儿了。"

李唐在其发言《写作是一场幻境》中表示："我希望自己可以写出'诗性'的小说，像诗歌般拥有广阔空间维度的小说，像诗歌般探入内心深处，去叙述我所看到的幽灵们。"

周李立在其发言《真正的诱惑都是宁静的》中认为："好小说是一种完美状态，写作者其实终其一生都为着这样一种'梦境中的完美'。很不幸，这是一项注定失败的事业。"

周如钢在其发言《为生存而呐喊》中指出："作家是为了生命而写，为了人性而写，撇开小说的技巧而言，小说最重要的就是药性的发挥，让药性作用于我们的精神，即便不能改变世界和时代，至少可以真切地反映这个世界和时代以及我们的生存境况。"

雷默在其发言《个人经验之后该往哪里走》中认为，小说"包含了我们的精神诉求，有对精神自由的积极追寻，对复杂人性的挖掘和捍卫，还有对既定历史的个人化重构。当小说在形式变革上找不到出路的时候，我想挖掘和拓展复杂人性是一条可以一直走下去的路"。

2日　石华鹏的《一个成熟小说家的写作品质》发表于《文艺报》。石华鹏认为，成熟小说家的写作品质首先是"强大的小说思维力"，"就是用小说这样一种形式来思考人事、思考世界，并发现哪里有小说的能力。哪里有小说？哪里没有小说？这是从事小说写作的大事儿"。"小说思维力其实代表着一个作家内心的深刻程度，他对人、对事、对世界的深刻困惑与洞悉，都附着在小说上，并将其带向不可度量的极致。小说思维力有多强大，小说便能走多远。"其次是"敏锐的叙述节奏感"，"小说的长、短、缓、急和轻、重、疏、密等节奏处理应该说由小说自身内容、题旨、人物等内部要素天传神授般地自然决定，实际上在众多的小说写作实践中，小说节奏是由作者一手把握控制的……依我的感觉，作者做到了'透'——把场面、感受、细节写透了；做到了'顺'——顺着人或物写，避免叙述视角混乱，这样，小说阅读的行进与停留的问题大致迎刃而解了"。最后是"自己的语言气息"，"每个成熟的小说家，其语言都有自己的气息和味道。……寻找属于自己的句子，其实是寻找自己的表达腔调、自己的语言气味、自己的文学个性的过程。寻找是一个过程，也是一种方法，当哪一天找到了，一个小说家便迈进了成熟的门槛"。石华鹏总结道："以上提到的三方面的写作品质，构成了小说家的成熟之本，这一提法与清代诗学家叶燮提出的'诗人之本'不谋而合，他说'诗人之本'有四：大凡人无才则心思不出，无胆则笔墨萎缩，无识则不能取舍，无力则不能自成一家。他说的写作者的'才''胆''识''力'大致应和了小说的思维力、叙述节奏感和语言气息等。"

同日，王安忆的《小说的常理与反常理》发表于《小说选刊》第3期。王安忆认为："小说写作就是讲故事，故事的原则一是遵循常理，二是人间趣味。……常理是生活本来的面目，违反常理则是生活应该有的面目，这就是小说的思想，或者说小说的理想。"

3日　江泽涵的《类型小说中的寓言化手法》发表于《文学报》。江泽涵认为："类型文学的创作难度和艺术高度均不逊于纯文学，四大名著就是典型。"江泽涵认为马伯庸在《龙与地下铁》中"将寓言化手法运用得非常到位，很好地推动了主题效果，增加了小说的含蓄性和文学性"。

7日　刘庆邦的《大爱　大慈　大悲悯》发表于《文艺报》。刘邦庆指出："写这部书（《黑白男女》——编者注），在境界上，我对自己的要求是：大爱，大慈，大悲悯。在写作过程中，我力争做到心灵化，诗意化，哲理化。"

8日　胡少卿的《阿乙的装置艺术》发表于《芙蓉》第2期。胡少卿写道："本雅明曾宣称自己最大的野心是写一本完全由引文组成的书；周作人在其后期散文中，也尝试过一种被谑称为'文抄公体'的形式，即散文的主体部分由引文构成。现在阿乙也这样实验了一把：梳理、组装关于息夫人的历史材料，为之注疏，并名之曰'短篇小说'。这类似于一次装置艺术实践，其观念上的意义要大于实际内容的意义。"

9日　王安忆的《艺术要寻找的是特殊性》发表于《文艺报》。王安忆认为，"人越是进化到文明，对艺术家来说越是乏味，他们要找的是那种特殊性。今天的社会已经把所有的个体都吸纳进来了，在这种情况下，艺术家寻求真正的个体是太难了"。

15日　邵燕君的《再见"美丰仪"与"腐女文化"的逆袭——一场静悄悄发生的性别革命》发表于《南方文坛》第2期。邵燕君认为："'女性向·大历史叙述'潮流出现的动力之一是耽美小说的影响，《琅琊榜》和《一代军师》最早都曾经在'耽美大本营'晋江文学城的'小粉红'板块'开坑'……经过大量的写作实践，耽美文学积累了相当充足的处理平等'亲密关系'的心理能量和文学技巧，这些都为非耽美类的'女性向'写作中'女主变强'提供了有益滋养。"于是，"沉睡已久的中国古典'美男子'形象开始在'腐女'们的欲望目光中复活"。"中国女人眼里的美男子，也不是健美肌肉型，而是银盔银甲的白袍小将,玉树临风的白面书生——中国传统戏剧里的武生和小生,正代表了这两种美男形象,《琅琊榜》男一号梅长苏及其前身林殊也正是这两种形象的合体。"

18日 张翎的《流年印记》发表于《文艺报》。张翎指出:"在每一个章节(《流年物语》——编者注)引入了一件与主人公密切相关的物件……由它来承担一个'全知者'的叙述者身份。换言之,我试图找到一个新的角度,来叙述一个老套的故事。"

20日 李海音、邱华栋的《在历史中体验自我——访谈录》发表于《小说评论》第2期。对于历史,邱华栋喜欢对其"展开一种甜蜜的、亲切的、可感的、有趣的想象",而不喜欢"过于反讽",认为其"消解了历史本身的正当性,最终消解了作家自身"。

李建周的《寓言化小说的文体政治》发表于同期《小说评论》。李建周认为:"寓言化小说在一个总体性分裂的时代呈示出一种作家视野中的世界图像。作家试图采用寓言化的方式,重构已经断裂的小说和现代世界的复杂对话关系。"具体来说,"寓言化小说广泛运用神话模式,有意拆除现实与非现实的理性标界……将现实世界中的故事、人物、结构与神话世界平行对照或镶嵌叠加,从而在整体上达到隐喻和暗示的目的"。另外,"寓言化小说的文体意识在文学本体论,尤其是形式本体论与语言本体论中得到突出阐发。它将文学形式与生命体验贯通起来,文学创作成为言不及物的语言游戏,而纯粹的语言游戏又被视为最内在的生命体验。……侧重语言实验的寓言化小说强调'假定性'和'虚构性',与包含社会、道德、伦理和人性内容的'意义'相脱节,倾向于开掘与梦境、幻觉联系紧密的死亡、性、暴力等潜意识主题"。同时,"寓言化小说的语言游戏还体现在对语言自身的疏离。这种不及物语言有强烈的'元语言'色彩"。

刘媛的《论中国网络科幻小说》发表于同期《小说评论》。刘媛认为:"网络科幻小说,有很多看起来不仅仅是科幻小说,而是集合了玄幻、魔幻等元素的综合性小说。实际上挖掘其内核,就可以看出,如果从是否具有建构与读者所处世界不同的文化话语形式这点出发,网络科幻小说是科幻小说。网络科幻小说一般不属于科普类,主要属于建构类和推测类。"同时,"网络科幻小说作为网络小说的一个分类,自然具有网络小说的一般特性"。至于网络科幻小说的文本特性,刘媛认为"新奇性正是在网络科幻小说最为特出的特征","网络科幻小说具有乌托邦叙事的特性","网络科幻小说以标签标志文本","网络科幻小说在人物塑造上的极具个性"。

汤哲声的《网络小说入史与中国当代文学史价值取向的思考》发表于同期《小说评论》。汤哲声认为:"网络小说承接的是清末民初形成、上世纪30年代成型的中国现代通俗小说的美学渊源,并结合了当下世界流行文学与其它电子媒体的美学要素而构成。"

於可训的《主持人的话》发表于同期《小说评论》。於可训认为,"华栋从写都市小说,转向写历史小说"这一"华丽的转身","没有重蹈本质主义和解构主义的覆辙,而是另辟蹊径,别开生路"。於可训认为,邱华栋"想写一种可以用感官触摸的历史小说——能触摸的历史自然是实在的,但这实在的历史,又不是僵硬的、冰冷的,而是生动的、温暖的,是带着作者的生命和体温的,是被作者的想像激活、被作者的声音唤醒的"。

杨文臣的《论墨白小说的复调艺术》发表于同期《小说评论》。杨文臣认为:"墨白用迷宫隐喻历史和现实,强调世界的复杂性、神秘性和未完成性;他喜欢书写人的挣扎、迷惘、困惑;对于他的主人公,他既满怀同情又冷嘲热讽……所有这些,都体现了一种复调的世界观。墨白又善于把自己对于世界的这种思考通过小说的形式和结构表现出来,从而使复调成了他的小说的一个显著特征。"具体来说,"墨白使用内视角叙事,最大限度地凸显了主人公的自我意识。……当作家在人物身上融入自己的生命体验时,作家和人物的对话也就包含了作家与自己的对话,一种自我的审视和批判就形成了,这恰恰是符合'复调'的精神实质的"。"墨白的小说语言有一个非常明显的特征,那便是典雅、诗意的书面语和粗俗、芜杂的方言俚语掺杂在一起……哲理性语言与叙事性语言的交织构成墨白小说语言的另一种复调性。"

25日 段崇轩的《重建短篇小说的经典写法》发表于《文艺报》。段崇轩指出:"当下小说特别是短篇小说最突出和严重的问题是,它疏离或者说背离了经典文学的传统和写法;短篇小说的'无所作为',又直接影响了中篇、长篇小说的变革和发展。""短篇小说作为一种特别的文体,有它的基本特征和构成元素,这是不能违背和解构的。它的构成元素有四种,分别是故事情节、人物形象、主题思想、表现形式。这是短篇小说的四根支柱,砍掉任何一根,其艺术建筑都会坍塌。……但创造和超越,必须立足于对经典文学的汲纳和继承的前提、基础上。而'去经典化'或'非经典化'式的创作,只能导致文学历史的断裂和文学创作的衰退。""克服当下短篇小说创作中的随意性、盲目性,重建短篇小说的经典写法,已成为众多作家尤其是年轻作家的紧迫课题。……重建经典无非有两个方面。一方面是'写什么'的问题。譬如在故事的叙述上,现在有一种一味追求故事性而滑向通俗化、虚拟化的倾向,这是需要警惕的。经典短篇小说自然也很注重故事情节,但它更重视情节的提炼和内涵,这无疑是需要效法的。……另一方面是'怎样写'的问题。譬如在小说模式上,经典短篇小说已经形成了故事、人物、意境、心理、象征等多种结构形态,而当下的短篇小说样式大量减少,主要是故事模式、人物模式大都写得较弱,其他模式寥寥可见,这是很不正常的。"

同日,张清华的《关于先锋文学答问》发表于《文艺争鸣》第3期。张清华谈道:"中国作家确实获得了一种现代性的能力,即借助复杂的文学手段,坚持了对历史、现实的秉笔直书,或者变形记式的旁敲侧击,坚持了对于人性黑暗与光明的共同探究,甚至也抵达了对于人类共同的各种忧患的书写,对于与生存与存在的哲学追问……所有这些,如今看似即在左右,但没有当初先锋文学运动筚路蓝缕的开拓前行,是无法想象的。"

本月

格非的《重返时间的河流——在"人文清华"讲坛的演讲》发表于《山花》第3期。格非认为:"在传统的文学里面,空间是时间化的,在今天的文学里面,相反,时间是空间化的,当然,空间最后碎片化了。我们今天不知道时间去了哪儿,看不见时间,我们眼前堆满了各种各样的空间,令人炫目。我们都是空间里面呈现的碎片化的俘虏。……所以我说,没有对时间的沉思,没有对意义的思考,所有的空间性的事物,不过是一堆绚丽的虚无,一堆绚丽的荒芜。如果我们不能够重新回到时间的河流当中去,我们过度地迷恋这些空间的碎片,我们每一个人也会成为这个河流中偶然性的风景,成为一个匆匆的过客。"

四月

1日 《北京文学(精彩阅读)》第4期有《热线》专栏。有读者向王祥夫提问:"如何看待作文与作画的关系?"王祥夫回答:"写小说和作画对我来说可以互补……我个人的感觉是,在写作上受益于绘画不少,当然绘画也受益于写作,是互相滋养,互相丰满。我十分迷恋小说的画面感。以前我们读小说是在听一个人讲述,而现在我们读小说是在观看,像是在看一部有声有色的电影。写小说,有时候感觉自己是在制造一部影片,一个画面接着一个画面快速闪过或慢慢推移的那种感觉,让我感到速度和色彩的魅力,让我很着迷。写小说多年,我的总体追求是不会自己跳出来在小说里说话或讲大道理。读者们都很聪明,你不必多讲,你只须把你的人物、情景、画面交给他们就行。"

同日,周大新的《现实主义边界可以扩展》发表于《人民日报》。周大新指出:"当我们在中国这块土地上使用现实主义创作方法时,可以与中国历史上民间智者渴望超脱世俗的玄想传统相结合,写出充满灵性的现实主义作品。""当我们在中国这块土地上使用现实主义创作方法时,可以借鉴西方知识界喜欢科学幻想的做法,把现实主义创作与科学幻想相结合,写出带有未来眼光和科幻味道的现实主义作品。"

同日,陈村的《天上掉下个网络文学》发表于《上海文学》第4期。陈村认为:"网络文学的主流是通俗文学,它最热门的是类型小说。回到讲故事的传统。它的好处是大大拓展了文学的覆盖面。但坏处是将大河似的文学做细做窄了,做成模式了。"

6日 武歆的《一定要让语言比故事还重要》发表于《文艺报》。武歆认为:"赵玫的小说如同她的散文一样,几乎没有震撼强烈的故事情节,也没有惊讶错愕的人物,只有独属于她的不可复制的'赵氏语言'。她的语言肆意铺排,行云流水,看不到任何叙述的阻隔。仼何描写 无论是人物还是景物,或者是内心状态——在赵玫的笔下都没有停顿,哪怕稍微舒缓一下的停歇都没有,永远都是在风云飘逸的叙述中悄然完成，而且完成得自然舒展、潇洒漫延。"

8日 李云雷的《现实主义：越来越广阔的道路》发表于《人民日报》。李云雷认为："对于一个作家来说，如何将个人体验与时代经验'历史化''相对化''艺术化'，在作品中凝聚当代中国人的经验与情感，是一个巨大的问题，这也决定了我们是否能够创造新的文学经典，能否攀上文艺的高峰。而要达到这一点，我们需要以现实主义的精神与方法，对当代中国人的生活与内心世界进行观察、思考与研究。"

同日，本报记者行超的《2016年国际安徒生奖得主曹文轩："站在水边的人无法不干净"》发表于《文艺报》。曹文轩说道："我确实倾向于古典的美学趣味……现代文学毅然决然地与美切割，并加以唾弃。而我一直以为这是对文学性艺术性的放弃，是违背文学本性的。"

13日 曹文轩的《儿童文学创作中的几点体会》发表于《文艺报》。曹文轩认为："对一个中国作家而言……要从一个个任何想象都无法创造出的中国故事中看到人类存在的基本状态，要从一个个中国人的喜怒哀乐之中，看到千古不变的基本人性，而他又永远希望用他的文字为人类提供良好的人性基础。"

14日 本报记者张健的《以文为家，以笔为马——国际安徒生奖获得者曹文轩访谈》发表于《人民日报》。曹文轩谈道："其实无论是浪漫主义还是现实主义，在漫长的岁月中都在做着一篇'感动'的文章，但这个'感动'的文章到了现代派这里就不再做了。现代派的全部注意力都用在思想的深刻上。这种对思想深刻的无节制追求，到了后来几乎堕落为变态。当然，现代主义在将人类的思考引向形而上的思想疆域方面，作出了不可磨灭的贡献。……文学具有悲悯情怀是先验性的，也就是说，文学之所以是文学，就是因为它有悲悯情怀。"

21日 方岩的《长篇小说的智力和难度》发表于《文学报》。方岩谈道："路内把与历史背景的相关信息和推进故事进展的要素合理地化约进对话，由此保证了故事的连贯性和叙事的节奏感。这种冒险但是颇有成效的做法自然带来了良好的阅读反馈。对于那些偏爱故事情节的读者而言，能获得阅读上的愉悦感；而对于那些不仅仅满足于故事性的读者而言，则需要携带自身的知识贮备和价值观念，与对话中的那些重要信息，进行相互质疑和相互补充。在小说阅读中难以获得智力训练和知识反馈恰恰是当下长篇小说创作中的又一个病相。"

苏童的《短篇小说的使命》发表于同期《文学报》。苏童谈道："长篇小说中有诸多文学元素的相互作用，短篇小说中也都有。它虽然不像交响乐般华美，但其复杂性、丰富性与协作性都能得到体现。短篇小说的艺术体现为'一唱三叹'，'唱'其实就是创作，'叹'就是阅读之后所产生的审美概念。在我看来，《三言二拍》标志着符合现代审美意义的短篇小说在中国出现……《十日谈》和《三言二拍》时代的短篇小说呈现的是一个世俗的、草根的形态，当时的短篇小说写作者不是知识分子，所以对社会不存在批判的热切欲望。……到了19世纪末，契诃夫、莫泊桑等作家的出现，标志着短篇小说在西方的成熟。我们则到了现代文学中鲁迅先生创作的短篇小说的出现，我们的短篇小说算是真正成熟了。这个时候的短篇小说有一个共同的面貌，基本背离了《十日谈》与《三言二拍》的风格，短篇小说作者开始在作品中建立自己的形象，当然，很多人选择的是批判者的形象。在短篇小说这么一个逼仄的空间里，我该讲一个什么样的故事？这是非常具体的问题。要写好小说，必须要提供好故事。……欧·亨利所有的短篇小说都依赖于某一个偶然事件的发生，然后，敷衍出种种的意外，它的戏剧性就建立于此。这种方式在某一时期内成为短篇小说的正统……除此之外，短篇小说还有很多类型，我倾向于美国学者哈罗德·布鲁姆的说法……布鲁姆说：'短篇小说的一个使命，是用契诃夫去追寻真实，用博尔赫斯去翻转真实。'……无论是追求真实也好，翻转真实也好，短篇小说的使命还是要去揭露现实。说到短篇小说的发展，如果用一句话来概括，就是在反对欧·亨利、莫泊桑的道路上越走越远，这是当今短篇小说的一个总体趋势和走向。"

25日　本报记者王杨的《麦家：真正有才华的作家，每次出发都走一条新路》发表于《文艺报》。麦家谈道："我确实在小说中注重恢复故事的魅力，因为我们的小说一度远离了故事，以有故事为耻，这是好高骛远，误入歧途；但把小说仅仅看作故事，是弱智。"

28日　本报记者傅小平的《文学语言：如何在传统和创新之间保持平衡》发表于《文学报》。文中指出："评论家王宏图以作家格非的'江南三部曲'为例表示，格非作品文本肌理之中渗透着古典的意蕴、情韵和格调。……王宏图把'江南三部曲'视为中国文学绵延不绝的抒情传统在当代的延续。它虽是完整的叙事文本,但从头至尾,作者面对历史嬗变和人物命运所生发的迷惘、伤感、悲郁之情在字里行间流淌,与事件、情节水乳交融。……在王宏图看来,刻意酿造古典风韵是一把双刃剑,它既给作者带来了成功,又设下了难以逾穿的界线。……'如何在传统和创新之间保持一种平衡,始终是当代作家无法回避的难题。'"

同日,郭冰茹的《"革命历史"叙述与史传传统》发表于《扬子江评论》第2期。郭冰茹认为:"当历史被视为一种经过'阐释'的叙事时,'现实主义'便不再是'革命历史'叙述中唯一合法的表现形式了。我们或许可以将当代文学对'革命历史'的处理视为当代小说对史传传统的一次逃逸,这种逃逸为小说创作书写空间的拓展,思想深度的开掘提供了充分的可能性,从而也在另一个层面上回应了冯梦龙关于'史统散而小说兴'的判断。"

项静的《时间之形:历史景观化的三种方式——近年来长篇小说阅读札记》发表于同期《扬子江评论》。项静认为:"今天我们在作品中遇到的被景观化的三个历史形象:'文革'年代、1980年代、古代形象,在我们观照'今天'的时候,其中的结构和意图,必然影响到构造和想象未来的可能性路径。重新叙述1980年代的故事,破除抒情式,可能是未来文学叙事一个重要的生长点。而'文革'史,可能更多地转化成作家坦白的叙述之困难,是现实生活中青年一代行将抛弃和隔膜化的一段历史。古典意象,作为遥远的背景,作为大国梦想的催化剂,如何借尸还魂地成为我们活生生的现实,而不仅仅是美学意味和文化热的文学版,仍有可以探求的空间。"

29日 张江、雷达、白烨、黄发有、叶梅的《现实主义魅力何在》发表于《人民日报》。

张江认为:"为什么现实主义文学能常在常新?我认为,这不是历史的偶然,而是由现实主义所倡导的理念决定的。文学艺术,归根到底,是人类把握世界的一种方式,换言之,是人类处理自身与现实关系的一种方式。而现实主义最本质和最鲜明的特色,恰恰是对这种关系的强调。"

白烨认为:"而我们所说的现实主义,是联系着中国的社会文化现实,对应着中国新文学以来的创作，跟欧美的批判现实主义、俄苏的批判现实主义，实际上是剥离开来的，是内涵与外延都不相同的两个概念。简要地说，关于现实主义，有偏严与偏宽两种思路的理解。偏严的，在内涵与方法上都持守现实主义的原本要旨，即'真实地再现典型环境中的典型人物'的真实性、客观性与典型性；偏宽的，则主要强调富含人文主义内核的社会性、真实性与向上性统一的基本精神。"

黄发有认为："首先，深厚的精神传统为现实主义带来丰富的滋养。……其次，现实主义文学与时代共同呼吸。对时代感和现实性的强调，使得现实主义文学具有一种介入性与亲历性，一个作家以自身的生命来见证时代与现实，从不同侧面来揭示现实和真相，这种写作的在场感显得质朴而厚重，往往具有一种直逼人心的魅力。作家对形式的探索能够发掘文学的独特魅力，但逃避现实的形式游戏只会抑制文学的内在活力。……再次，现实主义的开放性与多样性为现实主义带来创新的活力。……作为与先锋文学差不多同时出现的文学潮流，新写实小说是对先锋文学偏重形式探索的补充，它在总体倾向上继承了现实主义的传统，同时又吸纳了法国自然主义与新小说的某些表现手法，这类作品对于凡人琐事的关切，成为艺术地反映当时世道人心变化的精神窗口。尽管新写实小说也有其审美的局限性，但其开放性姿态却给现实主义带来有益的启示。"

本月

七月薛静的《在"穿越"中重塑"现代"——网络文学穿越小说新变》发表于《山花》第4期。七月薛静认为"《知否？知否？应是绿肥红瘦》《名门医女》等诞生于2010年之后的这批穿越小说，不再以'预知历史'来认同强者，也不用'现代眼光'来超然度日，而是将核心从'历史'转移到'现代'，探寻前现代背景下，个人的主体性是怎样被建构出来的，现代性是如何从中国的历史中诞生出来的。它们从未否认现今的合法，但目的却并非服膺于此，而是再次树立'现代'的价值、'个体'的意义，在启蒙的废墟中，寻求继续向前的动力"。于是，我们看到"穿越小说历经三代，终于触底反弹，在前现代语境下，重塑主体意志与独立人格，重寻现代精神与理想信念，试图透过折叠的历史，唤醒当代社会沉睡的灵魂，脱离安于历史板结的谷底"。

五月

1日 《"变动的中国乡土与当下中国乡土写作"研讨纪要》发表于《青年文学》第5期。该研讨纪要为2016年4月5日举行的鲁迅文学院系列学术研讨会上的发言。参会的专家学者有窦红宇、宋长征、郭艳等。

窦红宇认为："在当下的乡土写作中，一是失去了传统。包括语言传统和思想传统的失去。二是作家的不在场。大城市写作和怀念、追忆，导致了亚故乡化写作，人间处处是故乡。……三是失去了真和善。……乡土已经不是美丽的家园，而是一切罪恶和荒诞的所在。"

宋长征认为："重要的是，如何让文字鲜活起来，使之拥有更多的受众，或者在以汉语为母语的写作上做出怎样的调整，才能让文学拥有其自身的生命力与延展性。"

郭艳认为："当下的乡土写作的缺失不仅仅是一个文学问题，而是中国作家面对自身传统——现代转型的文化问题。"

同日，叶兆言、木叶的《好小说一定是"有问题的"》发表于《上海文学》第5期。谈到虚构与真实，叶兆言认为："小说绝对是虚构的东西，不能当真。但是，真实可以作为一种技法，譬如有的画跟真的一样，引起注意甚至反感，这就达到一种效果。"叶兆言还说："我并不希望小说靠真实取胜，小说主要还是依靠人物和故事。"

2日 王安忆的《小说中的生计问题》刊登于《小说选刊》第5期。王安忆谈《红楼梦》，"我个人以为，晴雯死了以后，宝玉写的《芙蓉女儿诔》，基本上可以说是《红楼梦》对'生是什么'的一个总结，是贾宝玉对人生的一个总结。"

3日 《人民文学》第5期有"卷首语"。编者写道："原欲与修持、长生与断送、家族与私念，在'气息、目色、膳食、遥思'这养生四诀的内外含混交缠，最终交付于历史洪流。有幸留下的，只是档案馆里尘封待读的案卷。张炜的这部长篇小说新作《独药师》。就是关于这份案卷的'实录'。以非虚构式的事实感,还原历史剧烈运行的民间情态,演绎、争辩和析出'原道'与'新变'的撕裂与选择。"

10日 《十月》第3期有"卷首语"。编者写道:"马原又开始天马行空了。这一次他的笔触离开了藏区,指向了傀尼人的姑娘寨。在《姑娘寨的帕亚马》中,马原再次显示了非凡的虚构能力。小说叙述者对现实确凿无疑的指认,最后被证明与世俗意义上的真相相去甚远,或者从某种意义上说,真相无法被证实。两个世界保持同构关系却又大异其趣,在怀疑与确认、解构与建构的复杂过程中,世界呈现出如此奇异的景象。"

朱个的《我有偏见》发表于同期《十月》。朱个提到:"我尤其喜欢短篇的另一个原因是,短篇小说不在于再现生活或者重复一个有头有尾的完整故事,它有时候甚至还不如一部好看的电影。……因为它只留下了故事,再没有别的了。从这个意义上延伸,短篇小说必须要说出一些什么,那些东西就像潮水漫过沙滩,不光抚平了沙子,还在光滑的表面留下一轮一轮渐趋扩散的物理波纹。这些波纹纤细薄弱,数量稀少,却可能固执而凝聚。直到有一天,在某时某刻,你正试图于拖延松懈中使自己消失在人群里或者实际事务中时,忽然想到了曾经阅读过的短篇小说中的某张脸孔、某个侧面,仿佛芝麻开门咒语灵验,细小事物的灵魂清晰地浮现出来,人的内部世界随之丰沛饱满起来。你终于意识到,事实的诗意或者说客观的本质原来就闪烁在短篇小说当中。"

12日 本报记者傅小平的《张翎:"人"真是个叫我惊叹不已的造物》发表于《文学报》。张翎谈道:"《流年物语》中叙述方式的变化,最初出于我对自己固有的叙述模式的厌倦,这种厌倦纯粹是个人的审美疲劳。……《流年物语》中'物语'的参与,除了改变固有叙述模式之外,我也考虑到了'物语'与'人事'的融合。'物语'帮我解决了一些视角上的难题。书中的人物大多过着双重生活,如果用频繁变换人称的方式来揭秘,有可能导致阅读上的混乱,而用'物语'来交代,有助于故事视角的自然转换。……在我的设想中,'物语'和'物'本身的身世故事也是对'人事'的一种烘托和对应。"

15日 何可人的《镜像的牢笼——评陈谦长篇小说〈无穷镜〉》发表于《南方文坛》第3期。何可人认为:"《无穷镜》关注的是我们纷繁复杂的人类学关系中最基本、最原始的一种：我们如何模仿他人，如何通过模仿他人而发现自己，发现他人。"

马季的《〈羋月传〉：网络文本与传统文本的同构》发表于同期《南方文坛》。马季认为古代言情小说"由于其历史背景的虚拟性（网络称之为架空），又与传统的历史小说存在很大差异"。"这就引发了一个文学概念上的议题：网络时代，历史小说是否有重新界定的必要和可能？换句话说，包括架空、穿越等形式在内的网络历史文，能否划入历史小说范畴？这关涉研究者的方法论，及其对作品的身份认定。"马季认为："《羋月传》的出现，打通了古代言情小说和历史小说并行不悖的路径，弥合了网络与传统对历史小说认同的巨大裂痕。"

18日 邱华栋的《用工匠的精神写小说》发表于《文艺报》。邱华栋自称："每次写短篇小说，我都要把结尾想好了，因此，短篇小说的写作，对于我很像是百米冲刺——向着预先设定好的结尾狂奔。语调、语速、故事和人物的纠葛都需要紧密、简单和迅速。"

20日 郭文斌的《祝福与安详——自述》发表于《小说评论》第3期。郭文斌认为："文学除了教科书上讲的认识、教育、审美、娱乐、批判等功能外，应该还有一个更加重要的功能那就是祝福功能。……带着'父母心肠'写作，带着'父母心肠'出版，应该是作家和出版家最基本的品质。"

田频、郭文斌的《最可怕的是假醒——郭文斌访谈录》发表于同期《小说评论》。郭文斌表示不但希望自己的文字"能达到一种慢的境界"，更希望它"能达到一种静的境界"，还希望它"能达到一种安的境界"。郭文斌还表示要想让当代文学走出目前的困境，"重获力量感和影响力"，就要"让当代文学成为人们根本快乐的资源"，并坚持认为文学具有精神上的"不可替代"性。

於可训的《主持人的话》发表于同期《小说评论》。於可训认为《农历》复活了"沉寂多年的新笔记小说"，与此同时，"《农历》又不是一般意义上的新笔记小说，而是一部民俗文化和民间生活，也包括民间信仰的'百科全书'"，是"一种中国化的小说"，展现了文学的"潜移默化、浸润无形的教化作用"。

赵依的《"格局气象与中国经验表达——当下长篇小说现状研讨会"综述》

发表于同期《小说评论》。黄平在会上谈道:"和十九世纪的英国、法国、俄国类似,中国同处一个巨变的时代,传统中国与现代中国的断裂、文学与经验的问题,不仅仅是一个文学问题,'中国经验'总体性的想象与各个阶级充满巨大差异性的体验,构成一种无法忽视的文化冲突,存在巨大差异的各个阶层,无法分享一个共同的'中国',因此借由'特殊性'来抵达'普遍性'是大作家和大作品的必要尺度。"而赵依认为,"我们在'重返'十九世纪、索引世界文学谱系时尤需挺拔中国小说的智慧与精神"。另外,何平对"当下中国文学界以长篇小说来作为小说家的评价标准"表示疑惑:"这究竟是一个中国的标准,还是一个世界的标准?是不是每个小说家都有写作长篇小说的能力?我们是不是更倾向于巨大的史诗性的长篇小说?城市的经验能不能用我们写乡土式的长篇小说表达?"

周志雄的《兴盛的网络武侠玄幻小说》发表于同期《小说评论》。周志雄认为:"中国网络武侠玄幻小说,积极吸收了传统武侠小说的资源,并发展了传统武侠小说。"

23日 李昌鹏的《短篇小说有无次要人物》发表于《文艺报》。李昌鹏认为:"次要人物在作品中的完成度取决于作品自身的情况,可以遵循适称和多样的原则。'适称'和'多样'概念出自画家威廉·荷加斯的《美的分析》一书。这里的适称是指一篇小说中人物的某些特征与作家特定的写作目的相适应;多样则是一篇小说中的众多人物具有性格差异或处于不同的立场,从而实现整篇小说人物样态的丰富性。"

徐则臣的《持续写作的理由》发表于同期《文艺报》。谈到自己的"写作何以为继"的问题,徐则臣总结为"探究的激情""思考的习惯""自我辩难的需要"三点。

25日 贾平凹、韩鲁华的《虚实相生绘水墨 极花就此破天荒——〈极花〉访谈》发表于《当代作家评论》第3期。贾平凹谈《极花》的创作时说道:"实际上在我写的时候还是实写,只是把它虚化。把它整体虚化,比如梦境的事情,在写的时候,还是实际写。因为它围绕结构的问题,它不可能把故事只限制于村子里,再不要写村子之外的事情了。村子之外的事情,都是靠回忆,别人叙述,或者梦境，来完成这个叙述。别的地方我都是虚化，但在具体写梦境之类的时候，我把它实写，具体描写是实写。因为写小说万变不离其宗，自己有一个想法，有一个审美过程。就是在作品中不停地设置隐喻的东西，象征的东西，多义的东西。这些东西都是虚的，都是精神方面的，或者都是精神所指方面的东西。但是在具体描写这些虚的东西的时候，那是一字一句的实着来，真正是将虚化的东西把它变成实在的东西放进来。……他是有意象在这，他的所指，他的象征，他的隐喻在里边，这是我写的越实，我的指向越虚。"谈到美术与自己的创作，贾平凹认为"戏台、舞台上的那种美学，实际上就是和中国绘画里边，和文学诗词里边的审美是一样的，不管是古代的还是现代的，关于诗词的美学家，包括后来钱锺书、王国维说的都是那种东西，什么眉批呀，妙批呀，空白之类的，就是戏剧舞台上的那些东西。……一方面大家都在西化的时候，我就在想，毕竟是西化的东西，咋能把现代的东西和传统中国古老的那种东方美学结合到一块，这在当时朦朦胧胧的有这个想法"。谈到苏轼，贾平凹说："实际上我读苏轼，我为什么喜欢苏轼、曹雪芹、王实甫这些人，我读了以后就觉得这个我能理解他，虽然他高山仰止，但是起码抬起头来我能认识这个山是个啥样子，不仅仅是说这个山高大，我还看不到山上的石头，树是个什么样子。起码我能理解这个东西，就有亲切感，当时苏轼就是其中之一。"

杨经建、瞿心兰的《作为一种话语基调和语言气质的"和谐"——论汪曾祺和母语写作之二》发表于同期《当代作家评论》。杨经建、瞿心兰认为："严格地说，汪曾祺母语写作的逻辑前提为文学是'语言的艺术'，在这一前提下他所'抟弄'的语言资源大抵有：一是汉语言内部的传统语言血脉，它以内在的语言基调为汪氏写作提供一种文化意味和审美神韵；二是现代白话文源流，在汪氏的笔下这是一种'白'到了家然后又融化文人雅气的语言形式，在二者的张力结构中这种语言形式彰显出改造和创建现代汉语的审美魅力；三是现代中国人对于自身生存体验的当下语言把握方式，这为汪氏的母语写作确立了新的、活生生的语言资源。"

同日，刘媛的《论中国科幻小说科学观念的本土性特征》发表于《文艺争鸣》第 5 期。刘媛认为："在中国传统文化和典籍中吸取创作营养，其意义除了拓展创作思路之外,最为重要的是这类小说展示了科幻小说的'中国风',是科幻小说本土化的一种努力。"

於可训的《长篇小说的文体革命——论近期长篇小说创作的一种新尝试》发表于同期《文艺争鸣》。於可训认为:"近二十年来,随着长篇创作在数量激增的同时,质量提升和艺术创新的呼声越来越高,一些作家已开始进行一些新的文体实验,萌生了一种新的艺术追求。这种文体实验和艺术追求,迄今为止,业已形成一种新的发展趋势,造就了一种艺术的新质。无论从历史的角度看,还是就长篇艺术本身而言,都意味着中国现代长篇小说正在悄悄地发生一场文体革命,面临着一个新的艺术选择,其意义和价值,都不可低估。"於可训就此对几个问题展开论述。一是"应对全球化的本土意识","对'人文精神'的追求,是这期间的长篇作家获得本土意识的一次重要的精神蜕变"。"与上世纪四十年代文学中普遍高涨的民族意识和民族化趋势不同,这期间的文学中萌生的本土意识和本土化趋势,虽然也共有反对'西化'的因素,但却不是在一个民族战争的格局之中,而是在一个全球化的背景之下,因而这种本土意识和本土化趋势,虽然也包含有某种对抗性的因素,但最终却不是击而败之、战而胜之,而是与对手一同走向现代,因而这种本土意识和本土化趋势,就不是以文化对抗为目的"。"长篇小说是一种庞大厚重的文体,其思想和艺术,都需要强大的文化支持。西方长篇小说如果没有希腊罗马神话、荷马史诗、基督教信仰、人文思想、人道主义,以及现代心理学和存在主义哲学提供的思想资料和艺术支持,是不可想象的。同样,中国的长篇小说如果没有以儒佛道为中心的古代哲学,没有贯穿中国历史的'诗骚传统''史传传统',丰富的神话传说和民间'说话'传统,包括现代的启蒙思想、革命文化所提供的思想资料和艺术支持,同样也是不可想象的。正因为如此,所以一个时期的长篇小说创作是否出现繁荣,取得重要成就,不仅仅取决于某些外在条件,更重要的是取决于其内在的文化支持。"二是"面向'大传统'的文化视点"。"近期长篇作家的本土意识和长篇创作的本土化趋势,较之以往,尤其是上述四十年末到五六十年代的民族民间化趋势,有一个鲜明的特点,就是作家的文化视点是落在整个本土文化的'大传统'上面,而不只是'民间的'或所谓'劳动人民'

的'小传统'一个方面。"三是"追求自由表达的写作目标"。"近三十年来，中国文学在经历了一个不停顿地追逐西方新潮的历史之后，这些作家才逐渐意识到：'我们披起的现代西方皮毛美观与否是一个问题，能否过冬还是一个问题。我们有理由认为它既不好看也不保暖，与国人体量性情不合。'从这个意义上说，这一次的回到本土立场，重视本土经验，取用本土资源，既不是追逐新潮，也不是重蹈旧辙，而是寻找与自身的'体量性情'相合的形式，以实现长篇创作表达的自由。"

本月

王安林的《让豆腐掉进灰堆》发表于《山花》第5期（下半月）。王安林谈道："我特别同意这样的一种说法，小说的材料不在现实世界之内，而是在现实世界与想象世界的差距之中。这种差距是什么？会不会就是豆腐掉到灰堆里面后，在那一刻，那种吹不得又拍不得的一种状态。当文学的智慧与表达的观念势不两立时，我们能做的恐怕就是在千头万绪中抽出一根丝，那根丝能够在阳光下闪闪发光。尽管有光，我们也只能在不可知中让人继续感受恐惧与怜悯。"

六月

1日　《北京文学（精彩阅读）》第6期有《热线》专栏。有读者向叶弥提问："叶弥老师为何更钟情于短篇创作而很少写中篇？"叶弥答复说："短篇小说是灵感，是叶上露珠，从露珠中看叶子。长篇小说是整株植物，有花有叶有露珠。中篇小说，是那片有露珠的叶子，从露珠中看叶子，从一叶看世界。"

张艳梅的《作家应重回现实关怀的基本立场——读尤凤伟〈命悬一丝〉有感》发表于同期《北京文学（精彩阅读）》。张艳梅谈道："当代中国小说，某种意义上可以看成是社会转型与裂变的精神档案。中国故事越来越难以讲述，首先是作家面对现实问题的种种逃避和失语；其次是千篇一律的同质化写作走到了穷途末路，技巧炫耀，情爱黑幕，渐渐失去令人窥视的激情；而穿越、玄幻和修仙等网络小说，使文学前所未有地脱离了真实的生活。"

同日，李德南、王威廉的《关于一场"完美的罪行"——谈视听文明时代的小说和电影》发表于《青年文学》第6期。王威廉谈道:"电影跟小说在本质上的不同,自然是艺术本质上的不同。小说的本质,还是语言的艺术;而电影的本质,是一种综合性的艺术,它几乎需要调动这个时代各个门类的艺术形式。……写作中无法为影视所吸纳的硬核,我在这里试着简要归纳三点。一、修辞之美。……文学的修辞之美,是所有美的母体。……二、思辨之美。……毕竟,影视的思想更多来自于象征与暗示,是间接的。影视的深度常常取决于观看主体自身的精神深度。三、叙事之美。……叙事的可能性,只可能在语言领域中得到最充分的探索,这种探索在语言中依然还有无穷的可能。"

同日,吴亮、黄德海、走走的《只能在语言当中》发表于《上海文学》第6期。吴亮认为《朝霞》的"视角与时间意识是主观的,同时又是尽可能忠实于客观时间与客观真实的,某种程度上,这是一部起源于现代小说形式观念、却渐渐回到19世纪传统小说形式与19世纪文学精神的虚构作品"。

3日 曹文轩、徐妍的《古典风格的正典写作》发表于《人民文学》第6期。曹文轩说道:"我确实倾向于古典诗性的美学趣味,这可能与我成长的环境有关。……我生长在水乡……我作品中所谓的干净和纯净是水启示的结果,文学的纯粹自然也是水的结果。所以,我的创作从一开始就天然地与中国古典一脉作家具有一种内在的精神联系,并不需要'有意'继承。"关于"古典诗性"的特征,曹文轩认为:"古典主义写作所主张的优雅、唯美等审美格调的确在表面上与现实语境不合时宜。但古典主义写作是否是反现代的?这是我想质疑的。古典主义者从来没有祛除时代语境。只不过不似现实主义文学和现代主义文学那样迎向现实语境进入现实,而是背对语境进入现实。古典主义写作所追忆的世界不仅指过去的世界,而且指向未来的世界。在这个意义上,我以为,中国古典主义写作就是东方正典的写作。"

同日,雪漠的《定格一个真实的西部》发表于《文艺报》。雪漠指出:"在创作这部书(《深夜的蚕豆声》——编者注)的时候,我其实只是在享受着一次对话——跟自己对话,跟人物对话,跟记忆中的故乡对话。"

6日 "批评与创作面对面"专题发表于《文艺报》。宋丹在《独特的长篇文体——赵月斌和他的〈沉疴〉》中表示:"在《沉疴》这部构思独特的'非虚构'小说中，作者于上卷每一章后面均设置了'礼俗'和'俚语'这两部分内容，成为文本结构不可或缺的重要组成。表面看来，它是前面叙述内容的补充和说明，并且形成互文，但经过认真审视，我们会愈加感到它已经聚合了特定区域乡土文化风俗——尤其是民间丧事的诸多礼仪细节。从作品所叙述的地理环境和民俗风情来考察，它无疑属于鲁西南地区乡土风俗的真实写照。"

25日　贺绍俊的《先锋性的空洞化以及〈匿名〉的冒险》发表于《文艺争鸣》第6期。贺绍俊认为："在《匿名》中隐含着一种新的小说观……以往的小说观，无论古典小说，还是现代派小说，都是描述化的小说观，是通过小说去描述世界。而王安忆的阐释化小说观，则是变描述为阐释，要通过小说去阐释世界。……王安忆并不是像理论家思想家们那样用概念去阐释世界，而是要用小说的基本元素——细节、形象去阐释世界。这的确是一场冒险！"

本月

李浩的《玄思，或博尔赫斯的可能》发表于《山花》第6期。李浩谈道："博尔赫斯为小说引入了玄思，他为惯常描述日常波澜的'故事书'增添了另一翼，具有形而上智慧的一翼。……他引入了侦探、悬疑类小说的叙事策略，制造悬念和引人入胜的情节（他并不讳言爱伦·坡、霍桑和《福尔摩斯探案集》的影响），或借用历史或杜撰的历史导入事件，使小说具有较强的吸引力，这也使玄思自身的枯燥感有所减淡（我想我也要承认，在一些小说中，博尔赫斯的解决也是不太恰应的）；同时，博尔赫斯的玄思在小说中并不是以块状出现，而是贴着故事的前行和人物的行动'适时加入'，尽量让它们互融互彰。此外，博尔赫斯还将自己的玄思进行了形式化、装饰化和游戏性的改造，以增强它的趣味和叙述魅力……"

谢俊的《寻常冷暖，百姓尊严——谈谈八十年代初市井小说的视角和美学问题》发表于同期《山花》。谢俊认为："就市井小说的总体美学风格，汪曾祺在1988年出版的《市井小说选》的序言里有一个精当的说明：'市井小说'没有史诗，所写的都是小人小事。'市井小说'里没有'英雄'，写的都是极平凡的人。'市井小民'嘛，都是'芸芸众生'（《〈市井小说选〉序》）。

这里不仅涉及内容,更是提出了'反史诗'的琐碎的市井美学形式,这很关键。"

七月

1日 李唐的《关于写作与想象力的几点想法》发表于《青年文学》第7期。李唐谈道:"小说需要有故事,但故事并不是目的,而是手段。……人性的幽微才是小说(起码是现代小说)需要关注的问题,非常好的故事固然也能呈现,但故事变为重点,则小说很容易流为浅薄。想象力也与此有关。"

王蒙、[日]池田大作的《谈唐诗与〈红楼梦〉》发表于《上海文学》第7期。王蒙谈道:"《源氏物语》与《红楼梦》有'互文''互见'与'互证'之处。文学与文学,文学与宗教,佛教与其他宗教,有'互文''互见'与'互证'之处。……多样性、地域性、民族性、全球性与人类性,都是不能忽视的。曹丕说'文人相轻,自古而然',但另一方面,我要说,'文人相通,于今彰明!'"

项静的《致密物质集中营与远处的灯火——以近期几部长篇小说为例》发表于同期《上海文学》。项静谈到了近期长篇小说创作的几个现象,一是"故事共同体","今天讲故事的人的困境在于媒体环境制造的经验的同质化,故事共同体的出现,使得许多故事没有再次被传达的价值。……故事也可以在书本中找到,但形式的来源并不是印刷品。它不是诞生于孤独的个人,而是来自生活在社群中、有着可以传递的经验的人"。二是"底层的肌理","关于底层文学,李云雷有一个描述,'在内容上,它主要描写底层生活中的人与事;在形式上,它以现实主义为主,但并不排斥艺术上的创新与探索;在写作态度上,它是一种严肃认真的艺术创造,对现实持一种反思、批判的态度,对底层有着同情与悲悯之心,但背后可以有不同的思想资源;在传统上,它主要继承了20世纪"左翼"文学与民主主义、自由主义文学的传统,但又融入了新的思想与新的创造'……底层文学的出现也受到不少诟病,比如不注重作品的艺术性,复活文学工具性论,以描写苦难为惯性、时髦、时尚等,但这个概念本身的确焕发了许多作家的创作活力,并指向一种以深切的关怀和批判为精神旨归的写作"。"底层这个文学概念的活力在于它所针对的对象和语境,但当底层成为一种自然的姿态时,它本身的一些创造力也在降低,它所被人诟病的地方往往是跨不过去的门槛，需要写作者对这种写作方式有深入的了解，并警惕肤浅的了解和自我代入。生活刺激着我们既有的文学观念，修复甚至唤醒人们沉睡的情感结构，这是概念的生产力，文学概念又生产对自己的反抗和不满，在多项刺激联动中，文学艺术会实现自己的自觉，才有可能产生文学的新意和活力。"三是"危机修辞"，"精神困境、中年危机几乎成为青年作家长篇写作的一个主要动力，危机成为一个极为普遍的叙事修辞"。四是"返回历史"，"在当代长篇小说所勉力掷下的幕布上，可以称得上大家碰头会面的地方，有笼统的建国三十年包括'反右'、'大跃进'、'文革'、知识青年上山下乡等，而其中又以"文革"为中心可以辐射和扩展到自晚清以来到改革开放各个历史阶段，几乎成为百年历史的中心。近年来1980年代又成为另外一个备受文学关注的时间段，以其切近的针对性和复杂性成为我们重新想像未来的一个时空；而象征性的古代，也是近期中国崛起的主体性召唤下，当代长篇小说回溯和呈现历史的时间形象之一。历史好像是我们唯一的救赎和避风港，这个先锋文学曾经冲锋陷阵之地，现在几乎成了叙事的天然回归之地"。

11日 东君的《当博尔赫斯遇到海明威》发表于《文艺报》。东君认为："一部好的短篇小说所产生的能量，也许连作者本人都无法预料——事实上，作者与读者之间的关系就是创作与再创作之间的关系——这种能量会在不同的时间与空间里持续地释放，一部分来自作品的内部，一部分来自读者的内心。"

14日 "采好革命历史题材的富矿"专题发表于《人民日报》。编者写道："长期以来，社会上一度出现歪曲历史、消解崇高的不良创作倾向。由于对革命历史不了解或了解不深，当提起革命历史题材时，有的人概念模糊，个别人甚至认为历史多是虚构的，怀疑当年历史人物和历史事件的真实性，表现出历史虚无主义的倾向。更有甚者，近些年一些文艺作品恶搞红色经典、英雄人物与历史名人，消解了经典的意义，混淆了历史的观念。因此，我们呼唤更多正心诚意、客观深入书写革命历史题材的文学精品早日问世。"

同日，石华鹏的《真正的中国故事，是中国人的精神故事——张炜长篇小说〈独药师〉读后》发表于《文学报》。石华鹏指出："讲述中国故事，实质上是为全世界和全人类讲故事，这并不是一句空洞的口号，而是体现了写作视野和写作价值观的转变。"何为"中国故事"？石华鹏对不同层次的"中国故事"做了具体的界定："有中国元素、中国符号而没有走入人内心的故事只能算作表面化的中国故事，有中国人物、中国事件而没有抵达某种精神高度的故事只能算作粗糙的中国故事。中国故事是内化的，是深入到俗世血脉中的，可以窥见中国人的观念以及中国人面对亲情、面对自然、面对变革时的关系和选择，所以说真正的中国是故事，是中国人的精神故事；真正的中国故事，将回答我们为自己、为这个世界提供了什么生活样本和价值观念。"根据"中国故事"的内涵，石华鹏认为："《独药师》是一部地道的讲述中国故事的小说。或者说是一部中国风格和中国气质突出的小说。……我们说《独药师》是地道的中国故事，地道在于它写了中国传统文化中一个很深远的传统：养生以及为养生研制丹丸的'独药师'。……《独药师》拥有了长生、养生、道家等地道的中国元素，要成为地道的、打动所有人的、出色的中国故事，还必须完成人物内心故事和精神故事的讲述。……他（小说主人公季昨非——编者注）选择了一个'苦'字：苦苦修炼养生；苦苦支持革命；苦苦倾恋无法得到的爱欲。这一个'苦'字传达出了中国人内在化的精神宽度和高度……"因此，"从内容到精神，《独药师》成为一部地道的中国故事"。

15日 徐仲佳的《纪传叙事传统的复活——论〈夹边沟记事〉》发表于《南方文坛》第4期。徐仲佳认为："杨显惠所认可的'文学的边缘人，史学的门外汉，新闻的越位者'这一标签中的'史学的门外汉'就是他对自己作为历史叙事者身份的认可。……从形式上看，采访进入小说叙事，在某种程度上打破了小说文体的基本规范——虚构。……除了独特的话语方式的形成，《夹边沟记事》的互文、爱奇等叙事手法也不自觉地继承了《史记》。"

同日，何平的《探寻陈忠实的现实主义法度》发表于《人民日报》。何平认为："陈忠实对现实主义的领悟以及他写作中现实主义的变法和立法恰恰呼应着新时期现实主义的理论反思。……陈忠实酝酿现实主义的变法和立法之际正是现实主义的理论思考转入深化的阶段。……什么是陈忠实确立的现实主义法度？按照我的理解，作为一个可以成为经典的文学文本，除了自身具有可以经得起反复阐释的经典性，还要具有可持续再生的原型或母题意义。《白鹿原》意识到，中国人的心理结构就是我们传统文化的心理结构——儒家。……文化跨越具体的政治信仰、阶级阶层，几乎笼盖所有。《白鹿原》触摸到的'一个民族的秘史'，正是这种文化制约下的'心灵史'。"

20日 徐红艳的《网络小说隐喻解读》发表于《小说评论》第4期。徐红艳认为："网络文学以隐喻的方式表达大众对人的'物化'、自我存在、自我建构与自我发展等问题的思考，展现了大众在当前语境下对社会、自我、存在的反思，表现了大众自我的理想愿望。大众通过网络文学这一样式，表现了大众的现实处境，主体性的丧失与重建，人性的分裂与感性的解放，对完美人性的向往和追求，描述了大众在当前社会中自我认知与自我救赎之道。"

於可训的《主持人的话》发表于同期《小说评论》。於可训认为蒋韵置身于"现代社会所忽略了的东西"，所做的是"打捞记忆，拾捡遗忘"的工作，认为其"用自己的笔，在细心地检察这些精神病症，而后对症下药，以她所珍藏的青春、理想、生命、爱情、纯真、善良等等精神的良药来医治这些顽疾，救助这些病人"。

张赟、蒋韵的《为了灵魂的呐喊——访谈录》发表于同期《小说评论》。蒋韵赞同王德威对其写作的评论，承认自身写作的"抒情性"，表示"诗的年代，诗性的年代，我想那应该是我"。另外，蒋韵还表明了自身对文学形式的重视，希望自己的小说能"有种不动声色的丰富，安静的喧哗，有画面感、有诗意的色彩，甚至，有味觉"。

27日 本报记者蒲波的《开拓中国类型小说的新气象——"谜托邦"的原型写作实验》发表于《中国艺术报》。蒲波写道："'谜托邦'的作者从神话里获取本原的能量，补给当代年轻人的现世生活。……'谜托邦'系列寻找到一个新的起点，将'类型小说'引向神话写作，并与当下年轻人的状态连接起来，这是一个特别有意义的尝试。"

八月

1日 李德南、李宏伟的《"创造新的赋形手段，以让世界在小说中显形"——谈小说中的故事、思想及其他》发表于《青年文学》第8期。李宏伟谈道："时至今日，'讲故事的人'可能仍旧是对小说家最合适的、最难以被取代的指称。

但我想，随着时间的推移，随着小说作为一门艺术的发展，'讲'和'故事'都必然需要更丰富，更指向时代的问题以至于人类整体精神状况的变迁。"同时，李宏伟认为："现在文学/小说已经到了一个新的综合性的阶段，它要求写作的人对世界有思想上的把握、共感，需要他持有具穿透力的洞见，哪怕是偏见。从写作手法上，他不介意也不自矜地使用现在已知的各种文学手段，他更不惮于在作品提出要求的时候，创造新的赋形手段，以让世界在小说中显形。"

同日，陈希我、申霞艳的《"我喜欢探索人类精神深渊"》发表于《上海文学》第8期。陈希我表示："文学的'精神性'主要是'痛的精神性'。当我们发觉灵魂在茫茫世界里孤立无援，我们就会求助于更高的存在，写作就是在这样的状况下产生的。"

3日 "第四届《人民文学》长篇小说双年奖授奖词"专题发表于《人民文学》第8期。获奖作品有宁肯的《三个三重奏》、范稳的《吾血吾土》、康赫的《人类学》等。

"宁肯的《三个三重奏》以类似室内乐三重奏的手法，用第一人称对国企老总、省一把手大秘、临终关怀志愿者三个人的故事作不同维度的讲述，绘就当代现实生活的一副副众生相，展示和诠释了权力演进的历史，以及权力在日常生活领域中对两性的影响、对人的异化。既独立成章又相互关联的文本，将尖锐的社会批判与深刻的人性解剖结合在一起，成就了自己的故事与文体，充满了思考和令人不安的惊讶。"

"范稳的《吾血吾土》大胆采用剥洋葱的结构，每剥下一层洋葱，就看清洋葱里面的一层真相，通过对历史真相的层层揭露，精准地触摸到中国当代政治的战争思维本质。"

"康赫的《人类学》是有着多声部长诗或诗剧美誉的小说文本，将疯长汹涌的内心独白、狂飙突进般的抒情与泥石流般的磅礴叙事结合起来，多层面地反映了当代生活的多变、复合与喧嚣。"

5日 马笑泉的《小说的三重结构》发表于《文艺报》。马笑泉认为小说应该有三重结构，分别为"表层结构""文化结构"和"精神结构"。"衡量小说成败的硬指标，它们共同构成了小说的表层结构。……在小说的表层结构之下,有文化结构存焉。……小说虽不负有阐释此种文化的责任,但小说的语言、细节、氛围乃至人物的性格、心理,都是从这一文化传统中生发出来,不但洋溢着该种文化的浓郁气息,而且小说的逻辑也符合这一文化的逻辑。……精神结构产生于小说家的主体精神和思维方式。主体精神决定了作品的深度和广度,思维方式则决定了小说的切入角度和运行方式。"

邱振刚的《为什么是中篇小说?》发表于同期《文艺报》。邱振刚认为:"如果我们细加分析,中篇小说和新闻报道之间其实是一种亦敌亦友的关系。各类媒体为作家提供了丰富的素材,一个新闻热点形成后,报刊、网络都会进行全面及时的跟踪,作家足不出户,无须身临现场就能获得足以支撑小说框架的全部素材。作家体现在作品中的批判精神和情感温度,又会和新闻报道的专业分析形成有效互补,使读者得到极为丰富深邃的阅读体验。……中篇小说另一个令短篇小说难以企及的优势是可以在数万字的篇幅中,对各种引人入胜的细节进行淋漓尽致的精细描绘。在当前的中篇作品中,细节早已不再是局部服从整体名义下的绿叶式陪衬,而是从文本中获得独立,玲珑浮凸于读者面前,如万花筒一般展示着大千世界的精彩,并以此宣告着自己的主权。"

18日 王安忆的《小说家的第十四堂课》发表于《文学报》。王安忆谈道:"最近一段时间我比较注意类型小说,我觉得类型小说把写作的技术部分显性化了。……而中国的当代小说,我说过,不时中断的写作,使我们没有时间总结经验,我们都是以经验与情感来写作,无一定之规可循。内地当代文学好也是好在这里。……这些小说我以为将在中国甚至世界文学史上留下重要的记录,可它确实难以持续,因为太个别了。个别应该是小说的特质,但对于职业化却是挑战。或许我们只能持妥协态度,退到相对的普遍性里,寻找一些可举一反三的规则,也许类型小说在某种程度上可以提供范例。"

24日 王继军的《格非长篇小说〈望春风〉:芥子般大小的信念》发表于《文艺报》。王继军写道:"我觉得格非尤其是在其长篇创作中总是力图要在世事颓败之际为主人公寻找到像芥子那么小的一点点信念,有了这么一点信念,虽然不能'没有一件不能做的事了',但是,至少是可以开始做事了,所谓'立住脚跟',不再像传统那样永远地发着'身似浮萍类蓬转'之感,而是在最低的限度内把握自己的命运。因为时代的虚弱，这种探索异常艰难。再好的信念必须来自真实，真的需要作者探赜索隐，钩深致远，而且能否'拨灰见火'还要靠天意，但是这种努力，是真正地'直面现实'，是恰当地思考当下人的生存困境。也因此，我觉得格非的创作仍然保持着先锋的精神，而且超越了语言的层面。他能佳作频出，当属这种'先锋精神'的回报。"

28日 苏童的《说与不说——谈谈三个短篇小说的写作》发表于《扬子江评论》第4期。苏童认为："选择说什么，是所有小说作者必修的功课，选择不说什么，则往往是短篇小说作者的智慧，从某种意义上说，是后者决定了短篇小说的本质特征。在《阿内西阿美女皇后》中，惊堂木只是一记脆响，作者不愿交代任何姑娘失忆的原因，甚至没有任何暗示，这当然是合法的，利用的是短篇小说特有的豁免权——一个人物，无论是不是核心人物，往往可以没有什么履历，只描摹一个现状。一个核心事件，无论在小说中有多么重要，往往不提前因后果，只择取一个片段，这个片段足够可以形成短篇小说的叙事空间。我们不可以说短篇小说是从长篇小说的大面包上切下来的面包片，但短篇小说确实是要切削的、舍弃的，还要烘焙，放在粮食系统里考量，真的像一片很薄很脆的面包片。"

阎连科的《自然情景：决然不是人物与情节的舞台与幕布》发表于同期《扬子江评论》。阎连科认为："在故事中，有才华的作家，高度地完成了客观存在的自然环境与文学人物的行为及内心的联系与统一。这种达到'天人合一'而出现在文学中的自然情景，会使小说的文学意义丰满并成倍地增加。"

本月

张颐武的《类型小说的当下性》发表于《山花》第8期。张颐武认为："类型小说在现代中国最值得注意的地方是它被认知为所谓的'旧派'小说，这种现代性的产物由于和传统并没有根本性的断裂而被视为是传统文化的重要的部分而受到五四新文学的批判和否定。而其实在传统中这种通俗文学也是受到鄙视的。被认为是和传统的'文'的崇高地位不相称的东西。……当年'新文学'的宏大的叙事一直是以启蒙和救亡为中心的。但随着中国的和平发展的进程和对于日常生活的关注，文学已经无法再继续承担过去的角色。苦难和悲情已经不再是中国的文化的重要的基调，文学想象的'个人化'已经越来越明显。……于此同时，文学读者的进一步的'年轻化'也带来了文学类型向年轻读者的深度转移。这一转移带来的类型化的新的形态的高度活跃。"

九月

1日 徐勇的《远离"文化塑城"的几种可能——近年来城市写作的空间构型及其新变》发表于《上海文学》第9期。徐勇认为，"城市要想显示出自己的真正独特面貌，还必须经过一个'去文化化'的阶段"，除此之外，"还要写出全球化时代的城市本土经验"，即"本土的全球性"。

3日 《人民文学》第9期有"卷首语"。编者写道："《傩面》不是一般的民俗小说，'常'之固守和'变'之瓦解已经不能概括作品的诸层面，在这条文脉上，从沈从文、汪曾祺到王润滋、李杭育再到肖江虹，恒久的极致手感的养护，所面对的是世风的粗糙度渐次变大，实情实景几乎已经框不住心神的奔突。于是《傩面》既珍视生命又溢出现世，让世道萌动着先人往生以及命将归处的活生生的灵迹，在有无'怕惧'、傩面还是脸壳子的选择中，安顺、深远而素容、决然地承担人间情义和信义的传续。带有工匠精神的小说，一定要有相称的语调和语感，他的《蛊镇》和《悬棺》就是；这部活气弥润的《傩面》，已经超出了这种要求，是人物语调、情境语感和叙述语韵臻于完美融合的小说范本。"

7日 胡学文的《岔道之趣》发表于《文艺报》。胡学文谈道："朱利安·巴恩斯的《福楼拜的鹦鹉》，像非虚构，又像小说。……《纽约时报》书评将其定义为杂糅小说。也正是《福楼拜的鹦鹉》拓展了我对小说边界的看法。如果小说有界，滑出界外旅游一遭也未尝不可。"

8日 李菡的《小说的中国味道——论〈李庄传〉》发表于《芙蓉》第5期。李菡写道："小说的中国味道，是当下中国文学所缺少的，也是当下中国作家们所忽略的。我不否认，有很多小说写得很好，但是，无需隐勾暗连，就能轻易觉察出西方小说的魔影所在。尤其是在叙事方略上，则更是显而易见……即便在文本语言上，通篇都是翻译语言的遗绪，除了字是方块字之外，几乎感觉不到方块字所应有的流韵与遗香。……在《李庄传》里，也不乏西方现代小说的元素，比如过度夸张，黑色幽默，以及叙事焦点的突然移动，作者的声音在文本中的前台说话，在文本中的后台喊叫，等等，这些现代派小说的技巧，在这部作品中也是层出不穷的。令人惊讶的是，作者在叙事中没有露出这些前卫技巧的丝毫痕迹，而是将它们全部融化在超强的叙事惯性之中；为了确保读者看不见他运用的这些技艺，作者又将飞流直下般的叙事惯性假托于中国化的讲故事方式，即说书。……正是说书这种形式上的通俗化和表面上热闹程度，成功地掩饰了小说中的现代派文学技巧，也使小说成功地呈现出来文学上的中国味道。"

同日，丁茜菡的《正向展合与反向回卷——格非〈望春风〉的"手卷"结构》发表于《文学报》。丁茜菡指出，"格非的小说《望春风》。少见地具有类似中国画'手卷'的安排方式。虽然小说中出现的人物有几十个，部分人物的血缘关系历经四代，但故事基本都发生在儒里赵村'30到50厘米高'的一方天地。这符合'手卷'纵深的特点"，包括"心理结构上的'手卷'""叙述结构上的'手卷'""'手卷'之外的回卷"。"在文本之外，还存在着相对独立的场域。《望春风》的'手卷'，还切入了文本之外的多个场域，构成更大的场域，引发更多个场域中的'振动'"。

段崇轩、周李立的《给短篇小说插上"形而上的翅膀"》发表于同期《文学报》。段崇轩谈道："关于短篇小说中的形而上世界，还是一块刚刚开垦的土地，我们对它的探索、认识远远不够，因此只能是一种'猜想'。我觉得这是一个虚幻、朦胧、神秘的世界，但又是一个有规律、有层次、有生命的世界。我把它分为三个层面：一是作家创造的富有个性的感性层面，包括作品中的色彩、画面、情调等等；二是作家赋予文本的理性层面，有作品蕴含的思想、理念、哲理等等；三是作品生成的神性层面，如精神气象、审美意境、风格特征等等，它是作品中的至高化境。当然这仅仅是我的个人构想，不知道有几分道理？我觉得短篇小说就是要有丰盈、强劲的形而上世界，引领读者在这个世界中遨游、欣赏、畅想。"

韩少功、王雪瑛的《文学的核心创造力》发表于同期《文学报》。韩少功谈道："'中国故事'难讲，最难讲的一层在于人和人性。没有这一层，上面的故事就是空中楼阁。'苦情'和'豪情'宣示虽不无现实依据，但容易把事情简单化，比如把板子统统打向别人，遮挡了自我审视。……我只能说对小说现状没法过于乐观。就说小说人物吧。小说的核心要素是人，但眼下很多小说正在出现'人的消失'。"

15日 《中国故事与青年写作——第四届青年作家批评家主题峰会纪要》发表于《南方文坛》第5期。该文章为2016年6月4日在绍兴举办的第四届青年作家批评家主题峰会上的发言。参会作家、批评家有黄德海、林森、胡桑、丛治辰、项静等。

黄德海认为："写出好的中国故事，不但要学着吸收传统和世界各国的文化，在中国语境中形成新的'格义'，并将那些传统的、已经存在的想象在现在的语境中写出'变形记'。"

林森表示："讲好'中国故事'的关键，不是说要在中国的现实里，比别的作家更早发现一个让人闻所未闻的离奇故事，而是说应该跳出固有的思维定式，在时间的流淌、空间的变幻和心灵的微妙变化中，用'中国式'的感觉，提供整个时代的宏大投影，反映整个时代的剧烈悲欢。"

胡桑指出："我们需要去寻找自己的精神源头，去辨认出自己的精神传统，而只是盯着国家、民族、个人和历史。如果缺少超越当代的姿态，缺少对更为漫长的精神特质的体认，我们也不可能把自己的时代作为一个强大的旋涡写入我们的传统之中。"

丛治辰谈道："讲述真正能够反映中国的故事，而非想象中的，在这样那样的观念左右下臆想出来的中国故事。"

项静表示："青年写作中的出走情节，是我们文艺腔的一种表现方式，撒娇任性、无法面对困难、姿态十足，中国故事其实可以等同于现实感，对于匡扶和纠偏青年作家的文艺腔来说，是非常必要的。……我们的写作底线是什么？是对自己和时代经验的梳理、凝视，对时代现实感的重视。"

19日 金赫楠的《网络言情小说二三事》发表于《文艺报》。金赫楠认为："所谓'言情',其叙事的重心是爱情及与此相关的世俗与世情,在分众细密的网文时代,言情小说是最典型的'女频文',其写作者和阅读者以及下游版权衍生品的消费者,都以女性,尤其年轻女性为主。所以,那些最流行、正当红的网络言情作品,可以很明显地折射出当下社会普遍的女性自我想象和内在欲望,更可以从中观察到大众心理普泛的婚恋价值观和性别秩序意识。……网络言情小说中女性主体意识的倒退、两性关系中女性主体人格的缺失,跳空'启蒙',似乎直接回到前现代社会——女主'穿'回古代,女性观念意识似乎也随之'穿'回从前,秋瑾、子君、沙菲们的挣扎努力,似乎都徒劳落空。究其原因,在我看来至少包含:前面所论新文学精英化过程当中,因其长期以来对大众化、通俗化的盲视和怠慢,它所宣扬和推崇的个性解放、妇女解放一直未能以'喜闻乐见'的方式真正被大众所接受、理解和认同——这涉及启蒙话语的'有效性'。"

叶子的《曾经的"中国故事"》发表于同期《文艺报》。叶子认为:"许华的当代叙述重新审视了跨太平洋的比喻性空间里,代言中国故事与发扬中华美学精神的权力争夺战。这些未曾具体言说的偏见与疑惑,最后以蒋希曾未完成的作品命名。《一个漂浮的中国佬》表面上讨论该由谁,用怎样的修辞来讲述中国。实际上,许华强调在公平与真实的争议背后,清晰投射着作家之间对于写作权力的博弈,这里面有钦羡也有嫉妒,有因意识形态相悖而生发的明显敌意,也有精心伪装后的复仇幻想。"

20日 欧阳友权的《网络小说的叙事维度与艺术可能》发表于《小说评论》第5期。欧阳友权认为:"从某种意义上说,《翻译官》就是网络文学展示多种艺术可能性的一次成功的尝试,是网络写作与传统文学创作走向合流的一个范本。"

晓苏的《论当代小说的圈套结构》发表于同期《小说评论》。晓苏提出,"设圈下套的叙述策略在中国民间文学中早已有之",并认为"在圈套结构的小说中,整个文本是一个宏观的大圈套,里面同时又设计了一些微观的小圈套。这些小圈套可以大致归纳为三种类型:一是主题圈套,二是语言圈套,三是主题圈套"。

张楚的《我和我居住的县城——自述》发表于同期《小说评论》。张楚表示《七根孔雀羽毛》里的"人物和以前的人物不太一样,不再单纯是那种不起眼的小人物"。张楚说:"我希望我的眼神是清澈的,我的思想也是清澈的。我看到了暖,于是写了暖,我看到了悲凉,于是也写了暖,只不过这种暖,是悲凉后的暖。……我想让我们的精神世界丰沛一些、充盈一些,神圣一些。"

张清华的《主持人语》发表于同期《小说评论》。张清华认为《丰乳肥臀》是"汉语新文学诞生以来最伟大的长篇小说。不止是其思想、结构呈现了无比宽广的境界与气象,其人物的塑造、诗意的笔法、波澜壮阔的节奏、泥沙俱下摧枯拉朽的叙述风格,还有丰沛的情感与色调丰富的语言"张清华表示,"强烈地感受到它是一部非凡的作品,是一部超越了以往的伦理学与社会学构造的历史观,而代之以人类学和民间文化本体的历史观的小说,因而是一部对整个新文学都具有重要贡献,且标志着当代中国文学的变革成就的小说"。

周蕾的《"中国故事"的另一种讲法——从〈丰乳肥臀〉说起》发表于同期《小说评论》。周蕾认为:"总体来看,莫言的写作路径——是把复杂还给复杂。""莫言笔下的'中国故事'重在呈现'是什么'而非探究'为什么',作家很少去解释或评说历史",其以"超然的"叙述立场作为"见证创伤记忆的特定视角",并以"直观场域化叙事、写实描写与寓言性杂糅、多声部复调叙述"作为其"讲述'中国故事'的具体方法"。

22日 舒心的《白桦:文学是我的生命》发表于《光明日报》。舒心写道:"在叶永烈看来,白桦写过许多小说,是小说家;写过许多电影、电视剧本,是剧作家;还写过不少散文、诗,是散文作家、诗人。但是白桦的本质是诗人。白桦不论写什么,都充满诗意,而诗意正是他内心丰富感情的自然流露。白桦的作品,常常使人激情难以自制。"

同日,谢尚发的《如何讲述有创意的中国故事——以"80后"写作为考察对象》发表于《文学报》。谢尚发谈道:"器物以迅雷不及掩耳之势重新膨胀着我们的生活世界。诞生于这样一个被器物及其世界包围的时代,1980年代生人并未意识到器物的超级价值及其所携带的意识形态意图,以及政治经济学的意义,而是径直以理所当然的形式坦然领纳了器物的丰富馈赠。最终,器物及其世界承载了他们的情感、欲望、理想与他们认知世界、理解世界的途径,也成为他们与这个世界打交道的最重要方式之一。"

25日 邱月的《影视媒介时代的小说创作与生存》发表于《当代作家评论》第5期。邱月认为："'趋影视体'小说并非仅指某一种或者某几种类型小说，而是包括了小说中的一切影像化、视听性表现技法的通俗文学文本，它是靠'叙事方式'而非'题材'或者'内容'界定出来的概念。在当下以影视媒介为主的传播语境下，这种'新的写作方式'在文学作品中普遍存在，并在运用上贯通雅俗。"在"'趋影视体'小说的叙事特征"方面，"'趋影视体'小说之所以产生，除了文化工业环境和作家的名利追求以外，更内在的原因在于影视剧和小说拥有'同构'的基础，即在叙事上的可转换性和美学上的通约性。"其创作方法包括"被抛弃的话语""共时性的空间结构""影视化的场面过渡和叙事节奏""视听取代想象"。而"影视媒介语境下的小说生存"方面，则包括"媒介的争夺与阅读土壤的培养"和"创作的'降格'与批评的导向"。

26日 陈思和的《一部向〈红楼梦〉致敬的当代小说》发表于《辽宁日报》。陈思和认为："葛亮的新作《北鸢》虽是一部以家族史为基础的长篇小说，但虚构意义仍然大于史实的钩沉。尤其让我感兴趣的是，这又是一部向《红楼梦》致敬的当代小说。小说名之'北鸢'，直接来自曹雪芹的《废艺斋集稿》中《南鹞北鸢考工志》篇，更深的一层意思作家已经在自序里说得明白：'这就是大时代，总有一方可容纳华美而落拓的碎裂。'而《考工志》终以残卷而见天日，'管窥之下，是久藏的民间真精神。'暗示这部小说以虚构形式保存了某些家族的真实信息，所谓礼失求诸野。而从一般的意思上来理解，这部小说正好与作者的前一部小说《朱雀》构成对照：'朱雀'的意象是南方，而'北鸢'则是北方，南北呼应；与《朱雀》描写的跨时代的金陵传奇相对照，《北鸢》是一部以家族日常生活细节钩沉为主要笔法的民国史。这也是典型的《红楼梦》式的写法。真实的历史悼亡被隐去，满腔心事托付给一派假语村言。"

本月

房伟的《重塑历史的现代精神》（《幽灵军（外一篇）》创作谈——编者注）发表于《山花》第9期。房伟表示："在我看来，好的历史小说，应具有以下几个标准。首先，好的历史小说应体现出一种历史理性精神，不能太过于拘泥于意识形态。……其次，好的历史小说，应有一种独特地域主体特质。……再次，好的历史小说，能善于处理历史的偶然性、细节性和总体性的关系，善于赋予历史文学的光芒与魅力。"

"'文学类型于类型文学'笔谈（二）"专题发表于同期《山花》。该专题收录卢冶的《侦探小说——现代城市的空间奇谈》、金赫楠的《职场，office lady，与白日梦——关于职场小说》、王玉玊的《从〈九州·缥缈录〉到〈龙族〉——类型小说的后现代转向》。

金赫楠谈道："不同于其它类型文学'好看''爽'等简单明了的主要审美趣味标准，'职场'的主题和内容，使得这类小说似乎天然地带有更多实用性、功用性的阅读期待。"

卢冶认为："如果说，严肃的现代主义作家展现了对都市的矛盾态度，那么侦探小说则通过'日常与传奇'的辩证法来激发现代人对城市生活的信心。它首先是对现代学科分化的一种反应：科学实证和想象的方法、都市律法与道德的协商性（公平性），都隐藏在侦探小说的结构、人物设置和谜题解答之中，就此而言，侦探小说可谓与现代城市控制论关系最为密切的文学类型"。

王玉玊谈道："如果说 2000 年代及之前的主流类型小说仍在追求一种现代主义的深度模式，希望通过世界设定和复杂叙事构筑'内涵'，传达'意义'，那么 2010 年代之后的主流类型小说则越来越体现出后现代特征，非叙事化、去深度化，以'拟像'复制的方式达成一种'超真实'的情感共鸣。"

十月

1日 张亦辉的《闲笔如花——习艺录之一》发表于《北京文学（精彩阅读）》第 10 期。张亦辉谈道："正是闲笔，让文学叙述变得不那么峻急，不那么竹筒子倒豆，不那么直奔主题。从而使叙事变得有风致有迂回，变得自由从容，变得丰饶宽厚。所以我们总说闲笔不闲。闲笔不仅仅是插科打诨，不仅仅是叙述节奏的调节，不仅仅让我们想起文学艺术起源于游戏，事实上，闲笔常常是更独特更高级的叙述，它比秉笔直书的叙述，比刻意为之的叙述，更加张弛有度，更加曲尽其妙。"

同日，李德南、双雪涛的《玩具，匠人，以及通往内宇宙的小径——谈小说的调性与时代性》发表于《青年文学》第10期。李德南谈道："窃以为，不管是个人化叙事还是宏大叙事，个人都始终是叙事的出发点；即便是讨论民族、国家、时代等宏大的问题，也必须让这些问题跟个人，跟个人的内心世界，跟个人的具体经验建立独特的关系，只有这样，小说才能产生说服力和感染力。"

同日，迟子建的《中篇的江河》发表于《上海文学》第10期。迟子建谈到了对中篇小说的三个认识："我相信只要不是在大城市长大的，在任何的一个乡村，我们都会遇见河流，每个人都有我们生命当中记忆的河流，这样的河流有你故乡的影子，有船声，有云彩的倒影，有你熟悉的庄稼，甚至有你熟悉的亲人。而这一切，便是中篇的动力之源。""我觉得它在艺术上更能做到张弛有度、收放自如，艺术的自由度和空间都恰到好处。这种文体非常适合创新，也适合反叛，每一颗逆流而上的文学之心，很容易从中篇接近他们的艺术天地。""我觉得中篇小说依然以优雅的姿态、傲然的风骨，捍卫着当代文学的高地，这也是我对这种文体尊敬和热爱的理由，它约束着你不放纵，不要觉得长的一定就是伟大的。"

马兵的《通向"异"的行旅——先锋文学的幻魅想像与志异叙事》发表于同期《上海文学》。马兵认为："先锋文学的志怪述异，其意义庶几近似——解忧通向'异'的行旅，先锋作家激活了相应的传统资源，并加以挪移转化，建构起超逾出工具理性的叙述谱系和现实主义之外的超验空间。"

王蒙、［日］池田大作的《〈西游记〉与人生之旅》发表于同期《上海文学》。王蒙谈道："我当时致力于推进改革开放，扩展人们的精神空间。同时，努力用一种健康的、建设性的文化性格、文化姿态取代靠豪言壮语的欺骗性、破坏性语言的文化激进主义、文化分裂主义、文化恐怖主义。"

2日 王安忆的《虚构的苏童》发表于《小说选刊》第10期。王安忆认为，"苏童的小说都有隐喻性。他将隐喻注入日常生活的细节，使事物不仅是事物本身，而且扩张了它的内涵，我给这隐喻一个命名，叫作'谜面'。关于'谜面'与'谜底'的关系，其实是苏童无意中一直在处理的事情"。

3日 《人民文学》第10期有"卷首语"。编者写道："中篇小说《麦子熟了》……有着不同流俗的叙事特质。这是一个在离乱、苦楚中力图有所守护、安慰的故事，也是一个关于传言对实情扭曲甚至残害的故事。以往此类小说往往止于世相描绘，而这部作品渗入人性的基底，可以称之为'世相人性小说'。"

4日 张江、刘跃进、白烨、贺绍俊、徐兆寿的《文化自信与文学发展》发表于《人民日报》。

张江谈道："我们坚定文化自信，根本上来源于此。文学是砥砺精神的事业。文学作品追求以精神的力量征服人、感染人、塑造人，首先要求作家在内心深处对本民族的文化高度认同，建立强烈的文化自信。"刘跃进谈道："在追寻'两个一百年'中国梦的伟大征程中，我们应当遵循'创造性转化、创新性发展'原则，充分挖掘中华优秀传统文化资源，深刻把握当代社会脉搏，牢固坚守中华民族的文化自信，不忘本来，吸收外来，面向未来，创建新的文化形态，创造新的文化辉煌，为中华民族的伟大复兴提供强大的精神力量和智力支持。"

贺绍俊认为："中国经验也将文化自信注入现实主义文学传统之中，使现实主义更加充满生机。现实主义并非简单地客观反映现实，而是处理现实经验的眼光和能力，当我们的现实主义有了强大的文化自信心时，我们不仅讴歌真善美理直气壮，而且也有了更大的勇气去批判假丑恶。中国经验必将为人类文明添加精彩辉煌的一笔，对此当代作家应该充满自信心。"

6日 本报记者周飞亚的《中国故事，需要精彩的艺术表达》发表于《人民日报》。"编者的话"写道："据统计，全国已有逾百所高校开设了创意写作课程。与创意写作相关的话题一直都在热议中——创意写作培养的是作家还是写手？它与传统文学创作是否可以融合？它应该服务于文化工业还是追求人文关怀？它将给高校文学教育及整个文学生态带来怎样的变革？中国的创意写作如何找到自身特色，又如何与国际接轨？

19日 刘照丁的《推动网络文学与传统文学相知相融》发表于《中国艺术报》。刘照丁指出："目前我国网络文学与传统文学在这些要素上均存在严重的问题。首先是作者的问题：网络文学的作者存在'主流价值观贫乏化'，而传统文学的作者有的守成意识过重。……其次是作品的问题：网络文学作品存在'模式化''低俗化'，传统文学作品存在'经验化''概念化'。……再次是读者的问题：网络文学的读者存在'幼稚化'，传统文学的读者存在'老年化'。……还有是传播者的问题：网络文学的传播者以资本为条件，以网络为平台，奉行以'点击率'和'粉丝数'论英雄，淡化作品的主流价值和社会效益。而传统文学则死守纸媒体的僵化观念，发行量日渐萎缩，阅读趋向小圈子化。"刘照丁认为，"解决当前文学发展中存在的问题必须以习近平总书记在文艺工作座谈会上的讲话精神为指导，以中华美学精神为引领，以制度创新为抓手，推动网络文学与传统文学相知相融"。

24日 韩松刚的《中国当代小说的诗性精神》发表于《文艺报》。韩松刚认为诗性精神具体表现在四个方面："一是抒情性，或浓烈炽热，或含蓄蕴藉，但要具深情之美；二是哲理性，或朴实无华，或艰深晦涩，却充满智慧之思；三是意境美，或平淡秀逸，或繁芜靡嫚，而不乏诗意气韵；四是人性美，或自在超然，或苦闷悲惨，惟观照人之命运。它们之间又不是各自独立的，而是有着相互之融合。简单来说，前两者是情与理的统一，是'深情兼智慧'，后两者是物与人的合一，是'立象以尽意'。"

饶翔的《〈北鸢〉中的传统美学精神》发表于同期《文艺报》。饶翔认为："源远流长的中华美学精神，历经数千年绵延至今，催生了本民族无数优秀的文学艺术作品，也在这些作品中显现它自身，其内涵不断发展丰富。即是说，优秀文艺作品是中华美学精神的重要载体和传播渠道，一部《红楼梦》或许比一本理论著作更能让人领略中华美学之精妙。"饶翔指出，《北鸢》传承了中国古典叙事传统："葛亮在40万言的《北鸢》中，充分发挥其叙事才能，将波诡云谲的民国动荡史寄予两个家族的命运浮沉。人物线头众多而叙事纷繁不乱，颇得中国叙事传统真传。全书8章，前6章'花开两朵，各表一枝'，分叙男主角卢文笙与女主角冯仁桢的成长岁月，牵扯出各自的家族关系。前6章中，两人虽偶有交遇，却似惊鸿一瞥，草蛇灰线。直到第7章和第8章，随着两位主人公正式'会合'，两条叙事线索才合二为一。在交替的叙事主线中时间不断推进，空间也随人物的位移而流转。"此外，小说"在叙事过程中，不断地埋下伏线。……在细部的叙事上，小说亦多见中国叙事传统的影响：常用点染烘托法表现人物的心理，营造叙事氛围和意境"。在抒情传统的继承上，《北鸢》"首先在于写出了'有情'的历史和历史观。……以工笔画般的细致笔触，勾勒描画出一个'人情'的世界，'以淡笔写深情'"。最后，饶翔认为，"道德传统与价值观"的传承也是《北鸢》的重要特点："在《北鸢》中，时代尽管兵荒马乱，却并未礼崩乐坏。富贵之家照旧恪守礼仪规范，下层人心中也自有一番仁义道德。"

25日　林晨的《晚清"文""史"参照下重解〈檀香刑〉》发表于《文艺争鸣》第10期。林晨认为："以酷刑观察、反思中国文化性质的命题，由晚清时期来到中国的西方人开启，被现代中国作者们发扬光大……《檀香刑》继承了这一命题，又一次确认酷刑与中国文化的核心相通，并以前所未有的虚构和夸张，以二元对立和本质主义的姿态在文学书写上强化了酷刑景观的'东方学'意味。""莫言……用自己精心虚构的酷刑加诸孙丙，以此铸造乡间的神圣。吊诡的是，莫言写《檀香刑》时一心逃离'翻译腔调'，但他的如此路径却恰与西方解构主义的理念暗合。"

27日　本报记者傅小平的《阿乙：写小说就是给人下定义》发表于《文学报》。阿乙谈道："写乡村，会写到人与土地的关系。但我写的不像中国大部分的小说，不是社会学意义上，要反映什么社会问题的小说，而是正宗意义上的小说。"

28日　丁帆的"卷首语"发表于《扬子江评论》第5期。丁帆认为："夏志清用一种意识形态价值观冲击了当时僵化了的意识形态，在拨乱反正的年代里是起了积极作用的。但是三十多年后的今天，当我们重新审视这部煌煌巨著时，'抑鲁扬张'等许多问题并未在'重写文学史'中得到深入的学术讨论，在文学'向内转'的口号中，一味去寻觅作品的'优美性'而放弃思想性。翻烧饼式的怨怨相报何时了，文学的花落知多少？"

鲁敏的《奈保尔的旧房子》发表于同期《扬子江评论》。鲁敏指出："引人重读的小说，与其是否华美、是否智性，并不构成正比例相关，关键在于性格魅力，像结交一个富有个性的人。"

王迅的《"70后"小说叙事学动向》发表于同期《扬子江评论》。王迅谈"70后"作家的创作时说道："70后作家特别关注社会底层的生存现状，接续了五四以来中国现实主义文学传统。……70后作家大都有从乡村走向城市的人生经历,这个跨越城乡的经历让他们审美视线发生了转移,越来越多地开始关注都市中的灰色人物,这批来自乡村的主人公的各种城市遭遇和内心困厄,在写作的意义上可看成70后作家的精神履历。"另外,"从对现实的把握和意义深度上,70后作家的现实主义书写与前辈作家实现了成功对接,沿袭了五四以来现实主义文学的批判精神。随着人生历练的累积与丰富,70后作家已经步出青春叙事与校园叙事的格局,而纷纷把目光投向校园以外的社会与人生"。"70后作家长篇叙事密切关注现实,现实感、在场感与个体经验构成这批作家长篇创作的重要基石。创作主体依凭个体经验找寻观照现实的视角,通过这个视角,不但可以看到现实背后的人性本相,同时也能激活记忆的神经,唤起自我审问的欲望。"不过,"70后历史小说的家族化叙事承接了以家叙国的传统模式,对历史有较强的概括能力,但凝聚着地域文化精神的人格形象,似乎还不够丰满厚实,或者说,在挖掘历史发展动因时,未能足够意识到支撑在人的行为背后的文化因素的重要性,在如何把显在的家族冲突还原为深层的文化冲突的问题上,尚有很大的提升空间"。

杨经建的《"人道其里,抒情其华"——汪曾祺和母语写作》发表于同期《扬子江评论》。杨经建认为,"这里所指的母语写作,包括自觉的母语文化内涵、母语思维方式、母语诗性智慧。有理由认为,自觉的母语写作意识成为汪曾祺文学创作的显在标示"。具体来说,"汪氏创作有意识地发掘人性中的诗意成分,在通俗的抒情与刻意的和谐中,将人生理想化——于世道人心有补,于社会人生有益,从而使得汪氏创作富于人生美学的意味。……汪氏在生命艺术化的切实体验和艺术生命化的审美超越之间达到无隙的沟通,并凭借对语言的灵性直抵母语写作的神韵——出于人工却合于天籁,以人的审美化存在来抵达诗意的栖居方式,由此而烛照现代人的生活,从而营构了一种独树一帜的诗性抒情文学典范"。杨经建还认为:"汪氏的创作是在现代性和历史性的视野中重新思考中国式'抒情',从而延续了由周作人、朱自清开启先声,到鲁迅、废名、沈从文各有酝酿发展的现代抒情'传统',并与西方叙事文学传统以及当代西方批评理论中的抒情论述,构成了潜在的对话关系。……在汪氏那些穿透世俗风情而深悟人心的言说下,简单平常的人事因而获得了美学的意义——他从散乱随意、简约安然的生活秩序里窥见了其中潜涵的诗意。""汉语的表达极其灵活和高度自由，语意、语用远远高于语法，具有重情境、重具象、重神韵、重意会、重诗趣、重虚实等特性。……出于对母语写作的皈依，也出于对中国文化抒情传统的认同，汪曾祺表明：'中国字不是拼音文字。中国的有文化的人，与其说是用汉语思维，不如说是用汉字思维。'"

本月

张清华的《当代文学如何讲述历史？——从革命叙事到先锋文学的一个线索》发表于《山花》第10期。张清华认为："当代的先锋和新潮小说对于历史的讲述，在某种意义上是回到了更为古老的传统，这使得五十到七十年代的革命叙事反而变成了一种无比另类和极端的新式的叙事，或许我们可以将之称为一种'革命新历史主义'的叙事。而八十年代而下的'新历史主义'则更像是一种旧式的传统历史叙事。当然，这里面也包含着大量的现代性改造，同时也是对于革命历史叙事的简单向度的一种反思和拓展。"

十一月

1日 张亦辉的《细节之魅——习艺录之二》发表于《北京文学（精彩阅读）》第11期。张亦辉谈道："在文学叙述中，细节甚至具备化虚为实无中生有的神奇功效。……正是频频运用细节化叙述，蒲松龄为自己构筑起并不存在的现实性情节与诱导性过程，并利用语言的准确性本身所具备的真实性与幻觉效果，最终把魔幻叙述成了现实。"

同日，郭艳等人的《写作的向内转与现代中国人个体精神的延展——关于当下七〇后作家群体现状及未来展望》发表于《青年文学》第11期。李浩在发言中谈道："现在，讲述中国故事成为相对普遍的自觉。而我以为，我们作家应该更多地注意到，中国故事中对成长经验、民族文化差异的那一部分，对陌生化的强调，对独特性的强调。注重中国经验叙事的同时，这一代作家眼光应该更加开放，愿意接受不同的文化滋养，尊重知识智慧，不再简单依靠经验写作，在技术上应该更加重视审美，小说经得起拆解和反复解读，同时又不显得做作。"

同日，祝勇的《战争中的文明之光——评小说〈北鸢〉》发表于《人民日报》。祝勇认为："从文本上讲，葛亮是在延续来自唐宋传奇、明清话本的中国传统叙事方式。他置身香港，华洋杂处，五色迷离，其内心一定有西方的东西，但他的文字却最大限度地向中国的传统靠拢。中国的文学传统历史悠久，楚辞汉赋、唐诗宋词，但如此强大的文学传统，在全球化的时代里还有落脚之地吗？新时期以来，中国文学受外国文学的影响极大，从莫言、余华的小说里，都能清晰地找到外国文学的痕迹。外国文学有其益处，马尔克斯、博尔赫斯、纳博科夫都是当代伟大的作家，但《红楼梦》'三言二拍'等中国传统小说，把宏大的时代命运降落在个人身上，并在日常生活里丝丝缕缕地展开，这样的文学传统也很了不起。葛亮的文字看似家长里短、鸡毛蒜皮，却包藏着巨大的野心，他试图用自己的小说,向《红楼梦》、向'三言二拍'致敬。因此，尽管《朱雀》《北鸢》这南北二书，都是以反法西斯战争为主题，但他的叙述方式不是美国大片式的，没有聚焦于抗日战场，不见惊心动魄的厮杀，而是把焦点放在中国人的日常生活，以云锦般的工艺，一针一线，针脚细密地编织战争状态下中国人的生存图景，把纵向的家族史纳入抗日战争的横断面中，看每一个普通中国人面对民族劫难时的反应、纠结、挣扎，探究我们民族的香火在这种极端状态下如何延续。与英雄传奇相比，这样的写法似乎更难，但葛亮完成得很好。他的小说有《富春山居图》的色调，更有《清明上河图》的浩瀚，在素雅、平淡中不急不缓，却惊心动魄。"

同日，王蒙、王干的《网络不是文学的敌人》发表于《上海文学》第11期。王蒙认为，"图像给的是眼睛的感觉，不是内心的激动"，"语言文字是符号化的审美"。

3日 《人民文学》第11期有"卷首语"。编者写道："当代小说中的中国特色故事，到《女神》这里，以初心之纯以及'非虚构'的繁复，让真切的声影婉转豁朗于世界的江河之畔、湖海之滨。"

4日 张江、孙郁、袁盛勇、李继凯、李林荣的《鲁迅精神和我们的文学传统》发表于《人民日报》。

孙郁谈道："他（鲁迅——编著注）清楚地看出中国文化里的问题，又能以现代的眼光重新调整自己的思路。那些丰富的文本不是线性因果的排列，在肯定里的否定和空无里的实有，让人想起爱因斯坦式的智慧。他的每一篇文章都不重复，其创新笔法显出现代中国人罕有的高度。鲁迅早期受到进化论思想影响，后来注重对马克思主义文艺美学的译介，形成了自己特别的文化理念和审美精神。他在多维的时空里构建了自己的诗学世界，而这世界不属于士大夫式的附庸风雅，也非绅士阶级的自恋，他的一切，都和大众息息相关。"

袁盛勇谈道："鲁迅的文化观始终具有一种生命的热度和民族情怀，与其说他是从文化民主主义走向世界主义，毋宁说是用新的世界视野和人类情怀重构内心深处的文化民族主义，其旨归是让中国人站起来融入到世界潮流中去，让一盘散沙似的中国发展成一个真正的'人国'，而不至于从'世界人'中被挤出。因此，作为现代中国的思想先驱，鲁迅的文学和文化之路是中国文化自我拯救和复兴之路延续与发展的一部分，而非割裂和阻断。"

8日 残雪、龚曙光的《暗影与光亮》发表于《芙蓉》第6期。龚曙光谈道："我认为是靠她自己写作过程中所形成的这样一种动力在推动。也就是说，我们不是跟着她的故事走，是跟着她写作的过程在走，是根据一种艺术创作的状态在走。她已经不是在叙述故事，也不是在叙述逻辑，而是在呈现自己的创作，通过文字的叙述来呈现自己的创作过程，我把这种创作过程定义为一种灵魂的表演，用美术的话来说，叫'行为艺术'。所以，我说残雪小说本质上是一种灵魂的行为艺术，行为艺术就是自我表演。……实际上传统小说里描写人物只有两种方式，一种是开始就给人物定格。……第二类是人物在故事冲突中逐渐表现出来的人物个性……但残雪的小说不是这样，残雪的人物也没有发展。……残雪在用什么样的办法塑造她的人物呢？就像一个油画家，开始勾轮廓，然后用油彩一遍一遍涂，有的地方深，有的地方涂了三四十遍，才完成这幅画，所以我最后看到的是充满质感的、暗影与光亮对比度非常好的一幅油画。"

14日 《光明日报》第13版《文艺评论周刊·文学评论》专栏有"编者按"。"编者按"写道："长篇小说创作是衡量当下文学发展格局和发展水准的重要标尺。本期重点推荐两位年轻作家的新作《陌上》和《北鸢》。他们以充沛的才情，把小说写得扎实厚重而又摇曳多姿。这两部作品，一部怀着温情和美意，倾心乡村故土上的日常生活，有着欢喜、轻快的调子；一部以古典情怀，深入历史深处，向过往寻觅故事资源，富有古典韵致。它们或许隐含着一个道理，即新生代作家越来越意识到，回到土地、回到传统，再与时代风云相融相拥，是文学创作始终难以逃脱的路径与主题。"

凌逾的《开拓"新古韵小说"——〈北鸢〉的复古与新变》发表于同期《光明日报》。凌逾写道："当前长篇小说创作有个新的发展趋势，即开拓'新古韵小说'。具体来说，就是吸取古典文学的雅致神韵，深得传统精华，渗透传统文化哲学，弘扬传统文化精髓，描画沉重的历史，讲究文气，笔墨抒情，文风古朴宁谧厚重，仿佛管弦丝竹，空灵飘远，悠扬悲情。但复古不是关键，而重在熔铸当下文化，强调文本哲思意蕴、叙事形式上的突破。当代散文古雅化成功的较多见，但此类长篇小说较少见。'新古韵小说'如何渗透古风神韵，弘扬传统叙事，在复古中求新变，在传统性中注入新元素，成就新小说格局？作家葛亮的新作《北鸢》（人民文学出版社 2016 年 10 月出版）进行了探索。《北鸢》善用中国特色符号，对京剧、茶艺、纸鸢、书法、绘画、印章、服装、饮食甚至武功等传统文化均有考究。该书以民国时期襄城的民族资本家卢氏与士绅家族冯家的联姻为主线，刻写卢文笙的成长史。风筝符号不仅是书名，而且是全书串珠，一路旖旎而来，不可或缺，且用大量典故，涉及'扎、糊、绘、放'四艺。《北鸢》的风筝符号隐喻丰富，带出主旨寓意，不可小觑，有结构串针、情感隐喻、实用救急、哲理寓意等重要叙事功能。"

15 日 张清华的《叙事的长度、美学与时间问题》发表于《南方文坛》第 6 期。张清华发现："到 20 世纪 90 年代，奇书叙事的完整时间在作品中大面积地复活，90 年代小说当中出现了大量的旧趣味，同时也是尼采意义上的'悲剧的（重新）诞生'。"

16 日 付秀莹的《惟有故乡不可辜负》发表于《文艺报》。付秀莹谈道："《陌上》不是那种传统意义上的长篇结构。26 个相对独立的短篇，上一篇的某个人物一闪而过，可能恰恰是下一篇里的主角。"

20 日 王庆、雪漠的《灵魂、信仰与文学创作——雪漠访谈录》发表于《小说评论》第 6 期。雪漠关注"信仰"问题，认为"西部优秀的地方就于这片土地上有信仰"。雪漠表示自己的文学观就是"将艺术、人生、载道融合在一起",并希望自己的作品"能够在虚无之中,建立一种岁月毁不掉的价值"。

杨洁的《传统的力道:论〈笨花〉》发表于同期《小说评论》。杨洁认为"土话或方言的使用是《笨花》最为突出的言语特征,因而也赋予了小说整体'土气'的言语底色",《笨花》提醒"我们到底必须从传统中汲取什么样的力道"以及"如何从传统中汲取这必须的力道"。

於可训的《主持人的话》发表于同期《小说评论》。於可训谈到了文学融合思想的困难,以及当下的文学"供应思想"之难,因此"像雪漠这样确有思想又精于表达的作家,就显得难能可贵"。

21日　葛亮的《民国民间》发表于《文艺报》。葛亮谈道:"《北鸢》的创作缘起因我祖父遗作《据几曾看》编辑的一封信,希望我从家人的角度写一写祖父的过往。曾考虑写一部非虚构作品……'非虚构'有相对科学与严谨的一面,但就历史的体认、把握和再现而言,是否最为恰如其分?"

24日　本报记者王雪瑛的《葛亮:触摸与呈现历史,是建构自身的旅程》发表于《文学报》。葛亮谈到《北鸢》的创作时说:"其实每个生活在当下中国的人,都负载着现代与传统的辩证。我想古典的心,多少是对传统的依恋吧,包括那个时代的价值观念,审美,甚至人情。从文化续接的角度,我儿时的阅读经验提供了某些帮助,这和父辈的引导有关,看了不少笔记体的小说,《阅微》《耳新》之类。培养了我对古典文字传统的敏感与语感。"葛亮还谈道:"因为生活于当下,我对于中国的讲述,呈表传统,更多会考虑到现代的语境。所谓'常'与'变'的关联,这是在沈从文先生的《长河》中已经提出,但未得到解决的问题。现代性的价值,需要放置在中国经验中加以检验。虽然新古典主义本身是个舶来的概念,但对于传统的吸收、消化、反刍而形成一种新的文化品类的过程,对于东西方是可以互相借鉴的。"

本报记者郑周明的《蔡骏:类型文学为什么写不好中国故事?》发表于同期《文学报》。蔡骏谈道:"国内的悬疑类型写作跟欧美日本相比,当然还处于幼稚期与成长期,但是我相信我们的成长速度是非常快的,即便是按照欧美的标准,中国的悬疑小说依然有自己的特色,也会形成中国的风格。我觉得主要的差距在于创作底蕴还不足,毕竟国外有那么多年的积淀和传承,而国内往往要么是模仿,要么是自创一格,当然所有伟大的作家都是站在巨人的肩膀上开始创作的。还有一点,就是我们的类型小说对于社会现实的关怀性还是有所欠缺,往往写得好中国的故事,却写不好中国故事,我觉得这两者是有本质区别的。"

25日 格非、林培源的《"文学没有固定反对的对象"——格非长篇小说〈望春风〉访谈》发表于《当代作家评论》第6期。格非认为:"从结构上考虑,《望春风》需要出现一种陌生化的东西,或者说,不让它变成纯粹的消费品,要让读者能够离开我刚才提到的'内部',稍稍离开故事的阅读快感,换一种阅读的视角。……换句话说,从叙事节奏来看,第三章必须有变化。如果第三章没有变化,《望春风》到最后就是强弩之末。"

林培源的《重塑"讲故事"的传统——论格非长篇小说〈望春风〉的叙事》发表于同期《当代作家评论》。林培源认为:"二者('江南三部曲'和《望春风》——编者注)所叙之事虽迥异,但无论是小说的叙事技巧还是对社会现实的观照,皆有或隐或显的关联。这种关联,不妨看成是小说家格非继'江南三部曲'跨越百年中国历史的宏大叙事后,朝小说这门'讲故事'的技艺向内转的努力——在《隐身衣》这部中篇小说中,若说'叙事交流'(指小说中采用第二人称'你'以及娓娓道来的讲故事的腔调)尚属这种'向内转'的小范围尝试,那么到了《望春风》,叙事交流的大规模使用则构建了自身的一套叙事美学。这里所言的'向内转'并非指作者无意关涉现实、实现其社会批判,而是说,在书写失落的乡村伦理的基础上,小说家格非试图将他对小说艺术的思考以'元小说'(metafiction)的形式在小说中隐秘地展现出来。这种内外打通的策略,使得《望春风》在赓续传统小说注重事件、人物等故事层面的同时,又多了对小说自身叙事话语的反思——《望春风》甚至暗合了瓦尔特·本雅明(Walter Benjamin)在探讨经验与'讲故事'之关联时所阐发的洞见。"

周新民的《构筑具有中国精神和艺术气质的小说世界——刘醒龙长篇小说创作论》发表于同期《当代作家评论》。周新民认为:"刘醒龙的长篇小说从'天人感应'的审美思维入手,革新了中国现当代长篇小说审美主体与审美客体分离的弊端,显示了刘醒龙从审美思维的内在诉求上构思长篇小说的创举。当然,刘醒龙从精神追求、审美思维、审美观念上借鉴了中国传统文化与美学的优秀品格,也借鉴了中国古代小说的叙事技巧,以悬念的设置和巧合的灵活运用最为典型。通过这样的努力,刘醒龙长篇小说实现了对于中华民族精神和艺术气质的回归。"

同日,孙国亮、杨青泉的《格非"江南三部曲"中花的修辞性隐喻与叙述策略》发表于《文艺争鸣》第11期。孙国亮、杨青泉认为"'花喻'有声的象征手法、'江南三部曲'以'花梦'重现的情节特征、'花非花'式的叙事形态,通过三位女主角的形象塑造和故事讲述,深刻地表达了作者对于个人与时代、历史与现实、革命与启蒙、世俗生活与诗意栖居等多个问题的思索探求"。

28日 仕永波的《小说亟待提升诗性品质》发表于《光明日报》。仕永波认为"小说作为一种文学形式,属于艺术之范畴","必须具有艺术的终极属性,即诗性","诗性当是小说作为一种文学形式的突出特征"。小说"必须立足于现实且对现实进行艺术化和文学化处理,而不能直接描摹现实,过度的绝对的'写实'、过分注重'故事性',则会使其沦为平庸。唯有'艺术的真实',才能使小说产生强烈的艺术感染力和恒久的魅力,才能使读者感受到浓郁的诗意"。

29日 贺绍俊的《讲述中国故事且讲出深度》发表于《人民日报》。贺绍俊认为:"长篇小说之所以能够越来越有效地阐释中国经验,就在于作家们找到了最适合讲述中国故事的叙事方式。这种叙事方式就是宏大叙事与日常生活叙事的交汇与融合。……这种创作趋势也是与社会现实相贴切的,巨大的、翻天覆地的社会变革都是通过人们的日常生活呈现出来的,既发端于微末,又转化为日常生活中点点滴滴的细微变化。"贺绍俊还谈道:"近些年长篇小说的发展还表现在小说精神内涵更加深邃。……在精神内涵的开掘上做文章,就要敢于质疑,独辟蹊径,摆脱题材模式化和思维方式固化的束缚。一段时间里,乡土题材创作中表现乡村文化的衰败和乡土的困顿几乎成为作家首选的基本主题。这似乎是时代变革下不可避免的趋势。但这一写作趋势也滋长出一种现代化崇拜和现代化焦虑的精神症候,这种精神症候导致作家迷失自我,被'现代化观念'牵着鼻子走。""中国故事、中国经验给当代长篇小说创作提供了最新鲜、最独特的养分。"

十二月

1日 甫跃辉的《时光里的好故事——读张晓琴短篇小说〈金莲一夏〉》发表于《青年文学》第12期。甫跃辉注意到《金莲一夏》有"闲笔",它"不惮在小说里留下一些闲笔、一些缝隙乃至一些破绽,才会让小说呼吸通畅舒缓"。

简艾的《我一直倾慕于原创性的虚构与想象》发表于同期《青年文学》。简艾指出:"如何在日常经验与审美性、精神性之间进行勾连?想象力往往成为某种最为妥帖的连接方式。"

李德南、文珍的《小说的开端与结束——从一个有歧义的词谈起》发表于同期《青年文学》。谈到长篇小说和短篇小说,文珍认为:"我个人比较认同国外通用的分法,就是小说其实只应该分为短篇小说和长篇小说。……总的来说,无非是有话则长,无话则短。……所以长篇要一口真气贯穿始终确实是非常难的。这就类似长跑和短跑。短跑只要求爆发力,而长跑则同时对爆发力和持久力都有要求。"

同日,《短篇小说的诗意建构——"〈作家〉短篇小说论坛·2016"发言录》发表于《作家》第12期。参与本次论坛的专家学者有劳马、董立勃、黄梵、张生、朱文颖、徐则臣、张楚。

劳马谈道:"诗意建构,是个非常有意义的,很精致很优雅的题目,但是在这方面我的写作经验正好暴露了我的短板。我写东西比较实,也比较僵硬,总是非常钦佩、向往别人写的文字,想着能不能学着也写上那样一段有很高艺术性、很高审美价值的文字。文学之所以成为文学,应该显现文学性,应该显现艺术的特征。"

董立勃谈道:"其实我们每一个作家,对文学的诗意的追求都是不可能丢失的;在创作每一篇作品的时候都会想,如何能够打开更富有诗意、更富有美感的空间,激起人们更多的联想。……我个人认为,写小说说到底还是要在讲故事上下功夫。……要否定小说在审美层次上的意义和作用。任何一部成功的艺术作品带给欣赏者的感受，一定是丰富的，复杂的，是不能够一下子说得清楚，说得明白的。所以当我们说小说的故事的时候，其实就是在说情感，说思想，说结构的严谨，说叙述的节奏，说诗意的流露。一个完整的故事其实就是艺术与生活的综合体。"

黄梵认为："其实我们现在所有人，包括读者，血液里面都存在着这样一种本能，我们都偏向于喜好有夸张的作品，而不是喜好特别写实的作品。……诗意本质上到底是什么。诗意在很大程度上非常类似于我刚才讲的夸张，它偏离于那种很老实的、很贴物的、很直接的诉说。"

张生认为："所以对于短篇小说的强调，非常接近于我们所要求的用诗的方式来看待这个世界，看待人生。它们的思维方式有共通之处。……短篇小说应该回来了，应该回到短篇，回到诗。"

朱文颖谈道："多年接近职业作家的写作让我感到，其实在短篇中，客观地说，特别本质的写实和特别高级的写虚都是好小说。"

徐则臣认为："短篇小说中故事的完成度建立在什么基础上？在我看来，可能建立在所要表达的意蕴的完成度上。这个意蕴是什么？除了你要表达的内容之外，很可能就是诗意。"

张楚认为："我觉得中国当代短篇小说主要有以下几个方面的问题。一个是精神内核特别小。……第二个问题就是'废话'少。刚才大家都说短篇小说里不能有'废话'，我觉得短篇小说里也应该有一些'废话'。……第三点是短篇小说的诗意空间在缩小。"

2日 王安忆的《中华文化与中国出版》发表于《小说选刊》第12期。王安忆认为："仿佛在中国的诗词中，对水有一种特别的情感。……也许人们用'水'这个字眼的时候，正是在想象那些附在'水'上一去不返的东西，中国人似乎从来不在于把一些东西留下来，在他们的眼中，一切都是载在时间上，总在流逝，一旦欣赏之后享受之后，就只能撒手放开，随它去了。""中国的古文太过简练了，对于年轻人奢侈的情感显得俭省了。"

5日 刘醒龙的《自信如青铜重器》发表于《文艺报》。刘醒龙认为："传承好历史遗留下来的祖先创造的精神财富，无疑是每一代后来者的命定。这种命定所赋予的优秀文化传统……如果再加上建立在现实基础上的现实认知的力量,更能使人产生双脚站在大地上,任何风暴都吹不倒的稳如磐石的感受。"刘醒龙认为:"文化自信不能仅仅仰仗往日的辉煌,文化自信与深入生活、扎根人民有着深刻而强大的逻辑关系。……大时代不会夺走小时代的生命力,小时代则要凭着大时代,让自身更具活性。……那种伟大到贯穿大时代、弥漫小时代的文学作品,需要我们关上电脑、收起手机,深入到生活的第一现场。"

6日 本报记者吴娜整理的《青年作家与现实主义创作》发表于《光明日报》。"编者按"写道:"习近平总书记在中国文联第十次全国代表大会、中国作协第九次全国代表大会开幕式讲话中指出:'广大文艺工作者要坚持以强烈的现实主义精神和浪漫主义情怀,观照人民的生活、命运、情感,表达人民的心愿、心情、心声,立志创作出在人民中传之久远的精品力作。''文学记录中国',是创刊于1979年6月的《当代》杂志三十多年来的现实主义坚守,并因此成为国内文学期刊的一面旗帜。关注青年作家群体,也始终是这本杂志秉承的风格。2016年第6期《当代》杂志,推出青年作家专号,专门辑录了一批青年作家的优秀作品。11月23日,杂志社又邀请众多评论名家,共同研讨青年作家的现实主义创作问题,其中不乏真知灼见,对提高青年作家创作水平、繁荣国内文艺创作大有裨益。本期光明读书会,整理刊载其中部分发言,希望与广大读者继续探讨。"

7日 徐剑的《中国故事的中国气派》发表于《中国艺术报》。徐剑指出:"讲述中国故事,需要诠释的是中国精神,而作为中国精神的文学读本,则应张扬一种中国风格和气派。尤其是承载着强军梦的故事,最能够体现这种正大气象,惟其如此,才能更好地解决文学有高原而无高峰的问题。同样,借着中国气派,中国文学才能走向世界。"徐剑还指出:"何为中国气派?那就是上古的正大气象。远可以溯春秋骑士之风、贵族风度和侠士之义,而承载其中的战国时代诸子百家的思想底蕴,其犹如一口深深的人类精神之井、思想之泉,令中国作家淘之不竭、取之不尽。……没有中国文学的道统和法度可依,遑论中国气派和中国精神。纵使那些走向世界前沿的文学,至多也是拾人牙慧,或者是某种文学流派的翻版。文学有高原无高峰的现象,已是不争的事实。"

19日 孔令燕的《用中国传统美学精髓讲述中国故事》发表于《文艺报》。孔令燕认为，"贾平凹用自己的艺术实践承载了中国古典美学的传统，用诗书画的多种形式追求着传统审美最高的写意之境，用气韵生动的作品向王维、向苏东坡、向曹雪芹们致敬"，"作家……应该努力打破技艺本身的束缚，力图达到诗书画意相融相生的境界"。孔令燕指出："小说，作为更具现代叙事特点和写实追求的语言艺术，书画技巧的运用与借鉴就更显艰难，贾平凹在许多长篇小说中进行了不懈探索和尝试。"

22日 丁晓平的《如何拥有历史感和拥有怎样的历史感》发表于《文学报》。丁晓平指出，"对中华民族历史的认知和运用必须在避免误读历史的基础上，把握好以下三个关系"："一、把握好个体与整体的关系，呼唤宏大叙事""二、把握好历史与现实的关系，坚持用辩证法""三、把握好中国与世界的关系，'把屁股坐在中国身上'"。"讲好中国故事，同样也应该像毛主席所说的那样，应该以中国为中心，把屁股坐在中国身上。讲好中国故事，我们必须让中国走向世界，同时也让世界走进中国。因此，我们必须拥有历史担当和家国情怀，突破自身的局限……落实到具体创作中，尤其是重大历史题材的作品更要有足够的历史耐心，对历史事件和历史人物的记叙以及在史料去伪求真的过程中，必须要抛开个人情感色彩的狭隘的判断，既求真更求实，也就是既要一分为二，又要恰如其分。"

25日 韩松刚的《含混的"诗意"：小说写作的一种美学倾向》发表于《文艺争鸣》第12期。韩松刚指出，"对于'诗意'的追求从唐宋开始已经渐渐成为一股或明或暗的潮流。……这种对于主观情感和自我情绪的追求，进一步强化了小说写作过程中的'抒情'倾向和'诗意'特征。清初，才子佳人小说兴盛，一直到《红楼梦》问世和流传，'诗意'一词在中国古代小说史上得到了最好的诠释。……小说叙事中夹带大量的诗词歌赋，以补神韵以添意境……将追求'言外之意''味外之旨'的传统诗歌的艺术精神创造性地融会于小说写作中"。

30日 张曰凯的《坚定文化自信，承袭古典小说美学》发表于《文艺报》。张曰凯谈到自己从四个方面学习承袭《红楼梦》的小说美学：其一，"'发于情性，由乎自然。'（李贽语）整部《红楼梦》体现了这种美学品格。人物、情节、细节来自作者亲身体验的生活,从作者胸中汩汩流出,如行云流水,真切自然,姿态横生,浑然天成,没有半点矫情,作品呈现生活本色之美。语言民族化、生活化、人格化,我力求绘声绘色"。其二,"人物形象形神兼备。《红楼梦》塑造的众多人物形象以形写神,神寓形中,形神兼备,具有'传神之笔'。这方面做起来很难,因为它不是靠技巧,全凭功夫。要具有高超的艺术造诣,把握住人物性格,在描写人物言行中描绘出人物神态及内心的世界,达到写意传神,宛然毕肖。我写作中朝这个方向努力,不敢妄言是否能够学到手"。其三,"'有境界,本也。'(王国维语)《红楼梦》通过逼真细腻的生活细节营造的小说意境比比皆是,这也是这部艺术巨著萌生巨大艺术魅力,令读者百读不厌的肯綮所在。我的作品着重在农家日常生活细节描写方面下功夫,尽力把细节写得精到准确,绵密入微,从容不迫,悠悠叙事,情趣横生,给人以愉悦的美感,力求营造出小说意境"。其四,"'一篇情文字。'(脂评语)《红楼梦》悲剧的核心是'情',这是《红楼梦》小说美学的独特优势。我师承这一笔法,描绘人物形象倾注一腔挚情,尽力做到情真意切;而描写人物之间的关系,恩爱怨仇,力求'随事生情',时时事事不忘'情'字"。

本月

"'小说中的历史:如何与可能'笔谈"专题发表于《山花》第12期。该专题收录艾伟的《当我们在谈论小说中的历史,我们在谈论什么》、刘大先的《创造"历史"以进入历史》、徐勇的《小说中历史叙事的陷阱、误区及其可能》等文章。

艾伟认为:"小说是在具体的历史境遇中展开……然后,历史很快退去,成为小说的一个背景,小说着眼的是在考验面前,人是如何行动以及思考的,人性是如何展示它的复杂面相,生命在考验面前会经历怎样的蜕变,以及作为一个小说家对人的复杂性、可能性以及人的限度的理解。"

刘大先谈道:"小说必须以超越于历史的包容性和真理性参与到历史实践之中,才能使自己不再是游离于时间之外的浮游生物,摆脱怡情遣兴的雕虫小技的形象。"

徐勇谈道:"我们需要警惕的是把历史视为滑动的能指符号,就像很多新历史主义之作,这时的历史叙事往往就成为为反写而反写的叙述游戏。这样的重写既需要警惕,也要明晓其限度所在。……我们期待一种不以反写或重写的方式而存在的历史叙事,不论这种反写可能会以何种宏大叙事的名义进行!"

2017年

一月

1日 黄孝阳的《想象力不是虚空高蹈,其内核是严肃的现实》发表于《青年文学》第1期。黄孝阳认为:"我们今天所面临的,是一个由工具理性建构起来的现实,所谓大数据时代、人工智能社会等概念都是它的投影;而不再是一个由人文思维建构起来的现实,那个不断死循环的古典家园。……当代小说要有勇气来审视这些经验范畴,它给人最直观的第一印象,可能是'震惊'。……当代小说是在'大海停止处,望见另一个自己在眺望大海',它强调:深度,广度,维度,高度。——深度是说,'我的每一次触及都在打开更深远之门';广度是说,'我的履痕及对世界广阔性的赞叹';维度是说,'我看见了银幕这面,也看见了银幕的后面';高度是说,'我在月球上望见地球是圆的这个事实'。"

李浩、黄德海的《完美不能给我带来任何东西——关于巴塞尔姆的〈歌德谈话录〉的碰撞》发表于同期《青年文学》。李浩表示:"我读他(巴塞尔姆——编者注),更多的正是得到技艺上的启发。我要谈及他的碎片化。它让小说可以集中在一个个'点'上,而不是要用更多的线和面。一方面,它会让小说的每个'片'都有晶亮感,它自己建立'围绕的核心',这样就略掉了叙事冗长的过程,从而使叙事变快。另一方面,它剪掉的部分,又需要阅读者动用自己的知识和日常储备来填充,也就是说,它是'不完成美学'的,是要阅读者参与的。同时,这种碎片化其实也是思维上的变化,就是他让我们从一种清晰的、逻辑的、有连续感的已有习惯中摆脱出来。"

同日,小白、黄昱宁的《小说的封锁与解围》发表于《上海文学》第1期。小白认为"小说起源于一个人对一群人讲一些他们从未听说过的事情",小说"凭借的就是那个古老约定,我给你新鲜有趣,你暂且信任"。至于小说和电影的区别,小白说道:"两者最本质的不同是在时态上。电影是现在进行时,银幕上每一个事件都发生在你面前,你看到它发生了,不容置疑。小说本质上是过去时态甚至过去完成时,在很大程度上他要去说服读者。"谈到影像对小说的影响,小白认为:"电影改变了人们的观看方式,从而改变叙事方式。……小说技术的范式正在悄悄而深刻地变化中,所以我每当准备开始写一部小说的时候,总是要看很多电影,实际上也会看大量照片,甚至戏剧、脱口秀、段子、MV、广告。"

同日,"文学:我们的主张(续二)"专题发表于《钟山》第1期。该专题收录2016年11月《钟山》举办的"第三届全国青年作家笔会"中参会者的发言。参会作家有寒郁、阿微木依萝、雷杰龙等。

寒郁在其发言《为何写作及主张》谈道:"我的理解,好的小说,无非是世道人心,所谓'好诗不过近人情'。"

阿微木依萝在其发言《我写作的一些感受》中谈道:"文学的本质是人学。人是从自己出发的。自己永远是原点。一个人能把他内心的所有东西研究和转化出来,就是一部世界史。"

雷杰龙在其发言《我写历史小说,是想打开自由精神的空间》中谈道:"作为一种古老的小说类型,历史小说写作有它的基本法则,那就是基于历史真实的'历史性'和小说想象的'小说性'。对此,作为一名历史小说写作者,我不可能有什么突破,相反,我只是以小说的方式,谦卑地加入了历史叙述者的古老行列。"

3日 张亦辉的《在叙述中漂移的时间》发表于《人民文学》第1期。张亦辉写道:"现代小说本身就是一个超越时间的概念……在现代小说的众多智慧和精髓中,叙事时间的创新与重塑无疑是最为显耀的成果。""斯特恩发明了让小说时间停滞不动的艺术。在他不断分叉的叙述里,时间不再是线性的均匀的传统河流,它成了一个谜,甚至可以在时间本身中迷失。……斯特恩放弃宏大叙事之时,恰是现代小说逃离时间约束之日。"不过,"对普鲁斯特而言,时间不再是行动的舞台,不再是让现实生活具体化的东西,反而'是一种起分离作用的东西'(萨特),时间不是发生一切的地方,而是让一切消失的地方、时间性就是丧失性。……因此，普鲁斯特的时间技巧就是取消时间未来的技巧，同时也是悬置现在、返回过去的技巧"。而吴尔芙"创造了从现在跃向未来的叙事时间。……吴尔芙是想通过这样的时间假设与向前跳跃，让压缩在一天时间内的生活和叙述延展到无限的、地老天荒的时间维度……她所叙述的分明就是永恒的一天"。福克纳在"拒绝任何时间标记，与此同时，他也拒绝了时间本身"。马尔克斯的《百年孤独》"从现在跃到未来，然后又以光速从未来绕回过去，形成一个封闭的圆圈，就像一条咬住自己尾巴的蛇。……不断地向前（预叙）与不断地往后（倒叙），最后首尾相接，循环往复，时间于是封闭成圆环。开始就是结局，一切都是重复"。

5日 《为人生的文学为未来的文学》发表于《文学报》。"编者按"写道："在《未来千年文学备忘录》中，卡尔维诺写道：我认为写作是对各种事物永无休止的探索，是努力适应它们那种永无止境的变化。2017年第一期。我们采访了十家文学期刊的当家人，令人惊喜的是，以往常常出现的"困境"二字不再被提起，取而代之的是蓬勃的生气和面向未来的愿景。他们的目光更多聚焦于文学本身：为人生的文学、现实主义传统的坚持和拓展、拥抱新媒体、激发原创力、发掘新人、服务读者……当这些热望涓滴汇聚，我们看见的，是一片丰饶无垠的文学之海。"

9日 雷达的《长篇创作中的非审美化表现》发表于《文艺报》。雷达表示新世纪以来的长篇小说"存在较为明显的非审美化倾向"，这种倾向"首先表现在写作速度之快、数量之多与写作资源日益严重的短缺所构成的尖锐矛盾上"；"非审美化的第二个表现是追求'思想'的表达却与整个艺术机体脱节。……我一直主张长篇小说应拥有丰盈的精神，而不是裸露的'思想'"；"非审美化的第三个表征是网络的冲击与作家的'媚大众文化'表现（'大众文化'内涵丰富复杂，此处主要从媚俗而言）"；"长篇小说的第四种非审美化表现，我以为是一些作家没能走出'为魔幻而魔幻'的怪圈"。

同日，郭艳的《"文人之笔，劝善惩恶"——略谈网络类型文学写作与传统》发表于《中国艺术报》。郭艳谈道："当下网络文学大量的玄幻、穿越与灵异小说显然和古典叙事传统中的诸多原型和母题有着密切的关系。例如下凡历劫、悟道成仙、济世降妖、人鬼或人妖之恋甚至于感生异貌等,这些都以各种新的面目出现在当下网络类型小说中,因此在网络文学中出现的'装神弄鬼'从某种程度上可以看成是中国民间鬼故事、志怪、传奇的变种或再生。""当下的玄幻、穿越和灵异小说更多和六朝志怪、唐宋传奇接轨,而和近现代通俗文学的传奇性具有本质性的差异。近现代通俗文学的传奇性主要表现为故事情节的传奇性,往往是以真实性为基本叙事框架,在日常中见奇绝,在巧合中见真实,通过对于日常经验的夸张、虚拟和变形塑造传奇人物形象,从而达到传奇性的美学特质。……当下网络文学的玄幻、灵异与穿越往往建立在离奇古怪的叙事情节中,人物具有明显的现代特征,在虚拟的历史、现实和未来时空中恣肆穿越,时时给人以炫目刺激的阅读感受,同时又的确给人以荒诞不经的非现实感,其主要功能依然表现为消费性的娱乐功能,从一定程度上消解了通俗文学写作自身的社会学意义和民俗学价值。""当下网络类型文学在'娱心'方面可以说是大大超越了传统通俗文学,仙侠小说的灵异加武侠,穿越、魔幻、玄幻小说中历史人物和神仙鬼怪穿越时空时的腾挪跌宕,充满时空错位和惊险刺激的非现实感,由此逼仄的现实生存和被压抑扭曲的人性在这样的虚拟场景中得到释放。但是相对于传统通俗小说来说,'劝善'的内容往往被欲望化和功利主义的价值观所消解。"

10日 曹晴、[英]大卫·米切尔的《大卫·米切尔:我写的书可不好说》发表于《小说界》第1期。谈到语言形式的累积,大卫·米切尔表示:"跟许多作家一样,我是个语言迷。我喜欢方言、口音和词汇。……因为我对语言和文学形式极度感兴趣,所以我积累各种词汇。我对语言的热爱解释了我努力使用并罗列语言的多种形式的原因。"谈到长篇小说与短篇小说,大卫·米切尔表示:"我觉得短篇小说是第二纯粹的文学形式,仅次于诗歌而高于戏剧(长篇小说只能可怜兮兮排第四——拿不上金银铜牌呢)。如果一首诗写得不完美,就算失败了。如果一部短篇小说没有几近完美,那就只是个平庸的故事。但与之相反,长篇小说即便有几处很严重的缺陷,仍然能成为伟大的作品。写出完美的短篇小说是一件非常罕见、神奇的事情。不过很幸运,世上有一些极其出色的短篇小说作家。加拿大作家爱丽丝·门罗,爱尔兰女作家克莱尔·吉根,美国作家约翰·契弗，日本作家村上春树，澳大利亚作家戴维·马洛夫，新西兰作家凯瑟琳·曼斯菲尔德。其中我最喜欢的是专攻短篇小说的安东·契诃夫。"谈到 AI 与小说创作，大卫·米切尔表示："好句子的标准是什么？你如何把一个鲜活的比喻用电脑代码生成出来？一个你从第 1 页关心到第 500 页的难忘人物的形象，它的算法是怎样的？再说，到底什么叫'智能'？什么叫'创造力'？什么叫'幽默'？什么叫'原创性'？为什么伟大的作品令你的灵魂生机勃勃而低俗的作品让人辗转反侧几欲求死？这些都不是二进制数学题；它们是关于思维的本质的问题，距离找到这些问题的答案，我们还隔着五个阿尔伯特·爱因斯坦，三个斯蒂芬·霍金和一个莎士比亚呢！"

15 日 方岩的《大陆读者理解"眷村的故事"的可能性——以〈告别的年代：再见！左营眷村！〉为例》发表于《南方文坛》第 1 期。方岩写道："张耀升最终选择了一种返璞归真的方式，抛开生涩的理论概念和繁琐的历史叙述，希望用最为朴素、直观、人性的眷村精神和传统——'便是"人"以及人与人之间的"情"'（《左营眷村》第 28 页）——去化解当下族群间的隔膜和抵牾。"

黄晓娟的《用美构筑传统文化的圣殿——论孟晖的〈盂兰变〉》发表于同期《南方文坛》。黄晓娟指出："孟晖继承了中国古代的'梦文化'传统，在小说《盂兰变》中创造了富含个性的'梦'意象。"

金理的《葛亮的风筝——论〈北鸢〉》发表于同期《南方文坛》。金理写道："我猜测，葛亮七年的案头准备、所掌握的历史材料，远多于小说目前所呈现的，仿佛冰山隐于海面下不可见的部分，更根本的意义上，他不是为了写作而积累素材，这一搜求、考订、目验心证的过程本身就有意义，这是一个虔敬的写作者寻获对于历史身临其境的感受，写作如果说能够'还原'什么，大概首先就是具体时空中的个人对于时代的切身感知吧。"

16 日 李骏虎的《在中国写作的优势和障碍》发表于《文艺报》。李骏虎认为"作家应该是本民族的代言人"，"在中国写作有优势，也有障碍。……在这样的历史文化背景下搞创作，有丰富的资源可以随意取用，但是具体到创作之前的打通史料和掌握常识，那又是很沉重的负担。即使是写现代人物，你要搞清他的思想观念、价值取向，还有个性的形成，免不了要追溯他的家世……

如此沉重而复杂的历史负担,造成了我们笔下的人物背景注定是复杂的,人物形象注定是有背景的"。李骏虎还表示,"因此我们搞创作,尤其是写小说,首要解决的就是把芜杂的历史和人物简单化处理,找到基本的二元对立。只有找见矛盾对立,才能理清思路……在中国学习和实践创作,多数当代作家都在熟读和学习西方经典名著,学习中国古典名著所不具备的艺术手法、表现方式等,但不可不存警惕之心。因为东西方小说在精神指向上是有区别的"。

18日 范咏戈的《"发现小说应当发现的"》发表于《文艺报》。范咏戈谈道:"《沧海之约》的'技术'有二:首先体现在它思路的开阔,它将故事置放在中国反抗大国重返亚太搅乱格局甚至侵犯中国利益的斗争中,对主题的开掘所达到的高度甚至可以把它当作一部政治小说来读。……其二,是《沧海之约》独具的故事形态。形态是讲故事的本领,一部好的长篇小说必然要有他人不具备的好的故事形态,这其中包括独特的地理方位、区域特点、人物形象和故事结构等等。《沧海之约》这方面的品格显然是小说艺术魅力的重要方面。《沧海之约》没有把国际斗争架空来写,它以两对男女主要人物复杂的感情纠葛为线,书写国家利益、价值观和道德感之间的复杂关系。"

20日 安武林的《玄幻小说的背后》发表于《文艺报》。安武林谈道:"千一的小说飘逸、华美、流畅、青春,充满着朝气与活力,而且想象力极具扩张意识。它没有任何局限,几乎是无所不能地抵达。我想,不管怎么说,这是对人想象力极限的一种挑战。千一的玄幻小说,有一种淡淡的忧伤在弥漫,有一种淡淡的诗意在流淌。"

同日,胡萱的《想象历史:论网络历史小说》发表于《小说评论》第1期。胡萱指出,"从小说类型学的角度看网络历史小说,会发现另一个特别的现象——小说混类",即"某个小说类型在维持自己主导品格的基础上会与其他小说类型混杂呈现"。另外,胡萱还对比分析了传统的历史小说和网络历史小说的区别:"一是叙事视角不同。传统的历史小说采用的是全知叙事,无论讲故事、说人物、表现意识形态都是以'他者'为中心。而在网络历史小说中,虚构的主角就是故事的叙述者,他们演绎着历史故事,历史只是作者表达主观意图的背景,'自我'才是叙事的中心。二是阅读心理不同。……传统的历史小说中的历史的方向是既定的，无法改变的，因而都有浓烈的悲剧意识。而网络历史小说则摆脱了这种被动，它凭借虚拟和想象参与到历史的进程中，引导历史向着作者预设的方向前进。"胡萱认为，"网络历史小说是当代年轻人'白日梦'的文学表达，是消费文化发展的产物"，"作者们放弃了道德教化，转而追求'快感'和'宣泄'"，网络历史小说"消解了历史的严肃性"，"虽然这样的欲望化写作有其存在的合理性，然而这种理由还不足以成为推翻历史小说基本创作观念的维度"。

马季的《网络时代的故事回归与文学想象》发表于同期《小说评论》。马季认为"网络文学之所以选择走类型文学之路，源于'讲故事'的文化传统在中国人心目中根深蒂固"。另外，马季还认为："网络文学中的都市文与传统文学中的都市文学差异明显，从外表看网络文学更注重故事的娱乐性，从实质看网络文学所建立的虚拟性或许更切合网络时代的人文景观，在现代都市架构的描述上对当代文学是一种有效补充。"

王春林的《长篇小说文体多样化景观的打造与构建——2016年长篇小说创作一个侧面的理解与分析》发表于同期《小说评论》。王春林认为2016年长篇小说文体的多样化景观："首先，是对于本土文学传统的一种自觉传承，比如，格非的《望春风》。……当格非选择《金瓶梅》作为研究对象的时候，所明确传达出的一个信息就是，其中最起码包孕体现着作家或一阶段的某种小说理想。具体到格非，大约从《人面桃花》开始，包括完整的《江南三部曲》，中篇小说《隐身衣》，以及这部《望春风》，都可以在'世情小说'的前提下得到相应的理解与阐释。然而，当我们强调'世情小说'的时候，有两个必要的前提应该了然于胸。其一，当我们断言格非在靠拢一种中国叙事传统的时候，并不仅仅是在强调一种小说艺术，而更是在强调一种作家的世界观，强调作家理解看待世界、社会以及人性的一种方式。其二，作家阎连科曾经在他的一篇名为《发现小说》文章中不仅创造性地把现实主义具体区分为'控构现实主义''世相现实主义''生命现实主义'以及'灵魂现实主义'这样四种不同的形态层面，而且还分别援引大量的文本实例对这四种不同的形态层面进行了详实到位的条分缕析。……阎连科的论述逻辑固然能够成立，但很多时候的文本实情却并非如此。实际的情况是，很多优秀的小说文本首先是'世相现实主义'的，有着对于所谓世道人心充分的描写与展示,与此同时,其中却又包含有对于生命的关怀,对于灵魂的深度透视,可以说同时包容有'生命现实主义'与'灵魂现实主义'的思想内涵。而且,更进一步说,无论是'生命',还是'灵魂',都不可能在脱离世道人心真切描摹的前提下单独存在。很多时候,只有那些把'生命'与'灵魂'有机地包容到酣畅淋漓的关于纷纭世相的描写展示中的文本,方才称得上是真正优秀的小说作品。"

叶辛的《好的作品能让社会变得温暖——自述》发表于同期《小说评论》。叶辛认为:"好作品永远来自人民当中。优秀作家应该将作品写在读者的心上,用自己的感受去体验生活、亲近生活,发掘出能够让我们这个社会感到温暖的东西,这样写出来的作品才是好作品。"

张炜的《时间里的觉悟》发表于同期《小说评论》。张炜认为"文学的'核心'遵循时间逻辑","某个时期的文学核心是以某些作品所抵达的高度与纯度、诗性的深邃与品质来标识的"。但平时"我们最大量接触的往往是文学的'边缘'","'边缘'是'广义的文学'"。张炜认为,对于一个"真正意义上的作家","在他看来无论多么尖锐的社会问题,无论多么强大的使命感,在自己手下首先要化为文学。离开了这个前提,就进入不了'狭义的文学',又何谈杰出?"

25日 李佳的《陈舜臣小说的中国叙事图景》发表于《文艺争鸣》第1期。李佳写道:"陈舜臣按照自己所制定的以小说讲述'时事'的写作构想,从故事内容、人物形象、思想倾向、融汇史料等方面精心地为我们绘制出了他心中的中国图景,呈现出了陈氏'中国叙事'的表层风貌。在这个细致的构想中,我们可以读到实感、诗意兼备的动荡时代的中国故事,看到群体形象的思考、行动中显现着的中国时代镜像,感受到人物生存选择中体现出的陈舜臣的思想倾向,了解到中国的自然、风土、人情及大量的中国历史知识、诗文典籍,体会到陈舜臣谋求着'自我'与'他者'连接的强烈渴望。"

二月

1日 韩东、黄德海的《趋向完美的努力会另有成果》发表于《上海文学》第2期。韩东认为:"我们对前人的遗产负有莫大的责任,不仅是吸纳照单全收,更关键的是让他们的写作活在你今天的作品之中。"此外，韩东还认为："小说，尤其是长篇，是讲大势的，讲整体，讲浑然一体。在某种大趋势下，小的差错或者不协调反而加强了它的生动。"因此，"好的小说的确需要审慎以及深思，但不是在形式逻辑或者理性原则的统一性方面"。

2日　苏童的《我为什么写小说》(《玛多娜生意》的创作谈——编者注)发表于《小说选刊》第2期。苏童写道："与其说短篇小说有技术，不如说作家对待自己的感情有技术，如何在作品里处置自己的感情，你对自己的感情是否依赖，或者是否回避，是否纵容，是否遏制，这是一个问题，是需要探索的。"

3日　《人民文学》第2期有"卷首语"。编者写道："在现实题材上体现文本创新，历来是一个吃力巨大又很难讨好的写作选择。许多文本实验，都喜欢拿大致无关禁忌的古代故事和貌似无关痛痒的现实边角开涮，往往'炫技'之术溢出了'本事'之道。内容与形式的有机融合，一直是文学创作最具体也最艰难的创新原点，把握好灵异超常之'度'，达成宏阔深沉之'效'，才可视为成功的例证。而对现实人生故事的剪取和表述形态，因为读者都是当世中人，所以内容与形式都先要过'真切可信'这一关，任何弄心眼耍聪明都一看便知，于是对文本创新的要求就更为高妙自然，必须读起来又熟悉又新鲜，一切都得显得'是那么回事'，又要感知到以往在常规阅读中未曾体验又实际存在的别样的叙事元素。"

9日　和林的《莫言：我的文学梦依然强烈》发表于《光明日报》。和林谈道："莫言是当代中国文坛想象力丰富、创造力旺盛、作品数量庞大，涉猎题材广泛的作家。对戏曲的热爱，造就了他小说里的场景以及人物刻画都有极强的戏剧性。尤其是人物之间对话，他总处理得像戏剧的台词一样。很多话剧导演表示，莫言小说中的一些场景和对话描写，无须改编，可以在舞台上直接演。所以，每每被人问起写小说的秘诀，莫言总会建议，要多多学习不同的艺术，主动与音乐、舞蹈、美术、电影、电视等'嫁接'，因为这些都是刺激小说创新力和想象力的元素。"

21日　毕飞宇的《空山不见人，但闻人语响》发表于《人民日报》。毕飞宇谈道："短篇小说是很接近诗歌的。面对短篇小说，我们更多的要着眼于连贯……如果你的语言拥有比较好的诗歌修养、言外之意,当你写短篇小说的时候,无论它的篇幅多么局促,无论这个人物的形象内心性格有没有得到充分的发育,你都可以启发读者,让他们在自己的内心去完成这个人物。"毕飞宇还认为:"一个小说家写的是'言',营造的东西是'意'。在写短篇小说的时候,小说家要营造一个障碍。不要因为担心读者不懂自己要表达什么过分地把意义暴露出来。"

24日 贺绍俊的《拓展当代小说的文化表现力》发表于《文艺报》。贺绍俊谈道:"哈斯乌拉的小说有着诗歌的韵味,他把蒙古民族的浪漫诗情带到小说之中。……哈斯乌拉的小说有诗歌韵味,并不是说他写的是诗化小说,而是说他不仅将这些富有诗情的生活编入小说的故事之中,而且还会在叙述中让其诗情充分地挥洒出来。……哈斯乌拉被誉为'草原人生的歌者,马背民族的画师',这是名副其实的赞语,比如他的小说,故事取材于草原生活,他用最质朴的笔真实地描绘出人物的民族气质和神采,蒙古民族独有的文化习俗也给哈斯乌拉小说带来鲜明的民族风格。从这个角度说,民族化成全了哈斯乌拉的小说。但哈斯乌拉小说的价值绝不仅仅体现在对蒙古民族的真实表现上,更为难得的是,他通过小说形象地诠释了草原文化的精神内核。……草原游牧文化造就了蒙古民族开拓进取、刚健有为、宽容和穆、平静安详的性格,以及与大自然相依为命的宗教式情感,而这一切都在哈斯乌拉小说的主题中得到了进一步的展开。""哈斯乌拉的小说也是民族文化融合的结晶。他是一位蒙古族作家,蒙古民族的思维习惯和观察世界的方式是他进行小说创作的思想主干。但他是以汉语进行写作的,他有很高的汉语写作水平,并能够将汉语思维特点与蒙古民族的思维方式完美地对接起来,以流畅纯正的汉语叙述将蒙古民族的文化神韵毫无挂碍地表现出来。……文学研究界针对蒙古族作家的创作,提出了'草原文学'的概念,哈斯乌拉无疑是抒写草原文学的重要作家之一,他最大的贡献就在于,他以自己的创作见证了中华多民族文化的丰富性和融洽性。他的小说是以蒙古族文化思维为体,以汉语思维为用,从而拓展了当代小说的文化表现力。"

25日 程光炜的《小说是否应比网络更高》发表于《文艺争鸣》第2期。

程光炜谈道:"小说是对生活的升华,而非屈就。有些作家,可能忘记了这个普通道理。他们可能只注重'利己的考虑',而忘记小说恰恰是一种最能描写体现'相互同情的愉快'的文学形式。只懂得'利己的考虑'的作家,即使他写得再好,也不是一个作家,而是一个网络写手。"

李浩的《六个关键词:我的写作与我想要的写作》发表于同期《文艺争鸣》。李浩写道:"我不期待通过我的文字为自己的经历留下什么'信史',我要留的信史是关于思考的,关于认知的,关于寓言的。"李浩认为"小说应当是智慧之书,它有一种启示和启蒙的能力,它反复地告知我们'事情并不像想象得那样简单'"。

27日 马晓丽、刘稀元的《中短篇小说:观青萍望潮汐》发表于《文艺报》。马晓丽、刘稀元认为:"中短篇小说不仅仅可以看作是一种有自身规律、自给自足、传承有序的文体,另一方面,也可以看作是实现更宏大目标的前奏序曲,是大规模战役前的试探性小战斗。""一方面,是'50后''60后'军旅作家似乎在有意向中短篇小说回归,另一方面,是'70后''80后''新生代'军旅作家有了长足进步……'50后''60后'军旅作家的'回归',不仅仅是重复以往的风格,而是包含着一种重回文学现场的意味。他们有自己对军队现实的理解,并且以中短篇小说的形式,对这种现实进行描述、想象、理解,提出自己的问题,并且给出答案。……'70后'军旅作家已进入中年,近年来已经成为中短篇小说创作的中坚。他们初步形成了自己的风格特征,但还在努力寻求突破,力求迈上更高层次。这种寻求突破的印迹在中短篇小说创作体现得最为明显。……'80后'军旅作家的特点是比较活跃,时出新意,存在着弯道超车的可能性。但军旅生涯的磨练是共同的,又是不可复制、不可学习的,只属于自己,也只有靠自己。他们的成长存在着不少未知,又孕育着巨大的可能性。"

徐艺嘉的《长篇小说:穿越历史的足音》发表于同期《文艺报》。徐艺嘉认为:"在梳理2016年的军旅文学概貌时,有这么几部长篇小说值得关注:柳建伟的《永远追随》、裴指海的《香颂》、党益民的《雪祭》、李骏的《黄安红安》、温亚军的《她们》和张品成的《非常地图》。在如许的作品中,从历史中打捞战争形态的写作居多,大多以小人物的命运架构起历史的一个层面,从而不断触碰人处于极端环境中的人性深度，折射出独属于战争文学的爱国主义和理想主义，《永远追随》《香颂》和《非常地图》皆是如此。……2016年的军旅长篇小说侧重历史叙事，在叙事视角的选择上有所突破，思考也进一步深化，尤其在勾连历史和现实之间寻找到有效的途径和通道。这种视野的拓宽与调整，显现了作家的进步，充分彰显了作家艺术构建的自觉性。"

28日 阎连科的《20世纪文学写作：精神经验——20世纪文学的新源头》发表于《扬子江评论》第1期。阎连科认为："卡夫卡在20世纪之初的写作，正是天才的无意识的继承了人的灵魂与生俱来的苦难性，如格里高尔、K和《饥饿艺术家》中的艺术家、《流放地》中的'犯人'等，他最重要的作品中的人物，无不是带着灵魂的苦难，承受着毫无出路的虚无和宿命，而又在写作方法上，完全背离着十九世纪现实主义的故事的因果关系，开创了独属于他的方法上的零因果。"

阎连科的《20世纪文学写作：心绪——人物的内化与转移》发表于同期《扬子江评论》。阎连科提出："这种个体人——无论是男人还是女人，内心日常、阴暗，乃至可怕而又人人皆有的、必然的那股'心绪之念'，成为这篇小说全部的动机和开始，成为一个人物内心最深刻而又日常的心理情绪，成为一篇小说、一个故事、一个人物最初的源泉与发动机。""从《南极》这篇小说说开去，延至20世纪中叶后的主要写作，心绪已经不单纯是人物独自存在的意识流与无意识，而是与世界联系、互动的因果源，是内心有方向、有目标流动的内情绪。"

三月

1日 鲁太光、杨遥的《树上长的还是树——关于卡夫卡的〈中国长城建造时〉》发表于《青年文学》第3期。鲁太光认为："我们千万不要只把卡夫卡理解为技术的、天才的、想象的，这在我们这里太常见了，而更要将其理解为现实的、生活的、困境的。……把卡夫卡想象化、技术化、形式化之后，我们在一定程度上也抽空了卡夫卡及其艺术，以至于连他艺术上的严谨、苛刻也给淡化了。"

瓦当的《小的大作家——美国当代超短篇小说家莉迪亚·戴维斯》发表于

同期《青年文学》。瓦当认为:"戴维斯在小说中驱逐了故事,她像一个女巫将读者从对故事的迷信中解放出来,转而囚禁于她所发明的语言的咒语。……故事终结,小说开始。因为'一旦故事中的东西变少了,那么处于中心的东西就一定会更多。(《故事的中心》)'在戴维斯的世界里,不但故事的空气稀薄,而且听不到人物的对话,总体沉浸于一种回忆、冥思的状态。"瓦当表示:"从戴维斯这里,我看到了小说集作为一种新文体的诞生。……笔者姑且给'小说集'这种新文体下一个定义:小说集是介于长篇小说与中短篇小说之间的一种新的文体形式,它是指短篇叙事文本按照一定道理的集合,其内部各短篇之间既相互独立,又以互文的方式相互影响和支持,从而构成一个整体的集群。戴维斯的小说集可以看作是对这个定义的最好阐释,整体的大气有效地弥补了单篇作品的纤弱,而单篇作品的生动丰富了整体的意蕴。不但是'1+1＞2',而且处于整体中每个1都大于个体的1。"因而,瓦当认为:"或许未来的小说家在写作之前,首先就应有一个意识,明确自己要写一本小说集,还是写一篇一篇的小说。"

同日,彦火的《访问陈映真》发表于《上海文学》第3期。"编者按"写道:"1983年秋,作者参加美国爱荷华'国际写作计划'时,与陈映真相识。当时受邀请的台湾作家除了陈映真,还有七等生。在陈映真临离开爱荷华的前夕,即1983年11月11日,作者与陈映真在下榻的五月花公寓进行了这次深入的交谈。但此后,一直未及整理。2016年,陈映真先生逝世,特刊发这篇访谈,以作纪念。"谈到民族传统,陈映真认为,要"充分地、优秀地使用民族传统、迷信、巫术的传统,让一个作家的想像力飞扬起来,可以上天入地,使作品又活泼、又好笑"。谈到对中国现实主义的看法,陈映真认为:"现实主义也要再解放,不要像过去的现实主义一样,愁眉苦脸,严肃得不得了,不敢接触实质问题,不让你的想像力飞扬。"

"技艺的属性——常小琥新作评论特辑"发表于同期《上海文学》。张滢莹在《小说的匠心》中谈道:"相较于需要凝神聚气的长篇小说,中短篇小说更有潜质能将一个故事任意延展、浓缩,或抽出其中一部分揉捏成全新样貌。……如果说长篇小说写作多是竭尽心力与体力之作,那么中短篇则更倾向于脑力和技艺的切磋，作者在这里不再坦诚心迹，而是将自己的意图隐藏起来，希望读者能够沿着字句逐一解读。就此而言，中短篇的写作更是一种双向考验，是对作者写作能力的考验（如何将书写在含蓄地表达意图的同时尽可能优雅和练达），也是对读者阅读能力的考验（如何不失兴味地绕开作者设置的障碍，达成自己对于作品的理解）。"

同日，石华鹏的《小说的难度"难"在哪里？》发表于《文艺报》。石华鹏指出，小说的难度是"语言难度、叙述难度、故事难度、思想难度和精神难度"。石华鹏认为，小说写到今天"大致围绕两个问题展开"："一是如何突破表达边界，探寻种种可能，将小说变成一门真正的艺术，让它与哲学、思想并驾齐驱"，"二是如何与读者握手言欢"。

2日　毕飞宇的《"走"的逻辑与反逻辑》发表于《小说选刊》第3期。毕飞宇写道："《水浒》依仗的是逻辑，曹雪芹依仗的是反逻辑。生活逻辑明明是这样的，偏偏不按照生活逻辑去出牌。在《红楼梦》里留下一大片一大片'飞白'。这些'飞白'构成了一种惊悚的、浩瀚的美，也构成了极大的阅读障碍。"

3日　《人民文学》第3期有"卷首语"。编者写道："《重庆之眼》让'重庆大轰炸'的历史，终于得到了后续震荡至今的全景式的充分书写。……'这是一个中国人找回了自信的时代。'小说在闪回到当代中方原告团队组建之时，道出的这句话，更像是说给中国文学的。是的，《重庆之眼》就是一部拥有了国民志气、国家底气、文人诚信和文化自信的作品。"

5日　何平、三三的《访谈："好奇心让我不愿意轻易对事物下结论"》发表于《花城》第2期。三三说道："我个人更倾向于把小说当作一件严肃的事，让它区别于故事、创意的，是小说中的情感。人们也会为花枝招展的小故事感到惊喜，但类似《白雪公主的四个结局》的小故事不能引起人们的共鸣，眼前景色虽好，可是看过也就忘了，无法留下些什么。"

8日　本报记者何瑞涓的《从关注环保到关注边远地区教育，一位知识分子的情怀——访全国人大代表、四川省作协主席阿来》发表于《中国艺术报》。何瑞涓指出，"在阿来看来，如果只把文学看作是特别纯粹的、跟社会生活没有关系的，那是一种比较狭窄的艺术观念。作家不可能跟社会没有任何关联，而作家要真正写出好的文学作品，跟作家对社会的认知有很深的关系。文学可以写阴暗，但并非单单是要去写阴暗，'我们写人性的恶特别大胆，互相揣摩，有时候太多了一点'"。

10日 于是、[美]朱诺·迪亚斯的《朱诺·迪亚斯：心碎过，忧伤才能被理解》发表于《小说界》第2期。谈到短篇小说的规划，朱诺·迪亚斯坦言，"我确实有规划：有意识地规划出一组短篇故事，像拼图一样，成为完整的一本书，但始终要围绕着一个'空缺'来安排故事。拿我的前两本书来说吧，每一本都掩藏着一块巨大的、显而易见的沉默区域。……这种结构套结构的写作方式，正是我身为作家自娱自乐的方式。我很享受在拼图、在游戏的感觉中写作，这种游戏并不是为了解决什么写作上的问题，它们只是凭空显现出来，给你留下很多选择"。谈到很多"美国经典小说都用关联性的短篇连缀而成"，朱诺·迪亚斯认为"这是作家不可避免的写作策略之一，确实很普遍。长篇小说是一系列故事构成的，根据你要写的题材，这种体裁会自然而然地形成。我喜欢这种形式，很有用，让你更容易开始并完成一本书。在传统格局的长篇里，你要预先排除很多问题，以保证它的前后统一、连贯不断；由短篇构成的长篇则是碎片状的，它反而能容纳，甚至召唤出更多问题。我很享受写完一个短篇后，不用着急赶赴下一章节，而是在原地坐一会儿，我享受那些停顿，给那个故事以时空余地，彻底发挥出来。读长篇，你可能从头到尾一口气，但短篇构成不一样，完全不同——就好像你追看一部电视剧，每周追一集，这一集的内容、悬疑就会延续一周，你会有更多期待、好奇、渴望看到下一集，这本身就是思考的过程；但如果买回整套光碟，一口气看完十几集，那种乐趣就完全丧失了——也有乐趣，但我怀疑，那和你看完一集得到的乐趣是差不多的，而不是十几倍的乐趣——当然这也可能是我个人的偏见。"

15日 顾广梅的《小说与现实相遇的"狭路""窄门"或旷野呼告——论东西的长篇小说〈篡改的命〉》发表于《南方文坛》第2期。顾广梅谈道："中国当代作家与现实相遇的面向和路径丰富多样，如莫言多年来以魔幻现实主义持续对现实提问和发难，阎连科残酷怪诞的现实想象被批评家冠名为'神实主义'，贾平凹的《带灯》开始尝试带有浪漫主义气质的现实呈现，格非的'江南三部曲'贯穿着寓言式现实表达的手法等等,阳关大道或是独木桥皆各有各的走法,其根本原因或在于当下中国现实本身的复杂性、暧昧性和杂语性。……乡村与城市这两大社会空间区隔作为《篡改的命》现实想象的基本架构,是小说中所有沉疴痼疾、问题纠葛的根源。……'汪槐对汪长尺''汪长尺对汪大志'甚至包括'汪槐对汪大志'的生殖—伦理关系的反复书写,折射作家东西对乡村中国的生殖与伦理问题的深刻观察。迥异于现代作家们笔下的审视父亲及至当代先锋派文学中的精神弑父,东西借《篡改的命》逼近还原了父与子血浓于水的自然生命伦理。"

张娟的《〈甲骨时光〉:寻找"看不见的城市"》发表于同期《南方文坛》。张娟提到:"《甲骨时光》是一部纪实与虚构交织的小说。……作者花了四年多时间上穷碧落下黄泉寻找故事的每一条线索,以史学家的精神进行严谨的考证……写小说写成了历史;但同时,《甲骨时光》又充满了诗性的气质,在真实中又往往用幻觉、奇异的幻想、癔症唤起一个虚幻的烟波浩渺的非现实世界。"在叙述形式上,《甲骨时光》像"一个迷宫,这一迷宫是由探险小说一样的猜谜性质的结构形成的,也是由扑朔迷离,各怀心事探寻'藏宝图'的不同人群形成的,正如博尔赫斯'交叉小径'的花园,使得整部小说扣人心弦,充满了阅读、探究和猜谜的乐趣"。

16日 迟子建的《文学的"求经之路"》发表于《文学报》。迟子建认为:"在全球化的背景下'走出去'是必然的,也是必须的;但'走回来',也就是珍视我们的内心生活,珍视我们民族优秀的文化传统,珍视我们脚踏土地的丰饶与贫瘠,阳光与阴影,我们才不至于堕入虚浮的泥潭。"

20日 何英的《论"传统小说"在当代新疆的"超稳定性结构"——以李健长篇小说〈木垒河〉为例》发表于《小说评论》第2期。何英谈道:"经过先锋小说洗礼之后的中国当代小说,人们还能正常看待'传统小说'的作法,或者说,'传统小说'已经完全失去了其意义和价值了吗?""历史、地域构成了《木垒河》的时空,风俗、传奇是它的风格特征,而这四者无疑都是传统小说最倚重的小说要素。"何英还认为:"'传统小说'这种作法,在新疆仍然还是一种'超稳定性结构',它先在于作家的写作而存在于作家的意识深处,成为一种不自觉的意图模式。而《木垒河》的表现尤为极致：几乎看不到游离'传统小说'范畴之外的因素。而在这样一个经过西方现代派、先锋文学、后现代小说涤荡之后的当代文坛，这种'超稳定性结构'虽有其价值和意义：即在忠实地描述呈现现实上，它是扎实可感的，带着文学最原初的力道和真诚，但不可否认的是，这种纯粹的'传统小说'的作法，也早已显出某种美学上的疲惫和陈旧：以《木垒河》论，它综合了传统小说几大核心元素和作法，所能达到的也是传统小说所能达到的美学境界，一些关于命运的慨叹与思索、一些关于风俗的还原与想象、一些关于地域历史的纵深了解、一些关于传奇的表面消费……当然，能达到这些要求已很了不起，但是，关于一种'新型'小说的想象，仍然让我们期待一些新的元素，诸如在开掘人性深度的方法上，在长篇小说的结构内涵上，在小说最终提出的抽象哲思意蕴上，在小说与世界对话的能力上，在发现只有小说才能发现的秘密方面……"

贾平凹的《我与传统接受》发表于同期《小说评论》。贾平凹认为："整个中国人的思维认识，中国哲学和美学呈现一种阴柔的东西。……阴柔的东西最容易幻想、浪漫、抒情，也最容易咏叹人生，也最容易表现日常、也最容易表现悲剧。"贾平凹认为："作品……在叙事上更多要靠传统的、也就是旧瓶装新酒。"

孔会侠的《与一颗简白、慈柔之心的对话——周大新访谈》发表于同期《小说评论》。周大新表示，"每次写作，都需重新回望故乡"，故乡是其"写作资源存放处"。周大新说道："原型活动的场所最初是真实的，然后我让其逐渐模糊，在我的想像中不断变化，直到变成一种符合小说美学要求的场景，并在读者的头脑里呈现出来。"

李遇春的《"微写实主义"与传统的现代转换》发表于同期《小说评论》。李遇春谈及对贾平凹"微写实主义"的命名时说道："我觉得《秦腔》不仅仅可以用生活流概括，应该还可以往前再走一步，生活流中最核心的是一种细节的东西，也有人批评是细节的堆砌，赞同的就说这是一种细节的流淌，传统小说的情节流走向细节流。再一点就是贾老师《秦腔》以来比较成熟的叙事模式，里面的人物不是中心结构里面的人物。"李遇春还谈道："贾老师的小说，我觉得是传统的外形或是叙事方面,不是传统的文化而是传统的文体的现代性转换,倒是有人说贾老师小说里有很多传统文化的东西,主要是道家的。我就觉得贾老师的作品里面怎样对传统的儒道思想创造性转换,就是在中国传统思想这方面还有空间,一个是叙事,就是文体层面,另一个是思想文化层面,思想文化层面还有空间……"

王春林的《走入与走出:论贾平凹对传统的现代转换》发表于同期《小说评论》。王春林从叙事角度来探讨贾平凹是怎样实现现代性转化:"从叙事层面讲从《太白山记》开始他进一步开始对中国本土传统小说的继承和发扬,《废都》对中国传统小说继承进入一个更自觉层面,将《废都》与《红楼梦》《金瓶梅》等明清小说建立某种内在的关联。"王春林还谈道:"从《太白山记》到《废都》贾平凹自觉完成了对中国传统文学的继承……到《秦腔》《古炉》才形成贾平凹式的叙事风格,完成了中国传统小说的创造性转化,《秦腔》和《古炉》所表现的生活流式的叙事风格,一方面体现了贾平凹对中国传统小说的继承,另一方面体现了他的现代转化。他的小说受中国传统小说和西方现代主义的双重影响。"

谢有顺的《在传统与现代中往返博弈的贾平凹》发表于同期《小说评论》。谢有顺谈道:"讲到古代小说和现代转换是他(贾平凹——编者注)身上非常显著的特征,他身上对传统的继承没有任何争议,在语言上写到的人情世情,故事的讲法,对中国传统说书和笔记小说的继承,包括笔下的人物对天地大道的敬畏,有很深的传统因素。""第二是他创造了新的叙事方式,他创造了贾平凹式讲述故事的方法……贾平凹身上有很多不传统、'不老实'的东西。在语言上,看起来模仿了中国传统古白话小说语言,其实语言也不完全是,也杂糅了现代的语言,比如俚语,俗语。杂糅的语言有一个特点,把语言的写实能力发挥到了极致。""第三是他继承了五四新文学的传统,又反抗并扩大了五四新文学的传统。"

於可训的《主持人的话》发表于同期《小说评论》。於可训认为周大新的独特性就在于"他的创作在保持南阳地域特色的同时,始终不忘文学的人学本色":"其一是不拘泥于复写童年记忆中的具体人事,而是着眼于这些人事所体现出来的爱与善的品性。……其二是把故乡经验中的人事与人的普遍本质联系起来,努力透过具体人事的印象挖掘人的本性。……其三是由个体而及于社会,由个体的善恶美丑、爱恨情仇,而及于社会众生的情感和欲望,'走出盆地',出离南阳,展现一个更大的表现乡土经验的空间。"

25日 张莉的《〈北鸢〉与想象文化中国的方法》发表于《文艺争鸣》第3期。张莉写道:"《北鸢》的意义不在于真切再现了民国时代的日常生活,而在于它提供了重新理解中国传统文化的视角,进而引领读者一起,重新打量那些生长在传统内部的、被我们慢慢遗忘的文化资源和精神能量。"张莉认为:"《北鸢》有一种能使读者心甘情愿进入作品的魅力。这多半源于作品对一种物质真实的追求。……试图从地理风物上提供切近历史的真实,这是历史写作中最为基础的一步。但更重要的是作家对历史的理解力和领悟力。……小说没有满足读者对民国历史的某种阅读期待,事实上,它着意躲避了那种通过家族兴衰讲述民国历史的路径。它关注的是大时代环境中个人生存的心迹,个人命运在乱离时代面前的荒诞,人在变故面前的软弱和强大。""《北鸢》写出了我们先辈生活的尊严感,这是藏匿在历史深层的我们文化中的另一种精神气质,这是属于《北鸢》内部独特而强大的精神领地。""《北鸢》是有难度的写作,尤其是小说语言,它是整部小说成功的关键。……《北鸢》让人想到《繁花》,葛亮的工作让人想到金宇澄在汉语书写方面所做出的贡献。如果说《繁花》召唤的是南方语系的调性与魅性,那么,《北鸢》所召唤和接续的则是被我们时代丢弃和遗忘的另一种语言之魅,那是中国文学传统中最迷人的内敛、清淡、留白、意味深长之美。"张莉总结道:"葛亮及《北鸢》在传统中寻取写作资源的努力,正是青年一代面对先驱进行写作的一次卓有意义的实践。今天,讲述中国故事是重要的;从中国优秀文化传统中寻找资源,拓展讲述文化中国的方法和路径也同等重要。"

本月

"'文学:如何传奇,怎样写实?'笔谈(一)"专题发表于《山花》第3期。该专题收录张颐武的《主持人语》、易晖的《中国小说:传奇与写实的变奏》、徐刚的《近期长篇小说历史叙事的"传奇化"》等文章。

张颐武写道："就传奇和写实与文学之间的关系而论，把它们并置一处多少有些不伦不类，它们不仅界限模糊，而且很多时候分属不同的范畴，但这并不意味着它们与文学之间的复杂关系就可以被忽略或轻视。……避开主义之争的角度去观察，就会发现，传奇和写实之间虽看似对立，其实很多时候颇难认定，它们之间的复杂关系，与'日常生活'现实本身的多面复杂联系在一起：日常现实的丰富构成是文学上的传奇与写实之间复杂关系的前提和基础；因此，它们一方面可以被看作为技法或'笔法'，一方面也可以从写作倾向的两种'流脉'和'变奏'的角度加以把握。有些时候，甚至可以被视为现实本身的辩证法的内在呈现，现实本身的传奇性质使得文学上的传奇和写实之间的区分模糊难辨。"

易晖认为："小说的这种不求究元决疑，不避怪力乱神的品性历来是'君子弗为'，不受正统待见，而小说也并不以此为耻，而是委身乡野，寄寓情性，嬉笑挞骂，纵声使气，由此反倒更多地保留着中国文化中的自由精神、远古先民的淋漓元气。古典小说的这种文化功能、文化精神，正可以纳入今天所谓的传奇美学之中，使得'传奇'成为小说别称。"至于"传奇"之"奇"的内涵，易晖认为："传奇之'奇'可作三解，首先，传奇与远古先民神话有所不同，它还是叙说人间之事，以现实性为基础，但往往是现实的超越，因果的断裂，想象的解决；其次是稀奇、稀罕，所叙之人之事少见乃至于不见于世，故值得一记，以求流传；再次是奇异、奇特，或为不经之说，或为难解之事，志怪、神魔小说自不必言，即使是那些摹写现实世界的志人、讲史、世情小说，也往往聚焦于奇特的人与事，或以夸张变形之笔叙说人生世相的不平凡。"易晖指出，"传奇"传统在20世纪90年代得到了新生，并且发挥出了独特的功能："九十年代以来，文学的生态环境不断向多元化和商业化转变，传奇性作为一个既能诱发作家的想象、打开或强化文本的丰富意蕴，又能增强作品趣味和可读性的有效因素，越来越为作家所重视和仰仗，某种意义上说，在摆脱了现代文学'感时忧国'传统和革命文学服务于政治的'一体化'之后，当下的中国小说越来越像百年前的清末民初文坛，进入到一个去历史、去宏大叙事的搜奇记逸、混沌喧哗的'稗类'时代。"

徐刚谈道："将历史叙事'传奇化'是商业时代历史书写的通病。永远有戏剧化的历史事件，为平淡的人生增添精彩，但却使得文学流于庸俗。'传奇化'的历史叙事，往往将历史的宏大作为传奇的美妙背景，以人性的名义，在已然编制有序的政治框架内，讲述大历史中的小人物所承受的不幸命运。对于历史来说，它们并没有增添什么新的见解和看法，而只是在人云亦云的框架里，编造出足够离奇足够动人的故事而已。"

四月

1日 "当我们谈论知识分子，我们在谈论什么？——关于'当下知识分子写作'的探讨"专题发表于《青年文学》第4期。金赫楠在《当我们谈论知识分子——几部长篇小说读札》中认为："一部关于知识分子题材的小说，如果只是对生活原生态的片段复制，只是在蹩脚的故事中穿插些网络段子和打油诗，在认知和审美上并无太多价值和意义。而在这个过程当中，知识分子的现实困顿和精神疑难，他们身处其间的挣扎与纠结、苦痛与创伤、坚守与妥协，它们产生和存在的源头、与之有关的文化根系在哪里？其间的荒诞感与合理性又在何处？中国当下的知识分子，如何在西方现代知识分子和古代士大夫传统之中，寻找和确认自身的主体性？写作者只有深入到这些层面的时候，在小说的谱系上才有谈论和表达的意义和张力。"

2日 毕飞宇的《汪曾祺的"逸"与"闹"》发表于《小说选刊》第4期。毕飞宇写道："短篇小说都短，篇幅就是合围而成的家庭小围墙。讲究的是'一枝红杏出墙来'，必须保证红杏能'出墙'；更高一级，讲究的是'红杏枝头春意闹'，必须保证红杏会'闹'，需要把这个'闹'字还原成生活的现场，还原成现场里的人物，还原成人物与人物之间的关系。"

3日 《人民文学》第4期有"卷首语"。编者写道："'现场'栏目开设以来，我们盼望着现实题材的精品充实其中，而《故事星球》果真给了我们一个惊喜。'中国在长高'——'故事星球'的创建者意识到了自己创业不败的信心前提。他们的梦想有多大？'大得刚好可以实现'。这部中篇小说，让我们从青年创业生活的视角，真切地感知用真本事奋斗构筑的'我的梦'，而这，恰便是'中国梦'踏实又活跃的青春质地。……'好内容力大无穷。'中国在长高,中国故事亦应如是。"

5日 范稳的《致敬重庆》发表于《文艺报》。范稳谈道:"我希望自己的书写能为这些证人与证言留下鲜活形象的注脚。在真实宏大的历史和超乎想象的人生命运面前,一个作家可能只配当一个注释者。"

13日 本报记者何晶的《孙智正:小说是文字的一种"织物"》发表于《文学报》。何晶认为:"在当下的年轻写作者中,孙智正有一点特别。他热衷于将平白的语言、现成的字句放在一起组成一个新鲜的'使用',从而故事得以呈现。小说于他,更像一种文字的'织物',语言、叙事、主题都在'织物'的过程中呈现。孙智正的很多小说是日常的'发明和发现','去抓住和写出当时的感触,也许这个感触人人会有,但没有凝视、注意、放大、固着过',作家独有目光的凝视让日常具有了新鲜感。然而正如评论者彭剑斌所说,艺术高于生活显然不是孙智正的追求,他的小说与日常是贴合的,他'对意识流的无主次运用(思路的流水账),对细节描写和事件叙述的匀速处理,对主题和意义的不事追问',让一切日常都弥散在小说里。"

14日 金宇澄的《说短》发表于《文艺报》。金宇澄认为:"汉语经典的笔记体都是极短的,有时四五句描绘一个人,留着大量的空白,这种叙事五四后就式微了,长期以来的写作,都接受西方影响,忽略短文的传统同样能形成开阔的空间,不因为故事短就被遗忘。"

"史传传统与当下文学创作"专题发表于同期《文艺报》。该专题收录朱斌峰的《处理好个人化与大时代的关系》、张兵的《网络小说对史传传统的继承》等文章。

张兵认为:"网络小说在无意中承接了中国传统小说的衣钵,有着深厚的史传传统,符合人民群众的传统阅读习惯,读者群庞大,具有极强生命力。"

朱斌峰"对当下文学创作继承史传传统的四点困惑":"一是宏观叙事与日常叙事","二是实录精神与虚构表达","三是英雄史诗与底层写作","四是当代写作与传统叙事"。

24日 周志雄的《网络小说重在借鉴和发展传统经验》发表于《光明日报》。

周志雄谈道："中国现代小说吸收借鉴了西方现实主义、现代主义文学的写法，注重小说叙事的复杂性，出现淡化故事情节、加强心理描写的倾向，小说对社会现实和人生、人性丰富性的表现不断提升。这种小说的现代化道路导致了小说的雅俗分流，让现代小说变得越来越'不好看'了。上世纪80年代末，文学失去了轰动效应，越来越边缘化，文学期刊的订阅量滑坡，纯文学的读者锐减。网络小说回归了中国小说的故事传统，以精彩的故事吸引了大量读者，形成了网络小说阅读热。网络小说要靠故事的魅力抓住读者付费阅读，好故事是网络小说的第一要素，中国网络小说借鉴并发展了中国传统小说的叙事经验。好看的网络小说被称为'爽文'，有各种'爽点'，主角天赋异禀奇遇不断被称为'金手指'，主角一路好运，困境中总能逢凶化吉被称为'主角光环'……这些常见的网络小说写法是中国传统故事小说中'传奇'手法的极化，即'非奇人奇事不传'。传统小说中'欲知后事如何，且听下回分解'的手法为网络小说所普遍采用，设置悬念在网络小说中被称为'挖坑'，解答悬念被称为'填坑'，小说的结构就是一个不断'挖坑''填坑'的过程。""网络玄幻小说的故事世界设定常充满想象色彩，不无西方文学的影响，但其内在的思维方式和文化体系是中国化的。网络玄幻小说借鉴了中国武侠小说、仙侠小说和西方奇幻小说，常虚构一个魔族、妖族、人族并存的世界，在功法体系上，有各种硬派武功、灵异武功、符阵，以及吸收现代科技的高科技武学等。借助神奇的功法体系，通过修炼，个人可以凭借强大的力量成就自我，通过幻想展现自我本质的强大，这种虚构的想象世界和自由精神，不难见到中国古典小说《封神榜》《西游记》的余风流韵。"

25日 魏杰、张颖的《关于盗墓小说的再思考——以〈盗墓笔记〉〈摸金天师〉为例》发表于《文艺争鸣》第4期。魏杰、张颖谈道："由于网络抄袭盛行，题材相近度较高，以及作者的写作水平限制，众多的墓盗小说存在着许多相似性。第一，盗墓小说的主人公多是普通的'屌丝'阶层。文学多是书写者的自身经历的反映，盗墓小说本身就属于平民书写的代表性文学类别。……第二，在情节的安排上，盗墓小说中'屌丝'式主人公都会经历神奇的磨难与锻炼，最终成为'英雄'式的人物。……第三，为了丰富小说的情节，盗墓小说中的主要人物设计有一定的相似之处。……第四，盗墓小说中隐含着作者对于现实社会的不满，是现实生活在文学世界的反映。……最后，由于盗墓小说是网络连载，受经济利益驱使，篇章较长，必然要存在一定的情节重复。""一方面，盗墓小说是以五行八卦等中国传统周易内容为基础，加上众多对于祖国地理风貌的描写，在一定程度上吸引了读者对于我国悠久历史的兴趣，促使读者对于历史与地理方面进行探究与学习。另一方面，小说中的主人公从'屌丝'做起，最终成为救世的'英雄'，其中历尽磨难，但主人公仍然克服了一切障碍，达到了人生的顶峰，这无疑也是一种人生正能量的宣扬与传播。"

27日 《城市传奇与历史想象——从邱华栋作品说开去》发表于《文学报》。参与对话的专家学者有邱华栋、樊迎春等。

邱华栋谈道："小说方面的写作基本上是一方面写当代题材，与生命共时空，我要不断地感觉这个时代在我身上打下的烙印，把它以小说的方式呈现出来。另一方面，就是要展开对历史的想象。"

樊迎春指出："关于什么是'现代意义'上的短篇小说。……短篇小说是写横断面的，重视抒情的，弱化情节的，讲究色彩、情调、意境等，他爱到诗和散文那里去串门。……我觉得抒情和诗化的语言都很好，但'文胜质则史，质胜文则野'，其中有不少小说（邱华栋的短篇小说——编者注）的抒情和语言过于压制了小说本身应有的细腻和精致。"

《在我们的时代里，如何写出史诗性作品？（上）》发表于同期《文学报》。参与对话的专家学者有傅小平、于坚、哈金、郜元宝、苏炜、徐则臣、余泽民、丛治辰等。

关于"史诗"和"史诗性"的概念，苏炜认为首先要分清"史诗"与"史诗性"是"两个不同的概念"："这是体裁、文体、样式与题材、文风、文势的区别。体裁类的'史诗'指的就是'荷马史诗'一类的西方经典史诗样式。'史诗性'，则是精神、价值层面的评估。"苏炜认为"史诗性"有几个基本元素，即"地气""血气"与"浩然正气"。"'地气'，就是触及时代、历史和社会的大问题、真问题，表现能够触动读者受众心智灵魂的关涉广大民众的重情感、深情感。'血气'，则是作家及其文学作品的'腰杆'和'脊梁'。'血气'，就是直面人生、社会的血性担当和傲世风骨。那么，'浩然正气'则是作家与文学的'胸怀'与'胸襟'了。……缺乏'史诗性''史诗感'的小说，也有可能是'伟大'的。比如契诃夫和鲁迅的许多独立短篇，都未必具有'史诗性'格局却依然不失其'伟大'。"当然，契诃夫和鲁迅的小说总量构成的文学景观，则还是具有'史诗性'的。"苏炜认为："呼吁'史诗性的文学'，恐怕至少需要两个前提条件：一是，在文学的题材取向上，作家可以张开想象的翅膀，使历史和现实的众多大事件、大关节，成为史诗性写作的富矿；二是，作家的写作要有直面历史的勇气。"余泽民认为："我们的史诗应是'史诗性作品'，具体地讲，既要具有'史性'，也要具备'诗性'，这两种特质缺一不可。再进一步说，'史性'不等于历史小说，'诗性'也不等于诗歌，因此我们所谈的'史诗'既不是史，也不是诗，而是一种新文体。"徐则臣指出："我们经常会把很多活着的东西给说死了，比如史诗。包括巴赫金。我一直对'史诗'这个概念心存疑虑，为什么这个文学中的概念之一，就不能随着文学本身的发展而发展。小说、故事这些概念随着时代和文学的发展，一直在不断拓宽自己的疆域，由此，史诗是否也可以不那么固步自封？"于坚认为："史诗意味着处理语言这种材料所呈现出来的诗性的重量、深度、密度、厚度。史诗不是新闻、事件，而是布罗代尔所谓的长时段。新闻是当下，事件是时代，史诗则与时间对话，史诗处理的时间既植根在时间中，也要被时间接纳。史诗仿佛是时间的作品，作者只是某种代笔。……我想象中的史诗，其体量应该是一种'宏大精神'，然后在这一指标下会把某些文本归于'史诗'的名下。"

关于"史诗性"和"伟大的中国小说"之间的内在关联，傅小平认为："自有史诗以来，所有的时代里都有必要谈谈史诗，因为每个时代都呼唤伟大的作品。所以，谈论史诗写作或史诗性写作，本就是谈论文学的基本命题。但说到'我们的时代'还是有它的特殊性。"丛治辰接着谈到"我们的时代"："'我们的时代'是个复杂的概念，可以从不同层面理解。在文学的层面，从上世纪八九十年代以来，似乎越来越不倾向于总体性的宏大叙述，解构崇高，深入日常，不避琐碎，似乎才是趋势。因此到了'我们的时代'，关于史诗，才有了某种矛盾和尴尬：一方面被解构掉的要重新建立并不容易，另一方面，是否具有史诗性，的确是我们衡量作品伟大与否的重要标准。这种矛盾和尴尬可能源自不同时代不同文化心理的遗存在今天交叠共生，也可能来自不同社会群体对于文学的不同诉求。因此重提史诗的必要性还不仅在于史诗或史诗性本身，还在于我们是否需要重新检视我们的文学观念，重新丰富文学的规范，重新划定文学的边界，重新组织文学和其他事物的关系。"

关于"小长篇当家"的局面，郜元宝认为："随着文学去政治化去意识形态化越来越自觉，那种全景式反映一个大的社会运动和历史时段而且人物众多气势宏伟篇幅巨大的作品越来越少了，与此同时，类似将中短篇拉长的截取一个横断面甚至历史瞬间加以精密刻画的'小长篇'开始大行其道……"于坚认为："'不虚美，不隐恶'，这不仅仅是处理史料的原则，而是修辞活动的根本，史诗意味着一种真理性的诚实立场。"同时，于坚指出："史诗处理的是语言的时间性，而不是所谓的大时代。像《左传》《史记》这样的伟大史诗，都可以发现，充斥漫漶着诗意的细节,语言在时间和空间中像织布梭子一样天马行空，天马行空，但不是空马，史诗呈现的是一种精神密度，史诗虚构出无的力量。"哈金认为："伟大的作品并不都是直接反映时代的，比如《变形记》《尤利西斯》《洛丽塔》之类的作品跟时代并没有直接关系，几乎是刻意跟历史保持距离的。"

关于主流和非主流的问题，徐则臣认为："文学从来都会在主流和非主流之间裂开一道缝，缝大缝小而已。这种貌似的悖谬，可能是因为我们没能找到个体与宏大的背景之间有效连接的通道。"余泽民认为："主流与非主流的划分并非基于文学本身。现实人判断不清的事，还是留给后人吧，有了时空的距离，自然一目了然。"

28日 阎连科的《20世纪文学写作：非故事——一种散马为风的叙述》发表于《扬子江评论》第2期。阎连科认为："于小说而言——于小说中的故事言，'散文化'是中国当代小说在故事上最有继承、也最有破坏之重建意义的一种写作。由此最易让我们想起的作家，自然是现代作家中的沈从文、当代已故作家汪曾棋。……传统故事中的戏剧性、冲突性，故事中人物中心地位论等，都因为这种故事的散文化，而使过度线式、链条的故事有了更为横向诗意的丰韵和多样。……还应该说到当代作家贾平凹的写作。……从八十年代的中短篇，到之后《秦腔》《古炉》与《老生》等,这其中充斥作品风格并成为小说实质的,正是他小说整体的散文化。故事中大量散落、连缀的散文式场景和同人物性格相联系的鲜明的细节,构成了贾平凹小说在接受中的两个矛盾:一是故事在结构上的懒散;二是人物在性格上场景化的细节堆积。这就使得贾的小说,因为传统而读者甚多,因其散文化而使读者常会将其当作现代、当代小说去读时,又感到故事与人物的沉闷和臃肿。一句话:散而长。"

同时,阎连科认为:"当从另一个角度去看他的写作时,这一切的一切,都不是他的短板了,而是他的优长了。是他(贾平凹——编者注)在继承中的一种了不得的现代性。即散文化的创造。即散文化中小说故事的现代性。""散文化写作,自古至今,因为阅读的原因,我们从来没有在长篇小说中完成过,而贾,是在这方面更努力、实践的第一人。""在故事的层面上,沈从文和汪曾棋都是去故事化而散文化,这使得人物诗意、美好而或多或少的单薄了,但这一脉写作到了贾平凹,人物在故事中变得更为丰富和复杂。""因为人物的丰富性,贾的写作拓宽了这脉写作故事的更多可能性。""沈和汪的散文化,都是建立在对过往的回忆与怀旧上,而贾,才真正完成了散文化写作与当下、现实的结合与参与。"

阎连科的《20世纪文学写作:叙述与结构——写作中的新皇帝(上)》发表于同期《扬子江评论》。阎连科写道:"我理解,所谓叙述,是作家面对故事的态度、立场与策略。他的笔,他的口,他的内心。叙述是作家面对故事时自己的形象。而结构,则是作家赋予故事本身的构成与联络。是作家赋予故事本身的形象。是故事面对读者的构成。是故事构筑之本身。"

叶子的《"短故事"的游戏——2016年短篇小说略览》发表于同期《扬子江评论》。叶子认为:"在短篇小说的进化与延续中,同义反复不等于一成不变,微乎其微又举足轻重的尝试与调整,包含有益的良方妙计,也包含多歧路写作途径中需要规避的风险。""短篇小说的写作,有时只需要一种孤独的情绪……有时它只需要一种暧昧的象征……无论如何,短篇小说的文类写作都具有组合的威力。它是一种复杂的定数,一方面它需要魔术般的创新,另一方面它完全建立在修辞学先例的基础之上。……但当代短篇的写作者们当然不会仅仅满足于主题或技术的传递，在他们对既有叙事方法和审美形态的传承、重写和修正之中，总有无法同化的原创性想象在生长萌发。"

本月

"'文学：如何传奇怎样写实？'笔谈（二）"专题发表于《山花》第4期。徐勇在《传奇或写实：笔法或思潮？》中谈道："某种程度上，'传奇'与'写实'不应该看成是思潮而应看成是形式和笔法。……事实上，不论是外星人，还是洪水，这两个意象的设计，都属于文学写作中的'传奇'笔法。它们的出现都只表明一点，即路遥在面对现实生活中的矛盾和困境时的无力与无能，他无法解决这一现实语境中的矛盾，故而采用'传奇'的笔法，以使故事'突转'，朝向某种现实的逻辑之外的方向展开。某种程度看，这其实是一种偷懒和取巧的做法。"

五月

1日 任晓雯、木叶的《他在死亡之后归来——关于霍桑的〈威克菲尔德〉》发表于《青年文学》第5期。任晓雯认为："长篇小说家似乎已经不再像过去的雨果、托尔斯泰、陀思妥耶夫斯基那样，关注终极和整全的人类命题了。当代的长篇小说家，更多关注具体的现实性问题，种族、家庭、战争、性别、权力、成长、孤独、恐惧、性压抑……相比之下，短篇小说反而承续了对本质发问的能力。……现实成为长篇小说家的资源，也成为长篇小说家的局限。而短篇小说家却愿意承认，短篇本身是有时空局限的。它们不过是世界的碎片、时间的片段。短篇小说享有抽空现实的特权，享有超拔于现实的特权。……短篇小说反倒呈现出更为高迈的气息来。"

2日 毕飞宇的《小说的"大"和"小"》发表于《小说选刊》第5期。毕飞宇写道："《红楼梦》的结构相当复杂，但它的硬性结构是倒金字塔，从很小的'色'开始，越写越大，越写越结实，越来越虚无，最终抵达了'空'。"

17日 饶翔的《"复眼"的美学与小说家的"魔术——阅读吴明益"》发表于《文艺报》。饶翔谈道："吴明益是台湾年轻一代'自然书写者'的翘楚。

台湾的自然书写自有其历史脉络和写作伦理。就其命名而言,已经越过了一般意义上的'环保'文学(以及这个词在自然书写者看来所附带的'人类中心主义'意识形态),而广泛吸收了西方'后工业时代'的各种生态论述(如台湾学者黄逸民在分析吴明益小说《复眼人》所使用的物质论、生态女性主义者巴拉德的'自然动能论'、后结构主义生态批评家莫顿的'黑暗生态'、环境科学家卡森的'杂草美学'以及后人类女性主义者哈乐薇的'赛博格'等概念);同时,也深受中国传统的自然观的启发与影响。""综观吴明益现已出版的三部长篇小说会发现,吴明益从不肯依据'故事时间'老实地按部就班地展开叙事,而是多线头穿插,拓展叙事的时间和空间。……多视角的繁复叙事同时也呼应了一种新的'真实观',对应了一种对历史与叙事之间的关系的新认识,进而形成了一种新的小说观念。……吴明益在小说的意义上想寻获一种'全知视角'。这种全知不仅指向人,也指向物。……很明显,吴明益的'复眼美学'是一种'有意味的形式',是他的自然生态观'美学化'的结果。做一个简单的'美学意识形态'分析。"

18日 本报记者何晶的《刘庆邦:我始终关注普通民众的生存状态》发表于《文学报》。刘庆邦认为:"现在不少小说重理性,重思想,重形式,玩荒诞,玩玄虚,玩先锋,就是缺乏感情,读来不能让人感动。从本质上说,小说是情感之物,小说创作的原始动力来自情感,情感之美是小说之美的核心。我们衡量一篇小说是否动人,完美,就是看这篇小说所包含的情感是否真挚、深厚、饱满。……推动小说发展的内在动力有多种,除了情感动力,还有思想动力、文化心理动力、逻辑动力等。只有把多种动力都调动起来,并浑然天成地融合在一起,才能成就一篇完美的、常读常新的小说。"

20日 金宇澄的《〈繁花〉创作谈》发表于《小说评论》第3期。金宇澄描述自己在创作《繁花》时的感受是"一直在黑暗里摸索,用语言和感受摸索,照明小说空间的心情"。《繁花》以网络连载的方式面世,金宇澄谈到以上海话写小说是"无意识的",因为"这网上的网友都讲上海话,等于我对邻居用上海话交流",并认为"连载的好处是激励,考验作者的叙事逻辑,读者和作者的关系很近"。对于其采取的方言写作,金宇澄指出,"上海作者,已经不可能在文学写作中长时间使用母语，地方语思维了"，而使用普通话写作又"不会像北方作者那样活，把握不住它的自然和准确"，因此"写《繁花》才见识到沪语环境的美好"。而《繁花》出版时对上海方言进行了"方言官话"处理，其用意是"保留地域的韵味，谋求非上海读者"，且"形象的上海方言字，都会保留"。

李洱的《思维的精微或鲁迅传统的一翼》发表于同期《小说评论》。李洱认为："韩少功其实仍然恪守了小说文体的基本界线。……一方面，经验的空前复杂性胀破了小说的固有格式，而另一方面，表达这种经验的复杂性又依赖于对小说文体的基本界线的保留。在胀破和保留之间，形成了韩少功文体。……在小说内部，在各个叙事环节上，在以短篇小说、随笔、微形小说的形式镶嵌到长篇小说内部的各个片断当中，韩少功似乎更深地回到了小说的本源，回到了故事，回到了寓言，从讲述故事回到了故事讲述。"

欧阳江河的《他的知行合一和对文学的超出》发表于同期《小说评论》。欧阳江河认为："持对文学的不同见解，持对生活、生命的不同见解，这种异质性在韩少功身上体现得特别到位。在他的作品中，写法、活法、思想法、思考法、追问法融为一体。"

王琨、金宇澄的《现实有一种回旋的魅力——访谈录》发表于同期《小说评论》。金宇澄谈到自己是个老编辑，"一直是希望作者注重观念方法，对日趋同质化的写作保持怀疑，找到一种自我的面貌"。金宇澄认为"艺术永远是排他的，需要我们独自的发现，独特的表达和立场"，指出"中国文学的根本是文言，'五四'切断文言，只留下白话"，并高度肯定了兰陵笑笑生的语言："他用的是文言基础的白话，文言的底子，非常中国。"金宇澄还认为，"一般意义的内心描写，是完全可以去除的……一般意义的内心活动，读者基本都能预料"。

於可训的《主持人的话》发表于同期《小说评论》。於可训认为："方言和普通话，是一对冤家。写小说的不把这一对冤家的关系调理好，就别想写出好小说。《繁花》的好，就好在让这一对冤家能在金先生的笔下和平共处，所以金先生虽用上海方言，却写出了一部'普通'人都能读、都读得懂的好小说。"

张定浩的《文学与尽头》发表于同期《小说评论》。张定浩认为，"小说家必须先我们一步走到某个尽头，但却势必两手空空地回到开端，带着对于主题的信念和因其复杂性而产生的犹疑，在叙事中重新开始。作品的主题（或尽头）就是最终在叙事中构成的这部作品本身，一个埃舍尔意义上的新空间。……从令事件终止的角度，以及救赎或审判的角度，尽头才略等于结尾，结尾犹如确切的末日，每个人物的命运得以彰显，或得以顿悟，读者发出满足或不满足的呻吟"。张定浩指出："小说家在事件的尽头，看到的就是这种每个人与每个人之间最终的无法沟通，但他却要用每个人都能够理解的文字，去写作，去表达横亘在人与人之间的那些深渊般的情感。"

24日　徐则臣的《向前一步走》发表于《文艺报》。徐则臣谈到《王城如海》的创作时表示："我想试试不需要那么殚精竭虑地去谋篇布局的一个长篇。简短，精悍，用减法。……我尽量放松，让一切随机的、可能的因素都进来。……还往前走了一步，是对戏剧的借鉴。……我希望它们（剧本片段——编者注）能成为润滑油，让小说运行无碍；我还希望这个新元素的介入，能够和故事主体之间形成全新的对话，生发出更多理解和阐释北京这座城市以及城市与人的关系的空间与可能性。"

25日　李云雷的《"新社会主义文学"的可能性及其探索——读刘继明的〈人境〉》发表于《当代作家评论》第3期。李云雷认为："《人境》的可贵之处不仅在于它对社会主义倾向的坚持，而且在于它充分写出了在当前语境中坚持这种思考、选择的复杂与困难之处，让我们看到了'社会主义文学传统'在今天的承续与新变。……在《人境》中，刘继明以深邃的思考和巨大的勇气，坚持现实主义精神，恢复了小说作为'思想形式'的传统，重新探索'社会主义文学'在今天的可能性。"李云雷表示："我们所倡导的讲述'中国故事'，其内在含义之一便是从宏观的中国视野关注个人的生命体验，将个人故事与中国故事结合起来，重建一种新的'宏大叙事'，从整体上思考与把握个人的命运与中国的命运。……在这个意义上，《人境》所讲述的正是'中国故事'，它也让我们看到了现实主义在当代的新发展，及其对现代主义——后现代主义的拯救。""作者所描写的主人公是知识会分子或'思想者式的农民'，作者所重点关注的是他们摆脱金钱、权力与既有的知识系统，逐渐接近人民立场的过程。……这是一条漫长的道路，我们可以看到，即使在小说的结尾，这一过程仍没有完成，甚至刚刚开始"。李云雷认为："'新社会主义文学'与传统社会主义文学，相同的是坚持人民立场与社会主义理想，但不同之处在于：（1）'新社会主义文学'是在新的历史时期。或者说是在社会主义在世界范围内处于低潮的时期坚持探索社会主义的文学；（2）'新社会主义文学'并非来自主流意识形态的倡导，而是作家与知识分子自发、自觉的一种创作趋向；（3）'新社会主义文学'在创作方法上并没有特别的限定，但需要从正反两方面借鉴、反思、总结传统社会主义文艺的理论与实践。"

邱畅的《纳博科夫小说叙事与中国叙事经验》发表于同期《当代作家评论》。邱畅指出："小说（《洛丽塔》——编者注）叙事手法的巅峰之笔堪称对中国叙事经验的借鉴。纳博科夫通过'草蛇灰线'叙事手法的运用，将小说的情节与人物有机地关联起来，使小说叙事浑然一体。……根据梁归智的权威划分，'草蛇灰线'主要以谐音法、谶语法、影射法、引文法、典故法五种形式呈现出来，这五种形式在纳博科夫小说叙事中皆有迹可循。"除了叙事手法，邱畅发现，"在《洛丽塔》中，纳博科夫设置的许多人名和地名都运用了中国古典小说经常运用的谐音，通过谐音为小说人物的命运结局埋下伏笔"。邱畅认为："纳博科夫在小说中运用的影射与中国古典小说所运用的影射十分契合，二者所采用的人物之间的相互影射以及以物影射人的象征性影射均具有对应性。"此外，《洛丽塔》"在小说情节的安排上借鉴了古典小说的引用手法前后铺垫，前文情节为后文情节埋下伏笔"。总之，"虽然纳博科夫为一位后现代主义作家，他在小说中也不时戏仿西方文化的经典来推动情节的发展"。

本月

师力斌的《我们的时代需要法治小说——从海桀的小说〈麦仁磨快的刀子〉谈起》发表于《山花》第5期。师力斌认为："当代小说的写作想象，严重落后于社会实践。法治作为重大而丰富的中国经验，应当进入小说的视野，并给与写作以灵感。或许可以带来新的发现与突破。"

舒晋瑜的《潜心写作，让生活慢下来——访作家张好好》发表于《中国作家》第5期。张好好认为："《红楼梦》是最优秀的小说之一。参照它，可知小说手法的讲究。当然，现当代很多作家已经使用具有现代性的语言和技法来完成一个小说想说的故事。比如赫塔·米勒。我一直在想，现代性究竟是什么意思。后来我给了一个答案，那就是自由表达。或者说一个故事本来应该有的样子。我们不是故事的创作者。它本来就存在了。我们要用最合适的容器和语言把它呈现为一个实体。因为我所坚定的自由表达和对它本来面目的尊重，使得我的小说里有意识流，有散文化的此在——大于恢弘和惊险和曲折。而我的散文里有冷静的叙述，有发展，也就是有架构，是为了情怀建立在更稳健的基石上。"

六月

1日 弋舟、王苏辛的《重逢准确的事实——关于〈丙申故事集〉的讨论及其他》发表于《青年文学》第6期。弋舟认为："当一些似乎不言自明的理念'遇到准确的事实'时，它也许才能成立，否则，它也只能'不言自明'地闪闪发光着。……而'遇到准确的事实'，同样隐含了某种更为深刻的小说伦理；遇到，准确，事实，这三个词，实在是充满了力量，连缀起来，几乎就是小说写作的'硬道理'。"弋舟还谈道："这本集子（《丙申故事集》——编者注）我力求让它结实一些，而我所能找到的最有效的方法，似乎就是让它紧密地与现实关联，让它生长在现实的根基之中……我得学会尊重铁打的事物。动辄让人坐着毯子飞起来，我现在不大热衷了。"

同日，张莉、路内、张楚的《在夹缝中生存未必是坏事》发表于《上海文学》第6期。张莉站在评论家视角谈到了对好小说的理解，表示自己"看中作品的艺术性，作家的理解力和想象力"，认为"好小说不一定要写现实。但是，要有现实的观照。……一个好的作品不在于你是否写身在的现实，重要的是用什么眼光看待你所写的事物"，而"评价一位作家的优秀……重要的是他要写出我们同时代人的精神疑难"。关于对"70后"作家的看法，张楚认为"我们是沉默的……我们一直在门缝里面探头探脑地张望却没有坦然地走出来"，这一代作家"不太注重宏大叙事和历史意识，而更关注细微生活中的褶皱"。张莉认为"这一代作家与前辈作家的差距：看不到更广泛的世界，感受不到更广泛的问题"。

同日，《在我们的时代里，如何写出史诗性作品？（中）》发表于《文学报》。参与对话的专家学者有傅小平、于坚、郜元宝、苏炜、何平、徐则臣、李浩、余泽民、丛治辰等。

关于史诗性写作的篇幅，何平认为"'篇幅'不能成为是否具备'史诗性'的指标"。郜元宝认为"字数篇幅只是一个外在形式，关键还是要看它的密度、难度"。苏炜认为"关键还是作家观照、把握世界的视界的高度和宽广度"。于坚认为"史诗就是密集的细节"，"史诗倒未必就是要处理所谓的现实，对于史诗来说，时间就是现实，重要的是如何呈现时间的细节。史诗的容量是一种精神容量，它当然有相应的体积。但是这个体积绝非材料式的集合，而是精神诗意的体积。"李浩表示："我也觉得我们的作家也许已经写下了具有史诗性的作品，只是我们对它们的认知不够。……史诗，或者说史诗性，在我看来它的标准不是以时间、空间的跨度来衡量，不是以'历史的准确'或涉及人物的多寡来衡量，不是以小说的长度来衡量，审美光芒、认知力量、智慧才是更需要的标准，成为人类共享的精神财富才是更需要的标准。"傅小平指出："我们在篇幅问题上也达成了一个共识，小说长短当由内容和精神特质而定。但所谓长袖善舞，大体来说我还是觉得，大篇幅的长篇小说会包含更多内容，更能抵达一种史诗感。"余泽民认为，"长篇是一种文学体裁，有自己的特质"，"小长篇是'擦边球'，在我看来，百分之九十九属于中篇"。

关于史诗感的缺乏，余泽民谈道："为什么你读了没有史诗感？其中重要的一个原因或许在于，缺少诗性。诗性，不是通常理解的诗意，是对文字、文体新的锻造，能够达到这个层面的作家极少。"丛治辰谈道："我想所谓史诗品质内，确实应该包含着这样的感性的、情绪的因素。一部阴郁的颓废的作品，很难让人产生史诗感。当然这样的作品也有它们的价值，但是和史诗没什么关系。"于坚认为"史诗是由密集的卑微细节组成的，它并非空洞的概念写作"。

谈到文学的"永恒主题"，苏炜指出："'沧桑感''命运感'和'兴亡感'此'三感'，可以被视为区别于西方文学的、千古中国文学的'母题'，即'永恒主题'。中国传统儒家哲学重视世俗、重视现世人伦关系的'实践理性'特质,使得古往今来的中国(无论韵文诗歌还是叙事文学)都特别重视现实和现世的'改变'。而从'沧桑之变'到'命运之变'再到'兴亡之变',则是中国文学千古不易的核心主题;爱与死、聚与散、治与乱、仁爱与人伦等等,都是蕴涵在这样的'文学母题'之下的'儿女成群'。"徐则臣认为:"对一部史诗意义上的作品,我们的阅读期待里肯定包含了诸多指标,都在那口气里。呼吸和情绪必须要有,要能写出一个民族和时代最本质的情感与经验,你得让读者觉得故事和细节靠谱,是咱们的事儿。还有高度,你得让读者看到,你对一个浩大的时代和这个民族的一些重要问题作出了有效的回应并有所洞见。你得力求全方位地让读者信服。"

2日 鲁敏的《出格记》发表于《文艺报》。鲁敏指出:"我笔下的这些人物,在小说里的情欲,并没有几个得到顺应的健康释放,大部分被我以冷却、停滞、走形的手法处理掉了,并非我有意拗着如此,是彼情彼境不得不如此,是那些小说人物对自己的一种认识与处理,是他们渡涉人生黑水区的方法论,是卓越的挣扎或奋斗。"

同日,毕飞宇的《小说的意在言外》发表于《小说选刊》第6期。毕飞宇写道:"如果说,左拉钟情的是鲁智深笨重的禅杖,莫泊桑擅长的就是轻盈的飞镖,'飕'地就是一下。莫泊桑不喜欢对视,是斜着眼睛看人的;他也斜着目光,却例无虚发。"

3日 《人民文学》第6期有"卷首语"。编者写道:"相对于其他题材而言,无论怎样探索,少儿成长题材作品都最是无法剥离正面价值观和人文教育性。……健康的身心、正常的涵养、整全的智慧、真纯的情感,少儿文学的质地容不得模糊。好的少儿文学潜在的声音总是这样指向未来的:当家国需要时,他们可以稳步前行于振兴民族之正道;当世界召唤时,他们能够卓然挺立于天地宏厚之寰宇。"

14日 谭天的《PRIEST〈默读〉:以传统文学资源突破网文同质化趋向》发表于《文艺报》。谭天谈道:"网络文学包含的三股主要文化资源——西方流行通俗文化(影视作品、游戏、奇幻与科幻小说等),中国通俗文学传统(古典通俗小说、鸳鸯蝴蝶派小说、官场黑幕小说、武侠小说、仙侠小说等）与日本 ACG 文化（同人文化、二次元设定、萌宅基腐元素等）——都是商业化文艺作品，自然具有同质化倾向。甚至可以说，网络文学的同质化有一半是从这些'娘胎'里带来的。""网络大神 priest 的《默读》（晋江文学城，2016），就是在这个方向探索中的典范。该书以网络文学的身份去继承传统文学资源，在背景设定、情节与人物上达到极高的完成度，堪称年度创新佳作。……它继承了传统文学的叙事节奏与故事结构……通常来讲，主流评论界都公认网络文学绕过了传统文学别开天地。而 priest 写作《默读》，恰恰体现出网络文学重新接续传统文学资源的尝试。这部小说的成功至少证明了一点，那就是传统文学与网络文学并非截然对立、水火不容的两种事物。"

25 日　韩鲁华的《贾平凹文学创作与中国传统文脉的承续》发表于《文艺争鸣》第 6 期。韩鲁华认为，在继承"中国文化思想文脉及其传统"方面，"天人合一的整体性、阴阳五行相克相生的变化性、天地自然的神秘性等等，在他（贾平凹——编者注）这里也得到了有效的承续。我们从他谈论文学艺术问题中，能够明显地感觉到其间渗透着《周易》的哲学思想"。"儒家对于贾平凹文化思想的主要影响是：仁爱思想、民本思想、中和思想与积极参与社会现实（以文学的方式）兼济天下、自强不息等；他始终关注着社会现实，甚至是世界局势。……道家对于他的文化思想影响主要是一种清静虚涵、旷达超脱，道法自然、顺天应势。贾平凹在自己的作品中，常常出现与道家思想密切相关联的人物形象，比如《废都》中庄之蝶、《极花》中的胡蝶。……贾平凹受佛学思想的影响是显而易见的，这主要体现为：悲悯情怀、慈念众生，心如古井、随缘而安，忍辱静默、清心禅悟。"总体看来，贾平凹"身上儒释道三者皆有，但是主调是道家的文化精神"。

在继承"文学艺术文脉及其传统"方面，贾平凹的"文学创作艺术中，有着史传传统，笔记传统；志怪传统，传奇传统，世情传统；这一方面，我们从他早期的抒情传统，以《商州三录》为代表的笔记体，《废都》的世情小说传统，特别是《秦腔》之后，他由情趣于明清而喜爱起汉唐，包括史传传统，以及《老生》对于《山海经》的吸收，《极花》对于水墨画的借鉴等等，他似乎在做着与整个中国文学艺术传统拉通的工作"。值得注意的是,"贾平凹的艺术思维也是从中国文学艺术传统中汲取了基本的营养。它是一种意象思维,这也是中国文学艺术的一种基本的思维方式。重精神、重情感、重整体、重气韵、浑然茫然的思维"。

在继承"文人文化人格文脉传统"方面,贾平凹的文化人格"不仅是农民与作家,农民文化与城市文化的矛盾建构。而且,还有现代人文知识分子,中国传统的士文化,以及儒、释、道等宗教,或者带有一定宗教色彩的文化精神,可以说,他是古今中外多种文化思想相交融、相矛盾的结构体。正因为如此,于他的文学创作中,常常是爱与恨、美与丑、雅与俗、保守与激进、适应与不适应、孤独与悲愤、焦虑与超越等交织混合在一起"。

黄平的《阴歌:乡土文明的现代中国想象——细读〈老生〉》发表于同期《文艺争鸣》。黄平认为,"对于《老生》而言,其'虚无'倒不是根本性的,而是呈现一种有意味的悖论:一方面《山海经》以瑰奇苍莽的古中国想象将'现代中国'重新变得自然化了,在小说中这种原始的自然生活被视为'神话',对应于20世纪中国的'人话';另一方面乡土文明的传统政治秩序也同时被自然化了"。

马佳娜的《与天为徒——论书画艺术对贾平凹小说创作的影响》发表于同期《文艺争鸣》。马佳娜认为:"对'境界'的重视,是贾平凹得自书画艺术的一个重要诗学特征。……贾平凹小说所追求的'境界'……体现为主体对于人间宇宙的感应,以及其对于生活世界的诗性处理,带有极为强烈的个人精神特色,也在更为深远的意义上,与中国古典思想存在着内在的关联。《废都》中庄之蝶对于人世的声色与虚无的体悟,《秦腔》中铺陈之乡土世界及其所持存之生活形态的逐渐远去,以及《极花》中水墨画般展现已然颓败之乡村,均可谓用意深远,如不从'境界'切入,将一切从'实'处看,则可能形成对于贾平凹真实用意的遮蔽。""绘画技法影响小说'作法'另一重要方面,是作品总体性的铺排。'铺排'有点类似论画六法中之'经营位置',但显然要比前者更为复杂。自《废都》开始,贾平凹作品总体性的结构安排,已经突破'线性'的结构方式,而转向中国古典诗学的'团块思维'。"此外,贾平凹的书画创作"往往有一段情绪,一种想法,于是率尔命笔,意随笔到,一气呵成。因此其书画作品,多真性情的自然流露,较少匠气斧斫痕。这种意随笔到的创作状态,落实到小说写作中,便是对'自然成文'的追求。以无法胜有法,故能随意挥洒,有行云流水之趣"。

孙郁的《古风里的贾平凹》发表于同期《文艺争鸣》。孙郁认为:"拟自然,拟民风,古人的韵致便悄然而出,这比京派文人复印明清小品,多了野性和山水之意。而他(贾平凹——编者注)只要贴近自己熟悉的山村人物与草木花虫,诸多情思与诗意便翩然而至,不须刻意为之。我们看他的小说,叙述很是自然,开合间有文气浸开,都非文抄公那么正襟危坐,而是流水般缓缓而去,泻出自然山水的静谧之气。在封闭的山野,打开丰富的词语之门,老树、冻土、冰川、花草,在不经意间竟有了古人式的气象。"

28日 石华鹏的《退隐的典型人物》发表于《文艺报》。石华鹏认为小说"从典型人物到知名人物到模糊人物","一是写作理论的多元与丰富所致","二是视听自媒体高度发达所致","三是小说写作朝内转向的趋势所致"。"小说中的典型人物和知名人物以后也许会越来越少,而模糊人物会越来越多,因为日常化的非典型性现实会成为未来小说书写的主要方向。"

同日,刘永春的《时代焦虑的即时书写及其诗学进展——近年来中国长篇小说创作的一个观察维度》发表于《扬子江评论》第3期。刘永春认为:"长篇小说对所处时代的总体命题与集中关切进行解析性呈现,是现代中国文学的光辉传统。尤其是新世纪以来,长篇小说集体呈现了这个困惑时代最深层的思想景观与生活样态,其广度、深度与力度是二十世纪八九十年长篇小说所无法比拟的。但是,与此同时,中国小说对时代生活的强力介入及其在诗学上的破坏性后果引起了剧烈争论。余华《兄弟》《第七天》……乔叶《认罪书》、刘震《我不是潘金莲》、贾平凹《带灯》、徐则臣《耶路撒冷》这些长篇都在以各种方式建立与现实生活同构的文本世界。肯定者重视这些文本的批判性力量,也有许多否定者立足小说的自足性而断定这些小说丧失了美学意味,一时间众说纷纭,小说与时代的关系也再度成为批评现场和理论场域的热点问题。……长篇小说的时代关怀与审美品质之间的关系是自中国现代小说诞生以来就随之而生的深刻理论难题,在新世纪以来其复杂性又大大增加,本文无意进行深入的辨析,但这却是新世纪中国小说诗学最核心的问题。最近几年,在强力介入现实方面最近几年,在强力介入现实方面,贾平凹《极花》、王安忆《匿名》……徐则臣《王城如海》、赵德发《人类世》、路内《慈悲》、张忌《出家》等都堪称上乘佳作。这份远不完整的名单上的作品都在力求突破时代雾霾而接近生活的本质,抵达生存的困境本身,逼近人类的终极存在及其诗学奥秘,这些文本都具有对现实生活极强的介入意识和同步属性。它们直面时代困惑,并以自己的方式介入到对各种时代命题的思考之中,虽然在依据、方法、途径、结论等方面有着极大的差异,但却呈现出众声喧哗的繁盛之态。这些长篇小说的审美品质各有特点,但几乎都表现出了强烈的现实批判色彩,有的甚至极其尖锐,反映出中国长篇小说的新趋势、新面貌、新方向。"

阎连科的《20世纪文学写作:叙述与结构——写作中的新皇帝(下)》发表于同期《扬子江评论》。阎连科认为:"在小说的结构中,除了作家用文字写出来的明结构,或说显结构,还有作家没有用文字写出来的关于作品与人物的暗结构、内结构。……除了清晰的叙述和内结构与外结构外,更有一种现代的混沌结构,将其叙述性与结构性——内结构、外结构等的一切界限,都打乱组合、重新装置,组成一种叙述与结构混合的多元结构,而使小说变得更为复杂与现代。……20世纪的写作,在叙述与结构上的创新与创造,已经在相当程度上——至今都还是世界上一些最有才华的伟大作家们写作的皇帝,管控着他们写作、创造的今天与未来。在这儿,恰恰还需说明的,是在叙述与结构上最有创见的作家,却大多——或多或少地在写作中和人物的灵魂拉开了距离。"

朱婧的《颜歌〈异兽志〉与新志怪小说》发表于同期《扬子江评论》。朱婧谈道:"近现代以来,志怪文学式微,但时代迁延至新世纪,老树新枝,志怪的传统在奇幻文学中得到传承和发展。……颜歌的《异兽志》较早被作为奇幻文学类型的代表进入研究视野,从陈述方式到妖怪起源,人妖分离原则都体现着对于志怪故事模式的继承,同时在内涵和精神上亦承托了志怪文学由民俗宗教作用而转向文学审美要求的自觉,折射出生动的文学趣味。……由《异兽志》对于志怪文学传统的承继的观察,继而在近年来的志怪文学的发展之中,很值得关注的两个现象。其一是都市志怪小说的兴起;其二则是笔记体新志怪小说的文学立场,这里面呈现出一种审美上的多元化,糅杂与钟摆式的变迁。"

29日 《在我们的时代里,如何写出史诗性作品?(下)》发表于《文学报》。参与对话的专家学者有傅小平、于坚、哈金、郜元宝、苏炜、夏商、何平、徐则臣、李浩、余泽民、丛治辰。

谈到中国文学的母题,苏炜认为:"'感于哀乐,缘事而发'的特质。这个'感'和'发'之所'缘',就是——'改变'。古人的'常怀千岁忧',就是对这'古墓犁为田,松柏摧为薪'的'改变'之忧,体现到文学表述里,也就是'沧桑感''命运感'与'兴亡感'的不同层次的文学呈现。……当然这'三感'其实是可以分出不同的由浅入深、由低至高的表现层次的。这,或正是文学的'史诗性'——表现我们民族和时代的'活力''呼吸'和'情绪',所必不可少、不可或缺的吧?"何平认为:"在长篇小说写作问题上,现在普遍存在两个问题:一个是明明没有长篇小说的写作能力,硬写。因为,我们的文学评价标准有一种幻觉式的'长篇小说控',认为一个作家文学成就需要靠长篇小说来论定。这导致了大量只适合写作中短篇小说的作家,一窝蜂地去写长篇小说;另一方面,可以写好长篇小说的作家,往往各方面准备不足,仓促上阵,于是就有很多半生半熟,'烂尾'的长篇小说生产出来。"

关于悲剧和喜剧问题,傅小平认为:"史诗性作品通常是悲剧,也或许是正剧,而一般不会是轻喜剧。用鲁迅先生的说法,悲剧就是把有价值的东西毁灭给人看。而读者在看的过程中,强烈地感受到那种震撼人心的力量,从而获得灵魂的净化与升华。"哈金表示"不完全同意","很多伟大的作品也是喜剧的"。于坚认为,"像《尤利西斯》《追忆逝水年华》都不是悲剧性的,也不是喜剧性的,它们都是庸常生命的史诗,时间和经验的史诗。……《红楼梦》在我看来就是十九世纪中国某种日常生活的史诗,说成悲剧是受西方理论的影响。……《红楼梦》的细节在今天越来越具有真理性的魅力,它其实一直在教导读者怎样生活。它创造了一种值得过的生活世界。"

关于"英雄",余泽民表示:"我认为传统的史诗的确是这样,但史诗性作品未必非要如此,取决于作者想从哪个视角表现历史。另外,'英雄'的定义是什么？……并没有一个传统意义上的英雄或多少有些英雄品格的人，没有英雄的引导，我们照样在历史里走得很深。"夏商认为："不是高大上的才叫史诗，不是政治正确的才叫史诗，有'野心'的作家如果放下身段，矮进尘埃，更容易搭到史诗的脉搏。"于坚认为"史诗确实有一种英雄气质"。李浩认为，"英雄形象，这个词在我们的描述中可能过于固定了，有时我觉得那些承受着'侮辱和损害'的小人物身上也有其英雄性，当然我们对英雄形象的'取消'在上世纪八十年代或是有益的，它是对'高大全'式虚假的一种反驳，但时下，我们也许需要积蓄塑造的力量，哪怕他是平民性的"。郜元宝认为，"如果是以塑造人物为主的长篇小说，它的成败当然要取决于人物塑造是否成功。有的现代长篇小说不一定非要像传统现实主义那样生动饱满地塑造人物"。丛治辰表示："我倒是觉得，这个难题恰恰也是契机。写出一个战场上以血肉之躯与有形敌人相搏斗的英雄是容易的，而写出一个平庸琐碎生活里以内在激情与无物之阵相抗争的英雄才是艰难而宝贵的。恰恰在一个解构的时代里，英雄可以有更加令人叹服的品质，当一切坚固的东西都烟消云散的时候，依然坚固的品格才格外醒目。"

关于借鉴西方的问题，李浩表示："我是一个奉行'拿来主义'的人，在我的视野里没有对地域性的过分强调，除非我希望凭借这种地域性让我的小说呈现'陌生感'和'异质'。我接受的是把人类当作整体、'全世界无产者联合起来'的教育，它深入骨髓。""如果完成自己的史诗性作品，对缺乏史诗传统的中国作家来说的确有更大的考验"。苏炜认为："如果说没有史诗的传统，就给今天创造史诗性的作品带来了困难，这反而把我们讨论的这个'史诗性'话题狭窄化、表面化，也皮毛化了。"何平认为，"从'五四'开始的中国现代文学，本就是向西方学习的，我们现在很难辨识中国现当代文学资源是本土的还是域外的。我们不能一方面谈论西方文学对中国现代文学的影响和建构；另一方面，当作家不能写出我们想象的西方'史诗性'作品的时候，又说因为我们没有史诗传统。"郜元宝认为："学习西方文化不通，就必然会想到转过身来'向传统致敬'乃至于'复兴伟大传统'，但我们对自己的小说传统，认真说起来也并不一定比外国小说传统更加了解，更有把握加以借鉴。"

关于神话问题,傅小平认为:"说来包括中国文学在内的世界文学一直重视发掘神话资源,前些年有几位中国作家参与的'重述神话'系列就产生过一定的影响,但这样的重述,现在看来还是局限于古代神话的再发现,并不曾融入现代小说,尤其是史诗性作品的创作中。"余泽民认为:"'重述神话'并没能把我们的作家引上写史诗性作品的道路,因为这些重述还只限于重述,只是给旧酒装了个新瓶,有的装得还很勉强。"徐则臣认为:"'重述神话'都是各说各的,基本上是就事论事,难以唤起一个共同的精神和文化结构。"

关于中国作家要怎样找到合适的路径去创立那种西方式的深度模式,苏炜认为,"一个有眼光、有胸襟、有腰杆的作家,一部篇幅宏大、寄义高远的文学作品,只要始终接续、守持文学与生命的'地气''血气'及'浩然正气',在文学表述中写出深刻动人的'沧桑感''命运感'和'兴亡感',把弘扬拷问灵魂、温暖人心的英雄主义和理想主义融于笔下,再随时随处从我们丰厚的传统文化资源里汲取无尽的养分"。余泽民认为,"对于有志于此的本土作家,首先还是要读透历史,尊重历史,不仅尊重史实,还要尊重个体,还原个体的面孔,磨炼思考的胆量与锐度,并从当代中东欧文学中汲取,了解艾斯特哈兹、纳道什他们如何处理历史的记忆,如何创新文体,运用诗意"。于坚认为,"没有唯一的可以指出的道路。这取决于作家们在'修辞立其诚'上可以持续多久,走多远"。

七月

1日 计文君、岳雯、王清辉的《欲望幻术——〈阳羡鹅笼〉三人谈》发表于《青年文学》第7期。计文君认为:"在中国传统的艺术表达中,空间不是纯客观性的,主观情感性甚至哲学性因素进入客观空间,并对其进行一定程度的扭曲变形从而完成艺术表达……这个空间根本不是按照客观世界的规则建造的,而是按照主观的审美表达和意义表达需要建设的,甚至可以不大顾忌客观现实。"

刘诗宇、郑润良的《与九○后作家刘诗宇问答录》发表于同期《青年文学》。刘诗宇认为:"广义上的'有趣'应该是小说最重要的品质之一。"

同日,周明全的《也谈"中国小说"》发表于《上海文学》第7期。周明全认为:

"一部好的中国小说,必须以中国文化的基本元素去构建和创造,以中国文学自己的标准和体系去衡量。要创造出真正的'中国小说',就要逐渐摆脱对西方经验的被动依赖,返回到中国经验的'原乡'。"周明全指出:"'中国小说',在叙述上是一种'流动体',是日常生活的艺术再现,是生活流,这样的叙述和日常生活,和人的生活状态是紧紧贴合在一起的,是一种生命的叙述模式。"此外,周明全注意到,"中国小说叙述的独特之处还在于,它的叙述内部是滚动式向前发展","这样的叙述具有其他单线、复线小说叙述所不具备的稳定性和叙述美感"。

2日 张承志的《美文的沙漠》发表于《小说选刊》第7期。张承志写道:"叙述语言连同整篇小说的发想、结构,应该是一个美的叙述。小说应当是一首音乐,小说应当是一幅画,小说应当是一首诗。而全部感受、目的、结构、音乐和图画,全部诗都要依仗语言的叙述来表达和表现,所以,小说首先应当是一篇真正的美文。"

3日 《人民文学》第7期有"卷首语"。编者写道:"近期,关于文学艺术的现实担当,成为文艺创作和理论界热议的话题。……建设中的'中国方案',正日益加大着对人类世界的影响;现实的中国故事,正在经济建设、政治建设、文化建设、社会建设、生态文明建设'五位一体'统筹推进的大框架下发生。写现实的热情和实践也需要摆脱单一的考量,摒弃缩略的路数,走出封闭的空间,告别狭窄的视野,以有格局有气度有操守的综合观察,不忘本来,吸收外来,面向未来,向某些尚未被充分书写的地带进发。在这五大建设综合发展的历史新时期,文学也需要以'建设'的心志和形貌,在弘扬中华美学精神的基础上,为中国和世界展现新质素、新生面、新气象和有根的新表达。"

8日 邓宇萍的《试论对话体小说主体叙事艺术——以〈啊,父老乡亲〉为例》发表于《芙蓉》第4期。邓宇萍写道:"对话体小说的最大特征就是用对话代替叙事,或者说对话主导叙事,这类小说很常见,但是,想写好很难,《啊,父老乡亲》……几乎由50多个人物的对话产生,也就是说对话是它的主要叙事方式。一般来讲小说叙事离不开对话,对话在小说中的作用主要分为两种:故事情节陈述和人物性格素描。但是,对话又不能作为小说主体叙事模式。有评论家认为，如果小说绝大部分是对话，给人的感觉会更像剧本，无论是话剧剧本还是电视剧剧本，这样的小说显得不够纯粹，或者说不够厚重，尤其是那种'报话机式'的小说叙事。然而，事实不尽如此，比如著名的报话机式小说《永别了，武器》……中国并非没有对话体小说，而且不乏经典力作，余华的《许三观卖血记》（以下简称《许》）就是一个典型。……《许》并不让人觉得轻，反而给人格外肃穆、凝重和沉甸甸的感觉。说到底，《许》是寓言写作，它的对话并非只是为了推动情节，看似对话，更是高度凝练和标识化的精神独白，更在于刻画人物精神，犹如短小的刀子，雕刻出小说中的人物性格，报话机也反反复复扎在读者胸口，刻画出国人的国民精神。贾兴安则尝试用对话一种方式解决故事情节陈述和人物性格刻画两个问题。……对话体叙事没有固定逻辑，不是读了上一句就大致可以推出下一句的常规内容模式。它的逻辑是无逻辑，线索都在对话里，由对话直接切入故事，开始只见到一点，随着对话进行，内容一点点展开，线索条条串联，故事逐步深入，天然制造悬念，千头万绪又一气呵成，最终汇成一体，让人欲罢不能，深陷其中，哪怕错过一个细节，可能都无法获得完整故事。……把一切都交给了书中的人物对话的确是一种很常见的小说叙事方式，让人物对话天然生成故事和叙事，同时刻画人物性格与精神，这是最符合现实世界故事的模式，也是最简单的写作方式，恰恰又是最难的，贾兴安通过这种大巧若拙的写作方式创造了一部精品。"

木叶的《罪与罚，及一个小说家的表里——读蔡骏〈去大理的夜车〉》发表于同期《芙蓉》。木叶谈道："如何合理安排故事而又不失于机巧，这是一个小说家务必警醒的。作者曾表示塑造出'让人刻骨铭心一辈子的人物'才是好小说，但这部小说里的主要人物一直忙于推动'曲折的情节'，而缺乏自身的生长。还值得反思的是，故事情节看似环环相扣，跌宕起伏，缠绕复杂，其实是将现实问题简单化了，并没有充分打开，而是止步于刻意的自循环。不少作家认为现实往往比小说还要离奇或荒诞，作家们也强调故事不管有无原型，都要有说服力或感染力。终究，小说需要考虑可能性与逻辑性，而不可一味追求离奇。《去大理的夜车》的先入之见明显，太着力于故事的圆与满，过剩的想象与编织破坏了故事的真切感。"

14日 张炜的《在文学土壤上深耕》发表于《人民日报》。张炜谈道:"就我自己的写作来说,我讲述的仍然是自己感受到的生活故事,它来源于我的世界。从具体的地理范围而言,是山东半岛的东端,即胶东半岛。这个半岛基本上构成了我个人创作的地理背景,也就是我的狭义的'文学土地'。……半岛自然景观形成的神秘性,正在随着现代化的进程而消散。……大家不得不面对同一个'地球村',一块极其相似的熟悉的土地,因此文学写作产生了前所未有的困境。……所以这特别要求一个作家时时警醒,既要敞开,不至囿于一个封闭的自我满足的角落,还要从自身内部产生一种抵抗力,拒绝书写的同化,以保持看守和捍卫自己这片'文学土地'的清晰边界。"

15日 《直面媒介文明的冲突,理一理"文学的根"——北京大学网络文学研究论坛纪要》发表于《南方文坛》第4期。邵燕君在论坛中指出:"在这一阶段('前数据库'阶段——编者注),我们的著作、作品特别强调'不朽',被赋予超越时空的使命。它既要表现最独特的、个人的生活,同时这种表现一定得自足、完整、文本内部有它可理解的逻辑,这样才能完整打包,跨越到另外的时空而被陌生人理解。但是数据库的写作是在一个'熟人社会'中进行的,很多东西是口口相传的,是大家都知道的,可以脑补。所以,我们谈到'用梗',自然想到的是古典诗歌中的'用典',而不是近现代与'著作权''版权'相关的'引用'。……'梗'更是'共时'的,'典'更是历时的——这背后,其实有一个大众和精英的分野——'用典'的是一个文化贵族人群,靠一种文学传统代代相传。或者,我们可以说,'典'是'梗'的经典化。……从'用典'到'用梗',尤其是数据库写作式的'用梗',显示着一种网络时代的文学民主化趋势。"

16日 白烨的《精彩的故事 独到的讲述》发表于《光明日报》。白烨认为:"葛亮的《北鸢》,是一个典型的现代中国故事。作者以自己家族的先辈为原型,选取了家族内部成员的角度,来表达有关中国家族的独特故事。主人公卢文笙,堪为民族知识分子的典型,饱含传统的人文情怀。作品的叙事,从容不迫,精雕细刻,功夫用在剔掘日常生活之中的历史元素上;作品的意蕴,丰繁浑厚,重点放在个体生命在时代变局中的无奈沉浮上。"

20日 黄咏梅的《在日常生活中倾听历史的回声》发表于《小说评论》第4期。黄咏梅在文中发出质疑："难道写当下就等于回避了历史？写日常就等于抛弃了意义？事实上，那些看似重复、经验、模式化的日常生活，以及在作家笔下那些浓密的日常生活场景中，都显现着其不可剥离的文化属性，而文化就是历史的另一种存在，这些历史与当下的生活一直发生联系，并通过作家的主体感受和表达被赋予了新的价值和意义。"

余华的《广阔的文学——在华中科技大学"春秋讲学"中的演讲》发表于同期《小说评论》。余华认为"每个故事都有一个灵魂，有时候灵魂是几个细节，有时候灵魂是一句话，有时候灵魂可能就是一小段的描写，它各不相同"，并提到自己曾经"从音乐里面寻找结构"，"因为音乐作品和文学作品有一个共同点，就是它们都是叙述型作品，都是一种流动的作品"。

於可训的《主持人的话》发表于同期《小说评论》。於可训谈道："也许是因为黄咏梅对当今小说这种'无心'叙事的状态有较清醒的认识，才有她的创作由新闻式的猎奇到追求'动心'的转变。论黄咏梅的创作者，多离不开'日常'二字，但这"日常"的取材，在她那里，却不是没心没肺的'零度情感'，而是用全部身心去体贴笔下的人事，也借此去体贴读者的心灵，即由'日常'而深入'日常'覆盖下的人心。以在下的眼光看来，这既是黄咏梅的创作深得人心之处，也是所有为文学者'入人''化人'的不二法门。"

张定浩的《文学与重复》发表于同期《小说评论》。张定浩指出丁伯刚的小说"一直在重复着对于'重复'的探究"。张定浩认为："丁伯刚一直执着于书写平庸生活的类似地狱般的重复感，并苦苦寻求解救之道，即一个普通人如何在这样的生活中找到精神出路。而他发现的唯一出路，是自虐—极乐模式。"张定浩还认为"丁伯刚所说的自虐，在小说中就体现为人对于自身虚弱性的重复，而他所说的拯救，实则也就是在这种主动重复中体会到的快感"。

张炜的《谦卑》发表于同期《小说评论》。张炜认为："强烈的道德感对作家至关重要，它在很大程度上决定了作品的力量和价值。但可惜的是，在压倒一切的抨击与谴责中，在巨大的道德激情的缝隙中，我们甚至看不到一棵植物，听不到一声鸟鸣。这样的世界是令人怀疑的。"

21日 康宇辰的《饶舌的一万句,缺席的一句——〈一句顶一万句〉的文体》发表于《文艺报》。康宇辰谈道:"'绕'不仅是小说的语言特点,也是小说中人物的生存处境。或者说,小说选择'绕'的句法,正是为了贴合于小说想要传达的人生境遇。……《一句顶一万句》里没有一句宏大叙事,每个人的生命都要以世俗的、日常的小事为驱动,他们是没有大方向的人……不仅仅小说人物的人生经历是'绕',这个小说的叙事方式本身也就是'绕',通过'绕'来延宕意义的抵达。这一点在小说下部最后牛爱国的寻求之旅中体现得最明显。……小说绕来绕去,说了一万句,却缺席了那最重要的一句。由此,'绕'不仅是小说的文体,也是其叙事特色和意义生成方式。正因为五花八门的'绕'归根结底是意义贫血的,所以在这一万句虚无之后才凸显了那'一句'的珍贵,小说最后让人唏嘘的也就是这'一句',是这拆除了宏大叙事的世俗人间的最后意义所在。这个意义不是来自宗教、革命理想,而是一个人能给另一个人的一句话,是人际间最深的好意凝成的,可是小说绕到最后,却故意让它是一个缺席状态,或许永远找不到、永远在寻找才是作者理解的人生吧。"

25日 周荣的《从传统中发现新的文学资源——"民族文化传统与当代文学发展高峰论坛"纪要》发表于《当代作家评论》第4期。

张志忠认为:"通过对贾平凹创作脉络的细致考察,概括了当代作家借鉴传统文化的不同层面:一种是句式、语言风格层面,如贾平凹的《商州》系列对明清笔记、文人趣味的偏好;另一种是故事原型、叙事形式层面,如《老生》对《山海经》《带灯》对两汉风骨的借鉴。同时,当代文学中也有对传统文化批判、扬弃的一面,这种扬弃与批判在阎连科的创作中表现为对程朱理学的清算和逃离,在莫言的创作中表现为对孔子儒学的反叛。因此,对传统文化资源的继承与批判又构成了当代文学的传统。"

陈汉萍将当代小说文体叙事传统的复兴归纳为四个方面:"第一个方面是明清世情小说传统,尤其是以《红楼梦》《金瓶梅》《儒林外史》为代表的小说传统的复兴。……这种叙述传统在网络文学的叙述语言、人物对白中也得到了充分的呈现,以中国文化为底色,以中国式的表达为载体,融汇了中国文化、历史、神话的网络作品获得了海内外读者的肯定。第二个是子部小说或笔记小说传统的复兴。笔记小说追求文史兼备的文体特色,把所感所想、地方志、风俗都糅在一块,短小而精粹。……第三个是志怪传统的复兴,比如公案、武侠。'80后''90后'的创作经常出现的'案件'可以看出是对中国古代公案小说的模仿或延续。第四个是传统文化的因子在当代创作中遍地开花,网络文学中尤其明显。"

郭冰茹则认为:"苏童、格非等放弃写作的先锋姿态,摆脱以往惯用的形式圈套,转而以古典小说的叙事手法,将古典精神和生活原貌填塞小说空间。莫言的长篇小说在形式、结构、精神维度和经验体验等方面反映出努力重建当代小说与传统叙事资源的对话关系,呈现出想象世界的中国经验和中国视角。王安忆始终重视对日常生活的书写,她将世情、市井、市民、世俗生活作为书写对象,借鉴章回小说以实写虚,虚实相兼,以具体表现抽象的写法,通过对中国传统技艺的精雕细琢,对文人生活趣味的着力铺排,呈现出世俗生活的肌理和包孕其中的韵味,从而在世情描摹、叙事形态和审美趣味上更贴近古典章回小说。"

季红真认为:"文化传统即母语写作,只要使用汉语写作,传统就不会中断,具体的文体形式是具体时代历史语言的产物,语言和文体中都包含着文化史的根源。"

26日 杨利景的《汲取中国传统叙事文学的精华》发表于《文艺报》。杨利景谈道:"王志国长篇历史小说《大辽悲歌》……首先,在叙事策略上,作者没有片面求新求怪,而是本本分分、踏踏实实讲故事。作者采用章回体的传统体例,让小说显得朴实无华,甚至有返璞归真的意味。……同时,在叙事逻辑上,作者简简单单地按照时间逻辑进行,从契丹族发迹写起,到大辽落幕止笔,不枝不蔓,疾徐有致。其次,作者继承了中国传统叙事文学文史贯通的传统,很好地处理了文学之美与历史之真的关系。……再次,基于本质主义的历史反思。在《大辽悲歌》的历史叙事中,历史反思意识几乎贯穿始终。尤其是面对大辽政权由盛而衰,最终走向灭亡的命运,作者的反思意识愈加强烈。"

八月

3日 《不忘初心，期许可待——三十年后重回军艺文学系座谈实录》发表于《人民文学》第8期。莫言在座谈会上说道："画家用色彩和笔触、线条，作家只有用文字。所以我反复地看他们的画，深受启发，《红高粱》这部作品，有大量关于色彩的描写，有一些色彩浓得好像化不开一样，这个毫无疑问就是从凡高油画里受到的影响。由此我也感受到，艺术都是触类旁通的。在音乐、美术、文学、舞蹈等各种艺术之间，都有互相通达的密码，是可以转换的，也就是说画面是可以转换成文字的。"莫言还提到："叶朗先生给我们讲的中国小说美学……他特别强调了中国小说的美学特征，特别重要的修辞手段——白描。他赋予中国小说白描技巧以美学的意义、哲学的意义，由此也使我们认识到：中国的古典文学或者说中国的文学，是有着自己独具的美学特征的。西方意识流心理描写可以洋洋万言，一个人胡思乱想，想到哪里就写到哪里。但是看完了以后人物形象很模糊，这个人是什么性格的人，我们不清楚，但是中国的古典小说里面寥寥数语就可以把一个人物活龙活现地呈现在读者面前，这是白描手段非常高明的地方。"总之，莫言认为："文学艺术一方面有非常鲜明的民族性，另外也确实有它的世界性……中国的作家，俄罗斯的作家，美国的作家，假如都写战争，我想写的肯定是不一样的。但是其中有一些是共通的。"

4日 朱中原的《以"工匠精神"锻造文学语言》发表于《人民日报》。朱中原谈道："文学之美首先体现为语言之美。一个成熟的作家，首先应该是一个语言使用的方家。……对于有志于文学者来说，读文学经典，关键在品出语言的味道、语言的魅力、语言的美感。古往今来的经典文学作品，往往一开头就能见出作家语言功力的高低和语言风格的取向。……鲁迅的语言体系，是对绍兴官话和现代白话的融会与改造，虽已属纯然的现代白话，但这白话，并非一般的俗语和口语，而是经过高度修饰、提炼和改造了的文学语言。鲁迅对现代白话进行了文学的塑造，并形成了自己风格鲜明的语言范式。与之相异，魔幻现实主义作家马尔克斯长于情景跳跃式和时空交错式的语言。……贾平凹善用长短句，夹杂商州方言，且间用古语，又不显生涩，深得《水经注》笔法之三昧。此可谓借古开今之语言尝试。贾平凹的小说语言，多游走于现代白话、关中话、陕南商州话和古语之间，于《红楼梦》语言借鉴尤多，又汲取了张爱玲的小说语言，近则与沈从文、孙犁相衔接，再加上他的勤奋练笔，于是锻造出了贾氏独特的文学语言。"

18日 孟繁华的《中篇小说仍是高端成就》发表于《文艺报》。孟繁华谈道："从文体方面考察，近五年来我认为中篇小说还是最有可能代表这个时期文学高端成就的文体。一方面，这与百年文学传统有关。新文学的发轫，无论是陈季同的《黄衫客传奇》还是鲁迅的《阿Q正传》，都是中篇小说，这是百年白话文学的一个传统；一方面，进入新时期。在大型刊物推动下的中篇小说，一直保持在一个相当高的水平上。因此，中篇小说是百年来中国文学最重要的文体。中篇小说创作积累了极为丰富的经验，它的容量和传达的社会与文学信息，使它具有极大的可读性；当社会转型、消费文化兴起之后，大型文学期刊顽强的文学坚持，使中篇小说生产与流播受到的冲击降低到了最小限度。文体自身的优势和载体的相对稳定，以及作者、读者群体的相对稳定，都决定了中篇小说在物欲横流的时代获得了绝处逢生的机缘。这也使中篇小说能够不追时尚、不赶风潮，能够以'守成'的文化姿态坚守最后的文学性成为可能。"

23日 本报记者何瑞涓的《记录时代，回归传统，书写当代中国故事——专家谈五年来小说创作发展》发表于《中国艺术报》。《文学评论》副编审刘艳说："许多当年的先锋作家更加接地气，开始回归现实、回到故事，以自己的创作实践思考怎样讲好中国故事，可以看做是先锋文学的续航。"郭宝亮认为："很多写作者都经历过西方的先锋文学精神的磨砺，而今回归到传统，回归到本土，回归到大地。"雷达举例指出，"如《望春风》语言典雅传神，具有画面感、色彩感、动感、质感，打造了一种与江南情调相协调的语言……能感到作者对《金瓶梅》《红楼梦》手法上的某种转化；《陌上》语言纯净，风格清丽，时时感到它的根子深扎在传统的土壤中，有经典现代乡土小说的影子，有《红楼梦》的意味"。何瑞涓指出："汲取中外文学传统资源，尤其是从中国古典传统中挖掘写作经验，提高叙事技巧与语言表现力，成为近年来小说创作中一部分作家的自觉追求。"

28日 张红娟的《方言进入小说的策略——小说中方言注释现象论析》发表于《扬子江评论》第4期。张红娟认为："韩少功把方言注释演变成小说结构，夏商把方言注释化解为小说内容，阎连科、金宇澄、何顿、钟兆云、钟巧云等人的步伐迈得没有他们那么远，他们在小说中也采用方言注释，只不过没有把注释变成小说的结构或是内容。……这一波（1990年以来——编者注）小说方言注释现象与1950年代的自有不同，它以拯救方言以及文化传统的姿态面世，有论者认为这是对全球化语境的反抗，是对故土家园的坚守。……当下在文学创作中方言应该如何面对通用语言，尤其在城市化、全球化的今天，记住乡愁是人们的一份情怀，至于运用何种方式进行记忆确实是作家们不容回避的问题。"

30日 刘艳的《开辟汉语文学新的可能性》发表于《文艺报》。刘艳认为："当代文学创作和评论近年、当下存在两翼，一个是向传统去汲取和看取经验，一个是继承先锋文学的经验，进行具有先锋精神的叙事探索。接续传统，其实自20世纪90年代即已发轫，近五年来这条脉络也很清晰。赵本夫的《天漏邑》堪称近年长篇小说的佳作代表，小说作了叙事上具有先锋精神的探索，但它对中国古典小说传奇文体资源和经验的成功借鉴，亦是毫无疑问的。金宇澄的《繁花》将近半个世纪的上海生活和家长里短方方面面俱娓娓道来，让人重温古典话本小说的讲述体风格。……迟子建的《群山之巅》差不多是用一种野史杂传的笔法为龙盏镇的众多小人物画像立传，小说在辛开溜、辛七杂、辛欣来、安雪儿等人物的传奇组合结构当中，见出作家向中国古典小说史传与传奇传统借鉴的功力。付秀莹的《陌上》采用了古典小说散点透视的笔法，语言诗意、诗化，显示了抒情传统在当代的传承，又不失明清白话小说的韵致和古典的韵味……石一枫以《世间已无陈金芳》《营救麦克黄》《地球之眼》等中篇小说和最新长篇《心灵外史》。被认为是以创作接续了中国自新文学以来最为重要的一条文学流脉——社会问题小说。这是近代和现代的传统，为讲述中国故事、积累文学的'中国经验'，提供了新的可能性。"

本月

舒晋瑜的《"只要别有心裁，工厂元素更适合出高艺术水准的小说"——

访作家李铁》发表于《中国作家》第9期。李铁表示："我过去的小说故事性很强，大多是线性叙事。尽管故事背后有很多东西，现代读者还是难免会有抵抗情绪。但我固执地认为故事性对小说还是头等大事，小说就是讲故事嘛，讲究的是讲故事的方式而已。生活是不规则的，碎片式的。我现在更追求接近生活本身的一种一地碎片的叙事方式。"

九月

1日　胡学文的《旁逸斜出》（《双向道》创作谈——编者注）发表于《北京文学（精彩阅读）》第9期。胡学文谈道："我知道自己的短板在哪里，小说中的人物都有乡村根基，要么是通过读书进入城市，要么是工作调动，要么是在城市生活的乡村人。我很少写土生土长的城市人。小说中的故事可以虚构，但人物言行背后的文化逻辑却不能来虚构的，稍有不慎就砸了。"

同日，耿占春、陈鹏的《城市具有寓言般的存在感》发表于《青年文学》第9期。陈鹏谈道："但城市作为一种极具寓意的存在，它应该承载更深刻的东西，是促使人物不得不如此的形而上的'规定性'。昆明之于我就是这种精神上的'规定性'，它让我又爱又恨。……我们的城市小说既无法逃避碎片化的宿命却又面临整合碎片的义务。我认为就碎片写碎片的意义不大，至少，未来的小说，应该能够体现作家更大的能量和自信——整合碎片。这就出现了两种城市题材作家，一类是卡佛那样的，专注碎片本身，一类如安妮·普鲁那样的，总在极力整合。"

同日，铁凝的《"文学最终是一件与人为善的事情"》发表于《文艺报》。铁凝认为："短篇小说无论是外在体积或者内在容量，都不能与真正出色的长篇小说抗衡。可我还是那么热爱短篇小说。因为我相信，在某种意义上，人生可能是一部长篇，也可能是一连串的短篇。生命若悠长端庄，本身就令人起敬；生命的生机和可喜，则不一定与其长度成为正比。"

3日　《人民文学》第9期有"卷首语"。编者写道："中国故事的内核是中国精神。……把握时代脉搏写，贴着百姓生活写，将中国精神寓于中国故事中，才能由衷地、真切地展现出中华民族走向伟大复兴的好时代的万千气象。"

10日 项静的《坠入时间的褶皱》(对珍妮特·温特森的《时间之间》的评论——编者注)发表于《小说界》第5期。项静认为:"温特森的写作从一开始就保持现代主义对时间和情节的高度敌意,并让故事在仿佛根本不是故事的情况下发挥比较大的作用。她是一个不使用情节作为推动力或者基础的作家,真正用的是故事中的时间的话题。"

14日 本报记者金莹的《金宇澄、张大春对谈——寻找中国小说传统》发表于《文学报》。张大春认为"我们绝大多数作家都是用汉字写西方小说",中西文学的不同传统"正是中国'闲聊谈天'的传统"。张大春指出,"在中国记载风土人情的文本之中,有一些故事一再被叙述,一再被想象力渲染,敷衍铺成,最终形成叙事文本"。"在张大春看来,金宇澄的小说《繁花》正是充分掌握了谈吐的艺术,让谈话本身和保存记忆联系到一起,成为他文学上的本质,并渗透出一个不断能够渲染、增补原始文本的故事。""在金宇澄看来,越旧的东西可能越有价值,再发现的过程也许正包含文学生发的缘由。因此,他尝试搜集大量'鸳鸯蝴蝶派'的词句写入小说中,以这种'新瓶装旧酒'的形式进行一种构建,这些词句进入新的文章中,立刻呈现不同的样子。……但在金宇澄看来,中国小说传统虽是一个庞大,难以直接言说的体系,他也指出这个传统必然是与文言有关的。……文言文作为教养来谈,恐怕不像许多人所鄙夷的那样,是应该被抛弃、遗忘甚至于被消灭的腐朽,往深处看,文言文也还是一个透过高密度的语义载体,蕴藏着书写者不曾暴露或者不多自觉的新情怀,说得激进一点,不说文言文(不读文言文),你就丧失了一种开发自己情感的能力,多么可惜。"

15日 陈忠实的《从生活体验到生命体验》发表于《南方文坛》第5期。陈忠实说道:"我这次(写作《白鹿原》的过程——编者注)对语言的探求,就是由描写语言向叙述语言过渡。对叙述语言的喜爱和倾倒,也是由阅读中充分感受其魅力而发生的。一句凝练的形象准确的叙述,如果换成白描语言把它展开描写,可能要用五到十倍乃至更多的篇幅才能完成,而其内在的纯粹的文字魅力却不存在了。……我深切体会到叙述语言的难度,尤其很难用叙述语言从头至尾把一部几万字的小说写下来,总有几处露出描写的馅儿来。为了一种新的语言形态——形象化叙述——的追求，我写了几个短篇小说进行实验，为的是加深对这种语言的体会和把握。我又为纯粹的叙述里加入人物对话，意在把握对话的必要性，并对对话的内容再三斟酌和锤炼，以个性化的有内蕴的对话语言，给大段连接大段的叙述里增添一些变化，避免大段叙述语言阅读过程中可能产生的累。"

江宏的《"中国意识"的深层表达——兼谈华文小说〈合欢牡丹〉的艺术特征》发表于同期《南方文坛》。江宏写道："《合欢牡丹》以华文为书写载体，通过诗化的人物形象、隽永含蓄的意境及富于东方情韵的意象，创造出了一种自然清丽、诗画一体的艺术效果，不失为一部优秀的华文文学作品。然而，小说的意义远不止于此，它超越了文学创作本身对美的追求，体现了一个海外游子强烈的生存意志，体现了她在经历了强烈的文化挣扎后，对本民族文化以及华夏儿女这一身份的认同。这是她在异质文化环境中克服陌生感、不安全感，从而构建一个完全属于自己的心灵家园的努力。"

张晓琴的《"最后一个"，或世界性怀旧》发表于同期《南方文坛》。张晓琴认为："与国外在世纪末写'世界末日'的作家不同，中国作家常常受到一种传统中的'乡愁'意绪与感伤主义情结的支配，受到一种中国式的因果论与虚无观的影响，同时又渴望传统文明中的旧事物与人伦观得到传承和保护，这反过来又增加了他们面对这一切之时的矛盾与焦虑。""世界性怀旧的确是一个非常具有文化与美学意义的说法。它将道德与政治、社会与历史的种种意义，收拢在了一种更为广阔的诗意之中，使得作家在表达这一切的同时又消融和整合了它们，获得了一种超越性的文学形象。这当然也是文学本身的胜利。正是在这样的意义上，'最后一个'超越了他们自身的道德与历史意涵。"

17日 於可训的《长篇小说：立足本土，面向传统》发表于《光明日报》。於可训谈道："中国的长篇小说如果没有以儒佛道为中心的古代哲学，没有贯穿中国历史的'诗骚传统''史传传统'，丰富的神话传说和民间'说话'传统，包括现代的启蒙思想、革命文化所提供的思想资料和艺术支持，同样也是不可想象的。正因为如此，所以一个时期的长篇小说创作是否出现繁荣，取得重要成就，不仅仅取决于某些外在条件，更重要的是取决于其内在的文化支持。""虽然从20世纪40年代末开始,到五六十年代,因为受战争和毛泽东文艺思想影响,在文艺为大众服务的浪潮中,曾有过回归民族民间传统的趋势,'革命历史演义'和'新英雄传奇'创作盛极一时,但自新时期以来,因为对外开放和文学革新的影响,西方模式依旧强势。……20世纪90年代,一些作家开始有了新的觉悟。这种觉悟最先见于某些作家对八十年代的创作反省,而后发展到先锋作家的集体转向,由此也影响到一些新进作家的创作。……近二十年来,随着长篇创作在数量激增的同时,质量提升和艺术创新的呼声越来越高,一些作家已开始进行一些新的文体实验,萌生了一种新的艺术追求。这种文体实验和艺术追求,总的趋势和主要特点可以用如下八个字来概括:立足本土,面向传统。"首先是"应对全球化的本土意识"。"这场重建'人文精神'的讨论,是九十年代文学也是长篇小说创作特有的一种精神文化背景。……重建本土文化的自信,拯救本土文化的危机,使本土的文化资源,通过创造性转化,成为具有现代性的一种精神文化形式,就成了一种选择的必然。"其次是"面向'大传统'的文化视点"。"近期长篇作家本土意识的觉醒,长篇创作中本土化趋势的出现,是近三十年来长篇创作在经历了一个否定之否定的历史行程之后,从一个更高的意义上重新'回归传统'的表现。但这个'传统',已不是上述四十年代后单一的民间的'小传统',而是整个民族历史文化的'大传统'。……我这里所说的'大传统',是指一个社会包括上述全部二元结构在内的整体的文化传统,'小传统'则是指其中的一元或一个部分的文化传统。从这个角度来看近期长篇作家的本土意识和长篇创作的本土化趋势,有一个鲜明的特点,就是作家的文化视点是落在整个本土文化的'大传统'上面,而不仅仅是'民间的'或所谓'劳动人民''小传统'的一个方面。"再次是"化用本土资源的艺术取向"。"主张'打通'文史哲,回到中国古代'原始的"书"'的状态,是近期长篇小说文体创作的一个大胆的设想和尝试。……化用史书体例。……化用其他文史典籍。……化用笔记文体。"最后是"追求自由表达的写作目标"。"近30年来,中国文学在经历了一个不停顿地追逐西方新潮的历史之后,这些作家才逐渐意识到,回到本土立场,重视本土经验,取用本土资源,既不是追逐新潮,也不是重蹈覆辙,而是寻找与自身的'体量性情'相合的形式,以实现长篇创作表达的自由。……在中国现当代文学史上，这种'散文化'的长篇创作实验，虽无自觉的思想，明确的提倡，但或本于性情，或为风俗文化浸染，亦如草蛇灰线，一直潜行在'宏大''全景'叙事的夹缝之中。"於可训总结道："从这个意义上说，近期长篇创作回归中国文化著述的'大传统'，重视古代长篇创作的经验，从广义的'大散文'中汲取写作资源，既不失为一种矫弊纠偏之法，同时也是当代长篇小说文体革命、由'西化'回归本土的一条'必由之路'。"

20日 郭冰茹的《〈己卯年雨雪〉的小说技术与文体跨界》发表于《小说评论》第5期。郭冰茹认为："《己卯年雨雪》在人物形象塑造，情节结构布局，叙事时间转换等方面都显示出作家对小说文体的把控，同时也将文献实证材料与散文的抒情性融入小说创作，并使整部作品在氛围、气息、基调上协调一致，从而在小说的文体跨界方面做出了诸多有益的尝试。"

同日，熊育群、王雪瑛的《潜入历史的深海，抵达人性的深处——关于长篇小说〈己卯年雨雪〉的对话》发表于《小说评论》第5期。熊育群认同"小说是虚构的艺术"，但不认同"历史题材仅凭想象能够写好"，"收集资料与田野调查的过程首先还是对于真相的叩问与挖掘……其次也是思考与酝酿的过程，发现的过程"。关于"小说面对现实正在失去它的力量"的问题，熊育群说道："我尝试走一条虚构与非虚构结合的路子，那就是细节、大的事件、背景、环境力求真实，但人物与故事可以虚构，人物能够找到原型的我尽力寻找。"

於可训的《主持人的话》发表于同期《小说评论》。於可训认为："熊育群写抗日战争……把这还原架设在交战双方之间。这就不免要承担许多风险……所幸的是，熊育群的艺术处理恰到好处，且有充分的学理依据和充足的调查实证材料的保障。"小说"在敌与我的纠缠，杀戮与人性的撕扯，毁灭与救赎的抉择，情感与理智的拷问中，反思这场战争，追问这场战争的真相……从这个意义上说，熊育群的抗战题材的文学创作，是在传奇和还原叙事之外，开了一个新生面，也为当代战争文学的发展开启了一个新阶段。"

28日 王文静的《先锋写作的本土化和"再经典化"》发表于《文学报》。王文静认为："随着一些先锋作家的消隐，另一些坚持创作的作家，已经意识到了中国传统小说的叙述语态和笔调的回归已经迫在眉睫了，比如格非的《春尽江南》。刘建东的创作转向也表现出了这种自觉,他开始把藏在历史深处的寓言、架空了的时间坐标更换成当代事件和当下问题,不再满足于面向历史用寓言当作镜子来面对一些死亡问题和无效追问。"

十月

1日　李敬泽的《总体性与未知之域——在上海国际文学周"科幻文学的秘境"主论坛的发言》发表于《青年文学》第10期。李敬泽认为:"科幻文学不仅仅是关于线性时间上的对未来的想象,科幻文学说到底是以科学和技术的名义,对于人类生活更加广阔的可能性的设问、探讨,是理智和情感上的冒险。在这个意义上,我喜欢'疆域与地图'这样的说法。它把一个时间问题转化为一个空间问题,这个空间里,过去、现在和未来交错甚至循环,由此敞开关于人之为人、关于我们的生活和世界的各种各样的可能性,当然也是我们的思想和观念的各种各样的可能性。"

李伟长、宋嵩、房伟的《在现实的可能和未来的可能之间——科幻文学三人谈》发表于同期《青年文学》。房伟在《未来世界的持续忧思——评李宏伟的科幻小说〈国王与抒情诗〉》谈道:"除了乡土故事与都市男女情爱,我们其实还有更广阔的书写空间,而利用文学形式,为人类社会提供更多情感体验与可能性想象,这也是'中国经验'对世界的责任和义务。'中国故事'从来就不是自己的故事,而是一个'他者'与'自我'互为镜像的写作。作家对未来世界的想象,既是民族国家想象的一部分,也考验着一个作家能在多大程度上成为'经典作家'的潜质。它映衬与折射出了一个作家摆脱'他者'限定,展现'中国自我'心像的能力有多强。"

林为攀、郑润良的《与九〇后作家林为攀问答录》发表于同期《青年文学》。林为攀谈道:"小说应该是超越于现实的,再加上一点轻盈的诗意。"

同日,莫言的《故事沟通世界——莫言对话三十国汉学家》发表于《上海文学》第10期。莫言谈道:"我最早的短篇小说,多数都以个人的经历为素材,比如我亲身经历过的一件事情,里边有自己的影子,里边也有自己亲人的事迹,后来写得越来越多了,个人所经历的故事都写完之后,就需要作家开阔自己的视野,培养自己将别人的故事变成自己的故事的能力。而一旦具备了这种能力后,这个时候听到的故事,从报刊上看到的故事,甚至在出国旅游访问时所观察到的一些现象,都可以变成小说的,尤其是短篇小说的素材。一个作家要不断写作下去,最早所使用的资源肯定是跟个人经验有关,但是个人经验会很快就被耗尽,耗尽以后就需要作家不断地开扩生活面,以更加包容的眼光来看待各种各样的人和事,从而使自己的创作呈现出更加丰富多彩的现象。"莫言还谈道:"至于后来为什么小说越写越长,这一方面是一个作家在写作过程中感受到比较短的篇幅已经不能满足他叙事的强烈愿望。他感受到故事很大、故事里边涉及的人物很多,如果只有两三万字、五六万字的篇幅,故事没有讲完就要结束,所以他希望能够把这个故事讲得充分、讲得圆满,让每一个人物都在这个小说里面,比较充分地展示,这样小说的篇幅就越写越长。当然,有没有这种高手作家,可以用极短的篇幅来讲述一个庞大故事,表现一个漫长的历史过程、塑造众多的人物形象?我想这样的作家应该有,但是这样的小说我目前看到的确实比较少。因为不管怎么说,小说对作家来说,确实存在一种物质性的容量。它的长度也是它的容量。长度太短的话,不能把作家想要说的话全部说完。我想这就是后来我的小说越写越长的一个原因。"

20日 雷达的《小小说的容量与深度》发表于《文艺报》。雷达认为小小说"首先要懂得留白","立意要新颖",因此,"如何以简驭繁,化繁为简,是小小说成功的关键"。小小说的核心问题"仍然是塑造人物"。另外,"它的'象征性''隐喻性''片段性',这是任何好的小小说必备的品质,否则何谈'以小见大'"。

28日 刘新锁的《也谈网络文学的"中华性"》发表于《扬子江评论》第5期。刘新锁认为"夏文(夏烈的《是时候提出网络文学的"中华性"了》——编者注)所说的'中华性'真正具有现实附着可能的或许只有那些'古代神话、诗词歌赋、诸子百家、典章名物、闲情雅玩等中华审美元素'了"。因此,刘新锁注意到:"要更全面、深入地研究中国网络文学,要促使其更好更健康地发展,除了重视其'中华性'属性建构,我们同时还有必要关注其'中华性'之外的其他质素。"刘新锁以《将夜》为例来阐述这一话题,他认为:"《将夜》这部'中华性'

网络文学经典,也在通过人物形象塑造和故事情节隐喻'大国在成长和成熟中寻找自我意识、身份、位置'的同时,还暗含了'全世界文明的冲突'的象征意味,并在现代精神、人性等多重维度进行了较为深入的探索。这些都充分说明,对在全球化背景下发展壮大的中国网络文学而言,其'中华性'与'世界性''人类性'共存已成为现实,而且这种状态也有助于其良性成长。如果我们过度偏重、张扬其'中华性'而遮蔽、压抑其'世界性''人类性',过度强调'中华文化'的特殊性而忽视其'普遍性',倒有可能影响中国网络文学甚至是中华文化与人类文学、文化的互动共生和共同发展繁荣。"

阎连科的《20世纪文学写作:反讽——关于一种态度与立场的写作》发表于同期《扬子江评论》。阎连科说道:"20世纪文学中的反讽,超越了传统文学中的幽默、讽刺、夸张和在这些特性中的批判,它包含着作家对人与世界的无奈和冷喻,包含着一种绝望与告别,包含着毁掉一切而无视建立的破坏。从文学的骨子里去说,他是对世界的一种'冷',而非那种19世纪倡导的'爱'。——哪怕在作品中充满着世俗生活的热暖的韵味,而对世界,却是决绝的、寒凉的、心怀绝望的。"因此,"所有具有鲜明反讽意味的作品,都首先含带着作家对文学和文本本身的反叛和嘲弄,没有对文学自身的反叛,也就难以构成文学的巨大的反讽"。

十一月

1日 程振慧的《汪曾祺小说中民歌的表意功能》发表于《作家》第11期。程振慧指出:"汪曾祺小说中民歌的运用同样具有这样的叙事功能,同时又超出了单纯的叙事功能的需要,体现了汪曾祺在文体上的创造性。……《职业》作为一种小说形式本身便具有散文化的笔法特征,全篇没有一个中心人物,没有主要的情节贯穿始终,其中在各种民歌式的叫卖声中又融入了各地区的地理、饮食文化知识,创造出了他的'不今不古,不中不西'的众体兼备的文体,呈现出了汪曾祺独特的民族语言魅力。"另外,程振慧注意到:"汪曾祺小说中对于不同范式民歌的插入不仅仅有着民歌自身的审美价值,同时民歌参与了小说表义功能的建构,一方面将生活场景呈现出来,推动着小说叙事情节的发展,另一方面又把我们拉入特定的时代，烘托着一种时代的氛围，引起人们对于生存的思考。"

3日 二月河的《形象塑造费思量》发表于《人民日报》。二月河谈到创作历史题材小说时说："我以为最困难的也是最重要的是人物形象的立体化。……不但'历史题材'，其他题材作品也都是给当代人看的。……写出的小说如无形象，今人就必不肯买你的账！"因此，二月河说："在写小说时格外留心人物形象的确立，先定位他们的个性特征，然后安置他们在各个事件演进中的作用。"

同日，《人民文学》第11期有"卷首语"。编者写道："我们按捺着激动向读者朋友推荐陈彦的《主角》。这是一部富含营养的长篇小说。这部小说的历史身形和人物成长，茂盛于传承有序的扎实又坚韧的文化根脉之上。……性格、心理、对话和情节在自然而然的细节中交互呈现，难免的复杂和珍贵的单纯之间构成了情境和心志之间的巨大张力，这张力构成命运的弹性，让真切可感的情味、趣味和意味跃动起来，感染力十足，令人难以释卷。为人与立心、从艺与明志、历史与担承……从每个角度切入，都可以获得有滋有味的营养。'有营养'，对文学来说，是基本的又是严苛的要求，《主角》做到了，而且在用高妙的艺术完成度来给我们以文化和精神的营养方面，注定会给'中国故事'的长篇讲法留下属于它的诚恳的样式。"

6日 金仁顺的《骨感而又诗意》发表于《文艺报》。金仁顺认为："短篇小说是骨感的。有'骨'字打底，意味着短篇小说故事短则短矣，在内部结构上面却是完整、精到的，甚至经常超出读者预期的复式或多声部故事。"

9日 胡平的《小小说的洞察力》发表于《文学报》。胡平认为："申平的写作，致力于方寸之间构造艺术世界。他永远在捕捉生活中一种叫'形象'的东西，那些奇特精巧、五彩斑斓、沁出丰富意蕴的形象，他通过构想、生发和雕琢，把它们发展为故事，供读者欣赏、把玩、揣摩，领略到人生的各种况味。""申平是由形象进入故事的，故事由形象发展而来。他的故事多造成悬念，挑战想象，导致超人意料又使人信服的结局。喜欢听故事，乃人类之本性，善于讲故事，则是申平的本事，他的作品也由此为大众喜闻乐见。"

朱中原的《文体家、文学家与美文家》发表于同期《文学报》。朱中原认为："小说家的第一要务，我以为是要把地基打好，此外就是墙壁。地基就是语言，墙壁就是文体。……文学是要讲美感的，文学美来自意象美，意象美要靠文字和语言来完成，由文字语言组合而成一种具有独立风格并引领后世的文章体系，即是文体。""语言是文体的基础，文体是语言的灵魂。语言若只是断言片语，则不能形成体系，也就不能形成灵魂。如生活口语或地域方言，也有生动的语言，但不宜直接用于文学创作，若加以提炼或改造，则可成为好的文学语言，甚至开出一新文体。"朱中原还认为："文体家是文学家的集合和提升。中国历史上的文学家比比皆是，但并不是所有文学家都能称文体家，只有在文体上有较高造诣并能独领风骚者方可称文体家。……与西方文学不同，汉语文学相当一部分属韵文文学，甚至有汉语即有韵文，汉语之美即体现为韵律之美、音节之美。而汉语的这种音节美又是通过声调来体现的。……小说语言，尤其要讲究，讲究整齐之美和错落之美。整齐之美是古代韵文的特征，但整齐之中又要有错落感，这就是平仄的错落。而现代小说则是要追求长短错落的句式和高低起伏的音律节奏。这既是汲取古代韵文的特征，也是现代文学的新的开掘。总之，就是把整齐的句子散乱化、错落化。""汉语文体首先体现于汉语之美的构造。汉语之美的特征是简洁之美、音律之美和字义之美。简洁之美就是说，汉语中，一个字可表达多个意思，且具有不确定性。不确定性，恰恰是汉语之美的特质。而文学之美，恰恰就是要具有一种不确定性，或曰模糊性。"

10日　《十月》第6期有"卷首语"。编者写道："《轻功考》是个独特文本，一边是对自古以来有关轻功的文献做考证，一边是给'轻功研习会'成员的纪实。轻功的存在没有被最终证实，但痴迷轻功的那个独特小群体，每个人的生活和个性，都清晰地浮现在眼前。"

15日　陈浩文的《现实主义的皮相与网络文学的歧路——以〈蜗居〉为例》发表于《南方文坛》第6期。陈浩文认为："正是作者大众本位的价值立场和残酷的生活真相之间的错位，导致了小说中所有对人的生存方式的探索变成了：只要攀上权力关系，个人就能为自我梦想的实现打开一扇方便之门，才能通过奋斗达到成功的彼岸。人的一切行为在这个结果之中才是有意义的。……尽管六六在写现实，甚至对她所刻画的现实给出了一个合乎民间伦理道德规范的解释，但是，这种基于权力崇拜的、简单粗暴的是非观念不足以容纳现实所呈现的更为广阔的人生意义。"

17日 邓祯的《网络悬疑小说的文化书写》发表于《中国艺术报》。邓祯认为："'苗疆蛊事'系列小说以丰富的地域文化特色、离奇的剧情走向、曲折的人物历险经历和民间传说而闻名，作者以生动的语言叙述怪力乱神的惊奇探险，向世人展示一个光陆离奇的巫蛊世界，但溯源其小说的根脉依然生成于中国少数民族文化的滋养之下，孕育于传统文化的沃土，其思路题材莫不隐含着中国传统文学的文化基因。小佛在创作中善于汲取志怪小说中鬼怪、神仙、灵异等故事元素和道教、佛教等宗教观念，以志怪的审美情感及奇特的想象赋予巫神鬼怪以人性，并借助神怪的力量作为情节转化的契机，展开曲折生动的人与神怪关系的描写。"

20日 李树军的《陈忠实的小说语言与汉语现代化》发表于《小说评论》第6期。李树军认为："陈忠实小说的语言是汉语共同语现代化、规范化的结果，其语法上的欧化特点体现了汉语共同语现代化的趋势。陈忠实对小说语言也进行了积极的探索和尝试，其方言写作丰富了普通话的内容和语体……随着中国现代化进程的加剧和深化，其小说的历史意义和语言学意义也正在显现。"

於可训的《主持人的话》发表于同期《小说评论》。於可训认为："姚鄂梅的创作写了许许多多以各种方式追求各种理想的人物，但最后都未让他们到达真正理想的境界，而是让他们在追求理想的过程中，尽显理想与现实之间纠缠不清的复杂关系，和人对理想与现实暧昧不清的态度。从这个意义上说，姚鄂梅的创作无疑在二元对立的格局之外，为我们开辟了一个处理理想与现实的关系问题的一个新的思维向度。"

张炜的《我们为何而来》发表于同期《小说评论》。张炜谈道："正因为没有文字即没有一切，它是其他的前提，是工具和表相，所以语言艺术中的文字本身占有神秘的地位。文字组合成词汇，然后即是语言表达，是各种方式。工艺性的元素在这种表达和组合中是必不可少的，构成了一个基础。"同时"文字乃至于语言本身是具有繁衍力的，这种繁衍也会产生魅力甚至诗意，但它一定是非常有限的。这种因文字本身滋生出的诗意笼罩了写作者，渐渐还会上瘾。这种瘾性化为难以克服的惯性，使其丧失了直取本质的能力"，这是"语言对艺术的伤害"。张炜认为"真正的语言大师不是饶舌的人，他的主要特征是：言简意赅"。

本月

"'文学与影视：新课题、老话题'笔谈（一）"专题发表于《山花》第11期。该专题收录张颐武的《主持人语》、张颐武的《小说与电影：当下的"分"与"合"》等。

张颐武在《主持人语》中谈道："当前语境下，文学与影视之间的关系变得前所未有的复杂而纠结。其中，尤以'分'与'合'的错综关系最为引人注目：文学与影视在日趋融合的同时，也日趋分化。但学术界对此似乎并没有足够的认识，或者说在认识上还停留在新世纪之前。本着这样的理解，我们组织了这一期笔谈文章……这些文章虽然角度不一，立论不同，但有一个共同的特点，即都是立足新世纪以来的语境和'当下性'的立场，以此重新阐释文学和影视之间的关系。某种程度上，这既是一种'再阐释'，以使此前隐而不彰或潜在的现象及症候能被重新阐发，同时也是在还原这一命题同现实时代之间的互文关系。"

张颐武在《小说与电影：当下的"分"与"合"》中谈道："现在的问题是，在当下中国的文化语境之下，小说和电影的关系究竟如何？我们的关注点其实正是在当下情境中的小说和电影的纠结关系。这种关系其实是当下文化语境的变化所形成的新状况的表征。"张颐武认为，20世纪八九十年代，"电影和小说的'合'是其主流"，"这个'合'的趋势是建立在小说对电影的直接影响之上的"。"而到了九十年代中后期，中国文学开始了复杂的分化过程……电影和小说的'分'变成了主潮……电影在某种程度上不再需要小说提供观念和故事，而是在市场或电影本身的运作中寻求自身的发展，而小说也不再需要电影的支撑而寻求自身的发展。"在2010年之后，"文学界的'纯文学''类型文学'这两种纸质文学的分类已经十分明确。而'网络文学'的崛起则形成了与原有纸质文学完全不同的形态。这种发展构成小说和电影关系的深刻变化。形成了有'分'有'合'的景象"。"在当下，纯文学和电影呈现'分'的形态，而类型文学和网络文学则和电影呈现'合'的形态。……纯文学的受众是以文艺化的方式来理解'文学'，他们所期望的是小说的'抗改编性'，因此也就使得纯文学和电影的分化十分明显。类型文学和网络文学的受众对于自己所期望的作品的视听呈现都有期待，而急剧扩大的中产群体观众所支撑的庞大电影业，最终也构成网络文学、类型文学与电影'合'的走向基础。"

李险峰的《饱蘸浓墨绘就的赋情长卷——党益民长篇近作〈雪祭〉的艺术性及其他》发表于《中国作家》第11期。李险峰认为"党益民正是一个视讲好故事为小说艺术生命的作家，为了把故事讲好，使作品能够最大限度地满足不同接受群体的审美期待，他苦心经营，力求为故事安排一个最为合理的结构。……《雪祭》的结构艺术至少在三个方面值得品味。第一，石破天惊的开头。'万事开头难'，从形式上看，开头在小说的整个结构中处于最显眼位置，写好开头是讲好故事的前提。……《雪祭》的开头显然是符合这一理想境界的。第二，小说最前面未标序号的那部分可以说是整个故事的总纲，故事中的主要人物以ABCDE为姓名的替代符号一个个先后登场亮相，他们的生活现状和生命结局为故事的展开埋设了一根根伏线，读者只有小心翼翼地跨过一根又一根伏线方能理清故事的脉络……第三，《雪祭》借鉴了影视艺术的蒙太奇结构，通过一连串交替的'闪回'镜头……不仅通过'镜头'的切换强化了'画面'的新异感，使叙事的节奏张弛有致，缓解了读者的审美疲劳，焕发了读者的阅读兴致，而且，更为重要的是，这种结构不独是个简单的叙事策略问题，它通过对故事内容厚度的增加，把历史与现实相联结"。

十二月

1日　赵松的《小说的制幻与祛幻》发表于《青年文学》第12期。赵松认为："小说既不是为了反映日常现实而存在，也不是为了反映非日常现实而存在，如果它存在了，那只是因为它本身已成为一种'现实'——语言生成的现实。它不是过去时的，只能是正在进行时的，读的人打开它，开始读它，它就是正在发生的。作者所能调用的一切资源，都只能服从于这种'发生'的需要，它们必须消隐于这种'发生'的进程里，成为别的某种东西；但，只属于这一正在发生的世界里。在很大程度上，小说跟诗一样，是最接近语言本质的，是对世界存在的某种回应，而不是对世界的反映。"

同日，李洱、韩一杭的《写作如生命》发表于《上海文学》第12期。谈到写作，李洱认为，"概括地说，所有的写作处理的都是'词'与'物'的关系。你要找到一种语言、一种叙事方式，和那个'物'相对应"。

钱佳楠的《如何赋予人物生命？》发表于同期《上海文学》。钱佳楠表示："在我眼中，决定小说成败的关键不在主题或者艺术技法上的推陈出新，而正在于把人物写活。""作家在创作途中猛然发现，人物已经跳脱自己的如来佛掌不听使唤了，那恰好证明他们'活了'。"

3日 宝树的《科幻的文学性与世界建构》发表于《人民文学》第12期。宝树谈道："科幻（以及奇幻）小说讲述的是一个不同于现实的世界……因此，作者需要面对一个特殊的问题，即必须让读者在阅读过程中相信自己所创造的世界的真实性。需要塑造的首先是世界，然后才是故事、人物和其他。……而对以现实世界为基础的文学来说，就没有这样的问题，作者和读者已经共享了世界的真实性……可以直接进入情节推进和人物塑造。……幻想小说也不是对文学性要求降低，而是有自身特殊的文学要求：作者需要有足够的想象力和文学表达力去对超出日常经验的现象进行形象生动的刻画，去让读者有身临其境的惊叹。"

同期《人民文学》有"卷首语"。编者写道："《北归记》是典雅文本，作家的文字的韵味和文化修养来自伟大的中华传统美学；《北归记》是性情文本，作家的经历回味和历史感触源自生命的敏锐和心灵的朗润；《北归记》是智性文本，有通透的方位感，两代知识分子面临着大势之下的选择，浩荡奔流的江水载着他们辩论中的割舍、自视中的自省、对话中的希冀，学术与生活的日常已经显出非凡的律动，这一大势便是除旧布新。"

8日 张翎的《在异乡书写中国故事》发表于《人民日报》。张翎谈道："我狭隘地把'中国'一词定义为有形的国土和疆界，而忘了它同时也是一门语言、一种文化、一个传统、一串基因密码、一些与故土和童年相关的记忆、无数祖先留传给我们的还有眼睛和心灵带领我们亲历过的历史……于是，我找到了自己关于'中国故事'的诠释。……我的'中国故事'配方里一个必不可缺的元素，就是中国语言。……语言作为载体有时和被承载的内容一样重要，是一个视角、一种观察、一种情绪的表述出口。每一种语言本身都具备了与它赖以生存的文化土壤密切相关的机智幽默嘲讽隐喻双关，这些因素在另一种语言里失去了生存的根，失去了生命灵气，变得刻板呆蔫。"

11日 周志雄的《网络文学何以有效对接文学传统》发表于《光明日报》。周志雄谈道："网络文学受中国传统文化的滋养，应时代而生，主要吸收了古今中外通俗文学及影视、游戏、动漫等大众文化的经验。网络文学发展过程中出现的各种问题与不足，需要以传统文学为参照系，有效对接文学传统，与传统文学融合是中国网络文学提升内在品质、扩大世界影响力的出路。"

21日 本报记者傅小平的《莫言、陈思和：每个写作者都有自己的"民间"》发表于《文学报》。文中写道："以陈思和的理解，莫言的创作是对民间文化形态从不纯熟到纯熟、不自觉到自觉的开掘、探索和提升，无关从西方魔幻到中国传统的'撤退'，他作品中一切魔幻的变异的荒诞的因素，都与中国民间文化传统紧密关联。"

25日 格非、李洱、吕约的《现代写作与中国传统》发表于《文艺争鸣》第12期。格非说道："我认为我们有两个文学传统，一个是古典文学的传统，另一个是现代以来被鲁迅这一批人构成的传统。这两个传统是有联系的，古典文学的传统实际上是依靠后一个传统被反过来建构的，大家不要认为它是自然地发展的。""任何一种语言，成熟也好，不成熟也好，都能够产生伟大的作品。语言的成熟在某种意义上，与伟大作品的关联是相对的，而非那么绝对。"

陆楠楠的《文体创新与历史隐喻：评格非〈望春风〉》发表于同期《文艺争鸣》。陆楠楠认为，"《望春风》为我们提供的，是具有明显复调性的小说文体。从整体上来看，作品至少呈现出三个层面的多声部叙事。第一个层面是结构性的，小说每一章都采用了不同的文体。……第二个层面的多声部叙事则是贯穿小说细部的'互见''补足'性叙事所导致的。……小说中的重复性叙事安排（包括与之相应的省略性叙事）缜密而周详，不仅没有让读者丧失耐心，反而制造出悬念迭出、高潮迭起的效果。……第三个层面的多声部叙事则是叙事者'我'的深入介入导致的"

王干的《汪曾祺与传统》发表于同期《文艺争鸣》。王干注意到："汪曾祺是在传统文化的熏陶中成长起来的，但汪曾祺同时又是现代文学、外来文学、民间文学多种文化传统的丰饶的土壤里成长的，可以说汪曾祺是多种文化传统拼图的产物，是新旧、中外、古今文化交锋、交融之间的一个奇妙的结晶体。"王干认为"汪曾祺对传统文化的热爱不是'三纲五常''君君臣臣父父子子'的推崇，而是'超功利的率性自然的思想'，认为是'生活境界'，是'美的极至'"，并在小说里"传达中国文化的自信和温暖"。

王尧的《重读汪曾祺兼论当代文学相关问题》发表于《文艺争鸣》。王尧认为："鲁迅对小说传统的创造性转换，是汪曾祺小说回到传统的基础；在这基础上，中国古典散文中占重要位置的'无情节'的散文启发了汪曾祺的小说创作；介于散文和小说之间的笔记体因而与汪曾祺的小说有着更为密切的文化血缘关系；文章之美的特征不仅存在于汪曾祺的散文之中，也是汪曾祺小说的审美特征。……汪曾祺说《钓人的孩子》《职业》《求雨》等有散文诗的味道，'味道'其实是'氛围'的另一种表述。汪曾祺小说的'抒情'就在这气氛之中。当汪曾祺以'记忆'的书写展开叙述时，个人的感情、情绪以及人格特质更有助于'气氛'的营造。"

解志熙的《乡土中国的文学纪传——〈望春风〉漫谈》发表于同期《文艺争鸣》。解志熙认为："《望春风》就同时展现了格非在叙事艺术上的延续与新变。所谓延续的一面是格非老早就擅长的，即取法于西方现代派与后现代派文学、善于通过变幻莫测的叙事技巧和迷离惝恍的悬疑情节来暗示人生的不确定性和暧昧性，这一面在《望春风》里仍有余续，所以作品中其实暗含着贯穿始终的悬疑性故事，显示出高度精微的叙事能耐；所谓新变的一面即是对中国古典史著'纪传'传统的创造性化用，写人物乃'纪''传'并用且互见互文，构成了颇具规模的写人阵列，这使《望春风》呈现出自然老到而且井然有序的新古典风貌。"

28 日 王安忆、苏伟贞的《王安忆访谈》发表于《扬子江评论》第 6 期。

王安忆认为:"小说就是讲故事,但这故事和街头巷尾的闲谈不同,闲谈是常识,小说则是超于常识,这就是小说的价值,是五四以来,中国小说从西方启蒙运动中汲取的养料,使我们的小说,本质上区别于来自中国传统的晚清民初、鸳鸯蝴蝶派一类的叙事。至于如何叙事,我以为关键是两点,一是写什么,二是怎么写——事情似乎回到元初,变得简单,只是更加挑剔。在'写什么'上,能够进入我笔下的似乎越来越少。'怎么写'上,也比以前顾虑更多,不容易对自己满意,主要体现在文字。"

阎连科的《20世纪文学写作:地域守根——现代写作中的母地性复古》发表于同期《扬子江评论》。阎连科谈道:"对于求根、守根的作家言,一切'复古'的回归与求守,都是从他那最独特的一片母地开始的。没有这一片属于他的母地的存在,也就没有他的全部的写作,没有他文学的生命,没有他的被视为伟大的作品。……当然,母地写作的文学意义,决然不会仅仅是母地物景的一味展示。而真正可以让母地文学成为世界文学中伟大一族的,是母地文学中所展示的母地文化。"

2018 年

一月

1日　阿成的《小说的智慧》发表于《长江文艺》第2期。阿成指出："我历来认为，小说是一种智慧。谈到智慧，我们应当给智慧下一个定义，特别是在小说当中，即小说的智慧是什么。除了基础知识，如结构，语言，悬念，等等，最重要的就是真诚。这就是小说的智慧。在小说当中，真诚就是一种智慧。"

同日，董夏青青、项静的《在时代巨大的甲板上——关于巴别尔的〈敖德萨故事〉及其他》发表于《青年文学》第1期。董夏青青谈道："巴别尔的志向不在于讲一个溜光水滑的'故事'，那暗含着一种叙事上的虚荣心，一种企图'获取历史结论'的危险。"

同日，程光炜的《青年人的小说》发表于《上海文学》第1期。程光炜谈道："她（文珍——编者注）写的似乎可叫'现代诗化小说'，不是沈从文那种田园牧歌式的，而是城市水泥森林夹缝里的。她对现代都市的物质的东西比较迟钝，这种诗化来自她的心灵，来自诗人的敏锐，来自语感的新鲜。……这是文珍小说的独特之处。"

同日，"文学：我的主张（续三）"专题发表于《钟山》第1期。该专题收录2017年10月《钟山》举办的"第四届全国青年作家笔会"中参会者的发言。参会作家有王苏辛、毕亮、向迅、庄凌、陈志炜、林森、郑在欢、索耳、秦汝璧、唐诗云等。

王苏辛在其发言《不能把自己清洗一遍的小说不值得写》中谈道："如果真的有'主流审美'，那么'不写不能把自己清洗一遍的小说'，就是我心中的'主流审美'。"

毕亮在其发言《造梦的人》中谈到对短篇小说艺术的理解："结构于简单之中透着复杂，语言暧昧、多解、指向不明，人物关系若即若离，充满紧张感和神经质式的爆发力。"

向迅在其发言《我为什么写作》中谈道："我们能够做的，就是记录下生活于那块巴掌大的土地上的人们的故事。"

庄凌在其发言《文学的个性与担当》中提出："'90后'的个性不应该只架空在自我娱乐与炫酷中，我们也要承担起对社会对时代的责任，而我们的文学也应该在自我与时代的交融中开花。"

陈志炜在其发言《最大的主张，是总有事物先于我的主张》中表示："对我来说，最大的文学母题便是反对自己。"

林森在其发言《重建一种文学的问题意识》中提到："即使完全是对自我内心情绪的书写，也不能缺乏对这个时代的思考，也不能少了一种对现实关注的问题意识——只有有根的情绪流动，才是值得阅读者相信的。"

郑在欢在其发言《让路过的人都停下来》中认为，"小说就是借着给你讲故事的名义'扯点别的'"，"小说无处不在，当一个人开始说，那小说就开始了，有人停下来听，小说就成功了"。

索耳在其发言中就"小说的内在层面"论述了"装置艺术"。索耳指出："自由飞翔的鸽子不是装置艺术，但放在笼子里，这可能就是装置艺术了。我想要构建的，就是这样一个把美关在笼子里的逻辑。"

秦汝璧在其发言中提到："无论是创作幻想的还是叙写的人生，我想都是这样子的罢，写的都是情意，也是因为自己的情意使然。"

唐诗云在其发言《文学，让我学会原谅生活》中提到："或许小说在刚开始问世的时候就给自己做了很好的定义：就是小小地说一下而已。只是为了让自己开心愉悦，或者只是为了让自己不再忧伤。"

同日，贺颖的《"微光"沐照下的炼金者——虞燕短篇小说中的卡佛传统》发表于《作品》第1期。贺颖认为，虞燕的小说"不可思议地弥散出卡佛的神韵与气息，无论是主题的设置、立意的探索、表达的'平静与面无表情'、技术上的圆熟从容等等，虞燕的作品无不准确而自由地传递着卡佛那些'表面的平静，主题的普通，面无表情的叙事者和面无表情的叙事，故事的无足轻重以及想不清楚的人物'，并同样呈现出'极简主义'这种化有于无的对庸常生活中最为琐细的生活细节的精准把握与表达"。

2日　石一枫的《史诗就在身边眼前》（《借命而生》创作谈——编者注）发表于《小说选刊》第1期。石一枫认为："我所最善于书写的那个时代，也即中国改革开放之后的时代已经足够漫长和丰富，它天然呈现了一段起伏跌宕的历史。"

3日　毕飞宇的《屹立在三角平衡点上的小说教材：〈包法利夫人〉——在浙江大学的演讲》发表于《人民文学》第1期。毕飞宇认为"在小说里头，人物的关系出来了，人物也就出来了。所以，对小说而言，所谓塑造人物，说白了就是描写人物的关系……在小说里，人物的塑造是互动的"。毕飞宇还谈道："什么是性格？性格就是区间，性格就是范畴。……只有有了这个区间，'这一个'才是'这一个'，而不是'那一个'。小说为什么不好写呢，这是因为，关于性格，小说是一个矛盾体：一方面，它要求小说的人物更丰富、更立体；另一方面，人物的性格又不能走样，不能游离，必须在一个区间里头，在某些地方，它有它的大坝。这就是小说的难，或者说，难点之一。"

同期《人民文学》有"卷首语"。编者写道："现实题材的创作，就是要诚心诚意进入现实的内部，并以文学的审美样式和规律呈现现实的生动和丰繁。长篇小说《天黑得很慢》，倾心于老龄难题和老境体察，让我们从中体会人生终点前的种种情状。……在小说中渐渐汇聚为情和义，在平常人不平静的心中无限重叠，温度、道德、筋骨都活化在小说里，社会治理的问题渗透到了皱深处，人文关怀的广角使得以前并未足够凝视过的老年护理人群有了被表达的机缘。"

5日　汤天勇、毕亮的《毕亮：做一个有"负担"的作家——八〇后作家访谈录之七》发表于《芳草》第1期。谈到好小说应该具备哪些标准，毕亮说："在我的理解来看，好小说应该与想象力亲切相依，接地气、又灵动，能够飞翔。我追求的短篇小说叙述的艺术效果，说在不说之中，言无不尽，叙述上具有不确定性，暧昧而迷幻。"

周新民、叶弥的《叶弥：我崇尚朴素喜爱自然——六〇后作家访谈录之三十一》发表于同期《芳草》。叶弥谈道:"我从小读到的中国古典小说,《红楼梦》《水浒》《西游记》……即使写紧张的事情,也是不露紧张的痕迹,不会声嘶力竭,不会直截了当。这个就是东方小说的美,从容的美。朴素是很难得的,朴素是做减法。我现在写小说,力求朴素的意境。"谈到现代小说中的传统古典文化时,叶弥认为:"古典因素一直存在于我们的生活,尤其在苏州,园林和寺庙到处可见。任何行为都无法消除中国人对风花雪月的爱慕,对采菊东篱的向往。古典因素不仅是一种美学,同时还是一剂治疗焦虑和紧张的良药。文学艺术大量地使用它,是时代的必然,也是写作者本身的需要。但是我们不能仅仅依赖于靠古典因素治疗现代病,时间无法倒退,我们必须有发现现代生活美的眼睛,这样才能真正抵抗现代生活带来的种种弊端。"

同日,何平、阿拉提·阿斯木的《访谈:"我最心疼人把自己弄脏了"》发表于《花城》第1期。阿拉提·阿斯木指出:"小说语言是一种活态的血脉语言,人心和人性是他们隐秘和高贵的王国。在不同民族的小说语言里,隐藏着非常温暖、私密和陌生的词语。一些动词有的时候是'骑墙派',它们本是硬朗家族的一员,却隐藏在暗处,戏子一样变脸。一些形容词咬不住自己的底线,几块发霉的冰糖,就能使它们就范。在我的小说语言里,如果我用汉语创作,也有维吾尔语中非常清丽慷慨新鲜挠心培养正思维的词语,我非常高兴能和它们交朋友,更多的时候我在它们的肌体里,巧妙地注入了汉语词语里精彩绝妙的遐想和意志。我自己的感觉是,这种语言像摇摇晃晃的酒人或是神志不清的卦人。但实际上,这是双语的启示和构建。语言的法则是永恒的吗?曹雪芹时代的'且听下回分解'今何在?在网络时代,古汉语和古维吾尔语的语法逻辑何在?当今网络语言的心理基础是什么?在语言的搭配上,我们可以做一些狂妄愚昧的尝试吗?在讯息时代,双语小说的语言和我们原有的小说语言,应该有什么样的区别呢?好肉好酒都用完了,我们能不能破格酩酊一下?我只是心疼方块字和维吾尔文,年年岁岁,名词站不到动词的位置上,副词和连词永远是乖孩子,形容词一不小心就招摇过市。旅游时代,让它们动一动行不行?我觉得这两种语言词汇都太累了,让萧瑟秋风也春暖花开一下,不行吗?……在双语写作的过程中,我们能不能给这两种说法找一种中性的东西呢?不要完全地破坏它,寻找一种亲切的表述,让双语小说语言在温馨中包含原味,在野味里透露现代性,在两种语言的碰撞和拥抱里,派生出类似花椒胡椒皮牙子(洋葱)似的文体呢?我一个探索是,想让两种语言碰一下,让它们彼此适应,看哪些方面能贴在一起、黏在一起,能不能派生出一种新鲜的、刺激感官的转基因语言。另一种无聊和捣蛋是,我总想弄明白藏在那些静止的事务中不能言语的精灵天地。这不是好奇心,我总觉得每一片枯叶也有它们隐藏的黄金世界,我想溜进它们的王国里窥视一下,于是我的语言往往站错位置,炫耀自己的陌生。"

8日 陆天明的《在守望中前行》发表于《文艺报》。陆天明谈道:"作品中既要有作家的独立思考,有强烈独特的自我个性色彩,又要呈现传统现实主义创作的强大魅力;既要保持文学的独立品格又要充分顾及广大民众的阅读和审美需求,也就是既要深刻独到,也要好读好看。"

10日 《十月》第1期有"卷首语"。编者写道:"莫言终于又以新的文本进入广大读者的视野。本期呈献给大家的一篇小说和三首诗歌是他的最新作品。小说《等待摩西》保持了莫言惯常的叙述语调,第一人称、生动、幽默,只是更显平静,过程的放松与结尾的节制传递了复杂的人生况味。"

肖江虹的《可以简单,但绝不能简陋》发表于同期《十月》。肖江虹认为:"真切会让小说的艺术感衰减,会磨损小说的质地,会造成作家对小说空间感的迷失。因为好的作家一定要学会讲述别人的故事。"

同日,徐兆寿的《为自己,也为众生写作——长篇小说〈鸠摩罗什〉创作谈》发表于《中国艺术报》。徐兆寿谈《鸠摩罗什》的创作:"我试图还想写佛教对于今日之中国和世界还有什么重要意义。也就是想回答一个问题,我们今天还需要佛教吗?"

11日 叶临之的《小说的秘密隧道》发表于《文学报》。叶临之写道:"优秀的小说艺术提炼出一个名词:隧道,小说的通道。叙事中的秘密,好像经历了长久的压抑和黑暗后的迅速推进,选择了爆发或者曲折揭秘,通道后的光明自然值得期待。对于它的作用,客观上方便小说的叙事和旨意,聚合起了那点作者孜孜以求的光。它存在小说的开头,也存在小说的中间,甚至有可能存在小说的后段,灵活运用小说的通道,往往有黑暗的房间被一盏灯点亮的效果。

通道的作用，点破叙事中的山峦，聚集那一地的玻璃碎片，但如果仅仅将散落一地的玻璃碎片变成光，小说将远远不够，将情节和文字经过艺术加工，成为散余的光，摇身一变，还应该把散射的光聚合起来，成为内心最大的光学仪器。小说家应该表现得像最吝啬的欧也妮·葛朗台，或者雄心勃勃的亚历山大大帝：两种最经典的小说结构中，为达到理想的彼岸，有时，小说的通道在小说开始时就铺设，这是必要的，节省笔墨的，对于小说的成功，非常重要。"

12日 李伟长的《寻找理想的短篇小说》发表于《文艺报》。李伟长认为："一篇作品，或者一个写作者是否足够好，有没有建立起清晰的自我，就可以成为被谈论的关键问题。相对来说，主题性短篇小说集在显示确定的现实观念，具有一定的结构性优势，小说家有足够的时空可以腾挪，不断夯实。"李伟长继而指出："张怡微的《樱桃青衣》、赵松的《积木书》、刘汀的《中国奇谭》、阿丁的《厌作人间语》和李云雷的《再见，牛魔王》这5部短篇小说集，都可归入主题小说集这一范畴。能构成主题性的关键条件，就在于小说家对作品的自我判断，即对自我的辨析，确认通过文本得以最终建立。这取决于一个小说家长久持续的练习，也源于小说家对自身的认知，对世界和生活的观念，当然还包括对自己局限的清醒认识。"

徐勇的《中篇小说如何解决"同时代性"问题》发表于同期《文艺报》。徐勇指出："现实主义传统和现实题材仍旧是中篇小说创作的主声部，这是近几年来小说创作的总体情况。其很大程度上决定了对这些作品的评价是以反映内容题材的新颖、拓展的深入，以及思考的深邃或构思的奇巧与否作为标准。简言之，这仍是以现实的表象为其问题之核心的。""就现实的表象而言，'同时代性'问题，其实也就是如何处理实与虚的叙事问题，或者说卡尔维诺所说的'轻与重'的关系问题。对于今天的小说创作而言，这是一个不可回避的问题。"徐勇总结道："小说要想获得轻灵和飘逸的风格，必须要对现实生活实行某种程度的扭转或保持以'审美的批判'态度。……它是以一种批判的和审美的姿态去拥抱现实，并始终针对现实的有距离的审视的结合。简言之，就是在拥抱现实的同时，转过身去。只有这样才能完成从'重'向'轻'的转化。这样的文学，某种程度上也是有力度、有厚度且有温度的文学，也就是说，是好的文学。"

15日 张春燕的《〈太阳深处的火焰〉：返归大地的救赎》发表于《南方文坛》第1期。张春燕认为："红柯《太阳深处的火焰》具有辽阔繁复的语义空间和山河浩荡的结构体式。这部小说拥有不凡的样貌和气度。这是神话、民族史诗、《史记》与《红楼梦》传统的现代实践：它的史性追求和宇宙意识、大地哲学和寓言书写、诗性审美和奇诡冲动，都在历史、现实和想象交织并行的空间中呈现，是一部笔意纵横的'聚魂之作'。"

20日 朴婕、葛亮的《变动不居，而又源远流长——访谈录》发表于《小说评论》第1期。谈到自己的故乡，葛亮坦言道："'南京'代表着我写作的内在肌理，也就是它不仅仅是我写作的题材，它也代表着我的文字审美、我的史观，代表着我如何去考察历史现场的因由，涵盖很多层面。"

张清华的《主持人语》发表于同期《小说评论》。张清华认为有必要更加重视莫言《食草家族》的意义："今天再来读《食草家族》，我们依然会被它那生动蓬勃、辉煌亮丽的想像所打动，在它那充溢着结实绵密的质感同时又不乏形而上思考的气息中流连忘返。它通过神话传说、秘闻奇事、家族溯源等种种神异世相，准确地、清晰地、也是深刻地指证着现实和历史，在那些已经被意识形态残骸和现实主义实利观念磨蚀得模糊漫漶的地方，重新浮现出了往昔的雕刻，和人类曾经有过的天真瑰丽的童年。"

张炜的《所谓"秘档"》发表于同期《小说评论》。张炜谈道："一些极有创造力的作家好像的确喜爱一个不太大的空间，这个空间是地理和物理意义上的，也维系着精神状态。……深入而细致的注视和观察，丰富而没有固定模式的联想和缔造，是他占据一个小空间的结果。"

26日 冯辉的《中国小说艺术传统在当代的独特实践——读冯骥才小说集〈俗世奇人〉》发表于《中国艺术报》。冯辉认为："反观这40年来的中国小说，如果从文学观念和小说文体走向角度来看，大体呈现出三大路径（或形态）：中西融合型、现代国际型和中国传统型。……事实上这三种形态之间程度不同、深浅各异的互渗情况是存在的。……从20世纪80年代末到整个90年代，中国的青年小说家们在进入中年的同时，在文学观念和小说文体走向上似乎也进入自觉调适、走向成熟阶段，其表现是：正视中外文学传统，尤其是中国美学精神、中国文学中的艺术特质，这种变化事实形成了当代小说写作前行的路向，深刻而持久地影响着新世纪的中国小说。一大批代表着中国文学水准的小说家正是在这种变化中成熟的，而冯骥才就是其中的标志性人物。""冯骥才及其小说创作具有特别的典型意义：如果说他20世纪80年代的创作在小说文体上较多地呈现中西融合形态的话，那么他的《俗世奇人》这部历经二十余年创作的小小说集则最全面、最鲜明地体现着优秀的中国小说传统。"

从意象创造的角度，冯辉指出："中国短篇小说作为较早独立起来的一种艺术文体，可以说文脉丰厚、行稳致远。这样的文脉，就决定了中国篇小说文体的民族性特质：内容上的民间性、传奇性和形式上的写意性、通俗性。《俗世奇人》的写作，可以说是中国短篇小说（含小小说）艺术传统在当代得以最充分发扬光大的文本。其中最显著的艺术成就在于冯骥才将中国艺术美学中的意象创造——那种'神用象通''拟容取心''以一当十'的艺术方法发挥得淋漓尽致、出神入化。毫无疑问，《俗世奇人》所塑造出的一系列人物形象，将作为当代小说中极其出彩的典型人物进入中国文学长廊。这是一种创造性的意象。这种创造性不仅体现在作家出色地写出了在特定历史、特定地域的风土民俗、特定生存环境中性格各异的'俗世奇人'，更重要的乃在于作家笔下的这些人物尽管生存处境不同、性格迥异，但无不凸显出各自独立、自觉而且坚定的人格建构。……种种不同的人格建构作为一种生命文化，作为一种文化性格、文化心理与文化精神，它们均具有极强的坚韧性和超越性意义：作为精神文化形态的人格建构能够超越历史时空、超越地域、超越人的文化背景和生存状态而具备恒久意义。——冯骥才意象创造的当代性由此产生。"

二月

1日　李壮的《从"震惊"到"震颤"——有关〈白鹤〉的形式及内蕴》发表于《青年文学》第2期。李壮认为："现代小说中，有两种叙事结构方式相对比较常见。一种是借助强劲而清晰的故事逻辑来整合经验：围绕一条戏剧性的冲突或悬疑线索，越来越多的人与事被吸附、卷入并展示出来；当故事发展到合适的时机，蓄积的张力便被引爆，释放能量的同时实现形式的完成。另一种写法，则类似于'曲终人不见，江上数峰青'：情节和节奏罕有起伏，物象、对话、动作等细节以波纹甚至回声的方式铺展扩散；而在经验的堆积或情绪的营构达到一定程度之后，小说便以意象或言辞（当然是铺垫已久）的方式，收束于某种意味深长，却又难以言明的启示（或者情韵）。"

2日 陈彦的《用浓烈的生命体验浇筑创作》发表于《文艺报》。陈彦谈道："中国的土地，也应该生长出适合中国人阅读欣赏的文学来。从这个意义上讲，《红楼梦》的创作技巧永远值得中国作家研究借鉴。松松软软、汤汤水水、黏黏糊糊，丁头拐脑，似乎才更像我理解的小说风貌。"

同日，张庆国、严歌苓的访谈《〈芳华〉：小说与电影的思考》发表于《小说选刊》第2期。严歌苓认为："好的语言，首先它不是特别漂亮的，但要非常传神达意，有的语言可能看上去华美，也可以，无所谓，有的看起来非常质朴。"

3日 贾平凹的《〈山本〉后记》发表于《人民文学》第2期。贾平凹指出："《山本》里没有包装，也没有面具，一只手表的背面故意暴露着那些转动的齿轮，我写的不管是非功过，只是我知道了我骨子里的胆怯、慌张、恐惧、无奈和一颗脆弱的心。"

6日 李云雷的《新时代文学"新"在哪里》发表于《人民日报》。李云雷认为："新时代赋予文学以新使命，也带来新问题，需要文学去面对与解决。我们正走在前人所没有走过的道路上，面对中华民族伟大复兴、社会主义市场经济、媒体数字化移动化、大数据人工智能等中国历史乃至人类历史上的新事物，我们正在创造新的历史。在这个充满无限可能性的世界，'新时代文学'既要充分汲取历史经验，又要勇于面对新问题、新现实、新经验，以开阔胸怀讲述新的中国故事，凝聚中国人思想、情感与心灵世界，将中国经验熔铸为具有普遍意义的经典，唯有如此，方能不负使命。"

13日 雷达的《传统大树上绽放的一朵新花——评长篇小说〈金谷银山〉》发表于《光明日报》。雷达指出："关仁山是一个受传统影响很深的作家，在风格上、语言上、构思上非常贴近传统。""关仁山对外在形式并不特别用心，他主要还是从作品的内部层面，从精神生活的内里来用力的。他的作品有浓厚的'十七年文学'的气息和味道。""《金谷银山》既有'山药蛋'的幽默，又有'荷花淀'的清新。但关仁山并非一个匍匐于传统的作家。他是有根的，是有'背景'的，他还有所创新，在传统基地上开出了鲜花。关仁山携带着传统的重负，同时又是一个与时俱进、紧追时代的作家。他的作品既接地气，又传递着大量的新鲜信息。整个作品洋溢着土气息、泥滋味。""《金谷银山》也是有缺点的。这个作品写了很多新东西，但是这些新东西大部分还没有从新事件转化为精神的裂变和痛苦，或者说在深度上挖掘得还不够。"

22日 黄孝阳的《什么是现实，什么是当代小说》发表于《文学报》。黄孝阳认为："我们今天所面临的，是一个由工具理性建构起来的现实，大数据时代等概念都是它的投影，那个不断循环的古典家园已然消失。""我们的文学在这个母体或者说矩阵已被置换的今天，又该如何发言，什么样的主题，什么样的范式，即我们能不能找到属于我们今天的唐诗宋词，不是老祖宗的，不是'五四'一代人的，而是真真切切属于当代中国人的观念与修辞，这就对写作者提出了新的要求。"

《文学艺术就是把实用的变成不实用的——贾平凹、朱中原文学语言对话录》发表于同期《文学报》。贾平凹认为："能准确表达出此时此地的情绪的语言就是好语言。要表达情绪，一个主要的手段就是节奏问题，语言、语句好不好，主要是节奏问题。语言和身体有直接关系，语言为什么要用逗号、句号、问号、叹号等等之类，它是与人的呼吸有直接关系的……写文章的时候，就自然而然地具有这种节奏，可以把文学语言搭配得更生活化、口语化和富于节奏变化。"

23日 梁晓声的《书写城市的平民子弟》发表于《文艺报》。梁晓声表示："小说家应该成为时代的文学性的书记员，这是我的文学理念之一。"梁晓声说："我就想写一部年代跨度较长的小说，尽可能广泛地通过人物关系描绘各阶层之间的亲疏冷暖，从民间角度反映中国近50年来的发展图景。……创作《人世间》，就是想将近50年来中国社会的发展变化直观地告诉人们。只有从那个年代梳理过来，才能理解中国社会的发展变化。……在120万字的《人世间》中，一些内容是其他小说中不常见的，一些人物是文学画廊中少有的，一些生活片段也不是仅靠创作经验编出来的。"

喻向午的《"叙述圈套"的转型与新生》发表于同期《文艺报》。喻向午认为："传统现实主义小说的叙述是以线性的时间线索和具体事件的逻辑关系推进为依据的。'叙述圈套'则打破了时间上的连贯性和空间上的完整性，对叙述技巧的关注更加钟情。先锋小说总体上是以形式和叙述方式为主要目标的探索倾向，将叙述上升到了至关重要的地位，在特定的语境下，关于小说思想意义的讨论一度受到冷落。""我们所处的网络时代，微信、微博等等社交媒体兴起，社会生活都已经文本化。如何对抗文本的概念化，如何更好地向读者传达小说家的社会认知和精神高度，如何契合知识结构更加优化、对文学作品的审美眼光不断提高的读者的阅读期待，成为小说家需要解决的当务之急。在这个背景下，重提小说的叙述技巧，重提先锋小说盛行时期探讨的'怎么写'的话题，同样具有重要的现实意义。'叙述圈套'重新找到了被探讨的空间。完全可以将小说家在叙述技巧上取得的最新成果定义为当下小说创作的'叙述圈套'。"

赵振杰的《虚拟现实世界中的"超文本"叙事》（评王十月的《子世界》——编者注）发表于同期《文艺报》。赵振杰认为："王十月的《子世界》是一篇带有硬科幻色彩的作品。……在硬科幻外壳的包裹下，小说的内核始终是追问那个亘古永恒的哲学命题——我是谁，我从哪里来，我要到哪里去？""剥去科幻小说的外衣，其实《子世界》还存在着另一重写作维度，即勘探小说文本的叙事边界与可能性。王十月巧妙地将VR艺术特征融入到文学创作之中，从而为小说文本建构了双重叙事时空：一个是今我和如是所在的'现实世界'，另一个是艾杰尼、瑞秋和奥克土博所在的'科幻世界'。这两个世界彼此交汇，互为因果。……在这一充满了交互性的'超文本'叙事之中，文学创作的边界变得暧昧含混，真实虚拟、主动被动、开始结束、存在虚无、灵魂肉身、生存毁灭……一切均是未知，一切皆有可能。"

26日 郑润良的《叙事迷宫与"当代小说"的意蕴——读黄孝阳〈众生：迷宫〉》发表于《文艺报》。郑润良认为："自20世纪80年代马原的'叙述圈套'风行一时之后，先锋派在20世纪90年代经历了一次整体性的转向，原有的对文学形式的探求冲动不再，先锋派也日渐分崩离析。……大部分'70后'作家都选择了在文本形式上更为贴近普通读者的路径，而黄孝阳、李浩等人则继续开拓当代文学新的路径。黄孝阳以他的众生系列作品表明了他对先锋文学的忠诚。从提出'量子文学观'到'当代小说',黄孝阳一直在摸索和探求一种有别于主流小说模式的小说样式。……从形式上看,这部长篇(《众生:迷宫》——编者注)是由一部中篇(关于怪婴的寻父之旅)与 123 个超短篇小说组合而成,这 123 个语词及故事可以按顺序阅读,也可以选择任意一个词语直接进入,就像一个叙述的万花筒,每次进入的路径不同,得到的景观也不一样。123 个语词,可以任意组合,编织成包含世情、悬疑、科幻等元素的小说。这是一种取消景深的'后现代'文本景观,是一次奇思妙想的文学旅行。当然,正如《众生:设计师》《众生:迷宫》对显性叙述者'中国人'的身份认定所喻示的,黄孝阳对小说形式的极致追求,对'当代小说'的追求,并没有脱离现实的土壤。《众生:迷宫》游走于科幻与历史、现实与梦境之间,并没有放弃它的人文关切。小说中瘦男人、青年民工、姥爷的故事等都折射了这个时代底层人群存在的真实面影,只不过这种叙述不再以完整、线性的方式呈现,黄孝阳宁可在叙述与想象的狂欢中偶尔让我们窥见时代的一角峥嵘。"

27 日 关仁山的《离开人民的创作一定会枯萎》发表于《人民日报》。关仁山认为:"深入生活,扎根人民,以充沛的感情积极拥抱现实生活。有了深厚的生活积累,对时代生活进行了充分认知、理解和提炼,才能讲好中国故事,书写中国经验。这样几个维度不容忽视:一是弘扬中华优秀传统文化;二是对本土性的准确阐释;三是重视中国美学神韵,而传统意蕴和神韵多源于优秀传统文化;四是发展中的中国社会的经验积累。"

28 日 孟繁华的《我们的文学传统与世界性——近年来中国文学创作的价值取向及其问题》发表于《扬子江评论》第 1 期。孟繁华认为:"传统文化应该是一个不断构建、不断丰富的文化。如果是这样的话,那么它应该包括中国本土文化、二十世纪新文化运动以来创造的现代文化以及西方介绍到中国的优秀文化。这三种文化的合流构成了我们所说的'传统文化'。这是我们对'传统文化'的一个基本认识和理解。"

在"文化自觉与文学传统"方面,孟繁华指出:"费孝通先生的'文化自觉'说,对我们理解传统文化、创造新文化,有极大的启发性。对中国新文学来说,从诞生的那天起，它的本土性与世界性就是并存的。""'中国'不仅仅是一个现代民族国家，它同时也是一个'历史时间'概念。或者说，从先秦开始，特别是晚清以降，'中国'的形象正是在不断变化中被塑造出来。就像传统是不断发展变化、不断被丰富的情况一样。""现实主义文学的活力"方面，孟繁华认为："近年来，小说用现实主义的方法表达普通人，特别是底层人生活方面，取得了令人瞩目的成就。""传统文化资源的再发现与新文体"方面，孟繁华表示："本土文化资源不同于文化传统或文学传统。如前所述，文化或文学传统是一个不断变化、流动的脉流，是一个不断构建的过程；本土文化资源是指中国特有的、原生于本土的文化之根。这一文化像血液一样流淌在我们的血管里，它不能剔除也难以置换。它是我们与生俱来如影随形的文化身份和文化属性。"孟繁华总结道："近年来，文学创作在价值取向上呈现了令人乐观的景象。我们的文学传统被更多的作家经过现代转化重新再创造，本土元素日益凸显；外来优秀文学作品使我们更广泛地了解了世界文学图景，在参照和比较中，也进一步认识了我们自己的文学。如果能够尽可能地修正我们文学存在的问题，未来的文学我们完全有理由可以乐观期待。"

余华的《我叙述中的障碍物》发表于同期《扬子江评论》。余华认为："当一部长篇小说是以对话来完成时，这样的对话和其他以叙述为主的小说的对话是不一样的，区别在于这样的对话有双重功能，一个是人物在发言，另一个是叙述在推进。所以写对话的时候一定要有叙述中的节奏感和旋律感，如何让对话部分和叙述部分融为一体，简单地说如何让对话成为叙述，又让叙述成为对话。"对于如何呈现对话时的"节奏感"和"旋律感"，余华表示从越剧那里受到了启发："我注意到越剧里面的唱词和台词差别不大，台词是往唱词那边靠的，唱词是往台词那边靠的，这样观众不会觉得别扭，当说和唱有很大差别时，很容易破坏戏剧的节奏感和旋律感；当说和唱很接近时，这个问题就解决了。我觉得这个方法很好，所以我在写对话时经常会写得长一点，经常会多加几个字，让人物说话时呈现出节奏和旋律来，这样就能保持阅读的流畅感，一方面是人物的对话，另一方面是叙述在推进。"

本月

舒晋瑜的《爱文学的人都爱生活——访作家黄跃华》发表于《中国作家》第2期。黄跃华说道:"小说首先是写人的。沈从文先生说过,小说要贴着人物写,你写的这个人怎么样,读者认可不认可,决定了小说的成败。写人要有好的故事。就像载人的船,怎样快速、不走弯路渡到彼岸。故事要经得起推敲,读小说是件愉快的事,要是读者读来味同嚼蜡、疑惑丛生,甚至横眉竖目,那就是一种悲哀。我初学写作时总喜欢去追求奇特的情节,去拼命虚构。其实很不自然,经不起推敲。……另外,我觉得小说还要有意义,读者要从你的作品中'悟'到什么,人家花时间、花钱、花精力读你图什么?图乐趣?图见识?不要奢望给读者多大的'启迪',产生多大的'共鸣'。能'悟'到一点点就行了,这是作家的责任,不然你就对不起读者。"

三月

1日 何平的《重要的不只是"冷知识"》发表于《青年文学》第3期。何平认为:"我想说的是要警惕'科幻'正在当作当下文学中时尚的、装饰性的'冷知识'。但作为有机的小说,重要的是'科幻'不能只是冷知识。"

颜歌、张定浩的《龙的解剖学——关于乔伊斯〈死者〉的六则通信》发表于同期《青年文学》。颜歌谈道:"短篇小说是一个很危险的东西,因为它的'短'和'小',容易让人有一种错觉,以为它是一个念头的具体化(the materialization of an idea),是可以被'做'出来东西。"

3日 白桦的《阅读新时代 书写新现实》发表于《人民文学》第3期。白桦认为,"文学写作与艺术创作,既在创新,又讲究个性。而无论是创新之追求,还是个性之探求,既需要在艺术的形式与风格上,继承和发扬民族形式和民族气派,更需要在立足于民族文化、本土文化和地域文化的基础上,去营造和构建属于自己的'一方邮票'"。

5日 汤天勇、陈再见的《陈再见:"希望自己成为那种完整的作家"——

八〇后作家访谈录之八》发表于《芳草》第 2 期。谈到卡佛对自己创作的影响,陈再见认为:"卡佛的小说中还有不少啰唆的闲笔,他的简约来自处理小说之核的方式,或者说一种表达的角度,让他具有微观照相机那样把事物的清晰和虚化完美融合、呈现。这是我比较佩服卡佛的地方,虽然我既做不到角度上的出新,也做不到像多数卡佛的拥趸者那样在语言上力求精简,不过还是觉得卡佛是为数不多对我有影响的作家,他影响了我理解小说的方式,具体是拓宽了我对小说疆域的认识。"

同日,凌岚的《欧美小说极简风——肮脏现实主义,闪小说与后启示录小说》发表于《花城》第 2 期。凌岚认为:"这两篇可以管窥戴维斯风靡美国文人圈的闪小说(Flash Novel),它又被称作'诗歌体小说'。闪小说也就是中国文坛流行很久的微型小说。但在美国,戴维斯几乎是唯一一个写微型小说成名的作者。她的大量留白的小说作品,是美国文坛同仁的秘密爱好,被称为'小说中的小说'。……闪小说被美国文学评论家称为'自创的文学形式','打破小说创作的常规和边界',但对中国读者来说绝对不是新鲜事。中国是微型小说大国,上百位微型小说作者,纯文学杂志有微型小说专栏,有专门的微型小说出版物,年末还有微型小说评奖……除此以外,中国古文简约的特点是中文简约叙述的基因,文学传统中占典籍比重极大是诗歌类,中国艺术中留白是极高的艺术境界……凡此种种,可见微型小说跟中文读者一拍即合,长盛不衰。"

7 日 曹谁的《不会写诗歌的小说家不是好编剧》发表于《文艺报》。曹谁认为:"现在文学的发展是处于叙事文学和影视文学交替的阶段,我觉得这就是一个机缘,希望更多的优秀作家可以投身到影视文学的创作中,实现文学精神从小说向影视的直接流动,所以最近我正在践行'剧小说'的理念。文体的分化本来就是迫不得已的事,因为文学本来就应该是一体的,而文体之间交汇,就会产生新文体,诗歌和散文交汇产生散文诗,诗歌和小说交汇产生叙事诗,诗歌和戏剧交汇产生诗剧,为什么小说和戏剧交汇不能产生'剧小说'呢?时代在呼唤这种全新文体的出现。我的构想是,以影视剧的结构,也就是经典的四幕剧的模式'开头、发展、高潮、结尾'为基础,可以衍生出许多的结构,基本上可以直接改编,可以是像美国的商业片,也可以像欧洲的艺术片,还可以像日韩的东方剧。小说元素和剧本元素本身有种对应关系,人物对应角色,故事对应剧情,环境对应场景,既保证了文学性,又增加了戏剧性,这样叙事文学跟影视文学就可以实现自然的对接。"

8日 本报记者傅小平的《徐则臣:小说是个体面对整个世界言说的方式》发表于《文学报》。徐则臣认为:"小说不是个多高深的东西,它就是作为个体的作家切入他所面对的世界的一种方式,也是个体面对整个世界言说的方式。小说解决的就是个人与世界之间的问题。世界不是简单的现实、社会或者某某单一的东西,而是与个体有关的整个存在。"

10日 《十月》第2期有"卷首语"。编者写道:"《三人行》……解构了现代人对古代才子佳人的想象,屏蔽掉时间的隔离,回归到生活逻辑和情感逻辑本身。"

同日,黄昱宁的《门罗的人造丝与白孔雀》发表于《小说界》第2期。黄昱宁认为:"《女孩和女人的生活》同时也是门罗的一本短篇小说集的标题。除了这个同名的短篇以外,其他篇目也都以黛尔作为女一号叙述者。其他人物的名字、身份,以及他们所处的环境(加拿大一个叫诸伯利的小镇),都保持一致,故事的情节虽然各自独立,彼此间却也有一定的连续性,因此这本书曾一度被认为是门罗唯一的长篇小说。不过,如今学院里一般把这一类作品称为'系列短篇'(story sequence)或者更形象的'短篇故事环'(short story cycle)。整本书也确实像一个看不见的环。"

12日 张之路的《常新港〈尼克代表我〉:我们心中的生灵》发表于《文艺报》。张之路认为:"常新港的《尼克代表我》就是一个孩子的心灵史,是一封孩子写给父母的抗议信,是一个少年对全社会的呐喊。可贵的是,这些思索没有停留在口号上,常新港把有力量的内涵和生动的艺术形象结合在一起。流浪狗尼克,它是现实生活中常见的动物形象,它有着小狗自有的天性,作者又特别赋予它说话的能力,赋予它孩子身上纯真善良的性格,赋予它自由奔放的理想,赋予它面对突如其来的世界真相时的无助、求索、警惕、坚强和自信。'尼克代表我',尼克代表的是孩子们虽经风雨而真正想成为的样子,它代表的是男孩小小'我',代表的也是孩子'你'。"

14日 本报记者何瑞涓的《文学有一个很大的责任,就是同情——专访全国人大代表、四川省作协主席阿来》发表于《中国艺术报》。阿来认为,"今天我们讨论农村时,经常会用到一个词,就是破碎。过去我们写一部家族式小说,这个家族在村里的地位可能处于舞台的中心,延续很长时间不变……但是新中国成立后农村出现了另外一种情况,过去传统乡村的稳定性、一成不变消失了。当时我写这本书的时候,原来也想用家族式的方式来写,但当你真正去研究这个时候的乡村时,你会发现,这个社会变化太快了……这个时候再用长河式、家族式的结构,也不是不可以,但它和乡村现实从形式上就不能吻合了。怎么办?我想既然我们的乡村是破碎的,那么小说结构我也采用这种破碎的结构,所以每一卷的中心人物都是不一样的"。

15日 本报记者何晶的《陈彦:把一个时代的"蓄水池"搅动起来》发表于《文学报》。陈彦谈《主角》的创作时写道:"如果说我们的文化中还真有民间,那么我觉得中国戏曲的确是裹挟了最大的民间。我不能不把这样强劲的文化生命形态注入我的小说。在这里,我更容易捕捉到一些接着地脉的鲜活灵魂。"

16日 贾平凹的《天我合一有文学》发表于《人民日报》。贾平凹谈道:《山本》里没有包装,也没有面具,一只手表的背面故意暴露着那些转动的齿轮,我写的不管是非功过,我知道我骨子里的胆怯、慌张、恐惧、无奈和一颗脆弱的心。"

20日 何向阳的《小说是留给后来者的"考古学"——关于"百年中篇小说名家经典"丛书》发表于《光明日报》。何向阳认为:"中篇小说的文体,只是一种称谓。长篇的体积更大,短篇好似又不足以支撑,而介于两者之间的中篇小说兼具长篇的社会学容量与短篇的技艺表达。虽然这种文体的命名只是在上世纪七八十年代才明确出现,但三四十年间发展迅速,其中的优秀作品在不同时期代表了小说甚至文学的高峰,比如路遥的《人生》、张承志的《北方的河》、莫言的《透明的红萝卜》、韩少功的《爸爸爸》、王安忆的《小鲍庄》、铁凝的《永远有多远》,等等,不胜枚举。小说是留给后来者的'考古学',它面对的不是土层和古物,但发掘工作更加艰巨,因为它面对的是一个民族精神最深层的奥秘。作家这个田野考察者,提交的个人'报告',不啻是一份份关于民族心灵潜行的记录,而有一天,把这些'报告'收集起来的我们会发现,它是一份长长的报告,在报告的封面上应写着,'一个民族的精神考古'。"

同日,林那北、张莉的《休戚与共的精神疑难与困惑》发表于《小说评论》第2期。林那北坦言道:"非虚构是大处着眼,小说虚构则是从小处着手。如果是历史类的非虚构那需要下硬功夫,史料的阅读与考据,实地的采访与探看,一点都马虎不得。"

莫言、张清华的《在限制的刀锋上舞蹈——莫言访谈》发表于同期《小说评论》。莫言认为:"好的小说,每一部小说里都包含了一部戏剧",并表示"民间或地方戏曲"对其"小说的结构"产生了很多影响,如"叙事者在讲述故事的过程当中,不断地跳进跳出,这应该就是从戏曲舞台上所受的影响"。

於可训的《主持人的话》发表于同期《小说评论》。於可训称林那北的《发生在浦之上》引发其许多有关小说的遐想:"遐想之一,是小说可以像《发生在浦之上》这样写成长篇的散文。……遐想之二,是小说可以像《发生在浦之上》这样写成形象的志书。……遐想之三,是小说可以像《发生在浦之上》这样写成杂糅的历史。"

周明全的《中国小说的精神空间》发表于同期《小说评论》。周明全认为:"精神空间的发现和开拓,古往今来,一直是中国小说一个奇特的传承……真正有意义的想象空间应该是一个精神性的空间,它有着明确的精神指向,并能在更高意义上安放人的灵魂。但我们今天的小说,却很少再看到富有深度精神背景品质的作品。当下小说,说缺乏想象力,根子之一,我想还是在于作者自己没有开拓出新的精神空间的缘故。……我们在评价一部小说是否优秀时,除了对语言、人物、叙述等基本要素进行辨析外,最后的落脚点一定是在小说的思想性上,而这思想性,更多的是体现在小说为我们开拓了什么样的精神空间——作家面对世界时,发现了什么,说出了什么,作品最终的精神指向,是不是揭示出了人类生存的困境和希望。"周明全谈到老村小说《骚土》对精神空间的开拓时表示:"老村《骚土》所揭示的,恰恰是这种沉潜在尘埃里的大美。老村是把文学落实到生活里,落实到我们传统智慧的深处,而不是为文学而文学,为显示某种机智机巧和聪明样式的文学。当然,老村小说所开拓出的精神空间,和陶渊明的田园精神,某种程度上还是有着一种精神血脉上的承续关系……他们是更加典型和戏剧化的世界——这个空间,即是老村的精神空间。小说写得真实也许是容易的,难在写得超然物外,让读者通过小说构建的空间,理解到更多滋味的东西,直至进入精神层面,进入一种更宏大的境界。老村构建的'鄢崮村',就是一个这样的精神空间。"周明全还谈道:"老村写那个特殊时期的残酷,以'雪'为引子,将现实空间拉到超越现实的精神空间,我还没看到当代作家中哪一位有这样深藏不露的表现。""此外,小说的灵魂是自由的。而虚构性、梦幻性,是小说摆脱现实羁绊的主要手段。正是虚构创造了一个独立自足的艺术空间。这个空间,和历史的、现实的空间相互对峙。"

23日 杨庆祥的《重建农村题材小说的总体性视野——从贺享雍的〈乡村志〉谈起》发表于《文艺报》。杨庆祥认为:"当我们将贺享雍的写作放在中国当代文学写作的谱系中来看,稍有文学史训练的人会立即意识到这一写作所具有的症候性和历史感。……贺享雍以其农民式的固执继承了这一'不合时宜'的传统,并在体量上将其推向了一个极致。""近30年中国农村变化之巨大、之深刻、之复杂,需要有大部头的著作来予以艺术地记录和表达,而在路遥之后,我们迟迟看不到这样的作品。贺享雍的存在和选择,以及《乡村志》这样系列长篇出现,又恰恰是'合时宜'的,甚至可以说是历史势能运行的必然结果。"杨庆祥接着谈道:"《乡村志》至少在以下几个方面呈现了不一般的处理方式。第一,贺享雍充分认识到了中国农村和农民的历史负担……第二,与第一点密切相关的,贺享雍是在非常严格的动态的时势中去理解中国当代的农村和农民……第三,在这个意义上,《乡村志》系列超越了1990年代以来流行的关于对农村的'风俗化'和'景观化'的书写,而是上升到了一种政治经济学的高度。……第四,如果说上述几点构成了《乡村志》的总体性结构和宏观叙事的视野,那么,在这一整体性结构之中,贺享雍用一种近乎显微镜的方式来微观地呈现着农村和农民的生活、环境和气息……第五,但同时矛盾的是,这种写实又导致了一种反作用力:在一系列的场景、细节和人物脸谱中稀释了那种总体性的结构和视野,使得我们又产生了一种错觉,这一错觉导致的后果是,我们可能会在艺术的层面上来肯定《乡村志》系列的扎实和出色,但却会在历史化的层面上对其问题症候和政治美学保持犹豫。"

25日 莫言的《在金砖国家文学论坛上的主旨发言》发表于《当代作家评论》第2期。莫言说道:"写作者心眼儿一定要活泛。所谓活泛,就是不断地调整角度,既借助外物观照内心,又借助内心观照外物。这个新时代,这些新经验,给我们提供了观照内心的新角度;同样,我们内心的新角度亦能发现事物到底新在何处。从某种意义上,新的角度或心的角度,就是新的文学。"

杨辉的《余华与古典传统》发表于同期《当代作家评论》。杨辉认为:"一种源于难于把捉的神秘命运的叙述逐渐清晰,构成1980年代末余华作品的底色。无需排除此种对神秘莫测命运的叙述热情与卡夫卡、博尔赫斯等作家作品的关联,但逐渐清晰的,或许还是余华得自民间生活的独特领悟所生发之世界面向。一种源自无意识的对于中国古典象数文化的认同和书写,构成了此一时段余华作品最引人注目的部分。"杨辉指出:"质言之,无论与象数文化的内在关联还是与庄子人世观察的暗合抑或与古典时间和历史观念的相通,余华的写作仍包含着不断'上出'的可能,经由对西方思想及技法的实践,最终以返归的姿态回到本民族思想及美学之中,从而熔铸一种全新的,更具包容性和创造力的新传统。中国古典文脉的创造性再生,路径即在此处。"

30日 汪政的《"王庄三部曲"与长篇小说传统》发表于《文艺报》。汪政认为:"读完浦子这部作品,想到一个成语,'南人北相',就是南方人长得像北方人的样子。这部作品有种北方文化的气质。北方人写这样的作品很正常,在我的阅读印象中,我在浙江作家中很少看到这样的作品,包括江苏苏南的作家也不太写这种风格的作品。这是'南人'写的'北文',苍茫、雄浑、粘稠、气势磅礴、泥沙俱下、风云激荡。""浦子能够以这种宏阔的史诗性的写法,写了16年,确实不简单。这种宏大的主题,丰富的细节,众多的人物,曲折的故事,生活化的语言,泥沙俱下,莽莽苍苍,奔流而下。这非常合乎我对于长篇小说的认识,符合我的长篇小说理想。这样的写作方法在现在已经不多见了。这种写作是有难度的写作,是挑战自己的写作。""长篇是有传统的,可以将长篇看成是一种传统工艺,但这种传统工艺现在快要失传了。……这需要作家有巨大的牺牲精神,像这样的作品,要花16年来打磨,确实要有巨大的勇气,要有牺牲精神。所以，我要向浦子表达敬意。"

四月

1日　《"他们的小说里有中国人心灵的真实"——弋舟、张楚、石一枫作品研讨会实录》发表于《青年文学》第4期。

弋舟谈道："我的小说应该没有一篇源自自己身边真实发生过的事情，没有。……我文学意义上的生活从何而来？粗略地说，它们从书本中而来，从想象中而来。……这就是我生产小说的方式，以某种'意象'为起跳点，然后琢磨着怎么把这个意象写出来。"

张楚谈道："我的小说基本上都是有原型的。……我时常扮演一个倾听者，我会留意他们讲的'事件'，它们就像种子落在我心里，至于什么时候发芽、生长就是未知的。"

3日　《人民文学》第4期有"卷首语"。编者写道："短篇小说则常常从更小的生活单元、从人的言行和心理波动角度汇入对'社会关系的总和'的观察——《春暖花开》就是这样，精微缜密的心思和疏朗松弛的语风，巧妙穿行在主人公自视了得但别人未必觉得重要的事体上，昔日和现今、虚荣和自尊交付给了善意，内心就不会向冷却投靠。人的本质力量无疑该是向着美好的方位的，善意的天性和求真求美的追索也不该被冷落，而是可以连通地气，在人类的春天里氤氲生长。"

5日　吴义勤的《文学中的新发现》发表于《文学报》。吴义勤认为："这部小说（浦子的《王庄三部曲》——编者注）写得非常丰饶、非常感性，里面内含的历史、社会、人性的元素非常多。……这部作品小说写得非常厚重，作家把晚清时期到中华人民共和国成立后，这么漫长的历史拉入自己的文学框架里面，书写所采用的视角和贯穿其中的想象力，以及作者的整个文学野心、雄心，都是很值得敬佩的。他试图通过文学的方式来构建这么漫长年月里的中国人的生活方式、精神方式、生命方式，特别是中国人在那种制度转变期，在走向文明的过程中，生命的裂变、精神的裂变、人性的裂变，那种扭曲的、变异的痛苦，写得非常深刻，也很沉重。"

6日　白先勇的《在当代接续古典——我心中的〈牡丹亭〉〈红楼梦〉》发表于《人民日报》。白先勇认为："某种程度上，《红楼梦》就是一部象征主义小说。它的宇宙是神话的、象征的、超现实的，如书中的太虚幻境、女娲、和尚、道士；另一方面又是写实的，那就是贾府大观园。了不起的是，写实写得最深刻的时刻也是最象征的。一道菜、一件衣服、两块手帕都有象征，背后意蕴一层又一层。除却文学技巧，《红楼梦》讲哲学和宗教思想也讲得很深刻，中心主题是贾府兴衰也就是大观园枯荣，最后指向的是人世沧桑无常，'浮生若梦'的佛道思想。它将中国人的哲学以最鲜活动人的故事和人物具体呈现出来。《红楼梦》在我们民族心灵构成中都占有举足轻重的地位。"

13日　段春娟的《汪曾祺的书单》发表于《光明日报》。段春娟认为："闻一多先生的唐诗、楚辞课，朱自清先生的宋词，唐兰的'词选'，王力先生的'诗法'课，杨振声先生的'汉魏六朝诗选课'，另还有左传、史记、杜诗诸课，都对年轻的汪曾祺有着潜移默化的影响。读过的书籍不经意间就出现在他的笔下。比如在谈到文学创作的语言问题，汪曾祺常援引他所读过的书：说《史记》里用口语记述了很多人的对话，很生动；说《世说新语》以极简笔墨摹写人事，'全书的语言都很讲究'，记录了很多人的对话，寥寥数语，风度宛然；说《陶庵梦忆》的语言生动，有很多风俗的描写。在创作谈中他也常建议年轻人多读一些古典作品，这实在是其经验之谈。"

同日，《理查德·弗兰纳根对话余华：小说只会抛出问题，却不会给出答案》发表于《文艺报》。余华谈道："威廉·福克纳教会了我如何对付心理描写，心理描写这个词是不存在的，是不写小说的教授虚构出来吓唬写小说的人，威廉·福克纳给我的帮助就在这儿。……卡夫卡教会我的不是写作技巧，而是教会我写作是自由的……但我现在还是非常感谢川端康成，当我刚走上写作道路时，花了四五年训练自己如何描写细部。细部是非常重要的，无论小说的结构是大或小，线条是粗还是细，都不能缺少细部。小说有生命力的重要部分都靠细部传达。"

17日　曹文轩的《相信美　相信诗性》发表于《人民日报》。曹文轩谈道："文学之于我的意义首先是美、是诗性的探索与表达。……与美相通的是诗性。

何为诗性，诗性具有哪些品质和特征？诗性是流动的、水性的。它不住地流淌，流淌是它永无止息的青春动力；它本身没有形状，喜欢被'雕刻'，面对这种雕刻，它不作任何反抗，而是极其柔和地改变自己。……这种美与诗性，也是中华文化的独特气质。西方文学尤其现代小说经过对古典文学不遗余力的围剿后，托举出'思想深刻'这一评价标准。……尽管我们的文学一样具有深刻的思想性。我们有自己的文化体系。中国古人谈论一首诗、一篇文章或一部小说时，采用的是另样范畴：雅、雅兴，趣、雅趣，情、情趣，格、格调，意、意境，味、滋味，妙、微妙……与审美、诗性同样具有推动人类向前、净化人心作用的，是悲悯。"曹文轩还指出："具体来说，写作最重要也是最宝贵的资源是什么？就我作为中国作家而言，是中国故事；就个人而言，是个体经验。"

19日 本报记者傅小平的《阿来沪上谈〈机村史诗〉：在文学里"重构"乡村》发表于《文学报》。阿来认为"语言问题对他的写作而言，始终是一个最重要的问题"："我有时甚至觉得，文学第一是语言，第二是语言，第一百零一还是语言，思想、文化什么的，都没那么重要，如果没解决好语言问题，所有问题都是白搭，语言问题解决好了，很多东西就迎刃而解了。"傅小平认为："阿来讲语言重要，并不完全是在语言本身，而是因为文学说到底是语言的艺术，即使表现人物，也得在文学语言中展开。……以阿来的理解，要寻找意义，不如直接读哲学作品。要了解历史进程，不如直接写历史。要探索文化，不如直接做人类学研究。而文学即使包含了这些内容，也是内在于语言，且通过人物的表现慢慢呈现出来的。"

23日 冯骥才的《小小说特立独行》发表于《文艺报》。冯骥才指出："小，当然是小小说首要的特点。……小小说和短篇、中篇、长篇的区别，绝不仅仅是在篇幅上。它们是不同的文学品种，不同的文本，不同的特性与规律，不同的标准，不同的取材与创作的思维。……小说离不开情节。……但小小说容不得太多的情节，它最需要的是有一个关键的'情节'。"此外，"小小说是结构出来的。……在成功的小小说的结构中，往往把'金子般的情节'放在结尾部分，好像相声抖包袱。这样做的一个重要目的是为了'余味'"。"小小说要特别重视细节。……小小说还有一个重要的特征，就是视语言为生命。"

24 日　张抗抗的《做一条流动的河》发表于《人民日报》。张抗抗谈道："不同的地理和气候环境下产生的文学作品，除了故事发生的独特性、人物以及方言俚语之外，真正的差异在于语言所提供的东西南北文化不同的内在气韵。我们常常容易把'语言'和'文字'混为一谈。文字是相对固定的、中性的，是基础材料，带有工具性质。而语言并非是文字的机械组合……文字在成为'语言'的过程中，所传递的信息开始转换，它携带了文学语言所要求的内容、情感、思想等，使文字变成'有机物'。气韵的运行不仅通过故事和人物，更是通过文字语言来体现。气质是一种'语感'，无形无状，从字里行间散发出来。"

25 日　鲁敏、行超的《对话：文学是书写时代巨躯上的苍耳》发表于《文艺报》。鲁敏谈道："你看它们（萨特的《恶心》、陀思妥耶夫斯基的《地下室笔记》——编者注），灵是形而上的，肉（即文本主体）亦相当枯简，是寓指化的。这样的写作，对作家和读者都有着太高太高的要求，我还做不到。当然，我们也会看到，像萨拉马戈的《失明症漫记》、卡尔维诺的《我们的祖先》三部曲，则是用传统叙事手法来写现代性内核的。他们教会我很多东西。最主要是，现实主义手法对现阶段的我来说，的确更得心应手，这也是从'我能'的角度来考虑的。"

同日，房伟、奚倩的《"文人抒情"小说：另一种当代中国都市书写——论王方晨〈老实街〉》发表于《文艺争鸣》第 4 期。房伟、奚倩写道："抒情小说对都市题材的介入，也是'中国故事'独特表现途径的有效探索。王方晨的'老实街'系列小说，就是带有都市乡土气息的文人抒情小说。王方晨将老实街建筑在老济南，与现实的'道德街''宽厚所里街'相呼应，极具市井气息与地域色彩。'宽厚所里宽厚人，老实街上老实人'，延续千年的传统作为文化基因深入每个居民骨髓。"房伟、奚倩更进一步指出："王方晨形成了'悲欣交集'的'王氏文人抒情'短篇小说美学风格。这种风格既继承了相关文学传统，又表现'以短篇连缀而成长篇'手法的微妙之处。这里说的短篇抒情'传统'，一是《聊斋》等古典文人短篇小说传统，能在平中见奇，凡中显神；二是来自沈从文、汪曾祺、孙犁的现代文化抒情小说传统。"房伟、奚倩认为，"王氏文人抒情"美学风格"具体而言，首先，意象与意境的营造。王方晨善于运用意象，注重营造意境，在语言上富含诗意而又表现得精练准确。'老实街'系列讲述市民社会，展现市井人物平凡人生，这样的题材很容易由于太写实而显得黏滞，王方晨以对已逝老实街追忆为开篇，有温度的回忆笔调使小说充满诗意氛围。……其次，留白与节制。……他特别注重语言精练，善用短句，惜字如金，没有一字多余，也没一字欠缺，该说到的，字字打要害，精准至极；该含糊的，处处留白，处处悬念，既藕断丝连，又收拢劲儿，处处透着含蓄蕴藉，处处显现着一股独特的文风、思想和气度，力求在简洁节制的语言中准确表达出意思。小说故事性不强，不以情节取胜，显得含蓄内敛。王方晨选取相对简单的情节，使文本有更大空间融入丰富道德文化内涵。……再次，'悲欣交集'的艺术风格。苍凉温润的抒情和不动声色的反讽并存在这组小说之中，形成了'悲喜交集'的独特风格"。

木叶的《韩少功：有些深的东西写进文学倒可能变浅》发表于同期《文艺争鸣》。韩少功说道："《日夜书》的写法是长藤结瓜，虽有一个'我'贯串始终，但他有时是叙事者，有时是参与者，串起一些不同的人物和故事，很难说哪个是主菜。"另外，韩少功还说："我这几部长篇（《马桥词典》《暗示》《日夜书》——编者注），无论是借鉴笔记体，还是借鉴纪传体，都是想承接前人的一些文体遗产。"韩少功采取这样一些小说体式，是他意识到"生活形式本身，还有思维形式本身，不乏局部戏剧化的因素，但更可能处于散漫、游走、缺损、拼贴甚至混乱的状态，因此更接近'散文'一些。这是'散文化'或'后散文'小说审美的自然根据。另一方面，正如大自然中多见的对称结构，比如一棵树一干多枝；还有人类知觉的'焦点结构'，比如一心很难二用，也构成了'戏剧化'或'后戏剧'小说审美的自然基础。对小说单焦点或多焦点的不同方式，我们不妨报以开放的态度"。

行超的《阿来："我愿意做一个有限度的乐观的人"——在十月文学院采访阿来》发表于同期《文艺争鸣》。阿来说道："我在构思《瞻对》时认为，一定要把这两者（民间传说和官方记载——编者注）结合起来，尤其是民间的传说文本，对我来说是很有美学意义、美学价值的，它其实更接近于我们文学创作的方向和追求。"另外，阿来还说道："文学很容易导向愤世嫉俗、孤独、寂寞，诸如此类的情绪，但我觉得如果回到中国古典诗歌、散文的传统中，你就会发现它有一种健康的、审美的传统。人情之美、人性之美、自然之美的发现，能够使我们稍微有点理想、有点浪漫，我觉得文学就应该保持这种传统。"

杨辉的《执古之道——贾平凹文艺观念发微》发表于同期《文艺争鸣》。杨辉认为："《废都》有意识接续的，虽为以《金瓶梅》《红楼梦》为代表的明清世情小说传统，其核心思想，亦属《红楼梦》抒情境界之'再生'，但由书画创作及理论所获致之了悟，在多重意义上影响到其文学观念及艺术手法。……《废都》……于个人对人世之抒情体察中，表达一种更为宏阔的世界感觉。此间已无不断精进的基于现代性思想的世界观念，代之以如《红楼梦》般的'浩大虚无之悲'。"另外，杨辉认为："至《秦腔》《古炉》以至于《老生》，万事万物皆可以入文法。其作品既可以有现实主义的余绪，去追慕秦汉风骨，走刚健一路；亦可以有抒情的笔意，效法明清世情传统，多柔婉之风。但'刚健'与'柔婉'，均无从单向度地诠释贾平凹作品的面向，他还有浑同此两者的用心，希望涵容万物，包罗万象，面对复杂之外部世界，并不取其一端而不及其余。……以《老生》循环往复之章法做参照，此等用心更为明确，也包含着更为复杂的人世思虑。一切苍茫而来，复又苍茫而逝，唯个人对于天人宇宙之抒情感受始终如一。就中蕴含之深层义理，约略相通于晚明小品之抒情境界。亦是儒道释三家思想融通之后的精神开显。中国古典思想及其审美传统之现代转换，在贾平凹这里并不偏于一种，而有精神统合而生之新的境界。"

同日，本报记者金涛的《不笨不拙，难得大道难成角儿——作家陈彦谈长篇小说新著〈主角〉》发表于《中国艺术报》。陈彦谈《主角》的创作时指出："我在小说里做了一些文化上的思考。……忆秦娥不是民族文化清醒的坚守者，她是无奈的，甚至是无路可选的坚守。……在中华文化的躯体中，戏曲曾经是主动脉血管之一，许多公理、道义、人伦、价值，都是经由这根血管，输送进千百万生命的神经末梢。"如何坚守中华文化，陈彦认为："我们需要在世界文化背景下的坚守，而不是孤立的、关起门来的坚守。在这个小说中，你要坚守的民族文化，一定是能走向世界的。……现在对传统的重视，既是中央高瞻远瞩，又和民族心理相呼应，是一个民族经济、政治发展到一定程度遵循自己的轨迹出现的。对于传统的坚守,一定要转换成一个民族自觉的文化心态,这样在世界文化中才能站稳。"

26日 吴义勤的《让文学典型植根在文化的土壤上》发表于《文学报》。吴义勤谈冯骥才的《俗世奇人》短篇小说集时表示,冯骥才小说的"语言、结构、思想、人物等无不烙下了鲜明、丰富而多元的民间文化因子"。吴义勤指出:"冯骥才的这类'文化小说'本身就是非物质文化遗产中的一种特殊存在形态。……他的这些小说明显带有话本或拟话本小说特征,随处可见说书人口吻与风格。全部采用全知叙述,精心安排故事情节,通过设置悬念、预留伏笔、前后照应等传统笔法,在几百字的篇幅内,将故事讲述得一波三折、有声有色,使其好看、易懂、有趣。"另外,冯骥才的"小说语言也很有特色。口语、生活用语,特别是方言的大量运用,为其小说增色不少。地方语言与地方性格、地方文化的互生、互动、互融,堪称其小说艺术最为引人瞩目的特点"。

28日 刘艳的《贾平凹写作的古意与今情》发表于《扬子江评论》第2期。刘艳认为:"无论是小说还是散文的写作,浸润在贾平凹作品字里行间古意典雅的语感是扑面而来的,贾平凹的语言古意、净雅、练达,少有拖沓随意之笔。……他的小说是好读的,古意已经不仅仅停留在语言的层面,它穿透了文本的表层,侵入了小说的文本结构,他的小说常常蕴藉着一种古意袅袅的氤氲气息。贾平凹的短篇小说,常常无法用技巧或者奇巧的叙事手法来衡量,他不着意去制造悬念、惊奇乃至惊悚,很多所谓的短篇小说的写作技法,对他似乎是无效的。"

本月

何同彬的《生活的黑暗光束与小说的"现实性"——由禹风的〈鳄鱼别墅〉想到的》发表于《山花》第4期。何同彬认为:"中篇小说最为考验一个中国作家的实力和小说意识,作为一个重要的文体,它对于在讲述'故事'的过程中构筑小说家的'现实性'有着先天的'渴求',对于呈现现实生活中潜藏的'粘稠的物质'也有着不同于其他文体的'执着'。所以,禹风对于中篇小说的坚持,某种意义上凸显出他的小说观念中对于'现实性'的先天的自觉。"

杨晓帆的《被触发的感受力,瞬间或永恒?——蒋一谈〈发生〉读札(评论）》发表于同期《山花》。杨晓帆认为："蒋一谈对短篇艺术的理解与追求，与夏天有着许多相似之处。不同于长篇小说注重故事延展性与完整性，短篇小说更强调'故事构想的理念'，它处于与现实若即若离的交汇点上，'从生活出发即刻返回'，'捕捉那一个将要（可能）发生还没有发生的故事状态'。"

五月

2日 苏童、叶迟的《香椿树与枫杨树》发表于《小说选刊》第5期。苏童说道："我所有作品当中对历史的关注似乎只是为我的小说服务。我并不觉得我有能力去从历史中接近真理。我不知道真理在什么地方。所有的历史因素在我那个时期的小说中都是一个符号而已。我真正有能力关注的，还是人的问题。"

3日 莫言的《〈高粱酒〉改编后记》发表于《人民文学》第5期。莫言说道："我体会到，写剧本与写小说有很多共同点，最大的共同点就是：写人物。写不出人物的小说不是好小说，同样，写不出人物的剧本也不是好剧本。"

同日，王建旗的《以开放的形式讲好中国故事——老九〈差点以为是他杀〉的文本批评》发表于《文学报》。王建旗认为老九的小说《差点以为是他杀》"采用'倒叙'方式，在生命结束之后，'依然活着'的主人公带领我们返回婚宴与暴力的现场，一开始就带有强烈的虚无感和魔幻性质"。王建旗指出："这让一篇本来力道沉雄的现实主义作品在形式上生出了现代主义文学闪烁不定的枝节，老九再一次以开放的形式，成功地讲述了中国故事。"

5日 周新民、次仁罗布的《次仁罗布：温暖与悲悯的协奏——六〇后作家访谈录之三十三》发表于《芳草》第3期。谈到小说创作中传统藏族文学的影响，次仁罗布表示："要是说这些小说有悲悯或善良的元素的话，可能是受传统藏族文学的影响，不经意间把这种固有的情怀融入进了自己的文字当中。……传统藏族文学作品关注的是心灵的塑造，以及向善的引导，我想这就是传统藏族文学给我们留下的最大财富"。次仁罗布还深入论及了藏民族传统文化，他说："从我的体会来讲藏民族传统文化最核心的就是两个字'宁皆'，翻译成汉语就是悲悯一切众生，这里包括了有生命的和无生命的。"

15日 段崇轩的《现实主义：少了什么、多了什么？——关于现实主义文学的境遇、发展的思考》发表于《南方文坛》第3期。段崇轩认为："现实主义文学的变革，途径只有一条，那就是走向融合。同现代主义融合，同古典主义融合。"

16日 马明高的《当前长篇小说的经典化还欠缺什么》发表于《中国艺术报》。马明高认为当前长篇小说距离"经典"还存在诸种缺陷："第一，过分强调个体性，欠缺总体性及有效平衡总体与个性的关系。……第二，过分强调审美价值，欠缺思想价值与经验价值。……第三，过分强调侧面书写，欠缺正面强攻的'正面照'。……第四，过分强调想象与虚构能力，欠缺现实主义精神的真正书写。……第五，过分强调戏剧化的模式书写，欠缺严实缜密的现实逻辑。……第六，过分强调故事化的浅表书写，欠缺对典型人物的扎实塑造。……第七，过分强调随心所欲的自然化书写，欠缺对小说'结构'的创新能力。……第八，过分强调语言、形式、风格等元素的'纯文学'写作，欠缺对小说人物、情节、主题等核心元素的重视。"

20日 李敬泽、李蔚超的《历史之维中的文学，及现实的历史内涵——对话李敬泽》发表于《小说评论》第3期。李敬泽认为"在这个新时代建构以中国为中心的总体性视野，这是对这个时代文学的根本考验"，并认为"作家与历史与时代的关系是一个不可回避的、不得不在文学的和主体实践的意义上回答的问题"。

周明全的《中国小说的诡异之处》发表于同期《小说评论》。周明全认为"中国小说自娘胎里就带着诡异——这种神秘文化的精神胎记"，但"即便是写鬼神世界，也往往只是通过对诡异事件的描写，来增加作品的艺术性和娱乐性，而非从宗教层面探究存在的意义和对人原罪的忏悔"。周明全认为"这是我们民族的文化特点"所决定的。

21日 谭旭东、许道军的《写小说，要关注人性和生活——周大新谈小说创作》发表于《中国艺术报》。对于如何创作好小说，周大新认为："小说还是要讲故事，人们读小说最初的目的，也是最低的目的，就是读故事。从小说的发展演变来说，小说最初也是故事，唐宋话本，就是故事。但只有故事，不是小说；只有好故事，也不是好小说。"

22日 孟繁华的《世情小说的新创造——评陈彦长篇小说〈主角〉》发表于《人民日报》。孟繁华认为："《主角》以忆秦娥为中心人物，写的是梨园，更是40年来的世风世情，可以说是一部'新世情小说'。……陈彦的《主角》不仅写出了人情世态之歧，悲欢离合之致，而且超越了劝善惩恶、因果报应等陈陈相因的写作模式，在呈现摹写人情世态的同时，更将人物命运融汇于时代的风云际会和社会变革之中。它既是小说，也是'大说'，既是正史之余，也是正史之佐证，可谓'新世情小说'。"

25日 高春民的《"肯定性的否定"：红柯文学创作中的文化反思》发表于《当代作家评论》第3期。高春民认为："红柯……的小说有意地将自身所浸淫的中原儒家文化与草原游牧文化进行比照与融合，将现代的文化观念与古朴的原始思维进行并置、冲撞与交织，将西域草原文化的精粹融入到自己的文学创作之中，并以此为圭臬来反思和批判渐失生命本性和野性活力却习染着功利、世俗和欲望等现代社会症候的关中地域文化。这是红柯文学创作所呈现出来的重要旨归和要义。"

刘江凯的《"歪曲"的文学：余华的随笔看法与小说可能》发表于同期《当代作家评论》。刘江凯认为："'歪曲生活的小说'可能只是余华在阅读斯卡尔帕小说过程中的一种体悟，但当他把这种理解应用于《兄弟》及《第七天》的创作中时，余华可能无意间发现了一种新的小说叙事方法。包括阎连科所谓的'神实主义'，在笔者看来其实也是一种'文学歪曲'。"何为"文学歪曲"？刘江凯指出："文学层面的歪曲是一种更加自觉的利用歪曲来接近真实的努力，是一种富有艺术感和真实性的歪曲。……作家绝不应该只是在一个简单、低级的层面呈现生活歪曲现象，甚至直接复制现实的苦难与荒诞。……它对真实会发生程度不同的变形，它同样具有'陌生化'的特征和效果，可以用'狂欢化'的语言和技巧，把作家的想法更曲折有力地呈现出来。"

杨经建、王蕾的《"礼失求诸野"：从民间文学中吸纳母语文学的资源——汪曾祺和母语写作之三》发表于同期《当代作家评论》。杨经建、王蕾认为："汪曾祺强调文学语言应该是一种视觉语言……从总体上观之，汪曾祺的文本语言基本是一种骈散结合的散文体语言，不仅通韵律、化情致，也更容易造成一种视觉效果。这其实也是他与赵树理式'大众语'最为本质的区别。"

同日，杨庆祥的《重建一种新的文学——对我国文学当下情况的几点思考》发表于《文艺争鸣》第5期。杨庆祥指出："重建一种新的文学必须借鉴古今中外优秀的精神资源。"

29日 杨辉的《"实境"与"虚境"合而为一——长篇小说〈山本〉初论》发表于《光明日报》。杨辉认为："由自然物色及普通人事构成的扎实紧密的细部描述，与宏大历史总体视域之间的对照，构成了《山本》中的'小''大'之辩。而秦岭20世纪二三十年代的历史人事，与更为宏阔的中国大历史之间的对照，则构成了《山本》的'近''远'之辩。细小事件及日常生活的详细铺陈，与宏大历史的参差纠葛，以及特定时段发生在秦岭的若干历史人事，与千年中国历史的相互参照，共同构成了《山本》多维的世界面向和复杂的精神层次。""贾平凹以'秦岭'为极具包容性和象征意义的虚拟空间，其中包含着历史、文化和自然所营构的多重世界。这个世界在时间上虽然实指20世纪二三十年代，在空间上实指'秦岭'。但其根本性的意义所指，却并不局限于地理意义上之'秦岭'和时间意义上的20世纪二三十年代。贾平凹以20世纪二三十年代的秦岭故事为基本材料，试图营构的是像《红楼梦》一样关于中国历史文化的全息图像。其间既包括历史转折、人事起伏、自然流变，也包括文化、人在这个世界中的不同表现。……一言以蔽之，《山本》的要义，在于对更为宽广的历史人事的宏阔省察，一种在天人之际的意义上对历史人事、自然运化的洞见。其所敞开的世界与蕴含的意义，有待在古今贯通的思想及审美视域中进行更为恰切的理论说明。"

六月

1日 格非、韩一杭的《追忆黄金时代》发表于《上海文学》第6期。格非谈道："《人面桃花》的这种写作跟古代文学的关系，可能那是一个'因'吧。这个'因'慢慢种下来，经过很多年，你读古籍、读原典，慢慢地可能有些积累，可能就会和这些东西心意相通。写作的时候，你需要用到哪些词、哪些句子，很自然地就流淌出来了。"

同日　木叶、李浩的《对话：先锋文学的灾难性魅力》发表于《作品》第6期。李浩认为："'从怎么写到写什么'，意思是说我们不能只迷恋于技艺的考究而忽略内容之重要，我们不能只放轻飘飘的气球而应关注大地的沉重。……所以，如果'从怎么写到写什么'，要做现实性落实，作家必须要让承载故事的人'活'起来，有血肉和呼吸……讲不好故事，对于传统小说和先锋小说都是'个人问题'……至于不讲故事——是的，有一部分先锋小说志不在讲故事上，它发现和呈现的是叙事的另外推进力，譬如源自于语感的、情绪的、智识和思考……它同样可以成为推进力，虽然我必须承认故事的推进力往往是最强的。"

8日　航鹰的《小说家是用故事来思维的》发表于《光明日报》。航鹰谈道："作家写作的动力很纯粹，那就是由喜欢听故事发展到喜欢讲故事。……因为大家都想听故事，后来就有了讲故事人的行当，这跟大家需要理发于是就有了理发师行当是一样的供求关系。我想这就是我写作的初心，既然干了这一行就必须把它干好，我把讲故事看作是乐趣，事情就是这么简单。"

14日　傅小平的《贾平凹：写作是需要纯粹的》发表于《文学报》。贾平凹指出："我们已经有了太多的启蒙性的作品，应该有些从里向外，从下到上的姿态性的写作。这也是写日常的内容所决定的。……小说需要多种维度，转换各种空间。我爱好佛、道，喜欢易经和庄子，受它们的影响的意识，在写作时自然就渗透了。"

15日　鲍远福的《新时代，网络科幻小说何为？》发表于《中国艺术报》。鲍远福认为："表面上看来，网络科幻小说处境尴尬是因为从事创作的作家基数小、作品数量低且质量不高，但是，其根本原因却是'子不语怪力乱神'的中国传统文化母体中缺乏科学幻想意识和科学技术思维，这就使得包括网络科幻小说在内的科幻文体的发展缺乏内在的驱动力，也难以出现科学理性和人文精神相结合的科幻叙事精品。建基于现实生活、关注世俗生态的精神基质让包括网络写手在内的中国作家们无法承受天马行空的幻想可能造成的创作风险，更不愿意放弃对现实世界鲜活生动的生存景观的关照而去追寻所谓的'审美乌托邦'。其次，从叙事主题和思想内容的角度看，网络科幻小说是一种'小众化文类'，它是小圈子里的'顾影自怜'和'私人化的叙事游戏'，其消费接受对象是术业有专攻、兴趣独特的小众群体,这和其他的网文类型大异其趣。网络科幻写手是'刀尖上的舞者',他们必须能够在极为狭窄的范围内发挥科学幻想的魅力,为受众建构审美想象世界,通过技术与人文的互动来启迪智慧,发人深省,稍有差池则会功亏一篑。科幻叙事不是简单的科普,它既需要创作者拥有直面科学世界的知识技能,以文学语言构建科幻世界的审美经验,更需要他们拥有非凡的毅力和坚守理想的信念,从而超越作为此在的经验世界,为读者或受众提供反思现实、联通未来的'美学范本'。"

22日 关仁山的《诗意流淌的乡村叙事》发表于《人民日报》。关仁山说道:"左小词最新长篇小说《棘》以名叫'雾云山'的村庄为背景,塑造了映山、葵哑巴、于秋茧等一系列农村女性形象。与传统农村现实题材创作不同,《棘》没有体现出激烈的矛盾冲突。支持故事发展的是层出不穷的意象、纷繁芜杂的环境、黏稠而富有诗意的语言以及充满个性色彩的诸多人物。……作者较好地处理了故事的'虚'与'实'、'内'与'外'、'小'与'大'、'繁'与'简'的关系,不断向人物内心深处挖掘,创造出诗歌特质的审美效果。"

25日 敬文东的《何为小说?小说何为?》发表于《文艺争鸣》第6期。敬文东提出:"日常生活的神秘性是新闻业和'非虚构'的遗弃物,却成全了小说,变作了小说的领地。但小说或遗忘、或忽略日常生活的神秘性——而非紧靠俗世的日常生活本身——已经太久太久了;古往今来,它更倾向于重视日常生活隆起、突出的部分,更看重它传奇性的那一面,满是巧合的那一面。"

吴义勤、王金胜的《抒情话语的再造——〈山本〉论之二》发表于同期《文艺争鸣》。吴义勤、王金胜分别从"古典资源的汲取与历史暴力情境下的抒情新机""抒情策略与中国现代抒情话语谱系""抒情话语的众生情怀与宇宙生命向度"三个方面谈《山本》对抒情话语的再造。"抒情话语建构,即是对心境与象意,内在情感与外在描绘,自我与人生,短暂与永恒,有限与无限的多重关系的处理。贾平凹深受传统文人文化浸润,这在《山本》亦有体现。首先,感应兴发,以象写意。……《山本》塑造人物,注重其内在的诗意气质或韵味。……《红楼梦》诗性抒情对《山本》的渗入还表现在,以饱满的细节、生动的情节和自然的写人状物,塑造扎实谨严的写实性,使富有抒情性和诗意的情节合乎情理。……其次，写实以抒情，融情于叙事。古典小说抒情往往借助扎实谨严的细节，而非直抒胸臆或浓墨渲染。这是理解《山本》抒情话语的重要切入点。""仅仅将《山本》的抒情话语归结为来自西方的浪漫主义或中国古典主义传统，并不贴切。同样，将《山本》的抒情话语视为如沈从文般对现代性历史暴力的反抗，亦不妥帖。《山本》固然有对现代性历史暴力的痛切省思，但作家并不想回归古典诗文和小说作家那种个人优雅趣味的浸润，亦不想回归现代抒情作家那种田园牧歌式的人性与审美乌托邦营造。《山本》的抒情话语包含更复杂更多面的文化精神向度。《山本》的抒情话语有清晰的人性维度，是一种人性抒情话语，其构造自有贾平凹创作的自身脉络，若置诸中国现代抒情传统，则与沈从文、汪曾祺和孙犁等作家有内在的沟通，是现代人性抒情话语的承传与创造。……但贾平凹与沈从文的差异，亦很明显。这涉及他们各自如何处理历史与文学的关系，如何确立自身抒情策略的重要问题。……与沈从文将历史推入远景，将山水、田园放在前景，营造大静美感不同，贾平凹更重历史之动与'自然'之静的交互辩证。""《山本》的抒情话语中，就隐含着超越性的众生情怀与宇宙生命空间。……我们却未可轻易下此结论，认为《山本》意义在于接续中国传统文脉。这固然是事实，却只是部分事实。小说将一己情感、怀抱升腾至家国乃至人类高度，固然提供了一种包含大悲悯的众生情怀与宇宙生命向度，但在对历史暴力的叙事中，葆有反省自我生命的贞素情怀，面对万物的生灭，葆有与物同情的谨肃心意。那种以人为内核的现代人文精神和历史感，始终坚硬地存在着。"吴义勤、王金胜总结道："由《山本》关联起的斑斓的当代文学抒情图谱，实非小道，有着亟待考释的深层命题。这就是《山本》历史叙事与抒情话语相交错，以历史书写再造抒情，以抒情重述历史的症候性意义。"

28日　方岩的《传奇如何虚构历史——读贾平凹〈山本〉》发表于《扬子江评论》第3期。方岩认为："当《山本》这样的文本出现的时候，'历史'与'虚构'在其中相互纠缠，既彼此成全又相互消解、掩盖，描述、谈论其中的涉及问题都变得尤其困难。""贾平凹对幸存者的偏爱与执着是显而易见……幸存者确为贾平凹的'内在需要'，这不仅在技术上能够减轻他书写历史的难度,更是在心理上构成了他从'现代历史'中从容撤退的后花园。""指出《山本》在技术、审美和观念等层面出现的'症候',并不意味着要去否定贾平凹书写历史的真诚和雄心。因为,这些'症候'的出现,与讲述和这段历史有关的故事的难度,是有关的。""到底是什么样的历史形塑了涡镇的故事形态,便成为需要继续讨论的问题。在这样一个时代,'历史'与'虚构'并置,多少会产生诡异的意味。""但凡与历史相关的'虚构',大约都会以所谓真实发生的历史作为叙事背景。尽管我们与'虚构'可以达成关于'骗局'的和解,但这并不意味着'虚构'就此放弃伪装成真实的企图。所以,这是一个比较程式化的技术问题。但是《山本》并未止步于此。历史片段频繁地出现在涡镇的故事中,他们不仅构成了情节发展和叙事进程的极其关键的动力因素,而且规定了故事发生的基本走向和形态。"

贾平凹、杨辉的《究天人之际:历史、自然和人——关于〈山本〉答杨辉问》发表于同期《扬子江评论》。贾平凹说道:"好多人在读《水浒传》《三国演义》《红楼梦》这种名著的时候,都是在吸收怎么活人的道理,而不是想解释目前社会上发生了什么问题。……小说是小说,它和一般的用概念性的东西解释世界,还是存在着差别的。"贾平凹还谈道:"越'实'才容易产生'虚'的东西。而如果一写就'虚',境界反倒是'实'的东西,最后就落实到反对或揭露什么东西。目的落到这里,境界就小了。境界一旦实,就是小的表现。'虚'实际上是大的东西,无限的东西。比如说天地之间,什么混沌呀,大荒呀,你感觉到的是个洪荒世界。作品应该导向这个境界。而到了这个境界,才能看到生命是怎么产生的。实际上好多哲学,好多文学等等,都是在教育人怎样好好活,不要畏惧死亡,不要怕困难,不要恐惧,不要仇杀,不要恩怨等等,都在说这个事情。一是解除人活在世上的恐惧感,另一个就是激励人好好做贡献。……我觉得小说的最高境界也应该往这个方向走。"

本月

"'"新历史小说"后的历史写作与"历史真实"问题'笔谈(一)"专题发表于《山花》第6期。该专题收录郭冰茹的《家族史书写中的"历史真实"》、房伟的《当代历史小说的问题症候及出路》等。

房伟认为:"新历史主义……其实又回到了中国古代的'传奇'传统。这种情况,因为消费时代的介入,变得更加扑朔迷离。"

郭冰茹认为:"从某种意义上说,1990年代以来的家族史叙述可以被视为当代小说对史传传统的一次逃逸,这种逃逸为小说创作书写空间的拓展,思想深度的开掘提供了充分的可能性,从而也在另一个层面上回应了冯梦龙关于'史统散而小说兴'的判断。"

七月

3日 《人民文学》第7期有"卷首语"。编者写道:"新时代现实题材书写,是对作家能否保有新鲜的思想敏锐性、能否具备足够的创作完成度、能否秉持初心并在对时代生活的真切体验中生成无尽的创造力的考验。因此也可以说新时代,检验着我们作家的认知水准、行动能力和综合素质。"

5日 本报记者傅小平的《马原:我遇见历史本身,遇见诡异神奇》发表于《文学报》。马原谈道:"故事只是一个小概念,它要有头有尾有情节。我说没有故事,是因为我的小说不是靠情节来维系、推动,我用一套更复杂的方法,去完成叙事。"马原还说:"我比较喜欢遇见的方法论。我小说里的主人公总是会遇见各式各样的事。……这个方法论,我觉得特别会给读者有代入感。"

10日 张梦阳的《在对谈中探究文学"之所以然"》发表于《光明日报》。张梦阳认为:"很多学科都效法历史哲学的路径,不再满足仅仅认识学科的'如此然',而探索学科背后的'之所以然',例如文化哲学、艺术哲学等,甚至理工学科也出现了学科哲学,如建筑哲学、天体哲学等。我们文学工作者是否也可以建立'文学哲学'呢?所谓文学哲学就不是一般性地评论文学的'如此然',评说作品的优劣好坏,而是探讨文学的'之所以然':作品为什么是优、是劣、是好、是坏的?进一步说,就是要探究出作品萌生、发展、成长的内在规律性。"

同日,[英]威尔·塞尔夫、赵挺的《小说是不会消亡的》发表于《小说界》第4期。谈到小说这一艺术形式,威尔·塞尔夫认为:"小说这种艺术形式只是在一定程度上依赖于传播载体,电子文本的出现,只是在形式上将小说边缘化,这种趋势今后还将继续；但是在内容和精神上，小说是不会消亡的。这是一种重要而有力的艺术形式。不过今后，小说会和传统油画、交响乐一样，成为一种保守的艺术形式，也许只有富人才能实践和享受。"

11日 "传统与现代"专题发表于《文艺报》。该专题收录徐衍的《推开世界的门》、祁媛的《异质与创作》等文章。

祁媛认为："文学性就是要提供这样一个陌生的人物，陌生的感觉，或者是陌生的审美。我想文学的异质，就算是能够创作出陌生美学的艺术家和作家，他们也是不能解释这些的。""写小说应该如何塑造人物，我说我也不知道，我没有能力去塑造，我只是试图去发现人物的新特点，我相信每个时代的人物都必然有自己的特点，但那些人物常常被忽略、被埋没了，我们要做的工作，是把他们一个个地挖出来，拂去他们身上的尘土，推到时代的面前。"

徐衍认为："除去情感伦理层面，从技巧上说，小说同样是很好的藏拙的艺术，尤其是中短篇小说，选定某类题材也就意味着划定了某个范围，在此之外大可懵懂无知，只要在此之内倾注心力，苦思冥想抑或皓首穷经，终究能蒙混过关，搞得很像是那么一回事。"

同日，本报记者何瑞涓的《走出"张爱玲"模式，向传统靠拢——梁鸿、杨庆祥、张楚等谈孙频〈松林夜宴图〉》发表于《中国艺术报》。杨庆祥指出："从《松林夜宴图》开始孙频的创作有了重要变化。孙频与张爱玲处理问题的方式并不相同，张爱玲那一代作家基本上是在解构一些东西，如中国在漫长历史过程中形成的父权、男权等等。到孙频这一代，一方面文化的惯性促使我们还在解构的路上狂奔，继续讨论自我、个体、自由，另一方面也隐隐感觉到一种巨大的不安，离开我们所解构、批判的东西，其实我们也无法安身立命。这时候需要重新回到历史，回到传统，回到原乡，重新为我们的精神寻找一个谱系。这正是孙频作品的一个重要变化，尤其是从《松林夜宴图》开始，她已经有意识地远离她以前所谓的个人化写作，向更伟大的传统靠拢。"杨庆祥说："看到《松林夜宴图》时想到了中国历史名画《韩熙载夜宴图》，孙频有意识地传承或借鉴了中国古代传统文学艺术处理历史、现实和政治的幽微方式，为当代写作和个人精神表达提供了一种比较独特的路径。"

15日 马兵的《故事，重新开始了》发表于《南方文坛》第4期。马兵提出："该如何理解这些小说家对故事的召唤？我认为有如下两点重要的因由：其一，在一个经验加速贬值的时代，对故事传统的激活是重新赋予小说活力与独特'光晕'的内在理路。""其二，近来小说创作中的'故事转向'呼应了讲好'中国故事'的时代诉求，也呼应了当下中国人新的生活状况。在这些小说集中，小说家在故事有头有尾的闭合逻辑抑或一波三折的情节强度之外，还格外强调了故事中包含的时代巨变之下作为个体生命体验的复杂，以及故事里的个人与时代共振的精神频度。他们相信，在'非虚构'写作不断攻城略地的当下，故事所携带的非凡想象力和虚构力有着不逊色于'非虚构'甚或是更胜一筹的指涉时代的能力。"马兵进一步指出："具体来看，时下层出不穷的'故事集'，从素材上约略可分为两类：一是依赖笔记、传奇、野史和传说之类的'故事新编'；二是具有现实指涉的当下故事，其中又可细分为两类，一类以地域人物志的方式书写，另一类是具有强烈反讽色彩的奇谈怪论。"

杨肖的《在笔记小说与现代小说之间——论阿城的"三王"》发表于同期《南方文坛》。杨肖写道："通观《棋王》，可谓中国笔记小说底色，具'新文学'形式而已。笔记体底色，源于阿城旧书店知识结构，源于其品味格调，此《棋王》关键。中国虽经历'现代性'洗礼，经诸多运动清扫，传统毕竟不颓。国人于传奇人物、古之君子、英雄侠义辈，心向往之，今见王一生，固觉亲切。""今天的文学，要有根。根在何处？中西文化大传统。"

17日 张江、吴义勤、宋伟、柳建伟、张志忠的《典型的高度就是艺术的高度》发表于《人民日报》。

张江认为："习近平同志在中国文联十大、中国作协九大开幕式上的讲话中，谈到'希望大家坚持服务人民，用积极的文艺歌颂人民'时，特别提到文学作品中典型人物的塑造问题。他指出：'典型人物所达到的高度，就是文艺作品的高度，也是时代的艺术高度。只有创作出典型人物，文艺作品才能有吸引力、感染力、生命力。'这既体现文艺创作基本规律，也切中当下文艺创作的某些问题，值得我们认真学习领会、反思提高。"

吴义勤提出："文艺作品需要通过典型人物讲述故事、揭示主题，并以此来吸引受众、感动受众,因此,人物形象塑造的得失就成为一部叙事作品成败的关键。恩格斯在给哈克纳斯的信中谈到'现实主义的意思是,除细节的真实外,还要真实地再现典型环境中的典型人物'。毛泽东同志在延安文艺座谈会上的讲话指出:'文艺就把这种日常的现象集中起来,把其中的矛盾和斗争典型化,造成文艺作品或艺术作品,就能使人民群众惊醒起来,感奋起来,推动人民群众走向团结和斗争,实行改造自己的环境。'"

20日 陈思和的《试论贾平凹〈山本〉的民间性、传统性和现代性》发表于《小说评论》第4期。陈思和首先讨论了《山本》中"民间说史"的传统与特点:"这个言说结构,在《老生》的叙事中已经演绎过一次。不过在那里,自然是通过典籍《山海经》来呈现,偏重的仍然是在人事。而在《山本》里,演示自然的部分被融化到了人物口中,成为故事的一部分。""以《山本》为例,我们不妨探讨民间说史的一些叙事特点。首先就是历史时间的含混处理。……其次,民间说史脱胎于民间说书。话本小说擅长表现市井故事,反映了古代农耕社会向都市商业社会转化过程中的人性向往。而民间说史传统形成较晚。……所以民间说史传统的道德基础是民间正义,它虽然被掺入传统道德说教的成分,但更多的还是民间的想象力和正义感,这也是读《山本》的一条路径。……民间说史的第三个叙事特点,就是历史与传奇的结合。这也是民间说史最凸显的娱乐功能。正史不录的怪力乱神,在民间说史里却是不可缺少的元素。贾平凹的小说叙事里不缺因果因缘,但传奇成分都是在无关紧要处聊添趣味,真正涉及历史是非处则毫不含糊。"陈思和认为《山本》是"当代《水浒》魂",在向古代小说致敬:"贾平凹在新世纪以来创作的《秦腔》等一系列长篇小说的艺术风格,都是带有原创性的,本土的,具有中国民族审美精神与中国气派。他既能够继承"五四"新文学对国民性的批判精神,他对传统遗留下来的消极文化因素,尤其是体现在中国农民身上的粗鄙文化心理,给以深刻的揭露与刻画;然而在文学语言的审美表现上,他又极大地展现了中国本土文化的力量所在。……《山本》还是一本向古代伟大小说《水浒传》致敬的书。……我们可以领略农民革命在历史洪流中呈现的复杂性,体会到《山本》是对《水浒》做了一个千年回响,因为千百年来中国农民阶级的文化性格并没有脱胎换骨的变化。其次，《山本》对农民革命残酷性的描写，也是对《水浒传》暴力书写的一个辩护。……《山本》是一部向传统经典致敬的书。所谓致敬，不是对传统经典顶礼膜拜，而是处处体现了对传统经典的会心理解，对于传统经典的缺陷，则毫无留恋地跨越过去，以时代所能达到的理解力来实现超越。读《山本》以《水浒传》为参照，可以看出《山本》在精神认识上怎样超越《水浒传》，从而达到对于中国传统文化的深刻洞察与批判。然而在细节描写和笔法运用上又处处可见传统小说的影响。"

张建华的《莫言小说和中国古代小说戏曲理论探微》发表于同期《小说评论》。张建华认为："莫言之小说，以其鬼斧神工的笔力，营造出一种超越文化和国界的奇谲意境和范式，在同时代的作家群体里，无疑是独树一帜的。尤其值得注意的是莫言小说与古典小说戏曲理论特别是李渔戏曲理论的内在联系。"首先是"色彩""结构"和"对抗"，张建华指出："这些小说在写作过程中体现出一个鲜明的特点：对中国古典戏剧戏曲理论尤其是李渔戏剧理论的创造性吸收，使其小说呈现出一种浓厚的戏剧舞台氛围和惊堂木插科打诨似的诙谐意蕴，以及深刻的哲思理趣。戏剧，尤其是中国古代戏剧，往往注重声音色彩的对比和舞台氛围的营构以及冲突的集中；注重结构的精细剪裁，使其婉转低回一波三折。总结下来，即李渔所谓'立主脑，密针线，减头绪。'……只要稍加留意，读者就可以发现莫言特别喜欢用漫天盖地的色彩来表达和宣泄情感，且红色是他特喜欢的一种颜色……除了色彩的大肆张扬渲染和结构的变革更新，莫言更直接将戏剧舞台植入小说创作之中。……莫言在小说创作中对于地方戏曲的借鉴和融入是非常明确的自觉意识的，这一种自由和节制的对抗使得他的小说创作具有收放自如的内在张力和鲜明的戏曲情结，同时具备了两种文学形式的潜在优势。"其次是"氛围""舞台"和"声明"，张建华指出："莫言小说的结构特点就尤其显得别具匠心，他无所依傍也不屑于依傍的命意和辞采既体现出传统文化的内蕴又与西方现代派戏剧相呼应……从小说开篇细节审视，以阴曹地府、阎罗大殿、油锅鬼卒，炸得焦黄酥脆的死尸喷着油星子喊冤，整个画面充满了晚明时期《牡丹亭》《十二楼》华丽荒诞的气氛和色泽。"张建华总结道："莫言在小说写作中受到明清戏曲小说的影响是不言而喻的，《檀香刑》和《丰乳肥臀》亦多具戏剧情调和氛围，其创作实践与李渔戏曲理论或为暗合，或为接续，看似插科打诨胡言乱语，骨子里却自有分数。与其他同时代小说家相较，这是一个较为突出的特征。"

周明全的《中国小说的审美》发表于同期《小说评论》。周明全认为"中国文学的审美，始终有两条线主线，一条是以孔子为代表的儒家的路径，强调文学的社会、教育等功能，强调文学要为现实政治服务，可称之为审美的功利性，另一条是以老庄为代表的路径，强调审美超越实用的非功利性"。周明全指出："当下写作者，应该首先放下现实的功利，甚至审美的功利，将小说的非功利审美追求放在第一位，这是写好小说的基础。"

25日 曹霞的《美学的自觉与"陌上中国"的建构——付秀莹小说论》发表于《当代作家评论》第4期。曹霞认为，"付秀莹对于中国传统的文学手法与美学风范，向来有着亲近之心与冀写之意。她的小说在进入和返向文学传统的路径上，吸收了梦境、留白、抒情、比兴等手法，在写景状物、虚实相生、生命循环上也保留着传统文学的诸多痕迹"。

贾平凹的《现今中国文学的态势》发表于同期《当代作家评论》。贾平凹认为："一个国家一个民族的作家写作，对于世界文坛，它是特殊的，是'这一个'，它的努力都是想着使自己能走向普遍的意义。而事实是，往往遇到了更高的文学标准，就将自己的普遍还原到特殊。这样的过程是冲撞的，破裂的，呻吟来自骨髓里的痛苦，但是，当了解了自己并了解了自己与更高的文学标准的关系，分解，吸纳，融合，重新生成，以内自量再次使自己的特殊变为普遍。如此反复递进，这个国家这个民族的作家写作才能大成。"贾平凹还指出："当突破狭隘的地域、国家、民族的视野，看到中国在世界秩序中的结构性意义，然后再强调地域、国家、民族的存在，强调我们写的是中国文学，它有中国的文化，中国的审美方式，中国的色彩和声调，找出我们自己的生成性。否则，从长远的角度看，我们的文学还是没有出息的。"

贾平凹、王雪瑛的《声音在崖上撞响才回荡于峡谷——关于长篇小说〈山本〉的对话》发表于同期《当代作家评论》。贾平凹表示："现在写小说，没有现代性那怎么写？现代性不仅是写法，更是对所写内容的认识。传统性，我主张写法上的中国式叙述。民间性，往往是推动现代性和传统性，它有一种原生的野蛮的却有活力的东西。"

吴义勤、王金胜的《历史叙事与写意山水——〈山本〉论之一》发表于同期《当代作家评论》。吴义勤、王金胜认为："《山本》在写实与写意间达到了合宜的张力平衡。小说体现出作家对自然之形态、性状、造型、色彩、韵味的反复体察、了解和研究，纳于目，容于心，获取'景''物'（山、岩、石、水、植物、动物）背后的神、气、韵，将'生气''生机''生趣''生动'等传统文化中的抽象意念，通过写意笔墨使之跃然纸上。"此外，吴义勤、王金胜还指出，"《山本》以山水画的形式，表现'秦岭'及与其相关的现代历史，离不开某种特定的'认识性装置'——中华民族思维和中国传统艺术美学"。

阎岩的《历史原型的新时代书写——论跨文体小说〈鸠摩罗什〉》发表于同期《当代作家评论》。阎岩认为："他（徐兆寿——编者注）的作品无论《鸠摩罗什》还是《荒原问道》，其中的'荒原意象'，显然不像陈忠实的'白鹿原意象'，也不同于贾平凹的'废都意象'。他通过'造境'手法，便将'天、地、人'融为一体，并有意放大了残留的美好。"

张晓琴的《山之本相、史之天窗——论〈山本〉》发表于同期《当代作家评论》。张晓琴认为："首先，《山本》的叙事有很强的传统性，其叙事时间上的模糊性和叙事的时间修辞特征最为鲜明。……其次，贾平凹在《山本》中充分表达了他的传统人格之理想。"

同日，张旻的《小说魅力来自哪里》发表于《文艺争鸣》第7期。张旻认为："优秀的小说往往以讲述人间故事为名，实际创造了另一个世界，使我们通过那个似真似幻的世界，对我们所身处并习以为常的现实人生，获得不同寻常的感悟，得到审美的快乐。优秀的小说往往含有极高的智商和情商，它能向我们提供对于世界和人生最真实、最深刻的认识，而它的方法是'不务胜人而务感人'，即将这种认识隐藏、融化在它所精心设计的故事情节和人物形象中，以具体的细节打动人心，震撼灵魂。"

八月

1日 徐诺的《没有雪的冬天》发表于《青年文学》第8期。徐诺谈道："小说不是单纯的故事,而是载体;它承载的不该是故事本身,而是审美情绪。脱离了这一点,小说就像一个人,活着的只是心跳,而非自身,最终成了活死人。"

同日,宋嵩的《寻找属于自己的句子——近期"80后"中篇小说创作观察》发表于《上海文学》第8期。宋嵩认为:"可以说,中篇小说正在逐渐成为属于'80后'自己的文体,'80后'作家通过中篇小说寻找到了'属于自己的句子'。"这些"80后"中篇小说表现出"历史意识、现实追问与身份认同","'她们'的故事与性别的困窘"和"城市的破败与理想的泯灭"。

同日,张学东的《〈红楼梦〉叙事传统与当下文学经验》发表于《文艺报》。张学东提出:"表面上看,这部小说(张学东的《父亲的婚事》——编者注)在叙述当代老龄化社会以及养老等诸多现实问题,但是,正因为采取了嵌套式的类似于互文性表述,特别是巧妙地融合了《红楼梦》那种传统的叙事手法,使得整部小说在形式上具有了现代与古典、现实与过去的比照意义,更重要的是,这样的一次尝试也让传统叙事经验与当下的现实矛盾形成了积极有效的关联。"

20日 麦家的《文学的传承与创新》发表于《文艺报》。麦家谈道:"首先,我想写一种新小说,以前没人写过的。……是不是可以尝试写一种新小说,用通俗小说的材料,写一种所谓的严肃小说?"至于通俗小说,麦家说:"我研究发现,自古及今,中国有两类小说最具读者缘:一是才子佳人,缠绵悱恻;二是英雄好汉,旱地拔葱。……我是坚信英雄之于文学的魅力的,天才是智力英雄,英雄的邻居。"

24日 张炜的《从"粮食"到"酿造"》发表于《人民日报》。张炜认为:"'典型'并不意味着概念化。我们平常讲'典型环境中的典型人物',好像是文学理论中的初级问题,可要真正理解也没有那么容易。这里的'典型',是指从人物生存环境到人物本身,既不会在现实生活中重复,也不会在他人作品中重复,而是真正意义上的心灵创造,是作家一次性的、崭新的艺术呈现。"

25日 邓小红的《跨界化·先锋性·装饰化——当代作家关于小说文本个性化结构的试验》发表于《文艺争鸣》第8期。邓小红认为："一般小说文本结构形式是归于常规化的结构，亦称共用结构模板。小说文本个性化结构立足于为作家个人所使用，尝试小说文本个性化结构试验的小说家追求的是自我小说文本结构的先锋性价值，先锋性以独创性、不可复制性和反叛性为特质。"

30日 李洱的《时间、语言、舌头、价值观与写作——〈鸠摩罗什〉触及的问题》发表于《文学报》。李洱指出："徐兆寿在写这本书的时候，遇到了一个根本性问题，那就是用现代小说的叙述方式，即用叙述时间的方式来讲述一个取消时间的故事，一个没有时间的故事，这样的写作难度是非常非常大的。"李洱认为"我们同时面对着两种时间观念，一种是佛经的时间观念，东方的时间观念，轮回的时间观念；一种是西方的时间观念，一种基督教背景下的时间观念"，"基督教的时间观念和佛经的时间观念如何达到一种巧妙的平衡，或者维持这种平衡，我认为现在应该全部取消时间，让事件一个一个地从眼前飘过，让人物一个一个地从我眼前走过"。

九月

1日 郭冰茹的《当代小说的写作技术与"传奇"传统》发表于《上海文学》第9期。郭冰茹认为，苏童的"《妻妾成群》《红粉》《园艺》《樱桃》等中短篇小说都表现出对'中国古老故事原型'进行再创造的'虚构的热情'……苏童汲取了古代传奇对市井细民和世俗生活的重视，让这些故事在显现出热闹、绚烂、腐朽甚至不乏诡异的同时，也衬出小人物的世俗生活的底子"，而"莫言借助传奇笔法，经由民间文艺向中国文学的大传统靠近，呈现出一个成熟的小说家在中国的叙事传统中寻找再生资源，以重新回应西方现代性的新路向"。由于1990年代女性主义理论的流行，"徐小斌为传奇笔法加入了一个'性别'的参照系，从而凸显出女性写作的异质性。……徐小斌使用'尽设幻语'的传奇笔法，在文本中建构起一个由写实的生活片段和虚拟的幻想世界相互交织的意义迷宫"。

吕新、舒晋瑜的《"我一直在寻找写作的意义"》发表于同期《上海文学》。

吕新认为："这么一种现象或者说精神，如果用一些词来描述，我想可能应该是这样的一些词：向往自由，不驯服，想反抗，想另辟蹊径，另起炉灶，不喜陈词滥调、墨守成规和因循守旧，语言或形式上的革新，甚至革命，首先对于语言的要求大于其他一切，在这种前提下对于真正有价值有重量的东西也仍然青睐有加……"

5日 贾平凹、张杰的《贾平凹：我在写乡村时，心里始终在痛在迷茫在叹息》发表于《莽原》第5期。张杰问道："在你的行文之中，可以读出有古典文学的深厚底蕴，感觉你一定在读先秦诸子诗经等原典。还有你习书法，藏古物，其实是在养一种气，这种气会流传渗透到你的文学中。民间生活、自然山川、人物经典或技艺造物，是你的文学世界的源头活水，可以这么理解吗？"贾平凹回答道："可以这么理解。写作、书法、绘画、收藏，等等，这完全出自于爱好，出自于天性，其实审美都是一样的。我认为从事任何形式的艺术，一定要有现代性、传统性、民间性，他们是相互作用的。"

10日 徐衎的《隐喻解说者说》发表于《十月》第5期。徐衎表示，"隐喻向我们展示的是事物之间被遗忘的联系。我自觉建立起这样一种认识或者说信仰，让自己相信我和所有事物都有联系，我通过小说阅读和写作变得更完整，重新打量那些忽略而过的事物以及附着其上的名词，逐渐恢复对世界的惊奇、耐心与笨手笨脚"。

同日，［英］杰夫·戴尔、孙孟晋的《一个生手的热情》发表于《小说界》第5期。谈到小说的结构，杰夫·戴尔表示："在我看来，用章节体例来编排一本书是很容易的。章节，就像脚手架，盖房子没有脚手架，就好比让房子无中生有，这是很难很难的。而我所希望的是，让书本身引出一个主题，产生一种潜在的形式。对我来说，这可能是因为我没有那么强的营造情节的冲动，在小说里也是由结构本身承担某些承重的工作，那些通常应该由情节来完成的工作。"

13日 陈效东的《有爱，生命更圆满》发表于《文学报》。作者评价赵丽宏的儿童小说《黑木头》"只单纯写了一个家庭和一只狗的故事，却引人入胜，感人至深"。陈效东指出："文学作品中写狗的名作并不少见，如美国作家杰克·伦敦《野性的呼唤》中恢复了自由本野性的'巴克'，莱丝丽·纽曼《忠犬八公》中守爱十年的小秋田犬'八公'等等，都给读者留下深刻印象。《黑木头》也是如此。通过黑木头从惊恐疑惧到因爱恢复温良天性的细致刻画，以及对它生和死的生动描写，作家塑造了一只独特的狗的形象，为我们展现了超越物种的大爱，写出了生命在爱和忠诚中的荣耀和升华。"

14日 肖涛的《超体小说，量子叙事——评张漫青〈此处死去几页〉》发表于《文艺报》。肖涛认为："《此处死去几页》的量子化叙事手法，除了以多重可能世界取代实在世界外，还存在着量子纠缠般的交互式设计：其一，游戏性替代叙事性，沉浸感赛过压迫感。《此处死去几页》作为一部超体小说，一直尝试着像电子游戏那样，让观众参与到整个作品当中来，而毫不顾忌'游戏性'是否会对'叙事性'产生不良干扰，最终达到的效果亦是沉浸感十足。……其次，互动性取代主导性。《此处死去几页》是一部交互式叙事的游戏作品：它通过对时间的各种操纵（时间停止、时间盾牌、时间循环等），意图完成对于整个主人公小幽的背景、身份特点、性格气质及兴趣爱好、迷失路径的再现。但《此处死去几页》又不仅仅满足于传统意义上的交互式叙事：它植入了元小说的芯片主脑，加入了网络文学论坛的空间，植入了篇幅很长的电影剧本，无不体现着张漫青想要带给读者更加深刻的心灵冲击和颠覆传统叙事的震撼体验。《此处死去几页》中还洋溢着各种方言杂语。方言经由人物之口播撒出来，充溢着原生态的粗鄙与生猛、戏谑与怪诞。方言以难以规训的在场滚动和凭空插入、突兀强悍，完成了对言说主体和聆听主体等形象的重塑。"

15日 本刊编辑部的《"广西作家与当代文学"学术研讨会纪要》发表于《南方文坛》第5期。王安忆在会上指出："普通话里的动词很缺，但方言会把名词动词化，把形容词动词化，它能给我们的语言提供很多养料。现在有了网络语言后，语言简化、浅近化的趋势越来越严重，在这个背景下，我个人认为方言就变得更加重要。"

李陀、毛尖的《一次文化逆袭：对谈〈无名指〉》发表于同期《南方文坛》。李陀坦言道："我写作《无名指》其实是寻根，是想追随曹雪芹，寻找另一种现实主义写作之根，尝试另一种写作。因此，你说我'一直试图避开的现代主义小说描写路径',也不错。"李陀还指出,"这里还涉及一个写作上的技术性问题,不只是曹雪芹的写作,中国大部分传统小说,结构小说(结构!!!)的方式和西洋小说一个最大的区别,就是'对话'成为小说叙述架构里最重要的因素,是小说的四梁八柱。"

18日　刘金祥的《有点儿萎靡的长篇小说,还是要振作起来》发表于《光明日报》。刘金祥认为:"今日长篇小说作品数量的激增……正是在大众需求的急切催促下,一场以市场意识为主导的长篇小说写作潮流,逐步异化长篇小说的叙事精神、审美规范和写作法度,使得部分作品沦为虚张声势的写作游戏和率尔操觚的文字垃圾,看似繁荣的表象背后潜藏着诸多困境和隐忧。"

在"遏制消费主义文化的影响"方面,刘金祥指出:"长篇小说创作可谓是一种极其艰辛、颇为复杂并带有鲜明主体色彩的精神劳动。一部优秀的长篇作品,往往是作家精心构思的结果和悉心劳作的产物,它蕴含着作家对社会、生活的深切感悟,承载着作家对人生、命运的透彻思考。但是,随着消费时代的不期而至和消费文化的无孔不入,一些严肃文学作家的价值取向和审美旨趣大幅趋向庸俗、低俗、媚俗,被消费文化绑架的一些长篇作品不再是表现宏大场景的文学叙事,不再追寻人文意义和人性维度的故事书写,而是通过不厌其烦地描述官场规则和游戏方式,通过津津乐道地描绘情感欲望和人性黑洞,以博得市场占有率。……在消费主义喧嚣的时代语境中,长篇小说创作需要坚守文学理想和文学价值,以独特的方式认识社会、把握时代和反映世态,特别是面对利益诱惑和世俗干扰,作家需要保持定力和耐力,秉承操守和良知,在浮躁的氛围中沉潜下来,面向市场但不迎合市场,理性回应现实中的重大问题,努力创作出坚守文学独立价值、无愧于时代且经得住历史检验的优秀作品。"

在"重新唤回现实主义创作精神"方面,刘金祥认为:"现实主义是我国长篇小说创作的重要文学传统,古往今来的众多名篇佳作大都是高扬现实主义创作精神的典范,鲁迅、茅盾、巴金、老舍等作家,都是以现实主义大师身份而彪炳文学史册。可以说,现实主义与中国现当代文学相生相伴、如影随形。坚持现实主义创作精神、发扬现实主义文学传统,是长篇小说创作拥有生机与活力的重要出路。但近年来,受西方现代主义的影响和后现代主义的冲击,现实主义文学精神在长篇小说领域似乎已经成为明日黄花，现实主义表达方式逐渐淡出一些作家的创作视野。无论是熟稔还是拒斥现实主义文学的作家，其文学观大都越出传统现实主义的疆域，纷纷操持生命写作、灵魂写作、孤独写作、独创性写作等现代主义和后现代主义的叙事路数，从形而下的现实景况探寻，走向形而上的心灵世界解码，逐步放弃了现实主义这一长篇小说创作的主要思想方法和基本美学追求。由于作者忽视了对时代突变背景下日常生活经验的观察与积累，导致了长篇作品话语表达本体地位的削弱。……倡导长篇小说创作的现实主义精神，实乃文学发展规律使然、历史演进逻辑使然、读者强烈诉求使然。呼唤现实主义精神的回归，究其根本就是期望作家顺时而为、应时而动，走出书房，离开密室，与现实把脉相牵，与人民心手相连，贴近大地，汲取创作营养，保持文学源于生活又高于生活的写作立场，努力创作出承接地气、触及心灵、引发共鸣的精品佳作。"

在"增强宏大叙事能力"方面，刘金祥表示："长篇小说作为一种具有综合性、复合型特征的文学样式，决定了创作者必须具有丰富的人生经验、深邃的思想洞察力、编织恢弘故事的统摄力，简而言之就是要具有宏大叙事能力。这是长篇小说作家对时代流变中重大事件的深刻把握和艺术再现，是蕴含在庞大形式结构之中又超越形式结构之上，具有多种隐喻功能的叙事追求。……作家对长篇小说的终极追求，无论其手法如何变化，都离不开铺陈浩繁故事、塑造奇绝人物这个重心。中外文学发展历程表明，优秀的长篇小说作品大都是宏大叙事的产物，正是由于宏大叙事使读者对人物形象、人物性格乃至许多细节难以忘怀。宏大叙事在长篇小说创作中的体现最为困难也最见功力，这种大体量、规模化的文学叙述，是对作家阅历、经验、学识、心智和耐性的全面检验，既需要作家长期潜入生活，还需要经年研读经典，更需要涵养追求史诗性创作的心魄和思维。只有这样，才能宽视角地摹写时代改革发展进程中的心灵嬗变和精神图景，才能多维度地创作富于强大思想张力和绚丽美学光泽的优秀作品。"

19日 "第七届鲁迅文学奖授奖辞及获奖感言"专题发表于《文艺报》。荣获中篇小说奖的有石一枫《世间已无陈金芳》、阿来《蘑菇圈》、尹学芸《李海叔叔》、小白《封锁》、肖江虹《傩面》，荣获短篇小说奖的有黄咏梅《父亲的后视镜》、马金莲《1987年的浆水和酸菜》、冯骥才《俗世奇人》（足本）、弋舟《出警》、朱辉《七层宝塔》。各作品授奖辞摘录如下：

"石一枫的《世间已无陈金芳》具有敏锐的现实主义品格，同时伴随着浪漫的抒情精神和倔强的青春理想。在具有典型意义的人物性格和命运中，浓缩社会生活的特定形态，展现着人的道德困境和精神坚守。"

"阿来的《蘑菇圈》深情书写自然与人的神性，意深旨远。在历史的沧海桑田中，阿妈斯炯珍藏、守护着她的蘑菇圈。有慈悲而无怨恨，有情义而无贪占，这一切构成了深切的召唤，召唤着人们与世界相亲相敬。"

"尹学芸的《李海叔叔》真切沉实，丰沛诚恳。两个家庭，互为远方而又情深义长，真挚、隐瞒、想象、误解和体谅层叠缠绕，百感交集。这是典型的中国故事，于曲尽人情中见时代变迁，牵动着人们的记忆、经验和情感。"

"小白的《封锁》体现着对小说作为虚构艺术的深湛理解和精密探索。天衣无缝的圈套与周详赅博的细节考据、重重镜像与确凿的风俗还原，虚与实相生相长，抗战时期的上海在沦陷与封锁的暗处迸发出民族大义的壮烈光芒。"

"肖江虹的《傩面》丰厚饱满，深怀乡愁。在归来的游子和最后的傩面师之间，展开'变'与'不变'的对话，表达着对生命安居的诗意想象。'返乡'这一空间性的时代主题由此获得永恒往复的时间维度。"

"黄咏梅的《父亲的后视镜》映照着一个劳动者的路，也映照着时代的变迁。与共和国同龄的父亲平凡的一生，如凝练精警的诗篇，时有超拔壮阔的气象。其中贯彻的深长祝福，体现着宽厚有情的小说精神。"

"马金莲的《1987年的浆水和酸菜》中，两种家常食物的制作和分享，是生活意义的淬炼、生活之美的晕染。对物的珍惜，也是对心的珍重。精确的、闪亮的、涓涓流溢的细节使心与物、人与人温暖地交融。"

"冯骥才的《俗世奇人》（足本）回到传奇志异的小说传统，回到地方性知识和风俗，于奇人异事中见出意趣情怀，于旧日风物中寄托眷恋和感叹。精金碎玉，以少少许胜多多许，标志出小小说创作的'绝句'境界。"

"弋舟的《出警》体现着对心灵辩证法的深入理解。不回避人性的幽暗和荒凉，更以执著的耐心求证着责任和疗救。在急剧扩张的城市边缘，在喧嚣的人群中，被遗忘的也被守望着，令人战栗的冷被一盏灯不懈地寻找、照亮。"

"朱辉的《七层宝塔》直面乡村的现代化转型，围绕生产方式和生活形态的变化，敏锐地打开农民邻里矛盾中隐含的经济、文化、伦理向度，在典型环境中生动地刻画人物，显示了充沛的现实主义力量。"

20日 本报记者郑周明的《刘醒龙：小说是往人心里搁一块石头》发表于《文学报》。刘醒龙谈道："现实主义必须面向现实，还必须面对真的现实。同时，现实主义主张也应当是现实当中有可能行得通的，可以对现实的进步起到美的和善的作用。任何时候，都要捍卫文学就是人学的原则。文学是用人性、人心、人民的方法来处理艺术美学，而不是用艺术美学来处理人性、人心、人民。这是现实主义文学的伟大所在，同时也是现实主义文学的悲剧所在。"

同日，曹晓雪、王十月的《飘荡在城乡间的离魂——王十月访谈录》发表于《小说评论》第5期。王十月认为写小说需要"生活储备""思想储备"和"情感储备"，并指出"当下中国最突出的问题不再是贫困……应该就是恐惧"，而他的小说"都在写一个关键词——恐惧"。王十月表示"'纯文学'是个害人的东西。文学从来没有那么纯粹。"

李幸雪的《从接受到创化：〈檀香刑〉与茂腔的影响关系考》发表于同期《小说评论》。李幸雪认为："作为莫言童年记忆中的乡音，茂腔构成了《檀香刑》中猫腔的现实原型。在创作灵感方面，茂腔为《檀香刑》提供了不竭的灵感源泉，茂腔《秦香莲》中模拟砍头的舞台场景成为《檀香刑》中酷刑情节的重要启发。在叙事特点方面，茂腔唱段《赵美蓉观灯》中的大段'炫技'使莫言印象深刻，旁枝逸出的结构成为其文学叙事的一大特征。在语言特点方面，《檀香刑》学习茂腔通俗质朴的语言风格，使用了大量方言土语，并借鉴茂腔剧本创作了大量猫腔戏文，形成了民间化、戏剧化、夸张化的语言风格。"

王十月的《创作自述：一些寻常话》发表于同期《小说评论》。王十月认为"怎么写从来都不是孤立的，也不是先于为什么写、写什么而存在的，怎么写是服务于内容的形式"，并指出："和谐也是一种深刻，是更深的深刻。是绚烂之极而归于平淡。是大境界。"

於可训的《主持人的话》发表于同期《小说评论》。於可训指出："他（王十月——编者注）既不能像批判现实主义作家那样，一味地揭露和批判，也不可能像某些惯于阿谀逢迎的作家那样，一味地赞美和歌颂，他得面对错综复杂的社会矛盾和社会问题，处理错综复杂的人欲、人情和人性。……他得调和道德和历史……他无须做这个转型社会的判官，却可以做它的书记员……为后人留下一份关于我们这个时代打工族的特殊的人生记录。"

25日 刘艳的《海外华文文学与中国当代文学叙述的兼容性问题——以严歌苓、张翎、陈河研究为例》发表于《当代作家评论》第5期。刘艳认为："严歌苓在《一个女人的史诗》《第九个寡妇》《金陵十三钗》《小姨多鹤》和《陆犯焉识》等长篇小说中，已经形成一种独特的'中国故事'的讲述方式。……严歌苓将'中国故事'在历史维度打开和呈现，不是很多研究者所说的纯粹的'他者'叙述，而是叙述里有着浓厚的中国情结，是可以和中国当代文学自身的叙述相兼容的；更可以给中国当代文学在历史层面的叙述，提供可参鉴的价值和意义。"

李遇春的《"新世情小说"的艺术探寻——乔叶与传统》发表于同期《当代作家评论》。李遇春认为："中国古代世情小说是一种'说话'艺术，而当代中国'新世情小说'则是一种'新说话'艺术，从贾平凹到乔叶等当代中国作家已经并正在不断地发展这种'新说话'形态。"谈到乔叶的创作时李遇春说道："作者在这部厚重的长篇力作（《认罪书》——编者注）的开篇别出心裁地设置了一个'编者按'，以本书责编的第一人称口吻介绍了这本小说的前因后果……《认罪书》中的这种故事中套故事的嵌套结构还可以被理解为'话中有话'，大大小小的说话分支都被镶嵌进了头号说话人金金的主体说话框架中，而在'编者按'中设置的'责编'看来，甚至连主体说话框架也在作者的掌控之中，作者作为隐居幕后的说话人实际上导演了这场话语狂欢节。……由此可见，乔叶在尝试着改造中国话本小说的说话艺术，她创造性地将西方现代派文学中的多角度第一人称叙事策略吸纳进中国话本小说传统的说话家数中，即在仿佛和读者闲聊的话语中不动声色地进行先锋文学实验，这就比单纯的评书体或老式话本更有艺术张力，也比那些生硬的先锋文学文本更有中国味道。"

同日，贺仲明的《传统文学继承中的"道"与"器"》发表于《文艺争鸣》

第9期。贺仲明认为："虽然孔子的儒家思想成为民族文化的核心，其中关于文学艺术的论述如'诗言志''忧愤深广'等思想，更自然浸润、灌注于中国文学传统之中，构成了中国文学传统几千年最核心的偏重社会伦理、偏重人文教育的精神血脉，但道家和佛家思想也深刻地影响到'道'的内涵。道家的超越精神、佛家的善恶观，与儒家的入世思想一样，都是中国传统文学的基本精神，并共同造就了中国文学'道'内涵的主富性和复杂性。""与'道'相比，'器'的内涵更具体，它的主体表现在形式层面，比如文体、技巧、方法等等。"总之，"文学传统的精髓和底蕴不在'器'而在于'道'"。

吴景明、李忠阳的《莫言小说的戏剧化书写及其审美表现》发表于同期《文艺争鸣》。吴景明、李忠阳认为，"首先，就小说的文体特征与发展趋势来看，莫言小说的戏剧化有其历史合理性与文体必然性。……以'叙事'为主要特征甚至是内核的小说文体，为避免故事情节的冗长烦琐或者平淡无奇，也将不可避免地提出'戏剧化'的要求"；"其次，莫言小说的戏剧化倾向体现为作家的非写实创作观念与戏剧性的暗合。……在非写实创作观念指引下，莫言小说塑造的人物与架构的故事情节，因其与现实之间的'间离感'，而与充斥着突转、巧合、夸张的戏剧性相吻合"；"最后，中国传统民间文学作为莫言逃离世界文学影响焦虑的栖身之所，是推动其小说戏剧化探索的最直接原因"。吴景明、李忠阳指出："'茂腔'戏文使小说语言充满韵律感，由民间俗语串联成的戏词使小说语言更加通俗化、大众化。'茂腔'这项民间传统文艺不仅改变了小说的语言，更改变了小说的结构和情节设置。戏剧化的情节使故事发展及小说人物被置于强烈的矛盾冲突之中，'一切都是夸张的，一切都推到了极致'，民间戏曲的滋养使莫言的小说别具一格，呈现出独一无二的美学风格。"

28日 阿来的《不忘初心 继续奋进》发表于《文艺报》。阿来谈道："我此次荣获第七届鲁迅文学奖的作品《蘑菇圈》应该说就是响应、领会总书记讲话精神的一个成果。三年前，我深入基层，行走了很多地方，接触大量的干部群众，意识到中国的高速发展和强劲的消费也造成了人和环境关系的紧张。人对于自然界过度索取，到头来因为生态的恶化而影响到人自己的生活品质。自然生态问题成了政府和老百姓共同关切的问题。"

十月

1日 李伟长的《理解一个短篇小说》发表于《上海文学》第10期。李伟长认为："卡佛不断提醒我们，短篇小说首先是这'一瞥'，其次是顺带的一瞥。如果足够幸运，这一瞥能够照亮瞬间、赋予鲜活生命和更宽广的意义。卡佛强调，短篇小说写作者的任务，就是尽其所能投入这一瞥中，充分调动他的智识和文学技巧，去施展他的才华，把握认识事物本质的分寸感和妥帖感，说出他对那些事物与众不同的看法。"

滕肖澜、张滢莹的《好小说的质感，或许是哑光的》发表于同期《上海文学》。滕肖澜谈道："好小说的质感，以及它所呈现出的那种生活，或许该是哑光的。若有似无，低调，却又经得起推敲。"

3日 《人民文学》第10期有"卷首语"。编者写道："给这个年代的长篇小说提供诸种新的特质，是非常困难的，但本期发出的《大野》。肯定是值得注意的一部。人物与话语方式的高度协调似乎谈不上什么特别——虽然这方面普遍表现出无能存于现状——但两个女主人公就是经由各自不同的话语方式，建起了一部作品的新而不怪的架构，容纳了四十年人间的心神。"

12日 张江、张志忠、张清华、洪治纲、赵慧平的《以传世之心打造传世之作》发表于《人民日报》。

张江指出："诚然，柳青、路遥、贾大山都属于特定时代，他们的思想经验不可避免地带有时代的烙印，但其创作又超越时代，因为他们摸索出来并终其一生践行的创作之路乃是文学创作铁的法则。"

张志忠指出："当代作家柳青、路遥、贾大山，他们所处的三秦厚土、燕赵大地是中国文明传承久远的所在，也是百年中国现代转型典型的所在。"

张清华认为："柳青、路遥、贾大山忠于生活、忠于人民，扎根火热现实，所以才能在历史的风云变迁、现实的复杂纠结中体察到人民的悲欢与希冀，看到历史的暗流与激荡，找到时代精神与方向之所在。"

洪治纲指出："由柳青、路遥们承传下来的这种写作范式，完全可以在当代文坛继续发扬光大。……在多样的文学格局中，这类真正呈现出普通人顽强奋斗、展示创作主体热血与情怀的作品并不多见。"

赵慧平认为,"柳青、路遥、贾大山……真正与人民大众同呼吸共命运,以人民角度感受新生活"。

19日 程光炜的《短篇小说的火候与力量》发表于《文艺报》。程光炜认为:"新时期文学初期,贾平凹、张承志、王安忆等一批青年作家刚试身手,短篇写作高手沈从文、孙犁和汪曾祺等的作品,最容易成为他们学习的对象。今天,作家们纷纷弃短追长,短篇小说的确已呈衰势。……短篇小说篇幅有限,得字字经营,不敢有稍微马虎,不像长篇可以随意走马。另外需要留白,不宜把话说满说完,这就考验着作者叙事达意的功夫。一两个人物,怎么出场,跟谁接头,故事向何处发展,波折又怎么组织,直至有一个小小高潮,都须在下笔前仔细想好。……在我看来,短篇小说照样能写广阔的生活,表面专注身边人物,含义却远,而且要选材严、开掘深刻、结构巧妙,以一当十。"

22日 张川平的《图文细节与想象真实——金宇澄的叙事艺术》发表于《中国艺术报》。张川平认为:"《方岛》吸引读者的依然是构成每篇小说底色和质感的细节叙事,作者笔端奔涌的记忆碎片,很多既不是来龙去脉、前因后果等故事要素,也不是怀春伤逝等情绪宣泄,而是源于感官的直觉呈现和'通感'联想,不同于《繁花》'浮世绘'式的全景细描,《方岛》为我们提供了一幅幅以色彩和构图给人造成强烈的视觉和心灵冲击的印象派画作。……《方岛》时期的金宇澄尚无'取悦读者'的主观意识,他只是专注于自我的表达,这种与读者貌似疏离的叙事姿态反而使之更贴近叙事对象,笔触饱满拙实,有很强的'及物性'和'现场感',方便'心象'的直观呈现,且易于捕捉植物、动物、人物的生命活力和特有的律动节拍……由于作者只提供'感觉'和'形象',其间以及背后的'意思'和'意义'则须读者去揣摸,去辨析,去确认,去充实,因此,充满了不确定性和扑朔迷离的神秘感,这与偏重日常生活的凡俗性描写的《繁花》,在文本风格上拉开了距离,悬疑小说《轻寒》更将'模糊化'的处理和'神秘感'的营造推向极致。"

24日 本报记者金涛的《文学将生命延长——专访一〇四岁著名作家马识途》发表于《中国艺术报》。马识途谈道:"抗日战争是中国最关键的一个转变时期，战斗非常激烈，牺牲很大，应该有反映中国抗战的大作品，好作品。但是说实在的，我好像还很少看到真正能反映中国抗日战争这一伟大斗争的优秀作品，我觉得少。"

25日 何平的《再论"网络文学就是网络文学"》发表于《文艺争鸣》第10期。何平认为："如果说，我们不是只专注于网络文学中份额很小的接近现代文学的网络小说部分，应该承认网络文学最大的份额是以资本和读者为中心的故事、爽文，以及影视剧、网游、动漫等产品的故事脚本等写作，所谓的网络文学就是网络文学，某种程度上正是这种意义上。从现代文学以作者、文本和专业读者为中心到网络文学以资本和普通读者为中心去谈网络文学的独特性，去谈网络文学的评价系统也是尊重网络文学的现实。"

28日 李建军的《有助于善，方成其美——论托尔斯泰的艺术理念与文学批评（上）》发表于《扬子江评论》第5期。李建军认为："他（托尔斯泰——编者注）将'情感'和'交流'当作艺术活动核心问题，强调宗教意识和宗教情感对于艺术的意义。他认为，'把所有人联合起来'是艺术的'特性'。"托尔斯泰"特别警惕那种脱离内容的形式主义倾向，因为，形式主义总是本能地排斥伦理和道德问题，总是表现出对善的漠然的态度"。

十一月

1日 鲁敏、傅小平的《"写作就是与陌生人说话"》发表于《上海文学》第11期。鲁敏表示："'作家声音'常表现为类似'旁白'或画外音的东西。'声音'可能与写作者的性格有关。……假如顺着这个前提来往下讲的话，叙述人这个隐性的存在，包括发言频率、语速、冷暖调性，有阐释癖的，不自信的热情，喜怒不形于色的，垂帘听政型的等等，也是间接折射写作者性格的。从这个角度看，这确实挺像我的，总有着急切与热情的表达欲。"

来颖燕的《小说是一场蓄意的诡计》发表于同期《上海文学》。来颖燕认为："夏烁的小说，最迷人处在于充满指向含混的细节。""夏烁对于小说的修改，让我想起了'滴画'，前后不同的痕迹正还原和透析出她在写作时的意念和犹豫。她始终在探索，在调试，但有时候，小说就该让这探索蓄意落空。"

同日，《艾伟：文学一直眷顾浙江这片土地》发表于《文学报》。艾伟谈道："在小说这一领域，中国传统在世情小说上特别发达，以书写活色生香的世俗生活见长，即使在今天，我个人认为，在写'鸡飞狗跳'的世俗生活上，中国作家无比出色，可以说比国外作家写得更好，但现代以来，我们在写的小说其实是西方意义上的小说，需要对人的丰富性和精神性作有效的探询，需要问题意识，需要对时代精神图景进行辨析和解剖。如何在传统和现代之间找到一条通道，是我思考及写作的方向。"

3日　《人民文学》第11期有"卷首语"。编者写道："这些年常听人说，跟乡村小说相比，令人印象深刻的城市现实材长篇小说少之又少。《景恒街》——这部以大都市一条著名的财经大道命名的长篇小说，将奋斗中的城市商业人群以饱满真切的实业具体性、鲜活跃动的职场新生态、心思复杂而分寸清晰的人与人的多重关联、主人公内心中的迷茫奔突与理智上的执守追索……无数属于当代都市更属于人的元素，艺术地落实于小说中。"

5日　"精准扶贫背景下的乡村文本（之二）"专题发表于《芳草》第6期。"编者的话"写道："本期笔谈展开了对精准扶贫背景下乡村文本'写什么与怎么写'这个永恒命题更进一步的探讨。以此命题切入并深入，对'当下乡村书写'起到的作用，是积极的，深刻的，更是崭新的。尤其在'精准扶贫'的背景下，如何继续'乡土叙事'的创作成就，再做出新的贡献，也必然需要以这样一些享誉文坛的精品力作为借鉴，为方向。如此，当下的农民问题、农村问题、农业问题，才能突显现实中已发生的许多新的变化，至于如何表现，不能仅仅只是过去'反映论'式的表现，而是要有新路径、新策略和新的审美经验的文学性表现，必须跃于老生常谈之上，的确很值得思考。"

7日　修雪枫的《新世纪中篇小说的特质》发表于《文艺报》。修雪枫认为："在概念意义上研究中篇小说，显然具有文体学层面的追问。中篇小说介于长篇小说与短篇小说之间，给小说下一个准确的定义，显然是难的，定义中篇小说也存在难度。汪曾祺曾在《短篇小说的本质》一文中，以比喻的方式探求过短篇小说的定义。他说长篇小说的本质是'因果'，而短篇小说集诗歌、戏剧、散文的长处于一体，是一种'轻巧的艺术'，那么，中篇小说的特点是什么呢？

汪曾祺从作者与读者的关系上来认识小说,他说:'如果长篇小说的作者与读者的地位是前后,中篇是对面,则短篇小说的作者是请他的读者并排着起坐行走的。'"

13日 王晶晶的《将中国小说的传统重新擦亮》发表于《光明日报》。王晶晶认为:"中国小说在演进过程中形成了自身的叙事传统,比如说潜在的'四季结构'。西方文学中的长篇虚构叙事,从史诗发展而来,因此非常重视叙述一个完整的事件,即叙述一个开头、发展、结尾过程俱全的故事。'结构的完整性'往往成为评价一部西方长篇小说的标准。中国小说也注重讲故事,但往往不是紧紧围绕着小说主人公,包含了故事的发展和高潮的严密的叙事结构,而是在故事的结构之外,常常还有另一重潜在的结构,比如明清长篇小说中的'四季',或者说'季节的转换'。"

15日 董婕的《郭文斌小说的诗意叙事及其意义》发表于《南方文坛》第6期。董婕认为"郭文斌的小说,以《农历》为代表而言,对人性'真善美'的讴歌,对地域风俗浓重且系统性的描绘,空灵人物的勾绘,主人公的儿童设置,文体上明显的散文化诗化特征,孩童叙述视角的广泛采用,纯净清新的语言,温婉隽永的审美格调等,都在不同程度上与现当代文学史上诗化乡土小说的特征有所叠合",并认为"《农历》对诗化乡土小说在当代的延续更显示了其必然性。而这种必然性的根源与诗化乡土小说作家的生命体验与文化价值选择相连"。

20日 贾平凹、韩鲁华的《天地之间:原本的茫然、自然与本然——关于〈山本〉的对话》发表于《小说评论》第6期。贾平凹表示:"所有小说在我心目中就是梳理历史,梳理现实,通过小说来梳理中国的历史和中国的现实的。"

张清华的《主持人的话》发表于同期《小说评论》。张清华认为莫言新作反映了"莫言看取历史与人物的视角与方式,似乎发生了微妙的变化,变得更加宽容,更加具有'历史的和解'意味,原来政治的紧张关系、伦理的紧张关系、经济与财富方面的对立关系,个人之间的爱恨与恩仇,都变得松弛和暧昧了,更具有戏剧性的意味,时间呈现出了巨大的容纳与悲悯,这些都有效地整合了原有的一切"。

《"经验堆砌"与"精神疲软":当下小说写作的一种症候——"文学创

造与现实生活"系列讨论之四》发表于同期《小说评论》。参与讨论的专家学者有于文舲、徐兆正等。

于文舲认为:"小说放弃了以艺术逻辑——形式,特别是结构,包括布局结构和意义结构——重建秩序的特权,它就完全变成了生活的同谋,甚至影子。"

徐兆正谈到了总体性与主观性的问题,表示"我们必须意识到这一点:那种以放弃立场(主观性)为代价从而抵达真实(客观性)的想法仅仅是一种虚构"。

23日 贾想的《一夸克重的小说》发表于《文艺报》。贾想认为:"'轻'与'重'如何调配,如何摆弄,如何融洽地相处于一室,一直是短篇小说的难题。有人选择轻摇罗扇,缓步当车,却袖里藏刀,急匆匆图穷匕见,给小说以'突然的重'。有人选择舞刀弄枪,千军万马,而后羽扇纶巾,眨眼间樯橹灰飞烟灭,给小说以'突然的轻'。从轻而重或由重入轻,都是一种戏剧化处理,给予短篇小说以瞬间的辉煌。似乎没有对'轻'与'重'纵情的把玩,没有突转的妙笔,短篇小说就不成其为短篇小说一样。"

25日 郭冰茹的《历史叙述与传奇笔法——读〈额尔古纳河右岸〉》发表于《当代作家评论》第6期。郭冰茹认为迟子建的《额尔古纳河右岸》的书写方式令刚冷方正、平直朴素的历史叙述呈现出瑰丽奇崛的传奇化色彩"。"关于萨满之'奇'在文本中主要由三方面来呈现,其一是新萨满的请教仪式。……其二是萨满主持的祭祀仪式。……其三是萨满的未卜先知以及神灵赋予的法力也增强了文本之'奇'。""迟子建并非将这些赋予文本传奇化的元素作为点缀,而是将其内化为文本本身,它们构成了文本的叙述结构和内在动力,并且成就了文本的审美特质。"郭冰茹还谈道:"《额尔古纳河右岸》描写的一个部落百年的兴衰史,迟子建完全可以将其处理成一部中规中矩,包含历史大事件,带有深刻历史反思的宏大叙事。然而文本观照自然的生命理念、瑰丽奇崛的传奇笔法和汪洋恣意的诗性抒情都让这部作品有别于一般意义上的历史叙述,从而为当下的历史书写探索了多维展开的可能性。"最后,郭冰茹总结道:"《额尔古纳河右岸》借助神话故事和萨满教的神歌神谕,将道法自然、万物有灵、天人合一的文化想象与鄂温克族一个部落近百年的兴衰史结合起来,融虚构想象于写实求真,在历史叙述中加入了传奇笔法,使平直朴素的历史叙述呈现出瑰丽奇崛的传奇化特点,开拓了历史叙述的想象空间和审美维度。不仅如此,迟子建通过具体的文本实践,为当代文学处理写实与虚构、叙述与抒情提供了一种可兹参照的写作方式。可以说,《额尔古纳河右岸》因此也接通了史传与传奇两种叙事传统的精神脉络,探索了当代文学整合古典小说叙事资源的另一种可能。"

29日 本报记者傅小平的《叶兆言:我永远都在探索文学的可能性》发表于《文学报》。叶兆言谈道:"我其实是受了契诃夫戏剧的影响(长篇小说《刻骨铭心》的创作——编者注)。他的剧本《海鸥》有一个冗长的开头,一个仓促的结尾。……但我可能更关注的问题,是读者会用一种什么样的方式进入小说,是从现实开始进入,还是从历史开始进入。"

十二月

3日 《人民文学》第12期有"卷首语"。编者写道:"《牵风记》是一部具有深沉的现实主义质地和清朗的浪漫主义气息的长篇小说,也是一部具有探索精神、人们阅读之后注定会长久谈论的别样的艺术作品。"

朱向前、西元的《弥漫生命气象的大别山主峰——关于徐怀中长篇小说〈牵风记〉的对话》发表于同期《人民文学》。朱向前说道:"依我看,《牵风记》的突破之处在于四个方面:一是创造出了几个当代军旅文学的新人;二是凸显了美对战争的超越;三是突入了战争与爱的纵深;四是实现了当代军旅文学的美学突围。"

7日 《关于徐怀中长篇小说〈牵风记〉的通信》发表于《文艺报》。徐怀中谈道:"要追溯到1962年,我请了创作假,动笔写作长篇小说《牵风记》……80年代初,受到思想解放运动大潮的冲击,对文学创作认识上得到极大的启迪与觉醒……如我这样老朽一辈,则是要彻底摆脱头脑中有形无形的思想禁锢与自我局限,回到小说创作固有的自身规律上来。一条河断流了干涸了,只有溯源而上,回到三江源头,才能找到活命之水。"

10日 叶弥的《找回朴素初心》发表于《文艺报》。叶弥认为:"长篇小说一定不能靠灵感写作,要靠全盘的构思。构思长篇小说的思想,也就是灵魂。

构思的过程，也就是寻找思想的过程。每一部小说里面，都包含着它本身具有的内在的思想。就看写作者是否找得到。问题是，我从写作开始，就把写作的'有趣'放在第一位。写作长篇小说时，把写作的重心放在'有趣'上，必定会变得无趣。"叶弥还说道："长篇小说的灵魂，就是人物的灵魂。"

27日 本报记者傅小平的《刘心武：我写的东西，都和自己的生命历程有关》发表于《文学报》。刘心武谈道："我坚持写实主义的路子，也不是古板的，而是吸收了很多别的元素。……对我产生影响的，还有当时看到的一些超级现实主义的绘画作品。"刘心武进一步谈道："我自己的写作坚持写实主义，和中国古典文学，还有西方古典写实主义靠得很近。……我写的东西，都是和自己的生命历程有关的。这种历程也可能会追溯到前辈，但都是和我自己的生命相关的。"

28日 刘琼的《试论陈彦长篇小说的文体意识和文化意识——以〈主角〉和〈装台〉为例》发表于《扬子江评论》第6期。刘琼认为："陈彦的小说叙事语言，表层是一种少量夹杂着陕西方言的陕西普通话，内里混合了两种语言痕迹，一种是由传统文化化来并保留古典痕迹的大西安地区文人化语言——这来自作家目前自有日常语言，一种是陕西中部和南部地区城乡平民语言——这是作家对人物语言的刻意贴合和模仿，这两种语言在作家的笔下被熔冶，形成一种丰富、从容、活泛的表达。"刘琼还指出陈彦的创作"具有打通戏曲和文学的独特优势"，"院团长和戏曲编剧的经历为陈彦的小说创作'增殖'"，"在小说《主角》里，作家不仅深化了与民间世界、世俗世界的对话，还打开了与传统艺术世界的对话空间"。刘琼总结道："陈彦的两部长篇小说尤其是《主角》，通过驳杂、丰富、个性鲜明的人物形象，写出一段历史时期（改革开放前后至今），中国西部社会的生活经验和生命体验，写出人性的常道，写出丰富的人情，使文本具有了灿烂的人本意味。陈彦通过曲折婉转的人物命运变化、波澜壮阔的社会生活，写出历史的人文坐标，主要是写出历史的本质，表现了历史的深度，获得历史的美感，又使文本具有了深刻的历史感。"

2019年

一月

1日 程光炜的《"史诗"和"故事":在自我的历史能量耗尽后》发表于《上海文学》第1期。程光炜谈道:"中国小说在唐宋转向之后,确实产生了注重'故事'和'日常生活'的两大特征。故事指小说叙事手段,日常生活指叙事目的。今天的小说境遇,是否可以大胆地说,某种程度上又返回了宋元明这个阶段,至少是一部分作者返回了?方家可以争论商榷。"谈及当下的日常生活写作题材,程光炜认为:"告别了'重大题材'史诗写作传统的当代小说,鉴于文学市场亦发生重大变化,必然会直奔'俗皆爱奇'的故事写作。因此,自我就像一个迷失于重大社会转型关头的历史游魂,当它毅然脱离历史的主轴,彻底放下历史情怀之后,就像一只断线的风筝。它既回不到过去,也无法融入未来。它酷似一个'历史中间物',虽然它根本没有新旧传承的兴趣和能力。"

同日,王威廉的《深度现实与未来诗学》发表于《作品》第11期。王威廉认为:"小说便是语言叙事构造出的文化镜面,只是这个镜面并非现实中冰冷而沉寂的光学反射物,而是复杂、流动、充满想象力的自觉意识在语言中思辨着而存在的意象。……建构小说的文化诗学,并不是拒绝那些直接的'知识生产',而是要以小说的虚构空间和叙事思想超越那些'知识生产'的画地为牢,重新将自然、人生、社会、世界等作为一个有机整体而熔铸在一起。从对文化的深描中洞见未来,又从对未来的想象中理解文化的变迁,一种'深度现实'便可以被有效地建构起来了。……文学叙事是以'创造'现实的方式来理解现实,而这种'创造'涉及的是我们对于何为世界、何为真实、何为人类的深刻理解。"

2日 《光明日报》第14版《文艺评论周刊·文学》专栏有"编者按"。

"编者按"写道:"党的十八大以来,党中央高度重视文艺工作,习近平总书记关于文艺工作的重要论述,总揽全局、视野宽阔、内涵丰富、思想精深,科学总结了我们党领导文艺的历史经验和实践探索,深刻有力地回答了中国特色社会主义文艺面临的一系列具有新的历史特点的重大问题,是马克思主义文艺观中国化的重大创新发展,对中国特色社会主义文艺的长足发展具有根本的指导意义。从今天起,本版开辟'新时代·新创作·新文论'栏目,围绕当前文艺创作和文艺理论领域的一系列重大问题,进行评述与阐发,开展探讨与交流,敬请关注。"

3日 《人民文学》第1期有"卷首语"。编者写道:"三部中篇小说,大致可代表作家各自近期的最佳创作状态,虽然它们在题材、故事、人物和语风上毫无相似相近之处,但完全可能一致的情况是,人们读之再思,评之再品,继而不同程度地影响到人生态度与心性表达。……四个短篇小说形态各异,他们却有相同点:聪慧的构思、准确的文字、并不容易讲好的故事却出人意料地讲出了特色。例如《刘玉珍,叫你那位罗长生来一趟》,故事里的信息存量大,生生地死,死死地生,却偏偏用没心没肺的人物满不在乎地携带着,神奇的'轶事体'的心筐事篓装载着烟火万象。"

5日 何平、黄昱宁的《访谈:"我们都是被历史除不尽的余数"》发表于《花城》第1期。黄昱宁说道:"实际上,我觉得如果离开反讽,离开叙事技术的招数,在现代语境里简直无法虚构。我不知道别的小说家怎样,对我确实是这样。在我看来,那些东西是写进了现代小说家的基因代码的。非虚构的、纪实的文体提供了足够多足够好的素材,如果写小说的不加以重组、颠覆、调戏,不与之对话,那为什么还需要虚构?《十三不靠》这一篇,我的动机是写一个人,一群人跟时代的关系,我想写一个'满拧'的、《红楼梦》中所谓'尴尬人偏遇尴尬事'的戏剧场面。十三小节可以理解为十三片拼图,十三个关键词,十三张哪跟哪都不挨着的麻将牌。在麻将中,'十三不靠'是一种特殊的和法,它们彼此之间似乎是独立的,单一因素无法导向那个爆发点,但是把它们放在一起,就构成了一种'天下大乱'的和法——那个看起来很荒诞的动作就在多重因素的作用下发生了。这个概念跟我要叙述的事件、要表达的风格以及想达成的隐喻，是吻合的。所以，一旦确立了这个结构，我就知道这个故事该怎么讲下去了。我觉得我要的荒诞感，很大程度上就体现在这个特殊的结构中。其实小说里面隐藏着很多小游戏，比如每一节都有个标题，每个标题都是三个字，前一节的末尾直接导向下一节的标题，两段重要的多人对话用'/'分隔戏仿现代诗的结构——这些都是体现文本意图的，也试图营造一种特殊的节奏感。如果读过我以前的小说，还会发现《十三不靠》中提到的好几个人物，曾经出现在我其他小说中。另一些可能会出现在我以后的小说里。我希望他们之间也构成互相指涉，将来放在一起能形成互文效果。"

16日 本报记者丛子钰的《梁晓声：现实主义亦应寄托对人的理想》发表于《文艺报》。梁晓声认为："看电影确实对文学创作会有一定的影响。我觉得，自己在描写场面的时候，尤其驾驭宏大场面的时候，不次于其他的作家。而处理宏大场面时比较重要的，是兼顾有意味的细节。"

18日 本报记者行超的《弃"文"归"朴"的写作历程——访王安忆》发表于《文艺报》。王安忆谈道："我从来不用沪语写作，一方面是我们必须服从书面语的规定，另一方面也是我对沪语的评价不高……方言可以将普通话的格式破局打开一个新天地。语言既来自看世界的方式，又反过来创造看世界的方式，方言可提供资源，但如何与现代汉语变通，是费思量的事情。"

20日 曹文轩的《边界与无疆——自述》发表于《小说评论》第1期。曹文轩谈到了文学的"古典性的缺失"的问题，曹文轩认为"文学与其他东西不一样，我们不可以将它置入进化论的范畴里来论。文学艺术没有经历一个昨天的比前天的好，而今天的又比昨天的好的过程，文学的标准就在那儿，在《诗经》里，在《楚辞》里，在汉赋唐诗宋词元曲里，在《红楼梦》里，在鲁迅、沈从文的作品里，当然也在但丁、莎士比亚、托尔斯泰、契诃夫的作品里，千年暗河，清流潺潺，一脉相承。……古典没有因为今天而矮出我们的视野，而且我们还看到，文学的今天是与文学的昨天是连接在一起的，是不可分开的"。对于"古典的特质究竟是什么"的问题，曹文轩认为是"庄严""雅致"和"意境"。

李骞的《论铁凝的小说观念》发表于同期《小说评论》。李骞谈道："在铁凝看来，短篇小说是一种'景象'……是作家的审美观念对外在物象的再创造，是自然风景在人的心灵世界的集中体现。"在李骞来看,"作家以心灵映照山川日月,用短篇小说的方式代风景立言,把自我的主观生命情感与原生态的自然物象交融渗透,通过语言的艺术形式传达给读者"。

刘玉霞的《铁凝长篇小说的复调元素》发表于同期《小说评论》。刘玉霞谈道:"铁凝的四部长篇小说《无雨之城》《玫瑰门》《大浴女》《笨花》中复调元素的运用主要表现在以下三个方面,一是多声部与对话,二是对位人物的设置,三是共时性空间的呈现。……作家借助复调元素,表达的是个人对自我的审视与发现,通过日常生活精神表达对社会现实的关注,表达对正义与良善的执着与坚守。"

於可训的《主持人的话》发表于同期《小说评论》。於可训认为曹文轩"所坚守的,正是五四时期人的发现的真理"。於可训指出:"正是在这个意义上,曹文轩的创作打通了成人的文学和儿童的文学,在成人和儿童之间找到了人性这个共同点,因而在他的作品中,我们读到的是人,是人性的真与善与美,而不是大人或小孩,成人或儿童。也正是在这个意义上,曹文轩说,'好的文学艺术品,没有特别专门的对象',也是真理。"

21日 本报记者丛子钰的《"小说应该是生机盎然的"——访作家徐怀中》发表于《文艺报》。丛子钰表示,"战争结束几十年后重新叙述时,在思想上已经有了本质性的转变。他(徐怀中——编者注)要彻底回到文学创作自身固有的规律上来"。徐怀中在采访中说:"所以我写每一个视觉形象都尽可能写得很细,细到让读者产生兴趣,自然就立体化,自然就视觉化。"

刘亮程的《小说是捎话的艺术》发表于同期《文艺报》。刘亮程表示"《捎话》是一部声音(语言)之书,写那个时代的话语之困"。刘亮程指出:"写《捎话》时,惟一的参考书是成书于11世纪的《突厥语大辞典》,跟《捎话》故事背景相近。我从那些没写成句子的词语中,感知到那个时代的温度。"

23日 王春林的《多种艺术类型的兼备与共存——对2018年长篇小说的一种理解与分析》发表于《中国艺术报》。王春林谈道:"我们最起码可以把这一年度(2018年——编者注)的长篇小说创作划分为'百科全书'式、'史诗性'与'现代型'这样三种不同的艺术类型。所谓'百科全书'式的长篇小说,更多地与中国本体的艺术传统相关联,乃至具备海纳百川包罗万象的一种阔大气象类似于具有'百科全书'性质的长篇小说。……'史诗性'在当代的长篇小说中,主要表现为揭示'历史本质'的目标,在结构上的宏阔时空跨度与规模,重大历史事实对艺术虚构的加入,以及英雄形象的创造和英雄主义的基调。……所谓'现代型',则是我自己的一种真切体认,从其基本的美学艺术追求来看,这一类型的长篇小说,不再追求篇幅体量的庞大,不再追求人物形象的众多,不再追求以一种海纳百川式的理念尽可能立体全面地涵括表现某一个时段的社会生活。"

25日 房伟的《从启蒙思者到自然之子——张炜90年代小说与当代文学史》发表于《文艺争鸣》第1期。房伟认为:"《九月寓言》一方面呼应道家文化想象,创造了儒家传统之外的'另类文化传统'意象;另一方面,又以'自然化'文化理想主义,替代阶级革命与启蒙主义,填补了90年代初多元文化倾向导致的稳定价值信仰感的坍塌,为中国知识分子描绘了一个浪漫又相对自足的'自然乌托邦',深刻地反映出现代性发育中国家民族叙事'中国特色'表征。"

顾广梅的《"中国经验"文学叙述的难度与策略——理解张炜和他的〈刺猬歌〉》发表于同期《文艺争鸣》。顾广梅认为:"如果不能把握《刺猬歌》所蕴含的大雅大俗之异质混成美学及其包孕的艺术精神,也就无法领悟它对'中国经验'复杂性、扭结性的深刻反思和卓然超越。……所谓'大雅',是指张炜在《刺猬歌》中运用雅正的书面语言(包括古典的与现代的),偕以典雅、优美的叙述腔调,形成优雅冲淡的美学气质;所谓'大俗',是指他生动妙用民间语言和地方方言,辅以诙谐、野性的叙述腔调,形成俗白如话的美学气质。"顾广梅还谈道:"《刺猬歌》最有难度、最具原创性的书写是从传奇、神话和寓言三方面齐头并进,重构了绚丽璀璨又藏污纳垢的'人'世界。'人'的传奇、神话和寓言,在中国古代叙事文学中均可找到其源流,但同时出现在一部作品中确乎罕见,足见张炜对古老叙事艺术进行现代转换的勇气和魄力。……中国古代的传奇叙事关注异人异事,主要集中在从魏晋南北朝滥觞的历代笔记小说,其间经唐传奇自由浪漫的发挥张扬,在文学整体流变中可谓别出新途,才藻富赡。《刺猬歌》妙设传奇,既保有奇异奇特的基本美感,又打破'奇而不真'之惯常手法,将传奇性和写实性、大雅与大俗集中在人物的命运书写中。"顾广梅总结道:"张炜的《刺猬歌》则更多从中国传统美学精神和表达方式中寻找活力源头,并重新灌注鲜明的主体意识,创造性地进行了现代转换,所以更像一幅有着中国古典神韵、又求新求变的现代水墨画。"

黄发有的《在抒情与史诗之间——张炜简论》发表于同期《文艺争鸣》。黄发有认为:"张炜的抒情不是细碎的、随意的、自相矛盾的情感抒发,他的抒情有连贯的内在脉络,有大的关怀和深邃的历史反思,如同一条蜿蜒的河流,在现实与历史、感性与理性之间回荡。他的抒情拥有坚实的价值依托,那就是对理想主义的坚守,其中既有追索的执着、艰辛与欢欣,也有面对理想普遍失落的文化环境的怅惘、孤独与抗争。"

木叶的《张炜:"占领山河,何如推敲山河"》发表于同期《文艺争鸣》。张炜认为:"文学可以用反艺术、反道德的方式来介入和表达,但综合的效果还是应该达到向善。这个'向善'不是让一个作家去说教,去简单化标语口号式,或者说直通直地推销自己的道德观,一个有历练有经验的作家是不会那样的。"

30日 本报记者李晓晨的《每一个时代里都闪烁着人性的光辉——访作家叶弥》发表于《文艺报》。叶弥认为"解构主义我们认为是从西方来的,其实真正善于解构的是我们自己,我经常从四大名著里,流传的民间故事里,我们的地方戏曲中找到这些解构的手法,只不过我们的解构只是解构,没有称为主义"。

本月

李宏伟、霍香结的《写作须"切己",否则就丧失了写作的元动力(访谈)——关于〈汤错,以及通往它的道路〉及霍香结的写作》发表于《山花》第1期。霍香结谈道:"这个小中篇属于《铜座全集》艺文志部分小说资料编……是直接抽出来的,可以独立。全集是分布式结构,每个地方都可以独立,也可以放进去,类似一个中药柜一样的东西,有很多抽屉,可以不同抓取。……这样的小中篇有三四个,不能构成中篇的就由短篇来承担,每个单元选择的角度有差异,目的还是汤错,即所谓'微观地域性写作',以及对'厚描述'所作的尝试。它们都为'汤错全集'服务，漫游，有可能是独立的，也有可能需要调整，只是跟着感觉走。"

二月

13日 "民间传统　网络再生"专题发表于《文艺报》。该专题收录桫椤的《"被压抑的"民间性——网络写作与白话文学传统》、谢宗玉的《文体的"变脸"与人民性》等文章。

桫椤认为，"如果辨析网络写作与传统写作之间的关系，至少会关涉古典文言小说与白话小说、古典白话小说与新文学、新文学与通俗文学等不同形态与发展阶段之间的继承、超越与创新的关系。……尽管以'民间性'为底色的网络文学存在诸多问题，但与传统白话文学和'纯文学'相比，形制和内容都有异质性的成分生成，其中不乏对现代性思想的探求"。

谢宗玉写道："只是想说，依照西方文艺理论创作出的所谓'纯文学'，或许并不符合中国人的阅读趣味。在没有其他文艺娱乐的时候，借助白话文席卷的浪潮，上世纪80年代，它的确有过一段阅读上的狂欢史，但在电视、电脑、电游，以及层出不穷的娱乐软件的围追堵截下，'纯文学'已迅速靡萎到无法想象的地步。正是在这个时间节点上，从本土出发的网络文学强势崛起，已有与'纯文学'分庭抗礼、并呈全方位超越的趋势，其意义不管如何夸大都不过分。它意味着经过漫长的几千年，被忽略、被边缘化的民间文学借助科技的力量，终于有了与正统文学同台竞技的机会，未来的文学无论以何种面貌出现，民间广博的沃土依然会承载最厚重久远的经典。"

21日 李洱、傅小平的《写作可以让每个人变成知识分子》发表于《文学报》。李洱谈道："关于给事物命名，你知道，这几乎是每个作家的愿望。巴尔扎克的那句话依然有效，作家某种意义上就是时代的书记员。"李洱还谈道："中国作家四十岁以后，或多或少都会与《红楼梦》《金瓶梅》相遇。我想，我可能受到过它们的影响，但我不知道我在哪种程度上受到了影响。或许在方法论上有某种影响？"

25日 韩松刚的《抒情传统与新时期小说叙事》发表于《文艺争鸣》第2

期。就先锋小说和寻根文学的抒情性,韩松刚认为:"实际上,其(先锋小说——编者注)淡化故事情节,突出人物内心世界,注重心象意象的叙事特点,固然受到了西方现代派叙事的影响,但其内在的创造动力来自于根深蒂固的中国抒情传统,余华、格非、苏童、叶兆言等等,其小说的被认可和被推崇,更多地源自于其小说内部所散发出来的强烈的主体精神和浓郁的抒情氛围。寻根文学亦如此。寻根文学对于'根'的寻找,一定程度上也是对抒情传统的精神渴望和灵魂皈依。因此,不管是阿城的《棋王》对于道家文化的追根溯源,还是贾平凹的'商州系列'、李锐的'厚土系列'、莫言的'红高粱系列'、李杭育的'葛川江系列'对地方文化的精神扎根,其实都体现了寻根文学对于民族心理文化结构中人性和抒情世界的开掘。他们的小说,大都具有强烈的主观抒情色彩,加之其天然的感性世界,其叙事往往给人带来一种或浪漫或颓废或伤感的氛围。"韩松刚认为:"这样一种戴着镣铐跳舞的'抒情'在90年代的小说叙事中达到了一种极致,甚至已经开始出现自我的迷失。具体来说,以陈染、林白、海男等人的私人化写作极具代表性。……如果说抒情传统在小说叙事中对主体的影响是一种内在的结构性渗透,那么具体到小说叙述来说,则更多地表现为对感性文字的重视,也即一种诗意的呈现。"

解志熙的《小说之大说——在"青年作家工作坊"座谈会上的发言》发表于同期《文艺争鸣》。解志熙认为:"我们不要忘了小说最基本的东西——小说是面向庶民的艺术,是向大众讲述人生故事、数说生活经验的艺术。……小说的特长就是具体细致地描写生活经验,所以广义上小说都可称为写实艺术,过多过高的技术考究是作茧自缚,最重要的还是追求讲述的真实感。"

28日 张柠的《有信念的艺术与胆小鬼艺术》发表于《文学报》。张柠谈道:"长篇小说的外在形式有不确定性,也是'未完成'的,但其内在形式则是确定的,那就是作家对美和完满,对人和未来的坚定信念。"

同日,邱华栋的《小说的创新性:异态小说(上)》发表于《扬子江评论》第1期。邱华栋认为:"扑克牌小说的特点,就是它无头无尾,充满巨大的开放性,因为扑克就是会演变出各种可能性。……扑克牌的符号表意功能和小说对故事情节的虚构完美结合在一起,使小说具有了随机性和游戏的性质。"

吴义勤的《作为民族精神与美学的现实主义——论陈彦长篇小说〈主角〉》发表于同期《扬子江评论》。吴义勤认为："戏曲无疑是《主角》透视现实主义小说的重要美学装置。一个不可忽略的前提和重要事实是，陈彦经历了由戏剧作家向小说家的转型。《主角》是他转型后继《西京故事》《装台》之后的第三部长篇。作为戏剧家的身份和经历，对于理解《主角》的现实主义美学无疑有着极为重要的意义。正是因为秦腔这一民族传统戏曲的'外部'场域的存在，使陈彦获得了观照现实主义文学的独特视角，正是在戏曲和文学的往返之间，作家发现了重构现实主义美学的方法。……《主角》将传统戏曲的伦理意识和道德观念渗透到小说叙述中，延续并实践着现实主义文学的教谕功能，同时，小说又以朴素细腻的写实性笔法，将僵硬机械的教谕转换和再造为艺术和审美的化育。……《主角》在这一点上，将糅合道家纯真自然和儒家重义轻利思想贯穿叙述，凭借这些紧密关联着'民族''传统'的'一致的尺度'，作家的价值和信念得到自然、顺理成章的表达。"

三月

1日　"中国作协九届四次全委会大会发言选登"专题发表于《文艺报》。格非在《时间与绵延》中表示："在对时间的沉思方面，中国传统的文化哲学，给我们留下极其丰富的遗产。儒家的积极入世，道教和佛教的忘世和出世，都为我们思考时间和生命的意义提供了宝贵的思想资源。在儒家思想看来，个人存在的价值并不在于生存时间的长短，也不在于世俗意义上的功成名就，而是要成就生命的美德。《周易》中所谓的'原始反终'，所强调的恰恰是生命的完成，而在人的一生中的每一个瞬间，生命的意义都是可以实现的。这样一来，儒家思想将生命时间的长度量，转化成了自我价值实现的强度量，从而克服了对于未来的忧惧，并发展出一种重现世、重人情、重生命感悟的哲学和美学传统。"

於可训的《一部中国化的作品》发表于同期《文艺报》。於可训指出："笔记是中国古代的一种独特的文体，你说它是散文，它确实是一种散体的文字，而且某些特征也与今天的散文类似，你说它是小说，它确有许多篇什兼具今天我们所说的小说的某些要素，所以有人又把这一部分叫做'笔记小说'。……

今天的中国作家才可以用笔记的'散体之神'来改善已经全盘西化了的现代中国小说，才可以让笔记中固有的小说元素得以回生再造，成为今人所说的新笔记小说。"於可训表示："说《农历》是一部中国化的小说，除了上面所说的理由，即它的'包罗万象'的生活内容，和杂糅叙事、抒情、议论于一炉的'不拘一格'的写法，包括穿插其间的各种文学的和非文学的、文人的和民间的、书面的和口头的、通俗的和雅致的文体等等之外，还有很重要的一点，就是它所具有的教化功能和作用。"

张柠的《现代与古典：两种类型的开头和结尾》发表于同期《文艺报》。张柠认为："现代长篇叙事文体，跟古典类型的'神话''传奇''寓言'故事有很大的差别。它是现代世界现代人的故事，呈现和肯定人民的世俗生活是它的重要使命，而不是轻易地去否定世俗生活。现代小说既要给'日常生活'以意义，还要让'个人经验'充分展开。在这个基础上，有价值的结尾问题才出现。"

3日　《人民文学》第3期有"卷首语"。编者写道："这几年，我们一直在热切盼望着具有新时代情境气象、新时代精神气的、新时代人物气质的现实题材力作的不断涌现。这是一条必须实实在在进入新时代内部细部，有无穷发现并有无尽感触才可能摸索出来的创作之路；这是一条必须真真切切理解新时代广度深度，有天地格局并有天下情怀才可能行走出来的创作之路。本期发表的长篇小说《经山海》，或可给这一期许中的大路留下较为明显的足迹。"

4日　孙惠芬的《在迷失中诞生——〈歇马山庄〉(创作谈)》发表于《文艺报》。孙惠芬认为："长篇的写作，其实是为无依无靠的灵魂找寻一个强大的精神家园，它是一个虚拟的世界，它展示的是现实生活，可是促使这种展示的动力却来自对于精神家园的寻找。"

6日　本报记者马李文博的《敬畏自然，人在自然面前永远不会胜利——访全国人大代表、四川省作协主席阿来》发表于《中国艺术报》。阿来谈道："中国文学有一个毛病，我们只会写人跟人的关系，让我们忽略了自然。所以有些时候反过来又说我们都不重视环保，我们不重视环境，其实我们的文学当中也缺这一块。古人还有山水诗……而世界文学中，包括中国古代文学里一直是有环境在的。"

7日 傅小平的《冯骥才：我想像完成艺术品那样完成这部小说》发表于《文学报》。冯骥才谈长篇《单筒望远镜》的创作时说道："我不是所有小说都有意象，但我的小说形象性都很强。这恐怕与我画画出身有关。……在这部小说里，我用了写意的笔法写大场面，写大场面最重要的是细节。我认为，小说是靠不断出现的重要的细节支撑的，有了一个个精彩的细节，一部小说才会丰满起来。"

8日 本报记者马李文博的《生活不可能常变常新——访全国人大代表、中国作协副主席王安忆》发表于《中国艺术报》。王安忆谈道："我个人觉得还是得服从书面语，但是我们现在的书面语其实已经是被普通话搞得越来越简单，越来越粗糙，普通话是一种比较简单的语言。好的书面语的能量还是很大的，如果我们去看鲁迅的小说，看沈从文的小说，他们有旧学的底子，书面语用得比我们今天的书面语好得多。"

20日 王素、梁道礼的《贾平凹方言写作论》发表于《小说评论》第2期。王素、梁道礼认为："贾平凹真正自觉地'寻根'，是在语言和文体上，即找寻'符合中国做派的语感和表现形式'。……在探索路径上，贾平凹在努力克服残存下来的按一个统一模式去创作而滋生出的语言千篇一律、寡淡无味的同时，尽量避免'五四'以后流行的欧化的语言成份，以及对西方文学写作技巧的盲目仿制。……贾平凹心目中理想的文学语言，应该具有'口语'般的鲜活气息，要有趣味，是感性的、形象化的，保留了生活细节。能够满足这些标准的只有方言……从《秦腔》开始，贾平凹放弃了以方言模拟古语，不再营造'艺术化'的方言，而是使方言回归到'生活化'的状态，用实录的方式描写生活的本来面目，原汁原味地还原凡人俗事。……方言本体地位的获得与贾平凹本土文化意识的自觉有关。"

於可训的《主持人的话》发表于同期《小说评论》。於可训认为："处在这样的时代，钟求是既要像沈从文一样，站在乡村的边缘'打量'现代，也要像张爱玲一样，站在市井的边缘'打量'革命，还要像汪曾祺一样站在人性的边缘'打量'政治，所以，会更多的'受困'，他的创作因而会比上述作家更为丰富复杂，对于正在进入现代的中国来说，同时也具有更大的现实性。"

钟求是的《文学如何面对这个世界的精神障碍》发表于同期《小说评论》。钟求是认为"现代人内心的精神障碍，是两国（中国与韩国——编者注）作家都绕不过去的写作难点"，"写作者们必须思考跟眼前这个世界如何相处"，并提出"面对这个患病的世界，文学不提供治疗药方，但需要拿出自己的态度"，这态度包括"文学需要诚实""文学需要受难"和"文学需要赎救"。"写作者要敢于做出这样的表达：真诚的文学能借给人们一双清醒的眼睛，看清这个世界的丑陋和高尚，阴影和光芒，受困和希望。"

钟求是、徐勇的《站在边缘的位置打量生活——钟求是访谈录》发表于同期《小说评论》。钟求是认为，对于"传统的公共经验受到了冲击和瓦解"的当下现实，"一方面，需要写作者坚持传统文学中的逻辑支撑，不为周围的失序现象所乱，丢掉叙述的合理节奏。另一方面，需要写作者对过去的传统逻辑进行调整，对新的生活常识和伦理秩序进行辨认，捕捉和熟悉新的公共认定与集体经验"。

25日 张政、张文东的《传奇传统的新阵地——从文学传统走进网络小说》发表于《文艺争鸣》第3期。张政、张文东认为："首先，网络小说的题材与类型繁多，而猎奇的情节与新鲜的网络语言是其通用的元素，盗墓、玄幻、仙侠、都市等类型的网络小说中对'奇事''异闻'的书写在不同程度上接通了网络小说与传统文学传奇叙事模式之间的天然联系。""其次，网络小说与传奇传统在情节上对接也有其'天然'性，网络小说对情节功能的强调是有目共睹的，一方面利用情节转折制造紧张、希冀、愉悦、苦闷等种种氛围，并推进叙事发展，保证叙事的完整性。……另一方面，网络小说常用情节'说话'，来突出人物的特征化性格。……无论是让人一步步封神，还是神鬼历经人间冷暖，网络小说在利用曲折的情节丰富人物形象上与传奇传统一脉相承。"另外，网络小说"从这些古典臆想中获取了丰富的叙事资源，传统传奇小说中的传说、奇闻被网络小说所吸纳、借鉴，再以此为基础演绎出新的故事，从而表现其独有的文学价值"。"网络小说作者通过自己的奇思妙想为读者营造出了一个浪漫奇异的虚拟时空，继承了传奇传统浪漫想象的叙事因子。"

28日 傅逸尘的《21世纪中国小说如何伟大起来？》发表于《文学报》。

傅逸尘认为："《红楼梦》虽然重点写大观园里的女儿们，但所触及的社会生活的广度却远非一般小说所能比拟；更为重要的是，曹雪芹的写实能力足可以比肩十九世纪欧洲批判现实主义文学的任何一位代表作家。陈忠实的《白鹿原》围绕白、鹿两家几代人的争斗，全面描写了从清末到新中国成立，半个多世纪以来渭河平原农村的社会政治、经济、文化、宗教与风俗，成为史诗性的民族'秘史'。……前苏联时期格罗斯曼的长篇小说《生存与命运》……宏大而又自然的史诗般的艺术结构，展现出广阔的生活画面，一以贯之的是俄罗斯文学传统那种大河般泥沙俱下的生活吞吐，是群山样巍峨耸峙的人性观照。"

四月

1日 李敬泽等的《一部和时代相匹配的大书——梁晓声长篇小说〈人世间〉研讨会发言摘要》发表于《青年文学》第4期。梁晓声谈道："我到五十五岁以后，有一天才忽然明白，我们的文学作品，还是要写人在生活中应该是怎么样的。我写的共乐区就是哈尔滨的共乐区，光字片就是哈尔滨的光字片，找不到另外的区名、街名把它置换一下。"

同日，段崇轩的《短篇小说深处的艺术"坐标"——兼论当下的创作态势》发表于《作家》第4期。段崇轩指出："在短篇小说狭窄的时空中，有一个既无形又分明的'坐标'，它由横向的纬线与纵向的经线交叉组成。这是一个以人为主体的世界，人与社会、人与自然、人与人、人与自我等构成了不同形态的坐标系。这个坐标应该精致、独特、稳固。它不求宏大、复杂、完满，而求小巧、单纯、含蓄。它由社会人生中的'小纽结'组成，但可达到'一滴水见太阳'的效果。它隐去故事背后的'八分之七'，凸显出故事本体的'八分之一'风景，给读者营造了无限的联想和想象的空间。"

2日 王干的《小说的乐感和色感》（对王蒙《春之声》和莫言《红高粱》的评论——编者注）发表于《小说选刊》第4期。王干写道："王蒙是一位音乐造诣很深的作家，他的小说多次以'歌唱'的方式来表达，音乐在《春之声》里转化为小说的结构、小说的皮肤、小说的血液、小说的灵性，小说写声音、写音乐到了至境，也就和'意识流'的'"流"向'相通了。""在十七年文学中，有'三红一创'"的说法，而《红旗谱》《红岩》《红日》都是革命战争题材的代表作，《红高粱》的取材属于'三红'的题材，但这个'红'显然是新时期特有的色彩。……当然往根上追溯，还有《红楼梦》。《红楼梦》的书名有七八个之多，最早流传下来的还是《红楼梦》，就在于色彩的魅力。"

王蒙的《"非虚构小说"？》（《邮事》的创作谈——编者注）发表于同期《小说选刊》。王蒙写道："或谓非虚构就不是小说而是报告文学或散文，错了，不同的体裁，在取材、细节、氛围、展开推进以及语言的推敲、渲染与色彩，节奏与气韵上，并不一样。报告文学要有新闻性、时事性、问题性；而非虚构小说可以有这些，同时更要有小说的小说性，例如曲折、故事、细部，与真人面对真事时的奇思妙想，要发掘非虚构的人对于非虚构的事的充分想象，这样的想象中可以洋溢着最最真实的却又是突破了真实的虚幻与结构。"

3日 《光明日报》第14版《文艺评论周刊·文学》专栏有"编者按"。"编者按"写道："中国文学有着多情重义的传统，一直以来用现实主义精神和浪漫主义情怀观照现实生活，用光明驱散黑暗，用善与美战胜丑恶，留下了无数经典作品，让人们在阅读或吟诵时感悟美好，触摸希望，沉浸于人间情意和大爱之中。近一个时期，文学出现了'情义危机'现象：在一些作品中，乡村成了社会转型期'恶'的集散地，城市充满了不堪和龌龊，人性尽是阴暗和仇怨，现实也都是冷漠和无情的；偏执地记述现状，夸张地展示丑恶，缺乏对光明的歌颂、对理想的抒发、对道德的引导，使文学不断遭到矮化和诟病。3月27日，《写出人类情感深处的善与爱——关于文学'情义危机'的再思考》一文在本版刊出后，引起文学界和读者的关注。我们特开辟'呼唤有情有义的文学'专栏，刊发一组笔谈文章，深入剖析文学的'情义危机'现象，呼吁创作更多有情有义的文学力作。"

同日，《人民文学》第4期有"卷首语"。编者写道："民族风味浓、时代气息足、艺术品质高，《包·哈斯三回科右中旗》是一部自然纯朴、匀称结实、情真意切的中篇小说佳作。"

4日 王春林的《"问题小说"传统的自觉传承与转化》发表于《文学报》。王春林谈道："能够在一部明显传承了'十七年'文学传统的长篇小说中，通过一系列矛盾冲突的营造,依托一种成长小说的框架,以一种'浓墨重彩写春秋'的方式,相对成功地刻画塑造出刘书雷这样一位明显具有理想主义色彩的青年干部形象,正可以被看作是陈毅达这部《海边春秋》最突出的思想艺术成就所在。"

11日 本报记者傅小平的《范小青:形而上的种子一直在形而下的泥土里》发表于《文学报》。范小青谈到《灭籍记》的创作时表示:"我认同'现代寓言'这个说法。寓言是非现实的,是假托的故事,《灭籍记》就是个假托的故事。……这个假托的故事,是建立在真实的现实的坚实基础上的,不是凌空蹈虚,也不是远隔重洋,而是扎扎实实踏在我们生活的这片土地上,一步一个脚印跟着我们的历史一起前行到今天,实实在在地把我们生活中常见常遇的故事,用寓言的形式写出来。"

18日 王祖远的《小说的戏剧性与日常性》发表于《文学报》。王祖远指出:"在'小说'跟'传奇故事'画上等号的古典时代,一部小说里的情节必须具备强大的戏剧张力,才能满足读者的胃口。……久而久之,小说世界奇则奇矣,却也跟日常生活渐行渐远,而在不知不觉中往娱乐的方向走去。"王祖远认为,"文学小说当然也营造张力,不过那张力来自日常生活,也就是要'从平凡中呈现出不平凡'"。

25日 本报记者傅小平的《池莉:我在获得清晰视线的时刻,写完了这部大长篇》发表于《文学报》。池莉谈《大树小虫》的创作时说道:"此番写作,我更有意识地多用动词,少用虚词,让语句更有动感,更加紧凑,希望文字阅读能够无限接近视觉效果,更具代入感。"

同日,王金胜、吴义勤的《莫言文学的崇高美学及其复调意味》发表于《文艺争鸣》第4期。王金胜、吴义勤认为:"小说中的崇高美学因素,借助生命的反抗意志、虚拟的家族传奇和正史有载的抗战历史,层层激荡起读者庄严凝重的遐思,召唤起读者紧张、奋激、抗争的崇敬之情,而且这种情感有着向民族整体意识和浩大历史精神方向升华的趋势。'红'在淡化、消隐了其特定意识形态蕴涵之后,重新被熔铸为具有神话般召唤力的意象。"王金胜、吴义勤还指出:"值得注意的是,小说……借助'神鬼''丑怪'将经典崇高话语的理性、纯净、透明机制,化为混沌、变形、夸张、戏仿、戏谑之词,在一种'陌生化'的'怪诞美学'中,既为着重新复原被经典崇高美学所利用、筛选、提纯或扭曲、遮蔽的现实/事实,又为着刺激、恢复人们被惯性化、模式化的话语所压抑和摒除的审美认知与发现能力。"

28日 丁帆的"卷首语"发表于《扬子江评论》第2期。丁帆说道:"在微信里陆陆续续读到李敬泽的许多辨别不出什么文体的文章,便生出了许许多多的遐想:从文体的大类上来说它可以归类为广义的散文,而从近代以来的文体细分而言,它们既有小说的元素,又有诗(这里的诗是指富有思辨色彩的哲学层面上的'诗学')丰富蕴涵。是在虚构与非虚文体之间游弋抒情的篇章,其审美的意境迭出。但是我更是将它看作一种改变陈腐评论机制的一次文体变革,让陷于'八股'的评论和批评被文体和语言的美学力量所击溃。"

邱华栋的《小说的创新性:异态小说(下)》发表于同期《扬子江评论》。关于"当代汉语实验小说",邱华栋认为:"汉语小说的实验精神依然存在,存在于年轻作家那里,存在于中国大地的缝隙里顽强地掘进,从不固步自封,他们将汉语小说的各种可能性,以及其边界都展现出来,并不断地预言着小说的未来。"

29日 唐伟的《网络文学:现实题材的探索——以网络小说〈复兴之路〉为例》发表于《文艺报》。唐伟谈道:"就网络文学固有的类型化小说创作潮流而言,网络文学现实题材的兴起,不仅有力拓展了网络文学的版图,具有类型补充完善的意义,在所谓一般传统文学的意义上,网络文学现实题材的创作,无疑内含一种拨'幻'反'正'的价值,也一定程度矫正了网络文学凌空虚蹈的历史虚无主义倾向。质言之,网络文学的现实题材创作,实则让网络文学幻想题材一枝独秀的格局有了根本改观,进而让网络文学有了与传统文学同台一较高下的可能。"

五月

1日 梁海的《伟大的小说都是对传统的回应——当代先锋小说的古典性嬗变》发表于《上海文学》第5期。梁海认为:"可以这样认为,正是因为'往后退'才成就了余华、苏童、格非的文学高峰。当然,这种'往后退'绝不仅仅局限在叙事的技术层面，而是深入肌理，将中国文化最深层次的内核，以我们意想不到的方式传递出来。"这种内核即"天人合一"。"余英时称之为'内向超越'。可以说，'内向超越'是'天人合一'的具象表现形态，它打破了天人之隔以及天命与人性之间的藩篱，人心不仅能够上通于天，而且天命就存在人心之中，所属于天者已非外在于人，反而变成是属于人的最真实的本性。由此，通过由'道'入'心'的'内向超越'，奠定了中国文化精神的传统。……先锋小说家们敏锐地捕捉到了一点。他们将'求诸于内'这一精神传统重铸到虚构的文本中，以此构成故事坚硬的情感和精神内核，在最具穿透力和转换性的审美体验中，唤醒我们对文化'原型'的认识与反思，提醒我们用洞察'原型'的目光去打量我们的现实世界。"梁海认为："先锋小说家们正是在对'先锋'的反抗上构建了另一种'先锋'。他们在对先锋小说创作彻底反思的基础上，选择了不由自主的集体性'后退'，将中国传统文化精神内核——'内向超越'，作为建构'中国故事'最基本的底蕴和色调，由此获得勃发的创作生命力和灵感。这是他们对中国传统文化精神的开放性理解，以及在创作中进行勘探的结果。正是中国传统文化精神给予了他们想像历史、现实及存在方式的巨大库存。或许，从这个意义上看，吴亮那句'真正的先锋一如既往'似乎更能为先锋作家的'往后退'作出超越时间的注释。"

同日，盛可以的《小说家的人间词话》发表于《天涯》第3期。盛可以认为："作为文字工作者，不能低估一个汉字的能量，不能轻视单个词语于全篇中的作用，它不是大海中的一朵浪花无足轻重，它是展示大海神韵魅力的关键。"

10日　叶桂杰的《从"传奇"到"志人"——评陈楫宝小说近作》发表于《文艺报》。叶桂杰谈道："在《我想带你去温哥华》，以及其姊妹篇《漫长的告别》中多次出现的意象，在陈楫宝后来的小说中越发罕见了。它们包括西南政坛大地震、投资移民、当代鸿门宴、夜总会、变幻莫测的股市、匪夷所思的操盘行为，以及那个永恒的主题——爱恨情仇。它们散布于小说的各个角落，固然昭示了小说强烈的'当代性'，但同时也彰显了故事的'传奇性'。""《城南姑娘》是陈楫宝从'传奇'向'志人'过渡的典型案例，尽管它在结构和规模的改变上，或许有些保守。不过鉴于书写对象特别明朗、特别阳光的性格，文本也有了跳脱的节奏。……要说转身幅度之大，就不得不提《西单大杂院》了。此作想必是陈楫宝充分意识到'空间'对于小说意义的作品，亦可视作作者对小说本体认知迭代更新的表现。小说是叙事的艺术，其生命在于时间。赋予流体一般四处漫溢的小说以怎样的空间，乃是小说成型稳固的重要手段。由三篇人物小传合成的短篇小说《西单大杂院》，在时间的河流中终于如愿凝成了一个寓言、一个象征。"

15日 徐阿兵的《"小说课"的兴起与文学生活的变迁》发表于《光明日报》。徐阿兵谈道："小说课的兴起，应归功于大学教育理念和制度的探索创新。在以往的文学教育中，文学史、文学批评和文学理论三者虽不至于分疆而治，但很难做到亲密无间。小说课却几乎自然而然地实现了三者间的交叉融合。讲授者的初衷虽不是讲成小说史，但在选讲经典篇目时，已无形中完成了类似文学史的筛选工作。课堂上对具体作品的解读，时刻要求讲授者兼具文学批评的眼光和文学理论的修养。也就是说，讲授者实际上身兼小说家、批评家和教育者等多重身份。当小说课从口头讲授到整理出版，它的接受对象也就从学生听众而扩展至读者大众。在后续的传播中，小说课所彰显的文学趣味、观念和立场，对大众的文学阅读、文学消费和文学接受可能产生的影响，难以估量。正是在这个意义上，小说课的兴起，密切关联着文学生活的变迁。"

同日，曾攀的《物·知识·非虚构——当代中国文学的"向外转"》发表于《南方文坛》第3期。曾攀认为："不断更新的外部世界也倒逼文学进行新的变革，不同的文化形态与专业知识在实现自身的精深之时，更不断发生交叉和融合，在此过程中，文学重新面向宇宙自然的外在之'物'，重置已知或未知的'知识'与信息，并且在'非虚构'及其所启发的新实证精神和写实艺术中，形成了当下中国文学'向外转'的主要形态。需要指出的是，文学的'向外转'事实上也是文学的内在转向，其不仅是破除历史虚无主义的延展和探索，且同样是文学叙事的内在需求，也即从语言与形式的过度铺张中超越出来，走向新的自我表达。"

20日 吕兴、马原的《不变的虚构与激变的现实——马原访谈录》发表于《小说评论》第3期。马原认为"写小说是要有幻觉的，写好小说必须得有幻觉"，并认为自己的创作"一以贯之的东西"是"虚构",虚构的"不是我们身边的生活,是另外的故事","有可能我们会讲一些前人没讲过的故事"。

马原的《我理解的好小说的特质——自述》发表于同期《小说评论》。马原认为"好的小说最重要的特质是一定要有一个好故事",并坦言:"真实、历史一直让我特别疲倦,因为这个缘故我才去读小说,小说的本质是虚构。"马原认为好的故事需要"悬念",因为"故事抛出来的时候,已经让听故事的人对于你的故事前情,对你故事的结尾有某种期许,对前边发生的起伏跌宕有某种期待,让你能够在你自觉自愿的前提之下继续,让故事继续,让讲故事的行为继续,让你听故事的状态继续,这个才能让一个故事真正称之为好故事,让一个故事能够被最终完成"。此外,马原认为"一个好故事还要具备另外一个东西——玄机",能使人感悟到"悬疑",马原将"能把人、把读家、把观众留住的力量称之为悬疑——你愿意在故事里边徜徉,在故事完成的时候还去回味",并指出"更好的故事在结尾的地方它一定要给读家、要给观众一把开悟的钥匙"。

於可训的《主持人的话》发表于同期《小说评论》。对于马原的回归,有"一层意思是说马原的小说由不关心故事本身只关心讲故事的花样,又回到故事本身来了",於可训认为"却未必。不要以为马原写了一点现实的东西,用了一点写实的方法,就回到故事了。须知,写实的方法可以讲故事,也可以不讲故事,现实的东西可以拿来讲故事,也可以与故事毫无关系。这都是不确定的。说来说去,对我们来说,真正确定的其实只有一点,就是马原的小说中经常出现的,'那个叫马原的汉人'"。

张柠的《长篇小说的结构与总体性》发表于同期《小说评论》。张柠认为:"长篇小说的世界是一个杂语世界,它一开始并不要求你处理语言,而是允许你用杂乱的语言去构成长篇小说整体世界里的一些基本材料,语言和材料相互交织。"张柠还指出,"长篇小说的难度并不在于语言的使用,而在于这个杂语世界的结构以及这个结构所传递出来的作家总体的价值选择",也即"长篇小说实际上是一个结构艺术"。"结构有两个层面的意思。第一个层面叫叙事布局","另一个层面是长篇叙事作品的总体结构","总体结构实际上就是长篇小说这个语言世界想要传递给我们的一个最重要的价值"。

24日 丁燕的《一种当代小说新的可能性——由田瑛小说〈尽头〉说起》发表于《文艺报》。丁燕谈道:"田瑛的小说呈现出一种古怪的两级拉锯战。一方是怪诞行为的展现,另一方是逼真的写实风格。人物总是在进行卡夫卡式的荒谬追寻,在真实与虚构中难以自拔。……湘西是田瑛小说的背景,也是色调。湘西山里人的生活更具遗民色彩,有一种对中原文化的遥想。湘西人不像中原人那般耽溺于国族命运的代言,而总是以边缘者和异乡人的姿态出现。……《尽头》的结构阴阳对称,风格温柔暴烈,用词亦庄亦谐,情怀朴素高远。小说的外形貌似一个通俗的新闻故事,内里却装着中国古典精神的气韵,又借鉴了西方现代派的艺术手法,为当代中国小说的发展提供了一种新的可能性。"

25日 类维顺、马斯慧的《"独异"与"神性"——再论次仁罗布新作〈祭语风中〉的民族史书写方式探秘》发表于《文艺争鸣》第5期。类维顺、马斯慧认为:"次仁罗布采取'藏人看汉人'的模式,以藏族人的视角切入藏民族史的叙述……述史的规范是汉人的现代史观,以现代辩证发展的全新观念观照古老封闭的青藏高原,终结固化轮回的旧有模式,实现对沉睡民族文化的激活,完成藏民族史书写的现代转型。""次仁罗布笔下的民族史书写是一种沉重的神性而非飘逸的神性",是"具体而非抽象"以及"传奇化而非妖魔化"的"神性书写"。

27日 贾想的《悬念,或小说的桃花源》发表于《文艺报》。贾想指出:"《新婚快乐》绝对不是一部'悬念有用论'的小说。它不利用悬念,不制造有关谜底的奇观。然而,老莫绝不泄密的嘴巴和处处泄密的举止,构成复调一样参差的交响,就是小说的诗意所在。"

六月

1日 汪广松的《小说的风雅颂》发表于《上海文学》第6期。汪广松谈道:"将时代之风、现实人物、历史事件等写成小说相当于一次'降维';雅可以视作对'降维'之后保留信息的整理,整理得好的就是好小说(有光明和生机),它让高维度的人更加清晰地看见所处的世界。如果小说人物与思想对现实世界产生了影响，发挥了作用，就相当于小说世界的'升维'，而颂是'升维'的力量。《周颂·敬之》曰：'日就月将，学有缉熙于光明。'"

25日 李明彦、孙琪祺的《经典改写背后的"现代主义"焦虑——论汪曾祺〈聊斋新义〉对〈聊斋志异〉的主题重构》发表于《文艺争鸣》第6期。李明彦、孙琪祺认为："就这十三篇改文本的主题立意而言，汪曾祺改写《聊斋志异》的方式主要有两种：一是基本遵循原著已经呈现出来的'现代'思想，适当裁剪故事情节，提纯主题立意；二是转换思维，对原故事进行修改、位移和重构，从而区别于原著的主题立意。……汪曾祺选择改写《聊斋志异》，一方面是试图找到本民族传统与外来文化的对接点，试图在《聊斋志异》中找到中国古代已有的'魔幻'因素，以此对这一强势话语做出欲拒还迎的回应；另一方面也可以看出他是在试图避开世俗大众的眼光，在'鬼怪'造就的魔幻世界里寻求异于主流的表达方式和精神维度，借由其中怪诞不经的故事情节肆意游弋，施展他在审美上的奇思，寄予他对人间悲苦的同情，对人情欢乐的珍视，以及表达中国式的哲学。"

26日 桫椤的《〈旷世烟火〉："反传统"与"续传统"的谐奏》发表于《文艺报》。桫椤谈道："陈酿的小说《旷世烟火》也试图跳出空想的窠臼，在网络叙事中接续文化根脉。小说以地方知识和当代史建立起叙事坐标，借助对女性命运的呈现，把厚重的家国史寓托在家族史和个人史中，在真实的时空经纬中铺陈徐、关两个家族曲折跌宕的兴衰和错综复杂的关系，将人性和道德置于历史现场加以观察，从中探查人与时代的神秘互动。历史自身的悲剧意识和人物命运结合在一起，使小说既有史述特色，又有传奇色彩，呈现出严肃、凝重、沉郁的风格。因为具有这样的特征，《旷世烟火》看上去不是一部'网感'十足的作品，尽管它以网络文学的面目示人，但似乎并未遵循网络文学的创作模式，自然也就摆脱了网络小说套路化、轻质化和娱乐化的浮荡印象。将其放在网络文学的发展序列中来看，至少其第一部表现出来的是反网络文学传统的倾向。但从对现实的表达来看，小说又表现为向经典现实主义写作传统的回归。"

27日 徐兆正的《小说的伦理学：关于须一瓜〈双眼台风〉》发表于《文学报》。徐兆正认为："作者所要'探寻'的就是人性。……是饱含复杂度的人性，是尝试着恢复与重现其中褶皱的人性。""在当下文坛,对恶的书写成为新的宏大叙事之一……至少对文学自身的逻辑而言,先入为主的认识只是一种障蔽,它掩盖了依据诚直心性写作与恢复世道人心写作之间的差异,也遮蔽了在为世道人心写作的内部尚且还有遵循艺术自身逻辑与凭空制造巧合之间的不同。""在一部文学作品中,作为最深奥秘的人性,的确是需要被探索的,然而这种探索不是预先保留、时时浮现,最后再拎出来加以强调的结论。这也是关于人性的第二个问题:它从何处而来?人性理应是写作过程之中自然生成之物,是艺术逻辑的产物,而非社会逻辑的前提。这一点同样区分了想要恢复人性褶皱与想要呈现人性光辉的不同。""所以这部小说读起来跌宕起伏,处在先验层面的'为何'被废黜了,小说便只剩下了经验形式上的'如何'。这是一个亘古久远、关于邪不压正的执念,它足够鼓舞人心,但其中未必有复杂而真实的人性呈现。"

本月

韩东的《写作、创作、工作》发表于《山花》第6期。韩东认为:"有一种文学语言是示意性的,传达意思即可,此外它要求灵活和节奏(舒服和活泛)。准确性和逻辑之类不在考虑之列。例如章回小说的语言。"韩东指出:"中国古典小说值得学习的有三",即"散点透视""示意性语言""从小说到小说";"西式现代主义以降的小说值得学习的亦有三",即"主题的创意""整体性构造""个人化"。

"'文学与道德'笔谈(二)"专题发表于同期《山花》。该笔谈收录蔡郁婉的《略论文学之道德》、孙海燕的《内心观察、距离控制与伦理呈现》等文章。

蔡郁婉认为:"文学最终应该服从的是一种伟大的道德。因此,我们或许不应仅仅将问题局限于文学与道德关系的探讨,而应该将之扩展为:文学应当为读者提供一个怎样的精神世界?伟大的道德,正如一个浩瀚无边的精神世界,它给人真善美的艺术感受,也最终引导人战胜假丑恶,达至真善美之境。"

孙海燕谈道:"由于诸种原因,'隐含作者'的规范可能会与读者的规范形成偏离,但也会不时回归,偏离与回归同样重要,因为偏离,故事情节的波澜起伏与寄寓的伦理判断会超出读者预期,因为回归,读者才能够放心地共享隐含作者的价值规范,认同隐含作者。但是偏离与回归中,'隐含作者'与'读者'情感是否同步,或者说感情倾向有无偏差,会决定阅读过程中'共鸣'的强度,与是否引起情感的'不适'。内心观察的引领会使得读者跟随讲述者的内心,但一旦读者有能力跳出文本,保持距离进行打量,则会生成新的故事,形成双重乃至多重故事效果,使得小说的伦理面相更为复杂和多变。"

七月

3日 《人民文学》第7期有"卷首语"。编者写道:"在本刊近70年的历程中,首次出现的科幻题材长篇小说,就是本期王晋康的《宇宙晶卵》。对未来人类处境的创造性想象,建立在硬科技结实的质地上。危机来临,拯救计划中既包含着历历在目的科技智能与宇宙认知的扩张,又缠绕着挥之不去的命运遭逢和人文牵挂。漂泊者历遍广宇,归来人独钟地球。……仅仅是关于亿倍光速飞船、漫信息、智慧体、六维时空……就使这部长篇小说足够吸睛烧脑,而上述那些内在的引问,必定会被人们长久谈说。"

同日,池莉的《我的叛逆来得有点晚》发表于《文艺报》。池莉谈到长篇小说《大树小虫》的创作时说:"我想反抗长篇小说的传统与经典模式。反抗自己写得太顺手的习惯。……极其不对称的结构是否有审美效果?去掉所有拖累语速的虚字虚词是否能够让小说人物更有行动感、现场感、直视感?阅读代入感是否可以因为更注重动词运用而得逞?细节的复调式回环是否能够让人物形象得以互相补充互相渗透互相完满?"

5日 於可训的《努力以精品奉献人民——70年中国文学与中华优秀传统文化》发表于《人民日报》。於可训指出,"新中国成立70年来,中国文学在不同时期对中华优秀传统文化进行创造性转化和创新性发展,取得不少成就"。於可训认为:"对新'民族形式'的追求源于20世纪40年代根据地、解放区时期,成就于新中国成立后的五六十年代。……孕育于根据地、解放区,成长于新中国的新的'人民文艺'创造一种新的'民族形式'。所遵循的是'为工农兵而创作,为工农兵所利用'原则,奉行的是'中国老百姓所喜闻乐见'标准,大量取用民间文艺资源,包括起于民间的古代白话文学资源。这期间,根据地、解放区和新中国成立后的文艺工作者,在创造性转化民间传统方面所付出的努力,所取得的经验,值得今天文艺工作者学习和借鉴。……从20世纪80年代开始,小说的诗化、散文化特别是汪曾祺、铁凝等人的诗化、散文化小说,进一步传承转化中国古代诗文传统,是这期间文学革新的重要表现。……20世纪90年代至新世纪以来,尤其是党的十八大以来,重视中华优秀传统文化的创造性转化和创新性发展,在文学界渐成一种创作趋势。这种创作趋势综合以往文化和文学指向,关注的对象更加全面,切入传统的层次更加深入。其一是面向整体的优秀文学传统。……其二是面向整体的中华优秀传统文化。……党的十八大以来的文学创作,一方面延续20世纪90年代以后回归本土、重视传统的创作趋势,出现一些代表性作家作品;另一方面,一些作家的创作又将传统资源和当下社会生活、文学风尚做进一步有机结合。"於可训总结道:"70年当代文学对中华优秀传统文化的创造性转化和创新性发展,积累丰富实践经验。这些经验表明,一个时代的文学要创新发展,离不开传统文化的浇灌和滋养。"

11日 本报记者傅小平的《阿来:我一直在学习,相信我还能缓慢前进》发表于《文学报》。阿来谈《云中记》的创作时说道:"我要当时写,写出来最多不过是把新闻报道转化成小说的样子。我看到很多地震小说,就是用这种方式写出来的。不是说不能这么写,但作为一个写小说的人,我本能地觉得,要这么写,对小说艺术本身,其实是没什么意思的。……我写作是拼命逃避原型的。这只是个方法问题。你对生活熟悉了,想象就不成问题了。我们对想象力的理解,都偏向于结构、情节方面。我倒是觉得想象力最是关于细节的,想象力最是体现我们对细节的创造能力。"

本报记者郑周明的《王蒙:创造到老,书写到老,追求开拓到老》发表于同期《文学报》。郑周明指出:"在小说中他(王蒙——编者注)不可避免地书写了当时的社会氛围,包括远在新疆的偏僻村镇里,依然可以感受到当时严肃紧张的现实细节。但他把更多的注意力放在了对少数民族文化、生活、语言乃至民族性的观察上,充分调动自己对文学的全部理解去构建人物角色的丰富性。"

15日 房伟、张琳琳的《"星系式写作":新先锋叙事的探索——论黄孝阳的"众生"系列小说》发表于《南方文坛》第4期。房伟、张琳琳认为:"黄孝阳有显而易见的先锋血脉，但更像先锋的'逆子'。他的小说，也有着来自王小波的精神继承，幽默，智性，反讽，与奇思妙想的想象力。他摆脱早期先锋文学的语言学迷恋与叙事偏执，将先锋的内涵演变成一场有关人与宇宙的对话。现实、历史、惊悚、科幻……他在种种文学元素之间自由穿梭，制造了令人眼花缭乱的'星系式写作'。"

郜元宝的《"要贴着人物写"——"这是小说学的精髓"》发表于同期《南方文坛》。郜元宝谈道："刘庆邦在《贴近人物的心灵》中转述林斤澜的回忆之后，立即提出四个'不是'，从反面提出他对'贴着人物写'的理解：'要把人物写好，一个贴字耐人寻味，颇有讲究。这要求我们对笔下的人物要有充分的理解、足够的尊重，起码不是拽着人物写，不是推着人物写，不是逼着人物写，更不是钻进人物的肚子里，对人物构成威胁和控制，对人物进行任意摆布。'……对小说家应如何'贴着人物写'，他很担心——担心有人对'贴着'这个词发生这样那样的误解。""由此牵出三个新问题。第一，'贴着人物写'，是否包括人物的'身体'？这始终言人人殊。确实有作家不赞成也不习惯写身体，但绝大多数中国作家偏偏喜欢写身体。写身体有成功有失败，不可一概而论。如果禁止作家写身体，就颇有些霸道了。第二，断言文学作品'构建的都不是客观世界，而是心灵世界'，这也太绝对。对小说来说，'客观世界'尤其重要。'贴着人物写'，至少要'贴着'由人物的衣食住行和人际交往所形成的整个'客观世界'。第三，'贴近心灵'，写出人物内心奥秘，这当然重要。"郜元宝还谈道："所谓'不可完全以自己的心理取代人物的心理'，其实就是担心作者跟人物'贴'得太紧，让人物的'逻辑'屈服于作者的统一意志，抹消人物个性。""对小说叙述而言，并非不可以有这样一种艺术假定性，就是配合上述对言语、动作、神态、容貌、人际关系的捕捉的同时，也允许作者适当地钻到人物的眼睛后面，把人物的眼睛当自己的眼睛；允许作者适当地钻进人物肚子里，以人物的心为心；允许作者钻进人物的语言习惯中，以人物的语言为语言。总之，允许作者撤销和人物之间的距离，跟人物'打成一片'，像沈从文所说，'滚到里面去'。""沈从文这句话关乎'小说学的精髓'，是小说创作的最高原则。用更通俗的话来说就是：一定要把人物写好！"

18日 王小平的《用心讲述中国"芯"故事》发表于《文学报》。王小平注意到:"近年来,讲述中国故事成为众多海外华文作家的写作重心,这与中国在国际文化、商业、资本舞台上日益提升、举足轻重的地位有关。《中国芯传奇》既讲述了一段历史风云中的创业传奇故事,同时又以隐喻的形式,直击中国曾经的'缺芯之痛',体现出了清醒、峻切的现实关怀意识与强烈的家国情怀,充分显示出文学叙事在凝聚时代精神、建构中华民族共同体想象方面所具有的重要价值。"

赵莹的《"说书人"的情怀》同期《文学报》。赵莹认为:"莫言很擅长讲故事,因为他将自己的记忆与从小听说的神怪故事相融,无论是民俗传说,还是诗歌俚语,都为他的作品注入了美妙的韵律。如《罪过》中出现了'鳖神家族'的传说、《夜渔》里出现的'狐仙',这些志怪故事在莫言的小说中似乎随处可见,它们往往由小说中的人物转述或者从'我'的亲身经历中说出,予人一种时光交错的虚幻感。值得强调的是,莫言对于这些离奇故事的开发并不仅仅局限于增加小说的'志怪'色彩,而后的作品则更偏向于魔幻现实主义,从而达到反观现实的目的。"

20日 蔡家园的《植根于传统的创化与建构——评刘醒龙的〈黄冈秘卷〉》发表于《小说评论》第4期。蔡家园指出:"刘醒龙以卢卡奇式的'总体性'视野观照社会生活,透视历史发展的本质,以直面现实的姿态和正面强攻的方式,审美化地处理了我们时代至关重要的命题——精神信仰问题,再一次彰显了文学应有的力量。《黄冈秘卷》既是他的一次关于思兹念兹的故土的'害羞'回归,也是一次基于民族文化根脉探寻的自信出发。……小说以返回的姿态追溯地域文化和家族基因生成的历程,试图在地方性知识的背景中来发掘、认知民族的理想信仰、伦理道德和文化人格,进而实现对于中国精神的提炼和熔铸;从表现方式来看,这部小说娴熟地运用现实主义手法,巧妙地吸收现代派叙事技巧,尽管没有沿袭传统的史诗小说的写法,但是其厚重与深广不亚于史诗,在宏大叙事与个人叙事之间开辟出了新的路径。正是在这个意义上,《黄冈秘卷》再一次显示出一位作家丰沛的创造活力和攀登艺术高峰的沉着与坚定。"

寇延年的《〈山本〉与中国传统文化》发表于同期《小说评论》。寇延年认为:

"《山本》里有两股力量,一方是肆意妄为的'杀伐者',一方是匡时救世的'仁爱者'。前者以井宗秀、井宗丞为代表,人员众多。后者仅三人,陆菊人、陈先生和宽展师傅。而且陈先生是盲人,宽展师傅是哑巴,陆菊人也毕竟是弱女子。但后者力量并不弱,他们羸弱的身躯上披着传统文化的光辉,以儒家的精进有为、道家的高远境界和佛家的大慈大悲,形成永恒的、广博的、无往不胜的精神力量。"

22日 张柠的《注入理想的神髓,文学才有希望》发表于《文艺报》。张柠指出:"任何一种类型的文学,不管它写什么或者如何写,都必须具有'理想性'的特征。……现实主义文学、浪漫主义文学、现代主义文学,都具有"理想性"的特征。……词语、物象、细节、情节中,注入理想的神髓,文学才有希望,人性才有希望。"

25日 本报记者傅小平的《韩少功:文学的冷眼与热肠》发表于《文学报》。韩少功谈《修改过程》的创作时说:"我受了传统曲艺的启发。曲艺里常有这种入戏、出戏的穿插,是不是?这方便于剪裁,省去一些过程交代。……有些人物有头无尾,有些人物有尾无头,没有前后呼应,这的确不太符合小说的常规。但我们每个人的生活,可能都有这种残缺……把小说里的生活剪裁得整整齐齐,结构上也起承转合,严丝合缝,特别圆满,会损失一些真切感。欧洲小说脱胎于古代戏剧,通常是用这种单焦点、封闭化的结构。但中国小说传统不一样,它脱胎于散文,像《史记》中的纪传体,大多是说到哪算哪,信天游,十八扯,清明上河图那种,好像也不妨碍人们阅读和理解。"

30日 蒋子龙的《文学艺术的用武之地》发表于《人民日报》。蒋子龙指出:"小说不能没有故事,小说魅力就在于故事,不是小说边缘化,而是放弃讲故事的小说边缘化了。……艺术就是沉湎于故事的仪式之中,在故事中释放生命情感,寻思生活秩序,思悟人生真谛,由此达到一种认识、情感、意义的满足。对故事的喜好,是人类深层次需求,更是人类生活不可或缺的'刚需'。……小说家的使命就是把今天的新闻和过去的历史升华成故事。问题是,在资讯海量的今天,作家如何找到自己的故事?怎样抓住社会的脉搏?"蒋子龙认为:"故事写作是有路可循的。金圣叹用两个字来概括写作才华:'材'与'裁'。'材'是你自己是什么材质,掌握的素材是什么性质;'裁'是剪裁,是结构故事的能力。要我说，'材'和'裁'都重要，但很多作家缺的不是这两种准备和能力，而是一种'笨'的天赋。对创作者来说，'笨'有时也是一种天赋，必须得有一种'活着就是为了讲故事'的信念和坚持，才能不断走出生活舒适圈，向广阔现实不断开掘……在行走中，保持灵魂活力，故事才能在人心里生长，才能别具'新材'和'心裁'，为读者提供独一无二的文学体验。"

八月

15日 本报记者郑周明的《付秀莹：从某种意义上，我们都身在"他乡"》发表于《文学报》。付秀莹谈《他乡》的创作时说道："女性写作，身体往往是一个绕不过的主题。女作家对身体往往有着更独特细腻敏感幽微的发现。身体，可能是最直接也是最诚实的一个切口，从这个切口深入发掘，有可能会有对人性对世界的本质发现。但我也不得不承认，我大约是有一点所谓的写作洁癖吧——不知这么说是否贴切——当我描写身体和性的时候，我总是羞涩的。……翟小梨是一个在传统道德秩序中成长的女性，深受乡村文化哺育和影响，有着固执坚硬的自我约束，也正因此，她内心的撕裂之痛才如此深入骨髓。她较早进入婚姻家庭的选择，以及对理想男性的期待和想象，也是传统女性心理的典型体现。这种传统与现代之间的巨大撕裂，以及人物在这种撕裂中的焦虑、痛楚、彷徨、挣扎，恰恰是人物的精神价值所在。"

20日 《深入生活潜心创作——茅盾文学奖获奖作家五人谈》发表于《人民日报》。该文章收录第十届茅盾文学奖获奖者梁晓声、徐怀中、徐则臣、陈彦、李洱的创作心得体会。

梁晓声谈道："我创作《人世间》，在很大程度上是感恩式的写作、回报式的写作。所秉持的理念，与我对学生们说的话相一致，并且，也是'自我教育'的过程，使我能更客观更全面地看中国，使我更愿在心性上向自己笔下可敬可爱的人物靠拢。"

徐怀中谈道："上世纪七八十年代，迎着改革开放大潮，涌现出众多富有探索精神的作家。他们勇于强化主体意识，积极追求文本创新。……如我老朽者，得益于思想解放完全解除了创作思想上的自我禁锢，清除了公式化概念化影响，真正回归到文学艺术自身规律上来。"徐怀中还提到,"小说关键在于虚构,我希望能够凭借自己战地生活的积累,抽丝剥茧,织造出一番激越浩荡的生命气象。战争背景最大限度地被隐没、被淡化,人物也被大大压缩简化"。

徐则臣谈道:"写作是一个发现和创造的过程,失去难度也就谈不上发现和创造,《北上》对我来说就是一次爬坡。难度不仅仅是具体技术上的,更重要的在于,是否对过去的写作构成挑战,是否有勇往直前的胆量和信心,是否不断将自己从众多写作者中区别开来并最终确立自己。"

陈彦谈道:"写这部书,不仅是为一个戏剧舞台上的主角立传,更重要的,是想从戏剧舞台延伸到更广阔的社会舞台,从而把自己经历的40年改革开放沧桑巨变,化入到一群人的命运起伏中去。……我是陕西作家。柳青、路遥、陈忠实、贾平凹都是那块土地的坚守者。《主角》的写作过程也是匍匐在那块大地上的。……我另外两部长篇《西京故事》《装台》,还有《迟开的玫瑰》《大树西迁》等戏剧作品,也都是在秦腔的呐喊声中完成的。我喜欢那种沧桑、硬朗、周正的呐喊,那里有传统与历史、现实与未来的丰富信息。……我会继续深情凝望养育我的土地,紧紧拥抱让我创作有成的那棵茂盛的生活之树,开河掘井,继续深耕。"

李洱谈道:"我认为在处理复杂现实时已有的文学范式不够用了。新的现实感对作家提出新的要求。作家应该借鉴古今,寻找新的方法。……一个作家应该既植根于传统又有所调整。有时候,新的反而是旧的、旧的反而是新的,它是旧与新的变奏。直到今天,我依然敬重文学的现实品格,依然对塑造人物有浓烈兴趣。……完成一部长篇小说,有时候需要倾注作家所有心力,因为它在很大程度上代表着你对世界的总体性想象。但是,这个想象能否最终完成,还有赖于读者的参与。换句话说,它是作者和读者共同完成的一个总体性想象。有一种看法认为,人们的生活愈来愈'碎片化'。这可能说出了部分现实。但是,长篇小说仍然试图与此对抗,使人们的意识有可能从碎片中走出来,发现自我与世界的真实关系,并不断积极地调整这种关系。这是长篇小说存在的重要理由之一。"

21日 李菁的《网络小说的"金手指"能否激活现实题材新的想象力?》

发表于《文艺报》。李菁指出现实题材并不等同于现实主义："传统如《红楼梦》，虽然有很多神话元素，但依然被视作现实主义创作的典范；网络作家辰东的《遮天》看似写的是玄幻除魔小说，但其中表现的社会伦理、亲情友情爱情，无不带有中国社会的现实基因和中华传统文化的现实关照，也可以视为具有现实主义精神的作品；而有些作品，看似写实，实则不接地气、不懂生活，也不能被视作真正的现实主义作品。""虽然越来越多的网络作家勇于尝试将现实题材与不羁的想象力相结合，但玄幻类网络小说中独特的'中华民族想象世界'并没有被成功地移植到现实题材网络小说上。'穿越'也好，'重生'也好，根本上都是小说虚拟人生的手段而已。"在李菁看来，"当下绝大部分小说，在想象力与现实之间只能顾此失彼，'骨肉分离'，或者是过度玄幻、不接地气，或者是乏味的消极写实"。

25日 贺绍俊的《短篇小说对于当代文学的意义》发表于《文艺争鸣》第8期。贺绍俊指出："从一定意义上说，短篇小说的式微，是短篇小说呈现自己成熟的一种方式。因为自21世纪以来，文学生产系统在现代化的不断加速进程中发生了巨大的变化，文学已经不像传统时代那样基本上统一在一条文学链上，而是处于多样化的、生态化的文学环境之中，文学一方面更加丰富多样，另一方面也变异得非常厉害，纯正的文学显得相当脆弱。为了适应新的文学生产环境，许多文学样式不得不改头换面，而改来改去无非两种方式，一是把许多适应当下消费时代的新因素强行往文学里面塞，二是把传统意义上的文学性尽可能地淡化。但文学为了适应消费时代的改变，带来的并不是文学新生，而是文学的泛化、矮化和俗化。……这种式微其实是一种有力的退守，退守是为了更好地保持自己的纯粹性。70年来比较好的短篇小说，都可以从中看到一个传统的影子；而70年来比较成熟的短篇小说作家，也都是在艺术意蕴上下功夫。正是这一原因，70年来的短篇小说就成了保持文学性的重要文体，许多作家通过短篇小说的写作，磨砺了自己的文学性。"

28日 方维保的《长篇小说的文体生成与当代长篇小说主流美学》发表于《扬子江评论》第4期。作者认为："尽管中国现代长篇小说，在现代性的背景下，形成了多种相互对立而又议而不决的诗学格局，但是，有关长篇小说的叙述美学却倾向于史诗型叙述。中国现当代的长篇小说叙述诗学,在传统的史诗型长篇小说观念之下,建立了一种有关长篇小说文体的审美标准。它特别强调叙述的运行结构,及其所体现出来的叙述能力。它将长篇叙述内在的有机性和整体性,看作长篇小说文体生命的命门。这整体性包括结构、情节、人物、气韵(风格)等方面的一致性,贯通性,漫长篇幅的各个部分的匀称性,以及基于纸面阅读本性的叙述丰富性。长篇小说不是生活场面、人物故事、丰富心理的堆积,而是要构建其内部叙述的在相当长(面)度上的完整秩序。……正因如此,叙述权力分散的抒情型、笔记型、串珠式和意识流型长篇小说饱受批评。因为它们看上去不像长篇小说,更主要的是它们分散甚至消解了叙述的中心。"

格非的《另一个地方,另一种状态——罗伯特·穆齐尔〈没有个性的人〉(下)》发表于同期《扬子江评论》。格非写道:"我们需要特别注意的一点是,穆齐尔对现代城市的描绘,也发展出了一套全新的叙事美学。他不是像狄更斯那样,全方位地复现城市的格局、街道和种种景观,试图找到城市的典型特征并加以表现,而是采取了现象学的方式。……在这一点上,穆齐尔与普鲁斯特的方式如出一辙,所不同的是,普鲁斯特的现象学更接近诗歌的结构,而穆齐尔则更依赖于数学和自然科学的抽象。"

本月

张炜的《时代的书写文明》发表于《山花》第 8 期。张炜谈道:"是什么决定了一部作品的长度?……对作品的长度真正起到决定作用的,可能是中国传统诗学中所讲的'气'。……诗性,意境,韵致,这大概可以接近'气'了。'气'与作品篇幅的关系当然是紧密的,'气'一定有个长度问题,它的长度才能从根本上决定作品的长度。"张炜认为:"文学作品的推进方式有多种,一是靠情节,一是靠'气'。前一种我们都熟悉,比如那些故事作品,大致都是这样的。这种推动力是外在的,其长度也一定与故事的完整性有关。而这里的'故事'并非严格意义上的文学故事,而是与说书人的讲叙相类似的。文学故事要回到语言的最小单元里去,它和所谓的'细节'是无法掰开的。词汇和字里行间蕴藏着生动的转折,情节是这样完成的,丰满绵密。"何为"气",张炜认为:"'气'

是一种内在推动力,当一个作家的这种力减弱的时候,叙述的张力也就没有了,故事也就很难往前推进了。硬要推进,也只会留下一些松弛疲软的文字。"

九月

1日 李壮的《"当下性焦虑"与"虚伪的材料本位主义":有关青年创作的一种反思》发表于《上海文学》第9期。李壮谈道:"很大程度上,我们的文学最擅长处理的依然是土地的抒情、历史的波涛,及至近些年迅速兴起的'小镇故事',事实上也同我们当下最核心的时代想像之间存有一定的时差。当然,我绝不是说这些古老的命题已失去价值,问题在于,最'当下'的经验元素——例如信息时代的都市生活结构和消费时代的个体行为景观——在文学中似乎的确没能获得足够充分、足够深刻的展开。这不能不说是一种遗憾,或者说制造了某种读者层面的不满足。"

同日,毕飞宇的《李商隐的太阳,李商隐的雨》发表于《钟山》第5期。在分析李商隐的《夜雨寄北》时,毕飞宇谈道:"李商隐只用了二十三个字就写成了文学史上最为漫长的一场雨,秘诀是什么?是李商隐天才地处理了诗歌内部的时空关系。"毕飞宇认为,"一般来说,处理时空关系是小说家的事",《夜雨寄北》"更像一部长篇小说","在时空的处理方式上已无限接近于小说,甚至于电影"。此外,毕飞宇还认为《夜雨寄北》采用了魔幻现实主义小说的时间处理方法:"通过魔幻现实主义的手法,作者压缩了时间,小说的篇幅一下子缩短了很多。可以说,魔幻现实主义改变了小说的历史,它让小说的篇幅变小了,换句话说,容量变大了。"

3日 《人民文学》第9期有"卷首语"。编者写道:"自然文学,定义留给专家吧,这里只探讨几个方面:一是,我们的叙写中当然会有而且一定多有'荒野',并不能因为西方如此倾重并定义,我们就排斥,但更要注意'荒野'并非是用来贬损'人'的。自然文学应该是天然的'有人'的文学。'天地人'的大生态,本来就是从古至今中华文明的底色。"

5日 何平、苏怡欣的《访谈:"旧物身上的诉说感让人迷恋"》发表于《花城》第5期。苏怡欣认为:"在我的阅读经验看来,架空小说是虚设时代背景来展开叙事,'架空'的写法让作者无拘束地展开想象,为叙事扫清障碍,在传播、出版上也便利许多——从这个意义上来说,自称'无朝代年纪可考'的《红楼梦》或许也可以算作一篇架空小说。而'穿越'的情节模式更多的是借重古代背景,让现代思想与古代思想进行碰撞,所欲彰显的是当代逻辑。从模糊故事背景及情节设置的角度来看,我倾向于《捉影》是一篇架空小说。但在形制和叙事内核方面,《捉影》与当下流行的架空小说并不完全类似:商业写作环境中的架空小说叙事节奏更快、情节发展更陡峻,篇幅也更长,在连载中往往表现出'缀段'色彩,追求处处出新、时时出奇的散点透视的创作方法,与之相比,《捉影》便显得没有那么'时尚'。而《捉影》中炫示皮影'知识'的篇幅和叙事语言上的刻意拟旧则可能是小说与先锋小说的'故事新编'最大区别之所在。整体上看,《捉影》近似于'故事新编'与'架空小说'的中间产物。"

同日,本报记者郑周明的《海飞:长亭外山海间,寻找辽阔故事与隐秘人性》发表于《文学报》。海飞表示自己"一直都在'养故事'",并认为"无论是哪种类型的小说,讲好故事仍然是关键"。

12日 本报记者傅小平的《马原:希望我的小说三百年以后还有人看》发表于《文学报》。马原谈道:"我说小说死了,是指的作为公共艺术的小说已死,因为它的功能已被网络、广播、电影、电视剧等取代了。……在这样一个时代,你要么不写小说,你要写就要往其他载体取代不了的方向去写。"马原还说道:"先锋派只不过是八十年代出现了一批不满足于固有小说写作方式的小说家,他们让小说有了不同的声音、方式和面貌,但这个派系是一个历史遗留,并不是我们初衷,无非现在大家接受了这个排列组合。至于写作,每个作家都不愿给读者留下自我重复的印象,都试图改变自己。批评家们说什么先锋作家集体转型,以为是对大趋势的描述,不过是自说自话罢了。"

15日 陈若谷的《地图作为方法——论邱华栋近作兼及如何讲述"中国故事"》发表于《南方文坛》第5期。陈若谷认为:"邱华栋笔下的新型中国人的形象,既延续了张骞、玄奘、徐霞客、余纯顺的传奇探险,又兼容了民族国家概念的近代诉求,甚至萌生出全球化背景下的世界主义意识。这也许暗含了近年来'讲好中国故事'的心理诉求。"

陈晓明的《耻之重与归家的解脱》发表于同期《南方文坛》。陈晓明认为："从过去的作品中，可以看到麦家会利用一种氛围、一个事件或一个圈套来建立起谜一样的故事的整体性，人物被放在结构里面才起作用的。《人生海海》角度调整了，是以人物来带结构，而且带得这么自由，甚至带得有点轻松和放任。"

刘涛的《论新世纪"中国文学"的复兴》发表于同期《南方文坛》。刘涛注意到："新世纪以来，文学界有人相对客观、深入地认识中国文化，逐渐向中国传统寻找资源……一些作品突破新文学格局与趣味，或向中国传统文学致敬，或可谓是中国传统文学主题的现代翻版。金宇澄《繁花》言花开花落，阴阳二气之流转。张学东作《人脉》，回应时代，期待人能动之以礼。师力斌等编纂《北漂诗选》，可谓'诗可以怨'传统的当代版。盛文强则写海洋志怪。……有实践'中国文学'文学形式者，成绩斐然，譬如杨典尝试笔记小说，蒋一谈尝试'短制'，马笑泉重操《儒林外史》形式，东君尝试以年谱形式创作小说等。"

杨荷泉的《"文学中国"的多种面相与"两种中国文学"》发表于同期《南方文坛》。杨荷泉谈道："在许多优秀作家的笔下，都有一块专属于他们自己的'文学自留地'。从'此地'出发或回归，作家们都在种植和出产具有自己特色的'中国故事'。一代代优秀作家创作的不同'中国故事'，组装构建出了不同时代和不同地域的'文学中国'版图。从诗经到唐诗宋词，从宋元话本到当代小说，作家们笔下的'文学中国'面相各异。仅仅从中国现当代几个作家文本来看，鲁迅的鲁镇、沈从文的湘西、贾平凹的商州与《废都》、莫言的高密东北乡与《红高粱》、余华《兄弟》里的江南小镇，都是不同时代和地域的'文学中国'的一部分。"

20日　梁晓声的《关于小说〈人世间〉的补白——自述》发表于《小说评论》第5期。梁晓声坚持认为："文学艺术是为了让我们的生活更丰富，更是让人类的心灵向善与美进化。"

徐怀中、傅逸尘的《战争叙事的"超验主义"审美新向度——关于长篇小说〈牵风记〉的对话》发表于同期《小说评论》。徐怀中谈到《牵风记》时说道："小说的文体风格，自然而然与诗歌——最早产生的这种古色古香的文学体裁相契合。适宜如诗歌艺术那样无限开拓想象空间，充分发挥抒情性，以至于汲取诗歌声调节律的醇美与韵致。"徐怀中认为："就整体而论，小说寓意趋向于空幻悠远，采用了泼墨大写意手法。而细节描写，则是尊崇工笔画。"

於可训的《主持人的话》发表于同期《小说评论》。於可训认为："在梁氏的作品中，今人不但能读到有关知青运动的许多历史细节，而且还能读到与知青运动有关的丰富的思想资料，尤其是诸如'青春无悔'之类的有争议的思想命题，不但是梁氏贡献于当代思想史的重要材料，而且也是当代中国一个重要的人生哲学问题。无论从哪方面说，梁氏的知青文学都有其独特的意义和价值。从这个意义上说，说梁氏的知青文学是知青运动的百科全书，也不为过。"

张柠的《理想是不同类型文学的公约数》发表于同期《小说评论》。张柠论述了"叙事和描写"的关系，认为"小说艺术结构理想形态的缺失，导致了'叙事'和'描写'各自的孤立无援，或者成为单打独斗的草莽英雄。这种情形在通俗小说中，最初是呈现为一种'叙事或者情节的专横'"，而"另一种新型的形式"，即"描写或者细节的专横，首先是以一种'恋物癖'的形式呈现出来的，它对事物和场景无休止迷恋"，张柠认为这种"孤立的细节或描写，因为没有历史感和时间感，从而与人的命运脱钩。这既是一种特殊的'遗忘'形式，也是一种时髦的'逃避'形式"。

23日 赵兴红的《人物与小说的戏剧性》发表于《文艺报》。赵兴红认为："应该说，一个人物一旦进入了特定的剧情与故事，他的行为与命运就必须遵循一种特有的轨迹。一出好戏肯定是有人物的，这个人是独特的，往往给人难以磨灭的印象。戏剧在这个意义上甚至以人物获得了流传，这不能不说是成功塑造了人物的结果。当下的戏剧往往就没有这个荣幸，因为忽略了人物的情感与心灵，忽略了人物特有的生命力。正如当下的小说一样，小说家往往也不重视人物的塑造，他们满足于讲述一个没有悬念与没有意义的故事，或者干脆把故事写成传奇，离奇古怪，危言耸听，投机取巧。这样的小说其意义是显而易见的，说到底，就是力不从心，把握不住文学作为人学的本质与核心。"

25日 洪治纲的《论小说中的"关系"》发表于《文艺争鸣》第9期。洪治纲认为："小说中的'关系'在承载伦理问题时，通常存在着几种较为普遍的叙事范式。首先是伦理与伦理之间的冲突和对抗。这种冲突的形成，主要是依赖于人物所承担的不同角色。……这种不同伦理之间的博弈与对抗，可以将人物自然地推向自我分裂的生存状态，从而有效呈现人物内心繁杂的精神面貌。……其次是人性与伦理之间的错位和缠斗。……再次是苦难与伦理之间的对视和抗衡。……由'关系'而及伦理，由伦理而及思想，这是小说内部隐含的一种审美机制。"

26日 本报记者傅小平的《陈应松：写生态，更要表达广阔的现实世界》发表于《文学报》。谈及《森林沉默》，陈应松说："我有一点小志向，就是要复活大自然中山川河谷花木鸟兽在文学作品中的卓然风情，所以我不仅在《森林沉默》中不厌其烦地描写大自然，也在其他作品包括散文中写自然风景。……山水对中国人精神信仰的塑造特别是对中国文人的精神塑造、精神修炼与经典化太重要。……作为一个作家，必须将生态纳入现实问题来考量，我在神农架考察和生活，得出了我的结论，所以我不能成为一个纯粹的生态作家，虽然我渴望让我的作品更纯粹更安静更洁净更学术更人文，但我做不到。所以，我的作品是现实主义的，是有强烈介入现实企图的，是要表达更广阔的现实世界的。"

十月

3日 "第二届吴承恩长篇小说奖授奖词"发表于《人民文学》第10期。获奖作品有《灭籍记》《人世间》《逃跑的老板》《国王与抒情诗》《从》等。

《灭籍记》："小说从寻找老宅房契的荒诞故事始，情节一路起伏跌宕，由利益和欲望驱动的寻找，转变为身份的确认与历史的求证。利益、身份、历史在此构成了复杂的叙事张力和环环相扣的互证关系。一段伪史因为众多可考可据的档案与材料而无法证伪，由伪史衍生出来的事件、人物、身份又在悬疑之中获得了超验的真实，这一复杂的推演让我们深思。而叙述过程对真实与虚构之间界限的弥合，也标示出了范小青的写作中感性与理性互补的新境界。"

《人世间》："这是一部真诚而厚实的现实主义作品：态度诚实，描写切实，风格朴实。小说叙述耐心而周到，真实地再现了中国社会最近五十年艰难而辉煌的巨变历程，细致地展示了社会底层的普通人坎坷而又滞重的生活。梁晓声的写作温和、亲切，充满了对生活的热情、对人物的热爱，有着强烈的'伦理现实主义'色彩。在文学普遍缺乏道德热情和方向感的当下,《人世间》所包含的伦理精神与文学情怀,尤显得珍贵。"

《逃跑的老板》:"《逃跑的老板》讲述了一名民营企业家在绝境中抗争并突围的故事,同时也关注了一群特殊的小人物的日常生活、情感和精神世界,触及了他们内心深处的一个个痛点。故事之间嵌套衍生,幽默而又悲凉,意味深长。小说结构精致,视角转换自如,充满了现代感和叙事魅力,残酷的现实由此被提升到了艺术的高度。小说手法很有现代感,气质却又具有本土性,是一部独特的好看又耐看的中国故事,为当代小说创作贡献了新的艺术经验。"

《国王与抒情诗》:"《国王与抒情诗》混合悬疑和科幻,构筑了一个深广的哲思世界。信息商业帝国为求意识整饬之大同,打算让抒情的字眼出局,只留下交际、指令、描述的功能性语言。但丰富完善的语言乃是人类自我确立的必要,于是,抒情诗虽方寸狭小,依然情绪激昂地在幽闭空间发出澎湃的回响,人类也藉此顺利地进入精神的永恒形式,创造出无限可能的想象世界。小说提醒我们,理性思考的权力要把握好,源自心灵的天然高贵的自由也绝不可放弃。"

《从》:"蒋廷朝是一位执着的写作者。这种执着不仅表现在他对文学的坚守,更体现在他不为潮流所动,一直固守着自己先锋性的创作理想。他的长篇小说《从》再次将他对世界、人与生活的探究以现代性的方式呈现出来。作品以成长小说为叙事框架,却以荒诞、乌托邦、夸张、变形的手法,对我们的存在进行了形而上的终极诘问,表现出鲜明的前卫姿态和风格以及大胆的探索勇气。"

9日 叶海声的《〈情荡红尘〉的好小说元素》发表于《文艺报》。叶海声谈道:"如今是视频和图片充斥的时代,而社会新闻阐述的故事层出不穷,好小说能写出小说与故事、小说与视频的区别,我认为其奥秘在于小说的叙述功力。李门的长篇小说《情荡红尘》做到了这一点。"

14日 本期《文艺报》为"第十届茅盾文学奖特刊",刊有"责任编辑手记"专题。该专题收录《人世间》《北上》《牵风记》《主角》《应物兄》的责任编辑的手记。

陈玉成在《〈北上〉:烟火长河的来处与归路》中谈道:"为了创作《北上》,

徐则臣在几年的时间里，有意识地把京杭大运河从南到北断断续续走了一遍；为了保证创作中历史地理细节的精确与严谨，他决定前往通州运河再做一次实地寻访。当我们已习惯了许多作家躲进小楼闭门造车时，这种追求无一字无来历的创作态度，显得更加难得。……如何准确地写出100年前的运河生态和生活于此的运河人的精神状态，这种'无中生有'、由虚入实的创作，尤其考验一位写作者的功力，这便需要其找到一条进入历史的最有效的方式。……全书横跨历史与当代、朝野与官民、南北中国与东西世界，格局大开大合，可以说，为近几年来已近繁荣的运河题材书写，贡献出了最具温度与力度的一次创作。"

胡玉萍在《〈牵风记〉：为文坛老将喝彩》中指出："此前从未看到有人以如此现实主义与浪漫主义相结合的方式描写战争。……小说以独特的视角切入这场战争，让我们了解到那些牺牲者的人品格局是怎样的平凡和伟大，他们的精神世界是怎样的朴素和丰富。……小说中每个人、每个故事特别是细节，都有很强的历史真实性。20世纪60年代，他（徐怀中——编者注）曾以此为题材创作出《牵风记》的雏形，将近20万字，后来却由于种种原因，小说的手稿被销毁。这次重新创作起笔于4年前，经过不断的修改润色，终于与读者见面。"

李亚梓在《〈主角〉：天地广博　大道至简》中表示："惟有这么大的体量才能承载内涵如此丰富的主题。最终，我只做了微调，以上下卷的形式把整部书稿完整地呈现给了读者。"作为责编，李亚梓"在处理方言口语上，尽量保留他（陈彦——编者注）语言的原汁原味"。

刘稚在《〈应物兄〉：知识分子的精神谱系》中谈道："它（《应物兄》——编者注）打破了历史题材和现实题材的界限，突破了知识分子写作传统，将历史和现实和谐地融于一体，共时性地呈现于小说建构的阔大空间中。从始至终，《应物兄》以高妙的笔法描写了中国传统与文化那令人迷醉的魅力。……《应物兄》不是向传统中国小说的回归，它其实极具现代性，比如小说中通过人物谈到'一部无始无终的书'等理念，它追求小说的诗性以及哲学性，它要建立新的小说观。"

何平的《〈应物兄〉：变革的当代中国长篇小说如何"应物"？》发表于同期《文艺报》。何平谈道："事实上，新中国文学70年都在召唤着巨大的史诗性的长篇小说。《应物兄》在此刻出现，无疑再次确立了长篇小说文体对历史和现实的强大综合和概括能力的民族史诗和时代文体的意义,《应物兄》对汉语长篇小说而言,具有了正本清源的意义。放在中国现代长篇小说的历史谱系中看,《应物兄》的审美拓进是多方面的。……《应物兄》是与《子夜》宏大和精确社会分析的现实主义一脉的,但不同的是,李洱的写作起点源自于上世纪80年代的写作,正是中国当代现实主义深化和现代主义相互激发的文学黄金时代。如果从这个文学谱系看,《应物兄》是改革开放文学在新的时代的收获。……《应物兄》不应该仅仅被认为是写近几十年知识界状态的所谓'知性小说'。事实上,《应物兄》要反思的重要方面恰恰是每个人携带着各自的知识和信念在一个变革的时代如何'应物',无论道与器、中学与西学,还是创办儒学研究院,只有顺应当下和当世的'知识'才能成为当代的'知识'。因此,《应物兄》、'大学'是通向我们时代的一个微小切口,知识界、大学生活自然是《应物兄》着力书写的内容。作为一部秉持了现实主义精神的长篇小说,《应物兄》对于围绕'太和'儒学研究院各方面的博弈以及沉渣泛起,坚守了现实主义的批判立场,但《应物兄》在'大学'这个脉络上最大的贡献,应该是对现代大学图谱的绘制以及大学精神的打捞和确证。"

16日 本报记者马李文博的《让每个人成为自己的主角》发表于《中国艺术报》。陈彦认为:"《主角》的写作努力想继承三个传统,第一个是现实主义传统,第二个是中国小说的传统,第三个是中国戏曲的传统。"马李文博指出,"为了寻找小说语言,陈彦重读了四大名著,在《主角》中,陈彦也做了'小说样式'的探索,比如对社会中一些虚名现象进行隐喻"。

25日 陈晓明的《张炜作品中的大地、自然神性和精神旨归》发表于《文艺争鸣》第10期。陈晓明认为:"小说写到这些花草,树木,地质研究所,地质工作的人物身份,他们在原野上,在崇山峻岭之间,所有这些作为人的活动的背景,都想给人一种自然的属性,当然也是大地的归属性。这在张炜的作品中都是他在叙述中要建立起来的一种形象、意象不可缺少的一种依据。他是通过这些依据来给予他的这些人物一种美学属性,一种思想的属性、精神的属性。……张炜设想和自然在一起,自然的神性赋予我们重新复活的可能,所以张炜的作品是在这个大地上,在自然神性的归属性上,他的精神旨归提示了在这个时代我们自我救赎的一种方式。"

何平的《长篇小说的庞然气象》发表于同期《文艺争鸣》。何平认为："《古船》《活着》《花腔》《耶路撒冷》《茧》这个序列能看出……不同代际青年期的长篇小说在越往后越来越不像一个庞然大物了。1950年代出生的这批作家他们去写长篇小说，包括在他们青年时代完成的作品，为什么能呈现出那种庞然大物的气象？今天的青年作家，他们的青年写作时代，包括他们在青年时代完成的长篇小说跟50后这批作家相比到底缺少什么东西？我个人觉得，首先一个方面是'思想'的能力。1950年代出生的作家普遍地自觉作为思想者的居多。……第二个方面作为一个思想者，他们会表现出在某些方面不是那种中庸的和四平八稳的，所以他们有时候是极端的。对自己所秉持的一种东西，他们往往会一直坚持，甚至有一种偏执和偏激。我们观察50后作家的'思想'往往有许多个人的偏见和偏执。……再有，50后这批作家，包括张炜都努力地与时俱进地去介入他们所处的时代并去'文学'地发声，他们不孤悬在时代之外。"

周明全的《中国小说的境界》发表于同期《文艺争鸣》。周明全认为："和诗词不同的是，诗词直接写'真感情'，写人生的情思，而小说则是赋予情境和感情真实性，完成对人类存在、真实处境的探求和表现……如果一部小说能够赋予细节真实感，描写现实，同时不止于现实，以现实表达理想；表现想象的意境而又合乎自然，那便奠定了'境界'的基础。……无论是《倾城之恋》，还是《受戒》，都是极其精致的小说，语言、结构、人物塑造、意境等等，可以说，它们具备了好小说的所有优点，它们都是技术上堪称完美的小说，但它们缺乏的就是一种对时代的担当，缺乏更宏大的境界作为支撑，终难成为伟大的作品。"

31日 刘小波的《交织着现实的乌托邦书写》发表于《文学报》。刘小波认为："《月落荒寺》借鉴了史传的传统，写人物带事件，随着小说的推进，不断有人物出场，一个个分散的人、一段段分散的故事，正好拼凑起社会这个大拼图。小说富有浓郁的传统底蕴，特别是有关'命运'这一中国元素在小说中得到淋漓尽致的表达。敬文东用'命运叙事'来概括格非的创作可以说一语中的。命运叙事是中国传统小说自身的固有传统之一。对命运的关注和作者对古典文学的汲取分不开，《红楼梦》《三国演义》《金瓶梅》等中国古典小说的集大成者，无一不是命运之书。……格非的小说概括起来的特征是传统的延续,先锋的开拓,技法的更新。对身世的追寻有着很强的象征意味,也是对知识分子自我的探询。"

《李敬泽:长篇小说承担着历史责任、文化责任》发表于同期《文学报》。李敬泽认为:"长篇小说的必要性正在于此,在越来越复杂、人们的经验和生活高度割裂的现代,需要长篇小说为我们提供关于人类生活、关于生活着的世界一个完整性的叙事、讲述和表达。……长篇小说在文明和文化中,作为关于我们对自己、对生活、对世界的一种庞大叙事,具有重大的文化意义。……正是在这个意义上,每个作家所承担的,不仅仅是文学创作,更是对人类这个族群来讲至关重要的责任——提供关于我、我们、我们时代的叙事途径。"

十一月

1日 行超的《旧的传统与新的小说》发表于《长江文艺》第21期。行超认为:"小说仅有故事和人物是不够的,更要为读者提供一个复杂的、具有包容性和讨论空间的场域。因此,批评家小说中'学理'与'知识'的部分,不仅不是小说叙事旁逸斜出的、可有可无的部分,反而可能是未来小说文体新的生长点。当然,如何逐渐形成并完善其出现与表达的方式,将这部分内容与小说叙事本身更好地融合,使其成为一个综合有机的整体,应该是这种类型的文学写作需要注意的问题。"

同日,阿来的《阿来对话三十国汉学家》发表于《上海文学》第11期。谈到汉语创作,阿来表示:"用汉语从事文学写作三十年来,我每一次写作,实际上也是经历一次翻译的过程:从一种藏语方言,再到用汉语,只不过,这种翻译不是从此一文本到彼一文本,而是脑海中迅即完成的。这不止是一个语言表达问题,在更深的层面上,我书中那些人物,是通过嘉绒语来感知和思考,来建立跟这个世界的联系的。语言不是一些单纯的声音与意义,而是一种感知的方式,一种思考的方式。这种方式导引我们往人类心灵世界的更深处去,到由不同的感知方式导致的有差异性的文化的更深处去。所以,我常开玩笑说,我既是一个作家,同时也是一个译者。我在完成创作的同时,完成了翻译。一些读者说,阿来的作品中有一些中文普通话中不常见的表达,异质性的表达……

确实，这些异质的东西就是从另外一种语言中转移过来的。不是通常所说的民族风情之类的东西，而是来自于语言背后潜藏着的感知方式与生活态度。"

阿来的《灵魂清净，道路笔直》发表于同期《上海文学》。阿来谈道："我相信《云中记》这本书，做到了通过开放的感官，完成了人与神灵、与大地、与万物的感知，和感知基础上的深入对话。我成功地让自然与大地回到了我们的文学世界中间。这也是我在这里向大家宣说这本书的原因之一。正像美国批评家哈罗德·布鲁姆所说的那样：'在人格化的非人之物中，一种人格出现了。'"

3日　《人民文学》第11期有"卷首语"。编者写道："'科幻小辑'又来了。三篇小说各有各的叙写方位：《星光》以惊险探秘的叙事模式，展开了与'火星人'相伴的亦真亦幻的传奇之旅，荒漠深处的大自然、科技时代的现实镜像以及在作为文化拓展项目的'夏令营'中，也寄寓着对西部建设者的敬意；《泰坦尼亚客栈》里，地球人作为精神背景的主体，用简净的文字，表达对机器人和变异性生命限度的思虑，体现出科幻文学的忧患意识。《爱的二重奏》则以通信方式探讨情感面对新的技术观念规定性的困惑，细腻的辨析和感性的实践，汇聚于丰富的'成长'期许。从这几部新作，我们可以领略科幻文学向四面八方盎然生长的动势。对'星际'时空宽阔的观象，对'智能'界域密切的预测，对'后人类'处境深在的探究，超前性、趣味性、庄重性和文学性愈发协调浑然——而这一切，又通向不断持守与建构和平、美好、安宁的生命状况。"

15日　白亮的《技术生产、审美创造与未来写作——基于人工智能写作的思考》发表于《南方文坛》第6期。白亮谈道："人工智能写作充分依赖逻辑计算、数据交换和转换，更多的是模仿与综合，重组与变形，这种所谓的创造性不过是基于对人类艺术创作风格的吸收，以及对文字、语音、图像等数据采用深度学习后加工与运算导致的结果，并非主动地、有创作自觉地情感升华，因此，人工智能写作的'过程'与其说是'创造'，不如被看作是一次编程规定内的'仿制'活动，其批量产出的成果更应当被视为'产品'而不是'作品'。"

樊迎春的《褶皱之外——AI时代的人与文学》发表于同期《南方文坛》。樊迎春注意到："追本溯源，审美的生产无论在何时何地都是自发且独立的，都是作者本人的精神表达，是作者灵魂褶皱的具象。这种对读者来说可能无差别的具象却是作者对身心的自省与鞭笞，对物质与心灵困境救赎道路的深沉探索。……AI习得眼光和方式固然不是难事，却永远无处寄托眼光与方式的回馈，永远找寻不到需要救赎的灵魂主体本身。"

唐翰存的《小说时代的祛魅与挑战》发表于同期《南方文坛》。唐翰存认为："小说面临的又一大难题，是这个时代对'故事'的逐渐祛魅。……在一部分读者那里，'小说性'等同于'故事性'，这也是他们爱看小说的重要原因之一。可是我们不得不承认，随着时代的变化，在读者群落里也出现了一个新的状况，那就是故事感的淡漠。尽管人们仍然需要故事，可是已经不再像二三十年以前、半个世纪以前那样，简单地需要故事。互联网等传媒的发达，让故事信息化，让故事在生活中流通，在新闻中流通，故事已经过剩了。""在今天，小说受到来自其他艺术形式的冲击，以及其他文学文体的挑战。小说的一部分叙事功能，被影视和纪录片所代替，也被各种具有现实揭露性的网络视频所代替。在全媒体时代，视图是某种意义上的全民阅读。这种阅读如此风行，如此普及，借助手机和电脑，链接到无数人的浏览行为之中。它也深刻地影响着通过纸媒传播的传统叙述。小说被改编为影视剧的巨大影响力以及可观收入，动摇了一部分作家的小说自足性，他们和影视合作，乃至为影视而创作。……另外还有'网络小说'，它们似乎一诞生就具有影视性，可以很容易改编为影像，在更大的受众范围内传播。网络小说中出现的所谓'互文叙事''类游戏叙事'，也很容易让读者或观众参与其中，体验叙事的共享与狂欢。网络小说的'小说性'，本来就受到专业读者或评论家的质疑，它与影视的合谋，它对'纯文学'的不顾、不屑，使它看上去离文坛更远了，离市场更近了。"

同日，白烨的《把"以人民为中心"落到创作实处》发表于《人民日报》。白烨指出，"现实主义文学，起点是现实主义手法，要点是现实主义精神。现实主义精神主要体现在创作对人的高度关注，对人的生存状态、精神状态以及命运的关注。现实主义精神里有一个内核，那就是人民性。把人民真的放在心中，人民是历史的主角，是历史的创造者，在创作中要以人民作为主角"。

同日，本报记者行超的《〈云中记〉：灾难的安魂曲——访作家阿来》发表于《文艺报》。阿来指出："爱护自然绝不是基于狭隘的环保主义，而是一种更根本的宿命论的认识。如果说《云中记》有一点贡献的话，我想主要就是处理和提供了对死亡、对自然这两个方面的新的书写。"

20日 蔡东的《灵敏与广阔》发表于《小说评论》第6期。蔡东表示："小说当然是虚构的艺术，关键是如何虚构，我倾向于小说是一种肉身沉重的文体，它需要大量的细节和坚实的叙述，需要长久的积累和储备，小说最终完成时，除了向外敞开遍布着跟世界的对接点之外，也应该跟作者自身的生命建立起血肉相连的关系。"

韩松刚的《"写小说，就是写语言"——关于中国当代小说语言问题的思考》发表于同期《小说评论》。韩松刚认为："在经历了政治的挤压、文化的被摧残等种种磨难之后，随着人们精神世界的堕落，语言的堕落也是不争的事实。文学语言已渐渐丧失了其活力和新鲜感，而逐渐'堕落成一种毫无诗意的符号或代码'。因此，'文学的任务就是要重新发掘和揭示语言身上的这种诗性本质，祛除蒙在语言身上的形而上的概念阴影，使诗性的语言复活'。……不管是汪曾祺等人语言的相对纯粹，还是苏童等人的语言的适当饱满，都代表了当代小说语言的生动面向，可以说，在这些作家的艺术自觉和语言追求中，他们的小说已经确立了自己独特的风格，它既古典又现代，既朴素又抒情，既简约又繁复，而这一语言风格的当然与作家自身的艺术秉性有关，但也离不开传统文化的魅力传承和潜在滋养。"

於可训的《主持人的话》发表于同期《小说评论》。於可训认为："蔡东的小说是丰富的，'自甘退步'，只是她的小说人物的一种精神元素。但这种精神元素，却切合现代社会普遍存在的一种精神现象。进入现代社会以后，我们在文学史上，看到过'多余的人'，看到过'局外人'，看到过失败的英雄，也看到过'最后一个'的形象，加上蔡东的'自甘退步者'群像，按照时下的观点，这都不是具有正能量的艺术形象。但我却觉得，正是在这些艺术形象身上，积聚了现代人在现代社会所遭遇的精神困境和寻求解脱的努力，所以它的意义和价值非同寻常。"

张柠的《故事的权威性及其中国形态》发表于同期《小说评论》。张柠认为："所谓艺术性的'小说'——它是因某个具体作者的讲述行为而产生的'故事',即'叙事虚构作品'。它是一个经验与幻想、时间与空间有机结合的艺术整体。"而"要成为一个'讲故事的人',除了有讲述的冲动,你还需要有讲故事的才能",即要有"讲述的权威性"。张柠论述了"三种类型的权威":"时间的权威",张柠称之为"年长者叙事";"空间的权威",张柠称之为"远行者叙事";"创造的权威",张柠称之为"幻想家叙事"。前两种权威的"共同之处在于,首先诉诸于直接经验",而对于"幻想家叙事",张柠认为"'文学幻想'不仅是一种摆脱'时空经验'束缚的回忆和感官反应,而且同时又是能够创造性地将世界和事物想象成有机的整体的高级心理活动"。张柠进一步论述:"我们需要讲什么故事?答案自然是'中国故事'。……问题在于,这个'中国故事'的形态也是复杂多样的。何为'中国故事',我们期待何种'故事',依然需要讨论。"张柠梳理了从古至今的中国小说的三种基本形态,指出:"整个20世纪,中国作家都在寻找日常生活和正常人的故事。如何讲述这个正常的中国故事?这是中国作家所面临的前所未有的难题。"

张文诺、余琪的《论贾平凹小说创作中的鲁迅影响》发表于同期《小说评论》。张文诺、余琪认为:"作为一位优秀的当代中国作家,贾平凹给读者的印象是一位最具中国传统文人气质的作家。其实,贾平凹是一位深受鲁迅影响、具有批判精神、饱含现代意识的当代作家,他毫不掩饰他对鲁迅其人的仰慕与对鲁迅作品的喜爱。……从贾平凹与鲁迅的内在联系分析贾平凹及其创作,更能准确把握贾平凹文学作品的精髓,更能理解贾平凹文学世界的丰富与博大。"首先,"贾平凹继承了鲁迅所开创的文学为人生的传统,对当代中国保持了持续不间断的关注";其次,"贾平凹说鲁迅的批判精神对他影响很大,'学习鲁迅主要学他对社会的批判精神,对社会的透视力。这一方面鲁迅对我影响大。'……受鲁迅的影响,贾平凹始终坚持严肃的启蒙立场,他对文化与人性的弱点进行了深刻的批判,他的批判不是简单的否定,而是建立在对文化与人性深刻了解的基础之上";同时,"鲁迅把现代技法与传统技法完美地融合起来,形成了开放恢弘、仪态万方的中国现代小说格调。读贾平凹的小说,扑面而来的是浓郁中国韵味与独特的中国格调";最后,"从作品的内在气质来看,贾平凹的作品有鲁迅作品的影子,与鲁迅的相遇使贾平凹的作品沉重、苍凉、混沌、感伤。中国现代小说起源于中国现代化进程之中,中国现代小说明显地反映出中国民众对现代化的渴望,并反映出中国民众现代化过程中的思想、感情、心理。如果说鲁迅的小说是中国现代化过程的民族寓言,那么贾平凹的作品是中国现代化过程中民族寓言的重要组成部分"。

25日 刘岩的《世纪之交的东北经验、反自动化书写与一座小说城的崛起——双雪涛、班宇、郑执沈阳叙事综论》发表于《文艺争鸣》第11期。刘岩认为,"双雪涛、班宇和郑执共同书写了90年代至新世纪初的沈阳,这个世纪之交的时空体蕴含着双重的过渡,一方面是东北老工业基地从全国最典型的所谓'计划经济体制'转向'市场经济体制'的社会变革过程,一方面是作家自身作为原国营工厂工人子弟('80后东北作家群体'的普遍出身)从童年走向成人的情感结构形成过程,前者如此深刻地影响了后者,后者如此内在地回应着前者,以至于在这些小说家的小说里,微观叙事与宏观叙事已融为一体,日常生活即大历史"。

29日 刘小波的《长篇小说:要细节,而非堆砌》发表于《人民日报》。刘小波谈道:"长篇小说发展到今天,'细节'也值得作为技法更新、艺术进步的一个突破口。将大量生活细节纳入作品中,能营造生活扑面而来的逼真效果;丰富的知识细节能够充实小说的气血,给读者提供更多新知;通过不同层次的细节铺垫,打破单一主线,让多个主题并行发展,让小说人物进行对话,也有利于揭示生活的丰富与人性的复杂。但是,一些长篇小说中的细节描写,只是权宜之计。……有些作者便反其道而行之,通过增加细节来增强小说丰富性,以此增加阐释难度,增加阅读挑战。这样做的初衷是对长篇书写乏力的纠偏,但追逐过度则会滑向另一个极端,是不顾长篇小说本体价值的舍本求末。"

十二月

1日 陈蔚文、徯晗的《去表达城市中多元化的生存及具体的人》发表于《青年文学》第12期。陈蔚文认为:"好小说无关乎长短规模,无关乎'时代关键词',无关乎'主义'标签。任何文本形式不过是种叙述策略,其表达内容才是核心。……真正的好小说只关乎是否质实。即使是只麻雀,但它温热,有颗在小胸脯下跳动的心脏——小说的灵在那里！否则即使按一只狮子去架构它也是徒劳——常常我们会看见一堆企图想拼凑成一头狮子的溃散的狮子状碎片。"

赵月斌的《解读张炜的〈蘑菇七种〉》发表于同期《青年文学》。赵月斌认为："在我看来，这部用时半年写出的中篇（《蘑菇七种》——编者注），不但是他（张炜——编者注）在写作上由'史诗'向'民间'过渡的重要'中间物'，而且可以看成张炜最具核心意义的代表作——这部小说不仅蕴藏了作家独有的文学酵母，还充分展现了他的叙事智慧和文体风格。"

同日，班宇、张玲玲的《虚构湖景里的真实倒影》发表于《上海文学》第12期。班宇谈道："小说这个体裁，它是尊严的复数，使我成为一个自觉的写作者。我从前的大部分表述看似进击，但实际上，总是处于一个被动的位置：贴近与依附。而在小说里，我第一次拿回来自己的主动权。……事实上，我们必须通过小说，不断地读和写，来进入到自己的时间里。不是要在历史里取得一个位置，而是在自己的位置里，去驯服一部分历史。"

3日　《人民文学》第12期有"卷首语"。编者写道："《笑的风》是一部显然具有长篇容量的中篇小说，饱满的不仅仅是中国和中国人所经历的历史生活信息，更在于看似随处溜达的视角和活泛如水的语言之上，在主要人物的履迹和奇闻之中，旋起五十余年的时代之风。文章老更成，王蒙这次也许是要以《笑的风》展现如此这般的文学魔法——密实、扎实的世道取证与松弛、松绑的回看叙事的辩证'捕风'手段。"

28日　丁帆的"卷首语"发表于《扬子江评论》第6期。丁帆说道："我们读阿来的作品往往是通过泛神论所构造的神性世界，以及那种充满着'审美光芒'的异族神秘语言投射而进入叙述河流的。而真正导致作者创作冲动的契机却是'那种诱惑我投入写作的，是语言；成全我写作的，依然是语言。语言的魔法，令人神迷目眩。'无疑，语言作为形式的外壳，就像一件华丽的外衣，没有这一层，审美的直观条件就丧失了。然而，高明的作者绝不会用富有'审美光芒'的语言形式去掩盖其内容辐射出来的人性的生命'审美光芒'。……一切从'人性的''生命的''灵魂的'角度来考量，就一定会顺势寻觅到一种语言的最佳表达方式，从某种意义上来说，语言和内容往往是融为一体的，没有好的语言就无法让内容释放出'审美光芒'来,反之,没有深邃的思想促动,你也无法找到那件华丽的外衣。所以,一个优秀的作家在写作过程中获取超越时代、超越自我、超越历史和超越未来的优先'当代性'才是真理的大道。"

张雪飞的《中国古典乌托邦的当下言说——以格非与阎连科为例》发表于同期《扬子江评论》。张雪飞注意到:"两位作家在建构象征性文学结构时,既有乌托邦的元素同时又有反乌托邦的元素。如果说乌托邦昭示着理想,反乌托邦则重在其批判与讽喻的功能。……乌托邦精神的理想性使两位作家对其无限眷恋,他们深知其实践的灾难性,因此最终把乌托邦小心地安放到个体的精神世界中,希望它在调节梦幻与现实之间起到应有的作用。"

参考文献

一、报刊类：

《文艺报》、《人民文学》、《解放军文艺》、《文艺学习》、《文艺月报》(《上海文学》)、《新港》(《天津文学》)、《山花》、《延河》、《长江文艺》、《收获》、《雨花》、《四川文学》、《鸭绿江》、《草原》、《湖南文学》、《边疆文艺》、《河北文艺》(《蜜蜂》《河北文学》)、《北方文学》、《文学研究》(《文学评论》)、《北京文艺》(《北京文学》)、《长春》、《作品》、《新疆文学》(《中国西部文学》)、《青海湖》、《甘肃文艺》(《飞天》)、《广西文艺》(《广西文学》)、《东海》(《浙江文艺》)、《热风》、《西南文艺》、《山东文学》、《中国青年》、《星火》、《人民日报》、《解放军报》、《光明日报》、《文汇报》、《羊城晚报》、《朝霞》、《学习与批判》、《作家》、《福建文学》、《青年文学》、《广州文艺》、《佛山文艺》、《读书》、《花溪》、《芳草》、《春风》、《芒种》、《十月》、《当代》、《大家》、《花城》、《长城》、《江南》、《天涯》、《钟山》、《芙蓉》、《小说家》、《小说界》、《中国作家》、《文学报》、《中外文学》、《当代文艺探索》、《小说评论》、《当代作家评论》、《南方文坛》、《百花洲》、《长江》、《丑小鸭》、《滇池》、《黄河》、《昆仑》、《海燕》、《莽原》、《青春》、《朔方》、《西藏文学》、《现代作家》、《中国》、《文艺研究》、《长篇小说选刊》、《长江日报》、《红岩》、《安徽文艺》、《小说月报》、《中

477

篇小说选刊》、《作品与争鸣》、《小说选刊》、《上海文论》(《上海文化》)、《解放日报》、《文学自由谈》、《扬子江评论》、《文艺争鸣》、《当代创作艺术》、《当代文艺思潮》《外国文学研究》、《百家》、《艺谭》、《今日文坛》、《文谭》(《当代文坛》)、《文艺评论》、《文学探索》、《文艺理论研究》、《花溪文谈》、《批评家》、《广西文艺评论》、《文学评论家》、《百花》、《文学新潮》、《文论报》、《中州文坛》、《当代文坛报》、《民族文艺报》、《当代文艺探索》、《文艺理论家》、《写作参考》等。

二、著作类：

毛泽东：《毛泽东选集（第一卷）》，人民出版社，1966。

毛泽东：《毛泽东选集（第二卷）》，人民出版社，1966。

毛泽东：《毛泽东选集（第三卷）》，人民出版社，1966。

毛泽东：《毛泽东选集（第四卷）》，人民出版社，1966。

毛泽东：《毛泽东选集（第五卷）》，人民出版社，1977。

中共中央研究室编《毛泽东书信选集》，人民出版社，1983。

周恩来：《周恩来论文艺》，人民文学出版社，1979。

中共中央宣传部文艺局《邓小平论文艺》，人民文学出版社，1989。

邓小平：《邓小平文选（第一卷）》，人民出版社，1993。

邓小平：《邓小平文选（第二卷）》，人民出版社，1993。

邓小平：《邓小平文选（第三卷）》，人民出版社，1993。

中共中央文献研究室编《三中全会以来重要文件汇编（上）》，人民出版社，1982。

中共中央文献研究室编《三中全会以来重要文件汇编（下）》，人民出版社，1982。

薄一波：《若干重大决策与事件的回顾（上）》，中共中央党校出版社，1991。

薄一波：《若干重大决策与事件的回顾（下）》，中共中央党校出版社，

1993。

胡乔木：《胡乔木回忆毛泽东》，人民出版社，1994。

新文艺出版社编《为保卫社会主义文艺路线而斗争（上）》，新文艺出版社，1957。

新文艺出版社编《为保卫社会主义文艺路线而斗争（下）》，新文艺出版社，1957。

中华全国文学艺术工作者代表大会宣传处编《中华全国文学艺术工作者代表大会纪念文集》，新华书店，1950。

中国作家协会编《中国作家协会第二次理事会会议（扩大）报告、发言集》，人民文学出版社，1956。

第四次文代会筹备组起草组、文化部文学艺术研究院理论政策研究室编《六十年文艺大事记：1919—1979》（未定稿），1979。

中国文学艺术界联合会编《中国文学艺术工作者第四次代表大会文集》，四川人民出版社，1980。

中国社会科学院文学研究所当代文学研究室编《新时期文学六年：1976.10—1982.9》，中国社会科学出版社，1985。

陆梅林、盛同主编《新时期文艺论争辑要（上）》，重庆出版社，1991。

陆梅林、盛同主编《新时期文艺论争辑要（下）》，重庆出版社，1991。

冯牧主编《中国新文学大系（1949—1976）文学理论卷》，上海文艺出版社，1997。

丁景唐主编《中国新文学大系（1949—1976）史料卷》，上海文艺出版社,1997。

洪子诚编《二十世纪中国小说理论资料 第五卷（1949—1976）》，北京大学出版社，1997。

洪子诚主编《中国当代文学史·史料选：1945—1999（上）》，长江文艺出版社，2002。

洪子诚主编《中国当代文学史·史料选：1945—1999(下)》，长江文艺出版社，2002。

洪子诚、孟繁华主编《当代文学关键词》，广西师范大学出版社，2002。

吉林师范大学中文系当代文学教研室编《中国当代文学史年表：1943.3—1966.5（上）》（征求意见稿），1979。

吉林师范大学中文系当代文学教研室编《中国当代文学史年表：1943.3—1966.5（下）》（征求意见稿），1979。

仲呈祥编《新中国文学纪事和重要著作年表》，四川省社会科学院出版社，1984。

《中国文学年鉴》编辑委员会编《1997—1998年中国文学年鉴》，作家出版社，2002。

《中国文学年鉴》编辑委员会编《1999—2000年中国文学年鉴》，作家出版社，2002。

照春、高洪波主编《中国作家大辞典》，中国文联出版社，1999。

陈平原：《文学史的形成与建构》，广西教育出版社，1999。

张福贵：《文学史的命名与文学史观的反思》，北京大学出版社，2014。

温潘亚等：《百年中国文学史写作范式研究》，人民出版社，2019。

张江主编"当代中国文学批评史丛书"（全10卷），中国社会科学出版社，2020。

金宏宇：《中国现代文学史料批判的理论与方法》，社会科学文献出版社，2021。

洪子诚：《中国当代文学史》，北京大学出版社，1999。

洪子诚：《当代文学概说》，广西教育出版社，2000。

洪子诚：《问题与方法：中国当代文学史研究讲稿》，生活·读书·新知三联书店，2002。

华中师范学院中国语言文学系编著《中国当代文学史稿》，科学出版社，1962。

张钟、洪子诚、佘树森、赵祖谟、汪景寿编《当代文学概观》，北京大学出版社，1980。

於可训：《中国当代文学概论》，武汉大学出版社，1998。

於可训、吴济时、陈美兰主编《文学风雨四十年——中国当代文学作品争鸣述评》，武汉大学出版社，1989。

张炯等主编《中华文学通史》，华艺出版社，1997。

张炯主编《新中国文学五十年》，山东教育出版社，1999。

杨匡汉、孟繁华主编《共和国文学50年》，中国社会科学出版社，1999。

陈思和主编《中国当代文学史教程》，复旦大学出版社，1999。

王庆生主编《中国当代文学》，华中师范大学出版社，1999。

王庆生主编《中国当代文学史》，高等教育出版社，2003。

於可训、叶立文主编《中国文学编年史：现代卷》，湖南人民出版社，2006。

於可训、李遇春主编《中国文学编年史：当代卷》，湖南人民出版社，2006。

张健主编《中国当代文学编年史》（全10卷），山东文艺出版社，2012。

袁进主编《中国近代文学编年史——以文学广告为中心（1872—1914）》，北京大学出版社，2013。

钱理群主编《中国现代文学编年史——以文学广告为中心（1915—1927）》，北京大学出版社，2013。

卓如、鲁湘元主编《二十世纪中国文学编年》，河北教育出版社，2013。

刘勇、李怡主编《中国现代文学编年史（1895—1949）》，文化艺术出版社，2015。

欧阳友权、袁星洁编《中国网络文学编年史》，中国文联出版社，2015。

吴俊主编《中国当代文学批评史料编年》（全12卷），华东师范大学出版社，2017。

陈晓明主编《中国当代文学批评史》，北京大学出版社，2022。

陈思广：《中国现代长篇小说编年史（1922—1949）》（全3册），武汉出版社，2021。

黄曼君主编《中国20世纪文学理论批评史》，中国文联出版社，2002。

陈思和：《中国新文学整体观》，上海文艺出版社，1987。

黄霖、韩同文选注《中国历代小说论著选》，江西人民出版社，1982。

陈平原、夏晓虹编《二十世纪中国小说理论资料(第一卷)》，北京大学出版社，1997。

严家炎编《二十世纪中国小说理论资料（第二卷）》，北京大学出版社，1997。

吴福辉编《二十世纪中国小说理论资料（第三卷）》，北京大学出版社，1997。

钱理群编《二十世纪中国小说理论资料（第四卷）》，北京大学出版社，1997。

洪子诚编《二十世纪中国小说理论资料（第五卷）》，北京大学出版社，1997。

孔范今、雷达、吴义勤、施占军主编《中国新时期文学研究资料汇编.乙种》，山东文艺出版社，2006。

吴秀明主编"中国当代文学史料丛书"（全11卷），浙江大学出版社，2017。

程光炜主编"当代中国文学史资料丛书"（全16卷），百花洲文艺出版社，2018。

汤因比：《历史研究》，曹未风、徐怀启、乐群、王国秀译，上海人民出版社,1986。

罗贝尔·埃斯卡皮：《文学社会学》，王美华、于沛译，安徽文艺出版社1987。

费尔南·布罗代尔：《论历史》，刘北成、周立红译，北京大学出版社,2008。

王先霈、周伟民：《明清小说理论批评史》，花城出版社，1988。

许怀中：《中国现代小说理论批评的变迁》，上海文艺出版社，1990。

罗国祥：《二十世纪西方小说美学》，武汉大学出版社，1991。

叶威廉：《比较诗学》，东大图书股份有限公司，2007。

宁宗一：《中国小说学通论》，安徽教育出版社，1995。

颜廷亮：《晚清小说理论》，中华书局，1996。

康来新：《晚清小说理论研究》，大安出版社，1999。

刘良明、黎晓莲、朱殊：《近代小说理论批评流派研究》，武汉大学出版社，2003。

何永康：《二十世纪中西比较小说学》，江苏教育出版社，2006。

王本朝：《中国当代文学制度研究（1949—1976）》，新星出版社，2007。

曹顺庆主编《中西比较诗学史》，巴蜀书社，2008。

涂昊：《20世纪末中国小说创作理论和创作实践关系研究》，中国社会科学出版社，2008。

陈伯海：《文学史与文学史学》，北京大学出版社，2012。

蒋述卓、刘绍瑾：《古今对话中的中国古典文艺美学》，暨南大学出版社，2012。

顾明栋：《中国小说理论：一个非西方的叙事体系》，文逸闻译，南京大学出版社，2022。

后　记

提笔写后记之时，我顿觉一种沉重感袭来。我从接触中国当代小说理论史研究至今，一晃眼二十余年过去了。人生又有几个二十年呢？何况这是从三十出头到年过半百的二十年，人生最美好的年华都浸泡在这个领域之中！

2003 年，我进入华中师范大学中国语言文学博士后流动站工作。博士后的研究工作怎么开展，我一时也没有主意，便就此事向我的博士生导师於可训先生请教。当时有两个方案，一是沿着我的博士论文方向进一步深入，二是开辟新路。鉴于我攻读硕士学位的专业是文艺学，博士研究生期间才开始学习中国现当代文学，於老师希望我能找到文艺学和中国现当代文学的学科交叉点。结合我的个人兴趣，我决定从事中国当代小说理论史研究。博士后合作导师黄曼君教授也积极支持我的这一决定。于是，我于博士后研究期间开始涉足中国当代小说理论史研究领域。2006 年夏，我撰写的关于中国当代小说理论研究领域的博士后出站报告通过答辩，这是我从事中国当代小说理论史研究的开端。

此后，历经个人工作调动、夫人读博与就业，我的生活一直处在变动之中。我像众多"青椒"一样，除了劳碌地生活，还要承受工作上的压力。随着高校越来越重视科研项目，"项目化"成为每一位"青椒"不可避免的生存方式和生活状态。为了职称晋升，我不得不申报各类科研项目，但结果都不理想。一直到 2012 年，我以"中国当代小说理论史"的课题申报教育部人文社会科学研究青年基金项目，最终获得立项。这次立项更加坚定了我把中国当代小说理论史研究作为学术志业的决心。在这一课题的基础上，我的课题"中国当代小说

后 记

理论发展史研究"也成功获得 2013 年国家社科基金年度项目立项。

  课题虽然立项了，但怎么去开展研究一直是我思考的问题。现有的文学批评史研究大多是纪传体模式，以批评家为基本单位来展开研究；或者是纪事本末体，以文学批评事件的先后顺序展开历史叙述。对于这两种叙述模式，我都不满意。如果以批评家为单位来展开论述，当代小说理论史的丰富性难以有效展开；如果以文学批评事件为展开内容，那么中国当代小说理论史的内在发展道路又如何呈现呢？由于一直没有找到适宜的叙史方式，我的课题研究进展缓慢。2017 年至 2018 年，我在美国斯坦福大学东亚研究中心访学，得以从日常繁忙的事务性工作中脱身。我重新审视课题研究，理清了思路，决定以中国当代小说理论发展的自身道路为线索来展开历史叙述。好在前期史料梳理工作做得比较扎实，又没有事务性工作缠身，在东亚研究中心的图书馆和出租屋里，我安静地写作，花了一年的时间基本做完课题，并于 2019 年夏天提交结题申请，课题最终顺利结项。

  课题虽然结项了，但我对我的研究并不满意。虽然我在叙述方式上做出了一些重要调整，抓住中国当代小说理论史自身发展的脉络来进行历史叙述，但我仍然无法展开当代小说理论史自身丰富的历史状貌。如何既展现中国当代小说理论流变的历史道路，又呈现当代小说理论史的丰富细节与历史现场呢？这是一直萦绕在我脑海中的问题。

  2019 年下半年，我在和於老师的一次聊天中受到启发，决定采用编年体模式重新撰写中国当代小说理论史。於老师是首创"中国现当代文学编年史"的学者，对于"编年史"有着非常深厚的理论学养与实践经验。在於老师的指导下，我尝试开展中国当代小说理论编年史的研创工作。

  在前期研创的基础上，我于 2022 年成功申请到国家社科基金重大项目"《中国现当代小说理论编年史（1895—2020）》编撰暨古典资源重释重构研究"。课题申报的成功，使我有机会进一步深化中国当代小说理论史研究。

  从 2003 年萌发从事中国当代小说理论史研究的想法至今，已二十年有余。这二十年是我人生中最宝贵的年华。二十年的探索沉淀了我的学术人生，让我从懵懂的青年教师慢慢成长为有学术自觉意识的中年学者。感恩岁月的沉淀与洗礼！

是的，二十年岁月飞逝而过，沉淀下来的是我对于学术的思考，收获的是人生最为宝贵的情感与友谊。

於老师作为我的博士生导师，这么多年来一直关心我的事业发展，对我的学业与人生给予了太多的指导，使我受益良多。师恩难忘，岁月的流逝让这份情感更加醇厚。

其次，我也很感谢和我一起研创中国当代小说理论编年史的学生们。2020年秋季，我决定研创中国当代小说理论编年史，李维寒、古凤、贺路智、杨格是最早跟着我一起开展研创工作的学生。我们在文献搜集的基础上，遴选出当代小说理论史料，但具体应该如何呈现当代小说理论史，颇费思量。虽然文学编年史著作已有多部问世，但文学批评史领域的编年叙史模式还十分少见。当代小说理论编年史属于观念形态的编年史，它和侧重文学事件性质的编年史相比，区别很大。

2021年春，余存哲、李军辉、方越等几位已经毕业的学生放下手头的工作，加入中国当代小说理论编年史的研创工作。研创期间，我对撰写体例、具体内容等方面有过多次较大调整，他们及其团队都不厌其烦地按照我的要求做出修改和调整。他们的辛劳，我都看在眼里，记在心中。

一晃眼四载寒暑，我们一直在艰苦地探求。有一年多的时间，我们每周都召开组会，推动研创工作。由于参与者分布在不同的城市、不同的学校，我每周要组织三次组会来逐条谈论同学们提供的史料。自开始当代小说理论编年史研创工作以来，我的视力下降了0.2度，使本就不太好的视力雪上加霜。

最后，我要感谢学界同仁给予的指导，在此就不一一列出。感谢武汉出版集团副总经理、武汉出版社总编辑邹德清先生的垂青，是他积极促成出版事宜。感谢武汉出版社副总经理、副总编辑杨建文先生。感谢项目联络人杨童舒及其他编辑老师的辛勤付出。

感谢恩师於可训先生赐序与指导。前言、导论由总主编撰写。《中国现当代小说理论编年史（1949—2019）》共分为八卷，各卷次情况、主编及参与者名单如下：

后　记

第一卷（1949—1959），主编余存哲，参编者有董琼（武汉工程大学）、邱文婷（华中科技大学）、黄逸飞（华中科技大学）、郭芮辰（华中科技大学）、李坤一（华中科技大学）；

第二卷（1960—1979），主编余存哲，参编者有何芷苓（华中科技大学）、李光璐（华中科技大学）、谢瑾瑜（华中科技大学）、何朋达（华中科技大学）、曹艺（华中科技大学）；

第三卷（1980—1985），主编朱旭，参编者有张琰（华中科技大学）、何满英（华中科技大学）、白秋华（湖北大学）、李斯琪（湖北大学）、李文娟（湖北大学）、钱薇（湖北大学）、熊雨欣（湖北大学）；

第四卷（1986—1988），主编朱旭，参编者有余音（华中科技大学）、梁佳仪（华中科技大学）、刘淑玉（华中科技大学）、赖月瑶（华中科技大学）、白秋华（湖北大学）、李斯琪（湖北大学）、李文娟（湖北大学）、钱薇（湖北大学）、熊雨欣（湖北大学）；

第五卷（1989—1994），主编余子栖，参编者有古凤（华中科技大学）、贺路智（华中科技大学）、杨格（华中科技大学）、罗宜恒（华中科技大学）、陈芳宇（华中科技大学）；

第六卷（1995—2002），主编周明洁，参编者有杨宗霖（华中科技大学）、束高远（华中科技大学）、陶艾兰（华中科技大学）、周嫚（华中科技大学）、严若涵（华中科技大学）；

第七卷（2003—2011），主编李军辉、方越，参编者有顾玲玲（信阳师范大学）、卞卡（信阳师范大学）、付亚南（信阳师范大学）；

第八卷（2012—2019），主编李维寒，参编者有梁霓（华中科技大学）、李雨诺（华中科技大学）、郑诗影（华中科技大学）、毛少强（华中科技大学）、郭进洁（华中科技大学）。

周新民

2024 年 10 月 31 日